KB218224

을유명당도(乙酉明堂圖)

오원배
동국대학교 미술학과 졸업
파리국립미술학교 수료
제9회 이중섭 미술상 수상
프랑스예술원 회화 3등상 수상
현재 동국대학교 미술학부 교수

문학지리 · 한국인의 심상공간

국내편 2

문학지리 · 한국인의 심상공간 ㊥ 국내편 2

지은이 김태준 외

초판1쇄 인쇄 2005년 6월 10일

초판1쇄 발행 2005년 6월 20일

펴낸곳 논형

펴낸이 소재두

편집 디자인공 이명림

표지디자인 디자인공 이명림

등록번호 제2003-000019호

등록일자 2003년 3월 5일

주소 서울시 관악구 봉천2동 7-78 한립토이프라자 6층

전화 02-887-3561 **팩스** 02-886-4600

ISBN 89-90618-11-8 94810
ISBN 89-90618-13-4 94810(세트)

가격 19,000원

문학지리 · 한국인의 심상공간

국내편 2

그곳이 차마 꿈엔들 잊힐리야

-문학지리학을 위하여-

1.

사람에게 고향이 있듯이 문학에도 고향이 있다. 내 고향이 〈장연〉이라면 《춘향전》의 고향은 남원이고, 민요 〈아리랑〉의 고향은 한민족의 마음이다. 고향은 땅이다. 땅은 사람이 태어나고 살아가는 공간이며, 걸어가는 길이다. 그것은 '자리[空間]'이며, '지리(地理)'이다. 이 자리와 지리를 얻어서 문학은 자기의 세계를 해석하고, 무한한 우주와 호흡한다. 지리는 '내'가 선 이 자리[實地]에서 가장 현실적이다. 그것은 사실의 땅이며 사건의 현장이다. 고향, 시골, 지방과 국토, 바다와 자연 환경, 동서와 남북, 세계와 우주, 길과 지도(地圖) 등등 문학의 공간과 주제에서 학문의 새로운 가능성으로, 문학지리는 심상공간(心象空間)에 이른다.

땅은 사람이 살아왔고 살고 있으며 살아가야 할 삶의 터전이다. 민족의 정서와 문화와 사상이 살아 숨 쉬는 그곳이 나라 땅[國土]이며, 이런 나라 땅들이 세계를 이루고, 〈그곳〉에서 우리는 꿋꿋이 살아가는 사람과 만나고 역사를 이어가는 문학의 주인공들과 만난다. 이 땅에 정착하여 땅을 일구는 사람들, 국토를 유람하고 순례하는 사람들, 국경을 넘어 해외를 체험하는 사람들, 절도(絶島)와 벽지(僻地)에 유배되고 타국에 유랑하여 떠도는 사람들, 혹은 한국의 꿈을 안고 몰려오는 외국인 노동자들, 우리 국토와 해외의 땅에 수없이 각인된 사람들의 숨결은 더 나은 삶을 향한 간절한 염원을 이 땅에서 실현하고 문학에 염원을 담는다. 이러한 삶의 현장에서 자갸의 숨결을 확인하는 일이야말로 참 문학이며, 이야말로 실지(實地)의 학문이라 할 수 있다.

〈문학지리〉에 대한 성찰은 우리의 삶에 대한 성찰인 동시에, 우리 학문에 대한 성찰이다. 〈문학지리〉는 우리의 문학과 학문의 다양한 층위에서 이 공간, 곧 지리에 대한 관심으로 탈근대의 유용한 경험과 인문학적 대안을 지향한다. 세계화의 시대는 동질성이 강조되고 역사적 인식이 판을 치기 마련이다. 큰 나라, 큰 도시가 큰 소리를 내고 다수결이 민주주의의 원리가 된다. 그러나 이제 민주주의는 소수자의 소외현상을 다수의 횡포로부터 보호하는 것이야말로 민주주의의 원리라고 말하게 되었고, 정치도 사회도 지방 자치를 중시하게 되었다. 특히나 도시 중심 문명 중심주의에서 지방, 자연, 환경의 지리적 중요성이 일차적 관심으로 강조되기에 이르렀다. 지방과 내 나라가 빠진 세계화는 공염불이다. 이런 지리적 관심은 바로 우리의 삶[生命]의 문제에서 생태사상으로 이어갈 수 있다.

〈문학지리〉는 시대나 장르를 넘어, 보이는 삶의 지역적 경험과 태도, 그 일관성과 타당성을 점검하고, 인문정신의 지역적 정체성과 자연지리적 관심에서 "북의 소월(素月)과 남의 목월(木月)"이 비교될 수 있고 (정지용, 〈목월을 추천한 말〉, 《문장》1940. 9월), 19세기 동아시아의 암울한 정치 현실에서 "중국의 손문(孫文)과 조선의 신규식(申奎植)"이라는 자리매김이 나올 수 있다(홍기삼, 〈재외 한국인의 문학〉). 혹은 "하느님이 천지를 창조하신 여섯 날 중 마지막 하루는 금강산을 만드는데 보내셨을 것이다"는 스웨덴 국왕 구스타브의 산천 이해가 나올 수도 있다(박성순, 〈금강산론〉). 그리하여 우리는 노신(魯迅)의 소설 《고향》의 유명한 마지막 구절에서 '희망'과 '지상의 길'의 자리를 바꾸어 이렇게 말할 수 있을 것이다.

> "길은 희망과 같아서 본래 있는 것도 없는 것도 아니며, 단지 그것의 실현을 추구하는 사람에게만 생겨나는 실천적이고 불확정적이며 미래적인 것이다"

2.

《문학지리, 한국인의 심상공간》은 범박하게 〈문학〉과 〈지리〉를 결합한 개념으로, 〈한국문학지리학 어떻게 할 것인가?〉(조동일)라는 체계론에서부터 지리학자들의 〈문학지리〉적 축적과, 글쓴이들 각각의 지리적 체험의 실험적 글쓰기로 이루어졌다. 오늘날 학문의 학제적 분위기는 물론, 한국인의 심상지리라는 시각에서 사회학자 조은 교수의 체험적 에세이 〈기억으로 만나는 광주〉와, 지리학자 오홍섭 교수의 본격적 〈한라산〉론이며, 일본의 문화학자 노자키 미츠히코 교수의 〈한국의 유토피아〉에 이르기까지 글쓰기 방식은 다양하다. 게다가 일찍이 발표된 지리학 쪽의 글을 다시 싣도록 배려해 주신 이은숙 교수와 김종혁 교수의 호의는 문학과 지리학의 경계를 넘는 만남으로 기억될 것이다. 그러나 〈문학지리〉가 인문학의 대안으로 통합학문이기 위해서는 우리의 학문적 전통, 동양적 인문지리학의 창조적 계승으로 새로운 학문론의 성찰이 필요하다. 특히 《세종실록지리지》와 역대 시문의 문학적 총화로 《동문선(東

文選)》이 합쳐진 《동국여지승람》과 이중환(李重煥)의 《택리지(擇里志)》 등은 우리의 본격적 인문지리서로, 문학지리적 글쓰기의 한 모범이 된다. 일찍이 정익섭(丁益燮) 교수의 《호남가단연구》와 같은 선편도 기억할 만하다.

이 책이 동국대학교 한국문학연구소의 문학지리학 학술회의에서 계획되고 나의 정년퇴임에 맞추어 나오게 된 것을 뜻 깊게 생각한다. 80분에 이르는 선후배 동학 필자 여러분의 후의를 고마워하며, 각자 관련 지방을 여러 번 답사하고, 원고수정에 따르는 등 괴로움이 적지 않았으리라 믿는다. 〈천년 승지, 서울〉의 문학지리 원고뿐 아니라, 발간사를 함께 써서 명쾌한 방향을 보여주신 이혜순 교수와, 한국 사람의 심상지리를 그림으로 형상화해 주신 오원배 교수의 우의를 오래 기억하고자 한다. 방대한 원고의 계획에서 교정까지 박성순 김수연 두 분 선생의 노고가 컸고, 방대하고 까다로운 출판을 기한 안에 해 주신 〈논형〉의 소재두 사장께 고마운 인사를 드린다. 특히 인문지리와 동아시아학에 대한 열의가 남다른 소 사장이어서, 우리 인문학의 발전에 크게 이바지할 것으로 믿고 발전을 빌어 마지않는다.

광복 희년을 맞는 을유년 늦은 봄,

긴내[長淵] 김태준

철령 높은 봉에 쉬어 넘는 저 구름아

《동국여지승람》, 《택리지》의 창조적 계승을 자부하는 《문학지리, 한국인의 심상공간》 전 3권의 출간은 참으로 학계의 경사이다. 이러한 거창하고 힘든 작업을 기획하고 완성한 긴내 김태준 선생의 노고에 감사하면서 이 일에 동참해준 필진 여든 네 분 모두와 함께 그 기쁨을 나누고 싶다.

이 책은 김태준 선생의 정년을 기념하기 위한 뜻을 담아 간행된 것이지만, 실제로는 선생께서 그간 논문으로 또는 실지 답사로 후학들에게 여행의 의미를 이끌어주셨기에 이 어려운 작업이 가능했던 것이 아닌가 하는 생각이 든다. 김태준 선생은 일본 도쿄대학교에서 비교 문학을 전공했으나 한일 간의 문화 교류뿐만 아니라 한국과 중국이 만났던 연행 문학에 남다른 연구 성과를 보여 주신, 우리 학계에서 드물게 한국·중국·일본을 완벽하게 포괄한 동아시아적 시각을 구유하신 분이시다. 《한국문학의 동아시아적 시각》1-18세기 연행의 비교 문학(1999), 2-한일

문학의 교류 양상(2000)과 같은 저서가 그 예이거니와, 박지원이 다녀온 열하를 포함해서 압록강을 건너 만주를 통과하여 북경에 이르는 연행로를 여러 번 직접 답사하기도 하셨다. 잘 알려진 것처럼 국문학계에서 아직 사행의 문화적 의미에 적극적인 관심을 보여 주기 이전부터 《여행과 체험의 문학》, 중국, 일본, 국내편 3권을 공편하시는 등, 한국문학사에서 대외, 대내적으로 여행자 문학이 갖는 의의를 분명하게 보여 주신 것도 선생의 업적이다.

문학지리학은 아직 우리 학계에서, 적어도 국문학계에서 그렇게 보편화되지 않은 영역이고 용어이기는 하지만, 16세기 《동국여지승람》을 편찬했던 문사들에 의해 이미 광범위한 문헌에 기초한 문학지리학적 접근이 시도된 것으로 볼 수 있다. 지리는 지구상의 위치, 지형, 기후, 생태, 역사, 또는 거주민 등의 측면에서 그 특성이 규정되고 있지만, 정서적, 심리적 또는 철학적, 미학적 숨결을 넣어 그 지역을 다시 살아나게 하는 것은 그곳이 문학 창조의 공간이 되거나, 그곳에서 태어나고, 감수성을 키우며 성장하고, 또는 생활하고 살던 작가의 존재가 아니겠는가.

이 책에서는 우리 국토 속의 민족이 "정착하여 땅을 일구는 사람들, 국토를 유람하고 순례하는 사람들, 국경을 넘어 해외를 체험하는 사람들, 유배되고 조국을 떠나 새 땅을 일구는 사람들, 우리 국토와 해외의 땅에 수없이 각인된 선인들"로 구성되었다고 본다. 이러한 의미에서 한국 문학지리의 연구는 바로 국문학이고, 지방 문학이며, 비교 문학이다. 좀 더 세분해서 말하면 기행 문학이고, 유배 문학이며, 이민 문학이고, 여행자 문학이기도 하다. 그렇기 때문에 그 동안 주로 정치 경제적 시각에서 규정되던 지역의 경중이 문학지리적 접근에 의하면 완전히 달라질 수 있다. 본서에서 국내 지역은 쉰 곳으로 분류되었는데, 산과 강, 섬을 포함하여 계산해 보면 각 지역이 비교적 고르게 망라되었다. 이것은 문학지리에 근거해 볼 때 기존의 지역 불균형이 크게 조절될 수 있음을 의미한다.

예컨대 서울은 조선조 창건부터 현대까지 600년 이상 권력과 부의 집합지였고, 이것이 현재 행정 수도 이전을 둘러싼 해당 지역 간의 심각한 대립을 야기시킨 이유이지만, 문학지리의 시각에서 볼 때에 서울은 반드시 그러한 독점적 위치를 지니고 있는 것은 아니다. 서울은 벼슬을 바라던 이들에게는 임이 계신 선계일 수도 있으나 그렇지 않은 사람들에게는 대체로 티끌 세계이고 욕망의 도시일 뿐이다. 이에 비해 개경은 황진이가 삼절의 고장으로 자부하고, 이생규장전의 이생과 최낭의 사랑과 이별이 수놓아졌던 낭만의 도성이며, 이곳을 지나던 수많은 조선조 문사들의 회고의 정과 탄식이 쌓인 그리움의 고장이다. 험난하기만 한 마천령은 종성에 유배된 남편 유희춘을 찾아가며 삼종의 의리를 다짐하던 송덕봉 때문에 우리들 앞에 다시 생생하게 살아날 수 있고, 이항복의 "철령 높은 봉에 쉬어 넘는 저 구름아"라는 시조 속의 철령은 역사적 분쟁지로서의 상처를 넘어 광해군의 마음을 흔들어놓은 감동의 지역으로 재생된다. 김해나 강진 같은 곳은 더 이상 외롭고 쓸쓸한 유배지가 아니라 이제 학문 · 사상 · 문학의 배태지로서 경외심마저 일으키는 지역으로 각인되고 있다.

이 책은 한국의 지리를 한반도에 국한하지 않고 만주는 물론 북경을 지나 러시아, 서구에까지 확장시킴으로서 과거의 물리적인 지형도를 완전히 바꾸어 놓았다. 여기에 한국인의 의식 또는 무의식 속의 심상공간까지 포함되었으니 그 지리는 시각적으로 물리적으로 측정될 수 없는 셈이다. 여행자 문학은 타자의 시각에서 본 여행지의 문물과 사람들을 그리고 있다는 점에서 한국인의 외국에 대한, 또는 외국인의 한국에 대한 숨겨진 의식을 드러내거니와, 따라서 《문학지리, 한국인의 심상공간》은 한국문학사에서 대외 관계의 확대에 의해 이루어진 새로운 정신사의 형성, 그리고 지속과 변모를 알려주는 매우 중요한 자료들을 제공해줄 수 있을 것이다.

나는 김 태준 선생과 학문적 관심이 일치하고 연구 방향이 유사해서 늘 선생의 연구업적에 관심을 기울이고 그 성과에 많은 도움을 받아왔다. 이 책의 간행위원회에서 내게 발간사를 부탁했을 때, 외람된 줄 알면서도 그간의 업적을 기리고 싶은 간절한 마음 때문에 감히 이를 받아들였다. 금년 2월 학교를 떠나 이미 전야의 낙을 만끽하고 계신 선생과 폐쇄된 인문학에 활기와 생명을 불어넣는 작업에 동참한 여러 연구자들의 앞날에 무한한 축복과 영광이 있기를 기원한다.

2005년 4월에, 이화여대에서

이혜순

국내편 2 차례

8부 한국인의 심상공간

상국내편 1 차례

한국외편 차례

3부 그 밖의 지역

4부 외국인의 눈에 비친 한국

지리학의 한 분야로서의 문학지리학

지리학과 문학의 만남

이은숙

1. 서론

문학은 예술적 창작품으로서 과학적 구조를 가진 것은 아니다. 시나 소설과 같은 문학 작품을 일반 과학과 비교할 때, 이것은 객관적 연구 대상으로 간주되기는 어렵다고 생각할 수도 있다. 작가에 의해서 창출되는 감정의 세계는 비현실적이어서 과학자의 관심을 끌지 못하기 때문이다.

그러나 문학은 현실을 반영하고, 인간의 조건을 대변하며, 삶의 보편성을 추구한다는 점에서 문학을 연구하는 사람들의 전유물이 될 수는 없다. 문학 작품이 허구라 하더라도 이를 통해서 지각되는 경험은 과학적 탐구로는 밝힐 수 없는 인간의 정신적 작용에 대한 어떤 통찰력을 제공한다. 문학은 인간 집단 내에 존재할 수 있는 다양한 현상을 밝혀 주기 때문에, 지리학이나 다른 사회과학과 같이 그 기저에 인간의 문제가 놓여있는 학문은 모두 문학적 통찰력을 사용할 수 있다.

동시에 문학은 장소에 대한 독자의 주의를 환기시키는 역할을 한다. 이것은 막연하며 비가시적인 세계에 대한 이미지를 독자로 하여금 구체적으로 상기하게 한다. 그러므로 지리학자들은 문학의 이러한 잠재력을 파악하여, 지표의 인간적이고 문화적 경관을 보다 더 심오하게 이해하도록 하는 데에 이것을 이용할 수 있다.

이러한 점에서 지리학자들은 지리학과 문학 사이의 관계와, 이의 지리학적 적용에 관심을 가져왔다. 그들 가운데 투안(Tuan)은 문학과 지리학과의 관계를 지리학적 산문의 문학적 질 유지, 지리학 연구 자료로서의 문학 작품의 사용, 그리고 인간 집단이 자신의 세계를 경험하는 방법에 대한 어떤 시각의 제공이라는 관점에서 찾아보았다.[1] 또한 라이트(Wright)는 이 관계를 다음 세대의 지리학자가 산문 속으로 깊이 침잠하는 것을 막고, 지리학이 학생과 대중들로 하여금 예술적이고 시적인 상상력을 유발시키는 '미학적 지리학(geosophy)' 이 되기 위한 길을 문학에서 찾으려 하였다.[2]

1 Yi-Fu Tuan, "Literature and Geography : Implications for Geographical Research," in Humanistic Geography : Prospects and Problems, eds., David Ley and Marwyn S. Samuels, Chicago: Maaroufa Press, 1978, p.194.

2 K. Wright & E. T. Platt, Aids to Geographical Research, N.Y.: American Geographical Society and Columbia University Press, 1947, p.15.

2. 문학지리학의 성립과 발전

문학을 최초로 지리학 연구에 도입한 사람은 영국의 아치볼드 기키 (Archbold Geikie)이다. 그는 1898년 영국의 자연경관이 문학에 미치는 영향에 관한 연구에서, "경관과 문학과의 연관은 더욱 긴밀해질 것이다. 왜냐하면 우리 주변의 저지나 구릉지, 또는 고원 지대와 같은 자연의 모든 외적 아름다움의 내부에는, 그 아름다움이 더욱 완전한 의미를 지니게 하고, 그것을 더욱 매력적인 것으로 만들어 주는 내적 역사가 있기 때문이다"라고 문학과 지리학의 관계를 기술하였다.[3]

3 Archbold Geikie, Types of Scenery and Their Influence on Literature, Port Washington, N. Y.: Kennikat Press, 1970, pp.58-59(First published in 1898).

기키는 문학지리학이라는 용어를 사용하지는 않았지만, 처음으로 지리학 연구에 문학 작품을 이용함으로써 문학지리학의 효시가 되었다. 그는, 인구 집단은 지표의 다양한 지리학적 조건에 따라서 결정된 신체적, 지적 차이에 의해서 구분되므로, 인간의 발달 과정에 대한 자연의 영향을 인식해야 한다고 보았다. 따라서 그는 어떤 장소의 지형적, 지질적 특성과 그곳에 거주하는 사람들의 신념 사이에 나타나는 관계를 탐구하는 것은 의미가 있다고 보았다. 그래서 그는 영국의 지형적 유형이 영국 문학에 미친 영향을 조사하여 이러한 관계를 밝히고자 하였다. 그는 영국을 지형에 따라서 대지와 저지, 그리고 고원으로 구분하고, 유명한 시인의 시에서 발견되는 상이한 지형의 영향을 그 증거로서 제시하였다.[4]

문학지리학(literary geography)이라는 용어를 처음으로 사용한 사람은 영국의 샤프(Sharp)이다. 문학지리학이라는 말은 1907년에 단행본으로 출판된 그의 저서 제목이다.[5] 그러나 이것은 단지 여러 소설가의 소설 속에 나타난 지역을 일련의 지도로 제시하였을 뿐이었다. 그 후 상당한 기간이 지나 1970년대에 인간주의적인 접근을 시도한 지리학자들에 의해서 그 의미가 확장되어, 문학지리학이 지리학의 한 연구 분야로서 그 위상을 차지하게 되었다. 오늘날 지리학의 일 분야로서의 문학지리학의 주제는 경관에 대한 해설로서의 문학 작품이나, 또는 지리학적 현상으로서의 문학 작품을 연구하는 것이다.

문학에 대한 지리학적 관심이 이와 같이 오래 전에 일어났음에도 불구하고, 문학 작품이라는 방대한 자료는 1970년대에 비로소 지리학 연구에 적극적으로 이용되기 시작했다. 이것은 논리 실증주의에 좌절한 지리학자들이 지리학의 기술(記述)적 유산을 회복하기 위한 노력과, 인간주의적인 입장에서의 인간과 자연의 관계에 대한 대안적 접근 방법과 새로운 통찰력을 추구하려 한 때문이다. 이때에 여러 지리학자들이 자연적

4 Geikie, 1970, pp.58-59.
5 W. Sharp, Literary Geography, London: Pall Mall Press, 1970.

현상이나 공간적 현상의 그 배후에 놓여 있는 의미를 이해하려고 하는 시도로서 문학 작품을 탐구하기 시작하였다.

샤프 이후 영국의 초기 문학지리학은, 지역적 특성이 잘 기술된 문학 작품을 이용하여 작품에 나타난 그대로 지리학적 환경을 복원하거나, 작가가 그들의 작품의 배경이 되는 지역을 묘사한 방법을 조사하기 위하여, 문학 작품을 객관적으로 사용하는 형태로 발달하였다.[6] 영국에서는 이러한 방식의 연구가 1950년대까지 계속되었다. 그러나 1970년대 이전까지의 문학지리학 발달 과정을 살펴보면, 뚜렷한 업적은 별로 없고 그 발달도 미미했다.

6 Allen, G. Noble, "Image and Substance: A Review of Literary Geography," Journal of Geography, Vol. 10, No. 2, 1990, pp. 49-65.

한편 미국에서는 1920년대에 사우어(Sauer)와 라이트가 자연적, 문화적 세계를 완전히 이해하기 위하여 문학 작품을 연구하여야 한다고 주장하며 개척자적 노력을 수행하였다. 그들은, 문학 작품이 공간 이해의 새로운 차원을 열어 줄 수 있는 것으로서 지금까지 거의 발굴되지 않은 지리학 연구의 풍부한 자료라고 믿었다. 그래서 라이트는 1924년에 지리학 연구에 있어서의 문학 작품 사용의 유용성에 대한 지리학자들의 관심을 촉구하기 위하여, 이탈리아의 작가인 단테의 소설을 사용하여 13, 14세기의 이탈리아의 환경을 복원한 구체적인 논문 등을 썼다.[7]

사우어는 문화지리학자로서 지리학에서의 문학 작품 개발의 필요성을 직접적으로 강조하지는 않았지만, 문학에 관심을 기울일 필요성이 있다는 사실을 인정했다. 특히, 인간주의적인 입장에서 개인과 집단의 관점, 가치, 지각에 입각해서 공간과 공간적 환경을 연구하는 데에 문학지리학의 중요성이 있다고 보았다. 그는 1925년 《경관의 형태학》이라는 그의 저서에서 지리학의 인간주의적 전통은 경관에 대한 주관적 평가의 가치를 인정하는 것이라고 하였다.[8]

7 Wright, "Geography in Literature Geographical Review, Vol. 14, 1924, pp. 659-660.

8 Carl O. Sauer, The Morphology of Landscape, University of California Publications in Geography, 2, 1925, pp. 25-48.

1941년에 스튜어트(Stewart)는 사우어와 크로버(Kroeber)와 함께 캘리포니아 대학의 영문학과 교수로서 재직하였는데, 지리학적 요인과 인간 집단의 삶의 양상과의 관계를 취급한 작품을 저술했다. 이것은 《태풍(Storm)》이라는 소설로서, 여기서 그는 미국에 불어오는 태풍의 발생 지점과 그 진로를 추적하고, 태풍이 여러 지역에서의 상이한 직장을 가진 개인에게 미치는 영향을 기술하였다. 이 연구는 지리학적이면서 동시에 인류학적으로 사우어와 크로버의 영향을 받은 것으로 볼 수 있다.[9]

1950년대 후반부터 시작해서 1960년대의 지리학자들은 환경 결정론적 사고를 극복하고 전체적으로 과학적 지리학을 지향하였다. 이 시대에도 환경적 인지 문제가 부각되었지만, 작가에 의해서 인지되어 기술된 문학 작품 속에 나타나는 환경이나 경관에 대한 관심은 별로 없었다. 그러나 예외적으로 1965년 로웬탈(Lowenthal)과 프린스(Prince)는 영국 경관에 대한 객관적 설명을 위해서 문학적 증거를 이용하였다. 이러한 연구는 다른 사람들의 관심을 별로 끌지는 못하였으며, 후속 연구도 나오지 않았다.[10]

그런데 1970년대 초 메닉(Meinig)과[11] 투안은[12] 소설가들이 가진 환경적 지각과 이해에 있어서의 민감성을 찬양하면서, 지리학자들도 예술가들처럼 경관에 나타나는 인간적 질에 대해서 더 민감해져야 한다고 말했다. 이 시기에 솔터(Salter)는 문학 경관의 개념을 고안하고 문학이 가지고 있는 주의를 환기시키는 잠재력에 초점을 맞추어 이에 관심을 기울였다.[13] 이 시대에 지리학자들은 구체적 연구방법론을 확립하여 이 주제에 접근하였다. 그들은 유명 작가들의 작품에서 발췌한 상이한 장소에 대한

9 Noble & Dhussa, "A Review of Literary Geograpy", Journal of Cultural Geograpy, Vol.10.No.2, 1990, pp.49-65.

10 D. Lowenthal & H. C. Prince, "English Landscape Tastes," Geographical Review, Vol. 55, 1965, pp.186-222.

11 D. W. Meinig, "Environmental Appreciation: Localities as a Humane Art," The Western Humanities Review, Vol. 25, 1971, pp.1-11.

12 Yi-Fu Tuan, "Ambiguity in Attitudes toward Environment," Annals of the Association of American Geographers, Vol, 63, 1973, pp.411~423.

13 C. L. Salter (ed.), The Cutural Landscape, 1971, Belmont, Cal.: Cuxbury Press.

인간적 이미지를 예로 들어서 이해의 수준을 높이려는 시도를 하였다.

1947년에 솔터는 시애틀에서 열린 미국지리학회 연례회의에서 있었던 문학지리학을 위한 특별위원회에서 '문학 속의 경관(Landscape in Literature)'이라는 분과위원회를 주도하였다. 여기에서 던컨(Duncan)은 도시 소설을 도시 환경에 대해 주의를 환기시키는 데에 이용하는 방법, 데렌바커(Derrenbacher)는 소설에서의 샌프란시스코 지역의 경관 기술 방법, 피시백(Fishback)은 유토피아의 새로운 차원, 호로위츠(Horowitz)는 시에서의 경관에 대한 지각, 로이드(Lloyd)는 역사지리학과 도시 소설과의 관계, 그리고 아동 문학에 나타나는 도시 경관에 대하여 발표하였다.[14] 이 분과위원회의 주요 관심은 문학 작품에서 나타나는 경관을 통해서 지리학적 현상을 이해하기 위한 접근 방법을 모색하는 데에 집중되었다.

14 Noble & Dhussa, 1990, p.54.

1970년대 후반부터는 방법론을 비롯한 연구 업적이 누적됨으로써 문학지리학이 지리학의 학문 영역 내에 중요한 자리를 잡게 되었다. 1977년에 솔터와 로이드는 문학 작품에서 발견되는 경관에 대한 풍부한 통찰력에 대해 지리학자들의 관심을 불러모으기 위하여, 문학 작품 속에 나타나는 경관을 분석하는 논문을 저작하였다.[15] 이 논문의 초점은 문학 작품의 공간 구성 요소를 통해 어떻게 경관 이미지를 형성하는가를 설명하는 데에 있었다. 즉, 문학 작품이 경관의 의미를 발견하는 유용한 자료가 된다는 점을 강조하려 하였다.

투완(Tuan)은 1978년에 미국 문학지리학의 지평을 확대한 사람으로, 지리학 연구에 있어서 문학 작품의 사용과 응용에 관한 여러 편의 논문을 써서 문학지리학의 발달을 고취했다.[16] 투안은 또

15 Salter, Christopher L. and William J, Lloyd, Landscape in Literature, Resource Papers for College Geography, No.76-3 Washington D.C .1977.

16 Yi-Fu Tuan, Topophilia: A Study of Enviromental Perception, Englewood-Cliffs, N.J: Pretice-Hall 1974; "Literature and Geography: Implications for Geographical Research," in Humanistic Geography: Prospects and Problems, Ley, David and Marwyn S. Samuels, Chicago : Maarouga Press, Inc., 1978, pp.194-206; "The Landscapes of Sherlock Holmes," Journal of Geography, Vol. 84, 1985, pp. 56-60.

한 문학과 지리학과의 관계를 확립하여 이 분야의 이론적 기초를 제공하였다.[17] 그는 이 두 영역의 통합 방식을 세 가지로 제시했다. 첫째는 지리학적 논문이나 저서들이 문학적 질을 가질 수 있는 방법, 둘째는 지리학자들이 그들의 연구 주제에 대하여 인간주의적으로 접근하려고 할 때 작가가 정서적으로 부여한 장소의 의미를 이용하는 것이다. 그리고 셋째는 지리학자들의 연구를 위한 객관적인 정보를 제공할 수 있는 문학 작품을 발굴하는 것이다.

17 Tuan, 1978, pp. 194-206.

결과적으로 1980년대에 지리학 연구에서 문학지리학 분야의 업적이 증가하게 되었다. 최근에는 인간주의적인 접근의 필요성과 자연환경이나 도시에 대한 이미지를 밝히고, 장소에 대한 주의를 환기시키기 위한 노력으로 그 연구대상은 다양하게 확대되고 있다. 지금까지의 문학지리학의 주요 연구 주제는 다음과 같다. 첫째는 지리학적 증거로서 문학작품을 탐구하는 것이며, 둘째는 인간과 장소에 대한 사실적 자료를 획득하는 것이다. 셋째는 문학 작품 속에서 나타나는 장소에 대한 개념적 틀을 밝히는 것이고, 넷째는 인간적 경험의 다양한 특성을 재현시키는 작업이다. 마지막은 문학의 지리 교육의 도구로서의 이용 가능성을 모색하는 것이다.

3. 지리학과 문학의 관계

인간주의적 접근의 필요성

먼저 지리학과 문학의 관계는 지리학의 인간주의적인 접근의 필요성에서 찾을 수 있다. 일반적으로 지리학이 추구하는 지역 연구는 지표의 양상을 연구 대상으로 삼아서, 지표에 대한 객관적 조사를 통해 구체적 세계를 연구하는 것은 물론, 인간이 주어진 공간에 대하여 행동하고 반응하며 또 작용하는 등의 인간 행태를 조명하는 방식의 지역 연구가 있다.[18] 그리고 인간이 경관을 인지하는 방법과 경관에 대하여 생각하는 방법을 연구하는 것도 포함된다. 이것은 어떤 개인이나 집단에게 있어서 경관의 의미는 무엇인가를 연구하는 것으로 인간이 특정한 공간에 대해서 인지하고 생각하고 조망하는 방법에 초점을 맞추는 것이다.

18 David Lowenthal, Environmental Perception and Behavior, The University of Chicago, Department of Geography Research Paper, No. 109, 1967, pp. 1-3.

트웨인(Twain)은 공간에 어떤 의미를 부여함으로써 추상적 공간을 특별하고도 구체적인 의미를 갖는 공간으로 전환시키는 양상이 지역 연구의 대상이 되어야 된다고 말했다. 그는 인간에게 있어서 가치나 의미가 없는 것은 존재하지 않는 것과 같기 때문에, 단순한 공간이 특정한 장소가 되려면 거기에 의미가 결부되어야 한다고 본 것이다. 따라서 장소에 대한 개인의 주관적 접근 방법을 고찰하는 연구가 지리학 연구의 한 범주로 구성되어져야 한다고 보며, 이에 부응하기 위해 필요한 지리학적 정보를 문학에서 차용하여 인간주의적으로 접근해야 한다고 하였다.[19]

그런데 문학 작품은 관찰의 결과가 아니고 상상의 결과이며, 동시에 기록이 아니고 창작이며, 사실이 아니고 허구이다. 그러나 허구의 진실이 사실이냐 아니냐 하는 것은 문제가 될 수 없다. 왜냐하면 허구적 현실은 자연적 현실이나 일상의 현실보다 더 많은 진실을 전달하거나 내포하고 있기 때문이다. 문학은 본질적으로 사회과학과는 달리, 장소와 인간 집단, 그리고 그들의 사회적 조직에 관한 빈약한 자료를 사용하기는 하지만, 사회과학적 보고서 이상의 특별한 우월성을 갖는다.

19 Yi-Fu Tuan, "Humanistic Geography," Annals of the Association of American Geographer, Vol.66, 1976, pp.615-632.

포콕(Pocock)은, 이오네스코(Ionesco)가 어떤 역사학자나 사회학자나 사상가들도 갖지 못한 구체적이고 특정한 진실을 바라보는 직관을 가진 위대한 작가로서, 18세기의 프랑스의 삶의 현실을 교과서보다 더 잘 기술하였으며, 플로베르(Flaubert)의 작품에 나타나는 《보바리 부인》과 같은 여인들이 당시의 프랑스의 많은 도시에서 고통받고 흐느끼고 있었다고 강조하면서 문학 작품이 현실을 더 진실하게 반영한다는 사실을 설명하였다. 즉, 문학적 진실은 보편성을 의미한다. 문학은 모든 사람의 심정에 반향을 불러일으킨다. 따라서 문학은 곧 인간적인 진실이다. 바로 이것이, 우리가 현실의 인물보다 문학 작품 속의 인물과 더 친숙하게 되는 이유이며, 동시에 전문적 학자의 연구에서보다 인간의 본성에 대해 더 명료하게 이해할 수 있는 이유이다.[20]

20 Douglas C. D. Pocock, "Introduction : Imaginative Literature and the Geographer," in Humanistic Geography and Literature: Essays on the Experience of Place, ed., Pocock, Douglas C. D., London: Croom Helm, 1981, p.11.

현상학적 접근의 필요성

최근의 인간주의적 접근의 지향과 함께 현상학적 반향이 지리학에서도 일어났다. 현상학이란 어떤 실체의 외부에 나타나는 현상을 취급하는 학문으로서, 우리 앞에 있는 현상들을 다른 선입견이 없이 있는 그대로 바라보고, 사실을 충실하게 드러내어 서술하는 것을 지향하는 학문이다. 후설(Husserl)은 현상학이 사실의 본질을 직관하는 의식에 관한 학문이라고 하였다. 그에 의하면 인간 의식의 본질은 그들의 지향성에 있다고 한다. 따라서 막연한 의식은 없으며, 이것은 항상 어떤 특정한 것에 대해서 의식하고 있다는 것을 의미한다.

지리학적 지식의 원리와 기반을 위한 현상학적인 기초는 우리가 살고 있는 세계에 대한 직접적 체험과 의식에 있는데, 이러한 체험은 지리학적 의식에서 파생되는 것이다. 하비(Harvey)와 홀리(Holly)는, 지리학적 현상학은 공간에서의 인간적 체험을 중요시 여기는 것으로서, 이러한 지리학적 정신은 인간 집단이 그들의 환경에 얽매이게 하는 어떤 구속력을 이해하도록 하며, 이 구속력은 장소에 대한 지각이나 경관에 대한 인지에서 드러난다고 보았다.[21] 이는 공간

21 Milton E. Harvey & Brian P. Holly, 1 "Paradigm, Philosophy and Geographical Thought," in Themes in Geographic Thought, eds. Milton E. Harvey and Brian P. Holly, NY: St. Martin's Press, 1987, p.36.

에 대한 민감성이 없이 지리학적 공간의 본질적 의미나 가치는 파악될 수 없다는 뜻이다.

지리학의 현상학적 기초는 지리학적 문헌에서 몇 가지 형태로 발전되는데, 렐프(Relph)는 삶의 직접적 경험, 반 파센(Van Passen)은 지리학적 의식, 다델(Dardel)은 지리학적 체험, 로웬탈은 지리학자로서의 모든 사람과 개인의 지리학, 부티머(Buttimer)는 삶의 세계라고 말했다.[22] 이러한 개념은 새로운 것이 아니다. 오래전부터 특정한 장소와 거기에 살고 있는 인간은 지리학의 전통적 집착 대상이었다. 예를 들면 사우어가 장소를 그곳에 살고 있는 주민의 눈을 통해서 바라볼 것을 제안 한 것, 라이트의 지리철학, 휘틀지(Whittlesey)의 지역 공간의 지각 강조, 로웬탈이 질서를 창출하고 각자의 이해와 선호에 일치되는 공간과 시간과의 인과 관계를 조직하는 예술가나 경관 설계사와 같은 인간을 강조한 것 등이 바로 그것이다.

22 Relph, E.C., The phenomenological Foundation of Geogrphy, University of Toronto, Department of Geography Discussion Paper, 1976, p.1 ; C. Van Passion, The Classical Tradition of Geography, Groningen: J. B. Wolter, 1957; A. Buttimer, "Grasping the Dynamism of Life world," Annals of Association of American Geographers, Vol. 67, 1976, pp.180-183; D. Gregory, Ideology, Science, and Human Geography, London: Hutchison, 1978, p.128; D. Lowenthal, "Geography, Experience, and Imagination: Towards a Geographical Epistemology," Annals of the Association of American Geographers, Vol. 51, 1961, pp.241-260.

그레고리(Gregory)는 이러한 것은 모두 다 장소의 정신과 특성을 탐구하는 것으로 지리학적 이해를 위한 현상학적인 기초가 된다고 하였다.[23] 그러나 문제는 인간이 주어진 장소의 환경이나 경관에 대해서 어떠한 관점을 가지며, 또 어떻게 생각하는가를 밝힐 수 있는 방법이 무엇인가 하는 것이다. 해결책 가운데 하나는 그 자료와 정보를 문학 작품에서 구하는 것이다. 왜냐하면 많은 문학 작품들이 장소나 경관에 대한 지각이나 인지와 관련이 있는 정보와, 장소나 경관에 대한 다양한 의미를 제공하는 자료의 풍

23 Lowenthal, 1961, p.260; D. Gregory, Ideology, Science, and Human Geography, London: Hutchison, 1978, p.137; D. Wittlessey, "The Regional Concept and the Rerional Methods," in American Geography: Inventory and Prospect, eds. P. James & C. F. Jones, Syracuse: Syracuse university Press, 1957.

부한 원천이 되기 때문이다.

개인과 인간 집단의 환경적 체험에 대한 이해의 가능성

문학은 특정한 환경에서의 인간적 체험을 묘사한다. 체험이란 우리가 아는 현실과 우리가 조성한 세계에 대한 의미의 총체라고 정의할 수 있다. 체험은 우리의 감각, 감정, 지각, 인지를 통하여 얻는 것으로 지식의 질을 결정한다. 즉 인간은 시각 · 후각 · 촉각 등을 통하여 어떤 세계를 의식하고, 그리고 언어, 이미지, 비언어적 상징을 사용하여 보다 정교하게 그들의 세계를 구성한다. 과학에서는 환경이 개념적으로 인간 유기체와는 고립되어 그들 사이의 관계가 분석된다. 그러나 문학은 분석적 진실을 밝히려고 하지 않고, 환경적 맥락에서 인간의 체험을 분리하여 취급하려 하지 않으며, 사회적 환경과 자연 환경도 구태여 구분하려 하지 않는다.

문학은 사실이나 상상을 기초로 한 인간 집단의 사회적인 삶의 양상을 제시한다. 이것은 예외적 상황은 물론 일반적 상황 아래서 지각하고, 이해하고, 의식하고, 상상하는 것도 포함한다. 물론 문학은 삶, 그 자체는 아니다. 이것은 삶의 반영이고, 삶의 발현이다. 과학에 비해서 문학의 가치는 인간의 체험을 가시적이고 대중적인 것으로 만든다는 데에 있다. 문학은 인간의 지각과 태도, 그리고 가치를 묘사한다. 동시에 사회의 지각, 태도, 가치도 기술한다. 진상이나 고백과 같은 이야기를 담은 대중적 문학은 실제의 인물이 정확하게 재현되지는 않지만, 독자의 욕구와 열망을 반영함으로써 독자를 환상에 빠지게 한다.

유명한 문학 작품은 지리학자에게 과거의 사람들이나 다른 문화의 사람들이 현실을 지각하도록 한다. 우리가 조이스(Joyce)나 포크너(Faulkner)의 소설을 전문적 지리학적 문학이라고 지칭할 수 있는 이유는 문학 작품임에도 불구하고 고도로 전문화된 형태로 환경적 인식을 갖추고 있는 것이다. 또한 이 작품들은 어떤 사회의 지식인들 사이에 널리 공유되어 있는 인식에 대하여 저자가 지각한 것을 기술한 것이다. 따라서 통계학적 분석이나 사회학적 분석에서 나타나는 규준처럼 여기에 표현되어 있는 가치는 특정 지역의 다수의 가치를 내변한다.[24]

일반적으로 지역 지리학 논문은 지역의 자연 환경의 기술로부터 시작되지만, 문학 작품에서는 전체 구성에 영향을 주지 않는 범위 내에서 이러한 기술이 생략될 수도 있다. 그러나 현실과 마찬가지로 문학에서도 자연적 배경은 인간의 감정과 형태와 긴밀하게 연결되기 때문에 중요한 문학적 요소가 된다. 따라서 지리학자가 조이스나 포크너의 문학 작품을 지리학적으로 연구하려고 할 때에는, 거리나 하천이 어디에 위치하고 있는가하는 것보다는 작중 인물과 배경 사이의 관계에 초점이 맞추어져야 할 것이다.

24 Yi-Fu Tuan, "Literature, Experience, and Environmental Knowing," in Environmental Knowing: Theories, Research, and Methods, eds., Gray T. Moore & Reginald G. Golledge, Stroudsburg Pennsylvania, Dowden, Hutchinson & Ross, 1976, p.268.

이러한 접근 방법은 지리학자로 하여금 사람들이 환경 안에서의 자신을 발견함으로써 비로소 환경을 이해하는 방법에 관한 구조를 발견하게 할 수 있다. 그런데 이러한 연구를 위해 우선적으로 필요한 것은, 문학이 장소의 인상을 특징화하는 방법과, 이러한 특징화가 환경적 인지와 지각에 대한 전통적 관점과 비교할 때에 어떠한 차이가 있는지를 이해하는 것이다.[25]

25 "Phenomenological Investigation of Imaginative Literature; A Commentary." in Environmental knowing, A. Seamon, 1976, p.289.

사실적 증거의 제공

문학은 경험의 복잡한 중의성과 불연속성을 통합하여 제시한다. 그런데 문제는 문학이 의미의 여러 수준을 가지고 있다는 점이다. 피상적인 수준에서 볼 때에 문학 작품의 내용은 사건과 사실의 해설이다. 이 경우에는 문학 작품이 탐험가의 과학적 보고서와 같은 것이 된다. 그러나 문학은 피상적인 것 이외에도 그 밖에 여러 가지 방법으로 정보를 제공한다. 문학이 제공하는 정보는 삶의 물질적인 조건에 관한 것을 포함한다. 작가는 그들이 살고 있는 사회나 자연세계에 대해서 민감하기 때문이다. 따라서 문학 작품은 상세한 객관적 보고서와 마찬가지로 과거를 재구성한 것일 수도 있다.

문학의 지리학적 자료로서의 효과는, 문학 작품이 특정한 시간과 장소에서의 사람들이 가지고 있는 지적인 관심을 표현하고 있을 때에 비로소 높아진다. 예를 들면 초서(Chaucer)의 작품은 14세기 영국의 경관이나 경제를 재구성하는 데에 매우 유용하다. 역사지리학자는 문학을 사실적 요소를 연구하는 데에 효과적으로 사용한다. 실제로 어떤 장소에 대한 역사지리학 연구를 위한 객관적인 자료가 수집되지 않을 때에는, 그 보완적인 방법으로 문학 작품에 나타나는 기록을 이용하는 길이 있다. 또 다른 예로 중국의 당나라 시대의 장안성이 어떠하였는가를 알려면, 당시에 장안성에 거주하던 시인의 시를 통해서 알 수 있을 것이다. 투안은 당시의 장안성에 거주했던 시인 Po Chu- I 의 장안성에 대한 시를 이용해서 장안성의 지리적 특징을 밝히려 하였다.[26]

[26] Tuan, 1978, p.199

수백개의 집들, 수천개의 집들, 이것은 마치 장기판과 같고
12개의 거리는 배추를 열지어 심은 거대한 밭처럼 보인다.
멀리 왕궁을 향하여 가는 기마병의 희미하고 작은 횃불
이것은 오대문의 서쪽에 놓인 별들의 대열과 같다.

이 시는 9세기의 중국 장안성의 이미지를 독자에게 전해 준다. 이를 통해 우리는 당시의 이 도시의 가로망은 단순한 기하학적인 패턴을

이루고 있었고, 가로는 넓고 동서남북으로 뻗어 있었으며, 밤에는 어둡고 조용하였으며, 새벽의 궁정에는 횃불을 든 병사들이 움직이고 있었다는 사실을 알 수 있다. 만일 이 짧은 시구가 역사지리학자에게 유용한 사실을 제공한다면, 긴 산문들은 더 풍부한 자료를 제공하여 줄 것이다. 빅토리아 시대의 런던을 연구할 때, 디킨스(Dickens)를 인용하지 않는 학자가 별로 없다. 이것은 단지 장식적인 것이 아니고, 그의 작품이 많은 자연적, 사회적 사실들을 제공하고 있기 때문이다.

도시 소설도 도시 구조나 경관에 대한 사람들의 사고를 이해하기 위한 좋은 증거가 된다. 이러한 증거는 피상적으로 볼 때에 지리학적 지식을 확립하는 데에 필요한 많은 정보를 제공한다. 또한 특정한 시대와 특정한 장소를 배경으로 하는 많은 소설들은 환경적 지식을 파생시킨다. 이러한 경우에 소설 자체가 공간이나 경관의 중요한 양상에 대해 지적으로 초점을 맞추고 있는가, 소설이 사회과학의 문제를 해결하기 위한 증거로 연구되어질 수 있는가, 소설 속의 경관이 소설을 더 잘 이해하기 위해서만 연구되어지는 것이 타당한가 하는 문제가 제기된다. 실제로 예술의 한 형태로서의 소설은 지리학적 증거를 수집하기 위한 자료로 사용되기에는 취약한 점이 있다. 그러므로 연구를 수행하기 전에 증거로서의 소설의 가능성과 약점이 동시에 고찰되어져야 하고, 그리고 약점을 피하면서 강점이 부각시킬 수 있는 연구 방법의 개발이 중요하다.[27]

27 W. J. Lloyd, "Landscape imagery in the Urban Novel: A Source of Geographic Evidence," in Environmental Knowing: Theories, Research, and Methods, eds., Gray T. Moore & Reginald G. Golledge, Stroudsburg Pennsylvania, Dowden, Hutchinson & Ross, 1976, p.279.

장소의 이미지 형성 과정의 이해

지역에 의미나 가치를 부여할 수 있는 인간의 경험의 폭은 매우 방대하다. 개인에 따라서 이것의 원천이 다르고 독특한 것일 수도 있다. 또한 습득의 과정도 무의식적이거나 또는 공식적일 수 있다. 이러한 복잡성이 있기는 하지만, 문학 작품은 특정한 장소에 대한 이미지를 형성하는 데에 결정적인 요소가 된다. 실제로 대중 소설이 장소를 정의하는 역할을 하는 경우는 매우 많다.[28]

28 James R. Shortridge, "The Concept of the Place-Defining Novel in American Popular Culture," Professional Geographer, Vol. 43, No. 3, 1991, pp. 280-291.

소설과 지역적 이미지의 상호 작용은 세 가지 맥락에서 인지되어질 수 있다. 첫째는 지역 문화에 대한 구체적이고 정확한 통찰력을 제공하는 작가들을 통해서 독자들은 영향을 받는다. 둘째는 지방적으로 인기있는 지역 소설은 한정된 지역 주민의 사고에 영향을 미친다. 셋째는 강한 지역적 주제를 담고 있는 대중 소설이 특정 지방에 대한 공통적인 이미지를 심어 줄 수 있는 가능성이다.

소설의 이와 같은 장소 정의 기능은 그 소설이 가진 본래의 목적과 상관없이 무의식적으로 발생한 부산물이다. 장소를 정의하는 소설을 목록화하여 제시할 수 있다면, 지리학 연구 이외에도 매우 유용하게 사용할 수 있다. 특정 장소에 대한 이미지는 관광 산업과 같이 경제 개발이나 지역계획 활동에 응용이 될 수 있기 때문이다. 특히, 지역 문화를 연구하는 사람들에게 이러한 소설은 지각된 지방적 가치에 관한 정보를 얻을 수 있는 광맥이나 다름없다. 여기에서 얻는 정보는 다른 접근 방법에서 종종 간과되는 장소의 주관적 양상에 대한 이해를 가져 올 것이다.

지리학적 기술 방법의 향상

문학은 고도의 서술적 수준을 가지고 현상을 묘사한 것으로서, 소설가나 시인은 그들의 작품을 통하여 지리학의 산문적인 기술보다 훨씬 더 장소의 요소를 독자로 하여금 심층적으로 이해하도록 한다. 문학에서 제시되는 경관은 현실에 뿌리를 둔 것으로, 이러한 경관은 지리학자의 주요 연구 영역이 되기도 한다. 따라서 지리학자도 경관을 잘 기술하여 경관의 복잡한 양상을 이해시킬 수 있도록 하여야 할 것이다.

그렇다면 지리학은 어떤 방법으로 기술되어야 하는가. 과학은 명쾌성을 추구하는 데에 비해서 예술은 완벽함을 추구한다. 과학은 존재하는 모든 것을 희생하고 가장 중요한 요소만을 재구성하는 것이지만, 예술적 서술은 그 의도가 총체적 제시에 있기 때문에 적절히 상징화된다. 따라서 월시(Walsh)는 이 둘의 차이를 전자는 목적지를 향해서 가는 가로를 여행하는 것과 같으며, 후자는 폐쇄된 정원을 탐구하는 것과 같다고 하였다.[29] 만일 우리가 명쾌성을 추구한다면 완벽성은 희생된다. 지금까지 대부분의 지리학자가 추구하여 온 실증주의적인 연구 결과가 가져온 명료성은, 지역의 완벽한 이해라는 지리학의 본질적인 목표를 충분하게 달성시킬 수는 없었다. 이러한 부족한 점을 메우기 위해서 보다 훌륭한 문장을 이용해서 지역을 기술할 필요가 있다. 그러기 위해서는 지리학자들은 문학에서의 경관의 기술 방법을 습득할 필요가 있다.

29 Dorothy Walsh, Literature and Knowledge, Middletown, Conn: Wesleyan University Press, 1969, pp.37-39.

루이스(Lewis)는 기술에 있어서의 완벽성을 추구하려면 다음과 같은 자세가 요구된다고 하였다.[30]

30 C. S. Lewis, Underception, London: Geoffrey Bles, 1971, p.219.

> 첫째는 말하고자 하는 것을 정확히 아는 것이고, 둘째는 말하고 있는 것을 확인해야 하는 것이다. 우리는 독자가 우리가 의미하는 것을 인식하지 않고 읽기 시작한다는 사실을 기억하여야 한다. 만일 우리가 말하는 것에 함의성(ambiguity, 양가성)이 있다면 우리가 의미하는 것이 독자에게 제대로 전달되지 못한다. 글을 쓰는 것은 길에서 양을 모는 것과 유사하다. 만일 왼쪽이나 오른쪽에 문이 열려 있다면 독자는 그곳으로 들어 갈 것이다.

정확히 말하는 것은 완벽함을 요구한다. 그러나 우리가 정확하게 말하기 전에 우리가 말하기를 원하는 것에 대해서 명확하게 알고 있어야 한다. 문학 작품과 비문학 작품의 문장에서 나타나는 중요한 차이는 표현에 있어서의 명시성의 차이이다. 문학 작품은 단순한 기술에서도 암시적인 요소가 있으나 과학적인 글은 세밀하게 정의된 목적을 가지고 서술한다. 문학 작품은 암시가 목적이고 과학적인 글은 암시를 추구하지 않는다. 그러나 이 둘은 서로 다른 현상을 연결시켜서 유사성과 관계를 파악하게 함으로써 창조적인 사고를 발달시킨다. 문학 작품을 통해서 지역을 정확히 기술하는 방법을 배우는 것은 물론이고, 지역을 정확히 기술하기 위해서는 지역적인 삶의 가치 또한 이해하여야 한다.

지리 교육 도구로의 이용

교육의 전체적인 과정은 사물에 대한 통찰에 의해서 이루어진다고 볼 수 있다. 만일 학생들이 문학 속에 기술된 경관을 통해서 구체적으로 그 유형을 파악할 수 있다면, 인간이 자신이 사는 세계에 미친 영향을 이해할 수 있게 될 것이다. 즉, 문학을 통해서 공간의 기하학적 특징, 통신체계, 지표의 인간적 사용의 유형 등등이 개인과 사회의 본질을 반영하는 것이라는 사실을 파악하는 것은, 곧 그들이 그들 자신의 환경을 창출하는 데에 책임이 있다는 사실을 인식하게 하는 효과가 있을 것이다.

문학은 보는 것에 대한 비평적인 감성을 발달시키는 도구이다. 대체로 문학은 교과서 보다는 편안하고, 민감하며, 그리고 편견이 적은 것으로 생각된다. 문학 작품은 객관적인 것은 아니지만 독자로 하여금 현실 세계를 기꺼이 탐구하게 하고, 자유롭게 그것에 반응하도록 하며, 구체적으로 조망할 수 있도록 한다. 따라서 문학은 세계에 대한 학생들의 이해를 증진시키고 현실 세계를 보다 정확히 관찰할 수 있는 능력을 갖게 할 것이다.

문학 작품의 지리학적 이용

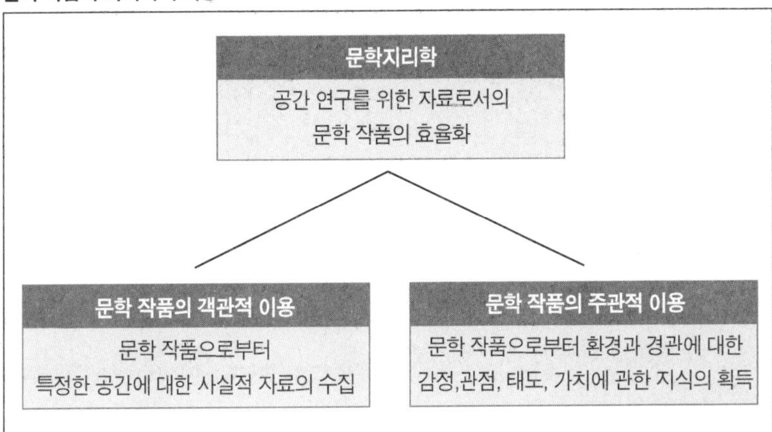

자료 Yi-Fu Tuan, "Literature and Geography: Implication for Geographical Research," in Humanistic Geography: Prospects and Problem, eds. David Ley & Marwyn S. Samuels, Chicago: Maaroufa Press, Inc., 1978, pp.194-206.

문학 작품을 교육적 도구로 사용하거나 지리적 자료로 이용하는 데에는 위의 그림처럼 주관적 측면과 객관적 측면이 있다. 주관적 측면의 첫째는 특정한 환경과 경관, 그리고 도시 등에 대한 개인과 인간 집단과의 체험이나 이미지를 문학 작품을 통해서 밝히는 것이다. 둘째는 동일한 사람이나 집단이 같은 장소에 대해서 상충되는 이미지를 동시에 갖는 경우를 조사하는 것이다. 셋째는 동일한 장소에 대한 상이한 이미지를 밝히는 것이다. 넷째는 같은 장소에 대해 시기에 따라 변화되는 이미지를 밝히는 것이다. 그리고 마지막은 문학 작품을 통해서 장소가 의미를 획득하는 과정을 분석하는 것이다.

문학 작품의 객관적인 이용 방법은 문학 작품이 제시하는 내용 그 자체를 지리학의 탐구 대상으로 삼아 연구하는 것이다. 첫째, 문학 작품에 나타나는 지리학적 현상을 기술하고 설명하는 것이다. 둘째, 지리학이 문학에 미치는 영향을 밝히는 것이다. 셋째, 문학 작품을 지역 복원을 위한 자료로 이용하는 것이다. 넷째, 문학 작품을 통해서 특정시대의 특정한 장소를 이해하는 데에 필요한 사실적 정보를 수집하여 학생들에게 제시하는 것이다.

4. 맺음말

이 글은 문학지리학의 성립과 그 발달 과정을 고찰하고, 지리학과 문학의 관계를 밝혀서 문학 작품에 대한 지리학적 적용의 필요성과 지리학 연구에 있어서 문학 작품을 이용할 수 있는 방법을 모색하는 데에 그 목적이 있었다.

지리학과 문학의 관계를 요약하면 다음과 같다.

첫째, 인간주의적인 입장에서의 지리학적 현상을 탐구함에 있어서, 문학 작품은 장소에 대한 개인의 주관적 접근방법을 파악하고자 하는 데에 사용될 수 있다. 둘째, 지리학적 현상학의 기초로서 장소의 정신과 특성을 이해하는 데에 필요한 장소나 경관에 대한 다양한 의미, 지각 및 인지와 관련이 있는 지식을 문학 작품에서 얻을 수 있다. 셋째, 문학은 인간 집단의 거주지의 이해를 위하여 필요한 환경에 대한 인간적 체험, 가치 및 열망 등에 관한 지식을 제공할 수 있다. 넷째, 문학은 장소의 이미지 형성 과정을 밝히는 데에 필요한 자료를 제공할 수 있다. 다섯째, 문학은 지리학 연구에 필요한 사실적 정보를 제공할 수 있다. 여섯째, 문학은 지리학자로 하여금 그들의 연구 결과를 문학적 표현과 같은 기술적인 면에서의 수준 높은 질을 유지하도록 한다. 그리고 마지막으로, 문학 작품의 지리 교육 도구로서의 사용은 학생들의 지리학적 이해에 도움을 줄 수가 있다.

지리학 연구에서의 문학 작품의 사용은, 문학이 작가가 살고 있는 시대, 공간, 그리고 사회를 구성하는 인간 집단과의 체험과 열망과 같은 삶의 모습을 제시하기 때문에 가치가 있다. 즉 이러한 가치는 지리학자로 하여금 인간 세계의 다양한 요소들과 이들 요소간의 관계에 대해서 관심을 갖게 하여, 민감하고 창조적인 문학가나 마찬가지로 인간적 체험을 탐구하게 함으로써 지리적 환경을 더 민감하게 이해하도록 하는 데에 있다. 이러한 효과를 얻기 위해서는 문학의 본질과 접근 방법에 대한 이해가 선행되어야 할 것이다. 그러나 지리학의 입장에서 볼 때에 문학지리학 연구의 궁극적인 목표는 문학을 이해하는 데에 있는 것이 아니고, 지리학을 이해하는 데에 있다.

《광여도》, 춘천부 출처_규장각

5부
강원도

천하제일강산 영동

김갑기

1. 천하 문장이 머무는 곳, 고성

바다의 금강이라는 해금강(海金剛)의 통천(通川)을 지나 동해를 끼고 남으로 내려오면 외금강의 고장이자, 신라 4선이 사흘이나 머물다 갔다는 삼일포(三日浦)의 고장 고성이 고즈넉이 방문객을 기다리고 있다. 산수가 명미(明媚)하면 인걸이 모이게 마련이고, 인걸이 모이면 전설과 시화가 서리게 마련이어서 "신선과 불자는 금강에 터 잡고, 천하 문장은 고성에 머문다(仙佛宅於金剛 文章居於高城)"(강원도군명부〈江原道郡名賦〉) 함이 그 증거다. 고성의 문학 지도는 관동팔경의 1경인 삼일포로부터 더듬는것이 순서일 것이다

청화산인(青華山人) 이중환(李重煥)은 우리나라 호수 중 그 경색(景色)이 가장 뛰어난 곳은 강릉 경포 호수와 삼일포, 그리고 흡곡(歙谷)의 시중대(侍中臺)라 하고, 다음은 간성(干城)의 화담(花潭) · 영랑호(永郎湖) · 청초호(青草湖)라고 그의 역저 《택리지》에서 말한 바 있다. 이어 그는 삼일포의 경색을 청묘(清妙)한 중에 농려(濃麗)하고, 유한(幽閑)하

관동팔경
종이에 채색, 50×35.5cm, 진주대아고교 소장. 출처_임두빈, 한 권으로 보는 한국미술사 101장면, 가람기획.

면서도 개랑(開朗)하여 자못 곱게 단장한 요조숙녀의 아름다움에 비유했다. 그러기에 송강(松江) 정철(鄭澈)도 그의 〈관동별곡〉에서 이 고사를 인용하여,

> 高城(고성)을란 뎌만두고 三日浦(삼일포)를 ᄎᆞ자가니
> 丹書(단서)ᄂᆞᆫ 宛然(완연)ᄒᆞ되 四仙(사선)은 어ᄃᆡ 가니
> 예 사ᄒᆞᆯ 머믄 後(후)의 어ᄃᆡ가 또 머문고.

라고 노래하였고, 고려 말의 석학 안축(安軸)도 자신의 〈관동별곡〉에서

> 삼일포 사선정, 좋은 경치 신기한 전설　　三日浦 四仙亭 奇觀異蹟
> 미륵당 안상의 물가, 서른 여섯 봉우리　　彌勒堂 安祥渚 三十六峰
> 밤 깊고 물결 잔데 솔 끝에 걸린 조각달　　夜深深 波瀲瀲 松梢片月
> 아, 고운 모습 나와 비슷하요이다　　爲古溫貌 我隱伊西爲乎伊多
> 술랑의 무리가 바위에 새긴 여섯 글자　　述郎徒矣 六字丹書
> 아, 오랜 세월에도 오히려 분명합니다.　　爲 萬古千秋 尙分明
>
> 제4장

라고 역시 사선의 고사를 노래했다. 넓고 잔잔한 호수 둘레에 펼쳐진 서른 여섯 개 산봉우리는 절로 맑고 그윽한 산수의 아름다움을 선사해 가정(稼亭) 이곡(李穀)은 일찍이 이곳을 관동승경(關東勝景)이라고 명명하기에 주저하지 않았다. 사선정이란 이 호수 안 조그만 섬에 있는 정자로 박씨 성을 가진 어느 존무사가 사선이 놀던 곳임을 기념하기 위해 세웠다고 전해진다.

삼일포 남단 물가의 다소곳한 봉우리 위에 돌부처를 모신 미륵당

이 있고, 그 뒤쪽 바위벽에 "영랑의 무리가 남쪽 바위께로 가다(永郞徒南石行)"라는 붉은 여섯 글자가 새겨져 있어 사선의 유상처(遊賞處)였음을 기록해 놓았다.

이곡의 《동유기(東遊記)》에 따르면 "6자 중 위의 4자는 완연히 보이나, 아래 2자는 희미하여 분명히 보이지 않는다 하고, 이는 풍화 작용에 의한 것이라기보다는 '여기에 신선의 글자가 있다' 하여 너나할 것 없이 찾아오는 '유람객들의 폐해를 줄이기 위해 이곳 사람들이 일부러 징으로 쪼아낸 것' 같다"고 했다. 그 근거로 "위 4글자의 각(刻)의 깊이는 5촌(寸)으로 깊어 전혀 비바람에 마모될 것 같지 않다"고 했다. 이는 부연하자면 아래 2글자는 '인위적으로 마모한 듯하다'는 의미여서 자연 승지에 곁따르는 전설적 추론이라 할 수 있다.

대저 승지(勝地)에 인걸이 나고 모임은 당연하고, 인걸이 나고 모이는 곳에 누정이 자리하며, 누정이 있으면 시문으로 무늬 지는 풍류 있음이 필연이니 명승은 또 이렇게 명인(名人)의 명구(名句)와 더불어 회자되는 법이다.

서른 여섯 봉우리 가을 비 개니	三十六峰秋雨晴
선경 같은 승지 더욱 맑구나	一區仙境十分晴
날 저물어도 돌아갈 줄 모르고	日斜未用輕回棹
바람언덕 소나무 물가에서 밝은 달 기다리네.	風岸松汀待月明

김구용(金九容), 〈삼일포(三日浦)〉

고려 말 문신 김구용의 삼일포 시다. 본디 명경 같은 산수인데, 가을비가 조촐하게 씻어낸 선경의 그 청량함, 문자로는 더 표현할 길이 없다. 그러니 날이 저문들 대수랴, 산들바람 이는 언덕에 의지해 솔가지에 떠오를 명월을 어이 사양할 것인가.

뛰어난 승경 그림보다 낫고	一區勝景畵難成
점점이 기이한 산 봉 물에 비쳐 맑은데	點點奇峰照水晴
육자 단서 비록 희미하지만	六字丹書雖剝落
사선이 놀던 곳 오히려 분명하구나.	四仙遊跡尙分明

한상경(韓尙敬), 〈삼일포(三日浦)〉

고려 말 문신으로 조선조 개국 삼등 공신에 올라 영상까지 지냈던 한상경의 시다. 그림으론 그려낼 수 없는 승지, 가뭇가뭇 서른 여섯 산봉우리 물에 비쳐 더욱 맑아한데, 신선의 유상처임을 알리는 단서는 분명하게 남아 있는 선경임을 노래했다.

승지 삼일포의 이름 일찍이 들었으나	昔聞三日浦
내 오늘 비로소 사선정에 올랐노라	今上四仙亭
찰랑대는 물이랑 백옥 같은 반석을 치고	水拍白銀盤
빙 두른 산 봉은 푸른 옥 병풍처럼 둘렀구나.	山圍蒼玉屛

홍귀달(洪貴達), 〈삼일포(三日浦)〉

강릉 별시문과 을과 출신이자, 이시애(李施愛) 난에 혁혁한 공을 세운 바 있는 문무 겸비의 허백당(虛白堂) 홍귀달의 삼일포 사선정 제영시(題詠詩)다. 대개의 제영시가 그러하듯 두보의 〈등악양루(登岳陽樓)〉의 "일찍이 동정호의 장관을 소문으로만 듣다가 / 오늘 악양루에 올랐도다.(昔聞洞廷水 今上岳陽樓)"를 의양한 절창이다.

이 외에도 안축 · 정추 · 이곡 · 허균 등 무수한 문사들의 시화가 명승지의 꽃다발처럼 화사하게 피어 전한다.

2. 신선의 휴식 공간, 간성

눈부신 명사(明沙)의 해당화 길을 따라 남하하면 거진을 지나 간성이다. 이곳 명파리(明波里) 바로 위쪽은 민족의 원한이 가로놓인 휴전선, 철조망 하나를 사이하고 콘크리트 벽보다 견고한 불신의 벽이 혈육도 문화도 부정한 채 반세기 민족사를 단절해 놓고 있다.

워낙 동해안 백사장 어디가 아름답지 않을까 마는 특히 고성과 간성을 잇는 백사장은 푸른 소나무와 해당화가 아우른 절경 중에 절경으로 일컬어 왔다. 정작 "명사십리(明沙十里) 해당화야 꽃이 진다고 설워마라"는 노랫가락이 의미하듯 '명사(明沙)' 하면 원산이다. 그러나 이곳은 예로부터 '모래 빛이 워낙 흰데다가, 인마(人馬)가 밟으면 바스락바스락 소리가 난다' 하여 명사(明沙)가 아닌 명사(鳴沙)로 일컬어 왔다.

전설도 호사로운 화진포(花津浦)를 지나면 관동팔경(關東八景)의 하나이자, 송강 정철의 〈관동별곡(關東別曲)〉으로 잘 알려진 청간정(淸澗亭)이 거기에 있다.

> 예 사흘 머믄 後(후)의 어듸가 또 머믄고
>
> 仙遊潭(선유담) 永郎湖(영랑호) 거긔나 가 잇는가
>
> 淸澗亭(청간정) 萬景臺(만경대) 몃 고듸 안돗던고.

신선의 자취를 되밟으며, 선경을 만날 때마다 되뇌는 해타(咳唾)로 가성(歌聖)도 목이 쉰다. 바로 그 신선들이 쉬어갔다는 청간정이나, 정작 누가 언제 세웠는지는 알려지지 않고 있다. 다만 조선조 중종(中宗) 6

년(1511)에 군수 최청(崔淸)이 중수했다 하니, 창건은 훨씬 먼저일 테고, 그 후 현종(顯宗)과 헌종(憲宗) 대에 각각 중수했으며, 갑신정변 때 소실된 것을 1928년 간성 면장 김용집(金鎔集)이 주도하여 재건했다 한다.

일찍이 조선조 19대 숙종(肅宗)이 이곳을 지나며

가을이라 만인대에 이르르니	秋日臨來萬人臺
아, 아름다운 경치 봉래보다 곱구나	可憐風景勝蓬萊
쉼 없이 부서지는 물결 눈보라로 휘날리니	時時水拍繁成雪
난간에 의지한 채 맑아한 흥만 가뭇하여라.	興到憑欄却迂回

숙종, 청간정

라고 잠시 왕공(王公)의 위풍마저 자연에 앗겼는가 하면, 1953년 5월 강원도를 순시하던 이승만 전대통령도

반도의 동햇가 땅 다한 곳	半島東邊地盡頭
봉래가 지척이라 선계가 여기로구나	蓬萊咫尺是瀛州
그 옛날 진시황 무슨 약 구했으며	秦童昔日求何藥
한나라 무제는 얼마나 신선루를 꿈에 그렸던가	漢帝幾時夢此樓
예맥의 푸른 산 눈앞에 우뚝 솟아 있고	濊貊靑山當戶立
동해의 붉은 해 난간에 두둥실 떴구나	扶桑紅日入欄浮
시절이 어수선해 승경을 돌볼 이 없으니	亂中風月無人管
온전히 어옹과 백구의 차지로구나.	一任漁翁與白鷗

이승만, 청간정

라고 정객은 물론, 이 시대의 문사답지 않은 고격한 풍류를 남겼다. 더욱

1 《신증동국여지승람》제46권, 〈원주목〉.

시의 격조에 못지 않게 청아한 휘호 '청간정(淸澗亭)' 석자의 편액도 당신의 필적으로 남아 있어 감회를 더한다.

3. 천하명승, 강릉

간성에서 봇짐을 추슬러 메고 속초의 신륵사와 관음보살상에 참배드리고, 대양과 길 하나를 사이한 영랑호에 들러 잠간 잊었던 신라 사선의 유향을 맡을 수 있다. 다시 양양의 낙산사를 거쳐 의상대 일출쯤 볼 여유로 하루쯤 묵어도 좋다. 동해의 생선회 맛은 얼마간 시간과 몇 푼 지폐의 값을 충분히 벌충해 줄 것이다.

이튿날 율곡의 〈청학산유산록(靑鶴山遊山錄)〉의 하산 길을 따라 남행하다 보면 강릉의 초입 마을 사천(沙川)의 쌍한정(雙閑亭)을 만나게 된다. 이 정자는 강릉 12 향현(鄕賢)의 한 사람인 삼가(三可) 박수량(朴遂良)이 관직에서 물러나 종질 사휴(四休) 박공달(朴公達)과 소요하던 곳이다. 어느 날 기묘명현(己卯名賢) 충암冲庵) 김정(金淨)이 금강산 유람을 마치고 귀로에 들려 철쭉지팡이와 시 한 수를 주기에 그 답시에,

곧으면 먼저 찍힐까 두려워	似嫌直先伐
짐짓 일신을 비틀었구나	故欲曲其身
본성의 곧음이 그 안에 있나니	有性猶存內
어찌 찍힘을 면할 수 있으랴.	那能免斧斤

라고 화답했다. 영락없이 철쭉지팡이를 노래한 시이자, 충암의 안목을 기린 시다. 그러나 안목은 곧 충암의 성품으로, 부근(斧斤)은 조광조(趙光祖) 일파의 지치주의자(至治主義者)를 색출해 내던 세태(世態)의 비유

였으니, 충암은 이래 제주도 유배 후 사사(賜死)되었고, 박수량의 시는 선지자의 예언인 시참(詩讖)이 된 셈이다.

사천에서 불과 10여분 남짓 거리면 고도 강릉이 암하노불(巖下老佛)의 심성들을 싸안고 그저 다소곳이 엎드려 있다. 지금은 고갯길도 아니지만 우측으로 죽헌동 일대가 유서도 깊은 기묘명현(己卯名賢) 신명화(申命和)의 고택이자, 사임당의 친가요, 율곡의 외가인 오죽헌이다. 특히, 보물로 지정된 헌내 몽룡실은 율곡이 태어난 곳으로 이당(以堂)이 그린 사임당 초상이 봉안되어 있으며, 옆으로 정조(正祖) 대왕의 명에 의해 지어진 어제각(御製閣)이 있고, 역시 율곡의 영정(影幀)이 봉안되어 있다. 근자엔 율곡 모자의 유덕을 기리고자 하는 이곳 관민의 유지로 율곡 기념관이 세워져 사임당의 친필, 초충도(草蟲圖)를 비롯하여 율곡의 유품, 그리고 아우 옥산(玉山)의 초서 〈귀거래사〉 병풍, 매창(梅窓)의 그림 등이 전시되어 있다. 그 밖에도 많은 사료(史料)와 시문이 보관되어 있어 단순한 관광지가 아닌 역사 유적지로 탈바꿈하고 있다.

오죽헌에서 발길을 동쪽으로 돌리면 천하 제일강산 경포대와 경포호수, 그 너머 대양이 넘실거리는 경포해수욕장이 나온다. 일찍이 고려의 문사 김구용(金九容)이 "강릉의 산수는 천하 제일이다(江陵山水甲於天下)"라고 노래한 시구(詩句)는 "자연의 아름다움은 응당 영동으로써 제일로 삼는다(山水之勝 當以江原嶺東爲第一)"는 청화산인의 《택리지》에 근거한 것일까? 계곡(谿谷) 장유(張維)의 "우리나라 산수의 아름다움은 천하에 알려진 바 있어 고을마다 명승지가 있으나, 그 중에서도 영동이 가장 뛰어난 승지이다. 영동 9군은 북으로 흡곡 통천에서부터 남으로 평해 울진에 이르기까지 다 경색이 좋아 신선이 산다고 하나, 그 중에서도 강릉이 가장 좋다(三韓山水之美 名於天下 幅員八路 各有勝境 而嶺東爲之最 嶺之東九郡 北自歙通 南盡平蔚 各占山海之勝 稱神仙窟宅 而瀛

爲之最)"라는 대문(大文)의 모태인가!

산수도 커니와 풍속의 순후함은 물론이어서 이 지방 민요 〈옥단춘가(玉丹春歌)〉의

> 춘아 춘아 玉丹春아
> 네집 구경 가자서라
> 우리 집엔 구경없네
> 뜰꽃 마다 연당파고
> 연당 안에 대를심어
> 때끝 마다 鶴이앉아
> 학의 부모 늙은양은
> 그리 설지 않하야도
> 우리 부모 늙은양은
> 나는 서러 못보겠네.

는 또 이 지방이 인륜의 근본인 효향(孝鄕)임을 방증하는 노랫가락이다. 더욱 서화는 물론, 사모곡에 필적할 사임당의 사친(思親)의 노래인

늙으신 어머님 고향에 두고	慈親鶴髮在臨瀛
홀로 서울로 향하는 이 심사여	身向長安獨去情
머리 돌려 고향 하늘 바라보니	回首北坪時一望
흰 구름 떠도는 아래 저녁 산만 푸르네요	白雲飛下暮山靑

〈유대관령망친정(踰大關嶺望親庭)〉

역시 아버지의 3년 상을 마치고 어머니 홀로 두고 시가로 가는 딸

의 효성이 밴 시가다. 여기 북평(北坪)은 사임당의 친정이 있는 강릉시 현 행정구역상 죽헌동의 옛 지명이다. 일찍이 안축도

삼한의 예의, 천고의 풍류 간직한 고도 강릉	三韓禮義 千古風流 臨瀛古邑
경포대, 한송정 달 밝고 바람 맑은데	鏡浦臺 寒松亭 明月淸風
해당화 길, 연꽃 핀 못 때 좋은 시절에	海棠路 菡萏池 春秋佳節
아, 노닐며 감상하는 모습 그 어떠합니까	爲 遊賞景 何如爲尼伊古
누대에 불 밝히고 새벽이 지난 뒤에	燈明樓上 五更鍾後
아, 해돋이 광경 그 어떠합니까.	爲 日出景 幾何如.

〈관동별곡〉 7장

라고 그의 관동 순무사 길에 이 지방의 예도와 풍류를 노래했는가 하면, 송강 역시 관동 기행에서

江陵(강릉) 大都護(대도호) 風俗(풍속)이 됴흘시고
節孝(절효) 旌門(정문)이 골골이 벼려시니
比屋(비옥) 可封(가봉)이 이제도 잇다홀다.

〈관동별곡〉

라는 반문으로 그 순속한 풍속을 성율(聲律)에 얹었다.

산자수명하고 민풍이 순속하면 인걸이 나고 모이는 법이니 퇴도(退陶)와 함께 동방 이학의 쌍벽이자 《정언묘선(精言妙選)》을 펴내 시학(詩學)의 규감을 보인 율곡(栗谷) 이이(李珥)를 비롯하여 초당오보수(草堂五寶樹: 허엽 · 성 · 봉 · 난설헌 · 균)의 문장이 찬연한가 하면, 우리 규방 문학을 대표하는 율곡의 모부인 신사임당(申師任堂)은 물론, 초당오

보수 중 여걸 허난설헌(許蘭雪軒)의 생장지(生長地)이기도 하다.

한편 사랑의 마음을 푸른 호수에 비유한 서정시 〈내 마음은〉과 "남국을 향한 불타는 항수 / 너의 넋은 수녀보다도 더욱 외롭구나. ―너의 드리운 치맛자락으로 / 우리의 겨울을 가리우자"(〈파초〉 일부)던 열정의 시인 김동명(1901~1968), 6 · 25의 비극을 그린 〈두고 온 山河〉로 데뷔하여 시나리오 〈산불〉, 〈저 하늘에도 슬픔이〉, 〈갯마을〉, TV 드라마 〈연화〉, 〈사모곡〉, 〈윤지경〉, 〈왕비열전〉 등 한국 사극(史劇)을 이끌어 온 극작가 신봉승(辛奉承, 1933~), 미당 선생 추천으로 《현대문학》을 통해 등단한 여류 시인 김혜숙(1937~), 강릉의 뒷 산동네에 비유될 평창 출신 〈메밀꽃 필 무렵〉의 작가 가산(可山) 이효석(李孝石, 1907~1942) 등을 길러낸 문향(文鄕)이다.

워낙 선비와 문사의 휴식 공간은 누정(樓亭)이다. 지지(地誌)에 나타난 이 지역 누정은 무려 50여 곳에 산재해 있다 한다. 경포대를 중심한 직경 십리 안에 해운정 · 금난정 · 방해정 · 취영정 등이 고색 창연히 서 있고, 근자에 다시 세운 석난정 · 창랑정 등이 선계의 풍광을 돕는다.

서거정(徐居正)은 "지역이 바닷가라 기이하고 훌륭한 경치가 많으며, 가끔 신선들이 남긴 자취가 있다"(《동국여지승람》)고 했으며, 강릉 부윤(府尹) 조운흘(趙云仡)은 안렴사(按廉使) 박신(朴信)과 강릉 기생 홍장의 로맨스를 선유(仙遊)에 빗대

신라 성대에 안상 선인 놀던 곳	新羅聖代老安祥
그 풍류 간 지 천 년 이제도 잊을 수 없네	千載風流尙未忘
안렴사 박신이 경호 유람 즐긴다기에	聞說使華遊鏡浦
고운 배에 홍장을 다시 태웠구나.	蘭舟聊復載紅粧

《임영문화(臨瀛文化)》8호

라며 호사로운 풍류장을 남겼다. 그러나 한 번 가신 님은 다시 오지 않았

다. 애타게 기다리던 홍장은

> 寒松亭 돌붉은 밤의 鏡浦臺예 물셜잔제
>
> 有信혼 白鷗는 오락가락 흔것만은
>
> 엇뎟타 우리의 왕손은 가고안이 오는이.

라고 무정한 노랫가락을 한으로 풀었고, 장진산(張晋山)은 "月白寒松夜波淺鏡浦秋 哀鳴來又去 有信一沙鷗"라고 한역해 전하고 있다.

한편 안성(安省)의

그 언제런가, 예국이 명주로 바뀐지	變國爲州不記年
강릉의 누관은 어느 새 가을이라오	藥城樓館又秋天
산수가 온통 도원경인데	海山盡是桃園裏
어찌 구차히 선수양 하리오	不用區區學得仙

《동국여지승람》

역시 고도 강릉의 연혁으로 평직서기(平直敍起)하여 수국의 선기(仙氣)를 드세운 가을 경치로 부연했으며, '도화원' 으로 완전하여 '학선(學仙)' 의 구차함을 유추한 '선미(仙味)' 는 그러므로 순류에 유유히 떠가는 조각배처럼 절로 얻어졌다.

한편《임영문화》8호에 는 심종산(沈種山)이라는 경포대를 제영한 대표적인 시가 실려있다.

열 두 난간 벽옥 같은 대에 오르니	十二欄干碧玉臺
큰 바다 봄빛이 거울 호수에 펼쳤네	大瀛春色鏡中開
해맑은 푸른 물결 깊지도 얕지도 않고	綠波澹澹無深淺

쌍쌍한 갈매기 절로 왔다 절로 가네	白鳥雙雙自去來
가고 오지 않는 신선 구름 밖에서 놀고	萬里歸仙雲外笛
철따라 노니는 나그네 잔 속의 달을 마시네	四時遊子月中盃
비껴 나는 황학이 내 뜻을 알고	東飛橫鶴知吾意
호반이랑 산자락 맴돌며 짐짓 한가롭구나.	湖山徘徊故不催

특히, 경련의 '귀선'은 신라 4선의 용사거니와 대의 '유자' 역시 적벽(赤壁) 소선(蘇仙)을 넘나는 풍류 한인(閑人)이다. 워낙 달은 경포의 명물이다. 달이 동해에서 떠 얼마쯤 올라왔을 때 대 위에서 바라보면 달빛이 기둥처럼 호수에 눕는다. 마치 황금의 비단 필을 수면에 깔아놓은 듯한 황홀경, 그 달 기둥도 헌사롭지만, 이 대에 앉아 술을 마시노라면 네 개의 달을 볼 수 있다 한다. 곧 '하늘의 달, 바다에 잠긴 달, 호수에 뇌인 달, 그리고 술잔에 비친 달'이 뛰노는 신선계를 방불케 한다 하나, 필자는 5개의 달을 본다. 곧 '바다와 호수에 잠긴 각각의 달과 솔가지에 걸린

강원 강릉시의 경포대 해수욕장
출처_Geophoto, 안종욱

달, 술잔에 담긴 달, 그리고 님의 눈동자에 박힌 달'이 그것이다.

한편 경포 8경이라 하여 '초당의 저녁 연기,' '홍장암의 부슬비,' '시루봉의 낙조,' '녹두의 일출,' '환선등의 피리소리,' '강문의 어화(漁火),' '죽도의 명월,' '한송사의 종소리'를 일컫는다. 이 같은 강릉의 풍미를 일찍이 송강은

우개지륜(羽蓋芝輪)이 경포(鏡浦)로 ᄂᆞ려가니
십리빙환(十里氷紈)을 다리고 고텨 다려
장송(長松) 울흔 소개 슬ᄏᆞ장 펴뎌시니
믈결도 자도 잘샤 모래ᄅᆞᆯ 혜리로다
고주해람(孤舟解纜)ᄒᆞ야 정자(亭子) 우ᄒᆡ 올라가니
강문교(江門橋) 너믄 겨ᄐᆡ 대양(大洋)이 거긔로다
종용(從容)ᄒᆞ다 이 기상(氣象) 활원(闊遠)ᄒᆞᆫ다 뎌 경계
이 도곤 ᄀᆞᄌᆞᆫᄃᆡ ᄯᅩ 어ᄃᆡ 잇닷말고.

〈관동별곡〉

라 하여 숱한 시문의 해타를 재치론 말결로 엮어 성율에 얹었다.

4. 하늘 아래 첫동네, 평창

산 좋고 물 맑은 평창, 평균 해발이 800미터 남짓한 이곳은 본디 산의 고장이다. 산수 명미한 평창은 중종(中宗) 반정 때 정국공신(靖國功臣) 2등으로 평창군에 봉해진 휴휴당(休休堂) 이계남(李季男)과 우참찬(右參贊) 우찬성(右贊成)을 지낸 동생 동호(東湖) 이계동(李季仝)의 향리이자, 〈메밀꽃 필 무렵〉의 작자 이효석의 고향이다. 이효석의 부친이 이곳 진

부 연평 등지에서 면장을 지냈으므로 그가 중학교에 다니기 위해 상경할 때까지 나서 자란 곳이다. 그의 대표작 〈메밀꽃 필 무렵〉의 배경지임은 물론, 그의 호 '가산' 도 산의 강원도 사투리 그대로이다. 산의 고장에서 나서 자란 어린 시절의 정경이 호의 본 뜻이라면 이곳 대화 진부 연평의 산하는 뛰어난 한국 소설가와 소설 문학을 낳아 준 명산인 셈이다.

은자의 처소에서 민주화의 성지로
원주

서성훈 · 박대성 · 최호승 · 김형준

1.

원주는 치악산 국립공원을 중심으로 영서 지방 교통의 분기점을 이루는 도시이다. 이곳에서 동쪽으로 내닫는 길은 제천, 영월, 단양으로 열려 있고, 북으로는 뻗어나간 길은 평창, 대관령으로 연결되며, 남쪽으로 이어진 길은 횡성, 홍천, 춘천에 다다른다. 동남북으로 열린 길을 지도 안에 놓고 보면, 원주는 영서의 길목을 가로세로로 잇는 교통의 요지임을 실감하게 된다. 《신증동국여지승람》 〈원주목〉에 따르면, 원주는 본래 고구려의 평원군(平原郡)이었으나 신라의 문무왕 때에는 이곳에 북원소경(北原小京)으로 통합되어 중요한 거점도시로 인정받았고, 고려 태조 때에 와서는 이곳에 원주목을 두기에 이른다.

원주 지역의 형세는 동쪽으로 치악산(雉岳山)이 우뚝 솟아 진산을 이루고, 서쪽으로는 섬강(蟾江)이 십리를 달리고 있어서 고을의 성곽처럼 주변을 감싸고 돈다. 또, 《신동국여지승람》에는 서거정(徐居正)의 〈중신기(重新記)〉를 인용하고 있는데, 이 글에 따르면, 원주는 땅이 넓고 백성은 많으며, 산천이 아름답고 물산은 풍부해서 여러 고을 가운데서도 특

치악산

히 뛰어난 곳이다. 이 지역은 부지런하고 검소하며 재물을 저축하고 물화를 늘려서 홍수와 가뭄은 재해가 되지 못하는 동쪽의 아름다운 고을이다. 서거정은 젊었을 때 치악과 법천(法泉) 등지의 산사에서 글을 읽느라고 원주로 자주 왕래했다고 회고하고 있다.

한편 《신증동국여지승람》에는 치악산이 영험한 산이어서 구도(求道)를 하는 은자(隱者)들이나 수행승, 숨은 인재들이 이곳으로 찾아들었다고 전하고 있다. 치악산 동쪽에는 각림사(覺林寺)가 이름이 높은데, 이곳은 이태조가 잠저에 있을 때 글을 읽은 장소로 알려져 있다. 변계량의 시에도 "치악산이 동해 지방에서 이름이 높고 이 산의 절 가운데 각림사가 가장 좋아 땅의 신령한 기운이 천룡(天龍)의 모임을 옹위한다"라는 표현이 있을 정도이다. 또한 법천사는 일찍이 유방선(柳方善)이 학문을 강론했던 곳으로 이름이 높다. 이곳을 거쳐간 인재들로는 권람(權擥) · 한

명회(韓明澮) · 서거정 같은 이들이 있다. 《택리지》에서 원주를 가리켜 "사대부들이 즐겨 살았던 곳"이라고 한 것은 단순한 칭송이 아니었던 셈이다.

> 기후가 춥고 땅은 메마르고 백성은 어리석어, 두메에 비록 시내와 산의 좋은 경치가 있으나, 한때 병란을 피할 만한 곳이지, 오래 대를 이어가며 사는 데에는 적당치 아니하다. 오직 춘천(春川)과 원주(原州)는 다소 나은데…… 원주는 영월 서쪽에 있고 감사가 다스리는 곳이다. 동쪽은 높은 고개와 산협으로 이어져 있고, 서쪽은 지평현에 인접하고 있다. 산골짜기마다 고원부지가 열려 맑고 깨끗하며 그다지 험준하지 않다. 영동과 경기 사이에 끼어 있어서 동해의 어염 · 인삼 · 관곽 · 궁전에서 쓰이는 재목 등이 운반되는 도내의 중심지이다. 산협에 가깝기 때문에 변란이 생길 때에는 피하여 숨기 쉽고, 서울이 가까워서 평안할 때에는 벼슬살이하기가 편리해서 한양 사대부들은 원주에서 살기를 즐겨하였다.

인용된 글에서도 잘 드러나고 있듯이 원주는 조선조 사회의 물산이 소통되는 길목과도 같은 요충지였다. 거기에다 산세가 빼어나고 물과 공기가 깨끗한 곳으로 이름이 높았다. 또한 수로와 육지를 통해서 쉽게 서울을 오갈 수 있었기 때문에, 사대부들에게는 벼슬살이나 안거(安居)하기에 인기가 높은 청정 지역이었던 것이다. 원주에 대한 후한 평판은 1484년(성종 15) 강원도 관찰사 성현(成俔)이 올린 급보에서도 잘 드러난다. 성현은 급보에서 "본도에 원주와 강릉 같은 고을은 학문을 숭상하는 풍속이 있어 인재가 많이 나옵니다"라고 기록하고 있다.[31] 이렇게 원주는 인재들의 산실이자 학문의 거점으로 명성이 높았던 고장이다.

31 《朝鮮王朝實錄》 성종 15년 6월 15일.

2.

원주의 문인으로는 운곡 원천석(元天錫), 손곡 이달(李達), 《토지》의 작가 박경리(朴京利)가 꼽힌다. 또 원주에서 활동한 문인은 아니지만, 소설 《치악산》에서 원주를 의미있게 그려낸 이인직을 빼놓을 수 없다. 원천석의 자는 자정(子正), 호는 운곡(耘谷)이며, 고려 충혜왕 1년에 태어났다. 그는 문장이 뛰어나고 학문이 해박하였다. 그러나 그는 고려 복고의 입장에 서있는 한사람으로서 이태조가 집권하자 벼슬길에 나가지 않고 고향인 원주로 내려가 은거한 여말(麗末)의 은사(隱士)이자 또한 절사(節士)였다. 그가 지은 〈회고가(懷古歌)〉에는 망해가는 고려왕조에 대한 애잔한 심정이 그대로 묻어나 있다.

> 흥망(興亡)이 유수(流水)하니
>
> 만월대(滿月臺)도 추초(秋草)로다.
>
> 오백 년(五百年) 왕업이 목적(牧笛)에 부쳐시니
>
> 석양(夕陽)에 지나는 객(客)이 눈물겨워 하노라

역사의 흥망이 흐르는 물과 같다는 표현과 고려 왕궁인 만월대의 쓸쓸하고 폐허가 되어버린 풍경은 처연함을 자아낸다. 500년의 왕조 역사가 한낱 목동의 피리소리에 묻혀버린 망국의 슬픔은 해거름에 이곳을 지나는 나그네에게는 무상함을 한껏 자아낸다. 시조의 가락에는 망한 나라의 무상함이 짙게 배어 있다. 물과 가을, 풀밭과 목동의 피리소리를 듣는 쓸쓸한 저녁무렵 왕궁터를 지나는 나그네의 눈물겨운 마음은, 새로 세워진 이씨의 나라에 자신의 운명을 가탁하지 않겠다는, 그리하여 치악산에서의 은거로 삶을 결정해버린 원천석의 결기와도 통하는 것이다.

그의 결기는 진사시(進士試)에 합격은 했으나 벼슬에 한번 나아간적도 없이 바로 치악산에 은거해 버렸기 때문만은 아니다. 운곡은 조선조의 세 번째 왕인 태종(太宗) 이방원의 소년 시절 스승이기도 했다. 태종은 왕위에 오른 뒤 여러 번 운곡을 빙청했으나 한 번도 응하지 않았다. 스승의 높은 학문에 안타까워했던 태종은 직접 치악산까지 행차하여 운곡을 만나고자 했다. 그러나 그는 태종이 치악산에 당도하자 몸을 감추고 피해버렸다. 태종은 스승을 만나지 못하여 영월까지 그를 찾아 나섰으나 찾지 못한다. 낙담한 태종은 바위에 걸터앉아 운곡의 옆집에 있던 비(婢)를 불러 음식을 하사하고 운곡의 아들 형(泂)을 기천(基川) 현감으로 제수하였다. 치악산의 태종대는 태종이 스승을 만나지 못해 한탄하며 걸터앉았던 바위로 전해진다. 태종대 아래로는 부곡계곡이 넓게 펼쳐져 있어서, 지금도 운곡이 계곡에서 낚시를 하고 밭을 갈며 유유자적하며 살아갔던 은둔의 체취를 느끼도록 해준다.

치악산에 은거했던 운곡을 찾은 이는 태종만이 아니었다. 정도전(鄭道傳)도 운곡을 찾아와서 그의 아까운 재능을 산속에 묻어버리는 것에 대해 각별한 애정을 토로했다. 운곡의 문집인 《운곡행록》에는 정도전의 방문을 기록하고 있을 뿐만 아니라 두 사람이 주고받은 시가 수록되어 있다.

동갑인 원군이 원주에 있으니	同年元君在原州
길은 평탄치 않고 산골은 깊구나	行路不平山谷深
나그네 멀리 와서 말에서 내리니	客子遠來已下馬
삭풍은 쌀쌀하고 해는 서쪽으로 잠긴다	朔風蕭蕭西日沈
한번 웃음에 그윽한 뜻이 담겼으니	一笑欣然有幽意
한잔 술로 다시 이 마음 의론하게	尊酒亦復論是心
나는 높이 노래 부르고 그대는 춤추어	我唱高歌君巳舞

영욕은 나부터도 이미 믿기가 어려워라　　榮辱自我已難諶

그대와 같은 해 급제한 일이 하루를 지낸 듯하나　　與君同榜如隔晨
사귐에 있어서 깊고 옅음을 다시 논하지 못했네　　交道不復論淺深
각기 일에 이끌려 두 처지에 있었기에　　各以事牽在兩地
사람들을 만날 때면 현달 침체를 묻게 돼　　逢人細問浮與沈
오늘 우연한 해후는 하늘이 시킨 것이야　　今朝邂逅天攸事
술독 열어 놓고 기꺼이 마음 속 논의하게　　開尊且喜細論心
임이여 임이여, 말고삐 재촉 마소　　公乎公乎莫催轡
이 의미 스스로 중히 여겨 성심으로 이해하게　　且意子重誠之諶

시를 읽으면, 치악산 깊은 산곡에서 세상에 깊이 관여한 현실 정치인과 은둔자의 날카로운 대치가 그려진다. 정치적으로는 참여와 은둔이라는 양 극단에 서 있었던 두 사람의 서로 다른 입장과 함께, 세속의 인연을 초월하여 마음을 알아주는 지순한 우정이 술잔을 나누는 모습으로 나타나고 있는 것이다.

평생을 치악산에서 보냈던 운곡은 죽은 후에도 자신의 높은 지조를 인정받는다. 조선의 조정에서는 그에게 '고려국자 진사 원천석지묘'라는 묘비를 내렸다. 치악산 입구의 국향사를 지나 석경사 입구에 도착하면 원주(原州) 원씨(元氏) 세장지(世葬地)라는 표석을 찾을 수가 있는데, 원척석의 묘는 거기에 있는 작은 마을 밖 소나무 숲 속에 자리 잡고 있다. 그의 묘소는 화려하지 않은 편이어서 생전에 조용히 은거하며 살았던 그의 지조와 잘 어울린다. 그런 때문인지, 그의 묘를 다녀간 많은 문인들은 그를 기리는 시를 남겼다.

운곡원천석묘역 전경

옛 비석에는 이끼에 묻힌 글자가 아직도 분명하니	古碑苔字尙分明
선생의 맑은 생애를 우러러 사모하겠네	景仰先生素履淸
고죽의 바람은 수양산 고사리 캘 때에 높았고	孤竹風高首陽採
소미의 별빛은 부춘산에서 밭 갈 적에 비추었네	少微星照富春耕
변암은 우뚝 서서 이름 전해진지 오래 되었고	弁巖特立傳名久
시사는 길이 남아 곧은 절개를 볼 수 있다네	詩史長留見節貞
뜻 있는 선비는 천추에 큰 느낌이 많은데	志士千秋多曠感
태종대 그 아래에는 길이 아직도 편편할 뿐이라네	太宗臺下路猶平

이달[32]은 조선 시대의 문인으로 원주 손곡리(蓀谷里)에 기거하며 지명을 따서 자

32 그의 생몰연대는 확실한 바는 아니지만 마지막 작품의 연대와 기유년 평양에 갔을 때 이달의 나이가 일흔이 넘었다는 기록에 의지하여 1539~1612년으로 추측하는 것이 학계의 일반적 견해이다(이혜순, 〈李達〉, 황패강 외, 《한국문학작가론》2, 집문당, 2000, 253~254쪽).

신의 호를 삼았다. 현재 그의 문학비가 원주의 부론면 손곡 1리 6에 있다. 이달은 《홍길동전》의 저자 허균의 스승이기도 하며, 고죽(孤竹) 최경창(崔慶昌)과 옥봉(玉峰) 백광훈(白光勳)과 함께 시사(詩社)를 맺어 당시를 배우며 함께 실력을 겨루었으므로 '삼당파(三唐派)' 시인으로 불리운다.[33] 이달은 자신의 미천한 출신 때문에 뛰어난 시재(詩才)에도 불구하고 관직에 나갈 수 없는 처지에 있었다. 잠시 한리학관(漢吏學官)이라는 미관말직(微官末職)에 있기도 했으나 이내 그만두고, 평생 방랑으로 삶을 살았다. 이달에게 방랑은 신분 사회의 굴레에 대한 반발의 표현이기도 했다.[34]

33 허균의 《학사초담》,《성수시화》, 이수광의 《지봉유설》, 김태준의《조선한문학사》(1931), 이가원의 《한국한문학사》(1961).

34 안병학, 〈李達의 詩世界에 있어서의 束縛된 自我와 그 變奏〉, 《泰東古典硏究》, 한림대학교 태동고전연구소, 1984, 92쪽.

팔월 변방의 서리 구월에 가까워	八月邊霜近授衣
북풍에 나뭇잎 휘날리고 기러기 남쪽으로 날아가네.	北風吹葉雁南飛
누가 범숙이 이처럼 영락했다 불쌍히 여겼던가	誰憐范叔寒如此
소진이 곤궁하여 돌아가지 못함을 스스로 웃어보네.	自笑蘇秦困不歸

집은 해서에 있는데 소식은 끊겼고	家在海西音信斷
나그네 되어 변장에 오니 친구는 드무네.	客來關外故人稀
등불 아래 잠시 고향꿈 맺으니,	燈前暫結思鄉夢
가을 물 안개에 잠긴 예전 낚시터.[35]	秋水烟沉舊釣磯

35 〈上龜城林明府(상구성림명부)〉. 이달의 시는 안병학의 앞의 논문 92쪽에서 인용하고 해석을 따랐음.

이 시는 초겨울에 떠도는 자신의 영락한 처지와, 방랑을 원대한 포부를 위한 여행임을 표나게 드러내고 있다. 그러나 그의 방랑시편에는 임란의 곤고함과 정착의 의지가 전제되어 있었다. 그러한 심정은 고향 원주를 그리면서 아래와 같은 시에서도 잘 드러난다.

얽어 세운 집 강가 나무에 이어 있어	結構連江樹
주렴을 걷으니 포구 모래톱이 보이네.	開簾對浦沙
먼 산은 개었는데 구름이 일어나고	遠山晴靄起
가까운 강물에는 해 저물어 한기가 덮여 있네.	近水暮寒多
하늘이 넓어 나르는 새를 보고	天闊看飛鳥
사람은 한가로이 떨어지는 꽃잎을 헤아리네.	人閑數落花
주막집 푸른 깃발 어촌에 보이니	青簾出漁戶
막걸리를 외상할 수도 있겠네.[36]	村酒可能賒

36 〈次韻寄閔進士(차운기민진사)〉. 안병학, 앞의 논문 107쪽

먼 산에 일어나는 구름과 구름 사이를 나는 새를 보며, 떨어지는 꽃잎을 세기도 한다. 구름과 새, 꽃잎을 관조하는 화자의 마음은 한가롭고 넉넉하다. 그러나 이 관조의 여유로움은 세속의 온갖 번민(煩悶)을 벗어나 있는 자신에 대한 묘사로 나타나지만, 넉넉한 고향 인심을 그리워하는 정서를 떨치지 못하고 있다. 이처럼, 이달은 사회에 과격한 비판적 자세를 취하지는 않았지만, 사회적 구속에 얽매임 없이 활달하게 시를 짓는 삶을 생활화하고 살았다.

3.

근대 이후 원주가 문학의 의미있는 공간으로 떠오르는 것은 이인직의 《치악산》(1908)에 와서이다. 이인직의 신소설 가운데 가장 긴 장편인 《치악산》은 전형적인 가족사 소설의 형태를 취하고 있는데, 이 작품을 통해서, 이인직은 원주와 치악산을 봉건적 질서의 해체, 신구 가치의 대립과 갈등, 미신 타파를 드러내는 문제적인 공간으로 삼고 있다. 작품의 내용은 이러하다.

원주(原州) 치악산 기슭에 사는 홍참의(洪參議)의 전처 소생인 백

돌이는 서울에서 개화 운동으로 이름난 이판서(李判書)의 딸과 혼인한 후 일본 유학을 떠난다. 그러나 백돌의 부인 이씨는 후실인 시어머니 김씨 부인과 시누이 남순의 모함으로 치악산으로 쫓겨난다(서얼 계층의 전형적인 반발과 모함이 갈등의 계기이다). 여기에서 치악산은 절망에 빠진 이씨 부인이 낙담 끝에 자살을 기도하는 암울하고도 혼돈스러운 공간으로 나타난다. 이씨 부인의 자살은 미수에 그치고 그녀를 전락으로 내몬 것이 백돌의 계모 김씨 부인의 흉계로 밝혀지면서 치정극의 외피가 벗겨지고 누명에서 벗어난다. 사건의 결말은 일본 유학에서 돌아온 백돌이 이씨 부인을 다시 맞아들여 가정의 화목을 되찾는 것으로 마무리되는 비희극의 면모를 가지고 있다. 《치악산》은 고부(姑婦) 사이의 갈등을 통해서 몰락해 가는 봉건 사회의 한 단면으로 원주와 치악산이라는 공간을 호명하여 신구 계층의 갈등, 계모와 전실 소생과의 가족사적 갈등, 하층민들의 계급적 반발이 분출하는 혼돈의 무대로 설정하고 있는 것이다.

그런 때문일까, 1950년대의 원주는 분단과 전쟁으로 이어지는 격동의 현실을 우회하기 어려웠을 것이다. 이곳은 6 · 25 전쟁의 와중에 종군 작가로 나섰던 김사량(金史良, 1914~1950)이 인민군의 패주와 함께 심장병으로 낙오하여 병사한 장소이기도 하다. 평양 출생이었던 그는 평양고보 5학년 때 일본군의 배속 장교 배척 운동에 참가했다가 퇴학을 당하고 나서 일본으로 건너가 동경제국대학 독문과를 졸업한 인텔리였다. 1940년 《문예수도(文藝首都)》에 게재했던 〈빛 속에〉(일본어 작품)가 아쿠타가와 상 후보작에 오르면서 주목을 받기 시작한 작가로서 〈토성랑〉, 《고향》 등의 역작을 발표했다. 태평양 전쟁과 동시에 예방구금(豫防拘禁)되었다가 귀국하여 국민 문학 운동에 종사하며 일본어로 된 장편을 신문 · 잡지에 연재했던 그는 1945년 봄 조선인학도병 위문단에 참가하여 중국으로 파견되었다가 탈출하여 옌안[延安]에 있는 조선독립동맹 산하 조선의용군에 가담했다가 일본 패전 후 귀국하여, 북한 문단에서 활발하게 활동했다. 그는 6 · 25때 종군 작가로 남하(南下)하여 전선실기인 《종군기》를 연재하다가 인민군의 퇴각 당시 심장병의 악화로 원주 인근에서 사망한 것으로 알려지고 있다(그의 전작은 《김사량전집》 전4권으로 1973년에 일본어로 간행되었다).

4.

1970년대 이후 원주는 민주화의 성지로 각인된다. 이곳은 지학순 주교, 무위당 장일순(1928~1994), 김지하 시인 등을 중심으로 박정희 정권의 부정부패를 고발하는 저항의 도시로 자리매김된다. 대성학원을 세운 교육자로 출발한 무위당은 지학순 주교와 함께 반독재 반부패 운동을 전개하면서 '민주통일국민연합' 을 발족시켜 활발한 정치 사회 운동을 전개하는 한편, 1986년에는 도농 직거래 조직인 '한살림운동' 을 통해서 노동 운동과 농민 운동을 결합시킨 생명 운동을 전개해 나간다. 무위당의 사상은 이곳에 터를 잡은 시인 김지하에게도 영향을 미쳐, 《오적》과 《비어》에 담긴 저항의 시적 담론을 생명 운동과 동학 사상으로 확장시켜 나가게 하는 동력을 제공해주었던 것이다.

원주하면 빼놓을 수 없는 한 사람이 토지의 작가 박경리(1927~)이다. 데뷔작 〈계산〉으로부터 《토지》를 일관하는 그의 문학 사상은 자유에 대한 집착, 부조리에 대한 비판, 인간 소외에 대한 저항, 인간 존엄과 사랑에 대한 믿음 등으로 요약해볼 수 있다. 특히 《토지》는 1969년에 집필을 시작하여 1994년까지 무려 26년에 걸쳐 마무리한, 5부작으로 된 16권의 대하소설이다. 최씨 일가 3대에 걸친 가족사를 중심으로 전개되는 민족사의 전개는 하동(河東) 평사리를 배경으로 삼아 대지주 가문인 최참판댁 '윤씨 부인' 을 중심으로 몰락하는 조선조의 문벌상이 출생의 비밀과 맞물려 전개된다. 이어지는 이야기의 줄기는 윤씨 손녀 '서희'를 중심으로 한일합방 후 간도(間島)로 이주하여 빼앗긴 재산을 되찾고 가문을 일으키려는 그녀의 고투와 함께 간도의 독립 운동과 한인 사회의 모습이 긴박하게 전개된다. 이야기의 세 번째 줄기는 서희의 아들 세대인 식민지 지식인층이 집단적인 주인공으로, 3·1 운동 이후 식민지적 자본주의화가 전개되는 서울 등지의 도시에서 겪는 개인적·역사적 삶을 그려내고 있다. 조선말에서부터 일제 강점기에 걸치는 근대사의 흐름 안에서 다양한 계층에 속한 인물들이 겪는 곤고한 삶과 운명이 민족의 한(恨)으로 귀결되는 장엄한 파노라마로 전개되는 《토지》는 1970년대 이후 한국 문학을 대표하는 성취의 하나로 꼽기에 주저하지 않는다.

5.

최근 박경리의 원주 거처는 아름다운 공원과 토지문학관으로 조성되고 개방되어 관광객들의 발길을 이끌고 있다. 이런 변화에서 접하게 되는 것은 인재와 풍성한 물산이 모여들고 나는 영서 지방의 중심지라는 원주 이미지가 근대 이후 가파르게, 그리고 여러 층위에서 변모를 거듭해온 역사와 맞물려 있다는 사실이다. 근대 이후 원주는 《치악산》에서 이인직이 간취했던 봉건적 질서의 해체와 신구가치의 교체로 이어지는 로망스의 배경으로 자리잡았다. 이것은 조선조 초기 운곡 원천석의 높은 절조를 지킨 은둔자의 치악산의 높이가 한국사회의 질곡을 넉넉히 감당하는 넓이의 문제로 바뀌는 엄청난 변화를 보여주는 것이기도 하다. 1950년대의 전쟁의 상흔을 거쳐, 1970년대 이후 원주는 부당한 독재에 저항하는 민주화 성지로 바뀌었고, 이제는 토지문학관으로 상징되는 문화 도시로 다시 태어나고 있는 것이다.

산수향의 경계
춘천, 홍천

이상삼

1. 지리적 경계와 산수향의 면모

산수향(山水鄕)인 춘천과 홍천은 북한강 유역의 요지이자 강원 영서의 중심지로서 한반도의 중앙에 위치하고 있으면서 수로로든 육로로든 강원도 지역에서 수도권에 가장 가까운 곳이다. 춘천과 홍천은 서쪽으로는 서울에서 200리 남짓 떨어진 채 경기도 가평과 양평과 경계를 두고 있고, 북쪽으로는 화천을 경계로 임진강 유역인 철원과 구분되며, 남쪽으로는 남한강 유역인 원주 횡성과 경계를 이루고, 동으로는 인제 평창 등을 사이로 영동 문화권과 경계를 이루고 있다.

춘천은 오랜 세월 북한강과 소양강에 실려 온 충적물이 쌓여 이루어진 기름지고 평탄한 춘천 분지와 분지를 중심으로 동서남북으로 치솟은 산줄기에서 완만하게 발달한 2도에서 10도 사이의 산록완사면을 중심으로 형성되었다.

금강산에서 발원하여 화천 지방을 거쳐 춘천댐에서 모였다가 춘천 분지에 이른 북한강은 설악산에서 발원하여 인제 인북천과 기린천의 물이 소양호에서 합류하여 흐르는 소양강과 의암호에서 합류하고, 홍천 내린천과 서석에서 여러 지류가 모여 형성된 홍천강과 춘천시 남면, 홍천군 서면, 가평군 설악면이 인접한 지점에서 합류하여 서울 방향으로 흐르다 양수리에서 남한강과 만난다.

이렇게 여러 강줄기가 흐르는 춘천 분지는 북쪽으로는 46번 도로를 끼고 동서방향으로 솟아 뻗은 오봉산 줄기, 동남쪽으로는 5번 도로와 중앙고속도로를 끼고 남북방향으로 솟아 뻗은 대룡산 줄기, 서쪽으로는 의암대를 굽어보는 신연강 협곡을 끼고 남북방향으로 높이 솟아 뻗은 삼악산 줄기, 남쪽으로는 신설되는 경춘고속도로를 끼고 강촌과 창촌 유원지를 굽어보고 홍천강 유역을 등에 지며 동서 방향으로 뻗은 봉화산이 병풍처럼 둘러싸고 있다.

이렇듯 춘천은 금강산이나 설악산을 거쳐 동해로 가는 길목이었으며, 홍천 역시 설악산과 태백산을 거쳐 동해로 넘어가는 길목이었으니 그 자체가 오롯이 산수향이면서, 더욱 황홀한 산수향으로 들어가는 길목이었다.

북한강과 소양강, 그리고 홍천강이 차례로 합수되는 영서 중부 지역인 춘천과 홍천에서는 봉의산 교동 동굴유적지, 북산면 내평리 주거지, 중도 유적지, 하화계리 유적지 등지에서 석기 청동기 철기 시대의 유물 유적이 많이 발굴되어 아득한 선사 시대부터 사람이 집짓고 살 만한 땅이었음을 알게 한다.

역사 시대에 들어서는 《고금군국지》의 기록에 근거를 두고 '춘천은 맥지(貊地), 맥국(貊國)' 이라는 인식이 널리 퍼졌으나, 이를 고증할 유물 유적이 명확하지 않다. 그러나 삼국사기에 고구려식 지명인 오근내(烏斤乃)가 보이고 신매리 석실고분과 방동리 고구려식 무덤이 발굴됨에 따라 신라가 선덕왕 6년(637)에 이 지역을 차지하고 우수주 또는 우두주

(牛首州, 牛頭州)라 하여 국토로 확정하기 전까지 이 지역은 한족과 맥족, 그리고 삼한을 비롯한 여러 부족이 치열한 각축을 벌이던 경계로 보인다. 이후 통일신라 시대에는 수약주(首若州), 삭주(朔州), 광해주(光海州)로, 고려시대에는 춘주(春州), 수춘(壽春)으로 불리다가 조선조 태종 13년(1413)에 춘천도호부로 개칭되어 홍천 화천 양구 인제 등 북한강 영서 중부권의 정치 산업 문화 군사의 중심지로 오늘에 이르고 있다. 참고로 춘천은 고종 25년(1888)에 국난시에 왕이 피난하여 사직을 지킬 만한 유수부(留守府)로 승격되어 현 강원도 도청 자리에 이궁(移宮)을 짓고 고종 32년(1894)에 강원도의 큰 도시인 강릉과 원주를 제치고 강원도의 관찰부가 되었다.

오랜 옛날부터 오늘날에 이르기까지 동시대적인 중요성을 띠는 춘천의 역사적 인물로는 신라 효소왕대의 화랑 죽지랑이 맨 앞자리를 차지하고, 나말여초에 왕건을 도와 고려를 창건한 신숭겸과 박유(왕유로 개명)가 그 뒤를 잇는다.

춘천 출신 죽지랑은 득오가 지은 《삼국유사》 소재 〈죽지랑가〉의 주인공으로 화랑의 아름다운 풍모와 너그러운 덕성을 지닌 인물임에 반해, 유적이나 비조차 없어 아쉬운 감이 있다. 왕유는 궁예를 도와 정사를 살피다가, 후에 왕건을 도와 고려 왕조의 기틀을 다진 인물이다. 《고려사》 열전 제5권에 따르면 춘천 출신으로 본래 박씨였는데, 공적이 높아 왕건이 왕씨 성을 내려서 왕유가 되었다고 한다. 평산 신씨 숭겸 역시 춘천 출신으로 왕건을 고려 개조로 추대한 공신이며, 대구 팔공산에서 왕건으로 분장하여 대신 죽고, 왕건을 탈출시킨 공으로 장절공이란 시호를 받은 인물이다. 후에 도선이 왕건의 묘자리로 잡아 놓았다는 북한강이 굽어보이는 서면 비방리에 안장되었으며, 왕건의 명에 따라 팔관회 인형극의 주인공으로 공연되기 시작한 이래 200년간 지속되었음이 예종이 지었다는

〈도이장가〉 전말과 묘역 앞 '신도비'에 밝혀져 있다. 오늘날 춘천에서 국제적인 규모의 인형극제가 해마다 개최되고 있는 것도, 춘천 유림과 문종에서 정기적으로 제례를 성대하게 지냈으며 이와 함께 '장절공 도이장가 놀이'[37]와 '외바퀴 수레싸움'[38]이라는 민속놀이가 있었던 전통과 무관하지 않아 보인다.[39] 경춘국도를 타고 춘천 초입에 들어서면 삼악산이 있는데, 궁예가 왕건의 추격을 피해 도망치다가 최후를 맞이한 곳이라고 한다. 도선이 왕건의 묘자리로 잡아 놓았다는 현 신숭겸의 묘역과 가까운 곳에서 왕건이 주군으로 모셨던 궁예가 비참한 최후를 맞이했으니, 후일에 그 불길한 곳을 왕의 능으로 삼지 않고 충신으로 하여금 지키게 한 셈이다.

37 김영기, 《춘천의 역사와 문화》, 춘천문화원, 1993 119~124쪽.

38 춘천 풍속에 수레싸움이 있다. 동네별로 패를 나누고 외바퀴 수레를 앞으로 몰고 나와 서로 싸움을 한다. 이로써 그해의 일을 점친다. 싸움에 패한 편이 흉하다. 가평의 풍속도 또한 같다. 김영기, 위의 책, 136쪽.

39 전승에 따르면, 춘천 지역에 인형놀이와 외바퀴 수레싸움이 있었는데, 후삼국 시대에 희생된 신숭겸 장군의 충절을 기리기 위해서라고 한다. 김영기, 위의 책, 138쪽

춘천의 역사와 문화 유적 가운데 으뜸은 처사 이자현(1061~1125)이 37년 동안 머물러 산 청평사이다. 과거에 춘천을 찾은 시인묵객치고 청평사에 들려 읊조리지 않은 사람이 드물었고, 오늘날에도 산수향의 멋을 찾는 사람들은 반드시 청평사를 다녀간다고 한다. 이자현이 젊은 시절 벼슬을 버리고 청평사에 들어간 경위는 도가를 행하던 벗이 춘천인이었기 때문이라는 설과 부친이 춘천을 다스리던 시절에 보현원을 지은 것을 목격한 인연 때문이라는 설이 있지만, 무엇보다 왕위계승을 좌지우지한 이자겸의 불의한 권력과 세태를 피해 자신만의 독자적인 생활양식과 공간을 구체화한 일을 주목해야 할 것이다. 이후 이자현은 문수원과 고려식 정원을 비롯해 십여 개의 작은 선방을 짓고, 많은 시가와 선어록, 금석문 자료를 남겨 북한강 문화권의 인문지리적 토양을 대단히 지름지게 했다. 그중에서도 고려식 정원은 그가 의식주를 검소하게 하며 '가장 좋은 것은 물처럼 사는 것(上善若水)'이라는 도가적 취향을 자연 속에서 즐긴 유적으

청평사
고려 광종 24년(973)에 지어져 '백암선원' 이라 부르던 유서깊은 사찰이다. 그 후에 보현원, 문수원으로 불려오다 조선 명종 때 보우선사가 크게 고쳐 지으면서 이름을 청평사로 변경해 오늘에 이르고 있다.
출처_문화재청

로서 동시대적 의미가 큰 이념적 심미적 공간이다. 이자현이 오랜 세월에 걸쳐 조성했을 고려식 정원은 그 규모가 크고, 인공미를 최소화했으면서도 수석과 물레방아와 같은 인공물과 화초와 초목 등을 적절하게 이용하여 물흐름의 완급과 풍경의 채색에 다양한 변화를 주었다는 점에서 동아시아 정원의 좋은 비교 자료가 되는 것이다.[40] 특히, 후일 일본 미의식의 원천이 되는 일본 정원의 효시로 주목되는 교토(京都)의 사이호사(西芳寺)의 고산수식(枯山水式) 정원보다 200여년 앞선다[41]는 점은 차지하고, 두 정원이 여러 면에서 유사하다 하여 좋은 비교문화 자료가 된다는 사실이 흥미롭다. 당대 동아시아 문화의 중심지인 연경이나 개경이 아닌 춘천의 한 궁벽한 골짜기에서 무르익은 지성과 미의식이 동아시아적 보편성을 가질 수 있음을 증거하기 때문이다.

봉의산은 춘천 도청 뒤편으로 높게 솟은 산으로 봉화대와 봉의산성이 있던 춘천의 진산이다. 봉의산은 춘천 분지에 떠있는 연꽃봉오리의

40 杉山信三, 《일본 조선비교건축사》, 고문화총간, 1946.
41 김호연 외, 〈고려초기에 축조된 문수원정원에 관한 조사 연구〉, 한국정원학회지 1-1, 1982; 민경현, 〈고려 문수원정원〉, 조경 4호, 1983.

꽃술같다고도 하고, 처녀의 젖봉오리같다고도 하고, 양쪽 날개를 퍼득이며 날아오르는 봉황같다고도 할 만큼 춘천 사람들의 사랑을 받는 산이다. 이런 봉의산에 총 길이 200여 미터에 높이 2~6미터의 석축이 드문드문 남아 있다. 봉의산성의 유적이다. 고려 고종 4년(1217) 몽고족의 금에 망한 거란족이 고려에 침입하였을 때 안찰사 노주한과 많은 민중이 이 봉의산성에서 저항하다 죽었고, 고려 고종 40년(1253)에는 문학 조효립과 안찰사 박천기가 춘천 민중들과 함께 봉의산성에서 몽고군과 격전을 치르다가 희생되었다.[42] 이때 봉의산성을 함락시킨 몽고군은 춘천 민중을 마구 죽였는데, 나중에 퇴계 이황의 외가인 춘천 박씨의 시조가 된 박항(1227~1281)이 부모님의 유해를 수습하기 위해 비슷한 시체를 모아 장사지낸 숫자만 300여 명이었다고 한다[43] 이후로도 봉의산성은 여말의 왜구, 임진왜란 당시의 왜병, 병자호란 당시의 청병과 대항한 보루였으며, 구한말 의병도 이 봉의산성에서 노주한과 박천기를 수호신으로 받드는 산신제를 지내고 일어났으며, 3·1 만세도 봉의산성 산신제를 시작으로 일어났다. 지금도 봉의산 산신제를 올리고 있으며, 봉의산 축성놀이가 발굴되어 행해지고 있다.[44]

42 《고려사절요》 고종 40년 9월조.
43 《고려사》 열전 19 박항전.
44 김영기, 앞의 책, 130쪽.

경춘선에서 강촌역과 남춘천역 사이에는 우리나라에서 유일하게 문인 이름을 붙인 김유정역(구 신남역)이 있고, 실레마을(신동면 증3리)에 초가집이라기보다는 사대부가의 기와집에 초가를 얹어 놓은 듯한 김유정(1908~1937)의 생가가 문학관 옆에 복원되어 있다.

김유정
출처_김윤식외 3인, 한국문학예술총서2, 《우리문학 100년》, 현암사, 2001.

서울에도 본가가 있는 천석지기였으므로 번듯한 기와집을 지으려 했던 것을 갑오년에 의병이 일어나 춘천부사가 처단되자 신변의 위

김유정 생가 출처_http://blog.empas.com/bogumm/8942173

협을 느낀 그의 부친이 서둘러 초가를 얹었다는 일화가 숨겨져 있다. 연희전문에 적을 두기도 했던 그는 당시 지식인의 농촌 계몽 운동 열풍이 한창이던 1929년 22세 되던 해에 실레마을로 돌아와 상속받은 사재의 일부를 털어 '금병의숙'을 짓고 야학과 청년 계몽 사업을 하기도 했다. 그러나 그는 밤이면 외로움을 달래려고 술과 들병이를 찾아 방황하기도 했는데, 그가 남긴 전기 자료를 보면 서울에서 연모하던 판소리 명창 박녹주에게 입은 실연의 상처 탓임을 알 수 있다. 그는 생활비를 대주던 형이 재산을 탕진하자 1932년부터 생계를 위한 소설습작에 몰두하고, 〈노다지〉가 신춘 문예에 당선된 1935년부터 죽기 전까지 향토성과 판소리 사설조의 해학적인 문체로 빚은 주옥같은 작품들을 쏟아내는데, 고향에서 농민들과 보낸 청년 시절이 창작의 좋은 밑거름이 되었을 것이다.

강촌이나 팔미 삼거리에서 창촌을 지나 소주고개와 황골 유원지를 넘어가면, 근래에 개통된 충의대교가 나타난다. 다리가 생기기 전에는 강의 이쪽은 한말 의병장 의암 유인석의 고장 춘천 남면 가정리이고, 강의 저쪽은 옛날옛적에 가정리 총각이 보리울 처녀를 색시로 맞기 위해 나룻배를 타고 건너갔다는 한서 남궁억의 고장 홍천 서면 모곡(보리울)이다. 나무로 지은 솟을대문과 묘소만 있던 의암 묘역은 기념관과 공원으로 조성되었고, 옆에 초가 5동으로 이루어진 춘천 의병 마을도 조성되어 구한말에 의병의 고장으로 쟁쟁하던 가정리로 그 역사성을 회복해 가고 있다. 홍천강이 감싸고 흐르는 가정리는 오늘날 행정 구역상 춘천시지만 춘천보다 가평이 가까워서 옛날엔 장도 가평으로 걸어다니고 서울도 가평을 경유해서 갔다고 한다. 모곡 역시 행정 구역상으로는 홍천이지만, 홍천보다 청평이 가까워서 옛날엔 장도 청평으로 걸어다니고, 서울도 청평을 경유해서 갔다고 한다. 서울 정동 배재학당 거리에서 태어난 남궁억(1863~1939)이 1918년 겨울에 요양을 위해 보리울로 들어온 것도 청평을 거쳐 북한강을 건너서였다. 그리고 이듬해 3월에 인근 도시에서 만세 운동이 일어나자, 한서는 보리울에서 마을 사람들에게 만세 운동의 정당성을 설명하면서부터 교육 사업과 무궁화 보급 운동을 전개한다. 이후 홍천은 한서의 고장이 되어 무궁화 동산과 한서의 동상을 세우고 해마다 한서 문화제를 크게 열어 한서의 애국 계몽 정신을 기리고 있다. 그러나 홍천 지역에는 화서 이항로가 한서보다 앞선 1852년에 일가와 제자를 이끌고 삼포에 자리잡은 적이 있다. 화서가 설악산을 다녀오다 화촌면 삼포에 이르러 일감재(一鑑齋)를 짓고 후학을 기를 천혜의 고장이라며 솔가를 단행했다는 것이다. 그러나 홍천강 삼포 인근은 내륙수운이 활발한 장거리였던 이유와 가족의 잇다른 불행이 겹친 까닭으로 화서는 홍천에서 뿌리내리지 못하고 1860년에 양평 서종면 정배리 고향으로 돌아가니 그 학문은 유인석과 유종교 등 가정리 유씨 가문에 의해 구한말의 민족사를 격동시킨다. 이렇게 보면, 북한강의 한 지류인 홍천강을 경계로 해서 의암은 '개화는 망국의 지름길' 이라고 항거했고, 한서는 '개화만이 광복의 길' 이라고 설파했으니 역사의 아이러니라 할 수 있다. 화서와 의암의 제자들이 홍천에서 의병을 일으켰을 때, 한서가 의병을 진압하기 위해 선유사로 홍천에 내려왔다가 인질로 사로잡혔다가 간신히 탈출했다는 대목에 이르면, 의암과 한서 사이에 내재하는 역사적 긴장과 아이러니는 그 농도를 더하는 듯 하다. 그러나 의암의 정신사적 연원이 양평에서 춘천을 거쳐 화천으로 이어지는 북한강 유역을 따라 창성한 기호-화서학파에 있었다면, 한서의 서구 인문주의적 계몽 사상은 서양 기독교 선교사들이 활보한 서울의 개화거리에서 세례받은 영미 문화권에 기반을 둔 것이었다. 춘천이 조선 지성의 정통 학맥의 중추였다면, 홍천은 서구적 기독교적 지성이 새롭게 터를 잡은 곳이었던 것이다. 따라서 당시 북한강 유역과 홍천강을 경계로 조성되었던 의암과 한서의 역사적 긴장은 한 변방의 지역적 갈등과는 전연 무관했고, 오히려 조선의 운명과 근대의 향방을 두고 조선 전역에 걸쳐 형성된 역사적 긴장이 우연히 축약된 곳이라고 할 수 있다. 한 고장의 지리지의 의미가 결코 작지 않고, 한 고장의 시운의 중차대함을 일깨우기에 족한 사례이다.

2. 시가로 보는 산수향의 경치 · 흥취 · 이치

춘천은 예로부터 산수향으로 알려져 은거와 여행, 유배와 자적의 고장으로 사랑받았다. 특히, 고려 예종 때 이자현이 청평산에 머물며 이룬 격조 높은 풍취의 세계가 널리 알려지면서, 산수향의 진경에 뜻을 둔 문인들의 발길이 끊이질 않았다. 고려조의 이달충과 원천석, 조선초의 김시습 · 성삼문 · 성현, 조선 중기의 이황 · 유성룡 · 이항복 · 신흠 · 김상헌 · 이식 · 허목 · 김상헌, 조선 후기의 김수증 · 김창흡 · 정약용 · 신위 · 유인석 등이 산수향의 경치를 그리고, 풍취를 읊조렸으며, 이치를 찾았다.

이자현은 34년이나 청평사에 머물며 많은 문화 유적과 문학 작품을 짓고, 현존하는 최고(最古)의 고려식 정원을 지어 춘천 문화의 의미를 동아시아적 맥락으로 확장한 인물이다. 이자현은 자신이 청평산에서 아름다운 경치를 그리고 고답적인 흥취만 읊조리지 않고 스스로 이룬 경지를 '낙도음(樂道吟)' 에서 '보석 같은 가야금' (寶琴)에 비유하여 자적하는 이치를 노래했다.[45]

45 '산수시는 경치를 그려 흥취를 나타내고 이치를 전한다.' 는 조동일의 개념을 따른다. 경치는 자연계의 아름다운 현상, 흥취는 경치에서 비롯된 정서와 이에 끌려 마음에서 생긴 감흥, 이치는 형상를 갖추어 나타난 도리나 원리. 조동일, 《한국 시가의 역사 의식》, 문예출판사, 1993. 136-138쪽.

푸른 산 등성이에 집짓고 살며	家住碧山岑
보석같은 가야금 지녀왔네	從來有寶琴
한 곡조 즐겨 탄다마는	不妨彈一曲
들어 줄 사람 있을런지	祗是少知音

가야금을 타며, 들어줄 사람이 없어 서글프다거나 외롭다는 게 아니다. 자신은 오래 전부터 가야금을 지니고 연주해 왔으며, 비록 들어줄 사람이 없더라도 그런 생활은 계속될 거라는 말이다. 스스로 이룬 경지를 비유하는 '보금' 의 내용을 따로 말하지 않았어도, 바로 그런 자세와 생활이 은일자적의 높은 경지임을 알 수 있다. 그러나 세상에선 이자현이 은거하면서도 대규모 농장을 경영하였다는 이유로 은거란 이름을 구하려는 수단이었다고 비난했는데, 후일 《동국통감》과 《고려사》에 전해질 정도였다. 그러나 후세의 평은 이자현을 옹호하는 쪽에 있었으니, 퇴

계 이황은 부귀와 권세를 거절하고 원망도 후회도 없이 그 마음을 움직이지 않았다는 것은 '가슴 속에 혼자 즐기는 무엇'이 있었기 때문이라고 변론하고는, 〈청평산을 지나며(過清平山有感)〉를 지었다.

협곡 좁아지고 강굽이 돌아 벼랑길 기울더니	峽束江盤棧道傾
홀연히 마주치네 구름 밖 맑은 시내	忽逢雲外出溪清
지금도 사람들은 여산에 은거한 혜원을 부러워하는데	至今人說廬山遠
이곳이 바로 그대가 밭갈던 골짜기구나	是處君爲谷口耕
허연 달 허공 가득 밝혀주고	白月滿空餘素抱
푸른 이내 자취 없듯 부질없는 영화 버렸도다	晴嵐無跡遣孚榮
우리나라 은일지사를 누가 다시 전해지랴	東韓隱逸誰修傳
작은 티 있다고 옥구슬을 버려야할까	莫指微瑕屛白珩

이후 심광세는《해동악부》의 〈청평산곡〉, 이익은 〈곡란암〉에서 이자현의 은일자적을 기렸고, 정약용은 〈청평사에 묵으며 소동파의 반룡사에 화답함(夜宿清平寺和東坡蟠龍寺)〉에서 대체적으로 퇴계의 평을 따르면서도 퇴계가 말한 작은 허물이란 이자현의 욕심과 인색함을 가리킨 것이라고 부연하고, 거기에다 유학을 하지 않고 도불을 즐긴 허물을 더했다.[46]

46 심경호,《한시로 엮은 한국사기행》, 범우사, 1994, 97쪽.

협곡 뚫고 동쪽으로 가락천 지나서	鑽石東經幾落遷
덩굴 잡고 북쪽으로 청평 계곡 들어가면	捫蘿北入清平谷
청평거사 진락공	清平居士眞樂公
역사책에 아름다운 빛으로 찬란하게 흐르네	史册流徽光煜煜

산수의 본향답게 춘천에는 문소각과 봉의산 삼악산 등 비경이 많

고 사시사철 물이 마를 날이 없었으므로 그런 풍광을 배경으로 한 산수시가 많다.[47] 아무리 그렇다해도 고려조의 이자현과 필적할 은일지사라는 점에서 세조의 의리 훼손에 저항한 김시습과 산수향의 진면목을 폭넓은 안목으로 비평한 김상현을 빼놓을 수 없다. 김시습은 청평사에 서향원(瑞香院)을 짓고 은둔하며 그 즐거움을 이렇게 노래했다.

47 《증비문헌비고》, 《춘천읍지》 등에 수록된 한시와 기문 자료는 춘천시에서 1997년에 발간한 《춘천지리지》1~8집에 망라되어 있다.

청평산색은 옷에 물들고	淸平山色映人衣
참담한 노을 속에 해가 지는구나.	慘淡烟光送落暉
바위 사이를 흘러 물은 안개를 피우고,	巖溜洒空輕作霧
봄 칡이 나무에 얽혀 푸른 장막을 둘렀네.	春蘿拱木碧成幃
고운 모래와 아름다운 수초는 인간 세상과 멀고,	玉沙瑤草人間遠
기이한 나무와 아름다운 꽃 속에서 세상 걱정 잊네.	琪樹瓊花世慮微
다만 풀을 베어 집짓고 산봉우리에서 사는 것은	只好誅茅棲絶頂
은둔이 좋아서라네.	從今嘉遯莫相違

청평산 고운 봄빛이 옷에 물들었다 했고 세상 걱정 잊고 기꺼이 은거하고 있다고 했으니, 늘 뭔가 해야할 일을 하지 못한 채 산수간에서 방랑하고 있다는 자괴감의 흔적이 없다. 이러한 김시습의 풍취에 대해 김상현은 세상 밖으로 벗어나려는 뜻이 있다고 평한 뒤, 우리나라의 여러 누정의 단·장점을 비교한 뒤에 정신적인 자유를 즐기고 풍요로운 상상을 펼치기〈신유몽상(神遊夢想)〉에 소양루만큼 좋은 곳이 없었다고 극찬한다.[48]

48 연광정(煉光亭)은 눈을 상쾌하게 하고 서정을 불러일으키는 멋(협안칭정愜眼稱情)이 있지만 여염에서 가까워 초연히 세상의 때를 벗어난 듯한 느낌이 없으며, 백상루(百祥樓)는 넓게 트이고 웅장한 아름다운 멋(굉활장려宏闊壯麗)이 있지만, 국경이라서 감개한 느낌이 들며, 강선루(降仙樓)는 그윽하고 느긋한 멋(유격요형幽闃遼敻)이 있지만 망망하게 트인 데서 느낄 즐거움이 없으며, 낙민루(樂民樓)는 넓게 트인 멋(굉활 宏闊)이 있지만 온협함이 모자라고 또 여염도 가까운데다가 관새의 감개한 느낌마저 든다는 흠이 있으며, 청심루는 밝게 뚝 틔어 있고 그윽하고 고요하기는 하여도 승경지로서의 산수가 다른 누대에 못 미치지만, 신유몽상(神遊夢想)은 소양정에서만 가능하다고 하였다. 김상현 〈淸陰集〉, 《춘천백년사》 하권, 1559쪽, 재인용.

삼월에 소양강 누대에 올라보니	三月昭陽江上樓
누앞의 형승이 놀기 좋은데,	樓前形勝最堪遊
땅은 넓고 하늘은 높아 등왕각 같고	地廻天高擬藤閣
흰모래 맑은 물이네.	渚清沙白似夔州
살구꽃은 이미 지고 복사꽃은 시드는데,	杏花己落桃花老
왕손은 돌아가지 못하고 방초만 쓸쓸하다.	王孫未歸芳草愁
취하여 기둥에 기대어 노래 부르니	酒酣倚柱發長嘯
서산에 지는 해가 우두벌을 비추네.	西山落日射牛頭

조선 후기 주류 문화에서 배태된 새로운 기풍의 문화를 이해하려면, 북한강 유역의 문화권을 주목해야한다는 말이 있다.[49] 숙종 영조 때 노론계 대학자 남기제가 가평 설악에서 《아아록(我我錄)》을 지어 당쟁의 원인과 대책을 규명하여 영조조의 탕평책 근간을 마련하였으며, 역시 노론계 수장 김수항 · 김창흡 · 김창집 등으로 이어지는 학맥은 북한강변 남양주 수석동에 있던 석실서원과 춘천 인근에 있던 곡운정사와 화음동정사를 경영함으로써 화서 이항로의 화서학파가 양평 · 양주 · 가평 · 춘천 · 홍천 등지의 북한강 유역에 널리 포진할 수 있는 바탕이 되었다. 또 노론계 문호 신흠은 10년간 춘천 중도에서 귀양살이 하며 〈구정록(求正錄)〉을 지었고, 정약용은 마현에서 당시 강화학파의 대학자 석천 신작과 학술을 교류하였다. 이처럼 18세기 이후 한가로운 향촌 생활에 뜻을 둔 많은 사대부들이 북한강 유역에 새로운 농촌 공동체를 경영하며 살고자 했는데, 그 중 조종천 부근 판미동에서 이상향을 추구한 신씨 가문과 가평 설악면 미원에서 터를 잡은 심씨 일가의 생활 양식이 한 실례였다.[50]

49 심경호, 앞의 책, 1994, 175쪽.

50 황원구, 〈한국에서의 유토피아의 한 시론-판미동고사의 연구〉, 《동방학지》 32. 또 정약용이 지은 '미원은사가〈薇源隱士歌〉를 보면, 심씨 일가는 자제들이 직접 전답을 경작케 하고 축산과 양잠을 하게 했으며 한 마을에서 시집가고 장가들게 하여 평화롭게 살았다고 한다.

그런 새로운 풍속 속에서 정약용은 기나긴 유배에서 풀려난 뒤 59세가 되던 순조 20년(1823)과 23년(1823) 봄에 북한강을 타고 춘천과 화천 일대를 유람하며 오랜 숙원이었던 북한강이 고대사에서 차지하는 의의를 고증한다.[51] 그리고 두 번의 여행에서 얻은 자연지리에 대한 고증과 산수시와 기행 시문을 〈천우기행권〉, 〈산수심원기〉, 〈산행일기〉 등으로 엮는다. 특히 다산의 두 번째 춘천 여행은 매우 이채롭다. 고깃배를 지붕집처럼 꾸미고 문설주에다 산수록재(山水綠齋)라는 편액을 걸고 배 안에 갖은 살림살이를 다 구비했다고 했다. 오래전부터 소망했던 자유로운 일민 생활, '물 위에 떠다니는 집'(浮家汎宅)을 마침내 실현한 것이다.[52]

51 열수(洌水)는 한강, 산수(汕水)는 북한강, 춘천 낙랑지부설 등

52 명나라 시인 원굉도는 천금 주고 배를 사서, 배 안에 북 장고 피리 퉁소 등 오락기구들을 두고 마음 내키는대로 하여, 신세를 망쳐도 후회하지 않겠노라고 했다. 이것은 미치광이나 하는 짓이지 내가 바라는 바가 아니다. 나는 금 한 냥으로 배 하나를 사서 배 안에 어망과 낚시대 너덧 개를 두고 솥이며 그릇이며 술잔 등 생활할 수 있는 기구들을 갖추어두고, 지붕 씌운 집 한 칸을 만들어 아궁이를 설치하겠다. 두 아이(학연, 학유)에게 집을 지키라 하고, 아내와 어린 아이와 종 하나를 데리고 물에 뜨는 가택에 기거하면서, 수종산과 소내 사이를 왕래하여, 오늘은 월계에서 고기잡고 내일은 석호에서 낚시하고 다음날에는 문암 여울에서 고기 잡으며 살고 싶다. 〈苕上烟波釣⾙之家記〉, 심경호, 앞의 책, 169쪽.

지난 해엔 황효수(여주강)를 떠다녔고	去歲黃驍水上人
금년 봄에는 녹효수(홍천강) 위를 떠다녔네.	綠驍水上又今春
평생 소원은 호수를 배로 떠다니는 것이니	一生湖茅遍舟願
남은 여생 일민으로 자유로이 살리라.	全把餘齡作逸民[53]

53 심경호, 《다산과 춘천》, 강원대출판부, 1996, 67쪽.

그런데 정약용의 은일 의식은 이자현-김시습류와는 상당히 다른 것이다. 이자현-김시습의 은일이 한가로운 취미 생활에 있었다면, 정약용은 자유로이 실학에 정진하는데 그 본의가 있었다. 춘천 여행에서도 정약용은 춘천의 지정학적 중요성을 대단히 강조했는데, 단군 조선이 기자 및 낙랑과의 대등한 갈등 관계를 통해 문명성을 확립해왔다는 사관을 고증하려는 의도 때문이었다. 그래서 그는 춘천의 비경과 유적에서 일어

난 홍취를 읊는 한편, 춘천을 중국의 성도에 비유하여 두보의 〈성도부〉에 운자를 맞추어 〈우수주〉를 짓기도 했다. 그러나 다산의 춘천 여행에서 가장 주목되는 점은 김수증 가문에서 주자의 〈무이도가〉[54]를 본받아 누대에 걸쳐 이룬 〈곡운구곡시〉에 대한 이견을 제시하고 수정하여 자신의 〈곡운구곡시〉를 지은 의미다. 다산은 춘천 여행의 종착지인 곡운에 이르러, 김수증 · 김창흡 등이 선정한 곡운 구곡을 면밀히 답사하고 7, 8, 9곡은 인가에 가깝고 물빛과 산빛이 미약하다고 평한다. 그리고 세 곳을 새로 선정하고 순서를 바꾸며, 김수증의 구곡 선정은 '마치 훈귀 인척이 아무런 재주도 없고 아무런 덕망도 없으면서 공경대부의 지위를 미혹하게 움켜쥐고 있는 반면, 가슴 속에 재주와 기량을 품고 있는 사람이 도리어 재야에 소외되어 있는 것과 같다' 고 그 의미를 부여한다. 기라성 같은 학자들의 의론이 '산수시' 에 머물던 것을 그 자체로 경치 홍취 이치를 그린 뛰어난 산수시이면서 인정세태까지 풍자하는 사회시로 확장한 것이라 하겠다.

54 조선 성리학의 종조인 주자의 '무이도가'를 탁물우홍으로 볼 것이냐 이치와 학술을 가탁한 조도(造道)시로 볼 것이냐를 둘러싼 논쟁에는 이이 · 이황 · 기정진 · 송시열 · 김수증 · 김인후 · 이익 등 기라성 같은 학자들이 대거 참여했을 뿐만 아니라, 심지어 정조까지도 참여해 "시 300편 이후에 사무사의 지취를 얻은 시는 오직 주자의 시밖에 없다"라고 비정했을 정도였다.

한편 이 지역의 구전 가요에도 산수향으로서 풍취가 짙게 반영되어 있다. "에이 산도 험도하다, 말같게 바우같게 잘도 가세"로 노래되는 밭갈이 노래를 시작으로 "서면 본산은 소양강이 둘렀고나 좌청룡 우백호에 명당이 여기로다"로 노래하는 달고소리, "춘천이라 샘밭장 길이 질어 못보고, 산발이 젖어 못보고, 홍천이라 구만리장 담배많어 못보고"로 노래하는 장타령 등이 대표적인 것들이다. 또 조선은 아리랑의 나라라는 말이 있는 만큼, 춘천에도 다양한 아리랑 가사가 전해온다. 산수향의 고장답게 강물로 뗏목을 운반하며 부른 소양강 뗏목 아리랑이 "뗏목에 생활이 좋다더니 / 신식에 생활은 변해만가네 / 아리아리 쓰리쓰리 아라리요 / 광나루 뚝섬이 한정일세" 로 전해지고, 개화기 남녀 애정을 노래한 춘천 아리랑은 "부내(府內) 팔동이 개화를 한다. / 삼악산 밑에다 신작로를 내고 / 자동차 바람에 다 놀아난다. / 겉대나 속잎은 다 젖히고 / 속에나 속대를 나를 주게" 로 전해지는데, 어떤 방식으로든 금기시되어온 여성의 성기를 '배추 속대' 라고 표현하여 파격적이다. 그중에서도 대한제국 시절의 의병 운동을 노래한 춘천 의병 아리랑이 전해져 흥미를 끄는데, "춘천아 봉의산아 너 잘 있거라 / 신연강 배터가 하직일세 / 우리네 부모가 날 기를 실제 / 성대장 주려고 날 기르셨나 / 귀약동 삽날개 양총을 메고 / 벌업산 대전에 승전을 했네" 라는 노랫말이 그것이다. 여기에서 성대장은 을미의병 시절 춘천 지방의 의병장인 성익현을 말한다. 의병 노래는 가사로도 지었는데, 유홍석은 "슬푸고 슬푸도다 통분함도 통분하다 / 각도열읍 병정덜아 네내말을 들어보라" 로 시작되는 '고병전가' 를, 윤희순은 "으병하다 중는거슨 떳떳한 주금이런만은 / 눈치보고 잇다가 중는거슨 개주금이라/빨리나와 으병하세," "우리나라 으병들은 나라찾기 힘쓰는데 / 우리들른 무월하까 으병들을 도와주세 / 내집업는 으병대들 뒷바라질 하여보세" 등의 '방어장,' '안사람 의병가' 등을 지었다.

춘천 지방의 의병 역사는 1896년에 연해주로 망명하여 도총재로서 '13도의군' 을 창설하여 임시 정부 수립과 문화 절대주의에 입각한 세계 질서 재편을 꾀하는 한편, 국내 진격을 시도한 의암 유인석에 이르러 절정에 달하는데, 그의 사상과 시대 인식은 '중국을 꾸짖으며(責望中華)' 에 잘 나타나 있다.

중화와 오랑캐는 향초와 독초와 같은 것인데	中華夷狄薰蕕似
개화한답시고 오랑캐를 따르니 무슨 이치가	開化云云合理哉
개화가 불가피할 것 같으면	如不可無開化事

마땅히 스스로 개화하여 남을 개화시켜야지　　　宜開吾化化他開

유인석(柳麟錫, 1842~1915)이 보기에 도덕으로 감화시키지 못하고 물건으로 혹세무민하고 무력으로 침략해 오는 서구와 일제에 문호를 개방하는 개화란 망국으로 가는 수순이었다. "개화를 한다고 하면서 그 하는 바는 국모를 시해하고 군부를 폐하며 인륜을 무너뜨리고, 법률과 기강을 문란케하고, 나라를 팔아 결국은 나라가 망함"에 이르렀다고 본 것이다. 그래서 차라리 구법을 지키면 나라는 망하지 않았을 것이며, 혹 망하더라도 "그렇게 빠르게" 망하지 않았을 것이라고 확신하였다. "그렇게 빠르게," 어찌 해 볼 틈도 없이 무력으로 국권을 빼앗겼다는 통분, 그것이 의병을 일으켜 칠순 노구를 이끌고 북만주와 연해주를 누비며 자아성찰과 국권 회복을 위해 헌신한 힘의 원천이었다.[55]

55 유인석이 만년에 집대성한 〈우주문답〉을 보면, 생활의 향상을 위한 서양 기술의 도입이나, 평화적인 점진적 개화는 찬성하고 있다.

3. 영서 문화권의 서사 문학

춘천과 홍천을 비롯한 영서지방의 전설에는 아기장수, 장자못, 효행, 상사뱀, 중국 천자 공주 전설, 퇴계 용궁(공지어) 전설 등 보편적 모티브에 향토성이 가미된 이야기가 많다. 그중에서도 봉의산에 절기계심순절지분(絶奇桂心殉節之墳)이라 씌어진 '전계심 묘비'는 기생 전설로서, 이광수의 《무정》과 더불어 근대소설의 효시로 평해지고 있는 이인직의 〈귀의성〉의 모티브가 되었다는 점에서 흥미롭다.

전계심은 정조년간 관기의 딸로 춘천부사 김처인의 첩실이 되었다가 광주로 부임하면서 버려진다. 계심이 정조를 지켜 생계가 어렵자 모친은 서울 교방에 계심을 팔기에 이르는데, 거기서 불량배에게 살해된다. 이후 계심은 처인의 꿈에 나타나 범인을 알려주고, 김처인이 관가에 알려 범인을 잡았다고 한다.

춘천과 홍천 등 영서지방은 갑오년 동학 농민이 은거지로 택한 고장으로, 춘천에는 천주교도들이 많아 3 · 1 운동 당시 춘천 만세 운동을 천주교도들이 주도하기도 했다. 그때 차상학 · 차상준 · 차상찬 3형제가 독실한 천주교도로서 서울에 나가 언론 출판의 분야에서 활약했는데, 차상학이 〈만세보〉 기자 시절 이인직에게 전계심 전설을 제공했다고 한다.[56]

56 《춘천백년사》, 하5권, 1760쪽.

강동지는 생계가 어렵자 외딸 길순을 춘천 군수를 지낸 서울 김승지에게 첩실로 준다. 길순이 아들을 낳자 본부인은 종 점순을 사주하여 길순을 살해하게 한다. 강동지가 자유민 부산점순과 정부 최가를 죽이고, 서울로 와 본부인을 죽여 복수한다. 인물 성격과 심리 묘사가 실감나고, 언문일치와 비극적 결말이란 점에서 근대 소설의 출발점으로 평가되기도 한다.

춘천이 배출한 문호 김유정 집안은 천석지기 부자로 서울 운니동에도 백 여간 되는 집이 있어 어렸을 적부터 서울과 춘천을 오가며 살았다. 휘문고보 시절 《금수회의록》의 작가 안국선의 아들 안회남과 친하게 지내며 문학과 찰리 채플린과 버스터 키튼 등의 희극 영화에 관심을 갖게 되며, 연희전문과 보성전문에 입학하나 불확실한 이유로 두 대학에서 모두 제명된다. 이 무렵 당시 판소리 명창 박녹주를 연모하여 2년여 동안 열병을 앓는데, 박녹주에 대한 연정과 실연은 〈두꺼비〉와 〈생의 반려〉의 바탕이 되고 판소리에 대한 체험은 특유의 해학적이고 구성진 판소리 문체로 승화된다. 부모가 죽자 형 동근이 서울 재산을 탕진하고 다시 실레 마을로 내려가 남은 가산을 축내기 시작하자, 실레 마을로 내려온 그는 형에게 얼마간의 재산을 분배받아 고향에 농우회와 부녀회, 간이학교 '금병의숙'을 열고 농촌 계몽 운동을 벌인다. 잦은 병치레와 채 아물지 않은 실연의 상처로 인해 그는 밤마다 술과 들병이를 찾으며 농민의 생활상을 피부로 접하게 되는데, 〈솥〉, 〈산골나그네〉, 〈총각과 맹꽁이〉를 보면 들병이는 피폐해진 당시 농촌과 현실을 대변하는 조선 민중의 생활을 대변하는 한 인간상이었음을 알 수 있다. 또 그는 실레마을에서 딸만 여럿 낳아 데릴 사위를 들여 부려먹으며 욕을 잘 하는 박봉필을 소재로 하여 후일 〈봄봄〉을 짓는데, 그의 출세작인 〈노다지〉, 〈소낙비〉, 〈산골〉, 〈동백꽃〉, 〈금따는 콩밭〉, 〈안해〉, 〈가을〉, 〈두포전〉 등의 작품도 모두 고향 마을을 배경으로 한 것들로 밝혀졌다. 이청준은 〈축제〉에서 작가는 작품을 쓰기 위해 주변 사람들의 치부까지 드러내 씻지 못할 상처를 주는 사람이라고 했는데, 김유정은 당시 마을 사람들을 한끼 먹거리를 위해 몸을 파는 들병이와 무능력하고 일탈을 일삼는 만무방으로 형상화했으며, 형을 비롯한 누이와 매형 등 가족들의 사생활에다 심지어 자신의 아픈 실연과 치부마저 소설의 재료로 삼았다. 그러나 김유정만큼 인간의 어리석음을 여실하게 폭로한 작가가 이 땅에는 없지만, 김유정은 동시에 어떠한 독자도 그 인물의 어리석음을 자신의 것이라고 생각하지 않게끔 만들어 놓았다고 지적한 정태용의 총평에 주목할 필요가 있다. 김유정은 그 쓰라린 시대의 고달픈 이야기들을 자신이 지향했던 '우리 정서에 맞는 우리 정조' 로 승화시켜, 그가 남긴 32편의 작품이 향토적인 동시에 민족적이며 세계적(보편적)인 문학적 가치를 지니게 했기 때문이다. 김유정의 문학사적 가치는 이미 숱한 연구 논문과 비평을 통해 보고되었으므로 생략하고, 그의 대표작 〈동백꽃〉의 '동백꽃' 이 남도에서 피는 붉은 동백이 아니라 춘천을 비롯한 강원도 중부 지방에서 노랗게 꽃 피우는 생강나무라는 사실, 그리고 그것이 봄을 맞아 극적으로 생동하는 자연사와 인간사의 생태학적 조화와 그 순수한 멋의 상징이라는 의미만 음미해도 그의 문학이 향토적인데서 출발해서 문학의 보편적 가치에까지 이르렀음을 실감할 수 있을 것이다.

전상국의 고향이자 홍천을 대표하는 유서 깊은 마을인 홍천군 내촌면 물걸리는 단편 〈물걸리 패사〉의 배경이 된 곳으로, 고려 명종 때 이 · 최 · 김 3성의 불교신자가 절을 짓고 입주하여 마을을 이루기 시작한 곳이다. 조선 숙종 때는 동창(창촌, 창말)과 역촌이 있을 정도로 번성했고, 서울-영동간의 교통 중심지여서 6 · 25의 상흔이 큰 곳이었다. 또 단편 〈외등〉에도 나오듯 3 · 1 운동 때 일본 헌병의 총탄에 순국한 8열사의 고장일 정도로 지역 명문가들의 집성촌이 명맥을 이어온 고장이었다. 홍천중학교를 졸업하고, 춘천고등학교에 진학한 그는 봉의문학회와 예맥문학회에 가입하여 고교 재학 시절에 〈산에 오른 아이〉, 〈황혼기〉 등을 써 문학적 재능의 조숙함을 인정받는다. 그러나 그가 전후 문학의 대표적 중진으로 동인문학상과 대한민국문학상 등을 수상하게 될 정도로 왕성한 작품 활동을 하기 시작한 것은 데뷔한지 10여 년이 지난 1970년대 중반부터이다. 그가 십대 초반에 경험한 전쟁의 비인간적 상황과 복잡다단한 전후 문제를 소설로 풀어내기 위해서는 객관화와 삭임의 세월이 필요했기 때문일 것이다. 그의 작품 세계에서 〈물걸리 패사〉, 〈잊고 사는 세월〉 등이 전쟁 상황에서의 비인간적 참상이 얼마나 처절했는가를 객관화하였다면, 〈아베의 가족〉에서는 그 참상과 가해자를 부둥켜 안고 인간으로서 살아내야 하는 당위와 그 고충을, 〈겨울의 출구〉, 〈동행〉, 〈외등〉 등에서는 전쟁의 상흔과 빈부의 사회적 갈등을 휴머니즘에 입각하여 풀어가는 지혜의 모색을 다뤘다. 가령, 단편 〈겨울의 출구〉에서 도깨비 시장과 현대 시장의 갈등은 가진 자와 없는 자의 갈등일 뿐 아니라 남북한의 이념 갈등까지 상징한다. 전상국은 이 갈등에서 없는 자들의 대응 방식이 신중하고 유연해야 한다고 강조하는데, 그것은 감정에 치우쳐 대응할수록 더 깊은 상처를 입기 때문이다. 따라서 명분과 합리적인 절차를 따르면서, 대화를 통해 상대방을 합리적인 협상의 자리에 앉혀야 한다. 그러노라면 언젠가는 마술과 기적처럼 타협과 절충이 가능하게도 된다는 것이다. 〈거울의 출구〉에서 '누나'의 사심없는 대속적인 분신과 '아버지'의 무조건적인 헌신과 절제된 참회가 위기일발의 상황을 반전시키듯이 〈외등〉에서도 역시 가진 계층과 없는 계층, 전근대적 가치와 근대적 가치가 복합적으로 갈등하며 여전히 약자의 무한정한 희생을 강요하는 시대지만, 누가 먼저랄 것 없이 먼저 깨인 사람의 헌신과 합리적인 노력만이 사태를 조금이라도 낫게 만든다고 했다. 〈동행〉에서 역사적 비극은 인간의 문명화 이전의 자연적 상태, 동심의 세계로 돌아갈 때 구제될 수 있다는 감상적 휴머니즘보다는 구체화되었지만, 갈등 상대방에 대한 객관화가 미흡한 상태에서 이끌어낸 타개책이 어떻게 발전될 것인가는 앞으로 남은 과제라 하겠다.

4. 생활 속의 문화지리지를 위하여

오늘날 영서 문화권의 중심지인 춘천은 인구 25만에 달하고, 인구의 60%가 교육 행정 관광 서비스 관련 분야에 종사하는 대도시로서, 김유정문학제(3월), 의암추모제(4월), 소양강문화제(7월), 막국수축제(8월), 빙어축제(1월) 등 전국 규모의 축제와 마임축제(5월) 인형극제(8월), 애니메이션 축제(10월) 등 국제 규모의 축제가 줄을 이어 열리고 있는 사계절 국민 관광지, 국제 관광지로 빠르게 일신되어가고 있다. 특히, 강원도에서는 유흥과 일탈로 흐르기 쉬운 오늘날 관광 문화의 부정적인 측면을 가족 중심의 문화적이고 교육적인 여행으로 접목시키기 위하여 춘천의 의암 유인석 유적지와 홍천의 한서 남궁억 기념관 그리고 강릉의 율곡 이이 기념관을 잇는 인문 관광 라인을 동서고속도로 착공와 연계시켜 개발 중에 있다. 이에 따라 춘천과 홍천을 비롯한 지역에서는 자기 고장에서 기릴만한 인물과 유서 깊은 문화 유적을 힘써 발굴하고 이를 관광과 연계시켜, 관광(觀光)이 글자 그대로 '자연과 문명의 빛을 보는 자연지리와 인문지리의 여행' 이 되도록 배려하고 준비하는 바람직한 변화를 보이고 있다.

사람들이 살기 좋은 곳(可居地)을 찾아 방방곡곡을 찾아 헤매던 과거에는 풍수지리가 오랜 세월에 걸쳐 널리 유행되기도 했다. 그러나 오늘날처럼 교통 통신이 발달하고, 생활 환경 조성 능력이 고도화된 시대에는 '마음 가는 곳이 명당' 이란 말이 있을 정도로, 어디든 살 만한 곳일 수 있게 되었다. '인제 가면 언제 오나, 원통에서 못 살겠네' 라는 말로 대변되던 산간 지역도 인간의 노력 여하에 따라 얼마든지 살기 좋은 곳이 될 수 있는 것이다.

우리는 풀과 나무와 산 이름, 인물과 지명 전승 같은 자기 주거지와 관련된 자연 환경과 인문지리에 대해 새로 알게 되면, 우리가 사는 곳에 대해 예전과 다른 느낌을 가지게 될 것이다. 또 인근 마을로 가는 포장 도로가 닦이기 전에 고갯길이나 샛길로 다녔다는 것을 알고 옛 길을 걷는다면, 그 당시의 생활 양식에 대해 상상해 보며 새로운 궁금증을 가지게 될 수도 있다. 이처럼 인문지리는 공간에 녹아든 시간을 펼쳐내는 지도이며, 인간은 그 지도를 따라 생활하며 감성과 사유를 풍성하게 하고 가치있는 문화도 창조한다. 북한강 유역, 강원 영서 지방에 두껍게 산재해 있는 문화 유산도, 이자현과 정약용의 산수시, 유인석과 남궁억의 애국 계몽 가요, 김유정과 전상국의 창작 세계도 다 그런 문화 창조의 온축물들인 것이다. 따라서 우리 주거지 주변에 묻히고 흩어져 있는 인문지리적 자료를 모아 그 원형과 의미를 되살리고, 우리 생활에서 저만큼 멀어져 있는 문화 유산이 생활 속에서 반짝이도록 빛을 내는 노력이 필요하다.

분쟁과 분단의 현장
철원

박상란

1. 두 개의 철원이 되기까지

철원은 강원도의 북서부에 위치하여 동쪽은 화천군, 서남쪽은 경기도 연천군, 포천군과 접하고 있다. 지형적으로는 크고 작은 산봉에 둘러 싸여 있는 전형적인 산림 지대인 동시에 그 중앙부인 한탄강 유역을 따라 펼쳐진, 수원이 풍부한 평야 지대로 강원도에선 유일한 곡창 지대이다. 한반도 전체로 보면 한강 · 임진강 유역을 중심으로 하는 중부권역에 속하는 교통의 요지이며 몽고 등 북쪽으로부터의 외침을 일선에서 방어해야 한다는 점에서 전략상으로도 중요한 지역이었다. 이러한 지리, 지형적 조건으로 인해 철원은 고대 이래 각종 영토 분쟁 내지 전란의 영향을 크게 받아왔다.

삼국 시대에는 중부권을 둘러싼 세력 다툼의 와중에서 철원은 백제에서 고구려(5세기)로 다시 통일 전 신라(7세기 초)로 그 소속국이 바뀌었다. 철원(鐵原)이 본래 고구려의 '철원군(鐵圓郡)' 혹은 그 우리말 표기인 '모을동비(毛乙冬非)'로 알려진 것은 이 지역이 5세기 이후 약

200년 간 고구려의 판도 내에 있었음을 말해 주는 것이다.

이 지역이 역사적으로 크게 부각된 것은 후삼국 시대이다. 궁예는 고구려를 재건하고자 송악에서 나라를 세우고 이곳 철원으로 도읍을 옮겼다. 이것이 바로 후고구려 태봉이다. 철원은 다시 고구려의 판도에 듦과 동시에 한 나라의 도읍지가 된 것이다. 철원의 의미는 여기서 끝나지 않는다. 궁예는 25년만에 왕건에게 나라를 내주는데 이는 단지 궁예와 왕건 간의 다툼이 아니다. 후삼국 쟁패의 열쇠가 여기에 있었던 것이다. 곧 왕건이 당시 기울어져 가는 신라를 끌어안고 후백제 견훤과 일전을 벌일 수 있었던 것은 궁예가 후고구려라는 터전을 일구어 놓았기 때문이다. 따라서 철원은 이곳에서 후고구려가 일어서고, 이를 근거로 다시 삼국을 통일했다는 의미에서 후삼국 당시 전략적으로 가장 중요한 지역이라 할 수 있는 것이다.

성격은 다르지만 이 지역을 둘러싼 영토 분쟁은 6 · 25를 전후해 다시 한 번 재현되었다. 1945년 광복과 동시에 분단될 때 철원은 3.8선 북쪽에 속했다가 1953년 휴전 협정 이후 철원의 일부 지역만이 남한에 속하게 되었다. 1읍 9면 중 1읍(철원) 3면(동송, 갈말, 신서)만 남한에 속하고 나머지는 북한에 속하게 된 것이다. 즉 철원은 국토의 분단과 동시에 자체 분단을 겪은 셈이다. 주변 지역인 김화와 평강 역시 일부 지역만 남한에 속하게 되었다. 이들 철원, 김화, 평강 중 남한에 속한 지역이 통합되어 현재의 철원을 이룬 것이고 원래 역사상의 철원(구철원)의 중심부는 북한에 있는 것이다. 이러한 통합 과정에서 원래 철원에 속했던 신서면은 분리되어 나가 경기도 연천군에 속하게 되었다. 북한 역시 1952년 행정 구역 개편 때 구철원의 4개 면에 평강의 서면 일부와 황해도 금천의 토산면 일부를 편입시켜 남한의 철원군과는 독립된 또 하나의 철원군을 신설하였다.

요컨대 철원은 고대 이래로 잦은 소속국의 이전과 전란, 그리고 강제적인 분할과 통합을 겪어야 했다. 무엇보다 한반도의 전쟁과 분단의 과정에서 그 자체 뼈아픈 분단을 겪고 두 개의 철원(남한의 철원과 북한의 철원)으로 갈라진 것은 이 지역의 가장 불행한 역사라고 할 수 있다.

2. 분단의 상처, 구팔경과 신팔경

이처럼 전란과 분단으로 인해 이 지역민들은 현실적으로 무척 고단한 삶을 살았을 것이고 정치적으로 많은 혼란과 피해 의식을 갖게 되었을 것이다. 하지만 분단의 영향은 여기서 끝나지 않는다. 무엇보다 오랜 세월 이 지역 고유의 삶을 지탱해준 문화적 자원의 대부분이 전란으로 소실되고 혹 보존되어 있다 하더라도 그 접근이 차단되었다. 곧 문화가 분단된 것이고 그에 따라 문화 유산과 삶이 단절되었다고 할 수 있다. 게다가 이 지역민들은 휴전 협정 후 척박한 땅을 새로 일구고 삶을 꾸려나가기에 바빠 훼손된 문화 유산을 돌아볼 여유도 없었다 한다. 뒤늦게야 분단 현실에 맞게 새로이 명승 고적을 지정했지만 예로부터의, 절승으로서의 명성을 따를 수는 없을 듯하다.

철원은 산악과 강하를 배경으로 한 수려한 자연 절경 때문에 예로부터 많은 유람인들의 발길을 끌고 시인 묵객들의 감탄을 자아냈다. 물론 단순히 자연적 풍취 때문만은 아닐 것이다. 연원이 오랜 사찰과 태봉의 유적은 그 자체로도 문화적, 역사적 의의를 지니고 있어 세인의 주목을 받기에 충분했을 터이다. 곧 자연적 풍광, 불교, 태봉이 이 지역 명승고적의 중심 코드인 셈이다.

철원에는 선사 시대의 것을 비롯해서 명승고적이 많이 분포되어 있는데 그 중 대표적인 것으로 칠만암 · 고석정 · 마산제 · 궁예 고적 ·

안양사 · 보개산 · 도피안사 · 삼부연을 꼽는다. 이를 '철원팔경'이라 했다. 〈철원팔경가〉라는 민요도 전한다. 먼저, 수만 개의 기암괴석이 지천으로 널려 있는 칠만암, 모두 화강암과 현무암이라 하니 그것만으로도 기묘한 풍치라 할 수 있지만 주위의 울창한 숲, 한탄강의 맑은 물을 배경으로 기막힌 절승을 이루었다. 또한 칠만암은 요동백 김응하 장군이 무예를 닦던 곳으로도 유명하며 관련된 전설이 전한다. 고석정 역시 한탄강 중류에 서 있다. 정자와 강 중앙에 10여 미터 높이로 우뚝 솟은 자연석, 그 정상의 2칸 정도의 자연 석실, 그리고 주변의 화강 · 현무암 계곡을 총칭하여 고석정이라 하는 것이다. 이곳은 특히, 임꺽정과 관련해서 유명하다. 임꺽정이 고석정을 무대로 의적 활동을 했다는 이야기가 현재까지 구비 전승되고 있는 것이다. 고석정 건너편에 임꺽정이 돌로 쌓았다는 고석성의 석축이 남아 있다. 하지만 고석정의 명성은 이보다 더 오래된 듯하다. 신라 진평왕과 고려 충숙왕이 노닌 적이 있다 할 만큼 풍치가 뛰어난 곳으로 알려져 온 것이다. 이곳을 소재로 무외(無畏)라는 고려 때 승려의 기(記), 김양경, 이곡, 강회백의 시가 전하는데 모두 고석정의 신비한 아름다움을 찬미한 것이다. 고석정은 6 · 25 때 소실되었고 현재의 모습은 1970년대에 재건된 것이라 한다. 마산제는 마룡연이라고도 하는 유명한 저수지다. 상류천 중간 지점에 있으며 역시 현무암과 어우러지는 주위 경관과 맑은 물이 사철 절승을 이루는 곳으로 많은 이들의 눈길을 끌었다 한다. 물론 해방 전까지의 일이다. 현재는 민통선 북방에 있으며 그나마 1971년 이 곳에 설치한 산명호로 수위가 높아져 옛 모습은 거의 물 속에 잠겨 있다고 한다.

궁예의 고적(도성)은 풍천원 도성이라고도 하며 궁예가 이곳에 도읍하여 쌓은 궁전, 내성, 외성을 총칭한 것이다. 외성의 둘레가 4370미터 이상으로 방대한데, 대부분의 성지가 일제 때 농지로 개간되어 많이 훼손되었다 한다. 내성의 둘레는 577미터 정도고 그 안에 태봉국 정사의 중심 건물인 포정전의 터가 남아 있다고 한다. 또한 내성에는 궁예만이 사용했던 어수정과 석등 등 많은 유적이 있었으나 오랜 풍상으로 대부분 파괴되었다 하며 그나마 현재 북녘 땅에 있어 확인할 길도 없게 되었다. 보개산은 그 자체로도 절승이지만 역시 궁예가 쌓은 보개산(성)으로 더 유명하다. 궁예가 풍천원 도성을 중심으로 외침을 막기 위해 15곳에 외곽성을 구축할 때에 포천군에 쌓은 것이 바로 보개산성인 것이다. 일명 궁예성이라고도 한다. 현재 성지와 대궐터를 비롯해 군사 관련 유적지가 남아 있으며 관련된 전설이 전한다.

안양사는 신라 경문왕 3년(863)에 범일국사가 창건한 유서 깊은 절인데, 6 · 25 전쟁 당시 소실되었고 북한에 있어 터조차 확인할 길이 없다. 도피안사 역시 신라 경문왕 5년에 창건된 것으로 현재까지 창사연기담이 전하고 있는 이 지역의 대표적인 절이다. 여기에 봉안되어 있는 철조비로사불나좌상(국보63호)은 신라 하대의 불교사를 반영하는 중요한 불상이다. 이곳 법당 앞에 있는 삼층석탑(국보223) 역시 형식과 구조면에서 통일 신라시대 특유의 석탑의 특징을 잘 보여 준다. 이 절은 해방 직후 3.8선 북쪽에 있었고 6 · 25 때 폐허가 된 것을 재건한 것이다.

마지막으로 철원의 명승지로 삼부연 폭포를 빼놓을 수 없다. 맑은 물이 20미터 높이에서 세 번을 꺾어지며 떨어진다 하니 그 자체로도 장관이라 하겠는데 물이 꺾여지는 곳의, 기묘한 모양을 두고 전하는 전설로도 유명하다. 그 세 곳의 모양이 가마솥 같다 하여 삼부연이라 불린다고 한다. 또한 궁예가 풍천원에 도읍할 당시 이곳에서 도를 닦던 네 마리의 이무기 중 세 마리만 폭포의 바위를 뚫고 용으로 승천했는데, 그 때 생긴 세 곳의 작은 연못으로 인해 삼부연이라 한다는 전설도 전한다. 이 곳 마을 이름을 용화동이라 하는 것도 그 때문이라 한다. 여기서 조선 현종 때의 문신 김수항과 그의 셋째 아들 김창흡이 안거했다고 하며 성해응, 허목의 관련 기록이 전한다.

이렇게 보면 팔경 중 본래의 모습을 유지하고 있는 것은 칠만암과 삼부연이고 자연적 훼손으로 성지만 남아 있는 것은 보개산이다. 나머지는 전쟁의 직격탄을 맞아 인멸되거나 훼손되었고 그나마 북한 지역에 있어 그 보존 여부 자체도 확인되지 않는다. 현재 철원에선 분단 현실에 맞게 새로이 여덟 명승지를 지정하여 신팔경이라 하는데, 고석정 · 삼부연 · 직탕 · 도피안사 · 매월대, 토교 저수지 · 순담 · 제2땅굴 등이 그것이다. 마산제 · 궁예 고적 · 안양사 등 민통선 북방에 있는 것을 빼고 다른 명승지를 보태 새로이 구성한 것이다.

이 중 직탕은 한탄강 중류에 위치한 자연 폭포로 강 양쪽의 현무암 절벽과 어울려 일대 장관을 이루는 곳이다. 특히, 직탕은 중앙을 일직선으로 가로지르는 길이 80미터의 암반을 넘어 5미터 높이를 수직으로 쏟아져 내리는 은빛 폭포로 '한국의 나이아가라' 라는 별명을 듣기도 한다. 매월대는 김시습과 조상치 등 여덟 명의 선비가 수양대군의 왕위 찬탈에 분개해 관직을 버리고 은거하여 소일하던 곳이다. 복계산 산정에 위치한 깎아 세운 듯한 40미터 높이의 층암 절벽을 두고 하는 말이다. 전설에 따르면, 아홉 선비는 이 암반에 바둑판을 새겨 놓고 바둑을 두면서 혹은, 서로 시를 화창하며 단종의 복위를 도모했다 한다. 후세 사람들이 이 바위를 김시습의 호를 빌어 매월대라 부르고 마을 이름도 매월동이라 한 것이다. 현재도 암반 위에 희미하게 바둑판 형태의 문양이 새겨져 있다 한다. 토교 저수지는 1970년대에 만들어진 대규모 인공 저수지로 진촌 · 신대 · 길동 등의 마을이 수몰되며 형성된 것이다. 사기막과 송내동에서 유입되는 맑은 물로 빼어난 경관을 이루어서 팔경으로 지정되었다 한다. 순담은 한탄강 줄기의 하단부에 위치한 연못으로 굽이쳐 흐르는 맑은 물과 강변의 기암절경, 거문고형의 산 모양이 조화를 이루어 기묘함과 신비로움을 자아내는 명승지다.

마지막으로 제2땅굴은 명승지라기보다는 관람지라는 말이 적합할 듯한데, 1975년 이후 한참 동안 철원은 이 땅굴로 전국의 시선을 끌었다. 일명 '안보 관광'의 일환으로 곳곳에서 많은 사람들이 견학하여 '반공정신'을 가다듬는 산 교육장 노릇을 했던 것이다. 1975년부터 1990년에 걸쳐 이 지역에는 매번 세간의 관심을 끌며 네 개의 땅굴이 등장했는데, 그 중 두 번 째, 즉 제2땅굴이 규모 면에서 압권이라 팔경에 포함된 것이다. 땅굴의 내력은 사실로 확인되지 않은 채 1970년대의 기묘한 반공 열기와 함께 잊혀진 지 오래지만 철원팔경에는 여전히 그것이 남아 있어 기괴함마저 느끼게 한다. 이는 '백마고지 전투 전적비'를 비롯해서 곳곳에 건립되어 있는 전적비, 위령비와 함께 이 지역이 전쟁 당시의 최전방일 뿐 아니라 분단 이데올로기 확립의 제일선임을 일깨워준다. 물론 최근(1998)에 출간된 철원 향토지에서조차 제2땅굴이 팔경에 포함되어 있고, 각종 전적비가 1990년대에 들어서도 활발히 건립되는 것을 보면 이상의 이데올로기적 정황이 크게 바뀌지 않은 듯하다.

요컨대 철원의 문화 유적은 자연적 풍상 이외 전란으로 인한 불길로 전소되고 분단으로 접근할 수 없게 되었으며 무엇보다 분단 이데올로기에 의해 현재까지 기묘한 모습을 취하고 있다. 신팔경이야말로 전쟁과 분단이 이 지역 고유의 문화를 어떻게 분할하고 재편성했는가를 알려주는 산 증거라 할 수 있다[57].

57 이 글에서 철원의 역사와 문화에 대한 것은 주로 《향토지(철원, 김화, 평강)》(김영배 편, 문화재보호협회 철원군지부, 1977), 《철원군의 역사와 문화유적》(강원대학교박물관 편, 강원도철원군, 1995), 《한국사신론(신수판)》(이기백, 일조각, 1991) 등을 참조.

3. 태봉의 문학, 그 안과 밖

지난 시대 문인들은 철원을 궁예의 옛 도읍지로 기억하고 그에 대한 시를 남겼다.[58] 작게는 번화했던 한 도읍지가 폐허로 변한 것에 대한 무상감, 크게는 폭군에 대한 경계의 의미가 짙다. 다음에 소개하는 서거정의 시에 이러한 점이 잘 나타나 있다.

58 김양경 · 이곡 · 강회백 · 조준 · 서거정 · 이심원 · 권건 · 성현 등의 시가 전한다(《신증동국여지승람》 6, 〈철원도호부〉).

나라가 깨어져 한 고을이 되었구나
태봉의 끼친 자취 수심에 잠기게 하네
지금은 고라니와 사슴이 와서 노니는 곳
예와 같이 어룡들은 적막한 가을일러라
비낀 해 엷은 연기는 하늘과 함께 멀고
떨어지는 꽃잎 흩날리는 버들개지는 물과 같이 유유하네
당시 거울의 참언은 참 임금께 돌아갔는데
가소롭다 궁예왕은 제멋대로 놀기만 일삼으니

"옳고 그른 것은 모두 진(晉)나라의 춘추(春秋)" 에 붙인다 하고 '궁예의 한' 을 노래한 이심원을 제외하면 이들은 모두 옛 도읍지에서 느끼는 망국한 혹은, '마지막 폭군' 에 대한 개탄의 심정을 읊었다고 할 수 있다. 이는 고석정에 붙인 김양경, 이곡, 강회백의 시에서도 볼 수 있다. 이 중 김양경의 시를 보면,

태초에 어떤 사람이 이 정자를 지었던가
산등성 일만 길이 허공에 걸터앉아 있네
몸이 가벼워지니 홀연 바람이 옷에서 나는 것을 깨닫고
걸음이 편안하니 이끼가 신을 받쳐 주는 것을 알겠구나
학 곁의 소나무는 늙어서 용의 수염같이 푸르고

따오기 너머 노을이 물드니 물고기의 꼬리가 붉게 보인다.

철원은 기름지고 아름다운 땅인데

옥루와 금전이 다 가시밭이 되었구나

고기잡고 풀 베는 것을 보면서 옛날과 지금이 생각나

글귀를 찾아 읊조리니 오사모가 비스듬하네

태고적 신비감마저 불러일으키는 고석정의 풍치를 읊다가도 마침내는 폐허가 된 옛 도읍지에 대한 무상감에 빠져드는 것이다. 이곡, 강회백은 고석정을 두고 그 풍치를 기릴 염도 없이 오로지 태봉의 멸망 내지 그로 인해 도탄에 빠진 백성들의 삶을 안타깝게 회고하는 시를 남겼다. 물론 이들의 철원 내지 궁예관은 《삼국사기》 열전의, 궁예가 폭정으로 패망했다는 기록에서 비롯되었다고 할 수 있다. 이것이 바깥에서 철원, 궁예를 바라보는 일반적인 경향이다.

철원 안에서는 사정이 다르다. 철원 향토지를 열면 처음 부분에 "금학산 높이 솟아 정기 감돌고..."로 시작되는 〈철원의 노래〉 1절이 나온다. 금학산은 철원의 대표적 명산이다. 이 지역에 전해 내려오는 구전에 따르면 철원에 금학 · 봉학 · 음학 · 메학 · 내학 · 배학 등 여섯 마리의 학(학을 상징하는 여섯 명산)이 있는데, 그 하나에 천하 영웅이 하나씩 나서 나라의 변을 막아낸다고 한다. 여섯 영웅을 기대했다는 것은 그만큼 이 지역이 분쟁과 전란으로부터 많은 곤란을 겪었음을 말해주는 것인데, 지금까지 그 중 금학산에서만 영웅이 났다고 한다. 그가 요동백 김응하 장군이다. 김응하는 중국에까지 진출해 철원의 기개를, 나라의 역량을 보여 주었다 해서 이쪽 사람들이 높이 치고 있는 인물이다.

하지만 이 금학산은 궁예로부터 버림받은 산으로 더 유명하다. 이 산을 진산으로 하면 300년을 통치할 것인데, 궁예가 고집을 피워 고암산

금학산

을 진산으로 삼는 바람에 태봉국의 국운이 18년만에 끝났다는 전설이 있다. 그러고 보면 종국에는 궁예가 금학산으로부터 버림받은 꼴인데, 이 산을 철원의 상징으로 내세운 것은 궁예나 태봉 이전부터 존재했던 철원 고유의 정신적 뿌리를 기리자는 것이다. 이는 궁예를 부정하는 것으로 "태봉국 유서깊은 우리의 동주…"로 시작되는 그 2절의, 태봉국의 옛터로서 철원을 기리는 심리와 묘한 대비를 이룬다. 18년밖에 안되지만, 그리고 폭정으로 망했다고 하지만 어쨌든 한 나라의 도읍지였다는 것에 대단한 자부심을 갖고 있는 듯 하다. 게다가 철원은 태봉국의 도읍일 뿐 아니라 왕건이 고려를 세우고 1년여를 통치하던 곳이다. 역사상 최단시기

이긴 해도 두 나라의 도읍지인 셈이다. 왕건이 송악으로 도읍을 옮기면서 이 곳은 동주라 했는데, 송악 다음의, 제2의 서울쯤으로 인식되었음을 알 수 있다. 역시 궁예의 태봉이 있었기 때문에 왕건의 고려가 있고 철원은 동주가 될 수 있었던 것이다. 따라서 "태봉국 유서 깊은 우리 동주..." 라는 노랫말에는 도읍지로서의 자부심 특히, 태봉의 영광을 잊지 못하는 심리가 들어 있다. 철원군이 매년 10월 초 군민의 날을 맞아 여는 '태봉제' (2004년까지 20회 개최됨)[59]는 왕도로서의 철원을 기념하고 당시의 영광을 계승하고자 하는 이러한 의식을 여실히 드러내는 것이다. 이 점은 궁예 전승을 통해서도 확인할 수 있다.

이 지역에는 유독 궁예 관련 설화가 많이 전하는데, 여기에는 궁예의 폭정과 패망에 대한 개탄뿐만 아니라, 혹은 그보다 더 많이 회한이 스며 있다. 이 회한은 철원을 도읍지로 끌어올렸던 태봉이 그렇게 빨리 망했다는 것, 자랑스러운 군주였던 궁예가 그렇게 비참히 쫓겨 다니다 무참히 죽어야 했던 것에 대한 안타까움, 한, 죄책감이다. 자기 지역의 흥망과 영욕의 견지에서 태봉과 궁예를 바라보는 것이다.

이 지역에 전하는 궁예 이야기는 대개 지명과 결부된 전설이다.[60] 이를 지명을 중심으로 정리해 보면 다음과 같다.

59 태봉제는 각종 민속놀이, 가요제, 철원 쌀아가씨 선발대회 등으로 이루어져 있다고 한다. 2004년도엔 태봉국 정도 1100주년 기념 행사를 겸해 9일간에 걸쳐 대규모의 행사가 있었다고 한

60 이 글에서 다루는 궁예 전승 자료는 철원향토지와 〈구비문학 현지 조사 보고서(강원도철원군)〉(《국어국문학논문집》17, 동국대학교 국어국문학과, 1996)에 실린 것임.

① 명성산(울음산)-궁예가 마지막으로 왕건에게 패해 울며 쫓겨난 곳.

② 토성-궁예가 명성산에서 쫓겨나 흙으로 성을 쌓고 하룻밤 유숙한 곳.

③ 한탄강-궁예가 쫓겨가면서 한탄한 곳.

④ 삼방-쫓겨난 궁예가 북쪽으로 달아나다 평강군민들에게 맞아 죽은 곳이며 궁예의 무덤이 있는 곳.

⑤ 금학산-궁예가 이 산을 진산으로 하지 않아서 300년 국운이 30년으로 줄어들었다는 산.

이외 궁예가 도망갈 때 칼을 짚고 내려 뛰었다 해서 '검불랑,' 쫓겨가다 앉아서 신세타령을 했다 하여 '안터,' 들려서 쫓겨 갔다고 하여 '들음리,' 흐느꼈다고 해서 '느치,' 쉬어 가며 지체했다고 해서 '지포리' 등 이 지역에는 궁예와 관련된 지명 전설이 많이 전하지만 위 다섯 가지 정도가 가장 잘 알려져 있다.

이들 지명전설을 궁예의 사적을 중심으로 정리해 보면 '패망 이후의 도피 과정' (①~④)과 '패망의 원인' (⑤)이라고 할 수 있는데, 이 중 앞의 것이 압도적으로 많다. 궁예의 이야기의 대부분은 패망과 관련되어 있고 그 중에서도 패망 이후의 도피 과정에 집중되어 있음을 알 수 있다.

궁예가 쫓겨 달아난 지점을 순서대로 열거하면 명성산 → 토성 → 한탄강 → 삼방이다. 이외 고함산(쫓겨가다 "이놈들 그래도 내가 왕인데 말야…" 했다는 곳), 앞서 말한 안터, 들음리, 지포리, 느치 등이 더 있다. 이렇게 한 군주의, 예컨대 영웅적인 행위 혹은 폭정, 최후의 접전이나 죽음 대신 패주 과정이 세세히 그려졌다는 것은 심상한 일이 아니다. 그냥 궁예가 쫓겨가다 어디에서 죽었다고 하면 될 것을 그 거쳐 간 지점을 낱낱이 기억하며 이야기를 만들어 낸 것이다. 그러다 보니 궁예는 유독 짧은 통치 기간과는 대조적으로 오랜 시간을 쫓겨 달아나던 인물로 여겨질 정도다. 게다가 그 거쳐 간 지점에서 별다른 사건이 일어난 것도 아니다. 대개는 궁예가 탄식하고 후회하며 눈물을 흘렸다는 정도다. 그렇다면 왜 지역민들은 궁예의 폭정보다 그 패망과 패주에 대한 이야기를 많이 하는 것일까. 그렇다고 '폭정' 을 부인하지도 않으면서 말이다.

궁예의 정치적 실패, 더 확실히는 그로 인한 태봉국의 멸망은 역사적 사실이고 그 실패에 폭정과 치정이 얽혀 있는지는 진실의 문제다. 지역민들은 그러한 사실과 진실에 대한 문제보다도 한 군주가 패해서 외로이 달아나야 했던 그 비참한 정상, 심정을 헤아리는 데 많은 관심을 두었다고 할 수 있다. 그것도 다른 이가 아니라 바로 자신들의 삶의 터전에 도읍했던, 한 때 자신들의 군주가 그러한 지경에 빠진 것이다.

도읍지는 아무 곳이나 될 수 있는 것이 아니다. 살기 좋고 복 받은 땅이라는 당대의 평가를 받아야 한다. 따라서 궁예가 비록 패망했을지라도 그로 인해 철원은 역사상 몇 안 되는 도읍지로 알려지고 이후로도 동주로서, 자랑할 만한 지역이 되었다. 역사적으로도 궁예의 태봉이 있었기에 왕건의 고려가 들어선 것이고 보면 이 지역이 궁예에게 진 빚이 적지 않다. 따라서 이들 궁예의 패주 과정에 대한 이야기에 스며 있는 정서는 바로 궁예에 대한, 태봉에 대한 회한과 안타까움이라 할 수 있다. 이러한 회한이 있었기에 궁예의 탄식, 눈물까지 포착할 수 있었던 것이다.

요컨대 태봉 내지 궁예에 대한 철원 지역민의 심리는 이중적인 것으로 보이는데 그 진실은 너무도 깊이 감추어져 있어 파악하기 쉽지 않다. 분명한 것은 철원 혹은 철원에서의 삶은 좋든 싫든 궁예와 긴밀히 결부되어 있다는 것이다. 궁예와 직접적으로 관련된 설화뿐 아니라 아기장수, 임꺽정, 최영에 대한 설화가 많이 전하는 것을 보아도 알 수 있다. 이 중엔 전국적으로 분포되어 있는 설화도 있지만 그것이 궁예의 철원에서 전승되는 것엔 각별한 의미가 있다. 이들 모두 뜻을 이루지 못하고 원통하게 죽은 장수 이야기라는 점에서 궁예 이야기와 공통되고 그 중심은 궁예이기 때문이다. 가까이는 김응하 장군 이야기도 여기에 포함된다. 장군은 아니지만 뜻을 이루지 못하고 원통한 삶을 살아야 했던 김시습 이야기가 많이 전하는 것도 우연은 아닐 것이다. 이렇게 보면 궁예 이야기가 자신과 유사한 한 무리의 이야기들을 거느리게된 것이다. 더 나아가서 임꺽정이 단순히 의적 노릇을 한 것이 아니라 새로 '도읍'을 하려고 했다는 것은 궁예 이야기가 주변 설화에 직접적으로 간여했음을 말해주는 것이다.

문학 속에서 보이는 궁예에 대한 관점은 분명 과거에서 현재로 오면서 긍정적으로 바뀌어왔다. 물론 이를 단지 과거와 현재의 문제로 볼 수만은 없을 것이다. 《삼국사기》의 열전에서 비롯된, 문헌을 통한 궁예 전승에 일조를 한 과거의 문인과 지명 전설을 통해 궁예를 새롭게 조명하려는 현재 이 지역민들 간의, 관심의 차이로 간주할 수 있다. 이러한 지명 전설 속의 궁예가 이제 새삼스레 형성되었다고 하는 것은 아니다. 그 전부터 떠돌던 이야기가 현재 이 지역이 당면한 과제에 의해 부각된 것일 수도 있는 것이다. 전란의 피해상, 무엇보다 그로 인한 지역의 낙후성을 극복하기 위해선 옛 도읍지로서의 자부심, 기상 등이 필요할 것이기 때문이다.

4. 철원을 나오며

철원은 참 복잡한 지역이다. 이야기에 나오는 옛 지명 하나를 놓고도 그것이 현재 어느 지역인가 확인하는 데 많은 시간을 보내야 했다. 확인하고도 다 끝난 것이 아니다. 그것이 북한에 있는지 남한에 있는지, 비무장 지대에 있는지 민통선 북방에 있는지 다시 알아내야 하는 것이다.

두 개의 철원과 두 개의 팔경은 분명 우리 근현대사가 남긴 상흔이겠지만 멀리 보면 이 지역의 지리적, 역사적 특이성에서 비롯된 것이라 할 수 있다. 상흔이라 했으니 그것이 말끔히 지워졌으면 한다. 태봉과 궁예 높이기는 바로 전란과 분단으로 인한 피해의식 내지 실제적인 지역의 낙후를 극복하고자 하는, 일련의 과정으로 보여 그 귀추가 주목된다.

개인적인 일로 철원에 드나든지도 10여 년이 되었는데, 내가 주로 다녀온 곳은 두 개의 철원 중 신철원이다. 눈만 돌리면 명성산이 누워 있는 모습을 볼 수 있으며, 거기서 쫓겨나는 궁예의 이야기를 어렵지 않게 들을 수 있지만 궁예의 성터는 먼 발치로도 보이지 않는 반쪽짜리 철원임을 새삼 느낀다.

《광여도》, 평안도 출처_규장각

6부

황해도, 함경도, 평안도

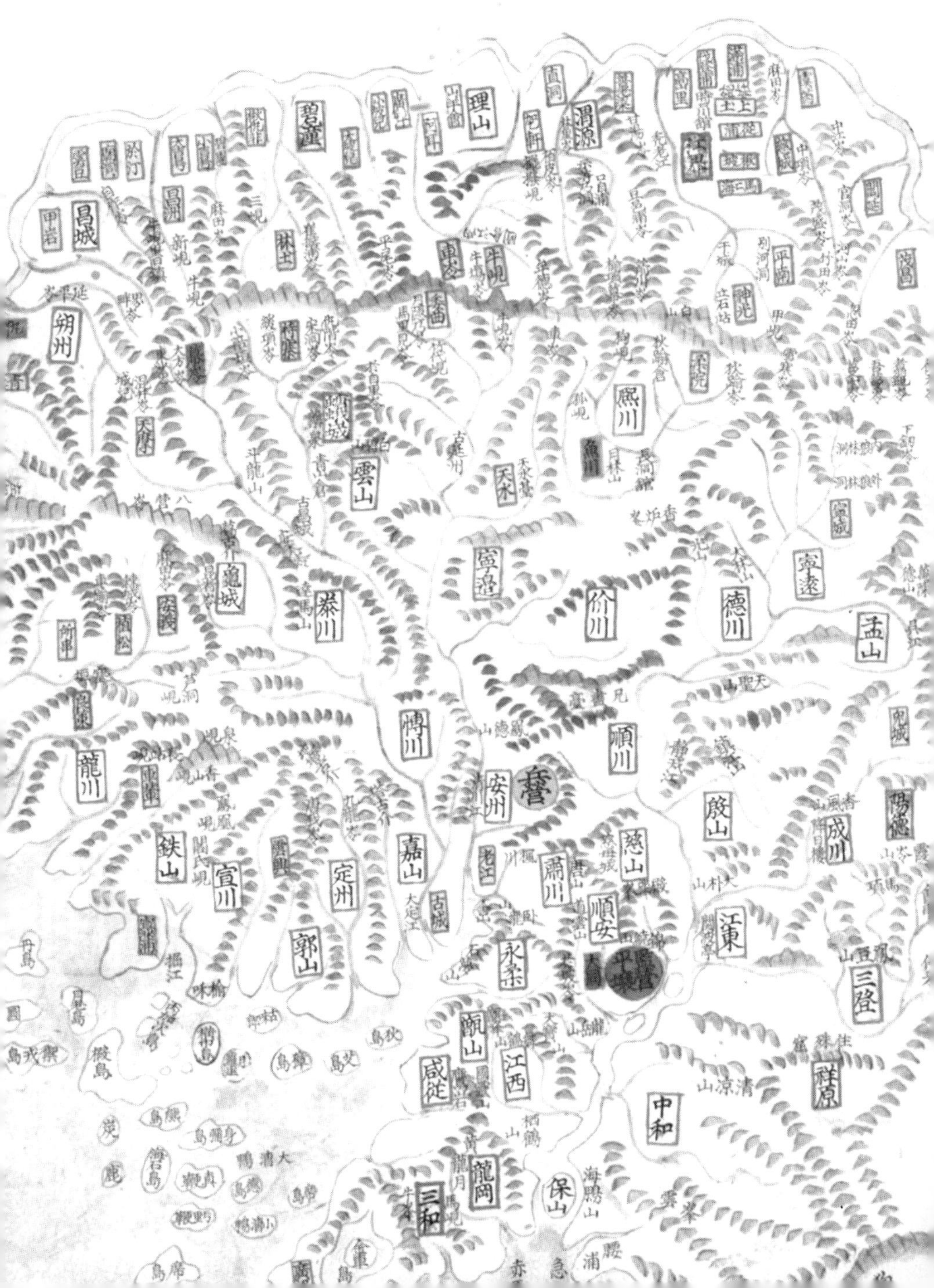

천부의 요지와 저항의 은거지

황주, 평산, 서흥, 봉산, 구월산

김치홍

1. 천부(天賦)의 요지(要地)

황주(黃州)를 비롯한 평산, 서흥, 봉산은 현재 북한 행정 체제상 황해북도(黃海北道)에 속한다. 이 세 곳은 이미 이중환(李重煥)이《택리지(擇里志)》에서 "황주의 남쪽으로 절령(岊嶺)을 넘어가면 봉산(鳳山), 서흥(瑞興), 평산(平山), 금천(金川) 네 고을을 지나 개성에 이르는데 이것이 남북으로 통하는 직로(直路)"[61] 라고 하여 교통의 요지임을 말한 바 있는데, 지금도 평양과 개성을 잇는 고속도로가 여기에 접해 있다. 서북에서 동남 방향으로 비스듬하게 놓여 황해북도 서부의 중심축을 형성하고 있다.

61 이중환,《택리지》, 이익성 옮김, 서울, 을유문화사, 2004, 52쪽.

황해북도는 황해남도와 함께 황해도였다. 조선시대 초기인 1417년(태조 17) 황주(黃州)와 해주의 이름을 따서 황해도(黃海道)로 정했다. 그러다가 1954년 10월 북한 행정구역 개편으로 재령강(載寧江)을 경계로 황해도가 남 · 북의 2개 도(道)로 나뉘면서 재령강 · 예성강(禮成江) 동쪽 지역이 황해북도가 되고 서남쪽이 황해남도가 되었다.

이중환은 《택리지》에서 황해도에 대해, "비교적 부유한 자는 많은 편이나 사대부는 적다. 그러나 평야 지대에 있는 여덟 고을은 땅이 기름지고, 바닷가 열 고을은 경치로 이름난 곳이 많아 역시 살지 못할 곳은 아니다. 지세가 서해를 불쑥 들어가서 삼면은 바다에 임하였고, 동쪽 한 면만이 남북으로 통행하는 한길에 닿아 있다. 북쪽에는 높은 영(嶺)이 있고, 남쪽은 강이 겹으로 막았다. 안팎이 산과 하수이며, 높고 험한 성곽이 많다. 또 넓은 들과 기름진 벌판이 있어 참으로 천부(天賦)이며, 전략적으로 이용할 만한 지역이다. 세상에 일이 생기면, 반드시 서로 다투게 될 요충일 것이니 이 점이 단점이라 하겠다"[62] 라고 하였으나, 실상은 다툼의 대상이 되기보다는 교통의 요지가 되어 사행길이 되기도 했고, 반란의 요충지가 되어 조선조 3대 의적(義賊) 중에서 홍길동을 뺀 임꺽정과 장길산의 은거지가 된 곳이 바로 여기였다.

62 이중환, 앞의 책, 57~58쪽.

《심청전》의 공간적 배경에 하나인 황주(黃州)는 황해북도 북서부 대동강 하류 연안에 있는데, 고구려 때는 동홀(冬忽) 또는 동어홀(冬於忽)이었으며, 통일신라 경덕왕 때 취성군(取城郡)으로 이름이 바뀌었다가, 고려초 황주(黃州)라고 정해진 뒤, 1895년(고종 32) 황주군이 되었다.

이곳은 사행(使行)이 거쳐 가던 곳으로, 조선시대 객사인 고안관(高安館)을 비롯하여 사신들이 묵고 즐겼던 태허루(太虛樓), 황주 남쪽 적벽강 절벽 위에 있는 월파루(月波樓) 등이 있었으나, 6 · 25로 모두 파괴되었다. 남쪽 봉산과 경계에 있는 정방산은 481미터로 그리 높지 않지만 기봉산, 이남봉 등의 기암절벽과 폭포 등이 조화를 이루어 경치가 아름답고 사적이 많아서 예부터 명승지로 잘 알려져 있다. 깃대봉을 정상으로 모자산, 노적봉, 대각산의 산마루가 서로 잇닿아 정방형(正方形)을 이룬다 하여 정방산이라고 불렀는데, 산마루에는 고려시대에 축성한 석성으로 둘레가 12킬로미터나 되는 정방산성이 있고, 그 남쪽에 홍건적을 섬멸한 자성이 있다. 성벽은 납작하게 대충 다듬은 돌로 쌓았는데 평균 5~6미터 정도의 높이지만 남문 부근만은 10미터가 넘는다. 정방산 계곡의 움푹 들어간 모습[凹形]이 뒤에 배경으로 잡히고 남문과 높은 성벽이 튀어나온 형태[凸形]를 취하니 우리나라 산성에서 흔히 보는 자연과 인공의 음양 조화를 여기서도 본다. 산성은 그 능선을 따라 12킬로미터의 길이로 뻗어 있다. 남문 위에 세워져 있는 남문루는 단층짜리 문루로는 우리나라에서 가장 큰 규모라 한다. 문루에 올라서면 정방산 능선이 잘 들어온다.

정방산성 안에는 이은상 시(詩)에 홍난파가 곡(曲)을 붙인 가곡 〈성불사의 밤〉의 성불사(成佛寺)가 있다. 이 절은 신라 말 효공왕(孝恭王) 2년(898)에 도선국사(道詵國師)가 창건한 절인데, 풍수지리설에 따르면 성불사가 자리잡은 터가 '산줄기가 흘러내려 분지를 이룬 형세' 이고, 아울러 이 산은 한국의 서쪽을 지키는 관문의 형상을 한 '진호(鎭護)의 땅' 이라고 했다. 이런 근거는 보존 유적 제1127호인 성불사기적비에 "정방산 앞으로는 큰 파도 일렁이는 바다가 서있고, 뒤에는 겹겹이 막아선 뫼부리를 끼고 있어 한 사나이가 길목을 막아선다면, 만 명의 장부도 길을 열 수 없는 곳이다" 라는 내용으로 알 수 있으며, 도선국사가 단순히 절을 짓는 것만 목적으로 하지 않았음도 알 수 있다. 성불사 외에 자비산(滋悲山, 691미터)에는 고려 태조 때 도선국사가 창건한 심원사(心源寺)가 있고, 그 부근에 왕림천(王臨泉) · 대방고분(帶方古墳) 등이 있다.

황주는 한국 근대 장편 소설의 효시인 이광수의 《무정》에서 중요한 배경 중의 하나로 제시된 곳이다. 죽을 작정을 한 영채가 평양으로 가던

정방산성과 성불사
출처_신정일, 《다시쓰는 택리지》, 휴머니스트, 2004.

도중에 동경 유학생인 병욱을 만나 대화를 나누고 새로운 신념의 삶을 살아가기로 굳게 다짐하게 되는 86장부터 94장까지는, 이른 바 자유 연애론으로 요약되는 부분으로, 여성의 자유의지에 의한 새로운 결혼관을 제시하여 당시 젊은이들을 열광케 했던 부분이다. 기차에서 병욱을 만난 영채는 그녀의 집인 황주에서 새로운 문물과 사상을 터득하며 여름 방학을 보내고 일본으로 함께 가게 된다.

탈춤의 원조인 봉산탈춤의 고장 봉산(鳳山)은 황주와 함께 정방산을 끼고 아래쪽에 붙어 있고, 동쪽은 서흥에 닿아 있다. 삼국 시대에는 고구려의 휴암군(鵂岩郡)이었는데, 1413년(태종 13)에 현재의 지명인 봉산군으로 되었다. 동쪽이 산지로 높고, 북서쪽으로 점차 경사를 이루며 낮아진다. 북서에서 북동에 걸쳐 정방산 · 가마봉(可馬峰, 481미터) · 보합산(保合山, 584미터) 등이 군계를 이룬다. 주요 하천으로 북서에서 북류하는 재령강과 서흥강(瑞興江) · 은파천(銀波川) · 마동천(馬洞川) 등이 있다. 이들 유역에는 기름진 평야가 펼쳐있어, 봉산평야와 남오리(南五里)벌, 남물릿벌 등으로도 부르는 나무리벌이 재령평야까지 이어진다.

봉산군내의 문정서원(文井書院)은 숙종 때 설립된 것으로 이이(李珥) · 김장생(金長生) · 김집(金集) 등이 제향되어 있다. 군내에 있는 주련대(駐輦臺)는 병자호란이 끝난 뒤 소현세자와 봉림대군, 인평대군이 심양으로 인질로 잡혀 갈 때, 2월 22일부터 3월 2일까지 10일간 머물렀던 곳으로 김양(金陽)의 집이다.

봉산 서쪽에 있는 것이 서흥(瑞興)이다. 고구려 때에는 우차탄홀(于次呑忽)이라 하다가 5세기 초엽 성을 쌓은 뒤 오곡성(五谷城)이라 불렀다. 고려 원종 11년(127) 왕의 태(胎)를 이곳에 안장한 까닭에 서흥현으로 승격되어 정해진 지명이 현재에 이른다.

남쪽의 멸악산맥과 북쪽의 언진산맥 사이에 있으며 전체적으로 산으로 둘러싸인 고원형 분지를 이루고 있다. 이들 산맥의 영향으로 군의 중부에 동서 방향으로 500~600미터의 산들이 잇달아 솟아 있어 군의 지세를 남북으로 양분한다. 대표적인 산으로는 금초산(金草山, 530미터) · 나장산(羅將山, 691미터) · 부인당산(夫人堂山, 685미터) 등이 있다. 험한 산세로 북관 통로인 절령(岊嶺)을 이용했으나, 세조 이후에는 봉산으로 가는 동선령(洞仙嶺)을 거쳐야 갈 수 있었다. 남부에는 재령강의 상류인 서흥강이, 북부에는 황주천(黃州川)이 각각 서쪽으로 흐르며, 웅파산 기슭에는 가마소가 있다. 신라 헌덕왕(憲德王) 17년(826)에 당(唐)나라의 침공을 막기 위해 쌓은 황주에서 곡산에 이르는 패강장성(浿江長城) 300여 리를 축조한 바 있으나 현재는 그 흔적만 남아 있고, 고성리에는 서흥산성이 조금 남아 있다. 528년(법흥왕 15) 아도화상(阿道和尙)이 창건하였다는 속명사가 오운산 중턱에 있고, 송월리에 있는 귀진사(歸眞寺)는 작은 암자였던 것을 보우대사(1509~1565)가 대장경전을 짓고 불교 경전을 간행하면서 대찰(大刹)이 되었는데, 임진왜란 때도 전화(戰火)를 입지 않아 조선조 초기의 건축 양식을 간직하고 있어 연구에 소중한 자료가 되고 있다. 이 밖에 관아의 부속 건물이었던 유연루, 사정(射亭)인 읍양정과 김굉필(金宏弼)과 이율곡, 김유(金揉)를 봉사(奉祠)한 화곡서원(花谷書院)이 있다.

서흥 동남쪽 예성강(禮成江)변에 평산(平山)이 있다. 고구려 때 대곡군(大谷郡)으로 편성되었으며 1413년(조선 태종 13) 평산군으로 바꾸고 도호부로 승격되었다. 멸악산맥(滅惡山脈) 남동쪽에 있으며 서쪽과 북쪽이 높고 동쪽과 남쪽이 낮다. 군 서쪽에 멸악산(818미터) · 악대산(506미터) 등이 있고, 동쪽으로 예성강이 흐르고 남쪽으로는 누천(漏川), 군을 가로지르며 남천(南川)이 흐른다. 평산면 빙고리에 평산향교(平山鄕校)가 있으며, 당후리에는 신숭겸(申崇謙)과 이색(李穡)을 제향하는 동양서원(東陽書院), 적암면 면곡리에는 박세채(朴世采)를 제향하는 구봉서원(九峰書院) 등이 있다. 그리고 평산읍에서 칠십 리 떨어진 마산면(馬山面)에는 성벽이 돌로 된 자모산성(慈母山城)[63] 이 있는데, 병자호란 때에도 적병이 공략하지 못했던 좋은 피난처로, 청석골, 구월산과 함께 의적 임꺽정(林巨正)의 은거지로도 유명한 곳이다. 그 외에 고구려 산성(山城)인 태백산성이 있다.

63 《황해도민 월남 50년사》, 서울, 황해민보사, 1995, 621쪽.

구월산은 신천 · 안악 · 송화 · 은율 등 4개 군에 걸쳐 있는데, 웅장하고 수려한 산세와 깊은 골짜기와 동굴들, 울창한 수림으로 인해 '서해의 금강' 으로 불린 해서(海西)의 명산이다. 높이 954미터의 화강암으로 된 암산인 주봉 사황봉을 비롯하여 오봉 · 인황봉 · 주거봉 · 아사봉 등 기묘하게 생긴 많은 봉우리들이 톱날 같은 능선을 이루며 광활한 벌지대에 우뚝 솟아 있다.

일찍이 서산대사(西山大師) 휴정(休靜, 1520~1604)은 금강산 · 지리산 · 구월산 · 묘향산을 우리나라 4대 명산으로 들면서 이 중 구월산에 대해, "금강산은 빼어나지만 웅장하지 못하고, 지리산은 웅장하지만 빼어나지 못하다. 구월산은 빼어나지도 못하고 웅장하지도 못한데, 묘향산은 빼어나기도 하고 웅장하기도 하구나(金剛秀而不壯 智異壯而不秀 九月不秀不壯 妙香亦秀亦壯)"라고 했는데, 이것은 구월산이 볼품이 없다는 것이 아니고, 4대 명산을 상대적으로 비교했을 때 그렇다는 것이다. 그 규모가 넷 중 가장 작고 높이도 그러하거니와 석골(石骨)이 드러난 악산(嶽山)이라 그런 표현을 쓴 것이다. 어쨌든 구월산이 명산 중의 하나임은 틀림없다. 이에 대해 육당은 "신천 · 안악을 거쳐 구월산에 다가가 보라. 멀리서는 정다워 보이고 가까이 가면 은근하고 전체로 보면 듬직하고 부분으로 보면 상큼하니, 빼어나지 못하다고 했지만 옥으로 깎은 연꽃 봉우리 같은 아사봉이 있고, 웅장하지 못하다고 했지만 일출봉 · 광봉 · 주토봉 등이 여기저기 주먹들을 부르쥐고 천만인이라도 덤벼라 하는 기개가 시퍼렇게 살아있는 산이 구월산이다"[64] 라고 표현한 바 있다.

64 신정일, 《다시 쓰는 택리지》3, 휴머니스트, 2004, 372~373쪽.

대표적인 절로는 신라 애장왕 때 건립된 것으로 구월산에서 가장 규모가 큰 패엽사와 1500년 고찰인 월정사가 있고, 황해도 5대 산성의 하나인 둘레 5.23킬로미터에 이르는 구월산성의 옛터가 있다. 패엽사 앞 봉우리에 단군대가 있고, 그 옆으로 환인(桓因) · 환웅(桓雄) · 단군(檀君)

의 3성(聖)을 제사하던 삼성전 옛터가 있다. 산세가 험악하고 연봉(連峰)이 많아 임꺽정이나 장길산의 마지막 근거지로 삼았던 곳이고, 일제 때에는 항일 독립 투쟁의 구월산대가 크게 활약하였으며, 또 6·25 전쟁 때는 반공 유격대가 이곳을 본거지로 삼아 북한 공산군에 대항하여 유격전을 벌인 전적지이기도 하다.[65]

65 《황해도민 월남 50년사》, 711쪽.

2. 사행(使行)길에 활짝 핀 문학의 여정(旅情)

일찍이 서거정은 객관(客館) 〈중신기(重新記)〉에서, "황주가 서도의 요긴한 지방으로, 사신과 거마(車馬)가 모여드는 곳으로 토지가 기름지고 백성이 많아서 요부(饒富)하기가 여러 고을에 우두머리라" 고 한 바 있다. 이처럼 황주는 서부지역을 오가는데 요긴한 곳으로, 북경을 가던 사신이나 서북 지역으로 유배를 가는 사람들의 길목이 되는 곳이다. 병자호란이 마무리 될 무렵 인조가 남한산성에서 나온 뒤에 인질로 잡혀가던 소현세자와 봉림대군, 인평대군이 1637년 1월 30일 심양으로 갈 때도 여기를 거쳐 갔는데, 2월 4일 서강을 떠나, 2월 16일 평산에 도착한 뒤, 봉산(20일), 황주(3월 3일), 중화를 거쳐 평양성으로 갔다.[66] 연행 가사들을 보면, 경기도 개성을 지나 금천으로 들어서서는, 임꺽정의 은거지였던 청석골에 대한 감회를 보이기도 했다.[67] 청석골은 〈변강쇠가〉에서도 보이는데, 옹녀가 평안도 고향 마을에서 쫓겨나, 삼남지방으로 가다가 변강쇠를 만난 곳이 바로 금천(金川) 떡전거리, '닭의 우물, 청석관(靑石關)' 인데, 닭의 우물이 계정이고 청석관은 청석골을 이른 것이다.

66 소현세자, 《심양일기(瀋陽日記)》, 이석호 옮김, 대양서적, 1975.

67 임기중, 《연행가사연구》, 아세아문화사, 2003, 143쪽.

대개 연경 사행의 황해도에서 일정의 기록은 평산에서 시작된다. 평산에서는 태백산성을 지나서, 총수산의 총수관에서 점심을 하였다. 총수산은 서쪽의 두어 봉우리가 푸르고 깎아질러서 푸른 파[총(葱)]같다고 해서 이름이 붙여진 산이다. 이 산에 옥류천(玉溜川)이 있어 여러 사람의 글씨가 새겨져 있는데, 그 중 조선에 사신으로 왔던 명나라 주지번(朱之蕃)이 구경하고 '옥류천(玉溜川)' 이라 쓴 세 글자와 그의 화상을 남긴 사실이 박권의〈서정별곡〉, 홍순학의 〈병인연행가〉, 김지수의 〈무자서행록〉 등에 회상되어 나온다.[68]

68 앞의 책, 292~293쪽.

한편 이 옥류천에 대한 감회를 허균은 황해도 도사로 있을 때 지은 23편의 시를 수록한《좌막록(佐幕錄)》에서 다음과 같이 읊었다.

영롱한 젖망울이 바위에서 떨어지니,	玲瓏懸乳滴巖巓
고은 색깔 향기론 맛 입에 들면 향기롭네.	色味芳香入口鮮
조그만 둥근달 옥단지에 달여내니	煎得瓊甌小團月
혜산이라 샘물을 길러 올 필요없네	不須甁汲惠山泉

〈옥류천(玉溜川)〉[69]

69 허균, 신호열 옮김《국역 성소부부고 I》, 민족문화추진회, 민문고, 1989, 61~62쪽.

허균이 처형되기 5년 전인 광해군 5년(1613)에 우리나라에 사신으로 온 주지번이 허균의 시문을 보고 감탄하여 전집을 보여 달라고 청하였다. 이에 허균이 문집 1부(部)를 보내면서 서문으로 좋은 글을 부탁했더니, 명(明) 당대의 최고 문사인 이정기(李廷機)의 찬사의 서문까지 얻어 보내 주었다.[70] 그러나 이 책은 허균의 처형 뒤에는 감추어져, 위에 든 여러 작품들에는 옥류천에서 주지번을 회상하는 구절은 있어도 허균을 말하는 사람은 아무도 없었다.

70 허균, 앞의 책, 〈해제〉.

연행 가사가 서사화, 장편화 되어지면서 사가행(私歌行)으로 바뀌었다.[71] 그 하나의 예로 유인목의 〈북행가〉에는 서흥과 봉산에서 기생과 보낸 이야기도 기록하고 있다. 서흥에서는 계홍이라는 16

71 임기중, 앞의 책, 26쪽.

세의 그 고을 명기와 향어로 수작을 하고, 봉산에서는 국심이라는 15세의 기생과 하룻밤의 깊은 정을 나누고 다음날 동선령에서 만강주류(滿腔主流)로 이별하는 장면을 기록하기도 했다.[71]

71 임기중, 앞의 책, 404쪽.

평산에는 소놀음굿이 있다. 정확한 기원은 알 수 없으나 조선 시대에 형성된 것으로 보이는 이 굿은 무당이 소모양으로 꾸미고 노는 굿놀이로, 농사의 풍년과 장사의 번창, 자손의 번영을 빌기 위해 행했다. 무업(巫業)을 전문적으로 하는 무당들에 의해 진행되는 놀이이지만 불교적인 성격이 매우 강하며 주민들의 풍요를 기원하면서 화합을 다지는 종교성과 오락성을 지니고 있는 놀이이다. 단독으로 하지 않고 제석거리에 이어서 하는데, 이것은 제석거리가 자손의 번창과 수명을 연장하는 성격을 띠고 있어서 소놀음굿과 비슷하기 때문이다. 굿은 해질 무렵에 시작해서 다음날 새벽까지 계속된다. 제석이 소를 타고 나졸들은 춤을 추며 굿판을 돌아 서천서역국으로 가는 것으로 소놀음굿은 끝난다. 불교의 삼불제석과 애미보살, 지장보살들이 지상에 내려와 고통 받는 인간에게 복을 주며 좋은 길로 인도하는데, 이것은 평산 소놀음굿에서만 볼 수 있는 독특한 장면이다. 평산 출신의 무당 장보배가 그녀의 어머니로부터 굿을 배우고 해방이 된 후에 강원도에 살면서 딸을 낳아 인천에서 소놀음굿을 재현함으로써 오늘날에 이르고 있다.

허균은 평산에서 서북쪽에 높은 산에 있는 평산산성을 보고 시를 짓기도 했다.

삼한이 나라를 먼저 세우고,	三韓先立國
사군은 강계(疆界)를 뒤에 나눴네.	四郡後疏疆
관약이라 도호부(都護府)가 머물러 있고,	管鑰留都護
금탕이라 지도(地圖)에 기록되었네.	金湯紀職方

천년을 내려와도 천험(天險)의 지대　　千年堪設險
만 치첩(雉堞)이 오히려 매를 누볐네　　萬雉尙緣罔
황폐를 일으킨 건 누구의 꾄가　　起弊誰區畫
조정에서 세워 놓은 원대한 정책　　訏謨自廟堂

〈평산산성〉[72]

72 허균, 앞의 책, 62쪽.

평산을 지나면 서홍을 지나게 되는데 그저 하룻밤 묵어가는 곳이었다. 허균은 선조 32년(1604)에 요산(遼山)에서 고을살이를 하게 되는데, 벽지라고 생각하고 경술(經術)에 전념하고 겸하여 문필이나 힘써야 하겠다고 부임하였다. 그러나 막상 도착하고 보니 송사가 많아 눈코 뜰 새가 없었다. 2년간에 지은 것이 겨우 서른두 수에 불과했다. 그 중에서 서홍에서 하루 묵으면서 쓴 것이 있다.

가느다란 구순을 손수 받들어　　甌筍捧纖纖
용단이 말라가니 다시 덤하네.　　龍團渴更添
날이 차니 바람은 장막을 걷고　　天寒風捲幙
밤 이슥하니 달은 차마 엿봐라　　夜久月窺簷
탁문군(卓文君)의 비단 마냥 산 주름지고　　山蹙文君錦
가씨(賈氏)의 주름처럼 향기 진하이　　香薰賈氏簾
봉산이 어디메뇨 천리밖이라.　　蓬山一千里
새벽마다 꿈은 실컷 돌아가누나.　　歸夢曉厭厭

〈서홍의 인가(人家)에서 묵다〉[73]

73 허균, 앞의 책, 125쪽.

서홍을 지나면 봉산에 이르게 되는데, 봉산은 탈춤으로 유명한 고장이다. 봉산 탈춤은 단오날 씨름 · 그네뛰기와 함께 연 3일간 계속되어 모내기를 끝낸 뒤의 단오절을 흥겹게 장식한다. 봉산 탈춤은 약 200여 년 전부터 황주, 봉산, 서흥, 평산 등지에서 성행하다가 황해도 전 지역으로 퍼진 민속극으로, 조선조 영사 행사(迎使行事)로 동원되면서 널리 발전된 것으로 보인다. 가면은 처음에는 나무로 제작되었으나 봉산 탈춤 중 흥자인 안초목(安草木)에 의해 종이로 제작되었고 그 모양은 요철 굴곡이 심하며 눈망울이 크고, 의상은 몹시 화려하다. 연희자는 모두 남자였고, 지방 이속들이어서 사회적으로 천시되지 않았으며, 연기는 세습되었다. 황석영은 《장길산》(개정판 이전)의 맨 마지막 에서, 길산을 잡지 못한 감영의 장교들이 봉산장터에서 탈춤을 추고 있는 취발이를 길산으로

봉산탈춤 출처_문화재청

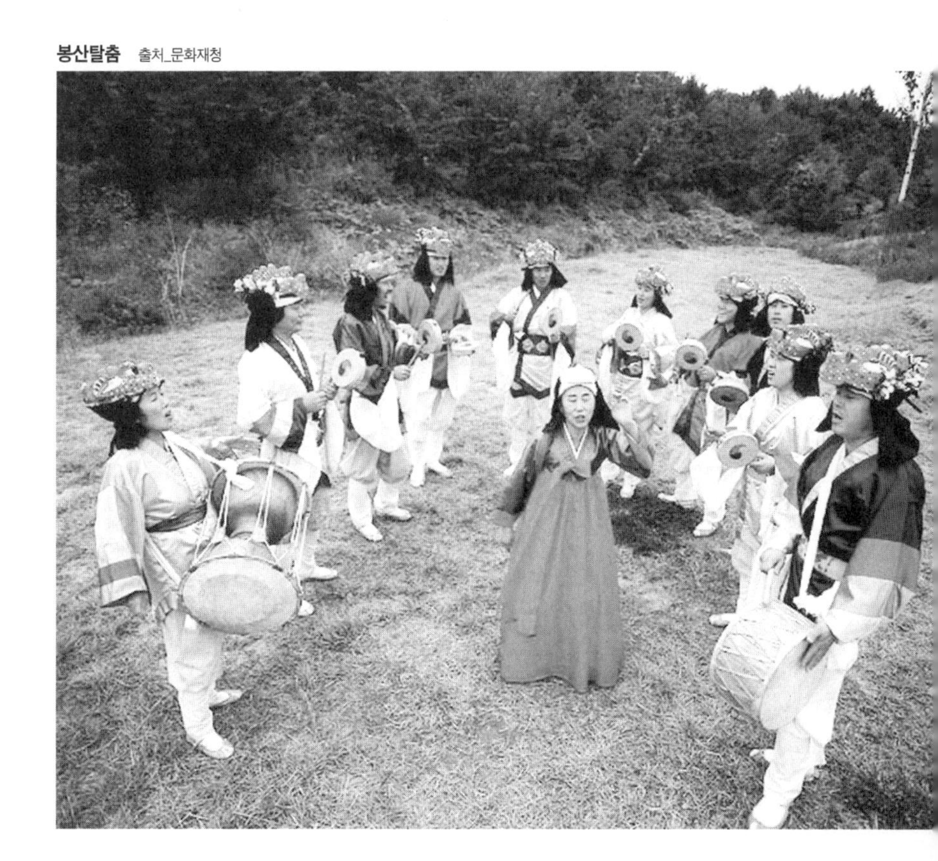

지목하고 극형에 처한다. 이때 감영 아전의 아들인 안초목이 숨어서 보고 취발이 탈을 가져간다. 그 뒤 안초목은 탈을 만들고 재담을 곁들여 장길산의 이야기를 전한 것으로 적었다.

봉산 탈춤은 원래는 벽사 의식의 하나로 종교적 성격이 강했으나, 지금은 오락적 요소가 더 우세한 대표적 가면극으로 군림하고 있다. 벽사의식무(壁邪儀式舞)인 사상좌 춤으로 시작해서 할미의 원혼을 해원시키는 지노귀굿으로 끝난다. 제의적인 측면만이 아니라, 파계승을 풍자하여 불교의 관념적 초월주의를 비판하고, 양반과 노비 사이의 신분적 갈등을 드러내며, 여성의 억울한 죽음을 통해 가부장적 사회의 모순을 고발하는 등 조선 후기의 사회상과 의식의 변화를 반영하고 있다.

봉산을 지나면 인후목처럼 험한 동선령(同仙嶺)을 거쳐 황주에 이르게 된다. 황주에서는 월파루(月波樓)와 태허루(太虛樓)를 구경하고 평안도 땅으로 갔다. 홍대용은 11월에 2일 경성을 떠나 8일 황주에 도착하여 다음날인 9일 월파루에서 서남쪽 수십 리에 들판을 보면서, "쌓인 눈이 땅을 덮고, 아침 햇빛이 빛나 설경의 장엄함이 평생 처음 보는 것이었지만, 눈이 부셔 뜨지 못했다" 고 피력했고,[74] 홍순학은 월파루에서 달밤에 올라가서 달빛이 환하게 비추고 성밖으로 수물수물 흐르는 물인 용금(湧金)을 구경하기도 했다.[75]

74 홍대용, 김태준 · 박성순 옮김 《산해관 잠긴문을 한 손으로 밀치도다》, 돌베개, 2001, 28쪽.

75 임기중, 앞의 책, 294쪽.

육당 최남선은〈조선유람가(朝鮮遊覽歌)〉를 80편으로 지었는데, 황주에서 정방산성의 봄에 핀 철쭉의 아름다움과, 장수산의 가을 단풍과 그리고 녹음이 우거진 총수산과 은빛 물결로 바다를 이룬 남대지를 노래하였다.

척촉의 정방산성(正方山城) 봄자랑 마라.

단풍의 장수산(長壽山) 가을도 조타.

녹음을 총수산(蔥秀山)에 차질 줄 알면

은해(銀海)에 남대지(南大池)를 어이 모르리.[76]

76 최남선, 〈조선유람가〉, 《육당전집》제5권, 고려대학교 아세아문제연구소, 현암사, 1973, 377쪽.

서해를 향해 뻗어간 넓은 벌판 끝자락에 돌출(突出)해 있는 구월산은, 마치 바닷바람을 등지고 우뚝 서서 안악 · 산천 · 재령 일대를 품안에 감싸 안고 있는 병풍과도 같은 모습이다. 안악군 월정리에서 바라 본 구월산은 단군의 혼이 깃들인 민족 신화의 산답게 긴 능선을 따라 불꽃처럼 석봉(石峰)들이 이어지면서 장엄함을 더해 준다.[77]이런 구월산은 우리나라 현대 소설사상 탁월한 작품으로 꼽히는《임꺽정》과《장길산》의 무대가 되는 곳이다. 산이 크고 험해서 은거지로 삼기에 좋은 곳이었던 것으로 보인다. 이곳을 유람하던 김삿갓은 구월산에 이르러, '구월' 을 중의적으로 표현한 시를 남겼다.

77 최창조, 〈북녘산하 북녘풍수〉 11 이곳이 구월산이로구나, 중앙일보(1998. 4. 24.).

작년 구월에 구월산을 지났는데	昨年九月過九月
금년 구월에도 구월산을 지나는구나.	今年九月過九月
해마다 구월에 구월산을 지나니	年年九月過九月
구월산 빛이 장(늘) 구월이구나.	九月山光長九月

〈구월산봉(九月山峯)〉[78]

78 이응수, 《김립시집(金笠詩集)》 경성, 학예사, 1939, 81쪽.

3. 천혜의 곡창과 민중 저항의 선봉 구월산

대동강 '충성의 다리' 를 건너니 개성 153킬로미터라 쓴 표지판이 스쳐간다. 평양~개성의 6차선 고속도로는 시멘트로 포장된 길이다. 개통된 지 얼마 안 된 듯 말쑥했다. 옛날에는 산중에 호랑이도 많고 길이 험하고 좁아 한 때 폐쇄까지도 했었던 험준한 자비령 산길 대신 경의선 철도와 고속도로가 있다. 풍요의 해서(海西)인 황해도는 중국의 사신들이 지나가는 길이었고 산과 들과 바다의 산물이 늘 넉넉한 곳이었다.

평양에서 황주까지 29킬로미터를 달렸다. 황주 일대는 훤한 하늘과 들녘이 확 트인 들판 그대로였다. 평안남도 서부 일대가 드넓은 그대로 이어진 평야였다. 그런 들녘이 서쪽으로 쥘부채 펼친 듯이 넓어지면 거기가 재령 나무릿벌이다. 북한의 호남벌이다. 평양에서 개성으로 가는 차 안에서 내다본 황해북도의 시골 풍경. 산기슭을 휘둘러 흘러내려 오는 냇물이 고향의 그것처럼 낯익고 정겹다. 비닐 우의를 덮어 쓴 한 시골 아낙이 소떼를 몰고 냇물을 건너고 있다.

오늘의 황해도 길에서는 모든 산들이 민둥산이라는 서글픈 풍경과 만나야 한다. 그런 민둥산 아래에 '쌀은 공산주의다!'라는 구호 간판이 보이고 단층짜리 농가들이 한 줄로 나란히 부동자세로 서 있는 부근의 논두렁에는 '김매기 전투에로!' 라는 간판이 서 있다. 산등성이에 무표정하게 서 있는 일곱살 쯤의 아이가 염소 서너마리에게 풀을 뜯기고 있었다. 들 한복판 경의선 철로 부근에 있는 규모 있는 공장은 유리창이 깨어진 채 있는 것으로 보아 굴뚝에서 연기가 난 지 오래된 듯했다. 아마도 녹색의 산과 들이 아니었다면 천혜(天惠)의 곡창 지대인 그곳이 황량한 잿빛만으로 보였을 지도 모른다.

청동기 시대부터 사람이 살던 황주에는 기원전 1000년의 고인돌 여럿이 남아 있다. 돌 상자 무덤은 시베리아 · 몽골 등지까지 분포가 보편화된 것으로, 황주가 동북아시아의 인류학적 영역에 속해 있음을 증명해 주는 것이기도 하다. 그러나 우리에게 황주는 남쪽의 대구와 함께 사과의 명산지로 정겹다. 사과꽃이 찬란하게 핀 황주 과수원 지대로 모여드는 송화 · 은율 · 안악 등지의 부녀자들의 행렬은 서정적이었다. 황주에서 동으로 송림 가는 길이 있고 황주천이 흐른다. "고을은 마치 신선 사는 경계 같고 사람은 무릉에서 사는 것 같네"라고 김시습이 노래한 그곳이었다. 최남선도 "절령(岊嶺)을 올라가니 구월산 안에, 열려서 시원코나 황해도 평야(平野), '나무리' '어루리'에 비가 누를제, 황주(黃州)에 사과 붉고 봉산(鳳山)에 배 희네"[79] 라고 노래했다. 그곳을 지나자 연거푸 굴이 나오기 시작한다. 장천굴에 이어 대동굴이 나타났다. 그 언저리에서 평양~개성의 경의선이 보였으나 열차가 지나가는 일은 없었다.

79 최남선, 〈조선유람별곡(朝鮮遊覽別曲)〉, 앞의 책, 384쪽.

황주에서 서남쪽으로 끝없이 펼쳐진 들판 끝 서쪽 지평선 언저리에 구월산이 보였다. 서해를 향해 뻗어간 넓은 벌판 끝자락에 돌출(突出)해 있는 구월산. 마치 바닷바람을 등지고 우뚝 서서 안악 · 산천 · 재령 일대를 품안에 감싸 안고 있는 병풍과도 같은 모습이다. 이런 형세는 그것이 꼭 단군과 결부되지 않았더라도 주민들의 존숭 대상이 됐을 것이다. 아니면 그런 형세가 단군 신화를 불러들인 것인지도 모른다. 옛 단군 신화의 현장은 백두산에서 묘향산으로 옮겨진다. 그것이 다시 평양으로 옮겨졌다가 그 끄트머리에 구월산으로 옮겨진다. 단군 1500년의 기나긴 연대가 막을 내려 다음의 역사에 인계되고 단군은 이곳 구월산에 들어와 푹 쉬는 중에 하늘로 올라가 환인(桓因)의 제석천(帝釋天) 천신으로 돌아간 것이다. 그래서 구월산 삼성사(三聖祠)는 시조 단군의 신령을 모신 국조 신앙의 본산이기도 하다. 이를 두고 육당은 "구진비 삼성사에 바람이 차고, 점은 날 송관사(松串祠)에 물결이 놉다. 송아지 어이 찾는 당장(唐莊)이 벌에, 거동길 업서병. 풀이 거칠다"[80] 라고 노래했다. 구월산은 전설이 많고, 유적이 많고, 유난히 갖가지 꽃들이 많다. 안악군 월정리에 접어드니 구월산 전모가 확연하게 드러난다. 불꽃같은 석봉들이 능선에 즐비

80 최남선, 〈조선유람가〉, 앞의 책, 377쪽.

한데 최고봉이 1000미터에 채 못 미치는데도 그 위용은 대단하다. 월정리에서 바라 본 구월산은 단군의 혼이 깃들인 민족 신화의 산답게 긴 능선을 따라 불꽃처럼 석봉(石峰)들이 이어지면서 장엄함을 더해 준다. 이런 구월산을 두고 육당은 "절령해(岊嶺海) 건너서서 대야(大野) 쓰대야, 조선 중심지가 황해도 여긔, 구월산 수양산(首陽山)이 압뒷담 되고, 재령강 예성강이 남북의 수구(水口)"[81] 라고 했다. 옛날부터 구월산은 기개가 살아 있는 산으로 여겨왔다. 아마도 평지돌출의 산이기에 더욱 그러할 것이다. 산이 마치 안악군을 휘감듯 둘러치고 있어 옛말대로 안악이란 지명이 '구월산 안자락' 에서 유래했으리라는 짐작을 가능케 한다. 서산(西山)이 미학적으로 파악한 것과는 달리 의기(意氣)의 지형학으로 보았던 시각인지 모른다. 그런 민중적 시각이라면 그 산은 서산의 눈과는 다른 새삼스레 아름다운 원경과 근경을 고루 갖춘 것이다. 어느 산줄기에도 속하지 않은 독립된 산세나 주봉을 비롯한 99봉의 단호한 기상이 바로 구월산을 구월산답게 한다.

81 최남선, 〈조선유람가〉, 앞의 책, 376쪽.

서해의 바다에서 시작한 저평(低平)은 남포와 은율을 거쳐 갑자기 우뚝 솟은 평지돌출의 구월산(九月山)을 만난다. 들판은 지배층을 상징한다. 평지돌출의 구월산은 그에 대한 저항의 상징이다. 민중은 저항의 선봉인 구월산에 들어가지도 못하고 당연히 들판 가운데 서지도 못하며 구월산과 들판이 만나는 점이지대(漸移地帶)에 의지하게 된다. 이것이 우리나라 마을 입지의 풍수적 골간을 이루는 배산임수(背山臨水)라는 것이다. 보수로 대변되는 들판에 대해 돌출되어 저항하는 산, 그 사이에 속해 부대끼는 민중이란 뜻이다. 그들에게는 정당한 저항이지만 반대로 보수적 지배 계층의 입장에서 보자면 반역이 될 수밖에 없는 구월산, 세사의 변화를 바라는 사람들이 그런 평지돌출의 성격을 가진 산의 품에 안겨 혁명과 개벽을 꿈꾸는 것은 마침내 산과 사람이 상생의 궁합을 이뤘음을 보여줌이다. 간혹 어떤 사람들의 경우는 더 나아가 그런 산에 깊이 파묻혀 신선을 꿈꾸기도 한다. 그것은 현실 도피이며 또 다른 이기심의 발로에 지나지 않는다. 그래서 우리의 자생풍수는 양생수기(養生修己)의 소박한 자연주의를 별로 존중하지 않는 것이다. 구월산은 저항의 맥이 흐르는 한편으로 단군 신화가 살아 숨쉬는 기묘한 민족주의적 특성을 가진 산이다. 그래서 임꺽정과 장길산이 여기를 근거로 삼았던 것이 아닐까?

구월리에서 월정사까지는 시멘트로 곱게 포장되어 있는 운치 있는 길이다. 그러나 절 입구로 갈리는 곳에서 절까지는 잘 다듬어놓긴 했어도 비포장 길이었다. 월정사에는 수도하는 승려가 없다. 그런데도 이 같이 배려를 하다니 놀랍지 않은가. 구월산 아사봉의 동쪽 골짜기에 자리 잡은 월정사는 이름 그대로라면 '달의 정수를 모은 절.' 그 음기로 양인 구월산의 세찬 기력을 눌러보자는 의도에서 지어진 절이라는 느낌을 받았다. 통일신라기인 9세기 월정대사가 창건한 이 절은 17세기 중엽에 중수되었으며 전형적인 조선조 건축 양식을 보여 준다.

구월산을 보내고 고개를 돌리면 거기가 황주 정방산 성불사였다. 성불사는 기봉산 · 모자산 · 노적봉 · 대각산을 네모지게 잇는 정방산 속 한가운데 자리잡고 있다. 부속건물이면서도 본전인 극락전보다 몸채가 더 큰 응진전은 뒤에 수려한 산을 배경으로 삼고 살기 띤 약물산을 피해 서향(西向)을 하고 있다. 앞으로는 모자산과 노적봉이 둥그스럼한 봉우리를 드러내니 이는 유정한 산세다. 극락전 뒤에는 자그마한 집 한 채가 있다. 산신각이다. 안을 들여다보니 신선이 동자와 호랑이를 거느리고 앉아 있는 그림이 걸려 있다. 홍명희의 소설 《임꺽정》에 등장하는 호랑이 얘기는 모두 이곳을 무대로 한 것이라 한다. 뒷봉에서 호랑이 새끼 두 마리를 잡은 곳이 지금도 남아 있고 임꺽정의 수하로 봉산 태생인 배돌석이 호랑이를 때려잡은 곳도 이곳이라 한다. 사실이 이야기를 낳고 이야기가 사실을 더욱 빛나게 하는 현장을 보며 또다시 먼 길을 떠난다.

천혜(天惠)의 들판에 펼쳐진 황주와 그 일대의 땅, 그리고 평야에 우뚝 솟은 구월산은 민중 저항의 상징이 되어 오늘도 하늘을 떠받들고 있다.[82]

82 이 글은 중앙일보에 연재한, 고은의 〈북한 탐험〉[10]황해도 빈길(1998. 10.14)·[11]멀리서 본 구월산(1998.10.21)과 최창조의 《북한산하 북한풍수》[11]이곳이 구월산이로구나(1998.4.24)·[12]구월산월정사(1998.5.1)·[13]정방산성(1998.5.8)·[14]성불사(上)(1998.5.15)·[15]성불사(하)(1998.5.21))를 재구성했음을 밝힙니다.

서해의 땅에 장산곶 매를 따라
장연, 해주

김태준

1. 장연과 해주의 문화지리

바야흐로 '서해의 시대'라고 하고, 서해 고속도로가 뚫려 인천에서 충남, 전남북의 서해안을 거쳐 목포로 이어지는 새산업 지대로, 중국과의 교역의 확대로 새로운 동북아의 시대를 예고하고 있다. 서해는 중국과 서쪽으로 이어지는 바다로 황해(黃海)라고 부르기도 하지만, 한반도의 동쪽의 동해에 대하여 한국으로서는 서해가 공식 이름이다. 남쪽으로 동중국해와 접하고, 서쪽은 중국대륙의 산둥반도(山東半島), 북쪽은 요동반도(遼東半島)와 이어지는 서부 태평양의 북부에 자리한 연해(沿海)의 하나로, 동부 아시아의 거대한 대륙붕을 이루는 바다이다. 서해는 일찍이 서기 전 3천년 경에 벌써 재배 농업이 전해졌다고 하고, 중국과 서방의 문물과 교통은 한반도의 문물과 교통의 첫 번째 젖줄이었다. 동해는 해가 떠 오르는 고장으로 백두산과 함께 우리 국토의 정신적인 한 상징이라면, 서해는 모든 문명의 물길로 우리나라의 젖줄이었다고 할 만하다. 이 서해를 면하고 '서해도(西海道)'는 본래 고려시대 5도의 하나로

황해도 해주전도, 1872년경 출처_영남대학교 출판부, 《韓國의 옛地圖》, 1998.

황해도 지방에 비정되고, 그 행정의 중심인 해주(海州)는 남쪽으로 대해(大海)에 임했다고 해서 고려시대부터 해주로 불리웠다.

이 서해에서도 민요 〈몽금포 타령〉으로 이름난 장산곶(長山串)은 우리 지도 위에서 서해 바다를 향해 소뿔모양으로 반도를 이룬 황해도 장연군(長淵郡)의 한 고장이다. 황해도를 남북으로 크게 양분하는 멸악(滅惡)산맥의 지맥으로, 불타산맥(佛陀山脈)이 군의 남쪽 중앙을 동서로 뻗어 장산곶이 되었는데, 해주에서 서쪽으로 92킬로미터의 거리이다. 지금 북조선의 행정 구역으로는 용연군(龍淵郡)에 속해 있는 이곳은 바다가 먹어 들어간 절벽이 병풍처럼 늘어서고, 우거진 숲이 절경을 이루고 있다. 북쪽 해안을 따라 13킬로미터 되는 곳에 명사십리로 이름난 몽금포(夢金浦)가 이어지고, 남쪽으로 30킬로미터 되는 곳에 나라 안에서 흰 모래가 가장 곱다는 구미포(九味浦)가 솔밭으로 잇고 있는 곳이다. 몽금포는 부근 일대 7평방 킬로미터에 이르는 고운 모래사장과 모래 언덕[砂

丘]이 발달한데다가, 해송(海松)이 우거지고 해당화(海棠花)가 만발하여 예로부터 한국 8명승의 하나로 이름난 곳이다. 게다가 해수욕장은 동해안의 원산 송도원(元山松濤園) 해수욕장과 쌍벽을 이루었다는 곳으로, 특히 이곳의 규사(硅砂)는 순도 99.9%에 이르는 우수한 유리 원료로 이름났다. 이런 곱고 흰 모래밭과 빨간 해당화로 조화된 명사십리 백사장의 경치는 짐작하고도 남음이 있다. 어항으로서도 이름나서 조기, 꽃게, 갈치 등이 많이 잡혔고, 특히 해삼(海蔘)은 특산물로 이름 높았다. 앞 바다에는 연평 조기와 고래잡이로 이름난 대청도와 소청도, 연평도와 백령도가 손닿을 듯 떠 있어, 서해안 항로의 요지로 세관 감시소 등이 있었다.

서도 민요로 이름난 〈몽금포 타령〉은 이곳 포구 해안의 어촌 정경과 고기잡이 생활의 애환을 읊은 노래이다. 황해남도 장연 지방에서 발생하여 전국적으로 퍼진 이 서정민요에서는 고깃배를 맞이하고 바래우

수양산의 수양폭포
수양산은 해주시와 신원군과의 경계에 있는 북한의 식물보호구역으로 기묘한 바위, 절벽이 있는 깊은 협곡, 아름다운 폭포와 계곡이 서로 조화되어 절경을 이루고 있다. 출처_김영엽, 《미리 가보는 북한의 관광지》, 가든, 1993.

는 바닷가 사람들의 생활 감정을 남녀간의 애정과 결부시켜 노래하고 있다. 중모리 장단의 수심가조(愁心歌調)인데, 애수에 차 있으면서도 경쾌하다는 평가가 그럴 법하다.

1. 장산곶 마루에 북소리 나더니
   금일(今日)도 상봉(上峰)에 임 만나 보겠네.
   에헤요 에헤요 에헤요
   임 만나 보겠네.
2. 갈 길은 멀구요 행선(行船)은 더디니
   늦바람 불라고 성황(城隍)님 조른다.
   에헤요 에헤요 에헤요
   성황님 조른다.
3. 님도 보구요 놀구도 가구요
   몽금이 개암포 들렸다 가겠네.
   에헤요 에헤요 에헤요
   님만나 보겠네.[83]

83 가사는 채록자에 따라서 일정치 않다. 여러 이본을 보고, 필자의 기억에 따라 이렇게 적어본다.

북한의 《문학예술사전》에는 이 민요가 〈장산곶타령〉이라는 올림말로 바뀌어 있다.[84] 나라가 남북으로 갈린 반세기에 민족의 대표적 민요가 남북에서 서로 다른 이름으로 불리고 있는 것이다. 물론 이 노래는 "장산곶 마루의 북소리"로 시작되고, 2절에서도 "갈길이 멀다"는 '행선'의 정경을 읊고 있어서, 이곳에서 북으로 13킬로미터 떨어져 있는 몽금포 포구의 타령이기보다는 몽금포로 향해가는 장산곶의 행선 정경으로 보는 것이 타당하다 할 만하다.

84 과학백과사전출판사, 《조선의 민족전통》, 1994, 195쪽.

민요의 가사도 "장산곶 마루에 북소리 나더니 / 오늘도 상사에 에

몽금포 코끼리 바위
몽금포 해안에 위치한 기암으로 북한 천연기념물 제 142호로 지정되었다.
출처_김영엽, 《미리 가보는 북한의 관광지》, 가든, 1993.

헤 / 님 마중 가잔다."로 되어 있고, 짧은 한 개의 악절로 되어있음에도 불구하고 첫 두 소절을 자연스럽게 반복함으로써 선율의 특징을 잘 나타내고, 특히 선율 마디들의 자연스러운 물림새는 노래 형상의 변화 발전과 조화를 잘 한다고 평가된다. 그리고 우리 민요가 가지고 있는 유순하고 부드러운 음악적 특징과 고유한 정서적 색깔로 하여 민요 가수들의 독창곡으로서도 널리 불리는 노래가 되었다고 해설하고 있다.

이 민요를 낳은 이곳 해안으로부터 해주 앞 서해안은 '연평 조기'의 황금 어장으로 이름난 고장이다. 일찍이 우리나라 서해와 남해의 3대 어장(漁場)으로 '연평의 조기 어장,' '해주의 청어 어장'과 '진해의 대구 어장' 가운데서도 연평 조기 어장이 단연 제1 어장이고, 연평도는 해주에서 45킬로미터로 가까운 거리에 있어서, '연평 해주 어장'으로 부르기도 한 곳이다.[85] 지금은 남한에서는 조기라면 단연 '영광 굴비'를 최고로 치고, 이마저도 거의 전설처럼 되었

85 과학백과사전출판사, 《조선의 민족전통》, 1994, 195쪽.

지만, 바다가 평화로운 앞 시대에는 조기는 중국 상해(上海) 앞 태평양 바다에서 동중국해를 헤엄쳐 4~5월이면 연평 앞바다에 와야 40센티미터 길이로 다 자라서 알을 낳았다. 이때 서해의 해주 연평 바다에는 바다 위에 파시(波市)가 열리고, 이 바다 위의 생선 시장에는 온 나라 안에서 1500척 이상의 어선이 모여들어 요란한 시장 바닥을 이루곤 했다. 이렇게 연평 해주의 파시의 조기 어장은 대부분 외지에서 몰려든 통어자(通魚者)들에게서 이루어지며, 단기간에 이루어지는 이 파시에는 유동인구만으로도 1,4-500명에 이르렀다.

이렇게 연평 해주 어장은 백령도 · 대청도 · 소청도와 함께 서해 어업의 중심으로 한국 제1의 어장이었지만, 이곳의 조기잡이의 시작은 조선 인조(仁祖) 때 임경업(林慶業) 장군이 청(淸)나라에 볼모로 잡혀갔던 소현세자(昭顯世子)를 구하러 가는 길에 식량과 물을 얻기 이하여 연평도에 들린 것이 계기가 되었다고 한다. 그래서 연평도의 선창 뒷산에는 임경업 장군을 모시는 사당이 자리잡고 있고, 이렇게 조기의 신으로 임장군의 사당은 인근 백령도와 장산곶과 장연의 몽금포에도 모셔져서 조기잡이 어업 문화의 분포를 짐작할 수 있게 한다. 그러나 한편 이제 연평조기는 연평 어장까지 올라오지 않게 된지 오랬고, 그나마 중국 어선들의 저인망(底引網) 어업의 희생물이 되어 이제 조기의 씨를 말리고 있다. 민속학자 주강현(周剛鉉)의 《조기에 관한 명상(冥想)》은 이런 조기의 멸망사와 함께, 조기의 신으로 임장군 사당(祠堂)의 운명을 더듬은 비판적 서해의 문명사이다.[86]

86 주강현,《조기에 관한 명상(冥想)》, 한겨레신문사, 1998.

《오주연문장전산고》에 〈지조응전종류변증설(鷙鳥鷹鸇種類辨證說)〉에는 '해동청 보라매(海東靑甫羅鷹)' 에 대하여 소개하면서, 이것이 우리나라 서쪽의 해주목(海州牧)과 백령진(白翎鎭)에서 많이 난다고 했다. 고려 때에는 응방(鷹坊)을 두어 원나라에 매를 보냈고, 중국에서 이 매를 '해동청 보라매'라 했다고 해서, 우리 시조에도 매라면 '해동청 보라매'가 단연 첫손이다. 혹은 이것은 '장산곶 매'라고도 부르는데, 장산곶은 백령도와 물길로 30리 정도의 거리여서 백령섬과 장산곶을 오가며, 혹은 바다로 서해에 면한 해주로 오갔을 것이다. 마침 18세기의 실학자 이덕무(李德懋)의 〈서해여언(西海旅言)〉을 보면 그가 무자년(戊子年, 1768) 28세가 되는 해 10월 조니진(助泥鎭, 몽금포의 옛 이름) 만호(萬戶)의 아내가 된 사촌누이를 찾아 이곳 서해로 몽금포(夢金浦)를 여행하고, 다시 해주를 거쳐 서울로 돌아오는 스무날 동안의 답사기를 남기고 있다. 그의 연보에 따르면 이때 그는 "연안부(延安府)를 지나며 대첩비(大捷碑)를 읽고, 해주의 부용당(芙蓉堂)에 올랐다가 내쳐 장산곶까지 들어가 내주(萊州, 중국 山東)를 바라보았으며, 금사사(金沙寺)를 구경하고 사봉(沙峰)에 올라 서해를 바라보았다"고 했다. 이 글은 대개 이런 이덕무의 이 여정을 따라, 해주에서 시작해서 장연에 이르고자 한다. (다만 장연은 내 고향이어서 머릿속에 더 생동감이 다가오는 것이 사실이다)

장산곶 매, 해동청 보라매의 고향으로 장연이 해주에 소속된 역사는 신라시대까지 소급한다. 일찍이 해안면 몽금포와 해주의 용당포에서 신석기 시대 조개무지[貝塚]와 빗살무늬 토기가 발견되었고, 해주의 남산에서는 신석기 시대의 주거지와 용연면 석교리(石橋里, 지금은 용연군)에서는 청동기 시대 주거지 4곳이 발굴 보고되었다. 또 남북이 분단되기 전까지 장연군에 속해 있었던 백령섬도 용기포와 진촌리(鎭村里)의 말등 조개무지에서 신석기 시대의 빗살무늬 토기와 갈돌 등 많은 석기가 발견되어, 해주시 용당포나 평양시 청호리(淸湖里) 금탄리(金灘里) 등의 유적과 같은 계통의 신석기 후기의 문화로 보고 있다. 특히, 말등 조개무지는 조개껍질 층의 두께 등에서 남한 최대 조개무지로 평가되는 역사

유적이다.[87] 마한과 백제를 거쳐 삼국 시대에는 고구려의 영토가 되었고, 이때부터 장연으로 불리웠다. 신라가 세 나라를 병합한 757(경덕왕 16)년 뒤에는 폭지군(瀑池郡, 지금의 해주)에 소속되어 고려시대까지 이어졌고, 해주는 936(태조 19)년에 남쪽으로 대해(大海)에 임했다고 해서 해주로 이름을 고치고 983(성종 2)년 목(牧)으로 승격하였다. 해주는 황해도의 행정의 중심으로, 특히 역사와 유적의 문화도시이며 교육과 명승의 고장이다. 북쪽으로 수양산(首陽山, 899미터)을 등지고 앞으로 남산(122미터)이 자리한 자연 경관은 남쪽으로 탁 터진 서해 바다의 조망과 함께 아름다운 자태를 자랑한다. 바다로 중국과 마주하고 있어서, 일찍이 은(殷)나라 말기에 고죽국(孤竹國)의 왕자로 백이 · 숙제(伯夷叔齊)의 형제가 피난하여 숨었다는 수양산의 고사가 헌사하다. 해주에는 고려 시대 유물로 지성산성과 함께 시의 진산인 용수봉 기슭에 해동공자 최충헌의 구재(九齋) 기념관이 있어 사학(私學) 교육의 발상의 땅임을 자랑한다. 소현서원(紹賢書院)은 만력 경진년에 세우고 숙종 경인년에 사액했다. 주자와 조광조(趙光祖) · 이황 · 이이 · 김장생 · 송시열 등을 배향했다. 문헌서원(文憲書院)은 가정(嘉靖) 연간에 세우고 경술년에 사액하였으며, 고려 태사 최충(崔冲)과 그 아들 최유선(崔惟善)을 배향했다.

87 최몽룡 외, 〈백령,연평도의 즐문토기유적〉, 《한국문화》3, 서울대학교 한국문화연구소, 1982.

장연은 1018(현종 9)년 옹진군에 속했다가 조선 시대에 와서 15세기에 장연군이 되었다. 지리적으로 황해를 사이에 두고 중국과 마주하고 있어서 한 · 중 문화 교류의 통로가 되고, 불교와 기독교가 모두 이 뱃길로 들어왔고, 장산곶과 몽금포가 조운(漕運)과 수로를 통한 교역과 국방상에서 아주 중요한 지점이었다.《동국여지승람》에 따르면 불타산을 비롯하여 이곳에는 절이 많아서, 견불사(見佛寺) 천불사(千佛寺) 등 일찍부터 불교의 선착지가 되었다고 했다. 《세종실록지리지》에는 15세기 초에

호구는 964호 2104명에 지나지 않았으나, 1759(영조 35)년에는 5844호 2만 4735명으로 크게 늘었다고 했다.

장연의 교통은 황해선 철도가 신천방면에서 장연읍까지 이어져서 화객 수송이 편리하고, 또한 2등 도로가 송화군 연정면에서 장연읍을 지나 목감면과 옹진군으로 이어졌다. 이밖에도 읍에서 서쪽으로 몽금포와 다시 동남부 해안을 따라 태탄으로 2등도로가 뻗어 있다. 해안가에서는 덕동포(德洞浦)·몽금포·구미포 등의 항구를 이용하여 바닷길로 해주와 경인지방을 지나 서울로 내왕할 수 있다. 특히, 장산곶 앞 바다는 우리나라의 대표적 고전 소설의 하나인 《심청전》의 배경으로 인당수(印塘水)로 알려진 곳이기도 하다.

2. 선교와 문화의 산실, 장연

이곳 장연의 문화는 고려 말에 세워진 장연향교(長淵鄕校)가 있어 주로 유학을 강의했고, 1709(숙종 35)년에 창건된 용암서원(龍巖書院)은 주희(朱熹)와 이이(李珥)를 배향했으며, 경종 신축(1721)년에 사액했다. 특히, 근대에 들어서는 1845(헌종 11)년 중국 상해에서 조선 첫 번째 가톨릭 신부가 된 김대건(金大建) 신부가 백령도로 나왔다가 잡혀 신부 서품 1년 만에 순교당한 곳이기도 하고, 1894년 신교 처음으로 교회가 세워진 곳이 대구면 송천리(松泉里)의 솔래교회이다. 이 솔래교회가 있는 구미포(九美浦)와 몽금포는 전국에서도 가장 아름다운 모래사장으로 언더우드(H. G. Underwood) 등 선교사의 휴양지로 해수욕장이 가장 먼저 개발된 곳이다.

장연의 대표적 문화로는 앞서 말한 바 서해 민요로 〈몽금포타령〉 밖에, 〈장연 인형극〉과 조선 최초의 개신교회로 '솔내교회' 등을 들 수 있다. 인형극은 서해 가면극(西海假面劇)의 하나로, 중세 시기에 이 고장에서 널리 발달했으며, 《박첨지놀이》라고도 부른다. 이 인형극은 일찍부터 민간예술의 하나로 전해오던 인형놀이가 17세기에 이르러 극적 요소를 갖춘 예술로 발전하였으며, 이때 널리 퍼진 인형극 가운데 가장 대표적인 것이 장연 인형극이다. 모두 10과장으로 이루어져 있는데, 이 전 과정에는 박첨지, 상좌중, 꼭두각시, 평안감사 등 약 20개의 인형이 등장한다. 이 인형극의 주제는 봉건 사회의 모순들을 폭로 비판하면서, 정의와 행복한 삶을 염원하는 민중들의 지향이 반영되어 있다. 특히 장연 인형극의 특징은 대사와 재담 등 극적 형상 창조의 수단들을 풍부하게 활용한 데 있다.

또한 구미포는 우리나라 최초로 세워진 개신 교회 솔내교회〔松川教會〕의 역사와 함께 근대에 들어서 세계적으로 이름을 떨친 고장이다. 조선 사람으로 처음 개신교 신자가 된 이 고장 사람 서상륜(徐相崙)은 고향에 교회를 세울 소망을 가지고, 1886년, 중국에서 돌아왔다. 일찍이 인삼 상인으로 중국에 드나들다 스코틀랜드 선교사 로스 목사와 같이 봉천(奉川,沈陽)에서 한글 성서 번역에 동참했던 그는 성서 판매원이 되어 고향에 돌아왔다. 그리스도를 본받아 살아가면서, 서울에 와 있었던 언더우드 선교사를 모셔다가 스스로를 포함하여 동생 서경조 등 이웃 사람 7명이 세례를 받고, 스스로 주동이 되어 교회를 일으켰다.[88] 이에 대하여 언더우드는 이렇게 전하고 있다.

88 H. G. 언더우드, 《한국개신교수용사》, 이광린 옮김, 일조각, 1989. 116쪽.

'소래'에 세워진 작은 교회에 대해서 이야기한다면, 이 교회에서 예배당을 건축하기 앞서 기독교 신자 교사가 가르치는 부속 소학교를 세웠다. ...... 현재의 목표는 어떤 크기의 교회이든 간에 각기 부속학교를 세우고 자비로 운영케 하는 것이다. 지금 내가 갖고 있는 통계에 의하면,

어떤 선교부에 소속되어 있는 교회의 학교는 337개교인데, 그중 334개교가 전적으로 자비로 운영되고 있다.[89]

89 H. G. 언더우드, 앞의 책, 93쪽.

이렇게 한국 개신 교회는 수입 초기부터 예배당을 건축하기 앞서 기독교 신자가 가르치는 부속 학교를 세웠는데, 이것은 솔래교회가 그 모범이었던 것을 알게 한다.[90] 그리고 황해도와 평안도 등 서북 지방에서 개신교와 기독교계 사립 학교의 설립과 운영이 아주 활발했던 것은 이런 사정과 관련이 있었음을 알 수 있다.

90 참고로 필자의 노할머니는 바로 이 소래교회의 교인이었는데, 이 할머니의 아들이 되는 나의 할아버지(金聖允)는 20리가 넘는 이 교회로 다니는 어머니를 위해서 고향에 교회를 세우면서 먼저 소학교를 세우고 그 학교의 교장을 역임이었다. 장연군 해안면 덕동교회와 초등학교이다.

예배당을 세우고 운영하는 것 또한 모두 자급자족하였으며 건축 양식도 전통 한옥 기와집이어서, 후에 선교사들이 이 교회를 방문하여 한국 사람이 주도하는 교회 생활과 학교 교육의 모범을 삼았다. 1888년 인도의 대기근 때에는 68달러라는 당시로서는 막대한 구제 기금을 보낸 일도 있었고, 1895년 동학도 1만여 명이 침입한 때에도 우호적 관계로 이 고장의 난을 면할 수 있었다. 이 교회에는 이 지역의 많은 선견 지식인들이 모여들었는데, 독립 운동가 김마리아(金瑪利亞) · 세브란스 병원장을 지낸 의학자 김명선(金鳴善) · 시인 노천명(盧天命) · 정신여학교 교장을 지낸 김필례(金弼禮) · 국문학자 양주동(梁柱東) 등이 이곳 출신이다.[91]

91 민경배, 《한국기독교회사》, 대한기독교서회, 1985.

장연 출신 인물로 근대의 명사로는 먼저 교육자이며 독립 운동가였던 김마리아(1891~1944)를 첫손에 꼽을 만하다. 김마리아는 일찍이 서상륜으로부터 기독교 신앙을 받아들여 마을에 교회와 학교를 세운 한학자 김윤방(金允邦)의 딸로 태어났다. 그는 1895년 아버지가 세운 솔내 소학교에 입학하여 4년 만에 졸업하고, 서울로 올라와 정신여학교를 졸업했다. 그 뒤 일본에 유학하여 1915년 동경여자학원에 입학하고, 1918년 말경 동경 유학생독립단과 이듬해 2.8독립운동에 가담하여 일본경찰에 체포되는 등, 조국광복을 위해 일신을 바칠 뜻을 굳게 세웠다. 이해 2월 15일 귀국하여 전국 여러 곳을 돌며 3 · 1 운동의 사전 준비에 힘을 쏟았다. 황해도 봉산에서 3 · 1 독립 활동을 벌리고, 3월 5일 서울로 올라와 모교인 정신여학교에 갔다가 왜경에 잡혀 5달 동안 옥고를 치렀다. 석방 뒤에 모교에서 교편을 잡으면서 항일 여성 운동을 진작시키기 위해 대한민국애국부인회를 재조직하여 회장이 되었다. 그는 다시 왜경에 붙잡혀 3년형을 받고 복역 중 병보석으로 나와 상해에 망명, 활약했으며, 1923년에는 미국으로 건너가 사회학과 신학을 공부하고 돌아왔다. 귀국 뒤에는 신학 교수로 후진을 양성하다 고문의 후유증으로 광복의 날을 보지 못하고 죽었는데, 그의 시체는 유언에 따라 화장하여 대동강에 뿌려졌다.

장연 출신으로는 문학자가 적지 않아 양주동과 강경애(姜敬愛) · 노천명이 있고, 해주 출신으로 영문학자 최재서(崔載瑞) 등이 이름났다. 양주동(1903~1977)은 시인, 국문학자 영문학자로, 개성에서 낳았으나 곧 황해도 장연으로 옮겨 이곳에서 어린 시절을 보냈으며, 장연을 고향으로 사랑하고 자랑했다. 일본 와세다대학교 영문과를 졸업하고 평양 숭실전문학교 교수가 되어 일제 말 이 학교가 폐쇄될 때까지 있었고, 해방 뒤에는 동국대학교 교수가 되어 평생을 이곳에서 가르쳤다. 젊어서는 대학에서 영문학을 강의하는 한편으로, 시인과 문학 이론가로 문단에서 활약이 화려하였으나, 향가(鄕歌) 해독에 몰입하면서부터 고시가 연구에 전념, 국문학자로 주로 활동했다. 동인지 《금성》을 주재하고 시집으로 《조선의 맥박》(1930)은 그의 대표 시집이다. 그러나 그의 필생의 업적으로 《조선고가연구(朝鮮古歌硏究)》(1942)는 한국 사람으로는 처음으로 향가 25수 전편에 대한 해독인 동시에, 그 방대한 연구의 업적은 천년 남을 역저라

는 평가를 받았다.[92]

양주동은 대학 시절 고향의 명승인 장산곶에 놀며 〈해곡삼장(海曲三章)〉을 읊었는데, 노래는 고향 바다를 사랑하는 젊은 정서가 애련하면서도 정열적으로 드러나 있다. 동향의 천재 문학소녀로 한때 동거했다는 강경애를 떠올리게 하는 정서를 읽을 수 있다.[93]

1. 님 실은 배 아니언만,

하늘가에 돌아가는 흰 돛을 보면,

까닭없이 이 마음 그립습니다.

호올로 바닷가에 서서

장산에 지는 해 바라보노라니,

나도 모르게 밀물이 발을 적시웁니다.

2. 아침이면 해 뜨자

바위 우에 굴 캐러 가고요,

저녁이면 옅은 물에서 소라도 줍고요.

물결 없는 밤에는

고기잡이 배 타고 달내섬 갔다가

안 물리면 밤만 실고 돌아오지요.

92 양주동 스스로는 육당 최남선이 역사적으로 남을 두 책으로 최현배의 《우리말본》과 양주동의 《고가연구》를 꼽으며 자기 스스로는 이런 저서를 남기지 못한 것을 부끄러워했다는 말을 전하며 이 일로 자랑을 삼았다. 그러나 이 말을 들은 무돌 김선기는 이 평가가 오히려 잘못되었고, 양주동의 이 책은 천년 남을 것이라고 무애의 무덤 앞에 가서 말한 바 있다.

93 양주동, 〈춘소초(春宵抄)〉-문학소녀 K의 回憶, 1958, 《人生雜記》,이 글에 따르면 양주동은 1924년 봄 서울로 올라와 청진동에서 시지 《金星》을 내며, 그를 따라 상경한 강경애와 동거하며 문학을 함께 논했다고 했다. 그리고 이해 9월에는 〈別後〉라는 시를 써서 그미와 헤어졌고, 이듬해(1925)에 장산곶에 놀며 〈해곡 3장〉을 썼다. 이 시에서 장산은 장산곶(長山串), 달내섬은 월출도(月出島)를 말한다. 4연으로 된 〈별후〉라는 시는 첫연과 끝 연에서 "발자욱을 봅니다 / 발자욱을 봅니다. / 모래 위에 또렷한 / 발자욱을 봅니다. "를 반복하고, 끝연에서만 "모래 위에 또렷한" 을 "바닷가에 조그만" 으로 고쳐 쓰고 있다.

3. 그대여,

詩를 쓰려거든 바다로 오시오——

바다같은 숨을 쉬이려거든.

님이여,

사랑을 하려거든 바다로 오시오——

바다같은 정열에 잠기려거든.

강경애(1906~1944)는 장연군의 가난한 농민의 가정에서 태어나 숭의여학교에 입학하여 반일운동과 프롤레타리아 문학 운동의 영향을 받고, 동맹 휴학 사건으로 퇴학당한 뒤에 고향에 돌아와 동향의 유학생 양주동을 만나 문학에 크게 눈떴다. 생활난에 쫓겨 1929년에 간도(間島)에 들어갔다가 31년에 고향에 돌아왔고, 이듬해 다시 중국의 용정(龍井)에 들어가 1939년까지 그곳에 살면서 문학창작에 힘썼다. 그는 이 기간 동안에 《간도야 잘 있거라》(1931)를 비롯하여, 장편 소설《인간 문제》(1934)와 중편 〈소금〉(1934) 등 문제작을 발표하여, 압박받는 인민 대중의 삶을 애정을 담아 그려냈다.

〈소금〉은 여성이 계급적으로 눈뜨기 시작하는 과정을 통하여 두만강 연안에서 고조되고 있었던 항일 투쟁의 분위기를 반영한 작품이다. 조선의 가난한 농민들이 살길을 찾아 고향을 등지고 만주에 들어가 겪는 갖은 생활고와 그 과정에서 얻게 되는 계급적 자각을 반영하는 작품이다. 남편을 따라 고향을 등지고 두만강을 건너간 봉염 어머니는 룡정 근처의 중국인 지주의 땅을 부치며 근근이 살아간다. 그러나 남편이 죽고 아들마저 행방불명이 된 상태에서 봉염과 봉희마저 잃은 막다른 길목에서, 목숨을 위하여 소금 밀수꾼들의 무리에 끼게 된다. 그러나 일제 순사들에게 잡혀 그들 앞에 서서 슬픔도 두려움도 없이 뚜벅뚜벅 걸어간다. 이 소설은 일제 식민지 통치 아래서 조선 민중의 비참한 생활 처지를 진실하게 그리면서, 북한문학사에서는 공산당에 대한 평가를 처음으로 밝히고 있다는 점에서 프롤레타리아 문학의 발전에 이바지하였다는 평가를 받고 있다. 《인간문제》는 1930년대 초 조선의 농촌과 도시 생활을 배경으로 일제와 지주에 반항하는 민중의 삶을 비교적 폭넓게 그린 걸작으로 평가된다. 〈동아일보〉에 연재하여 문단을 놀라게 한 작품이다.[94] 일제 식민지 통치시기에 룡연 마을에서 주인공인 첫째와 선비가 지주 장덕호의 착취를 받으며 막다른 처지에 이르는 비참한 생활처지와 계급적 각성과 투쟁을 그린 작품이다. 룡연 마을에서 지주 장덕호의 착취를 받으며 살아가던 첫째와 선비는 고향을 떠나 인천으로 가서 부두 노동과 제사 공장에서 일을 하며 계급의식에 눈을 뜬다. 그러나 선비가 일제의 노동 착취에서 얻은 병으로 쓰러져 숨을 거두자, 사랑하는 선비의 시체를 부여잡고, 첫째는 이 운명을 '인간의 문제'로 인식하고 이 문제의 해결을 위해서 투쟁에 나선다. 이 작품은 1930년대 조선 노동계급의 성장 과정을 그리면서, 고향을 비롯하여 우리나라의 아름다운 자연 풍경과 민족적 정서를 생동감 있게 그려준 작품으로 평가된다. 작품의 배경이 되어 있는 '룡연'은 장연에서 멀지 않은 면소재지. 지금은 룡연군의 소재지로 병산리의 이름이다.

94 양주동, 앞의 글 참조.

3. 해주의 문학지리

해주의 문화로는 '해주 탈춤'이 있고, 황해도 탈춤 중에서 '해주 탈춤형'에 속하는 '강령(康翎) 탈춤'이 여기서 분화하여 발달하였다. 황해도 탈춤은 '해주 탈춤,' '봉산(鳳山) 탈춤,' '장연 탈춤,' '강령 탈춤'

강령 탈춤 출처_문화재청

등 '산대도감(山臺都監)' 계통 탈춤의 서북형으로 도내에서 널리 발달했으나, 해주 탈춤은 지금은 강령 탈춤의 모습으로 전해지고 있다. 강령은 해주에서 남서쪽으로 80리가량 떨어진 300호 정도의 작은 고을이었는데, 19세기 말에 나라를 일본에 빼앗기자, 해주 감영에 속해 있던 교방(敎坊)의 가무인들과 통인청(通人廳)을 중심으로 모여 있었던 탈꾼들이 강령으로 모여들어 발전되었다.[95]

강령 탈춤은 황해도의 다른 지방의 탈춤과 마찬가지로 5월 단오놀이로 놀아왔으며, 단오가 지난 6~8일에 해주감영에 나아가 도내 각지에서 모인 탈춤패와 경연하였다. 그리고 단오가 지난 10일만에 뒷풀이라고 하여 다시 한번 놀고 탈을 모두 태워버렸다. 강령 탈춤이 해주나 봉산 탈춤과 다른 점은 8과장으로 된 탈춤 가운데 특히 다른 곳에 없는 홍겨운 원숭이 춤과 사자춤을 가지고 있는 점이다.

95 이두현, 《한국가면극연구》, 새문사, 1985; 최상수, 《海西假面劇의 연구》, 정동문화사, 1983.

〈해주 아리랑〉은 수를 헤아릴 수 없이 발달한 우리 아리랑 문화의 사라져가는 모습을 보여준다. 황해도 지방에서 널리 불리던 〈해주 아리랑〉은 1955년에 나온 이창배(李昌培)의 《가요집성》에 가사 10수가 실렸는데,[96] 중국의 흑룡강성(黑龍江省) 등의 중국동포 사회에서 최근에 보고된 바가 있다.

96 이창배, 《歌謠集成》, 홍인문화사, 1955.

아리아리 얼쑤 아라리요
아리랑 얼쑤 놀다나 가세

아리랑 고개는 웬 고갠가
넘어갈 적 넘어올 적 눈물이 난다.

알뜰살뜰 오순도순 약속하고
녹두 나물 변하듯이 싹도라졌네.[97]

97 진용선, 《중국조선족의 아리랑》, 수문출판사, 2001.

한편 해주는 일찍이 고려 시대에는 이름 높은 학자로 해주 최씨 최충(崔沖)의 집이 있었고, 뒤에 이곳에 해주 향교(鄕校)가 세워져 많은 인재를 이곳에서 길러냈다. 조선 시대에는 율곡 이이(李珥, 1536~1584)가 이곳 해주와 인연을 맺고, 석담(石潭)에 서원을 짓고 이곳에서 많은 제자를 키우며 문학과 학문의 중요한 저작을 많이 남겼다. 행장에 따르면 율곡은 이곳 해주에 살고 이곳을 사랑한 내력이 다음과 같다.

예전 살림살이가 파주(坡州)의 율곡촌에 있기 때문에 일찍이 화석정(花石亭)을 옛터에 지어놓고 스스로 율곡이라 호(號)하였다. 그 뒤에 (해주) 수양산(首陽山) 서쪽으로 이사 갔는데, 시내와 산이 수려하고 바위와 돌

> 이 기괴하며, 물이 감돌아들어 아홉 차례나 구불구불 구비쳤으며, 높은 데는 절벽이 병풍같이 서 있고, 흐르는 물은 돌아서 못이 된 곳이 마치 무이산(武夷山) 구곡(九曲)의 모양 같으니, 선생이 지팡이를 끌고 노닐다가 제5곡에 이르러서는 "여기가 살만하다"고 했다.[98] 그곳을 은병(隱屛)이라 이름하여 정사(精舍)를 짓고 또 사당을 지어서 주자(朱子)를 신주를 모시고 정암(靜庵)과 퇴계(退溪)를 배향하여 ...... 배례하고 나왔으니, 바로 석담서원(石潭書院)이라는 곳이다.[99]

98 〈고산구곡가〉의 제5절은 다음과 같다. "五曲은 어디메오 隱屛이 보기됴타/ 水邊精舍는 瀟麗함도 가이업다/ 이 중에 講學도 하려니와 詠月吟諷하리라."

99 이이;〈행장〉《국역 율곡집》II.

율곡은 이곳을 사랑하고 이곳의 경치를 읊은 〈고산구곡가(高山九曲歌)〉를 지어 이곳 해주의 사시의 경물을 노래했으며, 〈해주향약(海州鄕約)〉과 〈학규(學規)〉와 〈격몽요결(擊蒙要訣)〉 등을 지어 후진을 길러냈다. 여기서 김장생(金長生) · 조헌(趙憲) 등 108명이 훈도를 받았다. 그의 《율곡집》도 1611(광해 3)년 이곳 해주에서 처음으로 목판으로 출간되었다.[100]

100 이이;《국역 율곡집》I, 〈해제〉.

근대에 해주는 특히 항일 의병장과 3 · 1 운동의 전사들을 많이 냈다. 1907년에는 강춘삼(姜春三)이 의병을 일으켜 해주와 연안 일대에서 큰 활약을 보였다. 그리고 3 · 1 운동 때에는 민족 대표로 참여한 최성모(崔聖模,1873-1936)가 해주 남본정교회(南本町敎會) 목사였고, 탑골공원에서 독립선언서를 낭독하고 독립 만세를 선창한 정재용(鄭在鎔), 3 · 1 운동 뒤에 만주로 망명하였다가 대한독립단원으로 국내에 들어와 친일파를 사살 또는 중상을 입힌 민양기(閔良基), 그리고 같은 독립단원으로 황해도 사단장으로 활약한 정순경(鄭順敬) 등이 있었다. 특히, 식민지 민족 수난의 시대에 침략의 원흉 이등박문(伊藤博文)을 저격한 민족 열사 안중근(安重根, 1879~1910)은 해주 태생의 민족의 영웅이다.

김구 출처_김구, 《백범일지》, 돌베개, 1997

김구는 호는 백범(白凡), 해주 백운방에서 빈농의 외아들로 태어났다. 1892년 동학에 입도하여 황해도 도유사(都有司)의 한 사람으로 뽑혀 충북 보은에서 최시형을 만났으며, 1894년 해주 동학군의 선봉장으로 해주성을 공략했으나 실패했다. 이후 안중근 아버지 안태훈 진사를 찾아가 몸을 의탁하며 고능선(高能善)의 가르힘을 받았다. 그러다 곧 만주로 건너가 독립운동 의병에 가담, 귀국하여 1896년 2월 황해도 안악에서 일본군 중위를 살해한 협의자로 체포되어 사형언도까지 받았으나 탈옥, 기독교에 입교하였고, 1905년 을사조약이 체결되 자 조약 무효상소운동으로 도끼 상소에 참가 했다. 이후 민중계몽을 목적으로 한 교육사업에 진력하기로 하고 고향에 돌아와 1906년 해서교육회 총감, 안악 양산학교 건립, 1909년 재령 보강(保强)학교 교장 등으로 교육사업에 헌신하는 한편, 신민회를 통한 구국운동에도 앞장섰다. 1910년11월, 안중근의 사촌동생인 안명근과 함께 총독암살자금을 모금했다는 날조사건으로 많은 황해도 민족지사들과 함께 검거되어 17년형을 받고, 1914년 7월 가출옥하여 농촌계몽운동에 힘쓰다가, 3 · 1운동 직후 상해로 망명하여 임시정부 초대 경무국장을 지냈고, 1923년 내무국장에 취임했다. 이어 1926년 임시정부의 원수인 국무령(國務領)에 취임, 1927년 헌법개정으로 위원제로 된 임시정부의 국무위원 취임, 1940년임시정부를 통솔하여 중경(重京)으로 옮기고, 광복군을 조직했다. 1944년 임시정부 주석이 되고, 1945년 고국으로 돌아와 한국독립당위워장으로 남북협상 등 통일 정부 수립에 힘을 쏟던 중, 1949년 육군소위 안두희에게 저격당하여 경교장(京橋莊)에서 암살되었다.

《백범일지(白凡日志)》는 상해와 충징에서 임시정부 요직을 지내면서 틈틈이 쓴 기록으로 전기문학의 고전이며, 조선 독립운동의 증언서이다. 특히 상 · 하편 뒤에 붙은 〈나의소원〉은 〈민족국가〉〈정치이념〉〈내가 원하는 우리나라〉등 3편의 글로 된 김구 민족 이념의 역사적 문헌이다.

안중근은 해주 출신으로 한학을 공부하다가 14살 때 신천(信川)에 와 있던 불란서 신부 밀테서 천주교 신자가 되었다. 1905년 을사조약이 체결되자 의병을 일으켜 일본군과 싸우고, 상해(上海)를 거쳐 다시 국내로 들어와서 교육사업을 통해서 실력을 양성하고 독립을 고취하는 일에 매진했다. 1907년 한일신협약이 체결되자 북간도(北間島)로 망명, 블라디보스토크 등으로 전전하며 의병의 결집과 일본군을 습격하는 일에 전심했다. 1909년 9월 이토 히로부미가 하얼빈에서 러시아의 대장대신과 회합한다는 보도에 접하고 저격을 위한 동지들을 규합하고 기다렸다. 10월 26일 이토가 하얼빈에서 열차 회담을 끝내고 내려와 환영 군중 쪽으로 발길을 옮기는 순간, 3발의 총탄을 이등에게 명중시키고 현장에서 체포되어, 1910년 3월 26일 31살의 젊은 나이로 여순 감옥 형장에서 순국했다. 그는 이토 히로부미가 "동양 평화의 교란자이므로 사살한 것이라" 고 밝히고, "대한 독립의 소리가 천국에 들려오면 나는 마땅히 춤을 추며 만세를 부르리라" 고 유언했다. 그의 전기를 쓴 오세창(吳世昌)은 그를 평한 전기에서, "그의 일생은 애국심으로 응집된 행동의 인간상으로서, 그의 행동은 총칼을 앞세운 일제의 폭력적인 침략에 대한 살신의 항거였다" 고 결론했다.

해주 출신의 문인으로 이미륵(李彌勒, 1899-1950)은 《압록강은 흐른다》는 자전 소설로 조국에서보다 서구세계에서 더 이름을 날린 작가이다. 그는 인도적인 선각자로서 한국과 동양 사람의 정서와 긍지를 서구세계에 알린 드문 한국 사람이었다. 그는 해주에서 나서 고향에서 한문과 붓글씨를 배우고, 해주보통학교를 졸업한 뒤 서울에서 의학공부를 하다가 3.1운동에 가담한 뒤에 일제의 압박을 피하여 독일로 건너가 공부하고, 1949년 뮌헨대학에서 중국학을 강의했다. 1946년에 발표한 이 작품은 해주에서 살았던 고향의 정취와 어린시절의 정서를 특히 아름답게 그린 작품으로 독일사람들에게 한국인의 깊은 정신을 흠모하게 했다는 평가를 받았다.[101]

101 전혜린, 〈역자후기〉, 이미륵, 전혜린 역, 《압록강은 흐른다》, 범우사, 2000.

> 오후 수업은 오전보다 훨씬 쉬는 시간이 잦았고, 여름이면 자주 미역 감으러 냇가로 몰려 갔다. 우리 고향 수양산 골짜기는 시내가 많아서 맑디맑게 흘러가고 있었기 때문에, 마음대로 뛰놀 수 있었고 물장구를 칠 수가 있었다. 또한 시내로 가는 길이 무척 아름다웠다. 마을을 지나면 그늘진 길에 이르고 그 길이 넓고 깊은 연못에 닿기까지 좌우에 수많은 석상들이 서 있었다. 늪가에서 옷을 활활 벗어던지고 시원한 물 속에 우리는 거꾸로 뛰어들었다. 텁텁한 더위가 가시고 시원해질 때까지 우리는 이 늪에서 풍덩거리고 놀았다. 그리고는 다시 이 길을 따라 마을로 돌아오는 것이었다. 숲속에서는 서로 다투기나 하듯이 매미들이 한창 울어대고 있었다. 저녁밥을 마치면 어머니들은 남문까지 소풍가는 것을 허락해 주었다. 우리는 신나게 돌아다녔다. 저녁노을에 비친 삼층석탑은 우리 어린 마음을 못 견디게 설레게 했다.[102]

102 이미륵, 위의 책, 33쪽, 2000.

이것은 〈종각이 있는 놀이터〉의 한대목으로, 해주 수양산 밑 고향의 풍경이 그림처럼 그려져 있다.

해주 출신의 문인 학자로 최재서(崔載瑞, 1908~1964)는 문학 비평가와 영문학자로 천분을 날린 사람이다. 경성제국대학 영문과를 졸업하고 모교 강사와 보성전문학교 교수를 거쳐 해방 뒤에는 연희대학교와 동국대학교 대학원 교수를 역임했다. 영문학에 대한 두드러진 지식을 바탕으로 T. S. 엘리엇 등 서구의 문학 이론을 집중적으로 소개하고, 주지주의 문학론을 제기하는 등 한국에서 강단 비평(講壇批評)의 한 모범을 제시했다고 평가된다. 평론집으로 《문학과 지성》(1938)을 냈고, 1939년에는 《인문평론》을 발간하고 1941년에는 이 잡지를 《국민문학》으로 제호를 바꾸면서 친일(親日)적 글들을 많이 발표하여 큰 흠을 남겼다. 그의 《문학원론》(1960)은 그의 문학론의 진수를 요약한 이론서라 할만하며, 특히 서문에서 그의 문학적 학문적 자세와 함께 상상(想像)의 문학론이 잘 요약되어 있다.

변방에서 부르는 노래
경성, 부령, 종성

권경록

1. 풍패지향의 역사와 지리

조선 시대에 함경도(咸鏡道)는 흔히 '풍패지향' 이라 지칭되었다. 조선 왕조를 창건한 태조 이성계와 그 선조들의 활동 무대였기 때문이다. 또 북방의 변경 지대이므로 '관방의 중지' 라고도 일컬었다. 조선 시대 역대 왕은 물론 신하들 역시 함경도에 대한 정책을 지시하거나 건의할 때에는 항상 이 점을 강조하면서 특별히 대우해야 한다고 하였다. 그러나 실제 조선 후기에 함경도는 정치, 경제적으로 가장 소외되고 뒤떨어진 곳이었다. 함경도나 이곳의 사람들을 가리켜 '북새,' '변새,' '하원지지,' '하토,' '하추,' '원인' 이라는 표현이 흔히 쓰였는데, 이것은 단순히 이 지역이 서울과 지리적으로 멀리 떨어져 있기 때문만이 아니라 중앙의 문화나 교화가 미치지 못하는 낙후된 곳이라는 의미를 포함하는 것이었다.

함경도는 우리나라의 동북쪽에 있으며 지형적으로 대부분의 지역이 산지로 이루어져 있다. 서쪽으로는 낭림산맥을 경계로 평안도와 접하고 도내에는 마천령산맥이 남북을 가로 지른다. 함경도는 이를 기준으로 남쪽을 남관, 북쪽을 북관이라 하는데, 두 지역은 지세나 풍속, 산업 등에서 큰 차이를 보인다. 또 함경산맥이 동서 방향으로 이어져 서쪽의 백두산 및 개마고원 일대와 동쪽의 해안 지대가 구별된다. 함경도에서도 서북 지역에 속하는 압록강과 두만강 상류와 백두산 및 개마고원 일대에 있는 삼수, 갑산, 무산 지역은 기후가 한랭하고 강수량도 드물어 거주가 곤란한 산악지로 꼽히는 곳이다. 반면 해안과 두만강 하류 부근에는 일부 평야 지대가 있어 농경이 가능하며 대부분의 읍치는 해안에 위치한다. 도로 역시 해안을 따라 발달하였다. 즉, 함경도는 남관과 북관으로 대별되지만 이에 더하여 두만 · 압록강 상류의 산간 지대가 별도로 취급되었기 때문에 실제로는 세 지역으로 구분되고 있었다.

역사적으로 함경도는 고조선 시대에는 예맥(濊貊)에 속하였다. 그 후 옥저(沃沮)에 속하였으며, 410년(광개토왕 20) 고구려가 동부여(東夫餘)를 정벌, 영토 넓힘으로써 두만강 유역의 간도(間島) 지방과 함께 고구려에 속하였다. 고구려가 668년(보장왕 27) 나당(羅唐)연합군에게 패망한 뒤에는 당나라가 차지하였고, 699년 이후 발해(渤海)의 영토가 되었다. 발해가 멸망한(926) 다음에는 거란(契丹)이, 그 다음에는 여진(女眞)의 할거지가 되었다. 고려 1107년(예종 2) 윤관(尹瓘)은 함경도 일원의 여진족을 정벌하고 길주(吉州) · 영주(英州) · 웅주(雄州) · 복주(福州) · 함주(咸州) · 공험진(公鎭) · 통태진(通泰鎭) · 숭녕진(崇寧鎭) · 진양진(眞陽鎭)에 9성(城)을 쌓았다. 고려 말, 조선 초 북진 전략에 힘쓴 결과 1441년(세종 23) 김종서(金宗瑞)는 종성(鐘城) · 온성(穩城) · 회령(會寧) · 경원(慶源) · 경흥(慶興) · 부령(富寧) 등 두만강변 북변(北邊)에 6진(鎭)을 완성하여, 함경도민과 그 밖의 충청도 · 강원도 · 경상도 · 전라도의 민호(民戶)를 모집하여 함경도로 이주시켰다.

한편, 1404년(태종 4)에는 고려 성종 이래의 지역명인 삭방도(朔方道)를 영길도(永吉道)로 고치고 도병마사(都兵馬使)를 두었으며, 1407년(태종 7)에는 다시 함길도(咸吉道)라 개칭하였고, 1509년(중종 4)에는 함경도로 개칭하여 관찰사를 임명, 치소(治所)를 함흥에 두었다. 그 후 1896년(건양 1) 전국의 8도(道)를 13도로 개편, 함경남 · 북도로 분할하고 함북의 도청 소재지를 경성부(鏡城府)에 두었다. 1911년에 1부 10군 123면이던 것을, 1914년 부령군을 청진부(淸津府) 관할에서 분리하여 1부 11군 81면으로 통폐합하여 개편하고, 1920년에는 도청을 경성에서 나남으로 옮겼다. 1931년 읍면제(邑面制) 실시에 따라 나남 · 성진 · 회령 · 웅기의 4개읍을 신설, 1부 11군 4읍 77면으로 개편하였다. 1934년에는 나진이 읍이 되고 이듬해 읍에서 다시 부로 승격하여 2부 4읍, 1938년 길주와 무산이 읍이 되어 6개읍이 되었으며, 1941년에 성진이 부로 승격되었다. 8 · 15 광복 당시 청진시 · 나진시 · 성진시 · 학성군 · 길주군 · 명천군 · 경성군 · 부령군 · 무산군 · 회령군 · 종성군 · 온성군 · 경원군 · 경흥군 등 3개시 11개군 7개읍 68개면으로 구성되었다.

함경도에서도 최북방 북관에 해당하는 경성 · 부령 · 종성은 대동지지 9대로 가운데 제2로에 해당한다.[103] 경성군(鏡城郡)은 함경북도 중부 경성만 연안에 있다. 군 동쪽은 동해안, 서쪽과 남쪽은 연사군(延社郡)과 어랑군(漁郎郡), 북쪽은 청진시 나남(羅南)구역과 접해 있다. 원래 고구려의 영토였으나, 고구려 멸망 후 발해에 속하였다가 여진의 땅이 되었다. 1107년(고려 예종 2) 윤관(尹瓘)이 여진을 쫓고 성을 쌓았으며, 후에 원(元)의 침입을 받았으나 공민왕 때 수복하였다. 1398년(조선 태조 7) 경성이라 하고 만호진(萬戶鎭)을 두었다. 1400년(정종 2)에 군(郡)을 두어 병마사(兵馬使)가 군수를 겸하게 하였으며, 1404년(태종 4) 도병마사(都

103 二大路 경흥로 한양(漢陽), 홍인문(興仁門,동대문) 또는 혜화문(惠化門,동소문) ⇒경흥(慶興), 서수라(西水羅) 2,190里.

兵馬使)로, 1436년(세종 18) 도호부(都護府)로 승격되었다. 1899년(고종 33) 함경북도 관찰사를 이곳에 두었다가, 1923년 도청이 나남으로 옮겨지게 되자 군으로 되었다. 1977년 11월 함경북도에서 청진직할시로 편입되었다가 1985년 9월 청진직할시가 격하되면서 다시 함경북도에 편입되었다.

경성은 연안(沿岸) 지역을 제외한 전역이 산지로 되어 있으며, 특히 함경산맥이 뻗은 군의 서부지역은 다른 지역에 비해 훨씬 높고 험한 산지로 되어 있다. 여기에는 북한 전역에서 두 번째로 높은 관모봉(冠帽峰, 2540미터)을 비롯하여 2000미터가 넘는 산들이 솟아 있다. 지세(地勢)는 서부에서 동부로 가면서 점차 낮아져, 연안지역에 이르러서는 농업 생산에 긴요한 평야들이 흩어져 있다. 군 북부에는 오촌천, 중부에는 온포천, 남부에는 보로천이 흐르며, 온포 휴양지와 온포 온천 · 경성 온천 · 보상 온천, 장연호와 무계호 등이 있으며, 문화재로 경성읍성 · 정북사(靖北祠) 등이 있다.

부령군(富寧郡)은 함경북도 북동부에 있다. 군 동쪽은 동해, 서쪽은 무산군(茂山郡), 남쪽은 경성군(鏡城郡) · 청진시(淸津市), 북쪽은 회령군(會寧郡) · 나진시(羅津市)와 닿아 있다. 삼국시대에 고구려에 속하였고, 고구려 멸망 이후 698년 고구려 유민들이 당나라 세력을 몰아낸 뒤 동경용원부에 속하여 발해의 영토가 되었다. 고려 공민왕 말엽에 동북면 우롱이(于籠耳)에 속하였다. 1398년(조선 태조 7) 우롱이를 경성(鏡城)으로 개칭하고, 도호부를 설치할 때 이곳을 석막(石幕)이라고 하였다. 1432년(세종 14)에 부거(富居, 富家岾)에 영북진(寧北鎭)을 두어 여진의 침입을 방어하는 전초기지였다. 49년에 동쪽의 굴포(堀浦) 이서, 북쪽의 무산령 이남, 남쪽의 경성 황절파(黃節坡) 이북의 땅을 따로 분할하여 부령이라고 하고 도호부를 두었다. 1895년 지방관제 개편으로 부령부는 부령군이 되어 함경북도에 속하였고, 1960년 군 전체가 부령구역으로 흡수되었다가 1987년 다시 부령군이 되었다.

부령은 평지가 거의 없는 산악 지대이다. 응암산(鷹巖山)·대연곡산(大蓮谷山) 등이 있고, 군 중앙에 수성천(輸城川)이 흐르며 하천의 양안에 곡저 평야와 하류에 수성 평야가 있다. 기후는 대륙성 기후의 특색을 지녀 한서의 차이가 크며, 경지율이 낮고, 논보다는 밭이 많다. 팔담(八潭)·옥련폭포(玉蓮瀑布)·부거온천(富居溫泉) 등이 유명하다. 유물·유적으로는 약 380여 기의 고분군이 있으며 부거토성(富居土城)이 있다. 1606년(선조 39)에 개축된 부령읍성이 있으며 성의 3면에 외성을 쌓았다. 이 밖에 청계산의 성지, 고무산 성지 등이 있고, 여러 모양의 봉수지가 있다.

종성군(鐘城郡)은 함경북도 북부 두만강(豆滿江) 기슭에 있는 시로 오늘날 온성과 회령에 분할되었다. 종성 동쪽은 은덕군(恩德郡)·나진시(羅津市), 서쪽은 무산군(茂山郡)과 잇닿아 있고, 남쪽은 청진시(清津市)·부령군(富寧郡), 북쪽은 온성군(穩城郡)과 두만강을 사이에 두고 간도지방(間島地方)을 마주보고 있다. 종성은 옥저(沃沮)·고구려의 땅으로 알목하(斡木河)·오음회(吾音會)로 불리다가 발해·여진족(女眞族) 영유지가 되었다. 1434년(세종 16) 김종서(金宗瑞)가 여진을 정벌하고 진을 설치하여 회령진이라 하였다. 그 뒤 1895년(고종 32) 군이 되었고, 8·15 당시는 회령읍·화풍면(花豊面)·창두면(昌斗面)·팔을면(八乙面)·벽성면(碧成面)·보을면(甫乙面)·용흥면(龍興面)을 관할하였다. 1952년 12월 북한 행정 구역 개편으로 회령면·창두면·화풍면를 비롯하여 팔을면 5개 리와 종성군(鍾城郡) 남산면(南山面)의 2개 리로 되었으며, 1991년 7월 시로 승격되었다.

종성군은 함경산맥이 시의 중앙을 가로질러 뻗어 대체로 산지가 많으며, 지형적으로 남쪽이 높고 북쪽으로 느릿한 경사를 이룬다. 동쪽은 백사봉(白沙峰, 1139미터) · 산성산(山城山, 680미터), 서쪽은 민사봉(民事峰, 1429미터) · 차유령(車踰嶺, 1569미터), 남쪽은 슬봉(瑟峰, 1048미터), 북쪽은 세계봉(世界峰, 746미터), 중앙에는 오봉산(五峰山, 1330미터) 등이 솟아 있다. 하천은 보을천(甫乙川) · 회령천(會寧川) · 팔을천(八乙川) 등이 백두산에서 발원하여 이 시의 북부를 흐르는 두만강으로 흘러든다. 전면적의 약 1/10에 불과한 농경지에서 밭농사 위주의 농업이 행해진다. 종성은 교통의 요충지로 함북선 철도와 회령, 계림간 회령탄광선이 지나, 무산 · 온성 · 웅기(雄基) 등지로 국도가 통하고 중국 길림성(吉林省), 용정(龍井)과도 철도 · 도로가 연결된다. 선사시대 유적이 많으며, 명승 · 고적지로 현충사 · 오국산성(五國山城) 등이 있다.

2. 유배지에서 핀 꽃-경성 · 부령 · 종성의 유배 문학

함경도는 제주도를 포함한 남해 지역과 함께 조선 시대 대표적 유배지였다. 조선 시대 배소별 유배지 통계를 보면,[104] 함경도(97)는 전라도(205), 경상도(127) 등 남해 지역 다음으로 자주 배소로 이용되었다. 함경도 가운데 특히 종성(14) · 갑산(12) · 경원(11) · 삼수(7) · 경흥(7) · 기타(47) 등이 많았다. 따라서 과거 회령 · 부령 · 종성의 문학 논의에 유배 문학이 주류라 할 수 있다. 과거 경성 · 부령 · 종성은 유배와 임지에서의 경험을 술회한 문학 작품 속에 많이 그려져 있다. 그러나 그러한 공간에서의 경험을 문학으로 표출하는 양상은 사뭇 달랐다. 어떤 이는 있는 그대로를 남겼는가 하면, 어떤 이는 새로운 글쓰기를 통한 민중의 애환을 담고 동경을 담고 현실을 비판하는가하면, 어떤 이는 그 공간을 사랑의 절대 공간으로 승화시켜 버렸다.

104 최강현, 《한국기행문학연구》, 일지사, 1982, 74쪽.

1773년(영조 49) 유의양(柳義養)[105]은 유배 생활을 소재로 하여 기행수필 《북관노정록(北關路程錄)》[106]을 남겼다. 이 작품은 지은이가 73년 종성(鍾城)에 유배되었다가 3개월 동안 머물고 돌아와서 지은 것이다. 따라서 이 작품은 조선후기 북관의 사회 · 문화 · 풍속을 이해하고 유배객들의 행태를 이해하는데 중요하다. 제2권에서는 북청읍(北青邑)에서 방원(防垣)까지의 노정과 그 사이에서 보고 느낀 사화(史話) · 시화(詩話) · 지명연기설화(地名緣起說話) · 지방 풍속 등을 기록하였다.

105 유의양(柳義養, 1718~?) 조선 후기 문신. 자는 계방 · 자장, 호는 후송. 본관은 전주. 조선 후기 문신. 자는 계방(季方) · 자장(子章), 호는 후송(後松). 본관은 전주(全州). 1781년 예조참의로서 예조이정당랑이 되어 《춘관지》, 《영희전지》를 편찬하였고, 1783년 승지가 되어 《동국문헌비고》 수찬에 참여하였다. 저서에 《춘방지(春坊志)》, 《춘관통고(春官通考)》 등이 있다.

106 필사본. 4권 4책(현존하는 것은 3권 3책), 고려대학교도서관 · 개인 소장.

> 토산(土産)은 목화가 되지 아니하기 때문에 다만 삼베만 일삼는다. 일년내내 길쌈하여 삼베 두어필을 겨우하여도 즉시 관가에 바치고, 남자는 여름, 겨울 없이 개가죽옷을 입고, 여인들은 사철 헤진 베옷으로 살을 겨우 가리고 바지와 버선이 없다. 겨울의 극한에는 토실(土室)을 부엌 앞에 만들어 그곳에 들어가 몸을 녹이고 눈을 녹여 물 길기를 대신하되, 다만 배고프고 추움이 뼈에 사무쳐도 도적질하는 풍속이 적었다.[107]

107 최강현, 《후송 유의양의 유배기 북관노정록》, 신성출판사, 1999, 79~80쪽.

제3권에서는 방원에서 종성까지의 30리 길과 종성에서 귀양살이하며 경험한 지방의 풍속 · 언어 · 설화 등을 기록하였고, 제4권에서는 1773년 음력 10월 5일 귀양이 풀렸다는 소식을 들은 10월 17일부터 출발 준비를 하여 10월 20일 서울을 향해 떠나서 종성에서부터 회령까지를 두루 구경하고, 서울로 돌아온 노정과 그 사이에서 보고 들은 사화 · 시화 · 잡설들을 기록하고 있다.

그런가하면 유의양과는 달리 유배지 경성 · 부령 · 종성의 이미지를 현실의 비판과 민중의 애환을 토로하고 자신의 내적 삶으로 아름답게 그려낸 사람도 있다. 김려(金鑢)[108] 는 '김려체' 로 불리는 문체를 유행시켰고, 친구 이옥(李鈺)을 눈물로 추억하고 그가 추구한 글쓰기를 적극 옹호했던 탁월한 문인이었다. 이옥이 문체 때문에 쫓겨나 지방을 전전하고 있을 즈음, 김려 역시 친하게 지내던 글벗과 나눈 비어 사건(飛語事件)에 연루되어 유배를 떠나게 된다. 부령에서의 10년의 유배 생활은 혹독했다. 하지만 유배를 마치고 돌아온 그는 자신의 인생을 엉망진창으로 만든 젊은 시절과 벗들을 결코 원망하지 않았다. 그러기는커녕 벗들의 문학적 실천을 열렬하게 변호했고 자신과 문학적으로 교류한 이옥 · 김조순 · 이노원 · 이안중 등 10여 명의 글을 《담정총서(潭庭叢書)》로 엮어내기도 했다.

108 김려(金鑢, 1766~1822) 조선 후기 학자. 자는 사정(士精), 호는 담정. 본관은 연안(延安). 1780년 성균관에 들어갔으며, 김조순(金祖淳)과 《우초속지(虞初續志)》라는 패사소품집(稗史小品集)을 냄으로써 소품체 문장의 대표적 인물로 주목받았다. 저서로는 《담정유고》가 있고 《담정총서》를 편집하였다. 특히 유배지에서 쓴 《우해이어보(牛海異魚譜)》는 유명하다.

박지원, 정약용과 동시대를 살았던 조선 후기 문인 김려는 탁월한 시적 감수성과 직관으로 파격의 연시(戀詩)를 그려냈다. 그는 궁벽한 유배지 함경북도 부령의 19세기 풍정, 신분을 뛰어넘는 당대 민중들과의 우정, 그리고 한 여인을 향한 애틋한 사랑과 그리움을 진솔하게 담았다. 담정 김려의 대표적인 연작악부시 《사유악부》 290수는 근대적 평등 의식을 선취하고 있다.

연희네 집

그대 무엇을 생각하나.

저 북쪽의 바닷가라네.

성 동쪽 길이 눈에 삼삼해

두 번째 다리 곁에 연희가 살았지.

집 앞엔 한 가닥 맑은 시내가 흐르고

집 뒤엔 험한 바위가 산 주위를 덮었지.

골짜기엔 버드나무 수십 그루가 있고

문 앞에도 한 그루가 있어 누각에 비쳤지.

누각 위엔 창에다 베틀을 놓고

누각 아래엔 한 자 높이 돌절구가 있었지.

누각 남쪽 작은 우물엔 앵두나무를 심었고

누각 밖은 북쪽으로 회령 가는 길이었지.[109]

109 오희복, 《김려작품집》, 문예출판사(태학사), 1994.

김려는 진실하게 살아가는 민중적 인물에 대해서는 각별한 애정과 이해를, 부패한 권력자나 그 주구들에 대해서는 격렬한 증오를 거리낌없이 드러내고 있다. 이 점은 우리 한시사에서 그 유례가 없을 정도이며, 온유돈후와 절제 및 조화를 추구하는 중세적 미의식에서 사뭇 벗어난 것이다.

김려는 《사유악부》의 도처에서 부패한 지배 권력에 대해 비판과 항의를 표시하고 있다. 관리의 가렴주구를 고발하고 백성들을 옹호한 애민시(愛民詩)류의 한시는 정약용을 위시하여 조선 시대의 여러 진보적 문인들에 의해 창작된 바 있다. 하지만 김려처럼 폭발적인 분노와 증오를 표현하고 있는 경우는 찾아보기 힘들다. 더구나 그의 작품에는 18세기 말에서 19세기 초 무렵의 한 북방 고을의 권력관계가 극히 구체적인 인물과 사건을 통해 낱낱이 드러나 있어 흥미롭기 그지없다. 김려는 《사유악부》에서 특정 사건 및 그와 연루된 관리의 이름을 직접 거론하면서 그들의 비리를 적나라하게 공격하고, 특정 인물에 대한 직접적인 고발을 통해 탐관오리의 전형을 창조하고 있다.

옥련진의 탐관오리

그대 무엇을 생각하나.

저 북쪽의 바닷가라네.

죽일놈의 옥련진의 최창규 놈

천만가지 악행으로 변방 말썽 일으킨 놈

김개 이고양이 함께 날뛰더니

미욱한 며느리는 창고지기 꼬드겨서

문서를 조작하여 관가 곡식 훔쳐내고

만섬의 군량미에 모래, 겨 섞었다네

진중의 장수 또한 마음이 탐욕스러워

어진사람 억압하고 남김없이 앗아가니

군졸들 봇짐싸고 모조리 도망치니

황구 백골 군사명부 태반이나 비었네.[110]

110 오희복, 《김려작품집》, 문예출판사(태학사), 1994.쪽.

김려는 유배지에서 권력자의 탐학과 백성에 대한 수탈을 직접 보고 겪는 한편, 민중들과의 사귐을 통해 그들과의 일체감을 형성하게 되었다. 이에 따라 민중적 입장을 자신의 입장으로 전이시킬 수 있었으며, 그 결과 일반 한시의 전례에서 벗어날 수 있었다. 뿐만 아니라 김려는 다정다감한 성격에 정의를 옹호하고 불의에 항거하려는 용기와 기백을 지닌 시인이었다. 그의 시인적 열정과 용기, 민중의 현실을 시혜자적인 입장에서 거리를 두고 서술하는 것이 아니라 그 속에 들어가 흡사 시인 스스로가 그 일원(一員)인 것처럼 서술하고 있음은, 눈여겨 보아야 할 〈사유악부〉의 미학이다.

김려는 여성을 주인공으로 한 시와 전(傳)을 조선 시대 작가 중에서도 특히 많이 창작하였다. 그의 작품에는 숱한 여성 인물들이 등장하고 있는데, 그중에서도 가장 뚜렷하고 빼어나게 형상화된 인물은 '연희'라는 여성이다. 김려는 많은 시편에서 연희에 대한 사랑의 감정을 숨김없이 그려내면서 봉건 시대 여성의 비참한 운명을 깊이 이해하고 동정하고 있다. 그는 아름답고 재주 또한 출중한 젊은 여성이 봉건적 현실의 벽에 부딪쳐 자신이 주체적으로 택한 삶을 좌절당한 채 원망과 탄식 속에 세월을 보내고 있는 데 대해 무한한 연민을 표시하고 있다.

연꽃을 보며 연희를 생각하다

그대 무엇을 생각하나.
저 북쪽 바닷가라네.
연못에 붉은 연꽃 만 송이 피자
연희가 그리워 연꽃을 보네.
마음도 같고 생각도 같고 사랑도 또한 같았으니
한 줄기에 난 두 송이 연꽃이 어찌 부러웠으랴만,
백 년 사랑하던 사람이 원망하던 사람 되었고
좋은 인연이 나쁜 인연 되었지.
땅모퉁이와 하늘 끝에다 산과 강이 막혀서
이별의 노래만 부질없이 불러 보네.
전생에 죄를 지어 이생에서 괴로우니
연희야 연희야 어쩌란 말이냐.[111]

111 오희복, 《김려작품집》, 문예출판사(태학사), 1994.

김려는 자기 주변 여성들의 뛰어난 능력, 고상한 인격, 빼어난 의기 등을 알아보고 그것을 세상에 알리기 위해 많은 글을 지었다. 이씨라는 술집 주모(酒母)를 애도하는 시를 짓기도 하였으며, 조선시대의 가장 천한 신분이었던 백정의 딸 '심방주'를 주인공으로 삼아 그녀를 그 어떤 사람보다도 훌륭한 인물로 형상화하기도 했다. 이렇듯 김려가 수많은 여성들을 위한 시와 전(傳) 등을 창작한 것은 봉건 시대 하층 여성의 처지에 대해 깊이 동정하고 성적, 신분적 차이를 넘어서서 그들을 하나의 '인간'으로 이해할 수 있었기에 가능했던 것이라 볼 수 있다. 김려가 자각적, 선언적 형태로 여성에 대한 평등 의식을 표한 적은 없지만, 그가 중세 사대부 지식인의 여성에 대한 일반적 통념을 훌쩍 뛰어넘고 있음은 의심할 바 없다. 김려 문학이 보여준 여성에 대한 새로운 인식은 우리나라 한시사에서 드물고도 소중한 것이다.

유배지 부령이 안겨준 김려 문학의 또 다른 주요한 면모는 숱한 민중적 인물의 형상화와 그러한 인물에 대한 그의 애정이다. 김려는 유배에 가서 점차 그곳의 주민들과 사귀게 되고, 그들의 따뜻한 인정에 힘입어 유배 생활의 고통을 극복해 나갔는데, 한미한 양반이나 아전, 하급 무관으로부터 농사꾼, 상인, 공장(工匠), 술집 주인, 청년과 어린이에 이르기까지 많은 사람들이 그의 친구가 되었다. 김려는 그들에게서 따뜻하고 소박한 인간미, 훌륭한 덕성을 발견하였고 진심으로 그들을 좋아하였다. 그는 자신과 우정을 나눈 인물들만이 아니라 변방에서 함께 생활하거나 견문한 각양각색의 민중적 인물을 시로 형상화하고 있는데, 호랑이를 쏘아 죽인 최포수, 여자의 몸으로 호랑이와 맞선 윤씨 열녀, 정절을 지켜 자결한 최씨 열녀, 맨손으로 호랑이를 잡은 홍생 등 용맹과 기개, 의기가 드높은 북방 백성들의 모습을 그리고 있다.

이웃 마을 남씨 노인

그대 무엇을 생각하나.

저 북쪽 바닷가라네.

아무 근심없는 이웃 마을 남씨 노인

집 앞 집 뒤엔 맑은 시내 흐르는데

맏아들 소부리고 둘째 아들 수레 몰고

손자놈은 고기잡고 며느리는 길쌈하네

술항아리 끼고 앉아 탁주로 배불리고

밭두렁 오가며 까마귀떼 쫓는다네

어지러운 세상 풍파 내 이미 맛보았거니

사나이 글을 알면 참으로 우환이로다

가래여 가래여 흰자루 긴 가래여

어이하면 너와 함께 농사하며 늙어 보랴.[112]

112 오희복, 《김려작품집》, 문예출판사(태학사), 1994.쪽.

김려는 여성에 대한 새로운 인식과 민중적 인물에 대한 애정에서 한 걸음 더 나아가 중세적 신분 관념을 타파하고 '평등의 감수성'을 보여 주고 있다. 중세적 감수성은 군자/소인, 남성/여성, 인간/미물 등의 위계질서를 전제로 하는 것이지만, 김려의 감수성은 부령의 무관 · 아전 · 상인 · 농민 · 기생 · 아이 · 이웃집 할미 등과 신분이나 성(性)을 넘어선 우정을 나누고, 진해의 어부들과 너나할 정도로 가깝게 지내는 생활을 시에 그리는 것으로 나타난다. 김려의 평등 의식이 가장 두드러지게 표현된 작품은 〈고시위장원경처심씨작(古詩爲張遠卿妻沈氏作)〉으로, 〈사유악부〉가 도달한 인간 이해와 평등의 감수성을 더욱 심화하거나 분명히 하고 있다. 이 미완의 서사시는 장파총이라는 인물이 백정의 딸인 심방주의 인간됨됨이에 탄복하여 그녀를 며느리로 삼는 내용을 주축으로 하고 있다. 백정의 딸을 주인공으로 삼은 것이라든지, 백정 집안의 혼인을 제재로 한 데서 이미 이 작품이 계급적 틀을 벗어나 평등의 인간관에 바탕하고 있음을 알 수 있다.

우리 사상사와 문학사에서 중세적 신분 관념의 타파는 김려의 유배 문학을 통해서 비로소 뚜렷이 가시화되었던 것이다. 시대적 한계를 뛰어넘어 모든 인간이 평등하다는 인식을 '선취' 하고 그것을 구체적으로 형상화하고 있는 김려의 문학에서 우리는 미래를 예감하는 문학의 예언적 역할을 새삼 확인할 수 있다. 또한 시대를 앞서 한 시인이 도달한 이 진보적 인간 이해가 자못 놀랍기만 하다.

이밖에 종성에 부임와서 아름다운 사랑하고 그 경험을 문학으로 그려낸 시인도 있었다. 최경창(崔慶昌)[113]은 종성 부사로 부임해서 그가 겪은 경험과 사랑을 많은 문학 작품 속에 남겼다. 파주군 교하면 야산에 시인 홍낭의 묘가 있다. 몇 해전 대학원 동학(同學)들과 그의 무덤을 답사한 기억이 떠오른다. 그렇게 이쁜 무덤을 일찍이 본 적이 없다. 그녀의 묘는 그렇게 아담하고 이뻐서 보는 나의 가슴을 다 뭉클하게 할 정도였다. 잘 정돈되어 있는 그녀의 유택은 가슴시린 한 평생을 그리움으로 마감한 천상 여인의 표본처럼, 단아한 향기를 품고 있었다.

113 최경창(崔慶昌, 1539~1583, 조선 중기 시인. 자는 가운, 호는 고죽. 본관은 해주. 조선 중기 시인. 자는 가운(嘉雲), 호는 고죽(孤竹). 본관은 해주(海州). 1568년(선조 1) 증광문과에 급제, 대동도찰방(大同道察訪) · 종성부사를 지냈다. 당시(唐詩)에 능하여 삼당시인(三唐詩人)으로 불렸으며 시 · 서화에 뛰어났고 특히 피리를 잘 불었다. 숙종 때 청백리에 녹선되었으며 저서로 《고죽유고》가 있다.

이곳 님의 곁에 묻히기 위해서 홍낭은 그 길고긴 인고의 세월을 걸어왔다. 저승에서 만날 기약은 사람의 염원이 아니므로, 님의 곁에 뼈를 묻고 님과 함께 산화 하고 싶었던 것이다. 백골이 바스라지며 사라져 버리더라도, 님 그리던 기억조차 그의 곁에 두고 싶었던 홍낭은 홍원(洪原)

의 관기(官妓)였다. 그녀는 시를 무척 좋아하였는데 특히 삼당시인(三唐詩人)으로 불리던 최경창의 시를 특히 좋아하였다. 최경창이 함경도 경성의 북평사가 되어 임지로 가며 홍원에 잠시 머물 즈음, 꿈에 그리던 최경창을 만난 홍낭은 그만 덜컥 사랑에 빠진다. 꿈같던 세월도 잠시, 변방 임무의 막중함 때문에 홍낭을 홍원에 남겨두고, 훗날 재회의 기약만 이야기한 채 최경창은 임지로 떠난다.

아쉬워 보고 또 보며 그윽한 난초 드리오니	相看脈脈贈幽蘭
이제 가면 머나먼 곳 어느 날에 다시 오리	此去天涯幾日還
함관령의 옛날 노래 다시 불러 무엇하리	莫唱咸關舊時曲
지금도 궂은비 내려 첩첩 산길 어둡겠지	至今雲雨暗青山[114]

114 최경창, 《고죽유고》, 〈증별〉, 민족문화추진위원회. 1990.

그러나 님 그리움에 사무치던 홍낭은 남장(男裝)을 하고 천리길을 걸어 경성으로 올라가 꿈에 그리던 님을 만난다. 그에게는 가던 길의 고생도 님 앞에서는 아무것도 아닌 그리움의 여정이었다.

이후 최경창이 다시 한양으로 내려올 때, 쌍성까지 따라온 홍낭은 어느 비오는 날 밤 그 유명한 한 수의 시를 님에게 바친다.

버들가지 가려 꺾어 보냅니다 님의 손에
가시거든 창 밖에다 심어두고 보옵소서
밤비에 새 잎이 돋아나면, 이 몸이라 여기소서.

3년간 소식이 없던 중에 최경창이 병중이라는 소식을 접하게 되자, 홍낭은 밤낮 7일을 걸어 낭군에게 도착한다. 그리고 본처가 시샘하여도 내색을 할 수 없을 만큼 처절하게 간호를 한다. 홍낭의 그런 사랑의 힘으로 최경창은 일어난다. 기생과의 사랑이 세인의 이목을 붙잡고 이 일때문에 최경창이 면직 되자 홍낭은 다시 홍원으로 되돌아간다.

이후 최경창은 성균관 직강, 다시 종성부사로 간지 1년만에 한양으로 되돌아 오던 중 종성객관에서 45세를 일기로 객사한다. 님의 영구를 따라 상경한 홍낭은 그의 무덤가에 초막을 짓고 3년간 시묘살이를 한다. 그리고 임란 때에는 최경창의 시고(詩稿)를 등에 지고 피난하며 정리하여, 오늘 우리가 그의 시를 볼 수 있게 만든다. 홍원에서 죽으며 홍낭은 이렇게 유언한다. "나를 낭군 곁에 묻어 주세요" 신분 구별이 목숨보다 중했고, 임지에서의 소임이 막중했던 관리와 기생과의 거룩한 연분을 상상할 수도 없었던 사회에서, 최경창의 후손들은 홍낭을 그녀의 유언대로 최경창의 묘 밑에 장사하고, 시비도 세웠으니 둘의 사랑이 어떠했는지는 더이상 생각하지 않아도 알 수 있는 일이다.

무덤은 한 사람이 살아있었음의 증표이다. 또한 한 세상을 호흡해 왔던 긴 여정의 종점이다. 우리가 그를 찾아보는 이유도 결국 같은 길을 비슷하게 걸어갈 수밖에 없는 인간이기에, 먼저 갔던 그의 체취를 호흡하고 그 길의 수고로움을 체감하면서 그리워하며 무언가를 다짐하기 위함이다. 나는 하늘과 땅이 맞닿는 곳에 두 점으로 남아, 영원히 같이 머물고 있는 최경창과 홍낭의 묘에서, 인간 본연이 갖고 사는 그 그리움이라는 것이 얼마나 처절하며 위대한 것인지 새삼 느꼈다 . 사랑은 자신의 가슴을 저미어 가면서 만들어 가는 것이 아니다. 사랑은 날 때부터 저미어 있던 자신의 가슴을 보듬고 날 때부터 자신처럼 가슴이 저민 그 사람을 찾는 것이다. 사랑도 그리움도 봄이면 피어나는 꽃처럼 화사 하다면 그 얼마나 좋겠는가. 세상 그 어디에서고 사람이 살고 있는 이상 가슴시린 사랑이야기는 있을테고 그렇게 그리움으로 남겨진 무덤 조차도 또 이렇게 아름다울 것이다.

3. 근대 문학과 경성, 부령, 종성

근대 문학에서 경성, 부령, 종성은 이방인이 바라본 타자(他者)의 문학에서 스스로를 바라보는 자아의 문학으로 변모해 가고 있다. 이는 근대 한국문학에 큰 자취를 남긴 많은 문인들을 배출하였다는 데서 알 수 있다.

경성(鏡城) 출신 김동환(金東煥, 1901~?)[115]은 한국 최초의 서사시 〈국경의 밤〉을 발표했다. 그는 초기에는 신경향파에 속했으나, 향토적이며 애국적인 감정을 바탕으로 민요적 색채가 짙은 서정시를 주로 썼다. 일제시대에 《삼천리》지를 창간·주재한 것을 비롯해 1938년 순문예지 《삼천리문학》을 발간하였다. 그의 장편 서사시 〈국경의 밤〉은 1925년 3월 20일 간행된 김동환의 시집 《국경의 밤》에 실려 있으며, 《국경의 밤》에는 서사시 〈국경의 밤〉 외에도 김억의 서와 〈북청물장수〉 등 14편의 단시가 수록되어 있다. 이 시는 3부 72구절로 구성되어 있는데, 하룻밤과 그 이튿날 낮까지에 걸쳐 '현재—과거 회상—현재'의 시제로 전개된다. "아하, 무사히 건넜을까/ 이 한밤 남편은/ 두만강을 탈 없이 건넜을까 …"로 시작되는 〈국경의 밤〉은 경계가 삼엄한 두만강의 겨울밤을 배경으로 밀수를 하러 나간 남편을 걱정하는 아내의 애타는 심정과 일제하의 민족적 비애를 읊은 것으로, 조사(措辭)가 섬세하지 못하고 거칠다는 평가에도 불구하고 시사적(詩史的) 의의는 크다. 즉, 1920년대 초까지 서정시로 일관되어 온 한국 현대시사에 이야기의 도입이라는 새로운 시야를 열었다.

115 호는 파인. 함경북도 경성 출생. 작품으로는 시 〈신랑신부〉(1925), 〈쫓겨가는 무리〉(1925), 〈파업罷業〉, 희곡 〈바지저고리〉(1927), 〈자장가 부르는 여성〉(1927), 소설 《전쟁과 연애》 등을 발표했고, 수필집 《나의 반도산하半島山河》(1941), 《꽃피는 한반도》(1952), 시집 《승천(昇天)하는 청춘》(1925), 이광수(李光洙)·주요한(朱耀翰)과 합작한 《3인 시가집(三人詩歌集)》(1929) 등이 있다.

또한 경성(鏡城) 출신의 시인으로 김광섭(金珖燮, 1905~1977)[116]과 이용악(李庸岳,

116 호는 이산(怡山). 함경북도 경성(鏡城) 출생. 시집 《동경憧憬》(1938), 《마음》(1949), 《해바라기》(1957), 《성북동 비둘기》(1969), 《반응反應》(1971) 등.

117 1914년 함경북도 경성 출생. 시집 《분수령》(1937), 《낡은 집》(1938), 《오랑캐꽃》(1947) 등이 있다.

1914~1971)[117]이 있다. 김광섭은 1927년 일본 와세다 대학교 동창회지 《R》지에 첫 작품 〈모기장〉을 발표했고, 28년 정인섭(鄭寅燮)과 함께 해외문학연구회에 가담했다. 그는 1933년 귀국하여 박용철(朴龍喆) · 이웅(李雄) · 유형목(兪亨穆) 등과 함께 극예술연구회에서 활동, 버나드 쇼의 〈무기와 인간〉을 번역 · 상연하는 한편, 평론 〈연극 운동과 극연(劇硏)〉, 〈애란연극운동소관(愛亂演劇運動小觀)〉, 〈1년 동안의 극계 동향〉 등을 발표했다. 또한 김광섭은 중동학교 재직중 아일랜드의 시를 강의하면서 반일(反日) 민족 사상을 고취했다 하여 일경에 체포되어 3년 8개월의 옥고를 치렀다. 광복 이후 상당 기간 문화계 · 관계 · 언론계 등에서 활동하였다. 그는 《성북동 비둘기》(1969) 등의 시집을 통해 주지적(主知的) 시인으로 알려졌고, 작품에는 지성인이 겪는 고뇌와 민족 의식이 강하게 나타나 있다.

이용악은 김종한과 함께 동인지 《이인(二人)》 발간하고, 1939년 귀국하여 《인문평론》 기자로 근무 1946년 조선 문학가 동맹에 가담하기도 하였다. 그의 시에서 공통적으로 받는 느낌은 고향으로부터 유리되어 힘없이 떠도는 백성들의 삶을 묘사하고 있다는 점이다. 특히 〈天痴의 江아〉에서는 고향의 상실을 야기시킨 식민지 상황에 대한 역사 인식의 단면을 엿볼 수 있다. 이용악이 시어로서 방언을 끌어들인 이유 중의 하나는 이러한 고향 이미지를 드러내기 위함에 있었던 것이 아닌가 생각된다. 향토적인 것과 민중의 삶에 대한 애착이 강했고 그래서 그것을 적나라하게 묘사하고자 한 이용악으로서는 시의 장면성이나 상황성 등을 리얼하게 그려내기 위하여 그의 토착적인 함경 방언 어휘를 구사한 것으로 보인다. '저릎등,' '마우재말,' '멀구광주리,' '물구지떡,' '에미네' 따위와 같은 방언형들이 그러한 의도와 관련될 듯 싶다. 이러한 양상은 경성 출신인 김동환의 시에는 함경도 방언적 요소가 거의 발견되지 않으며, 김광섭의 시에서는 아예 그 흔적조차 찾아보기 어려운 것과는 사뭇 다른 양상이다. 이는 그들의 시와 이용악의 시가 지향하는 이념적 지표 또는 그것을 형상화하는 방법이 그만큼의 거리를 두고 있었음을 뜻하는 것이다.

그런가하면 함경도 회령(종성) 출신의 연극인 나운규(羅雲奎, 1902~1937)[118]가 있다. 그는 1919년 3·1 운동 당시 회령 만세사건 주동자로 활동하다 일본 경찰의 수배를 피해 만주를 거쳐 러시아로 피신한다. 1년 후 간도로 돌아와 독립군 비밀 조직 도판부에 가입하고 중동학교에 입학하였다. 중동학교 재학 중 도판부 사건 혐의자로 체포되어 청진형무소에 수감된다. 나운규는 감옥에서 독립투사 이춘식으로부터 춘사라는 호를 받게 된다. 만기 출소 후 회령으로 돌아와 극단 예림회에 가입하고, 1925년 〈운영전〉에 단역 출연을 기점으로 1926년 〈아리랑〉의 원작·각본·주연으로 선풍적인 인기를 얻는다. 1935년에는 유성 영화인 〈아리랑 제3편〉과 〈오몽녀〉를 각색, 감독하며 미발표 시나리오 〈황무지〉를 집필한다. 1937년 8월 9일에 36세의 젊은 나이로 요절한다.

118 호는 춘사. 회령 출생. 1918년 만주 간도에 있는 명동중학에 들어갔으나 학교가 폐교되어 독립운동을 하다 '청회선 터널 폭파 미수 사건'의 용의자로 잡혀 1년 6개월의 옥고를 치렀다.

그가 일관되게 추구한 예술 테마는 식민 통치의 억압과 수탈에 대한 저항, 통치권에 결탁한 자본가에 대한 비판이었다. 그의 모든 작품은 약자에 대한 동정을 담고 있으며, 악덕·난륜(亂倫)에 대한 신랄한 고발과 풍자를 담고 있다. 영화인으로 활동한 약 15년 동안 29편의 작품을 남겼고, 26편의 영화에 출연했으며, 직접 각본·감독·주연을 맡은 영화가 15편이나 된다. 그의 영화사적 위치는 그대로 우리나라 영화 자체의 성장과정이라 볼 수 있다. 그는 투철한 민족 정신과 영화 예술관을 가진 최초의 시나리오 작가일 뿐 아니라, 뛰어난 배우 양성자이며 연기 지도자였다. 그는 민족 영화의 선각자이며, 〈아리랑〉이라는 불후의 명작을 남기고, 영화의 정신과 수준을 크게 끌어올린 불세출의 영화 작가로 평가된다.

최인훈(崔仁勳)[119]은 회령에서 태어났다. 그는 고향 회령을 배경으로 한 작품 《두만강》의 초고를 쓴 이후, 한국 현대 문학사에 큰 획을 그은 것으로 평가되고 있는 《광장》을 1960년 11월에 발표했다. 남북한의 이데올로기를 동시에 비판한 최초의 소설이자 전후 문학 시대를 마감하고 1960년대 문학의 지평을 연 첫 번째 작품으로 평가되며, 문학적 성취면에서도 뛰어난 소설로 꼽힌다. 《광장》은 최인훈의 장편 소설. 4 · 19 혁명 직후인 1960년 10월 《새벽》지에 발표됐던 작가의 대표작이다. 이 소설은 당대까지 금기시되었던 남북한 이념 대립을 파헤쳐 남북 모두 비판적 시각에서 다루었다. 주인공 이명준은 아버지가 공산주의자라는 이유로 경찰서에 끌려가 심한 고문을 받은 후 월북하지만 북한 역시 구호와 관료제도만 있을 뿐 그가 기댈 곳은 없다. 그래서 그는 포로 송환시 남북이 아닌 중립국을 택해 가는 도중 배 위에서 자살하고 만다. 이 작품은 이념 문제를 정면으로 다루면서도 전쟁과 인간 삶을 역사적, 사회적 흐름 속에서 파악하고 있다.

119 함경북도 회령에서 태어났다. 1959년 《자유문학》에 단편 〈그레이 구락부 전말기〉와 〈라울전(傳)〉을 투고해 안수길(安壽吉)의 추천으로 등단하는 한편, 이듬해 〈9월의 다알리아〉, 〈우상의 집〉, 〈가면고〉를 거쳐 《새벽》 11월호에 중편 《광장》을 발표하였다. 그 뒤 1993년 장편 《화두》를 발표할 때까지 《구운몽》〉, 《열하일기》, 《회색인》, 《소설가 구보씨의 1일》, 《서유기》, 《태풍》을 비롯해 희곡 〈옛날 옛적에 훠어이 훠이〉 〈달아 달아 밝은 달아〉 등의 소설과 희곡을 발표하였다.

대동강변의 고도
평양

황패강

1. 평양의 자연지리

평양은 고구려의 마지막 수도로 지금 북한에서는 단군릉을 발굴하여 단군 조선의 왕검성(王儉城)을 부각시키고 있는 옛 왕도이며, 북한의 수도이다. 고려 시대에는 수도가 개경(開京)으로 옮겨지고 서경(西京)으로 불리우기도 했지만, 조선 시대 이후 한양(漢陽)으로 수도가 옮겨지면서 고조선과 고구려의 옛 서울로서 민족사의 고도로 역사지리적 뜻과 명성은 우리 지리 중의 지리라 할 만한 땅이다. 이 땅에 세워진 수도들로는 신라의 경주와 백제의 부여 등이 있지만 고구려 이후 평양이 과연 가장 오래되고 가장 오래 수도로 나라의 중심이 되어 온 도시가 평양이다. 《신증동국여지승람》〈경도(京都)〉에 따르면 평양은 지세가 평탄하고 넓기 때문에 이름을 평양(平壤)이라 했다고 하며, 나라가 생길 때부터 대동강 물을 임하여 유성(維城, 나라의 울타리)을 높이 쌓았는데, 대동강을 내려다보고 북으로 금수산(錦繡山)에 접하였다.

평양의 자연지리는 대동강으로 상징되고, 이 대동강이 있기에 모란

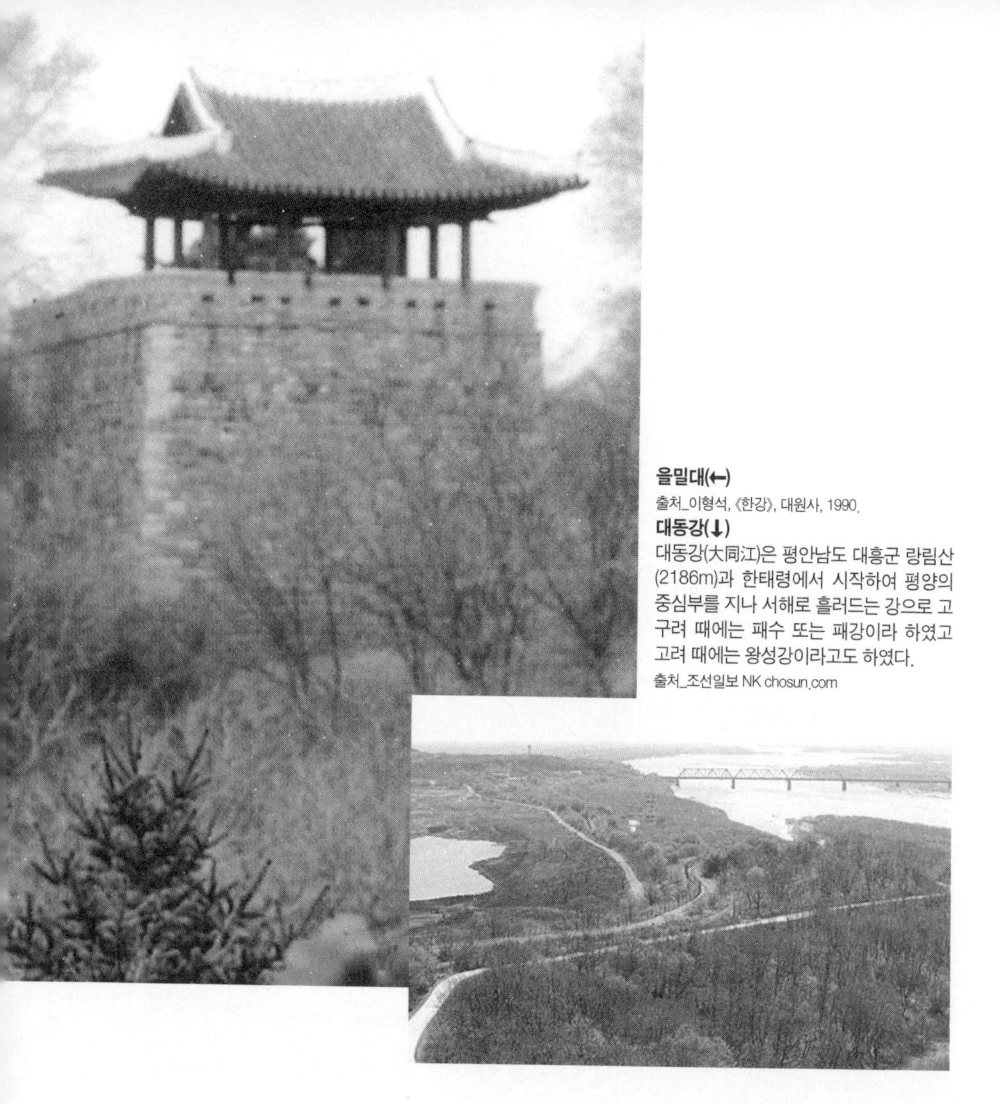

을밀대(←)
출처_이형석, 《한강》, 대원사, 1990.

대동강(↓)
대동강(大同江)은 평안남도 대흥군 랑림산(2186m)과 한태령에서 시작하여 평양의 중심부를 지나 서해로 흘러드는 강으로 고구려 때에는 패수 또는 패강이라 하였고 고려 때에는 왕성강이라고도 하였다.
출처_조선일보 NK chosun.com

봉과 을밀대가 또 대동강의 상징유물이 되어 있다. 단군과 기자 조선 시대부터 이 땅의 수도였다는 이 고도는 지금도 또한 대동강변과 모란봉 일대의 많은 유적을 간직하고 있고,[120] 이중환이 《택리지》에서 자세히 전해주는 바처럼, 명나라 사신 주지번(朱之蕃)이 연광정에 현판으로 남겼다는 〈천하제일강산(天下第一江山)〉이 바로 평양의 이 경치이다. 한국의 문학작품들이 평양을 무대로 하면서 대동강을 노래하고 그리는 것은 당연한 이치라 할 만하다.

120 유홍준, 〈평양의 날은 개었습니다〉《나의 북한문화유산답사기》상, 1998, 중앙M&B, 천하제일강산의 제일누대.

2. 현대 문학과 평양

한국 문학사상 최초의 현대 장편 소설로 알려진 이광수의 《무정(無情)》에서, 이형식에게 자신의 순결을 의심받게 된 여주인공 박영채는 자살하러 평양으로 떠났다. 형식은 그녀의 뒤를 좇아 평양으로 간다. 사방수소문하나, 영채의 소식은 묘연하였다. 형식은 동기(童妓)의 안내를 받아 은사인, 영채 부친의 묘를 찾아간다.《무정》에서 평양은 기구한 운명을 걷는 두 주인공의 평행적인 위상을 확인시켜 주는 작품의 배경이 되는 곳이다. 이 사건 이후 두 주인공은 결정적인 전환을 맞게 된다.

평양이 본격적인 작품 배경으로 등장하는 것은 김동인(金東仁)의 작품들이다. 《배따라기》는 대동강 선창가 풍경이 작품 첫장면에 잘 드러나 있다. 이 작품은 한을 품고 정처 없이 떠돌아다니는 나그네(주인공)와 구성진 배따라기의 가락이 한데 어울려 그윽한 정감을 자아내게 하는 작품이다.

김동인

자연주의 작가로서 김동인의 성예(聲譽)를 높인 《감자》는 칠성문 밖 빈민굴의 생활성이 잘 묘사되어 있다. 여주인공 복녀는 '가난하나마 정직한 농가에서 규칙있게 자라난 처녀였다. 그러나, 무력하고 나태한 연상의 남편에게 팔려감으로써 그녀의 인생은 내리막길을 걷게 된다. 그녀는 생활에 대한 의욕이 남달리 강하고, 힘껏 살아보려고 노력도 했으나, 극한적인 환경 조건은 전염병과 같이 그녀를 침식하고, 병들게 하여 파멸로 몰고 간다. 일제하의 비참한 상황을 사실적으로 그려놓은 작품이다. 여기서 우리는 칠성문 밖 빈민굴에 사는 밑바닥 인생들의 풍속도를 생동감 있게 접할 수 있다. 기자묘(箕子墓)에서의 송충이 잡이, 중국인의 채마밭 풍경 등등은 사건 전개와 더불어 인상깊이 형상화되어 있다. 주인공들이 구사하는 '평양 사투리' 는 또 그것대로 인물성격과 작품 분위기를 살려내고 있다.

김동인은 평양 출신으로 1919년 동경에서 최초의 문학 동인지《창조(創造)》를 발간하면서 처녀작 〈약한 자의 슬픔〉을 발표하고 귀국하였으나, 출판업법 위반 혐의로 4개월간 투옥되었다. 이어 〈목숨〉, 〈배따라기〉, 〈감자〉, 〈발가락이 닮았다〉 등 단편 소설을 발표하였다. 간결하고 현대적인 문체로 문학 혁신에 공헌하였고, 이광수의 계몽주의적 경향에 맞서 사실주의적 수법을 사용하였으며, 1925년대에 유행하던 신경향파 〈내지트로〉 문학에 맞서 예술 지상주의를 표방, 순수 문학 운동을 벌였다. 1924년 첫 창작집《목숨》을 자비 출판하였고, 1926년에는 방탕으로 기울어진 가산을 회복코자 보통강(普通江) 벌의 토지 관개 사업을 착수하여 파산에 이르렀다. 1929년 장편《젊은 그들》을《동아일보》에 연재하고, 31년에 서울 행촌동으로 이사하여 〈광화사(狂畵師)〉, 〈광염소나타〉, 〈결혼식〉등을 썼다. 1933년에는《조선일보》에 〈운현궁의 봄〉을 연재하는 한편 학예부장으로 입사했으나, 곧 그만두었다. 1935년부터《왕부(王府)의 낙조(落照)》를 발표하고, 월간지《야담(野談)》을 발간하였다. 생활고를 해결하기 위해 소설 쓰기에 전념하다가 몸이 쇠약해진 뒤에 마약중독자가 되었다. 1946년에는 장편《을지문덕(乙支文德)》과 단편 〈망국인기(亡國人記)〉를 발표하고, 장편 〈동방삼국지(東方三國誌)〉 집필을 착수했으나, 생활고로 중단, 6·25 사변 중 숙환으로 서울에서 별세하였다.[121] 소설 외에 평론에도 일가견을 가져서 그가 쓴《춘원연구(春園研究)》는 춘원 문학에 관한, 예리하고도 투철한 논리전개로 지금껏 주목을 받는 평론이다.

121 平安南道誌編纂委員會,《平安南道誌》, 955쪽.

주요한(朱耀翰, 1900~1979)의 〈불노리〉는 자유시의 효시로 알려져 있는 바, 자신의 고향 평양에서 몸소 겪은 대동강(大同江)의 불놀이를 통해 고뇌에 찬 젊은 날의 뜨거운 감정을 노래하였다. 그는 산문시와 자유시, 장시(長詩)와 단시(短詩)를 두루 시험하면서 근대시의 여러 가지 가능성을 구현하려 했다. 사회 의식에 대한 관심도 없지 않았으나, 사회 혁명적 색채를 드러낸 작품은 반대하면서도 민중시(民衆詩)에 접근하는 노력을 보였다. 〈옛날의 거리〉에서 그런 경향을 띠었으나, 끝내 육화(肉化)되지 않은 관념 차원에 머물러, 아쉬움으로 남는다.[122]

122 조동일《한국문학통사》5, 지식산업사, 1988, 147~149쪽.

주요섭(朱耀燮, 1902~1972)도 평양 출신의 작가로, 초기에는 신경향파에 속하여 하층 계급의 생활상과 그 반항 의식을 즐겨 그렸다. 그러나 중기(1940년대)에 이르러서는 신경향파의 색채를 청산하고 사실주의적 작풍으로 나아갔다. 그 무렵의 대표적 작품은 〈사랑방 손님과 어머니〉다. 이 작품에서 작가는 초기의 미숙한 프로 문학적 요소를 깨끗이 청산하고, 순수 문학적 향취를 풍기는 작품을 썼다. 중기 이후에는 이와 같은 서정적 작품은 더 이상 내지 못하고, 현실적 소재로 작품화하는데 머물렀는데, 〈사랑방 손님과 어머니〉가 그의 유일한 대표작으로 남았다.[123]

123 趙演鉉 編著,《韓國現代小說의 理解》, 一志社, 1966, 167쪽

조중환(趙重桓)의《장한몽(長恨夢)》은 일본의 오자키(尾崎紅葉)의《금색야차(金色夜叉)》를 번안한 소설로, 주인공 이수일과 심순애의 대동강변의 작별을 사건전개의 대전환점으로 설정하고 있다. 일제 시대 청춘남녀에게 많이 읽힌 박계주(朴啓周)의《순애보(殉愛譜)》에서도 사건의 배경은 평양(대동강, 모란봉, 부벽루)으로 설정되고 있다. 종교적 주제를 강조하고 있는 이 작품은 사건 전개에 있어서 필연성보다는 우연성에 더 의존하고 있다 하여 통속성이 논란되기도 하였다.

이 밖에도 평양이 등장하는 작품은 이루 헤아릴 수 없이 많다. 김소

월(金素月)은 시 〈춘향과 이도령〉에서 다음과 같이 평양 대동강을 이끌어 시의 초장을 열어, 남원(南原) 땅 성춘향(成春香)을 이끌어 끝을 맺고 있다.

'평양에 대동강은
우리나라에
곱기로 으뜸가는 가람이지요

(가운데 3장 생략)

그래 옳소 누이님 오오 내 누님
해 돋고 달 돋아 남원 땅에는
成春香 아가씨가 살았다지요' [124]

124 金廷湜,《〈定本〉素月詩集》, 正音社, 1955, 26쪽

김내성(金來成, 1909~1957)은 대동군(大同郡) 출신의 소설가로. 1939년《조선일보》에 〈마인(魔人)〉을 발표하면서 문단에 등장, 〈백가면(白假面)〉, 〈태풍(颱風)〉등과 해방후 〈진주탑(眞珠塔)〉, 〈비밀의 문〉 등 외국 소설을 번안한 일련의 작품을 발표하여 우리나라 유일의 탐정 소설가가 되었다. 1949년부터 4년간에 걸쳐 완성한 〈청춘극장(靑春劇場)〉과 〈인생화보(人生畵報)〉는 소설의 대중성과 예술성의 통일을 희구한 것으로, 당시이 작품을 좋아하는 독자들이 많았다. 그는 1957년《경향신문》에 〈실락원의 별〉을 연재하던 중 병사했다. 그 후 그의 소설의 대중성을 높이 평가하여 내성문학상을 제정한 일이 있다.[125]

125 《平安南道誌》, 956쪽.

김이석(金利錫, 1914~1964)도 평양 출신의 소설가로, 1933년《단층(斷層)》 동인으로 활약하였다. 1936년 단편 〈부어(腐魚)〉로 입선하고, 뒤

이어 〈환등(幻燈)〉, 〈공간〉 등을 발표하였다. 6 · 25 동란 때 월남한 뒤 〈실비명(失碑銘)〉, 〈파경(破鏡)〉, 〈동면(冬眠)〉, 〈뻐꾸기〉 등 일련의 불우한 사람들의 따뜻한 인정세계에 애수를 담아 호소하는 작품을 발표하였다. 1957년 단편집 《실비명》으로 제4회 자유문학상을 받았다. 역사 소설 〈흑하(黑河)〉 등이 있다. 그의 대표작이라 할 〈실비명〉을 통해 그의 작품 세계를 살펴보기로 하자.

어느 해인가, 평양에서 마라톤 대회가 열렸다. 인력거군인 덕구는 3등을 차지하여 광목을 탔다. 그 기쁨도 잠시 그 해 겨울, 그의 아내는 스물여덟 젊은 나이로 폐렴으로 죽었다. 덕구는 마라톤 대회에서 받은 광목으로 아내의 시체를 싸서 눈 덮인 산에 묻고 돌아서며, '눈물 대신 일생을 딸과 함께 독신으로 살리라' 혼자 다짐하고 손가락을 깨물어 피를 냈다. 그는 독신으로 지내며, 술도 끊고, 인력거를 끌어, 딸과 함께 살았다. 한 가지 소망은 의사가 된 딸을 자신의 인력거에 태우고 평양 거리를 달리는 것이었다. 여학교에 들어간 딸 도화는 아버지의 결심과 소원을 아는지 모르는지, 친구를 잘못 사귀고, 남자에게 실연 당하고, 학교로부터는 퇴학을 당하였다. 딸이 훌륭한 의사가 되기를 원했던 아버지의 기대는 완전히 어그러졌다. 딸에게서 받은 상처를 어찌할 수 없었든지 덕구는 밤마다 술에 취해서 들어왔다. 그러던 어떤 날 덕구는 우연히 친구로부터 간호부 일을 하다가도 의사가 될 수 있다는 얘기를 듣고, 다시 딸에게 희망을 걸고, 간호부 일을 시켰다. 몇 달 후, 딸을 찾아갔던 덕구는 뜻밖에 핼쓱해진 여윈 딸의 모습을 보게 되었다. 문득 애처로운 마음이 치밀어 오르자, 병원 생활을 그만 두라 하였다. 그렇게 여윈 모습을 보니 더 이상 간호부 일을 시킬 생각이 없었던 것이다. 그날 밤, 흰 눈 덮인 길에서 자기의 인력거에 딸 도화를 태우고 집으로 뛰어가던 덕구는 그만 자동차에 충돌하여 즉사하고 말았다. 도화가 정신을 차리고 보니, 자기는 좌골이 부러져 꼼짝도 할 수 없었다. 친구들을 시켜 아버지의 장례를 치르게 한 도화는 이듬해 봄에 기생학교에 들어갔다. 춤이라면 검무도 승무도 모두 뛰어나, 언제나 선생의 '고(鼓)채'를 흥분하게 할 만했다. 도화가 즐겨 추는 춤은 승무였다. 승무는 역시 북 치는 것이 중요했기 때문에 그는 늘 그 연습을 게을리 하지 않았다. 마음이 울적할 때도 고채를 들고 가서 북을 꽝! 꽝! 울렸다.

그러나 날이 갈수록 그녀의 가슴에 사무치도록 그리운 것은 역시 아버지의 정이었다. 그 해 가을 추석이 왔다. 도화는 떡과 술병을 들고 아버지의 묘를 보러 갔다. 무척 맑은 날씨였다. 자식의 이름 하나 없는 초라한 비를 앞세운 아버지의 무덤에 술을 부어놓고, 얼이 빠진 듯이 옛 생각에 사무친 그녀는 걷잡을 수 없는 슬픔과 허전함에 사로잡혔다가 솔바람 소리에 홀려 미친 듯이 춤을 추었다. 가슴 속에서 울려 나오는 북소리를 따라 소나무를 북 삼고 부리나케 두드리기 시작했다. 고채도 없이 쥐었다 폈다 맨손으로 치는 그 북소리가 점점 더 커지고 빨라지자 불현듯 그의 가슴 속엔 눈 위를 달리는 인력거의 바퀴 소리가 또 하나의 북처럼 울려 퍼졌다. 그럴수록 그는 그 소리를 잊으려는 듯이 주먹을 힘껏 쥐고 때리었다. 다시 무엇을 잡을 것이라곤 없는 허공에 손을 벌리고 돌아가다 아버지의 무덤 앞에 그대로 쓰러진 채 급기야 울음이 터졌다. 뭉쳤던 설움이 터지면서 어리광도 부려보고 싶은 울음이었다.

이듬해 봄에 도화는 기생 학교를 졸업하고, 기생이 되었다. 이때에도 평양에는 인력거가 많았다. 다른 동료 기생들은 여전히 인력거를 타고 다녔다. 그러나, 아직도 아버지가 끌던 인력거의 바퀴 소리를 생생하게 기억하고 있는 도화는 절대로 인력거를 타지 않았다. 그리하여, 밤마다 인력거를 끌고 아버지가 다니던 강변길을 혼자 돌아오면서, 자기의 죄를 빌듯이 다음 해에는 꼭 아버지와 어머니의 무덤을 합장하리라고 생

각했다.[126]

126 趙演鉉 編著,《韓國現代小說의 理解》, 一志社, 1966, 361~363쪽.

〈실비명〉은 아버지의 소망을 저버린 딸의 회한을 상징화하고 있다. 오직 하나인 딸을 의사로 키워, 자기가 끄는 인력거에 태우고 보란듯이 거리를 달리는 것을 유일한 소망으로 삼았던 아버지는 그것을 이루지 못하고 비명에 가버리고, 딸은 기생이 되었다. 죽은 아버지에 대한 그지없는 사랑과 회한을 안고 딸 도화는 찾아간 아버지의 묘 앞에서 스스로 익힌 춤사위로 아버지의 넋을 위로하고, 그만 쓰러져 울음을 터뜨리고야 말았다. 작품 사이사이 지난날의 평양 풍경과 인정이 풍겨나오고 있다. 대동강, 인력거, 기생학교…. 그리고 덕구와 같은 소박한 인력거군. 의사나 간호원보다는 고채 두드리며 소리에 맞춰 춤춰 속사정 다 풀어보이던 정열의 여인상 도화. 아마도 이 작품은 흘러간 1930년대 평양의 풍속도를 여실히 재현해 보이고 있는가 싶다.

노자영(盧子泳, 1898~1940)은 평양 출신의 시인으로 호는 춘성(春城)이다. 1920년대의 《백농(白濃)》 동인으로, 감상적인 소녀시를 썼다. 34년에 신인 문학을 창간하고 일제 말기에는 《조선일보》 출판부에서 《조광(朝光)》, 《여성(女性)》등을 편집했다. 시집 《사랑의 불꽃》, 《처녀의 화환(花環)》, 《백공작(白孔雀)》이 있고, 시 작품으로는 〈가로수〉, 〈사공〉이 후기 작품에서 알려진 작품이다.[127]

127 앞의 책, 958쪽.

박영준(朴榮濬, 1911~1976)은 강서군(江西郡) 출신의 소설가로, 1946년 《경향신문》 문화부장, 1951년 종군 작가, 1965년 연세대학교 교수 취임, 예술원 회원, 등을 역임하였으며, 6 · 25 동란 때 인민군에게 납치되어 북송 중 개천(价川)에서 탈출하여 기적적으로 다시 남하(南下)하였다. 작품으로〈애정의 계곡〉, 〈열풍〉, 〈목화씨 뿌릴 때〉, 〈풍설(風雪)〉, 〈방관자〉 등이 있고, 《단편집》도 있다.[128]

128 위의 책, 959쪽 참조.

전영택(田榮澤, 1894~1968)은 평양 출신의 작가이며 목사로, 호는 늘봄이다. 1919년 김동인, 주요한 등과 함께 한국 최초의 순문예지 《창조》를 발간하고 초기에는 자연주의 작풍으로 중편 《생명의 봄》, 〈천치냐 천재냐〉 등을 《장조》에 발표하였다. 해방 후의 작풍은 그의 직업의 영향으로 초기의 자연주의와는 달리 인도적이고 종교적인 경향이 농후했다. 단편 〈소〉, 〈하늘을 날아오는 소녀〉, 〈크리스마스 새벽〉 등이 이 경향의 작품이다.[129]

129 앞의 책, 965쪽 참조.

3. 고전 문학과 평양

평양은 현대 문학 이전에 이미 우리 문학 발상의 요람이 되어 왔다. 고전 문학의 경우 평양에 관한 문학지(文學志)가 성립된다고 해도 과언이 아니다. 그러나 여기서는 다 망라할 수 없고, 다만 그 일부를 소개하는 데 그쳐야 할 것 같다. 우선 민족적 문화 발상의 원천이라고 할 신화에서부터 살펴보기로 한다. 단군 신화에서 단군이 첫 도읍을 세운 왕검성(王儉城)은 바로 평양이다.

고구려 신화에서 해모수는 천제의 아들로, 아침에 인간 세상에 내려와 정사를 살피고, 저녁에 천궁으로 돌아가는 존재였다. 평양 부벽루 뒷편에 있는 기린굴(麒麟窟)은 해모수의 아들 동명왕(東明王)이 기린마(麒麟馬)를 타고 이 굴로 들어가 땅 밑을 거쳐 대동강 상의 조천석(朝天石)으로 나와 천상계로 올라갔다고 전한다. 조천석은 대동강 가운데 있는 반석(磐石)으로, 기린마의 발자국이 지금도 남아 있다고 한다. 기린굴 초입에서 멀지 않는 곳에 영명사(永明寺)가 있는데, 이 곧 구제궁(九梯宮)이 있던 자리라고 한다. 거기서 대동강변으로 나오면 강가 언덕 위에 부벽루가 있다. 부벽루는 고래로 많은 시인묵객들이 음영(吟詠)을 남긴 명소이다. 지난날 왕이 평양[西京]에 행차하면 으레 이곳에서 잔치를 열고 시회(詩會)를 가졌다. 고려 때 김황원(金黃元)이 부벽루에 올라가, 걸려 있는 고금의 제영(題詠)을 살펴보니, 어느 하나 마음에 드는 것이 없었다. 그는 자신이 시 한편을 지으려고 고심에 고심을 거듭하였으나, 한낮이 기울도록 겨우 두 귀를 얻었을 뿐이었다. 천하의 경승 앞에서 시상이 꽉 막혀 더 이상 시귀를 이을 수 없었다. 그는 하는 수 없이 통곡하며 부벽루를 뒤로 하고 내려왔다. 이것이 유명한 미완의 시 — 〈장성일면용용수 대야동두점점산(長城一面溶溶水 大野東頭點點山)〉으로, 지금토록 세상에 훤전(喧傳)되고 있는 시다. 부벽루의 풍경을 읊은 김부식(金富軾)의 시가 있다.

아침에 이궁을 물러나와 승경에서 노니	朝退離宮得勝遊
무궁한 경물에 두 눈길 가도다.	無窮景象赴雙眸
구름가에 늘어선 산봉우리 겹겹이 나왔고	雲邊列峀重重出
성 아래 찬 강은 느릿느릿 흐르도다.	城下寒江漫漫流
버들 그늘 어두운 곳 뉘 집인고, 술파는 가게로고,	柳暗誰家酤酒店
달 밝은 어느 곳에 고기 낚는 배 있는가.	月明何處釣魚舟
두목지(杜牧之)는 일찍이 한객(閑客) 되기 원하더니	牧之曾願爲閑客
이제 나는 되려 부자유(不自由)를 싫어한다네.	今我猶嫌不自由

이색(李穡)도 다음의 시를 남기고 있다.

어제 영명사를 지내며, 잠시 부벽루에 올랐어라.	昨過永明寺
성(城)은 비고, 하늘엔 조각달 하나.	暫登浮碧樓
바위(朝天石)도 늙고, 구름도 천추세월 보냈도다.	城空一片月
기린마 가고 돌아오지 않으니,	石老雲千秋

천손은 어디에 있는고? 麟馬去不返

풍등(風燈)에 기댄 나그네 天孫何處遊

한 소리 길게 웃노라니 長笑倚風燈

산 푸르고 강 절로 흐르네 山青江自流

김시습(金時習)의 《금오신화(金鰲新話)》에는 부벽루를 배경으로 한 환유담(幻遊譚)—〈취유부벽정기(醉遊浮碧亭記)〉가 있다. 송도(松都)의 홍생(洪生)이 부벽정에 올라갔다가 기씨녀(箕氏女)의 환신(幻身)을 만나 시주(詩酒)로 하룻밤을 지내는 이야기다. 그 뒤 그는 고향에 돌아가서도 기씨녀를 잊지 못해 연연하다가 결국 죽어 신선이 되었다고 한다.

일찍이 고려왕이 모란봉(牡丹峰)에 행차하여 '북두칠성삼사점(北斗七星三四點)' 의 시귀를 착상하였다. 어떤 서생이 대구(對句) 놓기를, 남산만수십천추('南山萬壽十千秋)' 라고 하였다. 이에 왕은 그를 칭찬하여 장원으로 뽑았다고 한다. '삼사(三四)' 는 칠(七), 십천('十千)' 은 만(萬)이 되어 공교히 짝을 이루었다고 하겠다.

평양의 풍물을 읊은 시 가운데 대동강과 관련된 것이 많고, 수작 또한 많다. 예로부터 인구에 회자(膾炙)한 작품으로 정지상(鄭知常)의 〈대동강〉을 들 수 있다.

비 그치니 긴 둑의 풀빛 짙은데 雨歇長堤草色多

그대를 남포로 보내나니 슬픈 이별가로다. 送君南浦動悲歌

대동강, 그 물은 언제나 다하리? 大同江水何時盡

이별의 눈물 해마다 강물에 더하거니. 別淚年年添綠波

평양성의 동문이 대동문이다. 옛날에는 '읍취(挹翠)' 라고도 불렀다. 남포로 가는 나그네는 대동문을 나와 대동강 나루터에서 배를 타고 떠난다. 떠나는 사람이나, 보내는 사람이나 아쉬운 작별을 나누던 곳이다. 대동강은 '패수(浿水)' 라고도 불렀는데, 영원군(寧遠郡) 가막동(加幕洞)과 양덕(陽德) 문음산(文音山) 두 곳에서 근원을 발하여 잡파탄(雜派灘)에서 합류하여 평양에 이르러 비로소 대동강이 된다. 최자(崔滋)도 부(賦)에서 읊기를, '중수(衆水)가 취회(聚匯)하는 바를 대동(大同)이라 이른다' 고 하여 대동강의 뜻을 풀이하고 있다.

앞에서 소개한 정지상에게 대동강에 얽힌 시 또 하나가 있으니, 어렸을 때 대동강에 떠노는 오리를 두고 읊은 것이다. 즉, "뉘라서 새 붓 잡아 / 흐르는 강물에 을자(乙字)를 썼던고?(何人把新筆 乙字寫江波). 정지상은 평양이 낳은 천재시인이다. 그 시재(詩才) 때문에 김부식의 시샘을 받아 드디어는 그의 모함으로 비명에 갔다. 이에 관하여는 다음과 같은 이야기가 전하고 있다. 정지상이 '임궁범어파 천색정유리(琳宮梵語罷天色淨琉璃)' 라는 시귀를 지었더니, 이를 본 김부식이 기뻐하여, 자작(自作)의 시로 삼으려고 자기에게 달라고 청하였다. 정지상은 응하지 않았다. 이 일로 둘 사이는 더욱 나빠졌다. 그러자 김부식이 평양으로 묘청(妙淸)의 난을 치러 가며, 정지상을 반좌죄(反坐罪)로 몰아 먼저 하옥하여 죽였다. 그런 일이 있고, 어느 날 김부식이 "유색천사록 도화만점홍(柳色千絲綠 桃花萬點紅)" 이라 읊었더니, 문득 정지상은 귀신이 되어 나타나 김부식의 뺨을 치며, " '천사만점(千絲萬點)' 인지 누가 세어 보았느냐! 어찌 '유색사사록 도화점점홍(柳色絲絲綠 桃花點點紅)' 이라 하들 못하느냐!' 하였다. 고려 후기의 대표적 문인으로 이규보의 《백운소설(白雲小說)》에 나오는 이야기다. 그 뒤 김부식이 절에 가서 칙간에 앉았더니 정지상은 뒤로 부랄을 잡아당기며 "술도 아니 먹고 왜 얼굴이 붉었느냐" 함에 김부식이 늘어지게 대답하기를, "건넌편 언덕의 단풍이 낯을 붉게 비쳤도다(隔岸丹楓照面紅)"라 하였다. 정귀가 부랄을 꽉 잡고, "무슨 가죽 주머니냐?" 하니, 김부식은 "네 아비 부랄은 쇳덩이냐?" 하고 버텼다. 이에 정귀가 더욱 힘을 써 조이니 김은 칙간에서 죽었다 한다.[130]

고려 가요 〈서경별곡(西京別曲)〉은 서경 특히 대동강을 배경으로 하여 남녀간의 애증의 미학을 비유의 수법으로 그려냈다.

130 李秉岐 · 白鐵, 《國文學全史》, 新丘文化社, 1960, 477쪽.

西京이 셔울히마르는

닷곤듸 소셩경 고요ㅣ 마른

여히므론 질삼뵈 ᄇᆞ리시고

괴시란듸 우러곰 좃니노이다

…(중략)…

大同江 너븐디 몰라셔

ᄇᆡ 내여 노ᄒᆞᆫ다 샤공아

네 가시럼난디 몰라셔

녈ᄇᆡ예 연즌다 샤공아

大同江 건넌편 고즐여 ᄇᆡ타들면 것고리이다

(조흥구 및 반복구 생략)

《고려사(高麗史)》〈악지(樂志)〉에 보이는 '서경,' '대동강'은 기자유풍(箕子遺風)과 관련하여 서경의 미풍양속을 예찬한 내용으로, 가사는 현전하지 않는다. 〈도이장가(悼二將歌)〉는 고려 예종(睿宗)이 서경에 행차하였을 때 팔관회(八關會)에서 신숭겸(申崇謙)과 김낙(金樂)의 가상(假像)을 보고, 이들의 충절을 가상히 여겨 예찬하여 지은 노래다.

대동강변 덕암(德巖) 위에 있는 연광정(練光亭)은 일찍이 감사 허굉(許硡)이 지었다. 고래로 시인묵객의 자취가 끊이지 않는 곳이며, 고전 소설의 배경으로도 가끔 등장하는 명소이다. 소설《옥단춘전(玉丹春傳)》에서 감사가 된 친구 김진희(金眞喜)를 찾아갔던 이혈룡(李血龍)이 모멸과 핍박을 당한 곳이며, 돌아와 발분하여 뒷날 암행어사가 되어 김진희를 응징하여 설치하는 곳도 연광정의 감사연(監司宴)의 자리다. 이와 같이 연광정은 곧잘 감사연의 자리로 소설에 등장한다.《이춘풍전(李春風傳)》,《오유란전(烏有蘭傳)》도 연광정의 감사연이 사건 전개의 중요한 전환점 내지 계기가 되고 있다.

계월향(桂月香, ?~1592)은 평양의 명기(名妓)로, 임진왜란 때 적장 소서행장(小西行長)의 부장(副將)으로 연광정에 주둔한 자에게 잡혀 극진히 애중하는 바 되었으나, 그로부터 벗어나고자 하되 뜻 같이 되지 않았다. 조선군이 평양에 진공해 왔으나, 패퇴(敗退)하므로 계월향은 적장에게 청하여 성서문(城西門)에 가서 친족을 만나보고 오겠노라 계교를 부려, 왜장의 허락을 받고 나와서, 성에 올라가 애처롭게 소리내어 웨치기를, "오라버님 어데 계셔요?" 연달아 부르고 있노라니, 조방장(助防將) 김경서(金景瑞)가 듣고 달려 왔다. 월향이 그를 맞아서 청하였다. "저를 적중에서 벗어나게 해주신다면 죽음으로 보답하겠습니다." 김경서가 듣고 응락하니, 월향이 그를 친 오빠로 일컫고 성 안으로 함께 들어갔다. 월향은 적장이 잠들기를 기다려 김경서를 안으로 불러들여 적장의 머리를 베게 하였다. 경서는 적장의 머리를 베어들고 나왔으나, 월향은 "이미 몸을 더럽혔고, 적장을 베었으니, 살아 무엇 하리오" 하고 자결하였다. 이 일로 적은 크게 놀라고, 사기 저상하여 퇴진하였다. 조정은 월향의 의기와 대공을 기특히 여겨, 감사 정원용(鄭元容)에게 의열사(義烈祠)를 평양성 안에 세우고 제사하게 하였다. 정감사는 친히 월향을 찬양하는 〈영송신곡(迎送新曲)〉을 지어서 돌에 새겨, 사당 앞에 세웠다.[131]

131 《平壤續志》, 120쪽 《平安南道誌》, 946쪽.

4. 오늘날의 평양 문학

오늘날의 평양 문학에 대해서 필자는 말할 자료를 가지고 있지 못하다. 그러나 최근 북한의 소설로 크게 주목을 받고 있는 홍석중의 역사소설《황진이(黃眞伊)》(문학예술출판사, 평양, 2002)가 남쪽에서도 널리 읽히고 있기에 이 작품을 화두로 몇 마디 덧붙여서 글을 막음하고자 한다. 잘 알려진 바처럼 홍석중은 역사 소설《임꺽정》을 지은 바 있는 벽초(壁初) 홍명희(洪命憙)의 손자로, 남쪽에서 주는 만해문학상을 처음으로 받은 북쪽 작가라는 점에서도 역사적인 인물이라 할 만하다. 이 작품은 조선 시대의 대표적 기녀 문학자로 첫손에 꼽히는 황진이의 삶을 형상화했을 뿐 아니라, 남쪽에서도 여러 번 작품으로 다루어진 인물이다.이 작품은 황진이의 삶을 과감한 필치와 빠른 호흡으로 그려냈을 뿐 아니라, 상대역으로 놈이라는 허구적 인물을 창조한 대범한 창작성이 높이 평가되고 있다.[132] 이 소설에서 확인되는 작가의 뛰어난 상상력과 창조력은 우리가 언제부턴가 잊고 있던 소설적 서사의 진수를 복원하는 한편, 독자로 하여금 풍부하고 긴장된 이야기의 흐름 속에 한눈팔지 않고 빠져들게 한다. 거대 서사와 작은 에피소드들이 빈틈없이 연결되는 가운데, 주인공인 황진이를 비롯한 많은 인물들의 성격과 심리 묘사는 대단히 치밀하고 절실하다. 평양을 무대로 하는 것은 아니지만, 여러 점에서 북한 문학을 대표하고 남북한 언어가 자연스럽게 녹아있어, 독자들은 이 소설이 북한문학의 한 성과임을 잊어버리게 한다.[133] 또한 뛰어난 상상력과 어휘력에서는 물론, 특히 풍부한 속담의 구사와 토속적 문체는 벽초의 문학적 천분을 잘 이어받은 이 작가의 역량과 북한 문학의 수준을 과시한 역작임에 틀림없다. 평양 문학의 현재를 잘 보여 주는 작가의 작품이라 할 만하다.

132 박태상, 〈생동한 인물 성격 창조와 작가의 창발성〉, 홍석중, 《황진이》, 대훈, 2004.

133 제19회 만해문학상 심사평에서

《금강전도》

7부
강과 산 그리고 섬

한 민족의 젖줄, 문화의 풍요로운 현장
한강

홍신선

왜 한강인가

한강은 한반도의 중간 허리부분을 띠처럼 두루고 흐른다. 반도의 중심부를 동쪽에서 서쪽으로 흐르며 옥색 허리띠 모양을 하고 둘러 있는 것이다. 일찍이 대수(帶水)라고 불리던 이름 그대로의 형국인 셈이다. 이 대수 모양의 한강은 '오대산 우통수'를 발원지로 하여(현재는 강원도 태백시 창죽동 금대산 북쪽 계곡으로 잡고 있다) 김포군 하성면 시암리 하구에 이르기까지 많은 지류를 두고 있다. 그리고 그 지류 유역의 크고 작은 취락들과 경승(景勝)들은 숱한 역사적 사연과 문물들을 내장한 채 오늘을 맞고 있다. 조선조 초기에 편찬한 《동국여지승람》에는 한강을 다음과 같이 간결하게 설명하고 있다.

> 한강은 도성 남쪽 10리 지점 곧, 목멱산 남쪽에 있어 옛날에는 한산하(漢山河)라고 불렀다. 신라 때에 북독(北瀆) 고려조에서는 사평도(沙平渡)라고 하였는데, 민간에서는 사리진이라고 이름하였다. 그 근원이 강릉부의

대동여지도의 한강 수계도 상
출처_이형석, 《한강》, 대원사, 1990.

오대산 우통에서 시작하는데, 충주 서북쪽에 이르러 달천과 합한다. 원주 서쪽에 이르러 안창수와 합류하고 양근군에 이르러 용진과 합한다. 광주지경에 와서는 도미진이 되고 광진이 되고 삼전도가 되며 경성 남쪽에 이르러 한강도(漢江渡)가 된다. 여기서 서쪽으로 흘러서는 노량이 되고 용산강이 되며 다시 서쪽으로 흘러 서강이 된다. 시흥현 북쪽에 이르러서 양화도가 되고 양천현 북쪽에서 공암진을 이루며 교하군 서쪽에 이르러 임진강과 합하고 통진 북쪽에서 조강이 되어 바다로 들어간다.

조선 왕조의 관찬(官撰) 지리서답게 이 기록은 한강의 지리적 형상과 이름들을 꽤 간결하게 서술하고 있다. 순수한 우리말로는 '큰 가람' 을 뜻하는 한강이 특히 놓인 그 지리적 공간에 따라서 어떤 이름들로 불리고 있는가를 잘 보여 주고 있는 것이다.

한반도의 허리를 감아 흐르고 있는 한강은 그 숱한 지명 못지않게 우리 역사와 함께 흐르며 갖가지 문물과 문화를 꽃피워 왔다. 특히 수도를 지금의 서울로 정한 조선 왕조에서부터 한강은 경강(京江)이라고도 불리며 팔도 조운(漕運)의 중심지 노릇을 하였고 또한 각종 용수(用水)로 활용되었다. 말하자면 근대 이후로는 민족의 젖줄이란 말에 걸맞게 산업과 문화를 융성하게 꽃피우는데 밑자리 노릇을 해온 것이다. 따라서 한강은 단순한 지리적 차원의 강하가 아니라 우리 근대 문화와 역사의 상징이자 기호로 자리잡았다. 이를테면 서정주의 다음 시는 그 같은 이 강하의 역할과 사정을 보여주는 한 본보기라고 할 것이다.

江물이 풀리다니
江물은 무엇하러 또 풀리는가
우리들의 무슨 서름 무슨 기쁨 때문에
江물은 또 풀리는가
기럭이같이
서리 묻은 섣달의 기럭이 같이
하늘의 어름짱 가슴으로 깨치며
내 한평생을 울고가려 했더니

무어라 江물은 다시 풀리어
이 햇빛 이 물결을 내게 주는가
저 밈 둘레나 쑥니풀 같은 것들

또 한번 고개 숙여 보라함인가

黃土 언덕

꽃 喪輿

떼 寡婦의 무리들

여기 서서 또 한번 더 바래 보래 함인가

江물이 풀리다니

江물은 무엇하러 또 풀리는가

우리들의 무슨 서름 무슨 기쁨 때문에

江물은 또 풀리는가

서정주, 〈풀리는 漢江가에서〉(《서정주시선》, 정음사, 1956)

대략 해방 직후인 1948년 쓴 것으로 알려진 이 작품은 우리 한국인들에게 한강이 과연 어떤 의미를 지닌 존재인가를 잘 알려준다. 봄날의 풀리는 한강을 보면서 시인은 그것이 단순한 계절적인 자연 현상 탓이 아닌 사람들의 설음이나 기쁨과 맞대응된 인문적 현상으로 이해한다. 그리고 그 인문적인 내용 가운데는 '떼 과부' 나 '꽃 상여' 로 기호화한 죽음과 삶의 비통함 또는 신산함 등이 들어 있는 것이다. 좀더 확대 해석하자면 인간의 갖은 풍상과 곡절들을 함축하는 것이다. 시인은 풀리는 한강가에서 그 풀리는 자연의 순환 내지 소생 못지 않게 거듭 인간의 삶의 애환들을 바라보고 또 살아내야 함을 호소력 있게 진술한다. 서정주 시의 이 같은 함축된 의미 그대로 한강은 숱한 한국인들의 기억 속에 곡절 많은 삶과 역사의 원초적 심상으로 깊이 각인되어 있다.

한강의 뱃길과 물화(物貨)의 집산

한강은 수량이 풍부하고 지류가 발달되어 있어 그 유역과 하구는 사람들의 주거지로서 적합하다. 일찍이 신석기 시대부터 한강 유역은 사람들의 더없이 알맞은 생활 무대이자 삶의 근거지였다. 서울의 암사동, 응봉동 일대에서 발견된 신석기 시대 유적들은 이같은 사실들을 너무도 잘 확인시켜준다. 삼국 시대에는 한강 유역을 지배하는 국가가 그 세력을 크게 떨치는 바 되어 나라의 운세가 이 강의 지배 여부와 함께 부침을 했다. 곧 고구려·백제·신라 등이 한반도에서 솥발의 형국을 이루어 서로 세력을 다투며 한강 유역을 뺏고 빼앗긴 역사가 바로 그것이다. 백제 초기의 근거지이자 지배권역이었던 한강은 이후 고구려와 신라가 서로 세력을 다투며 지배하였고 이 지역을 빼앗긴 나라는 대체로 쇠락의 길을 걸었던 것이다. 이처럼 한 나라의 국운을 좌우할 만큼 한강은 지리적 여건과 생리(生利) 복지(卜地) 등의 환경을 잘 갖추고 있었다. 고려를 거쳐 조선이 건국되자 한강은 수도 서울을 안고 흐르는 민족의 젖줄 노릇을 톡톡히 해내게 되었다. 특히, 전국 팔도의 세곡이나 포백 등의 물화가 한강의 수로를 이용하여 장안으로 모여들었다. 이 같은 조운은 조선조의 국가 기본법인 《경국대전》을 통하여 제도화되고 또 운용되었다. 지금의 팔당댐 부근인 도미진으로부터 두뭇개와 노들강을 거쳐 서강까지는 흔히 경강(京江)이라고 부르며 이 같은 조운의 중심축을 이루었다. 전국의 주요한 물화가 모여들다보니 경강 주변은 많은 상인들이 집결하여 하나의 경제권을 형성하기도 하였다.

강변에는 안개가 자욱하여 해가 솟은 지 오래였건만 새벽처럼 여겨졌다. 서강은 흉년을 타서 그런지 예년의 가을보다는 한산하여 배도 몇 척 떠 있지 않았고 문을 닫아버린 객주집이 많았다. 모신이네 주막도 아예

술팔기를 폐해 버리고 쌀을 가지고 찾아오는 화주들을 숙박시킬 뿐이었다. 모신이는 검계에서 털어낸 재물들을 한양에서 먹이지 않고 삼남으로 오르내리는 주상들에게 내주었으므로 창고에는 피륙과 곡물이 그득하였다. 흉년에 재물 마련하는 방법은 곡물과 피륙으로 헐값이 되어버린 옥토를 사들였다가 나중에 풍년이 들 적에 비싸게 되팔거나 직접 영농하여 늘리는 것이었다. 모신이는 겉으로만 초라한 주막 주인이되 속으로는 삼남에서 북관까지 가장 수완있고 신용있는 장사치로 알려져 있었던 것이다.

황석영, 《장길산》권 7.

조선 후기 숙종조를 배경으로 한 대하 소설 《장길산》에는 인용한 대목에서 보듯 장안의 피지배 천민들의 결사체인 검계(劍契) 이야기가 나온다. 이 검계와 서로 공생 관계를 유지하며 서강 일대의 상권을 쥔 모신이는 당시의 뛰어난 장사치라고 할 것이다. 널리 알려진 대로 임란 이후 무너지기 시작한 조선의 제도적 상권은 신해통공(辛亥通共) 이후 난전이나 사상(私商)들에게로 그 주도권이 넘어갔다. 이 같은 사회 변동은 경강 주변의 독특한 상업 문화를 형성토록 만들었다. 저 소설 작품 속 검계의 장물와주인 모신이는 바로 그같은 당시의 상업 문화를 단적으로 상징하는 인물일 터이다.

그리고 이 경강에는 조정에서 진(鎭)을 설치하고 운영하였는데, 그 가운데 송파진, 한강진, 양화진 등이 널리 알려져 있었다. 뿐만 아니라 경강 요소요소에는 나루들이 있어서 나룻배들로 행인과 물화를 운반하고 건너주기도 하였다. 각 나루에는 교통 거점으로서의 역할같은 단순 기능 외에도 작별과 상봉이란 사람살이의 애환 또한 켜켜로 덧쌓이며 묻어 있었다. 일찍이 정다산(丁茶山)이 그의 형 약전과 함께 남도로 가는 귀양길에 오르며 하룻밤을 묵었던 곳도 동작나루였다.

동작나루 서쪽 하늘 달은 갈구리로 휘어있는데	銅雀津西月似鉤
한 쌍 놀란 기러기는 모래강 건너는구나	一雙驚雁渡沙洲
오늘밤은 갈대숲 눈 속에서 같이 자나	今宵共宿蘆中雪
내일은 다시 헤어져 각기 머리 돌리리	明日分頭各轉頭

다산은 이때의 절절한 심정과 정황을 겨울 하늘 기러기를 매개로 눈에 보이듯 그려내고 있다. 아마도 그 무렵 동작나루는 갈숲이 우거지고 황량한 모래벌이 펼쳐진 을씨년스러운 것이었으리라. 더욱이 동짓달 겨울이어서 그 정경은 한결 더 삭막한 실경산수를 연출했을 터이다. 한사람은 흑산도로 다른 한 사람은 강진으로 각기 내려 가야하는 남도길의 첫 길목이었던 동작나루를 인용한 시는 그림같이 보여 주고 있는 것이다.

경강의 빼어난 풍경과 잃어버린 섬

경강의 곳곳에는 빼어난 경승(景勝)들이 자리잡고 있었다. 도성 안의 북악산과 목멱산, 그리고 멀리 관악산 등의 산줄기들이 유려한 산세를 보이는 가운데 도심을 껴안고 흐르는 한강은 곳곳에 빼어난 경치들을 숨기고 있는 것이다. 그래서 서울을 등지고 외직으로 나가는 벼슬아치들이나 한양 구경을 온 지방 선비들은,

'언제 어느 곳에서 이같은 아름다운 경승을 볼 것인가'

라고 못내 아쉬워하거나 심미의 찬탄을 아끼지 않았다. 우리 회화사에서

진경산수를 개척한 겸재 정선은 이 같은 수도 한양의 빼어난 경물들을 화폭에 담아 놓았다. 특히, 한강과 관련해서 지금까지 남아있는 대표적인 그림으로는 광진과 송파진 일대를 그린 작품, 그리고 압구정도 등을 꼽을 수 있다. 겸재는 마치 높은 허공에서 부감하듯 경강 연안의 풍경들을 전통적인 기법으로 생생하게 재현해 놓았던 것. 예컨대 송파진 일대를 그린 그림에서는 언덕 아래 길게 뻗은 백사장과 돛폭을 내린 배 몇 척, 그리고 근경에다 백사장 옆 물 속에서 배를 미는 사공 등을 배치하여 당시의 나루터 정취를 누구보다 사실적으로 생생하게 그려내었다.

경강은 압구정 동작진을 거쳐 삼개에 이르러 밤섬을 에둘러 흐른다. 예로부터 마포 팔경의 하나인 '율도명사(栗島明沙)'로 잘 알려진 밤섬은 특히 넓게 펼쳐진 흰 모래밭으로 유명하였다. 그리고 뽕나무와 우거진 버드나무들이 또한 섬 풍광을 한결 그윽하게 돋우어 주기도 하였다. 일찍이《명종실록》의 기사에 의하자면 '밤섬에서는 친척끼리도 당사자들이 마음만 있으면 서로 혼인을 한다. 4, 5촌의 근친이라도 구애받지 않는다. 홀아비나 과부 역시 따로 혼처를 구하지 않고 동거하는데 조금도 부끄러워하지 않는다'라고 이 섬의 도성문 안과는 다른 생활풍속이 소개되고 있다. 주민들의 생활은 비교적 부유한 편이었으며 조정에서 관리하는 뽕밭과 약초밭이 섬 가운데 자리잡고 있었다고 한다.

여의도가 1968년부터 개발되면서 이 섬은 비운의 종말을 보게 된다. 곧 한강의 물 흐름을 용이하게 한다는 명분으로 인공 폭파되어 사라지게 된 것이다. 당시 섬의 폭파로 생활근거지를 잃게 된 섬 주민 약 443명은 지금의 여의도 건너편 서강의 와우산 기슭에 집단 이주하여 살았다.

배 부리던 이수만씨는 순대국집을 하고 호락질로 땅콩밭, 매던 순돌네는 어데다 그 새끼전구알만한 노란꽃들을 묻어 주는지, 꽃은 묻혀서 굵은 폭약으로 안는지, 흐린 눈으로 이수만씨는 자슷물 그릇에서 노를 삐걱거리기도 하고 사진틀에 끼워둔 밤섬의 날이 푸른 갈대밭을 베어내기도 한다. 베어내고 본다, 뿌리째 폭파되어 이수만씨의 살과 피 속으로 가라앉은 섬이, 함께 따라서 가라앉았던 모모가 몇 십 년 만에 슬그머니 떠오르는 것을. 서강 동네에서 한낮에 만나는 얼굴 알아보기 어려운 6 · 25때 행방불명된 큰아들이나 썩은 진흙 뒤집어쓴 우물풀들이거나 입 동여맨 채 침묵 흘리는 함지박들이 말하라 말해 주먹 흔들고 소리치는 물결로 자질자질 떠오르는 것을. 그 물결들 옆구리에 매단 채 이수만씨는 섬이 되어 떠 있다. 府君堂 금줄 밖으로 성급한 세월들이 스크럼 짜고 몰려 올라가고 금줄 안 꾸부정한 등으로 돌아선 고목이 태연하다. 금줄 안 가슴 떠는 풀들이 X-Ray에 생각 통째로 찍힌 풀들이 그 기둥에 기대어 태연하게 널부러지고.

제 자리에서 고스란히 자신을 지킨

삶이 환히 저무는 날

홍신선, 〈밤섬이 된 이수만씨〉

서강변 광흥창이 있던 터에는 지금도 늙은 고목 두세 그루가 장엄하게 버티고 서 있다. 그 고목 옆에는 무속의 최영 장군을 모신 부군당이 옛 빛으로 창연하게 주저앉아 있다. 와우산 기슭의 서강 동네는 특히 이들 고목과 부군당으로도 유명하지만 가파른 계단을 기어오른 산중턱의 연립주택으로도 널리 알려져 있다. 이 연립 주택 단지에는 밤섬에서 집단 이주한 사람들이 그들만의 끈끈한 결속과 독특한 생활 공동체를 이루며 살고 있는 것. 고기잡이나 도선 등으로 생계를 꾸리던 섬주민들은 그렇게 와우산 중턱에서 마음 속에서나마 고기를 잡고 배를 저어 지나간 세월을 건네주고 있는 것. 생계를 위해 순대국집을 열거나 손쉬운 좌판

장사를 차려 생업에 나서기는 했지만 그들에게는 영 낯설기만한 일들이 아닐 수 없었을 터이다.

경강은 마포나루와 밤섬을 지나면서부터 물길의 폭을 넓혀간다. 강의 하류에 다가서기 때문이다. 강폭이 넓어진 양천 고을에서 행주로 건너가는 길목에는 옛부터 공암나루가 있었다. 강 가운데 구멍바위라는 쌍둥이 공암이 서 있었던 탓에 붙여진 나루 이름이다. 지금은 한강 제방 밖에 추레하게 서 있는 공암에는 유명한 '형제 투금' 설화가 얽혀 있다.

고려 공민왕 때의 일이었다. 마침 이 부근을 지나던 형제가 있었는데 아우가 뜻밖에 금 두 덩이를 주었다. 아우는 곧 바로 한 덩이를 형에게 나눠주었다. 그런데 나루에서 막상 배를 타고 강 복판에 이르렀을 때 아우는 가졌던 금덩이를 강물 속으로 던졌다. 옆에 섰던 형이 놀라서 그 까닭을 물었다. 아우가 대답했다.

"형님! 저는 평소 형님을 존경하고 아꼈는데, 지금 금덩이를 나누어 가지고 보니 갑자기 시기하는 마음이 생겼습니다. 그게 금덩이 탓이니 지금 강물에다 버린 것입니다."

그 말을 들은 형 역시

"그래, 네 말이 옳구나"

라고 하면서 금덩이를 강물 속에 던졌다.

《동국여지승람》에 실려 전하는 이 설화는 형제애를 강조하고 헛된 탐욕을 경계하는 이야기로 오늘에도 널리 알려져 전한다. 양천의 공암나루는 이 이야기 때문에 한결 널리 알려지고 유서 있는 공간이 되었다고 해도 과언이 아니다. 공암진을 거치면 경강은 이제 그 융융한 흐름의 발걸음이 한결 재게재게 빨라진다. 김포 하구를 빠져 바로 서해로 들어가기 때문이다.

한강 지류와 역사의 숨결

강원도 태백시 창죽동 금대산 북쪽 계곡에서 발원한 한강은 1200여 리(497.5킬로미터)를 흘러 강화만에 이른다. 이 본류는 행정 구역으로는 강원과 경기 두 도에 띠(帶) 모양으로 걸쳐있다. 그러나 지류는 발원지로부터 흐르는 본류 곳곳으로 흘러드는 작은 물줄기들이다. 한강에도 역시 숱한 지류들이 가닥 많은 복잡한 물길을 열며 합수하여 흐른다. 그 지류들은 한강의 큰 두 물줄기인 북한강과 남한강을 중심으로 실핏줄처럼 얽혀있다고 해도 좋을 것이다. 먼저 북한강은 서화천과 소양강, 홍천강 등의 지류를 두고 있으며 남한강은 오대천과 평창강, 주천강과 달천 등의 크고 작은 많은 지류를 보듬어 흐른다. 특히 남한강은 발원지로부터 굽이굽이 흘러나오며 곳곳에 명승지들과 거기에 얽힌 갖가지 구비 전승의 설화들을 숨겨놓고 있다. 이를테면 영월의 낙화암이나 동강의 어라연 같은 비경들이 그 본보기일 것이다. 이 가운데 낙화암은 서기 1457년 단종이 사사(賜死) 당하자 그를 따르던 시녀 6명이 투신하여 절개를 지켰다는 깎아지른 석벽이다. 반면 어라연은 동강의 상류에 있는 비경으로 강의 양안이 크고 작은 뼝대들로 이루어져 있다. 물빛 또한 옥빛으로 푸르러 그 양안의 절벽들이 물밑 깊이 말없이 잠겨 있다고 한다. 뿐만 아니라 단종의 애끓는 사연들을 골골이 묻어놓은 영월읍 한 켠으로는 유명한 청령포가 자리 잡고 있다.

> 三面이 강물이고 뒤에는 六六峰 험준한 봉우리
>
> 그 사이에 웅크리고 앉아있는 松林 五千坪
>
> "東西 三百尺 南北 四百九十尺
>
> 이밖으로는 절대 나갈 수 없음"

늦겨울 햇빛 눈부신 눈이불 속에

松林이 따스하다

금표비 곁에 조그만 움집을 하나 짓는다면

힘든 계절 하나를 예서 나고 싶다

먹을 것 한 짐 싸지고 들어가

눈을 쓸고

종아리까지 빠지는 삭정이와 솔잎 걷어

밝고 가벼운 불 지피고

아침 저녁 西江물로 씻어내면

정신의 군더더기는 며칠내 절로 빠지겠지

꿈속에서마저 살이 마른 며칠 후

새로 구멍 뚫어 허리 조인 혁대를 매고 강가에 나가

불러도 건너오지 않는 사공을 기다릴 것인가?

혹은 아무 생각없이 자갈밭을 거닐다

금대산의 북쪽계곡의 한강 발원지

현재 사용하고 있는 국립지리원 발행의 지형도에서 한강의 법정 하구인 유도 산정으로부터 남북으로 그은 직선에서 가장거리가 먼 발원지를 곡선자로 계측한 결과 강원도 태백시 창죽동 금대산 북쪽 계곡이었다. 출처_이형석, 《한강》, 대원사, 1990.

저녁이 오면 흔쾌히 움막으로 되돌아 갈 것인가?

아니다 이건 비밀이다

신발과 양말 벗고 몸이 더 가벼워져

흐르는 얼음장 피하며 물을 살짝살짝 밟고

유유히 걸어 강을 건너볼 것인가?

황동규, 〈청령포(淸泠浦)〉 중 '금표비'

이 시에서 보듯 서강이 동, 남, 북쪽을 에워싸고 서쪽으로는 육육봉이 돌병풍들을 둘러쳐 놓은 육지 속의 외딴섬이 청령포이다. 이 섬에는 단종이 유배온 후 사방에 금표비를 세워 외부와의 접촉을 일체 금했던 자취들이 널려있다. 이 같은 옛일을 매개로 삼아 현대의 일상을 사는 시인은 문득 청령포에서 정신적 다이어트를 실행하고 끝내는 그 가벼움으로 물위를 걸어 나오고 싶어한다. 청령포는 지금도 그만큼 역설적이게도 빼어난 승경을 자랑하는 공간인 셈이다.

그런데 조선 왕조 비극의 한 현장이었던 영월 청령포와 함께 남한강 유역의 문물을 대표하는 두 가지를 들라면 하나는 단양팔경이며 다른 하나는 정선 아리랑을 꼽을 수 있다.

단양팔경은 소백산맥을 꿰뚫고 흐르는 남한강 상류 12킬로미터 인근에 띄엄띄엄 흩어져 있는 여덟 경물들이다. 이들 바위 절벽과 계곡은 예로부터 제2의 외금강이라고 불릴 만큼 빼어난 모습을 자랑해오고 있다. 더욱이 지난 1980년대 초 충주 다목적댐이 완공되면서 이 일대는 호반의 관광지로 바뀌어 또 다른 풍치와 정서를 자랑해오고 있다.

눈이 올라나 비가 올라나

억수 장마가 질라나

만수산 검은 구름이 막 모여든다

명사십리가 아니라며는 해당화는 왜 피며

모춘 삼월이 아니라며는 두견새는 왜 우나

아리랑 아리랑 아라리요

아리랑 고개 고개를 날 넘겨주게

정선의 두문동은 일찍이 고려조 유신 7명이 망국의 한을 가슴에 담고 들어온 곳이었다. 이 깊고 외진 산골에서 그들은 고려 왕조에 대한 변함없는 충절을 거듭 가다듬었다. 그리고 개경 멀리 두고 온 가족들을 그리는 마음을 한시로 적었다. 이 한시가 위에 인용한 정선 아리랑 노랫말의 밑그림이 되었다고 하는데 지금은 지방문화재 1호로도 지정되어 사람들 마음 속에 맥맥한 가락으로 흐르고 있다.

오늘의 한강, 근대화의 다른 얼굴

'한강의 기적' 으로도 불리는 지난 20세기 후반의 산업화는 옛날 경강을 혹심하게 변화시켜 놓았다. 남북 양안의 고속화도로, 그리고 수중보 설치에 따른 한강의 호수화 등은 그 옛날 경강으로 불리던 강 모습을 어디에서도 쉽게 찾을 수 없게 만들어 놓은 것이다. 광진이나 송파진은 고층 아파트군을 비롯한 현대식 대형 건물들의 숲으로 변모하였다. 또한 궁중에서 탕약의 약수나 차 달이는 물로 길어다 썼다고도 하는 한남동 앞 강심의 우통수는 그 시절 빛과 맛이 간 곳 없는 오염된 물로 바뀌고 말았다. 한강의 수원인 오대산 우통수는 서쪽으로 몇 백 리를 흘러와서도 그 물빛과 무거운 맛을 잃지 않았고 도성 안 사람들이 그 물을 두레박으로 길어다 먹었다고 하는데, 지금은 한낱 신화 같은 빛 바랜 이야기로 남아 있을 뿐이다.

지난 1900년 우리나라 최초의 근대식 철교인 한강 철교가 놓인 이래 현재 서울에는 20여 개의 큰다리[大橋]들이 남북의 서울 시가지를 잇고 있다. 그런가하면 여의도와 부리도가 아파트촌과 88올림픽 경기장으로 개발되면서 연륙화(連陸化)한 사실도 한강의 변화 가운데서 빼놓을 수 없는 큰 변모일 터이다.

인간이 도구적 이성의 지배 아래 놓이면서 산업화나 근대화의 미명으로 자연을 훼손한 것은 어제 오늘의 일만이 아니다. 이 같은 자연의 훼손 내지 개발은 서구와 동양을 구분할 것 없이 보편화되었고 전 지구적인 현실이 되었다. 그와 같은 추세 속에서도 지난날의 인문문화가 아직도 살아 숨쉬고 명맥을 보존하는 것은 무엇 때문인가. 그것은 자연을 타자로, 그리고 정복의 대상으로 생각하는 태도의 반성 탓만은 아닐 것이다. 인간의 삶의 핵심이 실은 그 인문 문화 속에 깊숙하게 녹아있기 때문일 것이다. 한반도의 허리에 위치하면서 경향 곳곳의 숱한 사연과 애환을 싣고 흐르는 한강은 그런 의미에서도 우리 겨레의 혼의 보고이자 그 현장인 것이며 미래의 인문 문화를 꽃피우는 젖줄일 터이다.

한강 철교
1899년 착공하여 1900년에 완공한 우리나라 최초의 근대식 철교이다. 출처_이형석, 《한강》, 대원사, 1990.

어머니 젖가슴과 같은 산
남산

김상일

남산을 위한 서설

서울은 삼각산이 남으로 뻗어 내려와 불쑥 솟아서 하얀 뫼부리 백악을 이루고 백악이 멈칫하여 그 앞에 얼마간의 둥그런 타원형의 터에 이루어진 곳으로 오백년 조선의 수도였다. 그 터 앞에 비껴 있는 남산은 백악 맞은편에 완만하게 자리하고서 그 봉우리 끝부터 발치까지 사철 푸른 솔숲을 기르고 깊숙한 골짜기를 이루어 드날리는 양기를 주체 못하는 백악의 거친 호흡을 가라앉히며 목을 축이게 하고 있는 형상이다. 그러므로 백악이 아버지와 같은 산이라면 남산은 어머니와 같은 산이라 할 것이다.

남산은 수려한 풍광을 가진 산은 아니다. 우리네 고향 그 어디서나 볼 수 있는, 언제나 저만치서 그렇게 놓여 있는 산이다. 산 그 자체만을 본다면 수수하고 아늑해서 보는 이의 눈을 부담스럽게 하지 않는다. 오늘날 그 정상에 그 높이만큼이나 높은 탑(서울 타워: 높이 236.7m)이 불안한 몸짓으로 서 있지만 않다면, 남산은 여전히 언제 보아도 물리지 않는 우리 고향의 앞산이요 어머니 산이다.

남산은 언제나 마르지 않을 것 같은 어머니 젖가슴 같은 산이다. 그 허리와 기슭에 나무와 숲을 키우고 꽃과 열매를 맺으며 물맛 좋은 약수터를 만들어 조선 오백년 역사 속에서 하고 많은 사람들을 키워냈다.

남산은 무엇보다 나라의 산이며 서울 장안사람 모두의 산이었다. 변방에 변고가 있거나 없거나 그곳 다섯 군데에서 시작된 신호가 천리 봉수길을 날아서 다섯 봉우리에 마련된 봉수대에 모여 그날그날의 안위를 알려주던 곳이었다. 또는 비가 오지 않아 농사에 지장을 줄 때 그 신령과 하늘에 제를 지내 안녕을 빌던 곳이었다. 봄은 봄대로 가을은 가을대로 서울 사람들은 그 너른 품에 안겨 흥이 일면 시 한 수 읊조리거나 목이 마르면 그늘 아래 약수를 찾아 목을 축였다. 그도 아니면 창문을 열어 남산을 눈앞에 가져다 놓고 가슴을 열었다.

어제의 남산이 그랬던 것처럼 오늘의 남산 또한 이 시대의 상처를 온몸으로 끌어안으며 집 나간 아들을 끝내 포기하지 않고 기다리는 어머니처럼 우리들의 든든한 안식처이기도 하고 희망의 봉우리이기도 하다.

1. 기억 속의 남산과 서울의 남산, 목멱산

서울의 남산은 본래 이름이 '목멱산(木覓山)' 이며, 일명 '인경산(引慶山)' 이라 한다. 아마 이 목멱산과 인경산이 남산이란 이름으로 본격 사용된 것은 조선왕조가 삼각산 아래 북악과 남산 사이에 서울을 정하고 자리를 잡으면서부터라고 보는 것이 자연스러울 것이다. 그것은 옛 문헌을 보아도 남산이란 이름은 조선시대에 들어와서야 '목멱산' 이란 이름과 함께 쓰이는 일이 많기 때문이다. 그런데 '남산' 하면, 서울에 사는 사람이 아닌 이상 대부분은 우리가 살고 있는 곳의 앞산을 가리키는 보통명사로 생각할 것이다. 고향을 떠나 다른 곳에 사는 사람이라면 고향 마을 앞에 내가 흐르고 그 주위로 펼쳐진 논밭 너머 저쪽의 앞산을 가리키는 말로 떠올릴 것이다. 지금 서울 안에 사는 사람들은 대체로 보통명사로서 남산을 생각하기 보다는 고유명사로서 남산을 먼저 생각한다. 사실 서울의 남산은 서울이 도성의 성곽에 갇혀 있던 시기에 부르던 이름이었다. 이제 서울이 그 성곽을 넘어 그 권역을 확장한 것이 도성시절 서울의 몇 십 배에 달하게 되었으니 남산이란 맞지 않는 말이 된다. 그럼에도 우리는 여전히 서울의 남산을 그 본래 이름인 '목멱산' 이라고 부르지 않는다. 이제 목멱산이란 이름조차 그것이 남산의 본래 이름인지 조차 모르는 이가 많게 되었다. 이렇게 된 데에는 심리적인 이유도 있을 것이다. 우리들의 심상 공간 속에서 남산을 '목멱산' 이라 부르기 보다는 '남산' 이라 부르는 것이 더 자연스럽다고 생각하기 때문은 아닐까? 조상대부터 살아온 서울 토박이이거나 근래 외지에서 들어와 서울 사람이 된 사람이거나 남산은 그 한 쪽 끝자락에서 해가 떠오르고 또 다른 한쪽 끝에서 해가 지는 곳으로서의 남산이라야 위안을 줄 수 있다고 여기기 때문은 아닐까? 따라서 어떤 이에게는 남산은 실재의 산으로서보다는 고향 산이 기억을 타고서 들어온 가슴속의 산과 같을 것이다.

2. 남산의 지세와 위치, 지금의 남산공원이 되기까지

남산은 제일봉이 해발 262m에 불과한 나지막한 산이다. 하지만 그곳에 올라보면 북으로 서울 장안이 한눈에 들어오고 남으로 굽어보면 한강이 띠를 두르고 있음을 볼 수 있다.

남산은 서울의 진산(鎭山)인 삼각산(三角山: 일명 華山이라고 함)이 남으로 뻗어 내려와 백악(白嶽)으로 솟고 그 오른쪽에 인왕산으로 경복궁 서북쪽에 내려앉다가 남쪽으로 뻗어 동쪽으로 휘어지며 일어나면서 이루어진 산이다. 그 북동쪽에 낙산, 인왕산 서쪽에 모악(母嶽)과 더불어 서울을 분지로 만들며 그 등성이에 도성 성곽이 지나간다. 남산의 정상을 누에머리를 닮았다하여 잠두봉(蠶頭峯: 지금 서울탑과 남산팔각정이 있는 부위)이라 하는데 이곳에서 북으로 내려다보면 서울 도성 안이 한 눈에 들어온다. 인왕산 오른 쪽의 안산과 낙산 왼쪽에 아차산이 좌우 끝으로 시계 안에 자리 잡으며, 시선을 약간 위로 올리면 삼각산이 우뚝 솟아 있음을 바라보게 된다. 그리고 남으로 굽어보면 강원도 태백준령에서 출발한 강물이 왼 쪽 끝에서 서쪽 서해바다로 아스라이 흘러들어가는 한강을 그 언저리에 두고 있는 것을 볼 수 있다. 그 한강 너머 동남쪽으로 남한산과 그 산을 두른 성곽띠를 멀리 바라다보며 서남쪽으로는 관악산맥이 서울과 경기 서남부를 가르고 있는 것을 볼 수 있다.

과거 남산은 모악산 인왕산 백악산 낙산과 더불어 도성 성곽으로 그 띠를 형성하였었다. 그리하여 서울은 그 성곽 주위가 산림으로 구성되어 도성이 녹색의 띠로 둘러쳐진 전원도시였다. 특히 남산지역의 산림은 국가적 차원에서 철저하게 간심(看審)되어 그 이상유무가 임금에게

남산

보고되고 확인되었음을 조선조말까지 기록된《승정원일기》는 전한다.

다음은 15세기 중엽에 서거정(徐居正)이 북악에 올라 남산과 서울 장안, 그리고 한강을 굽어보며 지은 시이다.

가까운 성 남쪽에 남산이 드높은데	尺五城南山政高
열 두 청운교를 더위잡고 올라보니,	攀緣十二青雲橋
옥연꽃을 꽂아놓은 것 같은 삼각산	華山揷立玉芙蓉
금포도로 물들여 낸 듯 한강물.	漢江染出金葡萄
장안은 집집마다 피워오른 온갖 꽃들	長安萬家百花塢
누대에 어리비치어 붉은 꽃비 내리는 듯.	樓臺隱暎紅似雨
푸른 봄 구경 못한 이 그 얼마일까?	青春未賞能幾何
해는 바로 긴데 장고소리 요란하다.	白日政長催羯鼓

〈한도십영(漢都十詠)〉, '목멱상화(木覓賞花)'

남산 주위의 자연풍광이 눈에 선하다. 이제 서거정이 올라보았음 직한 북악의 북쪽 북한산성 대남문의 뒷산에 올라 남쪽을 내려 본다. 남산이 한 눈에 들어오는데, 지금 그것은 서울의 한 복판에 있음을 보게 된다. 곧 한강 너머 서남쪽에 관악 연봉이 동으로 뻗어 내려가 청계산에 이어지고 나아가 남한산성이 있는 남한산쪽으로 이어지는 경계 사이에 시가지와 건물이 들어서 있고 그 시가지와 건물군에 갇혀버린 형상을 하고 있다. 남산은 말이 옆으로 누워 있는 것 같은 모습으로 하나의 섬을 이룬 형상을 하고 있는 것이다. 이제 남산은 근대 이후 거듭된 도시화에 밀려 그 앞 뒤 가슴과 등짝을 다 내주고 졸아든, 경마장의 말 같은 신세가 되어버린 감이 없지 않다.

지금 남산은 행정구역상 서울특별시의 중구와 용산구로 나뉘어 위치한 곳이고 남산공원으로 명명되어 있는 곳으로 넓이는 90여만 평에 불과하다. 남산의 북쪽 지역이 주로 중구에 해당하며 남쪽 지역은 용산구에 해당하는데, 북쪽 언저리에 중구의 회현동 필동 장충동 등이 자리 잡고 있고, 남쪽 기슭에 용산구의 후암동 용산동 이태원동 한남동 등이 자리 잡고 있다. 현재 중구 쪽의 남산은 퇴계로에 의해 정상과 등성이에서 내려온 몇 개의 산줄기가 끊긴 상태인데, 퇴계로 너머로 남대문 시장 지역 명동 인현동 오장동 등이 위치하고 있다.

남산의 남쪽 중허리 이하는 퇴계로가 끝나는 지점인 남대문 시장부근에서 시작된 소월길이 후암동 용산동 한남동에 이르며 밑동을 잘나내고 있다. 그 너머 아래쪽으로 한강에 이르는 너른 터를 대부분 미국 군대가 차지하고 있는데, 그 면적은 총 1백만평이 넘어 남산공원 전체면적보다 10만평이나 넓다. 그 동북쪽 한 구역에 이태원동 외국인 거리가 형성되어 있다. 그리고 얼마 전까지도 소월길이 끝이 나는 부분(한남동쪽 1호 터널 입구) 한강을 굽어보는 양지녘에 외국인 아파트와 미군 휴게소가 들어서 있어 남산이 허파에 구멍난 듯한 인상을 하고 있었다. 다행히 1991년부터 98년까지 진행된 남산 '제모습찾기' 일환으로 그 자리에 야외식물원이 들어서 구멍이 땜질되었다. 하지만 그 오른쪽으로 전망 좋은 곳은 여전히 한국의 재벌가들이 차지하고 있어 마치 치외법권 지역처럼 보인다.

남산의 훼손은 그 북쪽과 남쪽만 그런 것이 아니다. 먼저 동쪽을 보면 남산을 압도하는 커다란 호텔건물들이 차지하고 있어 동쪽 하늘과 그 아래 지역을 부수고 있다. 본래 이곳은 남산의 어느 곳 보다 산림이 울창하던 곳이었는데 일제시대 일본인들이 장충공원을 만들어 그 주변을 잠식하여 적산(敵產)가옥군을 형성하더니, 육이오 전쟁 뒤로는 국가기관들이 여기저기 벌집을 짓듯이 들어서고 그들을 위한 체육시설이며 대형 호텔들이 들어서 점점 그 면적을 넓혀갔다. 그러다 장충공원쪽에서 한남동쪽으로 길이 뚫리면서는 돌이킬 수 없는 상처로 남게 된 것이다. 그런데도 지금 그 길을 확장하면서 그 상처를 키우고 있다.

남산 서쪽허리는 어느 곳보다 수난이 심했다. 남산 서쪽 언저리에 있던 남대문은 전차길이 나면서 그 양날개의 성벽이 헐리고 근대의 길속에 갇히게 되었다. 그 조선의 남대문 건너편의 남대문시장 쪽이나 1호터널 쪽에서 옛 국립도서관과 어린이회관(지금의 교육 과학원)쪽으로 올라가보면 안중근 의사 기념관이 있고 남산의 정상봉 잠두봉쪽으로 남산 동식물원이 자리 잡고 있다. 다시 정상을 올려다보면 서울타워(남산타워)가 쓰러질 듯이 내려다보고 있다. 그 타워 옆에 남산 팔각정이 있어 서울을 사방으로 서울을 조망할 수 있다. 조선시대에는 국사당(國師堂)이 있어서 나라의 태평과 안녕을 빌었다고 한다. 그런데 1925년 일제가 국사당을 해체해버리고 그 아래 남산식물원 쪽에 조선신궁을 지어 식민지 지배의 정신적 본산으로 삼았다고 한다. 이러한 일제의 만행을 보상하기라도 하듯 지금은 안중근 기념관 아래 백범광장이 있고 한 쪽에 독립운동에 헌신했던 김구 선생 동상, 이시영 선생 동상 등을 세워놓았다.

이처럼 이제 남산은 동서남북으로 확대된 시가지에 둘러싸인 섬이 되고 말았다. 아니 그 속까지도 이른바 '순환도로' 로 칼질하여 동식물들의 생태적 자생력을 방해하고 있다. 근대 이후 진행된 도시화가 남산의 발치는 물론 허리까지 싹둑 잡아먹고 속까지 병들게 하고 있는 것이다.

남산은 이렇게 남의 나라 군대와 외침에 쫓겨 또는 근대화에 밀려 잠식당하면서 그 녹지의 푸른 품을 줄일 수밖에 없었다. 이제 남산은 시가로 고립된 섬이 되어 호랑이 대신 고양이가 생태계의 정상에 있고, 대낮은 물론 아침저녁으로 울리는 사람들의 발걸음 소리에 숨을 죽이는 동물들의 가난한 살림터로 변하였다.

3. 남산이 키워낸 인물과 문학작품 속의 인물

도성 안에서 보면 남산은 결코 험준해 보이지는 않는다. 잠두봉에서 시작된 산줄기들이 물결을 치듯 서서히 도성 안쪽과 시계 안으로 굽이쳐 내려오는 것을 볼 수 있다. 상대편의 인왕산이나 백악, 동북쪽의 낙산처럼 가파르지가 않고 펑퍼짐하다. 때문에 폭포라 할 만한 것은 없으나 골짜기마다 맑은 물이 흐르고 물길이 끊어진 곳곳에는 물맛 좋은 약수터가 자리 잡고 있다. 서울을 동서로 가르는 청계천을 중심으로 서울의 남촌에 드는 남산골은 지금의 회현동과 필동 지역으로 사이에 한옥마을, 동국대학교, 장충단 공원 등이 있는 쪽이다. 이곳은 예부터 명사들이 많이 살았는데 당대를 살면서 정치적 중심에 있던 인물로 조말생, 권람, 한명회, 정광필, 유성룡, 허균, 김육, 정태화, 윤선거, 김석주 조현명, 홍양호, 정원용, 이유원 등이 살았던 곳이고, 무인으로 이순신, 원균 등이 그 언저리인 충무로지경에 살았다고 한다. 《동국여지비고 (東國輿地備考)》의 〈제택(第宅)〉조에 보면, 이곳에 조말생, 권람, 박팽년, 상진, 정광필, 이안눌, 정숙옹주, 한줌겸, 박승종, 윤선도, 김석주, 조문명, 심강, 홍현주 등의 저택이 있었다고 한다. 그들은 거처 주변 전망이 좋은 곳에 누각을 지어 명사들과의 어울림의 장소로 삼아 풍류를 다했다고 한다. 특히 선조 인조 때의 시인 이안눌의 집 주위에는 비파정(琵琶亭, 詩楼라고도 하였음)이란 정자가 있었고 그 위 널 바위에 시단(詩壇)을 마련하여 당시 시인문장가로 유명한 이호민, 이정구, 광해군 때 권력을 천단하던 세력을 풍자한 시를 지어 내걸었다 심한 매를 맞고 유배를 가다 죽은 권필 등과 시회를 열어 놀았는데 그 모습이 신선 같았다고 한다. 훗날 그 후손들이 그것을 기려 '동악시단(東岳詩壇)' 이라 각자하여 새긴 바위벽이 있었으나 지금은 없어지고 그 유지를 알리는 표지비만 동국대학교 사범대학 건물 서편에 있다. 이안눌의 증조 이행(李荇) 또한 정승을 지낸 인물로 조선 전기를 대표하는 시인이었는데 지금의 필동 골짜기 청학동에 시골 노인처럼 살았던 일화가 전해지고 있다.

이처럼 유서 깊던 남산골을 갑오경장 이후에는 일본인들이 접수해 조선을 식민지화하기 위한 중심기지로 삼는다. 그들은 반 강제로 이곳을 할양받아 공원을 만든다 하더니 무장 경찰과 헌병을 주둔시키고 온갖 편의시설을 다 갖추어 마치 일본의 개화된 어느 거리를 옮겨다 놓은 것처럼 꾸미고 제 나라처럼 활보하고 다녔다고 한다.[134] 이후 다시 식민지화의 박차를 가하기 위해 총독부의 전신인 통감부를 설치하였다. 합병 후 그들은 다시 벚나무를 심고 일본식 가옥을 지어서 일본적 정취가 나도록 개발했다고 한다. 지금도 회현동과 필동 장충공원 주위 이른바 적산가옥이란 이름으로 몇 채가 남아 침탈의 식민지 시대를 기억하게 한다.

134 이사벨라 버드 비숍 지음, 이인화 옮김, 《한국과 그 이웃나라들》, 살림, 1994. 58쪽 참조.

그런데 남산은 이렇게 실제 인물들을 키워냈을 뿐 아니라, 남산골의 문화와 정신은 문학 작품 속에 가상의 인물로 들어가 숨쉬도록 하고 있다. 박지원의 《열하일기》에 나오는 〈허생전〉의 '허생'이나 현대의 국어학자 이희승의 수필 〈딸깍발이〉의 '남산골샌님'이 그 인물들이다. 잘 알다시피 〈허생전〉의 주인공 허생은 남산골 묵사동에 살았는데 10년 예정으로 공부를 하다가 7년만에 마누라 살림 꾸중에 그만두고 장안의 대부호 변부자를 찾아가 10만금을 빌려 해도(海島)를 건너가서 장사를 해 큰 돈을 벌었다. 그 돈으로 빈민을 구제하고 해적을 구제하고는 나머지는 바다에 던져버리고 20만금을 변부자에게 주어 변씨를 놀라게 했던 인물이다. 〈딸깍발이〉의 남산골샌님은 살림이 궁해 지나 마르나 나막신을 신고 다녀 딸깍딸깍 소리가 나기에 딸깍발이이다. 전혀 경제적 능력이 없어 궁상에 찌든 모습이 가관이다. 하지만 쉽게 자존심을 꺾지 않는 외곬의 선비가 남산골샌님이다. 작자는 이들의 부류가 정몽주요 사육신이며 삼학사요 민영환이라고 하였다. 말하자면 이들이 우리를 지킨 그 딸깍발이 정신의 소유자들이라는 것이다. 요사이 과거사 처리 문제나 독도 관련 이슈에서 사대적 근성을 버리지 못하는 사람들이 자신들을 '진짜 보수'라고 하는데, 남산골샌님이야말로 '진정한 보수주의자'가 아닐까?

4. 풍류와 위안의 공간으로서의 남산

조선시대 서울의 경치 좋은 곳 여덟 곳을 읊은 한성팔영(漢城八詠) 또는 한도십영(漢都十詠)시에 남산은 '목멱상화(木覓賞花)' 곧 '남산의 꽃구경'을 들었다. 다음은 세종 성종 시대의 성임(成任)이 지은 〈목멱상화〉시다.

인경산 겹겹 구름 속에 드리우고,	引慶山入層雲高
하늘엔 무지개 다리 걸려 있네.	架空百尺垂虹橋
올라가 바라보니 그 흥 끝이 없고	登臨遊目興無涯
푸른 술 처음 익어 포도빛 진하구나.	綠醇初發濃葡萄
붉은 빛 자주빛 꽃 담장 어둑한데	千紅萬紫暗花塢
어찌 즐기지 않고 비바람에 맡기리	忍使無歡委風雨
한강수 기울여 금 술독에 붓고설랑	欲傾漢水添金樽
일 백 개 방망이로 큰 북 마음껏 두드리네.	百枹打徹雷門鼓

남산을 오르고 내리면서 눈에 들어오는 경치에 흥에 겨워하는 모습이다. 올려다보니 무지개 가 떠 있고 올라가 장안을 내려다보니 집집마다 꽃이 만발하여 꽃 바다요, 남으로 한강을 내려다보니 그 흥이 도도

해져 한강물을 다 마셔도 성에 차지 않을 것 같다는 것이다.

한편, 남산을 읊은 다른 시들을 보면 '목멱청운(木覓晴雲)' 곧 '비 갠 뒤 남산의 구름' 모습을 남산의 승경으로 꼽기도 하였다. 이는 대체로 장안에서 남산을 올려다보는 경치를 말한 것이다. 다음은 낙산 근처에 살았다고 하는 이수광(李睟光)이 아침에 남산을 바라보면서 지은 시다.

이른 아침 일어나 창을 열어젖히니	睡起開窓早
남산이라 그 경치 참으로 보기 좋고	南山正好看
푸른 남기 비껴서 띠를 이루고	晴嵐橫作帶
투명 빛깔 정갈하여 밥 대신할만하네.	秀色淨堪餐
골짝마다 아침 햇발 맞아들여서	衆壑迎朝旭
외로운 소나무 한 겨울을 견디네.	孤松耐歲寒
부질없이 두소릉을 연모하여	空餘少陵戀
머리 돌려 거듭하여 서성이노라.	回首重盤桓

《지봉집》 권3, 〈조망종남산(朝望終南山)〉

아침이라 공기가 맑은데다 창문을 여니 푸른 남기가 비끼고 햇살이 비치는 것이 아름답고 상쾌하기 비할 데 없다는 말이다. 그러나 남산은 역시 남산에서 내려다보는 조망이 좋은 곳이다. 동서남북 어디를 보아도 산과 강과 시가지의 어울림이 탄성을 자아내기에 족하다. 그리고 남산은 사시사철 어느 때 보아도 좋은 곳이다. 조선초 한성부윤(지금의 서울 시장급)을 지낸 정이오(鄭以吾)는 남산의 여덟 가지 좋은 곳과 좋은 때의 경치를 '남산팔영(南山八詠)'이라 하여 아래와 같이 읊었으니, 북쪽 대궐에 구름이 비낀 모습[雲橫北闕], 남쪽 한강에 물이 불은 모습[水漲南江], 바위 밑의 기이한 꽃[岩低幽花], 고개 위의 장송[嶺上長松], 삼짓날

답청놀이[三春踏靑], 중양절에 올라와서 단풍 구경하는 것[九月登高], 사월초파일에 매단 등불 내려다보기[陟獻觀燈], 시냇가에서 발 담그고 갓 씻기[沿溪濯纓] 등이 그것이다. 이 중에 수창남강(水漲南江) 시를 들어보면 아래와 같다.

장마진 물 들판에 질펀한데	潦流橫被野
강기운 하얗게 도성까지 이어지네.	江氣白連城
모래밭을 온통 휩쓸어 가고	卷盡平沙去
온 냇물 받아들여 비껴 있어라.	包容衆派橫
나루터 언덕까지 묻혀버리어	渡頭知岸沒
하늘가에 닿은 배를 바라보누나.	天際望舟行
저녁녘에 비 개고 물바퀴가 떠오르니	夕際水輪上
긴긴 물 맑은 하늘이 뒤섞이네.	溶溶混大淸

《신증동국여지승람》 제 3권,
한성부(漢城府), 남산팔영(南山八詠)

한강이 장마로 물진 모습이다. 장안에만 갇혀 있다가 남산에 올라가 이런 경치를 보면 막힌 곳이 뚫린 듯 통쾌한 맛을 느끼지 않을 수 없을 것이다. 구경 중에 불난 데와 물진 데 구경이 으뜸이라더니 정이오 또한 장마 끝에 물진 한강 경치를 '남산팔영' 가운데 넣은 것이다. 이 시를 보면 어릴 때 여름철 장마가 지고 홍수가 나면 마을 앞 평야가 바다가 되어 북쪽으로 수평선을 이루던 곳을 뒷동산에 올라 즐겨 보던 기억이 어제 일처럼 떠오른다. 물이 져서 곡식이야 어떻게 되든 전혀 생각하지 못하던 때이다. 그러나 그 통쾌한 맛은 지금도 잊을 수가 없다.

남산은 옛 사람들에게 위안의 앞산이었다. 무슨 일로 답답해 한번 올라 주위를 바라보면 이내 그 답답함이 사라진다. 사람들은 개인적인 작은 일부터 가뭄 같은 국가적 재난까지도 남산으로 오르거나 바라보며 소원을 빌었다. 장유(張維)가 가뭄이 계속되자 지었다는 기우제문 중 목멱산신에게 비는 제문이다.

높이 솟은 뭇봉우리	巍乎維嶽
도성의 진산(鎭山)이라	作鎭王城
토행(土行)의 덕과 짝한지라	光配德運
신령들 떼지어 날아드네	肹蠁神靈
양기(陽氣)가 기승부려	亢陽爲虐
오곡의 성장 멈췄나니	五種不遂
애달픈 우리 백성	哀我黎民
거의 죽게 되었도다	大命近止
이제 막 즉위한 나	眷言新造
걱정으로 애가 타니	憂心如灼
신령이여 감응하여	神之格思
은택 내려 주오시라	惠我靈澤

《계곡집》 권9, 〈삼각백악목멱기도문(三角白岳木覓祈禱文)〉

왕을 대신해 남산신에게 고한 것이지만, 백성들의 삶을 생각하는 조선 사대부의 노심초사를 엿볼 수 있는 시다. 백성을 나라의 근본[민유방본(民惟邦本)]이라 믿었던 그들은 통치에서 가장 먼저요 긴요한 것으로 목민(牧民)을 들었다. 그런데 이러한 사대부들의 다스림의 철학은 먼저 자신에 대한 반성부터 시작되었다. 그리고 사물의 보이지 않는 움직

임까지 느껴보려하며 그 같은 일이 둘이 아님을 자각하는 것이다. 다음은 조선 선조 광해군 인조시대를 살았던 신흠(申欽)의 시다.

저물녘에 이슬비가 깊은 숲에 뿌렸는데	晩來微雨灑長林
붉고 하얀 꽃들 속에 녹음이 섞이었네.	紅白參差間綠陰
단장을 짚고 나가서 깊은 골짝 걸터앉고	試策孤跨絶壑
다시 빈 난간 기대어 머언 산을 바라보네.	更憑虛檻眺遙岑
숲속 새의 새론 얘기 잠깐 잠깐 들려오고	乍聞幽鳥能新語
가끔 부는 맑은 바람 옷깃 한껏 펄럭이네.	時有淸風忽滿襟
사물을 보면 자연히 세속의 때를 잊나니	觀物自然忘物累
옛사람은 여기에서 하늘 마음 보았으리.	古人於此見天心

《상촌고》 권13, 〈등남산망원(登南山望遠)〉

오랜 가뭄 끝에 비가 남산에 올라 읊어본 감회다. 이슬비지만 가뭄에 시들었던 꽃들이 생명력을 회복하고 있는 모습이 시인에 눈에 들어온 것이다. 꽃들만 그런 것이 아니다. 새들도 오랜 만의 단비에 기쁜지 새론 말을 능히 한다고 했다. 천기는 하늘이 주관하는 것이겠지만 천심이란 이러한 사물의 미묘한 움직임을 잘 관찰함으로서 읽을 수 있다는 이야기다. 그런데 사물의 미묘한 움직임을 읽어내기 위해서는 우리가 먼저 열려 있어야 하지 않을까?

정태춘과 박은옥의 〈92년 장마에 종로에서〉 라는 노래에 아래와 같은 노랫말이 있다.

비가 개이면

서쪽 하늘부터 구름이 벗어지고

파란 하늘이 열리면

저 남산 타워 쯤에선 뭐든 다 보일게야

저 구로 공단과 봉천동 북편 산동네 길도

아니, 삼각산과 그 아래 또 세종로 길도

다시는,

다시는 시청 광장에서 눈물을 흘리지 말자

물 대포에 쓰러지지도 말자

절망으로 무너진 가슴들 이제 다시 일어서고 있구나

보라, 저 비둘기들 문득 큰 박수 소리로

후여, 깃을 치며 다시 날아오른다 하늘 높이

훠이, 훠이... 훠이, 훠이...

빨간 신호등에 멈춰 섰는 사람들 이마 위로

무심한 눈빛 활짝 열리는 여기 서울 하늘 위로

한무리 비둘기들 문득 큰 박수 소리로

후여, 깃을 치며 다시 날아오른다. 하늘 높이

훨, 훨, 훨.....

구름이 걷히고 비가 개면 저 남산타워에서는 무엇이든 다 잘 보일 것이라 했다. 지금의 남산도 여전히 희망이다. 우리들의 답답한 가슴을 열어서 신선한 공기를 흡입할 수 있는 영원한 바람터이다. 거기에 탑이 있어 더 높이 올라야하지만 말이다.

아직은 흐르지 않는 강
임진강

조혜란

1. 들어가면서

한강하면 한강이 떠오르고 낙동강 하면 낙동강이 떠오르고 섬진강 하면 섬진강이 떠오르는데, 임진강 하면 강이 아니라 임진각이 떠오른다. 왜일까? 임진강도 흘러서 바다로 가는 강임이 분명한데, 이상하게도 임진강 하면 흐르는 강줄기 대신 반듯한 임진각 건물이나 아니면 전통 건축 양식으로 된 기와 지붕을 이고 있는 평화의 종이 먼저 떠오른다. 그리고는 망향의 공간 혹은 상실감 등의 단어들이 연결되고, 이른바 안보 관광이나 통일 관광으로 불리는 일련의 답사지들이 떠오른다. 땅굴이나 멈춘 철마와 같은……. 이것이 임진강에 대한 나의 첫 번째 이미지들이다. 여기에 덧붙여진 것이 영화에서 빌어온 이미지들이다. 영화 〈JSA〉의 성공은 군사적인 이미지가 강했던 이 공간에 문화적인 분위기를 선물했다. 예전에 남북회담 건으로 뉴스 사진에서 가끔 봐왔던 그 긴장의 공간. 지금도 여전히 남북이 대치하고 있으니 같은 긴장감이 유지되는 공간임에도 불구하고 그 배경에 살짝 배우 이병헌 얼굴이 겹쳐 연상되기도 하고 그러면서 그 긴장 관계가 혹시 조금 부드러워지지는 않았을까 하는 상상 내지 기대를 하게 된다.

그러나 이런 단면적인 이미지들을 제외하면 실은 임진강에 대해 아는 것이 별로 없다. 어디서 어디까지 흐르는 강인지, 그 강 주변으로는 어떤 풍경들이 펼쳐지는지 머릿속에 그림이 그려지지 않는다. 어렸을 때 통일로를 달려 임진각에도 가 봤건만 말이다.

2. 일곱 번째로 긴 강, 임진강

경기도 박물관에서 펴낸 인문지리서 《임진강》을 참고하면, 임진강은 마식령산맥의 두류산에서 시작하여 남서 방향으로 254킬로미터를 흘러서 경기도 파주시 탄현면에서 한강에 합류하는 강으로, 남북을 합해 우리나라에서 일곱 번째로 긴 강이라고 한다. 강줄기가 그려지지도 않았던 임진강이 이렇게나 긴 강이었다니 새삼 낯설다. 경기도와 강원도에 걸쳐 흐르는 임진강 유역으로는 철원 · 동두천 · 파주 · 교하 · 문산 등이 속하며, 북한 쪽 유역으로는 개성이 자리 잡고 있다. 휘돌아 지나가는 유역들을 보니, 길 수밖에 없겠구나 싶다.

실은 자유로를 달릴 때 왼쪽으로 보며 지나갔던 풍경들이 임진강의 일부분이었다. 1970년대에는 구파발을 거쳐 임진각으로 연결되는 통일로를 달려갔고, 요즘에는 대부분 행주대교에서 연결되는 자유로를 달려서 간다. 툭 트인 자유로 왼쪽으로 펼쳐지는 갯벌들, 그 갯벌을 따라 계속되는 철조망들, 그리고 그 철조망 너머로 바라보이는 물들이 바로 임진강의 하류였던 것이다. 철조망과 간혹 보이는 초소들이 암시하듯 임진강은 남한과 북한을 나누는 경계이기도 하다.

이런 사정을 반영하듯 임진강 주변의 관광은 통일 안보 관광이 대표적이다. 여유를 즐기고 싶어 떠나는 여행이나 관광에, 통일이니 안보니 하는 단어들은 썩 어울리는 것들이 아니다. 물론 임진강의 지류인 한탄강과 임진강의 급한 물살에서 래프팅을 즐기는 사람들도 많지만, 그러나 남북 대치라는 우리의 상황은 이런 기묘한 관광 상품을 만들어 냈다. 한 시간에 완전 무장 병력이 1만 명이나 이동 가능하다는 제3땅굴에, 늘 팽팽하게 남북 대표들이 만나곤 하는 판문점, 두고 온 북쪽의 고향을 그리는 망배단이 있는 임진각 관광지나 비무장 지대가 바라보이는 통일동산, 그리고 남측 최북단 전망대가 있다는 도라산 전망대 등이 그것이다. 혹은 경우에 따라 비무장 지대 안으로 들어갈 수도 있다고 한다. 통념상 관광지는 여행자들에게 늘 열려 있는 장소들이다. 그러나 임진강 주변의 이런 '관광지' 들은 수시로 편하게 가서 볼 수 있는 곳들이 아니다.

몇몇 예외적인 경우를 제외한다면 임진강은 사람들이 건너다니는 강이 아니다. 복잡한 지하철에서 어두컴컴하게 있다가도 한강을 건너게 되면 그 너른 강줄기에 마음이 한결 넉넉해지곤 한다. 강은 건너야 맛인가 보다. 그런데 임진강의 강줄기가 머릿속에 그려지지 않는 것은, 우리가 그 강을 건너다닐 수 없기 때문이다. 건널 수 없는 강이기에 임진강은 마치 흐르지 않는 것처럼 여겨진다.

3. 임진강 나루터의 활발했던 소통의 기억들

오늘날의 시나 노래에 등장하는 임진강은, 이렇듯 건널 수 없어서 멈춰 있는 강에 대한 기억과 맞닿아 있는 것 같다. 정호승은 〈임진강에서〉라는 시에서, "아버지 이제 그만 돌아가세요/임진강 샛강가로 저를 찾지 마세요……아버지도 저만치 강물이 되어/뒤돌아보지 말고 흘러가세요……저도 이제 어디론가 떠납니다/찬 겨울 밤하늘에 초승달 뜨고/초승달 비껴가며 흰기러기떼 날면/그 어디쯤 제가 있다고 생각하세요/오늘도 샛강가로 저를 찾으신/강가에 얼어붙은 검불 같은 아버지"라고 노래한다. 화자는 아버지에게 '뒤돌아보지 말고 흘러가라' 고 한다. 이 시에서 아버지는 '역사' 와 같다. 역사와 같은 아버지는 임진강 강가에 얼어붙어 있다. 이제 어디론가 떠나고자 하는 화자는 그 역사에게 흘러가라고 간곡하게 부탁하는 것이다.

그런가 하면 문산이 고향이라는 가수 윤도현은 그의 1집 앨범에서 임진강을 노래하고 있다. 〈임진강〉이라는 노래에서 윤도현은 그 강을 바라보며 "황토색 네 모습이 탁해 보이지만, 아아 그건 엄청난 설움의 음성" 이라며, "모두의 희망, 하나 되는 것. 언제나 이뤄질까?" 라고 묻는다. "우리 살고 있는 곳은 하나의 땅이지만 사람은 가르는구나" 라는 가사는 그가 이 강을 통해 노래하고 싶어 하는 것이 무엇인지 분명히 보여 준다. 한반도를 남북으로 가르는 것은 임진강인데, 그는 강이 아니라 사람들이 가르고 있다고 한다. 자연이 자연스럽게 나누고 있는 것을 그는 굳이 사람이 그렇게 했다고 표현하며 후렴구를 통해 "임진강, 그곳을 그대로/영원히 흘러다오" 라고 기원한다. 그에게 임진강은 분단의 상징이고 막혀 있는 분단은, 막힘없이 흘러가야겠기에 그는 흐르고 있는 강을 바라보면서도 '영원히 흘러' 주기를 소망하게 되는 것이다.

오늘날 우리들에게 임진강은 흐르고 있지만 흐르지 않는 것처럼 느껴지나 보다. 그런데 시대를 거슬러 과거로 올라가 보면 임진강은 전혀 다른 모습으로 그려진다. 조선 시대의 대표적 인문지리서인 《신증동국여지승람》 권12 '장단도호부' 항목을 보면 임진 나루터에 대한 옛 시인들의 감회가 수록되어 있다. 일례로, 이규보의 시에 나타난 임진강은 많은 사람들을 실어 나르는 무심한 강, 인간의 삶과 함께 하는 자연공간으로 묘사되고 있다.

조각배 물결 타고 나는 것보다 빠른데

물 기운 써늘하게 나그네 옷에 스미네

초록빛 언덕엔 드문드문 해오라기 쌍쌍이 서 있는데

푸른 하늘 어느 곳으로 돛대 하나 돌아가는가

산은 붉은 해를 머금은 채 마을 나무에 나직하고

바람은 은빛 파도를 굴려 낚시터 돌무더기에 부서지네

처음 동쪽 문을 나설 때도 슬픈 마음 있더니

강을 건너려니 쓸쓸한 심정 더욱 어쩔 수 없어라.

이 시에서 강은 당연히 흐르는 강이고 건너가는 강이며, 강 언덕에는 푸른 풀들이 나 있고 물새들도 있고 그리고 화자에게는 나그네 심정이 있다.

가을 바람 산들하고 물은 찰랑이는데

머리 돌려 먼 하늘 바라보니 생각마저 아득하구나

아, 임은 천 리나 떨어져 있는데

강가에 핀 난초, 지초는 누굴 위해 향기로운 것인지.

임진강

이는 김부식의 시이다. 이 시에서도 임진강은 님을 건네 이별하게 하는 강이고 그 강가에는 속절없이 풀 향기가 은은하다. 변계량의 시에서 나타난 임진강 강가에도 갈대꽃 단풍잎이 저물고 해마다 오가는 사람들의 시름이 있다.

위 시들에 나타난 임진강은 사연을 싣고 나르는 이별의 강이며, 강가 풍경은 아름다우나 무심하다. 고즈넉하다. 그런데 왁작하고 화려하고 부산스러운 임진강 풍경도 있다. 임진강은 많은 사람들을 실어 나르는 강이었고, 특히 조선 전기에는 우리나라 사신들도, 명나라 사신들도 이 강을 건너 중국과 조선을 오갔다. 그러니 임진강 강가에서는 응당 중국 사신들을 맞이하고 대접하는 외교적인 잔치 분위기가 연출되곤 했던 것이다.

장성(張珹)은 "임진강 물살은 정말 빠른데/ 비 내려 부들 싹도 새롭구나……그림배에 술 싣고 생선회 치니 / 그 풍미 서호와 비슷하네…… 조선은 본래 예의를 숭상하니 / 어진 사신을 멀리 마중하네 / 중류에 와서 나에게 술을 권하니 / 예의가 퍽이나 은근하다"라고 적고 있다. 그 당시 우리나라 조정에서는 화려하게 장식이 된 배에 생선회를 마련하고 강 가운데로 나아가 술을 권하며 중국 사신을 마중했나 보다. 그는 임진강 주변의 경치와 풍미를 중국 항주의 서호에 비기고 있다. 진감(陳鑑)의 시에도 "새벽에 사신의 부절을 가지고 강 머리에 도착하니 / 조선에서 손님을 맞아 채색 배에 앉히네……술은 좋은 경치를 만났으니 취하지 않을 수 없고 / 시는 지음을 향해 끊이지를 않는구나 / 중국의 문화는 멀리 퍼져서 / 다른 나라에서 만난 이가 모두 선비들일세"라고 하였다. 임진강 가의 좋은 경치에, 아마도 좋은 술일 것이다. 그리고 그 역시 화려한 색으로 장식된 배에 타고 조선 벼슬아치들과 그 술을 나누고 시를 읊조리면서 중국의 문화적 역량을 확인하고 있다. 그런가 하면 고윤(高閏)은 "많은 배가 꼬리를 물고 지나가고 / 두어 명 말 탄 사람들은 강에 닿아 쉬는구나/ 좋은 안주로 생선회가 나오고 / 향기로운 술은 큰 잔으로 부었구나" 라고 노래하기도 했다. 사신을 맞았던 배는 한두 척이 아니었던 듯하고, 강가에는 말 탄 사람들이 보인다. 아마도 사신맞이 행사에 동원된 인력이었으리라. 그리고는 역시 좋은 생선회에 향기로운 술 이야기가 나온다. 은성한 손님맞이를 위해 부산하게 준비하는 조선 측의 손길이 느껴진다.

이렇듯 중국 사행과 관련된 임진강은, 화려한 배들이 연이어 떠 있고, 그 배에서는 의례를 갖추면서 좋은 술과 안주가 오가며, 강가에는 그 준비와 관련된 인력들이 동원되는 외교적인 만남의 공간으로 그려진다. 요즘에는 상상하기 힘든 잔치 분위기의 임진강 풍경이다. 오늘날에도 임진강을 가운데 두고 외교적인 만남을 갖곤 한다. 남북회담이 그것이다. 그러나 강가가 아닌 판문점에서의 그 회담에는 긴장감이 감돈다. 하지만 기억을 거슬러 조선 시대로, 고려 시대로 올라가면 임진강 나루터에는 사람들이 빈번히 오갔으며 강가에는 몇 가지 음식을 놓고 주변 경치를 즐기는 사람들이 있었다. 기억 속의 임진강은 너무나도 자연스럽게 흐르고 소통하는 강이었다. 아마도 그 시대의 시인 중에서 임진강을 바라보며 '영원히 흐르기' 를 기원한 이는 찾기 어려울 것 같다.

4. 화석정의 꽃과 돌을 보호해야 하는 까닭

그 강을 건너 일을 보러 다니고 임을 이별하기도 하면서 예전의 임진강은 사람들의 일상과 함께 했었고, 그 일상과 관련한 회포를 강 언덕에 기댄 시인들도 있었다. 아니면 앞에서 본 것처럼 격식 갖춘 화려한 만남들이 펼쳐지면서 그 강 경치를 곁들여 한껏 고조된 시들을 지었던 곳이기도 하다. 누구는 삶의 신산함을, 누구는 그 쓸쓸함을, 그리고 또 누군가는 아름다운 자연을 노래했다. 그런데 임진강과 관련한 과거의 시문을 보면, 강가 언덕 깎아지른 절벽에 흐드러지게 피어 있는 꽃무더기를 노래한 경우들이 종종 눈에 뜨인다. 마치 천을 두른 듯 강 언덕을 따라 펼쳐지는 꽃들-. 낭떠러지에 피어 있는 붉고 흰 꽃들이 인상적이었나 보다. 우리나라가 남북으로 나뉘면서 임진강은 강 북쪽이 바로 북한 땅이거나 대부분 민통선 지역이 되어 건너기 어려운 강이 되어 버리기도 했지만, 그 이전에도 건너기 쉬운 강은 아니었다. 바로 수직단애(垂直斷崖)라는 지리적인 특성 때문이다. 임진강 강가에는 모래사장이 연이은 곳도 많지만 마치 성처럼 우뚝 선 절벽이 둘러 있는 곳도 많다. 그것이 임진강을 건너기 어려운 강으로 만드는 또 하나의 이유이다. 그런데 그 절벽 중에서도 많은 이들의 인구에 회자되는 장소가 있다. 바로 화석정이다. 화석정은 깎아지른 절벽에 운치 있게 서 있다.

화석정, 진짜 경치는 좋다. 바로 앞은 툭 트였고 그 아래로 강이 넓고 유유하게 흘러가고, 반대편 공간의 소나무들 역시 멋있고……. 이런 자리를 알아보고 그 높은 공간에다 정자를 건축하려면 공사가 쉽지 않았으리라. 율곡 이이(1536~1584)는 그 공간에서 후학을 양성했다고 하지만, 그래서 그 뜻을 기리지만, 물론 율곡은 우리 역사가 남긴 훌륭한 인물임에는 틀림없지만, 빡빡한 도시 공간에서 무한경쟁에 시달려야 하는 입장에서 보면 화석정에서의 처사(處士)의 삶 역시 율곡 정도의 양반 아니면 누릴 수 없는 '선택 받은 이들의 선택' 이라는 생각도 든다.

그런데 지금 우리가 보는 화석정은 1966년에 다시 세워진 것이다. 화석정은 원래 율곡의 5대조인 이명신(1368~1435)이 1443년에 건립하였고, 세월이 지나 터만 남은 것을 1478년에 이의석이 중수하였다. 그 정자를 율곡도 즐겨 찾았고 후에 그 터에 집을 짓고 은거했던 것인데, 그만 임진왜란 때 불타고 만다. 불화살이 날아들어서? 아니다. 날은 어두워졌고 한시라도 갈 길이 급했던 선조의 피난 행차는 강을 건너기 위해 불을 밝혀야 했다. 이때 궁여지책으로 선택했던 방법이 강가 언덕에 우뚝 선 화석정을 태워 피난길을 비추는 것이었다. 율곡의 화석정은 그렇게 제 몸을 태워 선조의 임진강 피난길을 도왔고, 선조는 그렇게 강을 건너 항복을 면하고 왕위를 지킬 수 있었다. 화석정은 그렇게 불에 탄 후 80여 년 동안 다시 터만 남아 있다가 1673년에 후손들이 정자를 복원하였으나 그만 한국 전쟁 때 다시 불에 타게 되었고 그것을 안타깝게 여긴 파주 유림들이 1966년에 다시 세웠다고 하니, 정자 하나가 감당해야 했던 역사의 무게가 만만치 않다. 화석정은 덕수 이씨 가문의 정자였던 셈인데, 요즘은 화석정 하면 율곡 개인이 먼저 떠오르고 인터넷에서 화석정에 대한 정보를 검색하면 으레 그가 8살 때 썼다는 시가 소개되곤 한다. 화석정 가까이에 이 집안과 관계된 공간이 하나 더 있는데 바로 자운서원이다. 자운서원은 율곡을 모신 서원이며 자운서원 동쪽으로 그의 가족묘가 있다. 율곡의 어머니 신사임당도 그곳에 남편인 이원수와 함께 묻혀 있다.

꽃, 돌, 정자. 유명한 정자 중에는 식영정(息影亭)이나 면앙정(俛仰亭)처럼 알쏭달쏭한 이름으로 불리는 것들이 많다. '花石亭' 의 경우처럼 한자 모양도 간단하고 글자 뜻도 쉬운 정자 이름은 만나기 어려운 듯하다. 깎아지른 돌 절벽 위에 서 있어서 주변 경치가 하도 빼어나기에, 주변에 돌과 꽃이 아름다워 화석정인가 싶기도 하다. 그렇다면 참으로 사랑스러우리만큼 소박한 이름이다. 그러나 기록을 통해 확인하게 되는 내용은 그것과는 좀 거리가 있다. 궁금증을 불러일으키는 그 이름의 유래는 《신증동국여지승람》11권 경기 파주목 부분에 잘 정리되어 있다. 서거정은 이 정자에 대해 시를 지으면서 '화석정 위에 구름 천 년이고, 화석정 밑엔 강이 제대로 흐른다' 며 이명신에게 적선(謫仙)의 풍모가 있어 풍류와 시와 술을 이었다고 노래한다. 그러면서 그는 화석정을 이덕유(李德裕, 787~849)의 평천장(平泉莊)에 비기는데, 평천장 이야기는 화석정이라는 이름을 지어 주었다는 이숙함의 기문(記文)에서도 발견된다.

이숙함은 '조상의 정자를 중건했으니 이름을 지어 달라' 는 이의석의 청을 받고 '화석정' 이라는 이름을 지어 주며 그 이름의 유래를 밝히고 있다. 이숙함이 이름을 짓게 된 동기는 '파주 관아 북쪽 10리쯤에 율곡이라는 마을이 자기 할아버지의 별장으로, 할아버지가 별장 북쪽 깎아지른 듯한 꼭대기에다 정자를 짓고 기이한 꽃, 이상한 풀, 진기한 소나무와 괴이한 돌을 많이 심어 놓고 감상했는데, 세월이 많이 흘러 퇴락하여 그 터만 남았으니 할아버지의 손길이 닿은 장소가 황폐하게 될까 하여 정자를 중건했다' 는 이의석의 뜻을 들은 데서 비롯한다. 이 설명을 들으면서 이숙함은 당나라 재상이었던 이덕유의 〈평천장기〉를 떠올리고, 그 중에서 '화석' 이란 글자를 따온 것이다. 이덕유는 〈평천장기〉에서 '평천을 파는 자는 나의 자손이 아니며, 꽃 하나 돌 하나라도 남에게 주는 자는 아름다운 자손이 아니' 라고 하며 후손들을 경계했다. 그러나 그곳은 결국 남의 손에 넘어갔다며, 이에 비해 이명신의 정자는 후손이 그 뜻을 알뜰히 살펴 중건했으니 아마 팔거나 주지는 않을 것이라고 전망했다. 후손의 정자 재건으로 그곳의 꽃과 돌도 새로워졌다는 그의 표현에서 덕수 이씨 집안의 정자는 비로소 화석정으로 거듭난다. 김종직도 〈화석정도위이판관의

화석정

석부(化石亭圖爲李判官宜碩賦)〉에서 '꽃 하나 돌 하나도 평천장보다 낫다' 고 하며, 화석정의 '꽃 하나 돌 하나' 의 의미를 새기고 있다.

정자 이름에 담겨 있는 뜻을 알고 보니, 그리 소박한 이름만은 아니다 싶다. 오히려 자기 가문의 유업을 지키려는 기득권층의 노력인 것 같아 살짝 실망스럽기까지 하다. 물론 화석정은 한 집안의 조상의 뜻을 기린 결과이고, 가문의식의 소산일 수도 있다. 그러나 그렇게 이름을 지은 이는 연안 이씨인 이숙함이니, '화석정' 이라는 작명은 이의석의 뜻에 대한 이숙함의 해석인 셈이다. 이의석이 그 정자를 중건했던 이유는 실은 자기 가문의 '부동산' 을 지키고 싶어서라기보다는 할아버지에 대한 애틋함에서 비롯한 것일 수 있다. 할아버지, 할머니에 대한 추억이 어린 공간은 따뜻하고 포근한, 때로는 위로를 얻는 장소일 수도 있겠다. 나를 사랑했던 누군가가 소중하게 여기고 가꿔 왔던 공간이 훼손되는 것은 쓸쓸한 일이다. 그러니 그런 살뜰함은 그저 자기 가문의 세력을 유지하고픈 욕망이 아니라 소박한 애정일 수도 있다는 생각도 든다. 나고 자라서 친숙하고 이렇게 정들어 살뜰한 공간이 있다면 자연스레 보존하고 싶을 것 같다. 한 개인이 국토 전체를 사랑할 수는 없다. 그건 이미 추상이고 관념이다. 개인에게 의미 있는 것은 거대한 국토가 아니라 자기 추억이 깃든 장소들일 것이며, 화석정을 가꾸듯 자기 주변에 대한 구체적 애정일 것이다. 처음에는 한 가문의 일이었지만 세월이 흐르면서 이곳은 더 이상 덕수 이씨들만의 공간은 아니다. 그 집안의 후손이 아니더라도 누군가 자기가 물려받은 곳을 잘 가꾸길 원했던 이들의 손길이 있었기에, 화석정은 몇 번이나 중건되는 과정을 거치면서도 애초 임진강 가 그 자리에서 그대로 흐르는 강물을 마주하고 서 있을 수 있게 되었다.

6. 임진강 화석정 언덕에 화석정만 아름답길……

"해마다 강물에 이별의 눈물을 더" 한다는 정지상의 〈송인(送人)〉에 나타나는 대동강은 님을 이별해야 하는 야속한 공간이고, "십년 동안 가고파도 아직도 못 갔다" 면서 "어찌하면 돛배가 물결 가르며 많은 술 싣고 한 번 찾아가 고래가 삼키듯 흠뻑 취해서 노래 부르며 두 다리로 뱃전을 칠까" 를 꿈꾸는 서거정의 〈화석정〉에 나타나는 강은 풍류의 공간이다. 그런데 오늘날 우리에게 임진강은 전쟁과 분단을 연상케 하는 강이다. 남북 분단을 확인시켜 주는 물길, 6 · 25라는 한국 전쟁을 생생하게 기억하게 하는 공간. 여느 강처럼 유유히 흐를 뿐이지만, 이 강만큼 대치 상황을 환기시켜 주는 강도 드물 것이다. 강 건너 비무장 지대는, 그러나 우리들의 마음까지 무장 해제시키지는 못한다. 사람을 두려워하지 않는 동물들이 산다는 비무장 지대의 풍경은 손상되지 않은 청정 자연을 보여주지만, 아이러니컬하게도 그것은 전쟁이 남긴 상처이기도 하다. TV를 통해서는 첨단 기술의 힘으로 북한 어린이들과 함께 하는 퀴즈 프로그램도 볼 수 있지만, 이곳의 풍광은 남북 분단이 아직은 우리의 현실임을 확인식시켜 주는 것이다. 강은 그냥 자연스레 그렇게 흐를 뿐인데, 사람들은 그 강으로 남북을 갈라버렸다.

임진강으로 가는 길, 툭 트인 자유로는 그야말로 자유스럽다. 막히는 서울 시내의 교통과는 달리 길도, 공간도 하늘로 툭 트여 시원하고도 한가롭다. 왼쪽 옆으로 계속 보이는 갯벌, 철조망까지도 한가롭게 여겨지며, 오른쪽으로 출판단지가 조성되어 있고 그래서 종종 넓은 자유로를 시원하게 가로지르고 있는 출판 관련 입간판들은 세련되어 보인다. 그리고 있다는 사실만으로도 뭔가 매력적인 해이리 마을도 있으니 해 지기 전에 서둘러 그곳에도 들러볼 수 있다면 행운이리라는 기대도 하게 된다. 실은 임진강을 향해 가는 동안은 이런 문화적인 분위기로 인해 가벼운 해방감을 느끼면서, 일상을 살짝 비껴만 가도 맛볼 수 있는 한가함을 여유롭게 즐기면서 다가갈 수 있다.

임진강까지는 신나게 달려갈 수 있다. 그런데 신나게 달려가서는 강을 보며 멈춰 선다. 강 너머가 곧장 북한 땅인 것은 아니더라도 더 이상은 자유롭게 넘나들 수 있는 일상의 공간으로 느껴지지는 않기 때문이다. 임진강은 흐르지만 사람들의 발걸음은 멈춰 선다. 예전 사람들은 이 강을 건너건너 장사하러도 다니고 중국에 사신도 다니고 친구를 이별하기도 했다. 이 강가에서 거룻배들은 오가는 사람들을 건네고, 공들여 장식된 배로는 뱃놀이도 하고 중국 사신들 마중도 하고, 강가에서 사람들은 꽃도 보고 바위 절벽도 보고 싱싱한 생선회도 즐기고 큰 잔 가득 술 부어 한껏 멋들어지게 즐기기도 하고, 그런가 하면 흐르는 강물, 한가롭게 나는 갈매기를 바라보며 잠시나마 한양의 시끄러움을 잊기도 했다.

서울에서 출발해서 소통이 원활한 자유로로 두 시간이나 줄곧 달려가야 나타나는 곳, 그곳에서 얼마만큼 더 가면 화석정이 있다. 지금도 그곳에 가면 머리를 식힐 만하다. 그런데 화석정 언덕을 찾아가면 또 하나의 기대하지 못했던 시설물들을 만나게 된다. 바로 군사시설이다. 물론 민간인들의 출입은 당연히 통제된다. 그곳으로 더 올라서면 뭔가 더 툭 트인 경치를 볼 수 있을 것만도 같은데, 그건 머릿속에서나 그려볼 일이다. 신나게 달려가서는 망원경으로 너머다 보는 땅, 화석정과 나란히 하고 서 있는 살풍경하게 느껴지는 군사시설, 멈춰 서서 북한 땅이 어디쯤인가 가늠하게 하는 그 강기슭. 임진강은 여전히 흘러 바다로 들어가지만, 그러나 지금 우리에게 임진강은 아직은 흐르지 않는 강이다. 옛 기록을 통해, 시를 통해, 노래를 통해 우리에게 남아 있는 임진강의 기억들, 그 기억들의 멈춤 장면들이 다시 움직이기를, 흑백 사진 속에 갇혀 정지된 순간이 마치 마술이 풀리듯 물빛으로, 나무빛으로, 모래빛으로 총천 연색으로 살아나기를 기대한다. 그래서 우리들도 옛사람들이 그렇게 강을 건너건너 의주에도 가고 중국에도 가고 했던 것처럼 그렇게 자유롭게 오르내리며, 철조망이나 접근 금지 팻말 없이 그 강가를 한가롭게 즐기고 싶다.

검은 바다 검은 산

흑산도

김일환

1. 흑산도 아가씨

흑산도는 목포에서 남서쪽으로 97.2킬로미터 떨어져 있으며, 홍도 · 다물도 · 대둔도 · 영산도 등과 함께 흑산군도를 이룬다. 흑산도에서 서남쪽으로 65킬로미터 떨어진 섬을 소흑산도라고 불러 같이 취급했는데, 가거도라는 번듯한 이름을 가진 별개의 섬이다. 옛날 기록에 의하면 소흑산도란 육지에서 흑산도에 이르는 해로의 마지막 기착지인 우이도(牛耳島)이다. 새벽이면 중국에서 닭우는 소리가 들린다고 할 정도로 흑산도는 서쪽으로 치우쳐 있다. 대다수의 관광 교통 지도에서는 홍도와 한데 묶어 지도 한쪽에 따로 경도와 위도를 표시함으로써 육지에서 멀리 떨어진 곳임을 보여준다. 한국전쟁 때도 인공군이 들어오지 않아 전쟁을 치르지 않았다고 한다.

흑산도는 파시(波市)로 유명했다. 파시란 말 그대로 바다 위에 열리는 어시장이다. 조기잡이는 가거도 앞바다에서 시작하여 흑산도, 법성포 앞 칠산바다, 연평도 앞바다까지 올라갔는데, 파시 역시 물고기떼의 흐름과 같이 했다. 해마다 3월이면 흑산도의 주항인 예리항에 조기잡이 배가 몰려들었다. 많을 때는 2천여 척이 방파제 안쪽까지 빽빽하여, 안에 닿은 배는 빠져나갈 수 없을 정도였다고 한다. 상주 인구 2천명 남짓한 예리항이 1만 명을 후딱 넘겼다. 파시가 열리면 물고기로 만선(滿船)한 배는 돈으로 넘쳐 났고, 그 돈은 다시 항구의 유흥가로 쏟아져 들어갔다.

비네주께 니몸 사자 [비녀 줄께 네 몸 사자]

강강수월래

댕기비네 돈 닷돈에 [댕기 비녀 돈 닷 돈에]

강강수월래

이내 몸이 팔릴소요 [이내 몸이 팔리겠소?]

강강수월래

술집마다 노랫소리가 흘러넘쳤다. 〈강강수월래〉, 〈홍도야 울지마라〉, 〈처녀뱃사공〉, 〈목포의 눈물〉, 판소리 가운데 〈사랑가〉 등 '클래식' 한 노래를 원색적이고 노골적인 가사로 바꿔 불렀다. 거친 바다 사내들과 화려하게 단장을 한 술집 아가씨들이 소주병을 흔들고 장구를 치면서 노래 소리 낭자한 이런 술자리를 '산다이' 라고 불렀다. '산대' 놀이의 흑산도 버전이었다. 하지만 한때의 일로 지금은 이런 홍성거리는 풍경을 찾아보기 힘들다고 한다. 남획으로 어족 자원이 고갈되고, 냉동기술이 발전하여 상하지 않게 물고기를 운반할 수 있게 되어 굳이 파시가 필요치 않게 된 것이다.

흑산도 다방 아가씨
알고보니 목포 아가씨더라

주민등록증 맡겨놓고

50만원 선불받아 육지빚 갚고

먹고자고 먹고자고

더블로 달라는 뱃사람의 양주잔에

저도 잔을 맞대며

어제도 파도소리 오늘도 파도소리

창 밖을 지나가는 사람들은

좁은 바닥 작은 인구

어제 그 사람 오늘도 그 사람

어물장사 아주머니 미장원 아가씨

파출소 소장에 수협직원

조석으로 지나가는 우체국장

목포로 가는 배가 떠나고 나면

그나마 사람이 뜸한 한나절

갈매기 흰 날개 눈에도 없고

3년째 그대로 그 문턱

흘러간 노래나 따라 부르다

세월이 가고 세월이 오고.

이생진, 〈흑산도 · 아가씨〉, 《섬에 오는 이유》, 청하, 1987

조기와 고등어가 잡히는 반짝 경기가 끝나면 흑산도의 젊은 어부들과 아가씨들은 물고기를 따라 물고기떼처럼 떠나버린다. 예리항은 하루에 목포항에서 오는 쾌속선이 닿는 시간에만 반짝할 뿐, 온전히 섬사람들만의 항구가 된다. 붙박이로 장사하는 상인들, 대한민국의 행정 구역임을 알려주는 면 공무원들, 나이 먹어 팔리지 않아 세상 끝까지 밀려온 술집 아가씨들만이 항구를 지킨다.

남몰래 서러운 세월은 가고

물결은 천번 만번 밀려오는데

못견디게 그리운 아득한 저 육지를

바라보다 검게 타 버린

검게 타 버린 흑산도 아가씨

한없이 외로운 달빛을 안고

흘러온 나그넨가 귀양살인가

애타도록 보고픈 머나먼 그 서울을

그리다가 검게 타버린

검게 타버린 흑산도 아가씨

이미자가 불러 유명한 〈흑산도 아가씨〉는 이들 뭍물들의 심정을 대변하는 노래이다. 그녀들에게 흑산은 '서럽고', '못 견디게 육지가 그립고', '한없이 외로운', '시커멓게 타버린' 섬이다. '해당화가 피고 지고', '구름도 쫓겨가는' 행복한 섬에서 '서울'에서 온 '선생님'께 순정을 다 바쳐 사랑한 섬마을 아가씨가 아니다.(이미자, 〈섬마을 선생님〉) 그녀에게 서울은 '한없는 그리움에 가슴 조이고 잊으려 애를 써도 발버둥쳐도 잊지 못하는' 고향이다. 하지만 그녀와 서울 사이에는 천 번, 만 번 밀려오는 파도가 놓여있다.

시인이나 가객이 타지에서 들어온 사람들의 시각을 보인 것과 달리 소설가 전광용은 소설 《흑산도》에서 숙명적으로 바다에 묶인 토박이들의 삶을 보여주었다.

용왕제 전야의 까막개[黑浦] 마을, 인실네 마당에서 나는 큰애기들의 강강수월래 소리와 갯가의 징소리가 어울려 홍성스럽다. 열 다섯 살에 첫배를 타서 이미 십 년이 지난 젊은 어부 용바우와 늙은 어부의 손녀

딸 복술이가 사랑을 속삭인다. 할아버지와 손녀가 가까운 바다에서 고기도 잡고 물질을 해서 생활을 하지만 육지에서 식량을 가져올 수밖에 없는 척박한 현실에서 늘 궁핍할 수밖에 없었고, 만선한 물고기를 쌀로 바꿔올 수 있는 용바우가 든든한 의지처였다. 정월 보름이나 쇠고 가라고 말리는 복술이에게 보름 전에 만선해서 오겠다던 용바우는 두 달이 넘어도 돌아오지 않는다.

복술이도 마을 여자들처럼 '나왕산' 꼭대기에 올라 가뭇없이 펼쳐진 바다를 보며 무사귀환을 기도하지만 소식이 없고, 육지를 오가는 갠자꾸[巾着船]를 타는 곱슬머리가 빨랫비누며 담뱃갑으로 들이밀며 뭍으로 나가 살자고 유혹한다. 그나마 위로해주던 인실이네가 애를 낳다 죽어버리자, 배고픔과 궁핍, 기다림과 그리움으로 가득한 섬 생활이 끔찍해진 복술이는 할아버지도 모르게 까막바위로 나간다. 하지만 그녀의 눈앞에 고래등 같은 용바우가 보이고, 할아버지의 가래침 소리가 뒷덜미를 잡았다. 불현듯 용바우가 내일 틀림없이 돌아올 것만 같았다. 복술이는 마을로 달아났다.

복술이가 택한 길은 그녀의 어머니처럼 망부석(望夫石)이 되는 길이다. 그리워하고, 목마르게 기다리고, 지쳐 쓰러지는 삶, 바다에 매인 삶이었다. 흑산도는 숙명처럼 그녀들의 발목을 잡아내는 이름이었던 것이다.

2. 바닷길에서의 흑산

흑산도에는 신석기 시대의 유물이 있을 정도로 오랜 역사를 가진 섬이다. 초기 역사에서 그다지 주목받지 못하다가 신라 흥덕왕 3년(828년)에 청해진 대사 장보고가 흑산도 진리(鎭里)를 당나라 교역의 중간 기착지로 삼으면서 흑산도는 한국 역사에 본격적으로 등장하기 시작한다.

흑산도 가는 길

일본 승려 엔인(圓仁)이 당나라를 순례하고 남긴 기록 《입당구법순례행기(入唐求法巡禮行記)》에 의하면 흑산도는 백제의 세 왕자가 도망한 곳으로, 당시에도 3, 4백 가구가 산 속에 살고 있었다고 한다. 게다가 흑산도 33경 가운데 제2경인 칠성동굴에도 장보고가 칠성탑을 쌓고 바닷길의 안녕을 비는 용왕제를 지냈다는 전설이 남아있어, 흑산도가 당시 남방항로의 한복판에 있던 정황을 잘 알려준다.

흑산도에 대한 두 번째 기록 역시 외국인의 손에서 나왔다. 1123년 고려를 방문한 남송(南宋) 서긍(徐兢)의 《고려도경(高麗圖經)》이다.

> 흑산은 백산 동남쪽에 있어 바라보일 정도로 가깝다. 처음 바라보면 극히 높고 험준하며, 바싹 다가가면 산세가 중복되어 있는 것이 보인다. 앞의 작은 봉우리 하나는 가운데가 굴같이 비어 있고 양쪽 사이가 만입했는데 배를 감출 만하다. 옛 바닷길에서 이곳은 사신의 배가 묵는 곳이

었으므로, 관사가 아직 남아 있다. 그러나 이번에는 여기에서 정박하지 않았다. 산 위쪽에는 주민들의 부락이 있다. 나라 안의 대죄인으로 죽음을 면한 자들이 흔히 이곳으로 유배되어 온다. 중국 사신들의 배가 이곳에 도착하면 밤에 산마루에서 봉홧불을 밝혀 신호를 보내는데, 여러 산들이 차례로 호응하여 신호가 왕성에까지 이르게 된다. 신시 후에 배가 이곳을 지나갔다.

중국 사신이 처음으로 만나는 고려 땅이 흑산도였다. 명주(明州)에서 돛을 올리고 순풍을 만나면 사흘 만에 대해(大海)에 들어가며, 다시 닷새 뒤에는 흑산도에 닿았다. 여기서 여러 섬들을 지나 칠일을 올라가면 예성강에 이르렀다.[135] 서긍은 갈길이 급해 흑산도에 내리지는 않았지만, 섬의 위치와 지형, 현황을 간결하게 밝혀 놓았다. 사신이 묵어갈 관사까지 지어놓은 것으로 보아 바닷길에서 흑산도의 위치가 여전히 녹녹하지 않았음을 알 수 있다. 또한 흑산도가 유배지로 쓰였다는 대목을 주목해야 한다. 보통의 유형인이 오는 것이 아니라 죽음을 면한 죄인, 이른바 감사(減死)에 해당하는 인물들이다. 《고려사》를 살펴보면, 최유청의 후손으로 평장사에 있던 최온, 왕족 대녕후 경, 최씨 정권에 맞선 박훤 등 거물급 정치범들의 이름이 보인다. 오고가는 배가 많았으므로 죄인을 보내고, 동태를 감시하는데 편했을 것이다

135 이덕무, 〈宋史筌 高麗列傳〉, 《青莊館全書》 권 22(민추 편, 《국역 청장관전서》 5, 42쪽).

고려 말에 이르면 왜구의 침입이 많아진다. 이성계가 지휘한 홍산대첩 같은 승리는 한반도 본토에서나 가능한 일이었다. 제때 중앙군의 지원을 받을 수 없던 남해, 서해의 섬들은 속수무책으로 왜구의 수중에 떨어졌다. 육전(陸戰)에서 맞서 싸울 수 없으면 적군이 쓸만한 모든 것을 불태우고 산성으로 들어가는 전술[清野]을 쓰듯, 해전(海戰)에서는 섬을 비우는

것[空島]으로 대처했던 것이다. 공민왕 때에 이르면 흑산도의 모든 인민들이 배에 타고 영산강 하구의 남포(南浦)로 옮겨간다. 인구가 늘어나 따로 영산현을 설치할 정도였는데, 이곳이 지금의 목포(木浦)로 커졌다.

한번 비운 땅에 다시 들기는 쉽지 않다. 조선 초의 기록을 보면 흑산도는 다른 나라처럼 기술되고 있다. 제주(濟州)에 가는 것보다 더 힘든 노정이었다. 세종은 전라감사에게 흑산도의 험하고 평이한 지형, 육지에서 멀고 가까운 여부를 잘 알아내어, 더 이상 왜구가 섬의 나무를 베어 적선(敵船)을 만드는 일을 없애야 한다고 당부하고 있다. 이후 성종, 연산군, 중종 시기를 거치면서 섬의 이쪽저쪽에 사람이 살기 시작했다. 배를 타고 섬을 한바퀴 돌면서 파도를 피할 곳을 찾아 정착했다. 명종, 선조 때에 이르러 본격적인 왜구 소탕전이 이루어졌고, 현종 때에는 비로소 먼 바다에 있는 흑산도와 근해에 있는 임치(臨淄)·자은(慈恩)·비금(飛禽) 등의 섬에 진(鎭)을 설치하여, 적들이 다도해(多島海)로 북상해 서해에 이르는 것을 방지하자는 논의가 나온다. 숙종 때에 이르면 관의 장악력이 확립되면서 본격적으로 유배지로 활용하기 시작했다. 왕조실록의 유배지 분포를 보면 흑산도는 제주, 거제에 이어 섬 지역 3위를 차지했다.[136] "험난한 바다와 악독한 장기가 다른 정배지(定配地)보다 가장 심하다"고 할 만큼 작고 먼 섬[絶島]이었기 때문이다.

136 《세종실록》 27/07/26.

3. 흑산을 기억하는 사람들

숙종의 치세는 환국(換局)의 시대로 지배 정파가 밀물과 썰물처럼 바뀌었다. 물이 나고 들 때마다 벼슬아치들이 휩쓸렸고, 여러 섬으로 흩어졌다. 흑산도에 처음으로 유배 온 사람은 〈연행별곡〉(燕行別曲)의 작자로 잘 알려진 유명천(柳命天, 1633~1705)이다. 1694년 갑술환국으로 파직되면서 서인을 공격하는 상소를 올렸다가 흑산도에 위리안치되었다. 기사환국(1689) 후 오랫동안 인사권을 쥐고 있으면서 남인들을 요직에 앉힌 죄였다. 1699년 해배되었다가, 1701년 장희재(張希載)와 공모하여 인현왕후(仁顯王后)를 모해하려 하였다는 탄핵을 받고 다시 지도(智島)에 안치되었다가 1704년 고향으로 돌아왔다. 그의 문집 《퇴당집》(退堂集) 가운데 〈오천록〉(烏川錄)이 유배길에 지은 작품을 모아놓은 것으로 추정된다.

그 뒤를 이은 홍계적(洪啓迪, 1680~1722)은 노론이었다. 1721년(경종 1) 대사헌에 올라 세제(世弟)의 대리청정을 강력하게 주장하여 소론과 맞섰다. 결국 세제의 대리청정은 경종에 대한 불충(不忠)으로 규정되면서, 노론은 수세에 몰렸고 홍계적은 흑산도로 유배되었다. 이듬해 목호룡(睦虎龍)의 고변으로 역모(逆謀) 사건이 발생했고, 홍계적은 노론 사대신(四大臣)의 당인이라는 죄목으로 서울로 압송되어 문초를 받다가 옥중에서 죽었다. 국립중앙도서관에 문집 《수허재유고》(守虛齋遺稿)가 전하고 있다.

흑산도에 유배되어 시하(澌河)를 지나던 중 안창도(安昌島)에 묵었다. 호송하는 도사(都事) 윤순경(尹舜卿)에게 시를 주다.

謫黑山過澌河漂泊安昌島次押去都事尹舜卿韻 137

137 《守虛齋遺稿》 권 2

외로운 섬 아득하여 아직 반이나 왔는가	孤島迢迢阻半程
머무는 배는 모두 얇고 장기(瘴氣)는 피어 오르네	泊舟叢薄瘴烟生
미천한 신하가 죄는 마땅히 죽어야 하나	微臣有罪元宜死
감히 풍파를 돌아보고 이 행차를 한하네.	敢向風波恨此行

짧은 시 속에 흑산도에 이르는 과정을 잘 보여준다. 제목에 보이는 '안창도'는 지금 기좌도와 합쳐져 안좌도가 되어 있다. 흑산에 이르는 바다를 시하(澌河)라고 하고 있는데, 바다 해(海)자를 쓰지 않은 점이 특이하다. 다하다, 없어지다라는 '시(澌)'자에 주목하여 '강이 다한 곳'으로 해석되어 바다를 말하는 것으로 볼 수도 있지만, '하(河)'에 유의하면 섬들이 얽힌 다도해(多島海)를 강처럼 여긴 듯도 싶다. 옛날 흑산도는 대흑산도 · 소흑산도로 나뉘어지는데, 육지에서 이어지는 섬들의 끝자락에 소흑산도인 우이도와 대흑산도 사이에는 섬 하나 없이 창망한 바다가 놓여있기 때문이다. '외로운[孤島]'이나 '풍토병[瘴氣]' 같이 남방의 해안으로 유배간 문인들이 일상적으로 남긴 용어를 사용한다던지, 부모 섬기기와 임금을 걱정하는 상투적인 내용뿐이어서 흑산도를 부각시키지 못하고 있다.

이조원(李肇源, 1758~1832)은 당쟁의 시대가 저물고 세도정치가 시작하는 시기에 살았다. 그는 풍양 조씨 계에 속한 사람으로 안동 김씨계와 맞서다가, 1814년 반역을 도모했다는 혐의로 흑산도에 안치되었다. 그는 무려 18년 동안 흑산도에 갇혀 있다가 물고(物故)되었고, 사후에 다시 참시당하는 혹독한 최후를 맞았다. 그때 지은 시가 〈검은 바다에서 읊다〉(黑海吟) 3권에 나뉘어 문집 《옥호집(玉壺集)》에 실려 있다.

흑백의 노래(黑白歌)

땅을 흑으로 이름 지으니 사람들 취하지 않아	地以黑名人不取
백으로써 거하니 어찌 흑이 있을 터	以白居之何黑有
이 산을 보노라니 바위 몇몇 검으나	試看此山石數黑
푸른 대나무 흰 모래사장이 앞뒤로 둘렀네	翠竹白沙環前後

그 땅은 검은 덩어리니 차조를 심기 적당하니	厥土黑壤宜種秫
가끔 작은 항아리에 흰술을 담그네	有時小甕釀白酒
흰 구름 골짝 가득하여 눈꼽을 떼어버리고	白雲滿壑拂眼眵
검은 절벽 흐르는 샘물 내장 속 때를 씻어버리네	黑壁流泉洗腸垢
어찌 저와 같이 사람의 마음이 검으리오	豈若夫人心志黑
청정한 마음을 짊어지고 평생을 벗하노라	虛白有負平生友
올빼미 하늘 보니 흰 달이 숨고	鵂鶹瞰天隱白月
도깨비 사람을 홀려 검은 수풀로 오누나	魍魎迷人來黑藪
검은 땅에서 어떤 사람이 훔쳐보리오	黑暗之界人誰窺
흰 땅에 무기들만 비껴들고 와서 헤치다	白地戈戟橫來掊
세상은 흑으로 속일 수 있다 하지만	謂世昏黑可以欺
흰 해가 어찌 끝내 그 차양을 풍요롭게 하는가	白日豈終豊其蔀
나는 검은머리 타고난 바가 곧으니	我自黑頭生也直
세상이 바보라고 칭한지 오래	世以白癡稱之久
다만 흑백의 인연은 크고 분명하구나	秖緣黑白太分明
아첨을 보일 수 없으니 많은 비난이 온다	不能見媚來多口
없은 것을 가리켜 있다 하고 흰 것을 검은 것으로 만드니	指無謂有白爲黑
변하고 환한 세태가 심히 구차하구나	變幻世態甚衣狗
설령 산이 검어 사람이 옮겨놓고	可使山黑移之人
흑으로 바꾸어 놓아도 이 백수에 무슨 혐의가 되리오	還黑何妨此白首
항차 산을 검다 한들 사람은 검지 않으니	况乎山黑人不黑
흰 옥같은 내 마음 고치지 않고 종신토록 지키리라	白玉不改終身守
오래도록 바닷바람 맞으니 얼굴도 검어져	久觸海風面黧黑
흰 털수건 두르니 또한 형상 늙어 추하구나	白氎巾又形老醜
백을 끌어 또한 검은 땅으로 들이니	引白且入黑甜鄉

세상사 무엇을 논하랴 거개 다 어그러졌으니.　　　　世事何論乖八九

검을 흑(黑)자와 흰 백(白)자를 번갈아 쓴 15운, 30행의 장편이다. 여기서 '黑白' 은 '검은 색, 흰 색' 이라는 색깔이면서, 동시에 '긍정과 부정' 이며, '거짓과 진실' 이고, '지옥과 천국' 이다. 검은 빛 바위와 이를 둘러싼 흰 모래사장, 검은 땅에서 수확한 차조로 빚어낸 흰 술등 앞부분은 강한 회화적 이미지로 흑산의 궁벽함과 이에 맞서는 의지를 그려내고 있다. '산은 검을 수 있고, 얼굴 빛깔도 검게 변하지만, 흰 옥과 같은 마음은 죽을 때까지 지킨다' 는 후반의 진술은 '억울함을 토로하고 충성을 다짐' 하는 유배문학의 상투성을 벗어나지 못하고 있기는 하나 못견디게 외롭고 궁핍한 십 여년의 섬 생활과 칠순이 넘는 그의 나이를 생각할 때 절절하게 다가온다.

4. 정약전, 섬과 하나된 사람

손암(巽庵) 정약전(丁若銓, 1758~1816)의 흑산도 유배는 정조임금에게서 비롯되었다. 정조는 즉위한 그해(1776), 아버지 사도세자의 죽음과 관련하여 영조의 계비 정순왕후(貞純王后)의 오빠인 김귀주(金龜柱, 1740~1786)를 흑산도에 유배보냈다. 복수는 잔혹하여, 3년 뒤에는 오갈데 없는 섬에 갇힌 그를 울타리로 다시 가두었다. 흑산도에서 8년을 보낸 김귀주는 특사로 나주(羅州)로 이배되었다가 곧 병으로 죽었다. 흑산에서의 삶이 퍽 고단했음을 감지할 수 있다.

벽파(僻派)를 천토(天討)하려던 정조가 석연치 않게 죽자, 정순왕후는 어린 순조를 내세워 수렴청정을 시작했고, 잔혹한 복수를 시작했다. 정조의 사랑을 받던 남인들을 천주교 신자라는 죄명으로 죽음으로 내몰았으니, 초기 천주교 신자들과 혼인 관계로 얽힌 정약전 형제가 여기에 걸려들었다. 독실한 신자였던 정약종은 순교했고, 신앙에서 학문으로 전향했던 정약전 · 정약용 형제는 지도와 장기로 유배되었다. 두 사람은 이듬해 황사영 백서(帛書) 사건으로 서울로 불려져 추국을 받고, 다시 흑산도와 강진으로 유배되었다.

정약전은 정약용과 달리 학문에 몰두하지 않고 어부나 천한 사람들과 어울리면서 섬생활에 적응하려고 노력했다. 귀한 신분이라고 교만을 부리지 않았기에 섬사람들은 서로 싸우면서까지 정약전을 자기 집에 두려고 했다. 여트미[沙村]에 머물던 정약전은 애들을 모아 역사를 가르쳤는데, 몇 년 뒤에는 초가집을 지어 본격적으로 서당을 열었다. 이것이 사촌서실(沙村書室)이다. 정약용은 학문을 배우는 학동들을 누에에, 서당을 누에 치는 잠박(蠶箔)에 비유한 글을 지어 보냈다. 어진 부인이 좋은 뽕잎을 따서 법에 따라 먹이면, 누에는 성숙하여 실을 토해내고 고치를 만들고, 사람들이 이 고치를 켜 실을 만들면, 조그만 잠박의 누에라도 큰 잠박의 누에와 다름없다고 했다. 그렇게 보면 중국(中國) · 일본(日本) 같은 큰나라가 추자도(楸子島) · 홍의도(紅衣島) · 가가도(可佳島) 같은 작은 섬이 같다고 했다.[138]

138 정약용, 〈사촌서실기(沙村書室記)〉(1807).

정약용은 형을 두고 "공은 책을 편집하거나 저술하는 데는 게을렀기 때문에 지으신 책이 많지 않다" 고 했다. 정약용이 외가인 해남 녹우당의 방대한 도서를 참고할 수 있는 환경임에 비해 흑산도에는 변변히 참고할 만한 책이 없던 환경적인 요인도 있지만, 정약전은 '죽은 글' 에 매달리지 않고 민중들의 삶과 관련이 있는 것을 학문의 대상을 삼았기 때문이다.

자산(玆山)은 흑산(黑山)이다. 나는 흑산도에 유배되어 있어서 흑산이란 이름이 무서웠다. 집안 사람들의 편지에는 흑산을 번번이 자산이라 쓰고 있다. 자(玆)자는 흑(黑)자와 같다.
자산의 해중(海中) 어족(魚族)은 매우 풍부하지만 그 이름이 알려진 것은 적다. 마땅히 박물학자들은 살펴보아야 할 곳이다. 나는 섬사람들을 널리 만나보았는데, 어보(魚譜)를 만들고 싶어서였다. 그러나 사람마다 그 말이 다르므로 어느 말을 믿어야 할지 알 수 없었다.
그런데 섬 안에 장덕순(張德順), 즉 창대(昌大)라는 사람이 있었다. 두문불출하면서 손님을 거절하면서까지 열심히 고서(古書)를 탐독하고 있었다. 다만 집안이 가난하여 책이 많지 못했으므로 손에서 책을 놓은 적이 없었지만 보고 듣는 것은 넓지가 못했다. 하지만 성격이 조용하고 정밀하여, 대체로 초목과 조어(鳥魚) 가운데 들리는 것과 보이는 것을 모두 세밀하게 관찰하고 깊이 생각하여 그 성질을 이해하고 있었다. 그러므로 그의 말은 믿을 만했다. 나는 드디어 그를 맞아 함께 묵으면서 물고기 연구를 계속했다. 그래서 조사 연구한 자료를 차례로 엮었는데, 이것을 이름하여《자산어보》라고 불렀다.
그 부수적인 것으로는 바다 물새[海禽]와 해채(海菜)까지 확장시켜 이것이 훗날 사람들의 참고자료가 되게 했다.[139]

139 정약전, 〈자산어보서〉,《자산어보》

동생과 주고받은 편지에 의하면, 애초 정약전은《해족도설(海族圖說)》이라 하여 그림과 글을 함께 실으려고 했다. 정약용은 그림보다는 글이 더 정확하게 묘사할 수 있다며 반대했다. 정약전은 동생의 충고를 받아들여 그림을 없애고 글로만 서술했다. 그는《자산어보》를 비늘이 있는 〈인류(鱗類)〉 71종, 비늘이 없는 〈무인류(無鱗類)〉 43종, 껍질이 있는 〈개류(介類)〉 68종(거북 1, 게 17, 조개 50), 해충 · 해조 등의 〈잡류(雜類)〉 45종으로 크게 분류했다. 그는 흑산 바다에 사는 관찰 가능한 모든 동식물들의 생김새와 생태 밖에 먹을 수 있는가 없는가, 언제 먹을 수 있는가, 어떻게 먹어야 하는가를 밝히고 있어, 《자산어보》가 단순히 박물학 책이 아니라 실용서이게끔 만들었다. 이를 실학(實學)이라고 할 수 있을 것이다. 그는 이밖에 국가의 소나무 정책에 대한 의견을 밝힌 〈송정사의(松政私議)〉를 지었고, 동생이 묻는 바를 답하면서 《자산역간(兹山易柬)》, 《논어난(論語難)》 등을 썼다.

순조 14년(1814) 4월 정약용의 해배 논의가 나왔다. 이 소식은 흑산도의 정약전에게도 들려왔다. 정약전은 동생이 해배되면 가장 먼저 자신을 찾아볼 것을 자신하여, 아우를 두 번이나 바다를 건너게 할 수 없다며 우이도로 향했다. 놓아주지 않으려는 주민들을 피해 첩과 그 사이에서 나은 두 아들을 데리고 밤에 몰래 출발했지만, 곧 들켜 잡혀왔다. 주민들은 스승인 그를 한사코 놓아 보내지 않으려 했다. 결국 한 해를 보내고서야 우이도로 옮길 수 있었는데, 이듬해 순조 16년(1816)년 유배 16년 만에 '아우를 보지 못하는 한을 품은 채' 세상을 떠났다.

> 6월 초 엿새날은 나의 어지신 둘째 형님이 세상을 떠난 날이시다. 오호라! 현자가 그토록 곤궁하게 세상을 떠나시다니. 그 원통한 죽음 앞에 목석(木石)도 눈물을 흘릴 텐데 다시 말해 무엇하랴! 외롭기 짝이 없는 이 세상에서 손암 선생만이 나의 지기(知己)가 되어 주셨는데 이제 그분마저 잃었구나. 앞으로는 학문으로 얻어지는 수확이 있더라도 어느 곳에 입을 열어 말하겠느냐. 사람이 지기(知己)가 없다면 이미 죽은 지 오래인 것이다. 처가 나를 알아주지 않고, 자식이 알아주지 않고, 형제나 집안사람들이 알아주지 않는데 나를 알아주는 분은 세상을 떠났으니 어찌 슬프지 아니하랴. 경집(經集) 240권을 새로 장정해 책상 위에 보관해 두었는데, 장차 그것들을 불사르지 않을 수 없겠구나.

정약용, 〈두 아들에게 부친다〉(1816년 6월 17일)

이번 세기에 들어와 정약전의 외롭고 고단한 유배 생활을 추체험하고, 그 삶이 후손들에게 대단히 의미있고 풍족한 자산을 주었음을 밝힌 두 작업이 나왔다. 고등학교 생물교사 이태원이 지은 《현산어보를 찾아서》(전 5권, 청어람미디어, 2002~2003)와 소설가 한승원의 《흑산도 하늘길》(문이당, 2005)이다. 두 작업은 모두 흑산의 다른 이름인 '玆山'을 '자산'이 아니라 '현산'으로 읽고, 이를 힘주어 이야기하고 있다. 그 근거가 약간씩 다른데 이태원은 기존 학계 일각에서 내세운 근거 외에 답사 중 우이도에서 구해본 《유암총서(柳菴叢書)》에서 나온 (소)흑산도를 '현주서실(玄洲書室)'이라고 쓴 것을 근거로 내세웠다. 한승원은 '우주를 구성하고 있는 비가시적인 신비하고 그윽한 원소'라는 뜻을 지닌 '감을 현(玄)'을 병기한 '玆'은 '현묘하고 또 현묘한 검음'으로 보았다. 그리하여 '흑산'은 '일차원적인 더러움의 세상, 혹은 지옥처럼 사람을 가두는 어둠의 세상'으로, '현산'은 '그윽한 하늘세상이나 극락 같은 고차원적인 경지나 밝은 시공'으로 보았다. 실증의 성과와 해석의 힘으로 특징지울 수 있는데, 두 사람의 글도 마찬가지의 맥락에 놓인다.

《현산어보를 찾아서》는 일단 기행문의 형식을 띠고 있다. 흑산도는 물론 우이도, 정약용이 있던 강진, 천주교 성지인 천진암, 서해안의 갯벌 등 여러 차례 현지조사를 했고, 그 곳에서 만난 경관과 생물의 사진은 물론 인터뷰까지 충실하게 담겨져 있다. 역시 흑산도 답사가 그 중심에 놓이는데, 바닷가에서 만난 어족 하나하나를 정약전의 어보의 기록과 대조하여 그 정체를 밝혀나가는 과정이 짜릿하다. 정약전이 기록에 근접한 여러 종류의 물고기 몽타쥬(사진)가 등장하고, 이들의 서식지와 행동 양상이 열거되다가 결정적인 근거로 일치를 끌어내는 과정이 범인을 찾아가는 추리소설과 닮아있다. 작은 사진 외에 크게 세밀화를 그려주어 독자들의 이해를 도우니 새로운 생물도감이라고도 할 수 있다. 또한 정약전과 정약용을 비롯한 당대 실학자들의 글과 현재의 실학 연구 성과까지 인문학적 지식이 풍부하게 곁들였다. 이는 자연과학과 인문과학이 행복하게 만나는, 도대체 어떤 장르로 귀속시켜야할지 주저하게 만드는 실학자들의 독특한 글쓰기를 계승한 것이라 할 수 있다. 흑산도와 관련된 홈페이지에서 젊은 네티즌은 저자를 '이태원 선생님' 이라고 표현하고 있고, 저자는 책 속에서 답사에서 만난 현지 주민들에게 많은 가르침과 도움을 받았다고 하고 있으니, 어보를 함께 만든 정약전과 장창대를 다시 보는 듯 하다.

한승원은 전남 장흥의 토굴 속에서 십 년 동안을 지내며, 다산과 손암 형제를 통해 '스스로를 한시공 속에 잘 가두고 살면 영원을 살 수 있다' 는 확신을 얻었다고 했다. 그는 정약전의 '참담한 갇힘과 슬프도록 아름다운 자유자재의 길(하늘길)' 을 동경한다고 했다. 따라서 소설은 정약전의 마음 궤적을 곡진하게 표현하는 특장을 갖는다. 강진 땅의 아우를 그토록 그리워하는 정약전이 소흑산을 떠나 다시 바다를 건너 대흑산으로 들어갈 수밖에 없는 정황, 사람을 믿을 수 없는 이중삼중의 감시체제와 스스로 불신의 벽을 높이 쌓고 이중적인 모습을 보여야만 하는 곤혹스런 생활상은 소설만이 전할 수 있다.(정약전 스스로도 일기와 같은 내밀한 기록을 남기지 못한 현실!) 섬 주민들과 하나가 됨이 단지 스스로를 낮춘 데서 그치는 것이 아니라 그 자체가 곧 생존책인 현실, 버림받은 대학자라는 아우라에 가려진 인간 정약전의 감정을 섬세하면서도 곡진하게 드러내고 있다. '두터운 껍질에 싸여 갯벌에 있지만 나중에 파랑새[栗毬鳥]로 변한다는 승률조개[僧栗毬]' 가 곧 정약전의 삶이었다는 해석은 참으로 아름답게 다가온다.

5. 우국(憂國)의 바다, 면암 최익현

흑산도는 최익현(崔益鉉, 1833~1906)이 유배되면서 더욱 유명해졌다. 1876년 정월 일본이 강화도에 들어와 수호 조약을 강요하자, 최익현은 서울로 올라와 〈오불가척화의(五不可斥和議)〉라는 상소를 올렸다. 죄인이 상소를 올렸을 뿐만 아니라 도끼를 들고 임금의 거둥 길을 옆에 엎드려 있었다는 죄로 금부(禁府)에 갇혔고, 흑산도에 위리안치한다는 교지를 받았다. 민씨 일족을 비난한 상소로 제주도에 있다가 올라온 지 채 1년이 되지 않은 시점이었다.

1876년 2월 10일 다경진(多慶津)에 도착한 최익현은 암태(巖泰), 팔금(八禽), 기좌(箕佐), 도초(都草), 비금(飛禽)을 거쳐 6일 만에 소흑산(우이도)에 도착하여 문인주(文寅周)의 집을 관소로 정했다. 대흑산이나 소흑산은 본디 귀양살이 하는 사람에게 지공(支供)하는 예가 없어 자비(自費)로 해결해야 했는데, 면암 역시 정약전처럼 서당에서 글을 가르치는 것으로 밥벌이를 했다. 두 섬을 오가며 서당 훈장 노릇을 했으니, 대흑산 진리(鎭里)의 일신당(日新堂)이 그곳이다. 1878년 4월 천촌리(淺村里)로 거처를 옮겨, 해배될 때까지 교화에 전념했다.

면암에게 흑산도를 남다르게 생각했는데, 개화(開化)의 물결이 닿지 않았기 때문이다. 서울에서 수 천리나 떨어진 무더운 남방의 바다 한가운데 있는 흑산도는 시간이 정지되어 있었다. 세상은 정쟁과 이권 다툼으로 윤상(倫常)의 질서는 간데없고, 도교와 불교는 물론 서양의 사상·종교가 문벌과 양반들까지 휩쓴 형국이었다. 임병 양란 때에 흘러들어온 구족(舊族)을 중시조로 여기는 섬사람들은 여전히 베옷에 관을 쓰는 전통적인 복식을 하고 있었고, 《논어》와 《맹자》와 같은 유학의 기존 경전들을 배우려고 했다. 사치하고 싶어도 소박하고 검소할 수밖에 없는

지장암과 유허비

경제적 조건에 기인한 것이었지만, 개화를 온몸으로 맞선 면암에게는 '선왕(先王)의 가르침과 생활'이 그대로 구현된 곳이었다. 이렇게 소중한 곳임에도 불구하고 유서깊은 운율(韻律)이나 유적(遺蹟)이 적은 것을 안타깝게 여기어, 사람들의 이목에 빛나는 옛일[古事]을 만들어 주었다. 사리 마을 한쪽에 선 바위돌에 '기봉강산(箕封江山) 홍무일월(洪武日月)' 8자와 '지장암(指掌岩)' 3자를 새기고, 기문(記文)과 시를 지어 이를 기념했다.

조물주가 한 산을 나누어서	化工分却一枝山
저 파도 속으로 던졌구나	擲入洪範浩渺間
많은 선비들은 속세를 피하여 들어오고	强半衣冠曾避俗
심상한 염장이라 구차스레 한가했네	尋常炎瘴苟偸閒
땅은 기역에 닿았으나 증거될 서적 없고	地連箕域書無證
역서는 숭정을 보니 세월이 얼마나 되었나?	曆玩崇禎歲幾還
이 새김이 일은 적으나 뜻은 크니	此刻誰微關係大

마을 사람아 가벼이 깎아 버리지 말게	爲教洞主莫輕删
한 부의 의리를 푸른 산에 물으니	一部陽秋問碧山
만 가지 만지면서 풀 언덕에 서 있구나,	摩挲佇丘草堤間
사람들아 하늘 땅 비좁다 말라,	居人莫謂乾坤窄
좁은 곳에도 일월은 한가하구려	隙地從看日月閒
양공의 마음에 얻은 것이 아니면	非有良工心裏運
누가 옛 모양을 다시 보도록 했으리	誰模舊迹眼中還
이 땅 경계는 비록 변할 때 있으나,	職方版籍隨時變
돌에 새긴 글자는 언제나 없어지지 않으리.	老石千年應不删

〈지장암에서 글자를 새기고 곧 운자를 뽑다(指掌巖刻字後拈韻)〉

빗돌에 새긴 여덟 글자에서 흑산도의 영역은 기자(箕子)의 땅이요, 문화는 중화(中華)의 자장에 놓인다고 하고 있다. 청나라에 조공하자 종전대로 종주국 황제의 연호를 쓰지 않고 명나라 망국의 군주 숭정황제 이후[崇禎後] 몇 년으로 쓰던 선배 척화파(斥和派)들의 글쓰기에 동조하는 데서 한발 더 나아가 명나라의 창업군주 주원장의 연호 홍무(洪武)를 내세우는 적극성을 보이고 있다. '한국령' 이라는 표석을 대신한 것이라 할 수 있다.

시는 흑산도의 역사와 역사 속에서의 의미, 글자를 새긴 의의와 자신의 감상을 남김 없이 남기고 있다. 파도 가운데 있긴 하지만 본디 한반도의 일부라는 것을 강조하는데, 이는 지질학적으로도 증명된 사례이다. 속세를 피해 들어온 선비는 조선 후기의 유배객들을 말함이고, 아열대에 가까운 무더운 날씨와 높은 습도[炎瘴] 때문에 외부로부터의 자연적인 이동 · 교류가 없던 사실을 말하고 있다. 그럼에도 불구하고 조선의 전통 의식과 문화를 온전하게 지켜낸 것이 자랑스러워하면서, 이를 증명할 만한 증거가 없던 현실적 한계를 극복하기 위해 손수 금석문을 새겨 기념한 감회를 적었다. 유배를 옛문화를 다시 맛볼 수 있는 귀한 만남으로 표현하며, 그 사실이 영원하리라며 노래를 마쳤다.

면암의 이러한 행위는 우암 송시열(宋時烈)이 만동묘(萬東廟)를 만들고, 돌벽에 "예가 아니면 움직이지 않는다[非禮不動]"는 숭정황제의 어필을 새겨 넣은 일과 흡사하다. 물리적인 현실뿐만 아니라 사상 · 문화적인 정체성의 혼돈을 겪는 당대 사회적 흐름을 거슬러 이상적인 모습을 그려내는 자족적인 행위라 하겠다. 다만 우암의 행위가 정신적인 권위를 회복하여 공고히 하려는 상징 조작에 가까운 반면, 눈앞에서 외세에게 나라가 넘어가려는 현실을 목도한 면암의 처절한 상징 조작이기에 한결 절실한 측면이 있다.

면암은 이듬해 해배되어 향리로 돌아갔으나 1895년 단발령(斷髮令)에 반발하여 투옥되기도 하였다. 이후 여러 차례 관직 임명을 받았지만 모두 거절하고 제자 가르치는 데만 전념하다가, 1905년 을사조약에 반대하여 의병을 이끌고 봉기하였다가 붙들려 대마도(對馬島)로 끌려갔다. 적이 주는 음식물을 거부하여 단식하다 끝내 굶어죽었다. 현재 바위에 새겨진 면암의 글은 그대로 보존되어 있고, 그 앞에는 1924년 9월 문하생 오준선(吾駿善)이 짓고 임동선(任東善)이 쓴 〈면암최익현선생적려유허비(勉菴崔益鉉先生謫廬遺墟碑)가 세워져 있다.

6. 결론

흑산도는 국토의 서남쪽 끝에 있다. 흑산의 역사는 우리 민족의 흥망성쇠를 잘 보여준다. 동아시아가 하나의 세계로 서해 바다에 삼국의 배가 내남없이 나니던 삼국 · 신라 · 고려 때의 흑산도는 중요한 뱃길이었고, 뱃길을 잃은 조선 전반기의 흑산도는 왜구의 소굴이 되었다. 조선 후기가 되어서야 다시 흑산 나름의 생활이 가능해졌다. 관의 장악력이 커지고 당쟁이 격렬해지면서 유배지로 활용되었다. 유명천, 홍계적, 정약전, 이조원, 최익현 등이 대표적인데, 특히 정약전과 최익현의 유배는 흑산도를 남다른 곳으로 인식하게 하였다.

정약전은 자연을 다시 읽어 어보(魚譜)를 썼다. 정약용이 법과 행정과 같이 모두가 다 잘사는 사회를 만들기 위한 제도 마련에 힘썼다면 대조적인 면이다, 정약전은 서양 종교를 받아들인 것이 문제되었지만, 최익현은 서양(일본)에 반대한 것이 유배의 빌미가 되었다. 조선 역사의 변화를 알 수 있는 대목이다. 최익현은 자신이 꿈꾸었던, 자신에게 익숙한 전통적인 생활 방식을 흑산도에서 만날 수 있었다. 예를 잃으면 초야(草野)에서 구한다는 공자님 가르침 그대로였다. 그는 기쁜 발견, 반가운 마음을 바위에 새겨 흑산 역시 조선의 강토임을 증명했다.

복성재에서 본 사리마을

기술이 진보되면서 점차 섬은 육지와 가까워졌다. 간척사업으로 섬을 둘러싼 바다가 육지로 변하기도 하고, 무슨 대교(大橋)라는 이름의 다리가 붙어 육지와 하나가 되기도 하였다. 배가 커지고 빨라지면서 뱃길이 생겼으며, 구경이 '관광' 이라는 상품이 되면서 그 길은 더욱 빨라지고 넓어졌다. 딸린 섬인 홍도가 뜨면서 뱃길이 크게 열린 흑산도는 더 이상 유배의 땅도 아니요, 섬사람들의 발목을 잡는 숙명의 섬도 아니다. 배삯이 비싸고, 일기에 따라 막혔다 풀렸다 하지만 엄연히 길이 존재하는 땅이 되었다. 사리를 지나는 일주도로 이쪽저쪽에는 이곳 이장 박도순씨의 시가 바위처럼 서 있다. 흑산도는 곧 유배문학의 배경에서 섬 문학의 주요한 보고로 등장할 것이다.

조선심의 표상, 조선미의 요람
금강산

박성순

1. 약속의 땅

사당에서 정상을 올려다보면 가슴이 사무치도록 아름다운 광경이 펼쳐진다. 굽이굽이 이어진 숲의 물결, 시냇물의 아스라한 반짝임, 구릉의 완만한 선들, 그 뒤로 해발 1829m가 넘는 금강산에서 가장 높은 산봉우리가 솟아 있었다. 아, 나는 그 아름다움, 그 장관을 붓끝으로 표현할 자신이 없다.

진정 약속의 땅(A fair land of promise)인저! 진정코!

이곳은 이 산의 무수한 산사 중 한 곳에 일생을 묻으려고 금강산을 찾는 사람들에겐 우리 식으로 말해 하나의 '루비콘 강'이다. 이 봉우리의 이름부터가 한국 불교사 초창기의 유서 깊은 전설이 담긴 머리카락을 자른다는 뜻의 '단발'인 것이다.

이사벨라 버드 비숍, 〈금강산으로의 여정〉

단발령에서 "가슴이 사무치도록 아름다운" 비로봉을 바라다보는 한 이방인의 감격에 찬 헌사는 금강산이 유한한 삶 너머 존재하는 '약속의 땅' 임을 증언한다. 그는 영국의 작가이자 지리학자인 이사벨라 버드 비숍(1831~1904)이다. 1894년부터 4차례 11개월에 걸쳐 한국을 방문하여 쓴 그녀의 저서 《한국과 그 이웃나라들》에는 이처럼 "한번 본 이방인이 결코 이 땅을 떠나고 싶지 않게 만드는 정경"에 대한 섬세한 묘사와 함께 민간의 풍속이 인상 깊게 그려져 있다. 금강산에 대한 찬사는 비단 이방인의 눈에 비친 낯선 동양의 경이로움만은 아니다. 이미 송(宋)나라의 유명한 시인 소동파(蘇東坡)는 "원컨대 고려에 태어나 금강산이나 직접 보았으면(願生高麗國 親見金剛山)"이라고 한 바 있다. 금강산을 향한 간절한 동경은 이렇듯 그 연원이 깊다. 실제로 조선에 온 중국의 사신들이 금강산에 다녀오기도 했고 이마저 어려우면 금강산 그림이라도 하나 얻기를 원했다는 기록이 《조선왕조실록》 등에 전한다.

조선 중기 이후 통신사들의 일본 여행에서는 후지산[富士山]이 금강산의 경관보다 낫다며 한시를 지어 자랑하는 일본 문인들이 조선통신사들에게도 금강산 시를 요구했다는 기록이 전한다. 을미사행(1655년)의 종사관이였던 남용익(南龍翼)이 일본인 승려 중달(中達), 소백(紹柏) 등과 벌인 금강산-부사산 우열논쟁이나, 신묘사행(1711년)의 정사 서기 홍순연(洪舜衍)이 일인 문사 명경(明敬)과 벌인 필담은 민족적 대결의식으로 비화되어 자못 긴장감까지 감돈다. 1926년에 내한한 스웨덴의 구스타브 국왕은 금강산을 보고 "하나님이 천지창조를 하신 여섯날 중 마지막 하루는 금강산만을 만드는데 보내셨을 것이다"라고 감탄하였다고 전해진다. 동서와 고금을 막론하고, 금강산은 그야말로 약속의 땅이자 신의 조화로 이해되었던 것이다.

비로봉 대자연을

사람아 묻지 마소

눈도 미쳐 못 보거니

입이 능히 말할손가

비로봉 알려 하옵거든

가보소서 하노라.

과연 그렇습니다. 비로봉 경치는 상상해도 상상할 수 없는 것이니, 하물며 말로 들어 알 줄이 있으리오. 오직 가 보아야 그 사람의 천품(天稟)에 따라 볼 만큼 보고, 알 만큼 알 것이외다.

이광수, 〈금강산유기(金剛山游記)〉

1921년 춘원 이광수가 비로봉을 바라보며 내지른 경탄은 그저 조국강산에 대한 찬미라고만은 할 수 없다. "상상해도 상상할 수 없는 것이니, 하물며 말로 들어 알 줄이 있으리오."라는 춘원의 고백은 수없이 호명되고 기록되면서도 쉽게 그 전모를 드러내지 않는 신성한 공간으로서의 금강산의 이미지를 잘 드러낸다. 금강산은 "오직 가 보아야 그 사람의 천품에 따라 볼 만큼 보고, 알 만큼 알 것" 이라는 데서, 금강산의 다채로운 표정과 무궁무진한 조화를 읽을 수 있다.

2. 금강, 봉래, 풍악, 개골

금강산에 대한 한국인의 보편적인 인식은 중종25년(1530) 편찬된 역사인문지리서 《신증동국여지승람(新增東國輿地勝覽)》을 통해 비교적 소상히 살필 수 있다. 여기에는 금강산의 연혁과 산천, 사찰, 고적, 누정 등이 그곳을 읊은 시들과 함께 망라되어 있다. 근래의 문인들도 금강산 여행가방에 이 책 하나만을 넣고 갔다는 이야기가 있을 정도이니, 금강산 답사의 좋은 길잡이가 된다고 하겠다.

> 장양현(長楊縣)의 동쪽 30리에 있다. 부(府)와의 거리는 167리이다. 산 이름이 다섯 있는데 첫째 금강(金剛) 둘째 개골(皆骨) 셋째 열반(涅槃) 넷째 풍악(楓嶽) 다섯째 기달(怾怛)이니 백두산의 남쪽 가지이다. 회령부(會寧府)의 우라한현(虧羅漢峴)으로부터 갑산(甲山)에 이르러 동쪽은 두리산(頭里山)이 되고, 영흥(永興)의 서북쪽에서 검산(劍山)이 되었으며, 부의 서남쪽에서 분수령(分水嶺)이 된다. 서북쪽으로 철령(鐵嶺)이 되며, 통천(通川)의 서남쪽으로 추지령(楸池嶺)이 되고, 장양의 동쪽, 고성(高城)의 서쪽에서 이 산이 되었다. 분수령으로부터 여기에 이르기까지는 무려 830여리이다. 산은 무릇 일만이천봉이니, 바위가 우뚝하게 뼈처럼 서서 동쪽으로 창해를 굽어보며 삼나무와 전나무가 하늘을 찌를 듯하여 바라보면 그림과 같다.
>
> 산천, 회양도호부, 《신증동국여지승람》)

금강산은 현재 행정구역상 강원도 금강군과 고성군에 걸쳐 있다. 하지만 해방 무렵까지만 해도 내금강은 회양군, 외금강과 해금강은 고성군에 해당되었고, 통천군의 총석정도 넓은 의미에서는 금강산에 포함시켜 왔다. 금강산은 백두산에서 뻗어 내린 백두대간의 굵은 마디에 해당한다. 지금 북한에서 공식적으로 말하고 있는 금강산 구역은 동서로 40킬로미터, 남북으로 60킬로미터에 달한다. 이중환(李重煥)은 《택리지(擇里志)》 〈복거총론(卜居總論)〉에서 "금강산 일만이천봉은 순전히 돌봉우리 · 돌구렁 · 돌내[川] · 돌폭포이다. 봉우리 · 멧부리 · 구렁 · 샘 · 못 · 폭포가 모두 돌이 맺혀서 된 것"이며, "만길 산꼭대기와 백길 못까지 온통 하나의 돌이니 이것은 천하에 둘도 없는 것"이라고 하였다. 한치의 흙도 없는 까닭에 산의 이름이 개골(皆骨)이라고 하여, '하나의 돌'로 된 금강산의 지형과 개골산이라 불리는 된 내력을 밝히고 있다.

금강산이라는 이름은 14세기 최해(崔瀣)가 지은 '금강산을 유람하러 떠나는 스님을 전송하는 글'(送僧禪智游金剛山序)에 처음 보인다. "세상에서는 풍악이라고 부르는 이 산을 중의 무리들은 금강산이라고 한다"고 말한 구절이 그것인데, 불가에서 금강(金剛)이란 범어인 바즈라(vajra)를 한자로 의역한 것으로 '견고함'을 의미한다.

> 바다 가운데 금강산[怾怛]이라는 곳이 있는데 예부터 여러 보살들이 그 곳에 머물고 있다. 지금은 법기보살[曇無竭]이 있어 그 권속과 여러 보살들 1만 2000인과 함께 그 가운데 항상 머무르며 설법하고 있다.
>
> 〈보살주처품(菩薩住處品)〉, 《화엄경(華嚴經)》

뭇 보살이 머무르는 곳인 '기달'은 범어의 음역이며, 다르모가타(Dhar-modgata)를 음역한 것이 '담무갈'이고 그 의역이 '법기보살'이다. 금강산과 일만이천봉의 유래가 《화엄경》에 있음이 여기서 연유한다. 조선시대 사대부들은 이 불교적 이름이 못마땅하여 풍악, 봉래 등을 즐겨 사용하고, 기행문에는 '동유기'라고 제목을 달기도 하였다.

금강산은 일찍부터 신선이 사는 선산(仙山)으로 불렸는데, 16세기에는 삼신산(三神山)의 하나인 봉래산(蓬萊山)으로 지목되었다. 특히 양사언(楊士彦)은 금강산에 살면서 아예 호를 '봉래'라고 하였다. 그가 만폭동 계곡 너럭바위에 새긴 '봉래풍악 원화동천(蓬萊楓嶽 元化洞天)'이라는 글씨는 '금강산에서 으뜸가는 계곡'이라는 뜻으로, 그 장대한 필치로 금강산이 조선 문단에 새롭게 주목받는 계기가 되었다.

이렇게 얻어진 금강산의 여러 이름들은 20세기에 들어와 내금강역까지 이어진 금강전철을 통한 탐승길이 열리면서 봄철은 금강산, 여름철은 봉래산, 가을철은 풍악산, 겨울철은 개골산으로 불리며, 그 호화로운 용모와 풍취를 다투게 되었다.

3. 세계의 산왕(山王), 산수의 성자(聖者)

'절경 금강산에 부치는 구원(久遠)의 구가(謳歌)' 라는 부제가 붙은 〈산정무한〉에서 정비석(1911~1991)은 금강산을 두고 "산의 품평회를 연다면 여기서 더 호화로울 수 있을까?" 한 바 있다. 그런데 이미 최남선은 《금강예찬(金剛禮讚)》에서 금강산이 세계에서 가장 빼어난 산이라고 하였다. 그는 서사(序詞)에서 금강산이 만장일치로 '세계의 산왕(山王)' 에 뽑혔다고 하면서, 그 이유를 이렇게 말하였다.

> 금강산은 조선인에게 있어서는 풍경 가려(風景佳麗)한 지문적(地文的)일 현상이 아닙니다. 실상 조선심(朝鮮心)의 물적(物的) 표상(表象), 조선정신의 구체적 표상으로 조선인의 생활·문화 내지 역사에 장구(長久)코 긴밀한 관계를 가지는 성적(聖的)일 존재입니다.
>
> 최남선, 〈조선 정신의 표치(標幟)〉

"조선(朝鮮)의 국토(國土)는 산하(山河) 그대로 조선(朝鮮)의 역사(歷史)며 철학(哲學)이며 시(詩)며 정신(精神)입니다(최남선, 《심춘순례(尋春巡禮)》)" 라며 국토를 순례하던 최남선에게는 우리 민족이 발 딛고 삶을 일구는 땅은 모두 성소(聖所)라고 할 만 하다. 그는 그 가운데서도 금강산은 풍려가려한 땅의 무늬와 함께 "조선심(朝鮮心)의 물적(物的) 표상(表象)" 으로, 세계에 내놓을 수 있는 자랑거리로 이해했다. 백두산

금강전도

정선, 〈금강전도(金剛全圖)〉. 1734년, 호암 미술관 소장. 내금강의 전경을 담은 이 작품은 부감법의 원형구도, 기암을 거침없이 힘차게 내려 그은 수직준법(垂直皴法)과 토산의 미점(米點)으로 구분한 대조적 조화, 그리고 개골산(皆骨山)의 설봉(雪峰)을 드러낸 담채표현으로 금강산 전경도의 전형을 이루었다.

이 민족신화, 민족역사의 발상지라면, 금강산은 민족 정서와 미의식의 공간으로 존재한다. 금강산을 유람하고 노래한 문학이 조선심과 조선미를 드러내는 이유가 여기에 있는 것이다.

신비롭고 아름다운 절경인 금강산을 우리 민족은 맑은 영혼이 깃들인 인격체로 여기기도 하였다. 그래서 조선 유학자들은 수려한 금강산을 닮은 인물이 당대에 배출되지 않음을 탄식하기도 했다. 겸재(謙齋) 정선(鄭敾, 1676~1759)의 《해악전신첩(海岳傳神帖)》 발문에서 박덕재(朴德載)는 금강산을 산수의 '성자(聖者)'로 그 성자를 그린 정선을 '화성(畵聖)'이라 명명한 것도 인격체로서 금강산을 주목한 결과이다.

> 대저 산수가 성인과 어떻게 짝하는가. 공자께서 이르시기를 어진 이는 산을 좋아하고 지혜로운 이는 물을 좋아한다 하셨는데, 어질고 또 지혜로우면 이미 성인이다..... 태산은 언덕에서 성인이 되고, 하해(河海)는 도랑물에서 성인이 되는 것으로 역시 가히 미루어 알 수 있다. 우리 금강산은 태산과 하해의 성인을 겸해서 천하에 소문난 지 오래다. 이로써 중국의 선비들이 한 번만 그것을 보고자 원해서 시를 짓는 속에 말하기까지 하였다.....우리 금강산이 산수에서 성인(聖人)이 되는 것이니 이에 정선이 그림으로 성인을 모시게 됨으로써.....

금강산에 대한 구체적 묘사는 송강(松江) 정철(鄭澈, 1536~1593)의 가사 〈관동별곡〉에 와서 이루어진다. 〈관동별곡〉은 정철이 그의 나이 45세(1580)에 강원도 관찰사로 제수되어 금강산과 관동팔경을 두루 유람하고 그 절경을 노래한 것이다.

> 소향로 대향로 눈 아래 굽어보며

정양사 진헐대(眞歇臺)에 다시 올라 앉으니

여산(廬山) 진면목이 여기서 다 보이도다

어와 조화옹(造化翁)이여 그 재간 놀랍도다

날거든 뛰지 말거나 섰거든 솟지 말거나

연꽃(芙蓉)을 꽂았는 듯 백옥을 묶었는 듯

동해(東溟)를 박차는 듯 북극을 괴었는 듯

높을시고 망고대(望高臺) 외롭구나 혈망봉(穴望峰)

하늘에 치밀어 무슨 일을 사뢰고자

천만 년 지나도록 굽힐 줄 모르느냐

어와 너로구나 너 같은 이 또 있는가

송강의 〈관동별곡〉은 "이태백 이제 있어 고쳐 의논 하게 되면 / 여산이 여기보다 낫단 말 못하리라"라며 금강산에 대한 민족적 자긍심을 표출한다. 《서포만필》에서 김만중이 높이 산 것처럼, 〈관동별곡〉은 민족어로 구사된 탁월한 문학적 표현으로, 한시로 번역되고 그 속편이 줄을 잇게 된다. 아마도 '금강산 문학' 이라고 불릴 만한 현상은 〈관동별곡〉을 겪고 나서 생겨난 것이 아닐까.

'금강산도 식후경' 이라는 속담에서 보이듯, 금강산 유람은 우리 민족 문화의 전통에서 최대의 구경거리이자, 평생의 소원으로 자리 잡는다. 금강산에 유람하는 사람도 갈수록 늘어 조선 후기에 이르면 '금강산 가기' 가 일종의 유행이 된다. 양촌(陽村) 권근(權近, 1352~1409)의 〈금강산론〉은 한국인의 마음 밭에 그려진 금강산 기행의 윤곽을 보여준다.

금강산은 우리나라 동해 위에 있다. 그 지형의 아름다움이 천하에 높이 뛰어났다. 그런 까닭에 그 이름이 천하에 알려진 것이다. 나는 어렸을 때 들었다. 천하 사람들이 와서 보기를 원했으나 와서 볼 수 없음을 한탄하여 그 그림을 걸어놓고 예배하는 자가 있었다고 한다. 그 사모함의 간절함이 이러하였다. …… 병자년 가을에 내가 중국에 들어가 천자(天子)를 뵈었더니 황제가 친히 시제(詩題)를 내어 시(詩) 20여 수를 짓게 하였다. 그 중의 하나가 '금강산' 이라는 제목이었다. 이에 이 산의 이름이 과연 온 천하에 높아서 내가 어릴 때에 들은 것이 헛말이 아닌 것을 알았다.

권근, 〈금강산론〉

권근이 중국에 사신으로 가서 '금강산시' 를 쓴 때가 1396년(태조5년)이다. 그는 금강산을 단 한 차례도 가보지 않았음에도 금강산시를 지어 명나라 황제의 찬사를 받았다고 한다. 이는 당대 지식인들이 이미 선험적으로 금강산을 이해하고 있었음을 보여주는 일화이다. '누워 읽는 산수[와유록(臥遊錄)]' 가 유행한 조선 시대에는 상상 속에서도 금강산 기행론을 쓰고 금강산시를 지었다. 금강산을 구경하고픈 지식인들의 소망이 어떠했는가를 능히 짐작할 수 있다.

육당 최남선은 "금강산을 읊은 시를 다 한 자리에 모을 수 있다면 도서관 하나를 채울 수 있을 것이며, 금강산 그림 또한 한 자리에 모을 수 있다면 미술관이 몇 개 될 정도"(《금강예찬》)라고 호기롭게 말한 바 있다. 금강산의 역사와 문화는 금강산을 다녀간 수많은 문인 · 묵객들의 자취를 통하여 그 정체를 발한다. 산수 수려한 금강산이 사람을 부르고, 그들이 금강산을 기록하여, 금강산을 살아있게 하는 셈이다. 문학과 지리는 이렇게 서로를 호명하며 서로의 삶을 풍부하게 채운다.

금강산 문학의 장대한 연원은 최치원이 구룡연 너럭바위에 썼다는 "천길 흰 비단 드리웠는가 만섬 진주알을 흩뿌렸는가"(天伩白練 萬斛眞

珠)하는 구룡폭포에 대한 묘사로부터 시작한다. 그리고는 고려 후기 신진사대부들에 의하여 본격화된다. 이 시기 금강산시는 대체로 금강산의 모습을 있는 그대로 묘사하고 불교의 타락과 금강산 탐승에 따른 민폐를 애민적 입장에서 그린 시들이 주종을 이룬다. 가정(稼亭) 이곡(李穀), 근재(謹齋) 안축(安軸), 익재(益齋) 이제현(李齊賢), 제정(霽亭) 이달충(李達衷), 척약재(惕若齋) 김구용(金九容) 등이 그 대표적인 작가이다.

17, 18세기에 이르면 금강산의 참 모습을 형상화하려는 시인들이 등장한다. 이는 국토산하에 대한 발견이라는 의미를 지닌다. 농암(農巖) 김창협(金昌協)은 〈동유기(東遊記)〉를 남겼고, 김창집(金昌緝)의 〈동유기〉, 오도일(吳道一)의 〈관동록(關東錄)〉, 이의현(李宜顯)의 〈유금강산기(游金剛山記)〉, 이하곤(李夏坤)의 〈동유록(東遊錄)〉 등과 같은 기행산문이 줄지어 창작되었다. 시로는 삼연(三淵) 김창흡(金昌翕), 사천(槎川) 이병연(李秉淵) 등의 작품이 쏟아져 나왔다.

실학파 문인 가운데 금강산 시를 남겨놓은 이로 초정(楚亭) 박제가(朴齊家)와 연암(燕巖) 박지원(朴趾源)을 들 수 있다. 박제가의 〈금강산〉은 7언 100구의 장편시이다. 초정은 중국의 태산이나 화산 같은 이름난 산도 금강산에 비길 수 없다고 하고서, "행복하다 우리는 자랑스런 조선 사람" 이라며 민족적 자부심을 한껏 높였다.

매월당(梅月堂) 김시습(金時習)은 금강산 시를 모아 《유관동록(游關東錄)》이라 이름 했고, 진택(震澤) 신광하(申光河)는 시집 《동유록(東遊錄)》과 《풍악록(楓嶽錄)》을 남겼다. 한글 기행문으로는 저자와 저작 연대를 알 수 없는 〈금강산유상록〉과 조선 말기 철종 연간에 지어진 저자 미상의 〈동유기〉가 있다. 그리고 근대 기행문으로 풍부한 감상이 돋보이는 정비석의 〈산정무한〉과 담담한 필치로 자신의 여행 체험과 경관을 서술한 호암(湖巖) 문일평의 〈동해유기(東海遊記)〉등이 있다.

4. 그리운 금강(金剛)으로

금강산 탐승의 경계는 내금강, 외금강, 해금강으로 나누어진다. 조선시대의 일반적인 노정은 한양에서 철원을 거쳐 내금강으로 들어가는 것이다. 내금강은 남북으로 뻗은 금강산 주능선의 서남쪽 지역을 일컫는다. 천태만상 기암절벽이 이루는 산악미가 장관인 외금강 구역에 견주면, 내금강은 여러 갈래 계곡의 물줄기가 기암절벽과 조화되어 수려하고 우아한 계곡미를 보여 준다. 예부터 여기에는 장안사, 표훈사, 정양사, 마하연 등의 사찰이 자리 잡고 있었다.

'금강산의 정맥(正脈)에 자리잡아 볕바른 곳' 이라는 뜻을 지닌 정양사(正陽寺)는 내금강의 40여 개 봉우리가 한눈에 보이는 전망 좋은 곳이다. 정양사는 높이 800미터 정도밖에는 안 되는 산중턱에 자리했지만, 동쪽이 탁 트여서 크고 작은 봉우리들을 볼 수 있다. 《택리지》에는 "산 한복판에 정양사가 있고, 절 안에 헐성루(歇惺樓)가 있다. 가장 요긴한 곳에 위치하여 그 위에 올라앉으면 온 산의 참 모습과 참 정기를 볼 수 있다. 마치 구슬 굴속에 앉은 듯, 맑은 기운이 상쾌하여 사람의 장위(腸胃) 속 티끌 먼지를 어느 틈에 씻어버렸는지 깨닫지 못 한다"라고 묘사되어 있다.

금강 일만이천봉이 눈 아니면 옥이로다

헐성루 올라가니 천상인 되었것다.

아마도 서부진화부득은 금강인가 하노라.

〈안민영〉

정양사 내에서도 가장 전망 좋은 곳인 '헐성루' 에서는 내금강의 봉우리치고 어깨 너머로라도 고개를 내어놓지 않은 것이 없어, 금강산이 왜 생겼느냐면 헐성루라는 장관 하나를 만들기 위해서라고 해도 좋을 정도였다고 한다. 조선시대 금강산 그림 중 겸재의 〈금강전도(金剛全圖)〉를 비롯한 내금강 총람도(內金剛總攬圖)는 거의 다 정양사 헐성루에서 본 경치이다. 그 경치란 안민영이 시조에서 읊은 것처럼 '글로써도 다 표현할 수 없고 그림으로도 다 묘사할 수 없(書不盡畵不得)'는 아름다움이다.

맑고 푸른 여덟 개의 못이 연이어 꼬리를 물고 있다는 '만폭팔담(萬瀑八潭)'은 외금강의 상팔담(上八潭)과 견줄 만하다 해서 '내팔담(內八潭)'이라 부르기도 한다. 그 가운데 분설담(噴雪潭)은 삼복더위에도 눈보라를 날리고 찬바람이 뼈 속까지 파고든다고 하여 붙여진 이름이다. 그 분설담 맞은편의 깎아지른 듯 높이 솟은 법기봉 중턱에는 높이가 7.3미터나 되는 구리기둥 하나에 의지하여 벼랑에 간신히 기댄 정면 1칸, 측면 1칸의 단칸집인 암자가 있다. 고구려 영류왕 10년(627)에 보덕화상이 수도하기 위해 자연굴을 이용해 지었다는 보덕암이다. 건물 안의 절벽 바위에는 자연굴이 있는데, 이것이 '보덕각시'의 전설이 깃들인 보덕굴(普德窟)이다.

옛날 한 청년이 젊어서 금강산에 들어와 공부를 하다가 싫증이 나서 잠깐 잠이 들었다. 꿈에 '보덕각시'라는 여인을 만나 사랑에 빠졌는데, 여인은 이내 어디론가 사라졌다. 꿈에서 깬 청년이 만폭동을 찾아왔다가 넋을 잃고 서 있는데, 어디선가 파랑새가 나타나 골짜기를 따라 오르더니 법기봉 절벽에 보이는 바위굴 속으로 자취를 감추었다. 바위굴 속으로 좇아가보니 굴 가운데 불상이 놓여 있고 그 앞에 책이 쌓여 있었다. 총각은 자신을 이곳까지 이끌고 온 보덕각시가 관음보살이었음을 깨닫고 열심히 수행에 정진하여 이름 높은 스님이 되었다고 한다.

사람의 손길이 닿지 않는 금강산의 절경과 세속의 인연을 끊고 불

보덕암
〈보덕각시전〉의 배경으로, 그 기묘한 건축미는 금강산의 최고 명물 중의 하나이다.

도를 추구하였던 스님의 인간적 고뇌가 얽힌 사찰의 연기담 〈보덕각시전(普德閣氏傳)〉은 《보덕굴습유록(普德窟拾遺錄)》, 《범우고(梵宇攷)》 등을 통해 변주되면서 그 문학적 형상화를 더하게 된다. 명재(明齋) 윤증(尹拯)은 만폭동의 절경과 함께 보덕굴의 모습을 담백한 필치로 그려내고 있다.

바위가에 외로이 버티고 선 구리기둥
그 위에 올라서면 하늘에 몸 닿으리
스님 하나 밤마다 으슥한 이 굴 찾거니
인경 소리 맑은 속에 실안개 피어나네.

윤증, 〈보덕굴〉

만폭동 윗골짜기가 동쪽으로 틀어지면서 846미터 높이의 평평한 대지를 이룬 곳에 자리 잡은 '마하연(摩訶衍)' 은 '대승(大乘)' 이라는 뜻의 암자이다. 그 뒤쪽에는 촛대봉, 앞쪽에는 혈망봉과 법기봉이 솟아 있으며, 왼쪽으로 중향성, 나한봉이 병풍처럼 둘러 있다. 그 고적한 분위기는 시적 감흥을 불러일으키는 좋은 소재가 되었는데, 겸재 정선과 교유한 이병연의 〈마하연〉이 단연 으뜸이다. '수많은 향불' 이라는 이름의 중향성(衆香城)은 길게 내려뻗은 산줄기로, 수많은 향불에서 피어오른 연기가 실안개처럼 줄을 그으며 겹겹이 성벽을 둘러친 듯 절묘하다. 중향성은 범어 간다바르타(Gandhovarti)를 한자로 의역한 것으로 이른바 '담무갈보살이 거주하는 곳' 을 일컫는다. 마하연 부근에는 예로부터 천연기념물인 금강초롱꽃이 많이 핀다고 한다. 금강초롱에는 금강산으로 들어간 석공인 오빠를 찾아 어두운 밤을 헤메이던 누이의 눈물이 떨어져 금강초롱꽃이 되었다는 전설이 깃들여 있다.

외금강은 금강산에서 가장 높은 주봉인 비로봉(毘盧峰)을 중심으로 남북으로 길게 뻗은 주능선의 동쪽 지역으로, 동해안 해금강과 잇닿아 있다. 외금강의 들머리가 되는 온정리에서 만물상 초입까지는 수령 200년 이상으로 높이가 20미터가 더되는 붉은 줄기의 미인송이 장장 2킬로미터나 이어진다. 만물상(萬物相)은 금강산의 산악미를 대표하며, 형형색색의 모양을 나타내는 기암괴석의 천연 조각미가 뛰어나다. 이 세상에 있는 만 가지 물체를 닮았다고 해서 이름도 만물상이다. '만물초(萬物草)' 라고도 하는데, 이는 하느님이 만물을 창조할 때 시험 삼아 초본을 잡아본 것이라는 데서 연유한다.

구룡연(九龍淵) 지역은 신계사터가 있는 맨 아래 골짜기로부터 신계동, 옥류동, 구룡동으로 이어져 있다. 옥류담, 연주담, 비봉폭포, 구룡연, 구룡폭포, 상팔담 등 폭포와 못이 집중돼 있으며, 금강산에서 으뜸가는 계곡미를 간직하고 있다. 구룡폭포(九龍瀑布)는 깎아지른 그 폭포벽의 높이가 100미터가 넘는다. 구룡연에는 옛날 유점사(楡岾寺)에서 53불에게 쫓겨난 아홉 마리 용이 살았다는 전설이 전한다. 구룡폭포 오른쪽 바위벽에는 '미륵불(彌勒佛)' 이라는 세 글자가 돋보인다. 1919년 해강(海岡) 김규진(金圭鎭, 1868~1933)이 쓴 예서(隸書)로 높이 19미터, 폭은 3.6미터에 이르러, 우리나라 암각글씨 중 가장 큰 글씨로 알려져 있다. 마지막 '불(佛)' 자의 내려 그은 획의 길이는 13미터인데 구룡연의 깊이를 의미한다고 한다. 조선시대 화가 최북(崔北)이 금강산을 유람하다가 이곳 구룡폭포에서 자살하려 했다고 하니, 인간의 정신과 안목을 사로잡는 그 위풍을 미루어 짐작할 수 있다.

구룡폭포 뒤편에 자리한 상팔담(上八潭)은 '구룡대(九龍臺)' 라는 전망대에서 볼 수 있다. 골짜기 밑바닥에는 푸르고 맑은 물을 담은 크고 작은 못 여덟 개가 마치 구슬을 꿰어놓은 듯 바위산을 휘돌아 있다. 이 크고 작은 못 여덟 개를 '팔담' 이라고 하며, 구룡동 윗골에 있다고 하여 '상팔담' 이라 부른다. 여기에는 사슴을 구해주고 선녀의 옷가지를 숨긴 인연으로 아들딸 낳고 살았다는 '나무꾼과 선녀' 전설이 전한다. 아마도 나무꾼은 '최초의 금강산인' 이라고 부를 수도 있을 것이다. 그런데 지상에 남겨진 선녀가 목욕하던 장소는 사실 내금강 만폭팔담의 하나인 문주담이다. 여러 차례 홍수가 난 뒤로 문주담이 메워져서 모습이 달라지자 전설의 무대가 외금강 구룡연 구역의 상팔담으로 옮겨진 것이다.

외금강 온정리에서 동남쪽으로 12킬로미터 떨어진 지점에 자리한 삼일포(三日浦)는 예로부터 관동팔경(關東八景)의 하나로 이름났다. 이중환은 "삼일포와 경포대와 시중호의 세 호수가 호수와 산으로서는 첫째가는 경치"로 인간 세상에 있는 것이 아닌 듯하다고 하였다. 특히 "고성의 삼일포는 맑고 묘하면서도 화려하고 그윽하며, 고요한 중에 명랑하다. 숙녀가 아름답게 단장한 것 같아서 사랑스럽고 공경할 만하다"고 했다. 삼일포라는 이름은 신라 때의 사선인 영랑, 술랑, 남석랑, 안상랑이 이곳에 하루쯤 다니러 왔다가 호수 경치에 취해 사흘 동안 놀았다는 데서 연유한다. 호수 가운데는 소나무 우거진 와우도(臥牛島)와 술랑이 세 자씩 두 줄로 써놓은 '술랑도 남석행(述朗徒南石行)'이라는 글자가 붉은 색을 낸다 하여 이름 붙은 단서암(丹書岩) 등이 남아 있다. 단서암 정상에는 고려 충선왕 1년(1309)에 강릉 존무사 김천호라는 이가 삼일포에 향목을 묻은 것을 기념하여 세운 매향비 자리가 있다. '매향(埋香)'은 질 좋은 향을 만들기 위해 향나무를 바닷물이나 갯벌에 오랫동안 묻어두는 고려 시기의 풍속이다. 사류재(四留齋) 이정암(李廷馣)의 시 〈삼일포〉에는 이런 내력이 해금강의 단아한 정취와 어울러져 있다.

> 금강산 한 줄기 푸른 물이 흐르는데
>
> 언제인가 돛배 한 척 바다에 떴었다네
>
> 매향비 있는 곳에 붉은 글씨 남아 있네
>
> 예가 바로 신선네들 옛날 놀던 자리라네.
>
> 이정암, 〈삼일포〉

말 그대로 바다의 금강산인 해금강(海金剛)은 금강산 동쪽 자락의 연맥이 고성평야의 적벽강 밑으로 숨어들었다가 다시 동해바다 위로 솟아오른 작은 금강산이다. 해금강의 명물 가운데 단연 돋보이는 것은 장쾌한 해돋이다. 동틀 무렵 해금강에 나서면, 끝없이 펼쳐진 동해바다 위로 이글거리며 서서히 떠올라 하늘과 바다와 해만물상을 온통 붉게 물들이는 모습은 가슴까지도 뜨겁게 만드는 장관이다.

해금강 북쪽 통천군 읍내에서 약6킬로미터 떨어진 총석리의 바닷가 1킬로미터 구간에 펼쳐진 경치는 육각형의 돌기둥들이 다발로 묶여 바다에 꽂힌 듯 매우 독특하다. 이름하여 돌의 묶음 곧, '총석(叢石)' 이다. 이중환은 이를 일러 "무릇 돌봉우리는 위는 날카로우나 밑둥은 두꺼운 것인데, 위와 아래와 똑같으니, 이것은 기둥이고 봉우리는 아니다" 고 하면서, "천하에 기이한 경치고, 또 반드시 천에 둘도 없을 것이다" 라고 하였다. 본래 총석이라 불려야 하겠지만, 바닷가 벼랑에 '총석정(叢石

해금강에서 일출 장면
2004년 1월 1일 신년을 맞아 통일을 염원하는 우리 민족의 마음이 동해 바다에서 장엄하게 떠오르는 태양에 담겨 있다.

亭)' 이라는 정자가 세워진 뒤로부터 이 일대의 기암은 모두 '총석정' 으로 불려왔다. 연암 박지원은 29세 때 금강산을 유람하였는데, 총석정에서 해돋이 장면을 절묘하게 그려낸 〈총석정관일출(叢石亭觀日出)〉이란 유명한 한시를 남겼다. 연암 스스로도 뒷날 《열하일기(熱河日記)》에서 인용할 만큼 생동감이 넘치는 득의의 작품이다.

하늘가의 검은 빛은 갑자기 찡그리며

제힘껏 떠밀어올려 기운 부쩍 돋구는구나

아직도 덜 둥글고 길쭉하기 단지같다

물을 빠져나오는데 출렁소리 들리는 듯

만물을 돌아보니 어제보던 그대로다

어느 뉘가 두 손으로 번쩍 들어올렸는가

박지원, 〈총석정관일출〉, 〈일신수필(馹迅隨筆)〉

5. 금강산은 조선의 기상입니다.

이광수는 〈금강산유기〉를 쓰게 된 동기를 "나의 사랑하는 제매(弟妹)들에게 금강산의 어떻게 아름다운 맛을 알리고, 아울러 금강산 구경의 로차(路次)나 알려 주어 나와 같은 설움을 당하지 말게 하자"(〈금강산유기를 쓰면서〉)라고 한 바 있다. 그 설움은 말할 것도 없이 조국을 잃은 민족의 슬픔일 터이다. 조국을 잃은 민족은 그 고유의 미의식마저 기억하지 못하는 걸까. 우리 민족의 아름다움을 한이나 비애, 애상에서 애써 찾고 있는 야나기 무네요시(柳宗悅)의 노력은 기실 제국주의적 시선일 뿐이다. 그 시선은 '도자기' 에서 "부드러운 여자의 모습" 을 발견하고는, 급기야 이 '가련한 민족' 의 '부드러운 심성' 과 '비애의 미' 는 조선의

"특별한 자연이나 역사가 그렇게 만든 것"(야나기 무네요시, 〈이조도자기〉)이라는 식으로 우리의 자연과 역사를 왜곡한다.

하지만 우리의 시와 문이 들려주는 금강산은 굳건하며 장쾌한 그것이다. 우리 화폭에 담긴 금강산의 미의식은 수많은 이들이 직접 발로 밟은 그 땅에 오롯하다. 벽초(碧初) 홍명희(洪命熹)의 《임꺽정》은 이러한 식민지 시대 미의식에 결코 동의할 수 없는 조선미의 정체를 보여준다. 비로봉 정상에서 "한번 시원하구나"(〈피장편〉)하는 임꺽정의 외침은 금강산 체험이 민족 고유의 심성에 대한 이해로, 미적 체험의 큰 울림으로 다가온다.

비로봉에서 느낀 장쾌한 기상이야말로 임꺽정의 기상이자 곧 '민족의 기상'이다. 시인 신동호는 2005년 3월 13일 금강산 온정리에서, 벽초의 손자이고 《리조왕조실록》의 책임 번역자인 홍기문(洪起文)의 아들이자, 만해상을 받은 북한소설 《황진이》의 저자인 홍석중을 만났다고 한다. 그 뜨거운 만남을 기리는 글에서 그는 다음과 같은 고백을 했다.

> 고백하건대 금강산을 갈 때마다 사실 나는 《임꺽정》의 작가이며 반일 애국자였던 벽초 홍명희를 생각했다. 그러니까 해방 후부터 남북연석회의가 열린 1948년까지 금강산은 개명의 논의로 몸살을 앓았다. 가령 그것이 '천리마산' 등으로 불렸다면 지금쯤 그 느낌이 어떠했을까. 항일 빨치산들의 주장을 뒤로하고 금강산이란 이름을 지킨 사람이 바로 벽초다. 그가 "인민들이 불교를 빌려 금강산이란 이름을 지었을 때 그들에겐 사회주의가 없었습니다. 사회주의라 하여 이름을 바꾼다면 이것은 인민들의 선택에 등을 돌리는 것입니다"라고 말하자 김일성 주석이 무릎을 쳤다고 한다.
>
> 신동호, 〈홍명희-홍기문-홍석중 3대〉, 한겨레신문, 2005.3.27

금강산은 장구한 역사 속에서 조선의 마음으로 남아 있다. 그것은 단지 종교적 순례의 대상에 머무는 것이 아니라 남녘과 북녘, 우리 민족의 마음의 표상이자 미의 원천이다. 신의 장소가 아닌 인간의 장소로서의 금강산. 민족역사의 상징으로서의 금강산. 예술창작의 산실이자 호연지기와 풍류의 공간으로서의 금강산. 이제 그 금강산은 우리의 산천을 아끼고 땅을 일구는 사람이 주인이 되는 세상살이, 그 두터운 믿음을 '온전히 하나의 돌' 이라는 단단한 그 몸으로 보여주는 것인지도 모른다.

나는 지난 2004년 새해를 긴내 김태준 선생님 등과 함께 외금강과 해금강을 정신없이 유람한 적이 있다. 춘원은 "만일 우리가 금강산의 주인이 될 자격이 있었을진대, 우리의 제매(弟妹)와 자녀들이 보통학교를 마치기 전에 벌써 금강산의 위치, 명소의 배치와 명칭, 그 사진과 화첩, 그 시(詩)와 노래를 보고 외웠어야 할 것"(〈금강산유기를 쓰면서〉)이라고 하였다. 아무리 좋게 보아도 아직은 금강산의 주인될 자격을 갖추지 못하였으니, 〈금강산유기〉 말미를 여기에 옮겨 글을 가름한다.

> 그러나 이만하여도 지구(地球)의 자랑인 금강산의 개략(概略)을 보았으니 고려국(高麗國)에서 탄생한 보람은 되었는가 합니다. 나의 졸렬한 감상력과 필력(筆力)으로 나의 사랑하는 조국의 자랑인 금강의 아름다움을 그리게 된 것은 크게 영광으로 아는 바이거니와, 비록 나의 졸렬함이 금강의 아름다움을 잘못 전하였다 하더라도 금강산은 엄연히 실재하여 누구든지 친히 보려면 언제나 볼 수 있으니 그리 큰 죄는 안 될까 하옵니다.

밝다겨레의 신산 밝다산으로 가는 길

백두산

최강현

1. 머리말

조선 후기 실학자로 이름 높은 청담(淸潭) 이중환(李重煥, 1690~?)은 그의 역저 《택리지(擇里志)》〈팔도총론(八道總論)〉 첫머리에서 밝다산(백두산)에 관하여 아래와 같이 설명하고 있다.

> 곤륜산(崑崙山) 한 가닥이 대사막(大沙漠)의 남쪽을 뻗어 의무려산(醫巫閭山)이 되어 여기서 크게 끊어지니, 곧 요동(遼東) 평야이다. 평야를 건너서 백두산(白頭山)이 되니, 곧 《산해경(山海經)》에 이른바 "불함산(不咸山)이 이것이다. 백두산의 정기가 북으로 천 리를 달리며 두 강을 끼었고, 남으로 향하여 영고탑(寧固塔)을 이루었으며, 뒤로 한가닥 산줄기를 뽑아낸 것이 조선산맥(朝鮮山脈)의 머리이다.

라고 한 것으로 볼 때에 현재의 우리나라 땅을 반도(半島)로 국한하여 이른 말임을 짐작할 수가 있다.

그리고 많은 사람들이 일연(一然, 1206~1289) 스님의 《삼국유사(三國遺事)》에 실리어 있는 단제(檀帝)의 출생지인 "태백산 신단수(太白山神檀樹)"를 "백두산 신단수"로 언급하는 이들이 많으나 이도 역시 청담(淸潭)과 같은 생각에서 비롯된 것이라고 판단된다.

그러나 우리 밝다겨레의 첫 지도자이신 단제(檀帝)께서 출생하신 태백산은 지금의 중국 섬서성 미현(陝西省眉縣)에 있는 해발 3767.2미터의 태백산으로 보아야 한다.

이러한 필자의 주장은 지금의 중국 땅에 살았던 옛날의 본토박이가 우리 조상인 동이(東夷) 겨레이었다는 사실을 바탕으로 한 것이다. 우리나라의 영토가 현재와 같은 반도 이남만이 아니었다는 주장에 관하여는 비록 논지와 근거 제시에 있어서 각각 다른 점들이 있기는 하지만, 이미 우리의 여러 선배님들이 논증한 바가 있다.

또 단제(檀帝)를 신화적 인물이 아닌 실존 인물로 보아야 한다는 관점에서 볼 때에 단제(檀帝)가 살던 곳에는 분명히 역사적 유물이 묻혀 있어야 한다. 그런데 현재까지 밝다뫼 근처에서는 옛 유적이 발굴되지도 아니하였기 때문에 우리 밝다 겨레의 발상지가 아닌 겨레의 신산(神山)으로 숭앙되어야 할 것이다.

어찌 되었건 필자는 단제 기원 4323(1990)년과 4324(1991)년과 4328(1995)년의 세 번이나 밝다산을 올라 천지(天池)의 맑은 물에 마음의 때를 씻고 조국의 남북 통합을 빌기도 하였다. 다만 필자가 세 번이나 가면서도 아직도 북녘 땅으로 질러서 가지 못한 것이 한스러울 뿐이다.

필자가 두 번째 밝다산에 올랐던 4324(1991)년에는 천지 물가에서 전라남도 순천시에 산다는 당시 74세의 할머니를 만났다. 그의 겉모습이 등은 굽어 길마처럼 휘었으며 살이 말라 뼈뿐인 듯한 할머니 중의 할머니이었다. 필자는 너무도 놀라워서 무엇 때문에 굽은 허리로 그 근력에 힘들게 여기까지 왔는가를 물어보니, 평생의 소원을 죽기 전에 이루고 싶어서 마을 부인회에서 계를 모아 왔다는 대답이었다. 필자는 마음 속으로 이 시골 노파의 밝다산 답사야말로 곧 민족적 신앙의 염원이라고 풀이하였다.

그리고 이러한 신앙적 염원은 이미 200여 년 전의 조선 시대 우리 조상들 중에서 보만재(保晚齋) 서명응(徐命膺, 1716~1787)공의 〈유백두산기(遊白頭山記)〉에 나타나 있는 등정 동기와 비슷함을 깨달았다.

이에 필자는 잃어버린 옛 고구려 땅을 밟고 밝다산을 오르며, 옛 조상님들이 부르던 노래를 흥얼대며 겨레의 신산을 생각하여 보았다.

장검(長劍)을 빼어 들고

백두산 천지

백두산에 올라 보니,

대명천지(大明天地) 성진(腥塵)이 잠겼세라.

언제나

남북 풍진(南北風塵)을 헤쳐 볼까 하노라.

남이(南怡, 1441~1468)[140]

140 이 작품은 진본《청구영언(靑丘永言)》100번가를 필자가 현대역으로 고치어 인용함.

읊고 또 읊어 보아도 정녕 오늘의 우리 현실을 탄식한 듯하다. 남북 분단 50년의 안타까운 이 현실을 언제나 극복할 수 있을 것인가? 갈라진 남북 이산 가족들과 찢어진 국토를 평화적으로 하루 속히 통합할 수 있기를 늘 빌고 있지만, 현재로서는 어쩔 수 없는 현실 앞에서 가슴 답답한 심정을 지울 수가 없다.

백두산 내린 물이

압록강이 되었구나.

크고 큰 천지(天地)에 분계(分界)는 무슨 일가?

슬프다!

요동(遼東) 옛 땅을 뉘라서 찾을소냐?[141]

141 이 작품은 강응환(姜膺煥, 4068 (1735)~4128(1795))공의 문집《물기재집(勿欺齋集)》의 〈창성감고가(昌城感古歌)〉의 원문을 필자가 현대역으로 고치어 실음.

이 노래도 바로 오늘의 우리 겨레의 소망을 대변하여 한탄한 듯 가슴이 자꾸만 메인다.

죄인으로 유배지인 갑산(甲山)에 이른 서명응(徐命膺)공은 같은 죄목으로 삼수(三水)로 유배된 친구와 함께 그 고을 수령들을 대동하여 보호를 받으며 밝다산을 올라 평생의 소원을 성취하였다. 필자는 이처럼 담력(膽力) 있는 보만재(保晩齋)의 〈유백두산기(遊白頭山記)〉 1편을 더듬어 그의 인품과 그의 국가관(國家觀)과 백두산관(白頭山觀)을 엿보기로 한다.

2. 조선 시대 밝다산 기행문

1) 조선 시대 밝다산 기행문 개관

이제까지 우리 학계에 보고된 조선시대 밝다산(백두산) 기행문은 그리 많지 아니하다. 작품이 지어진 연대순으로 정리하여 보이면 아래와 같다.

(1) 김지남(金指南) 〈북정록(北征錄)〉, 4045(1712, 숙종 38)년 2월 24일~6월 3일. 목석비(穆石碑)를 세울 때에 청의 오라총관(烏喇摠管) 목극등(穆克登)을 따라 밝다뫼를 오른 당시 수역(首譯)의 자찬 기록이므로 현전 밝다산 기행문 중에서는 가장 오래 된 작품임.

(2) 귀암(歸庵) 박권(朴權, 3991(1658)~4048(1715)) 〈북정일기(北征日記)〉, 4045(1712, 숙종 38)년 3월 17일~7월 13일. 목석비를 세울 때에 청의 오라총관 목극등의 접반사로, 실제 밝다산 등척은 아니하고 산 아래에서 머물고 지은 작품임.

(3) 창랑(滄浪) 홍세태(洪世泰, 3986(1653)~4058(1725)) 〈백두산기(白頭山記)〉, 4045(숙종 38/1712)년 4월 29일~5월 12일. 목석비를 세울 때에 조선의 역관으로 동행하였던 김경문(金慶門)의 이야기를 듣고 지은 이가 기록한 것임.

(4) 문암(文庵) 이의철(李宜哲, 4036(1703)~4111(1778)) 〈백두산기〉, 4084(영조 27/1751)년 5월 24일~윤 5월 3일(9일간), 지은이가 갑산부사(甲山府使)로 부임하여 밝다뫼를 오르고 지은 기록임.

(5) 당주(洲) 박종(朴琮, 4068(1735~4126(1793)) 〈백두산유록(白頭山遊錄)〉, 4097(1764/영조 40)년 5월 14일~6월 2일(18일간), 함경도 출신으로 개인적인 밝다뫼 오름의 기록임.

(6) 보만재(保晩齋) 서명응(徐命膺, 4049(1716)~4120(1787)) 〈유백

두산기遊白頭山記〉, 4099(1766, 영조 42)년 6월 10일~6월 16일(8일간), 죄를 입어 정배된 사람이면서도 갑산부사를 비롯한 많은 관리들의 보호를 받아 밝다산을 오른 기록임.

(7) 이중하(李重夏, 4179(1846)~4250(1917)) 〈백두산일기(白頭山日記)〉, 4218(1885, 고종 23)년 10월 6일~10월 27일(실제 산행은 7일간임), 토문 감계사(土門勘界使)로 청의 감계관 진영(秦煐)과 덕옥(德玉) 등과 회령(會寧)에서 출발하여 토문(土門)이 두만(豆滿)이 아님을 확인하고, 지은이 일행은 무산(茂山)으로 귀환한 기록임.

2) 보만재의 밝다산 기행

이들 중에서 필자는 (6)의 〈유백두산기〉만을 여기에서 집중적으로 살피기로 한다.

(1) 지은이와 지어진 연대

여기서 살피려는 〈유백두산기〉의 지은이인 보만재 서명응공은 본관이 대구(大丘)이고, 아버지는 이조판서를 지낸 종옥(宗玉, 4021, 1688~?)공이고, 할아버지는 예조판서를 지낸 문유(文裕, 3984, 1651~?)공이다. 지은이의 자는 군수(君受)이며, 보만재(保晩齋)는 그의 호이다. 4087(영조 30, 1754)년 갑술 증광(增廣) 별시 문과에서 병과(丙科)로 급제하여 벼슬이 이조판서와 병조판서에 이르렀다. 또 영의정을 지낸 명선(命善, 1725~?)공은 보만재의 동생이다.

홍문관 부제학(弘文館副提學)으로 있을 때에 홍문관록(弘文館錄)을 주관하라는 왕명을 세 번이나 거절하여 갑산(甲山)으로 유배되었다. 나라에서는 지은이가 거역한 홍문관록 주관의 일을 평소에 지은이와 친한 벗인 조엄(趙曮, 1719~1777)공에게 위임하매 조엄공도 또한 거역하여 삼수(三水)로 유배령이 내려져 같은 날 두 사람이 동시에 서울의 동대문 밖을 나와 각자의 배소를 향하여 가다가 누원(樓院, 현 경기도 의정부시에 딸린 지명)에서부터는 서로가 앞서거니 뒤따르거니 하면서 13일만에 배소에 각각 이르렀다. 배소에 이른 뒤에 지은이가 조엄공에게 밝다산 구경을 권하여 동행하기로 하고, 6월 10일 출발하여 16일까지 왕복 8일간의 일기로 이 작품을 완성다. 지어진 연대는 일기 형식으로 된 이 작품의 내용에 따라 4099(영조 42, 1766)년임을 알 수가 있다.

(2) 등정 동기와 일행

(2.1) 등정 동기

이 작품의 지은이는 이 작품을 짓게 된 동기보다 이 작품이 있게 된 여행 동기를 먼저 아래와 같이 소개하고 있다.

> "나는 이제 아이들 혼인도 마쳤으니, 하여야 할 일이라고는 웬만큼 하였다고 하겠는데, 아직 못한 일이 세 가지가 있네. 하나는 《주역(周易)》을 아는 일이고, 하나는 백두산을 구경하지 못한 것이며, 또 하나는 금강산을 유람하지 못한 것이네. 이번 유배지가 마침 백두산 밑이니, 하늘이 혹시 나의 백두산 구경을 이루어 주시지 아니하겠나?" 하였더니, 명서(明瑞:趙짝)가 말하기를, "나는 북쪽을 두 번째 왔고, 자네는 세 번째인데, 백두산을 한번도 구경을 하지 못한 것은 부끄러운 일일세. 자네나 나나 다 같이 구경하지 못하였으니, 함께 가서 구경하게" 하였다. 그래서 유배지에 온지 3-4일이 되던 6월 10일에 두 사람은 길을 떠나기로 약속하였다.(하략)

라고 하여 이 작품에 나타난 여행동기는 결국 관유(觀遊)임을 알 수가 있다.

(2.2) 일행과 행장

일행에 관하여는 지은이가 친절하게도 아래와 같이 자상하게 알리어 주고 있다.

> (전략) 갑산부사(甲山府使) 중연(仲淵) 민원(閔源)과 삼수부사(三水府使) 사진(士振) 조한기(趙漢紀)는 모두 산천 오르는 것을 좋아하는 터이라 함께 가기를 원하여 같이 가기로 하였다. 또 내편에서 최우흥(崔遇興)과 홍이복(洪履福)이 같이 가고, 명서(明瑞)편에서 이민수(李民秀)와 민원의 아들 정환(廷桓)이 따라 나섰으며, 길 안내로 갑산의 선비 조현규(趙顯奎)와 군교(軍校)인 원상태(元尚泰)가 앞서 갔다. (하략)

고 하여, 유배로 삼수와 갑산에 온 죄인인 지은이와 조엄(趙曮)공은 그 고을의 절대 통치자인 부사 두 사람과 군교(軍校)의 길 안내를 받으며 백두산 유람을 즐겼음을 알 수 있다.

행장에 관하여는 구체적 언급이 없으나, 조엄공의 이야기를 전하면서 간접적으로 그들의 행장의 일부를 독자들에게 전해주고 있다.

> (전략) 명서는 "삼수에서 북으로 광승판(廣承坂)을 넘어오는데, 길이 너무 가팔라서 말고삐를 늦추고 천천히 오면서 허천강(虛川江)을 건너 별사(別社)에서 점심을 먹었다"고 하였다. (하략)

이처럼 이 작품 전체 내용을 통하여 이들의 행장은 아마도 말들을 타기도 하고, 견여(肩輿, 가마의 하나)를 타기도 하면서 밝다산 여행길에 올랐던 것을 짐작할 수가 있다. 또 제수(祭需)와 먹거리들과 피리와 거문고 등의 악기들도 이들 일행의 행장이었음을 헤아릴 수가 있다.

이것은 우리가 중화인민공화국과 외교 수립이 된 뒤 각계 각층의 애국자들이 밝다산을 옛 고구려땅을 밟고 들어가서 각종 제수(祭需)를 마련하여 천지(天池) 못 가에 차려 놓고, 산신제를 올린 뒤에 태극기를 휘두르며 "대한민국 만세"를 연호(連呼)하는 심정과 비슷한 것이었으리라고 생각된다.

(3) 밝다산 가는 길

지은이 보만재는 4099(1766)년 6월 10일에 갑산(甲山)에서 출발하여→후덕산(厚德山)→마고정(麻姑頂)→손전항(遜全項)→삼봉(杉峰)→동인진(同仁鎭)→대동(大同)→운총(雲寵)→11일 은사문(銀沙門)→오시천(五時川)→나항포(羅項浦)→신대신천(申大新川)→검천(劒川)→곤장평(昆長坪)→심포(深浦)→12일 중심포(中深浦)→말심포(末深浦)→구현(狗峴)→자포(滋浦)→임어수(林魚水)→13일 허항령(虛項嶺)→삼지(三池)→천수(泉水)→연지봉(臙脂峰)(산신 제사)→14일(산신제) 백두산 천지(귀환)→천수(泉水)→15일 중지(中池)→자포(滋浦)→16일 서수라령(西水羅嶺)→덕령(德嶺)→검천(劒川)→운총(雲寵)→17일 갑산(甲山)(명서는 삼수로 돌아감).

(4) 듣본 것

지은이는 철저한 실용주의자요, 벼슬아치로서의 자질을 갖춘 훌륭한 인격자임을 엿볼 수가 있다. 그 보기를 몇 가지 지적하면 다음과 같다.

(4.1) 관방요지 관찰

지은이는 스스로가 "가는데 4일, 돌아오는데 4일이 걸리었는데, 아름다운 산과 물, 탁 트인 조망, 강역(彊域)과 관방(關防)의 형편을 한 눈에 모두 보았으니, 일생에 다시 없을 장거였다"고 하였다. 밝다산 유람의 만족감을 비록 죄인의 신분으로 갔음에도 불구하고, 신민(臣民)의 도리에서 유람한 것으로 표현하고 있다. 보만재가 동인진(同仁鎭)에서 본 소감의 표현에서 우리는 지은이의 관심이 어떤 것이었는가를 명확하게 이해할 수가 있다.

(전략) 손전항(遜全項)에서부터 4킬로미터 사이는 삼봉(杉峰)이며, 삼봉에서부터 4킬로미터 사이는 양쪽에 산이 솟아 성보(城堡)를 쌓은 동인권관(同仁權管)의 진(鎭)이 있다. 점심을 먹은 뒤에 이곳저곳의 형세를 살펴보았다. 돌을 쌓아 성벽을 만들었는데, 높이는 2.5~3미터이며, 둘레는 330 여 미터는 되었다. 사병 33명과 봉수(烽燧)를 지키는 군졸 30명이 있는데, 봉수대는 삼봉 꼭대기에 있었다. 북쪽으로는 안간봉(安間峰)에 닿았고, 남쪽으로는 갑산부(甲山府)의 앞산인 응굴봉(鷹窟峰)과 맞닿아 있다. 동인진 동쪽 16킬로미터부터는 대동(大同)땅으로 파수(把守)가 있어서 권관(權管)이 멀리서 통솔하였다. 지난 번 변방 오랑캐들이 검천기(劍川岐)에 자리잡고 있으면서 이곳을 침범하여 왔기 때문에 진을 세웠던 것이다. 그러나 성벽이 무너지고, 진사(鎭舍)도 또한 낡아서 방수(防守)를 제대로 할 것 같지 아니하였다. (하략)142

142 6월 10일 일기 참조.

하였고, 또 지은이는 임어수참(林魚水站)에서,

(전략) "이제 우리가 산수 구경만 한다는 것은 천박할 것 같네. 이곳 요새(要塞)의 형편을 살피고 위도를 측정하여 두는 것도 좋겠네." 하고는 목재와 목수를 구하여 상한의(象限儀, 자오선을 측정하는데 쓰는 기계)를 만들었다. 이곳에 와서 북경성의 위치를 측정하여 보니, 지상에서 42도가 조금 못되어 중국의 심양(瀋陽)과 위치가 일치하였다. (하략)143

143 6월 12일 일기 참조.

고 한 것을 보면, 보만재는 평소에 천문 지리에 관한 과학적 지식도 상당한 경지에 이르렀음을 짐작할 수가 있다. 뿐만 아니라, 우리 국토의 위치 확인과 변방의 요새로서의 구실이 가능한가에도 남다른 관심을 가지고 있었던 훌륭한 벼슬아치이었음을 알 수가 있다.

(4.2) 자연 환경 관찰

지은이는 신대신천(申大新川)에서 새와 짐승들에 관하여 다음과 같이 자기의 관심을 피력하고 있다.

> (전략) 또 북쪽에 세 골짜기가 있는데, 넓고 평탄하였다. 수년 전에 날이 가물어 풀과 나무들이 모두 시들었는데, 행인이 불을 놓아 온 산이 불에 탄 뒤부터는 산삼(山蔘)이 나지 아니한다고 하였다. 여기서부터는 새가 보이지 아니하고, 이따금 꾀꼬리가 관목 위에서 우는데, 남쪽 새 비슷하게 촉박한 소리를 내었다. 범이나 표범 같은 짐승은 없고, 다만 곰과 사슴들이 여름을 만나 더위를 피하여 백두산 밑으로 왔다가 겨울이 되면 다시 남쪽으로 갔다. 담비와 박쥐는 언제나 있어서 담비 잡는 사람이 나무에다가 구멍을 뚫어 물에다 띄워 놓으면, 담비가 물을 먹으러 그 나무를 오르내리다가 구멍에 빠지면 잡았다.[144]

[144] 6월 11일 일기 참조.

라고 하여 지은이는 산삼에서부터 꾀꼬리에 이르기까지 자연 환경에도 남다른 관심을 보이고 있다. 특히 "백두산 호랑이"는 4099(1766)년에도 이미 없었던 것을 확인할 수 있었던 것은 주목할 만한 일이다.

또 지은이 일행은 천지의 물가에서,

> (전략) 사슴들이 때를 지어 물을 먹는 놈, 뛰어 노는 놈, 누워 뒹구는 놈,

천천히 달리는 놈이 있으며, 검은 곰 두 세 마리가 절벽을 오르내리기도 하고, 이상하게 생긴 새 한 쌍이 훨훨 날아와 못의 물을 스치며 노는 것이 마치 한 폭의 그림을 보는 듯하였다. (하략)[145]

145 6월 14일 일기 참조.

라고 하여 마치 화가가 그림을 그리듯이 자상하게 자연의 아름다움을 잘 살피고 있다.

(4.3) 목석비[146] 관찰

146 일반적으로 "정계비(定界碑)"라고 이르는 말이 청나라 쪽에서 일방적으로 주장한 부당한 용어이다. 때문에 목극등(穆克登)이라는 개인적 처사로 인정함과 동시에 국경 조정의 새로운 논쟁의 여지가 있음을 반영하기 위하여 필자가 의도적으로 이르는 것임.

지은이는 일행과 함께 청의 목극등(穆克登)이 황제의 명을 빙자하여 이른바 정계(定界)를 위하여 세운 한 개의 돌비를 보고, 울분에 넘쳐 다음과 같이 불만을 토로하고 있다.

(전략) 두 나라 사신이 함께 국경을 정하였는데, 청나라 사신의 이름만 새기고, 우리 사신의 이름을 새기지 아니한 것은 부끄러워 그랬던가? 아니면, 두려워서 그랬던가?(중략) 명서가 그 말을 듣더니, "내가 일찍이 어사가 되어 무산(茂山)에 갔는데, 그곳에 사는 윤명삼(尹命三)이란 자가 18세 때에 아비를 따라 정계비 세운 곳에 갔다 왔다면서 그때 일을 말하여 주었는데, 지금 상태(尙泰)의 말과 종합하여 보면 비슷하네. (중략) 온성(穩城) 서남 40킬로미터에 분계강(分界江)이 있으니, 바로 선춘령(先春嶺) 밑인데, 고려때 시중(侍中) 윤관(尹瓘, ?-3444, 1111)의 정계비가 그곳에 있네. 강 이름과 비석이 있는 것으로 추측하여 보면, 그 곳이 우리 국경임을 의심할 것이 없네. 더욱이나 분계강과 합류하여 두만강으로 들어가고, 두만강은 다시 백두산 동쪽으로 넘쳐 흐르니, 그 근원을 쉽게 찾을 수 있었을 것인데도 280킬로미터(700리) 땅을 하루 아침에 손 한

번 쓰지 못하고 잃었으니 애석한 일이 아닌가?" 하였다. 그래서 나도 가슴을 치면서 "목극등은 되놈인데도 제 나라 땅을 넓히려 하였는데, 박권(朴權)과 이선보(李善溥)는 유독 마음에 부끄러움이 없었던가? (하략)"

보만재는 나라의 넓은 강역(疆域)을 한 순간에 잃어버린 전관(前官)들의 잘못을 원망하며 비분 강개의 마음을 토로하고 있다. 이는 오늘의 우리들이 느끼는 울분과도 같은 것이다.

필자는 세 번이나 밝다산을 올라 천지의 맑은 물에 여러 가지 찌든 마음의 때를 씻은 바 있다. 하지만, 여정의 부자유때문에 이 한 많은 목석비는 결국 보지 못하고 말았기에 보만재보다도 더 많은 더 큰 슬픔을 안고 돌아올 수밖에 없었다.

목석비

(4.4) 무명지(無名池)의 이름 짓기

지은이는 밝다산 정상에 올라 천지(天池)를 보고, 하산하다가 삼지(三池)에 이르러 이름이 없는 것을 알고, "상원지(上元池) · 중원지(中元池) · 하원지(下元池)"라 하고, 그 안에 있는 섬을 "지추도(地樞島)"라고 이름한 것을 밝히면서,

지추도라고 이름한 까닭은 침봉(枕峰: 베개봉)에서 밝다산까지 24킬로미터 남짓이 동북쪽 산과 물의 중심으로 마치 북극성(北極星)의 8도(度)가 하늘의 추(樞)가 되는 것과 같기 때문이다. (하략)147

147 앞 주의 곳, 참조.

라고 설명하고 있다.

3. 맺음말

위에서 간략하게나마 보만재 서명응공이 피배자(被配者)라는 죄인의 몸으로 유배지(流配地)에서 관장(官長)의 특별한 보호를 받으며 자유롭게 밝다산의 정상과 목석비(穆石碑)를 구경한 사실을 통하여 지은이의 인품과 밝다산의 당시 상황까지를 살펴보았다.

지금의 우리들도 하루 빨리 보만재의 일행들이 올랐던 길을 다시 밟아도 보고 싶건만 허리 잘라진 채 자유로이 오갈 수 없는 오늘의 현실은 안타깝고 한스럽기만 하다. 이 한을 풀기 위해서는 무엇보다도 남북이 평화적으로 다시 통합되는 일이다.

필자는 단제 기원 4336(2003)년 10월에 평양을 다니어 왔다. 그러나 얻은 것은 실망뿐이었으며, 정치지도자의 어리석고 현명함이 한 가정의 똑똑한 부모의 역할 여하에 따라 자녀들이 어떤 삶을 사는가와 이치가 같음을 깨닫고, 북녘의 현 지배자의 독재가 원망스럽기만 하였다. 4337(2004)년 밝다뫼 유람도 계획하였던 것이 결국은 저들의 식언(食言)으로 불발이 되었으니, 참으로 한심하다.

나치하에서 게르만니즘(Germanism)의 우월주의 교육을 철저히 받았던 도이치인들은 세계 제2차 대전을 일으킨 전쟁 발발 범죄 국가로 전승국들의 감시 밑에서 부자유하게 살면서도 어느 날 하루 아침에 동서 도이치가 통합되어 온 세계인들의 눈과 귀를 놀라게 하였건만, 하느님의 후예라는 천손국민(天孫國民)으로 주변국들 속에서 문화 우월 의식(文化優越意識)을 뽐내는 우리는 전쟁 피해국으로서 남북이 분단된 채 1주갑을 맞게 되었다. 지금 같아서는 앞으로도 남북 통합은 아득하기만 하다. 또한 남북 이산 가족들의 재결합도 까마득하기만 하고, 이산 가족 1세대들은 고령이 되어 망향의 원한을 풀지 못하고 한 사람 두 사람씩 사라져버리는 비참한 현실이 연속되고 있다. 평양(平壤)에서 자고 함흥(咸興)을 거쳐 무산(茂山)이나 갑산(甲山) 또는 삼수(三水)나 혜산(惠山)에서 아침을 먹고 밝다 겨레의 신산(神山)인 "밝다산"을 올라 점심을 먹으며 만세를 불러볼 수 있을 것인지 답답하기만 하다.

남북 통합이 먼저 이루어져야 고구려 역사 문제 및 간도(間島)의 영유권 문제 등에 관한 여러 가지 국제 문제를 새로이 논의할 수 있을 것이다. 현재 북녘의 형편으로는 중화인민공화국의 보살핌 속에 하루하루 명맥을 이어가고 있으니, 하고 싶은 말을 한 마디도 못하는 것은 너무도 당연하다.

이제 우리들은 새로 확인한 백두대간의 산맥을 따라 한라산에서 밝다산까지 자유로이 종주(縱走)할 수 있는 남북 평화 통합이 하루 빨리 이루어질 수 있도록 하느님께 "도와주소서" 기도하여야 하겠다. 한편으로는 남북 통합의 그 날을 위한 준비에 온 국민들이 열과 성을 다하여 먼저 남남 갈등부터 털어버리고 대화합 대통합의 길로 뭉치어야 하겠다. "동해물과 백두산이 마르고 닳도록"이 아니라 "밝다산 정상에 태극기 휘날리며" 우리 조상의 발상지를 호령할 수 있는 꿈을 현실화하기 위하여 8000만 동포들이 매진하여야 할 것이다. 그렇게 하여야만 빼앗길 위기에 놓여 있는 고구려 역사와 독도의 영유권 문제도 8000만 전 동포의 뜨거운 애국심의 불길 속에서 지켜낼 수가 있을 것이다.

이주와 저항의 통로, 동아시아의 관문
두만강

유임하

1. 민족의 애환과 두만강의 심상 지리

두만강(豆滿江)하면 1930년대 후반 조선인의 애창곡이 되어버린 김정구의 〈눈물 젖은 두만강〉(1937)이 먼저 떠오른다. 이 노래는 작곡자는 알려져 있으나 작사가인 김용호는 정작 누구인지 잘 알려져 있지 않았다. 항간에는 극단 예원좌의 작곡가 이시우가 1930년대 동북 지방을 순회 공연하던 중에 길림성 도문시의 한 여관에 머물렀을 때, 항일 무장투쟁에 가담했다가 총살당한 남편을 따라 두만강에 몸을 던진 이름모를 여인의 안타까운 사연을 듣고 노랫말을 지은 것으로 전해져 왔다. 하지만, 최근 북한에서는 작사자가 서사시 〈북간도〉를 지은 한명천이라고 주장한 바 있다(《조선예술》, 2002. 12).

그러나 박헌영의 아들인 원경 스님의 증언에 따르면, 이 노래는 김정구의 친형 김용환(그는 배우, 가수, 작곡가를 겸한 당대의 뛰어난 예술인의 한 사람이었다)이 1928년 박헌영의 조선 탈출 소식을 두만강변에서 접하고 나서, 그의 저항정신과 극적인 국경 탈출 소식에 영감을 받아 지은 것으로, 노랫말은 한동안 서랍 속에 보관되었다가 1930년대 중반 오케이레코드사의 전속 가수가 된 동생 김정구에게 제공되었다고 전한다.148 증언에 기대어 보면, '그리운 내님이여/언제나 오려나' 라는 구절은 탈출한 박헌영 부부의 안위를 걱정한 식민지 조선의 식자층과 문화계 인사들의 찬탄과 기대를 투영시킨 것이며 그러한 맥락이 사회적 공감을 얻으면서 널리 확산된 것이라고 할 수 있다. 대중의 호응 정도는 기대 이상이어서, 김정구가 종로에 나타나면 지나던 전차도 멈출 정도였다는 일화가 있을 만큼 열광적이었다. 김정구의 노래는 시대의 망딸리떼를 절묘하게 담아냄으로써 한반도 전체와 간도, 일본에까지, 겨레가 흩어져 있는 곳이면 어디에서든지 널리 애창되기에 이른 것이다.

148 임경석 편, 《이정 박헌영 일대기》, 역사비평사, 2004, 146-148쪽.

김정구의 노래가 애창된 시대 배경 안에는 '두만강' 이라는 말에 담긴 함의가 고스란히 묻어나 있다. 대중가요의 가락을 타고, 나라 잃은 민족의 고난과 슬픔, 곤고한 역정이 시대의 문화적 상징어로 태어나고 그에 따라 두만강은 각별한 함의가 담긴 근대사의 지리 공간으로 부상한 것이다.

두만강

2. 두만강의 유래와 역사적 현재성

두만강은 백두산(白頭山) 동남쪽 대연지봉(大密脂峰, 2,360m) 동쪽 기슭에서 발원한 석을수(石乙水)를 원류로 하는데, 우리나라에서는 총연장 521킬로미터의 세 번째로 긴 강이다. 두만강의 지류로는 마천령산맥과 함경산맥에서 발원하여 소홍단수(小紅湍水), 서두수(西頭水), 연면수(延面水), 성천수(城川水), 보을천(甫乙川)과 회령천(會寧川), 오룡천(五龍川)·아오지천(阿吾地川)과 만나고, 중국의 간도(間島) 방면에서 흘러오는 해란강(海蘭江), 훈춘강(琿春江) 등 수많은 지류들과 합류하면서 습지대를 만든 다음, 웅기면 서수라(西水羅)에서 동해로 흘러든다.

《한청문감(漢淸文鑑)》의 〈만주지명고〉에 따르면, 두만강의 유래는 새가 많이 모여드는 골짜기라는 뜻의 '도문색금(圖們色禽)'에서 '색금'을 뗀 '도문'이라는 여진어(女眞語) 자구(字句)에서 비롯되었다고도 하고, 원나라 때 지방 관제에 관직명인 만호(萬戶)가 여진어로 '두맨'이라 발음하며 이를 한자어로 표기한 것이라고도 한다.[149]

149 《민족문화대백과사전》 7권, 한국정신문화연구원, 1991 참조.

두만강을 둘러싸고 조선과 청의 갈등이 가시화된 것은 근대 초기이다. 백두산 정계비(白頭山定界碑)에 쓰여 있는 '동위토문(東爲土門)'이라는 자구에서 '토문'을 두만강이라고 강변한 청나라 측의 주장에 따라 간도 지역은 중국에게 넘어가게 된다. 함경도 지역 사람들은 기근이 들 때마다 강 건너 간도지방에 이주하여 농사를 지었고 이런 일이 반복되면서 불거진 국경 문제는 약소국이었던 조선이 청의 입장을 바꾸지 못하면서 땅을 넘겨주는 것으로 끝나고 말았다. 20세기에 들어와 전개된 두만강 건너편 간도 땅으로의 이민사는 망국 유민들의 절박한 생존 투쟁을 고스란히 담고 있다. 일제의 혹독한 식민 정책은 이 땅의 유민들에게 간도가 마지막 소망을 이룰 기회의 땅이었던 탓이다.

근대 이전까지만 해도 두만강 지역에 대한 관심은 그다지 크지 않았다. 하지만, 두만강이 변방 요충지로 인식된 것은 세종조 때 김종서가 육진을 개척하면서부터라고 할 수 있다. 그러나 두만강 유역은 구석기 시대의 유적지(우리나라에서 최초로 구석기인의 생활 흔적이 조사, 보고된 곳은 두만강 연안의 동관진(潼關鎭)인데 1963년에 함경북도 화대 장덕리의 홍적세유적, 웅기 굴포리 서포항 조개더미유적, 웅기 송평동(松坪洞) · 청호리(淸湖里) · 농포동(農圃洞) 등의 빗살무늬토기 유적지가 유명하다)와 청동기 시대의 유적지(회령의 오동(五洞)을 비롯하여 나진 초도(草島),무산 호곡동(虎谷洞) 등에서 청동기 시대 유물 및 주거지가 조사되었다)가 산재해 있는 만큼, 한반도로 문화가 유입되는 관문이었음을 일러준다. 백두산을 경계로 삼고 흘러가는 두만강 안쪽의 관북지방은 철광 산지로 유명한 무산, 노천탄광이 자리잡은 회령(會寧, 이곳은 예로부터 왕비와 궁녀를 배출한 곳으로 알려져 있다. 김일성의 처 김정숙, 김정일의 세 번째 부인 김혜숙의 고향으로 화류계 출신이 많은 강계에 비해서 회령은 지금도 대도시의 호텔이나 식당 복무원, 권력 상층부의 기쁨조에 이르기까지 북한의 미인들을 배출한 곳으로 이름이 높다.《한국일보》, 1994. 8. 2. 참조), 종성(鐘城), 온성(穩城), 경원(慶源), 우리나라 최대 탄광으로 유명한 아오지가 있는 경흥(慶興), 두만강의 최종 도착지인 웅기 서수라가 자리잡고 있다. 동해에 연한 관북 지역은 구석기유물이 출토되어 오랜 서식지임을 입증하는 웅기, 나진(나중에 일제는 '나남'으로 이름을 바꾸어 군사항으로 활용했다), 그 아래로는 청진시와 온천으로 이름 높은 주을(朱乙), 관북의 재사들이 모인 경성(鏡城)과 어대진, 명천과 길주, 성진에 걸쳐, 이를테면 '북관(北關)' 이라는 독특한 지역 정서를 형성하고 있다. 두만강 건너편의 중국 땅은 안도현, 화룡현, 용정시, 도문시, 훈춘시로 이루어진 조선족 자치주 길림성이 자리잡고 있다.

중국의 길림성은 1910년 이후 일본의 식민지 통치를 반대하여 수많은 사람들이 건너가 개간 사업과 학교 건립을 통해서 자립적인 이주민 촌락을 건설한 지역이다. 이곳이 항일 독립 운동의 거점이 된 것은 이주민의 역사에서 보듯이 결코 우연이 아니다. 윤동주 시인을 배출한 용정시 명동촌도 그러한 곳의 하나이다. 본래 이곳은 청나라 대지주 동한의 땅이었는데, 함경도 오랑캐령을 넘어 용정으로 가는 길목인 육도구를 함경도의 선각자들이 땅을 사들여 만든 개간촌이었다. 규암 김약연(1868~1942, 윤동주는 규암의 조카이다)은 1899년 관북 실학의 좌장격인 김하규(문익환 목사의 외조부), 문치정, 남위언 등 이른바 '종성오현' 과 함께 식솔을 모두 이끌고 자신들의 사재를 털어 만든 돈으로 임야 수백 정보를 사들인 다음 밭을 일구며 생계를 해결하는 한편 '규암재' 라는 서당을 연다. 이상설이 1905년 용정에 세운 서전서숙이 헤이그 밀사로 파견된 이듬해인 1908년 폐교되고 말자, 그해 규암재를 1909년 명동학교로 개편하여 서전서숙의 학생들까지 받아들인다. 인근의 뛰어난 학생들이 명동학교로 몰려들면서 이곳은 반일구국의 인재 양성을 위한 민족공동체 학교로 성장한다. 이동휘도 이곳을 드나들었고 그의 딸 이의순이 이곳에서 교편을 잡은 것으로 알려져 있다.

명동학교와 명동교회를 세운 규암 김약연은 명동서숙 시절 신민회의 정재면 목사가 참여하면서 민족 구국의 본거지로 자리잡는다. 전하는 일화에 따르면, 정 목사가 규암에게 유학자에서 기독교로의 개종을 요구하자 규암은 마을 원로들과 숙의하여 이 제의를 흔쾌히 받아들여 1929년 평양신학교를 졸업한 다음 장로교 목사로 취임한다. 그만큼 규암은 깨어 있는 인물이었던 것이다.

명동학교는 북간도 대한국민회의 본부로서 명월구의 무관학교, 안무의 국민회군, 홍범도 부대의 대한독립군에 가담하거나 신문을 발간하며 항일 독립군의 군자금을 모집하는 데에도 적극적이었다. 국내 3 · 1 운동의 연속인 연변 3 · 1 운동이나 광주 학생 성원 운동을 주도한 인물들이 모두 명동학교 출신이었다는 것도, 〈아리랑〉의 감독 나운규, 〈서시〉의 민족 시인 윤동규, 항일 운동에 가담했던 송몽규 등은 명동학교가 배출한 걸출한 인재들이었다. 그러니까 이러한 인재의 산실이 명동학교라는 것은 내력을 알고 나면 자연히 고개를 끄덕일 수밖에 없는 것이다(〈두만강〉 연재 9회,《한국일보》, 1994. 8. 23. 및 〈두만강 700리〉 연재 27회, 〈서울신문〉, 1995. 7. 28. 참조). 또한, 용정 일대는 북로군정서의 김좌진, 홍범도 장군이 주도한 청산리전투나 김일성의 동북항일연군의 활동에 이르기까지, 크고 작은 항일 전선이 구축되는 물적 인적 토대가 되었다는 점에서 독립 운동사에서 차지하는 비중이 결코 적지 않다.

그러나 일제 파시즘이 노골화되는 1937년 중일전쟁의 발발 이후, 이곳의 항일 무장 투쟁도 잦아들고 만다. 홍범도 장군은 연해주를 거쳐 중앙아시아에서 쓸쓸히 생을 마감했고, 김일성, 최용건, 김책 등의 동북연군도 1939년부터 1941년 3월까지 관동군과 만주군, 경찰대 7만 5000명으로 이루어진 동남부 치안숙정공작과 치열한 토벌 작전을 피해 아무르강을 건너 구 소련땅으로 퇴각하고 만다.[150]

일제는 경부선을 따라 압록강을 거쳐 중국의 요동 지방으로 이어지는 철로를 개설했고 서울에서 김화, 철원을 거쳐 함흥, 청진, 회령을 거쳐 하얼빈과 장춘에 이르는 만철(滿鐵)을 건설하여 유라시아 대륙과 연결하려는 야심찬 제국의 기획을 속속 가시화하고 있었다. 1931년 만주사변을 기화로 일제는 위성국가인 만주국을 건설했고(1932), 중일전쟁을 일으키는 한편(1937), 진주만 공격으로 미국과의 태평양 전쟁을 일으킨다(1941. 12. 8). 이처럼 확전일로로 치닫는 암담한 정세 속에서, 일제는 전쟁을 통한 영토 확대의 야욕은 만주의 광활한

150 와타 하루키, 《김일성과 만주항일전쟁》, 이종석 옮김, 창작과비평사, 1992, 259

(UNDP. 외교 통상부 자료)

지역을 그대로 방치하지 않는다. 관동군의 막강한 군사력과 추진력을 바탕으로 삼아 일제는 광활한 만주 지역을 철로로 연결하여 한반도와 일본 내지를 연계시켜 장차 유라시아 대륙으로까지 제국의 위세를 확장하려는 프로젝트의 거점으로 삼는다.[151] 일제의 대륙경략에서 두만강은 그 숱한 지류를 포괄한 만주 지역 일대의 젖줄이자 군국주의의 야망을 실현하는 유토피아의 관문에 해당한다. 최근 수립된, 중국 훈춘과 러시아의 뽀드꼬르니야, 북한의 계획도시인 두만강시를 잇는 두만강 개발계획은 한반도와 중국 북방지역, 시베리아를 거쳐 유라시아 대륙을 한데 묶는 요충지임을 다시 한번 확인시켜준다.

151 고바야시 히데오, 《만철》, 임성모 옮김, 산처럼, 1992, 259쪽.

해방 이후 북한은 백두산을 경계로 압록강과 두만강의 상류 지역에 양강도를 신설하여 무산군의 관내에 있는 삼장면과 삼사면, 길주군의 양사면을 통합하여 백암군, 삼지연군, 대홍령군을 두고 청진을 직할시로 삼는 행정 개편을 시도했다. 북한의 이 같은 행정 구역의 변경 조치는 압록강변에 위치한 보천보를 비롯해서 두만강 건너편 동북만주 지역이 김일성의 주요 활동 무대였기 때문에, 그의 항일 무장 활동을 신성화하고 해당 지역을 성역화하는 조치로 보인다. 삼지연군만 해도 두만강 중상류와 압록강 상류 지역의 원시림을 배경삼아 일제에 무장 투쟁한 김일성의 국내에 비밀 아지트가 있었던 장소로 역사화되고,[152] 삼지연 주변으로는 대규모 목장을 조성하여 고원 지대의 산업적 활용의 모범적인 사례로 선전해 왔기 때문이다.

152 북한의 역사는 김정일이 백두산 밀영에서 난 것으로 서술하고 있지만 이러한 주장은 1980년대 이전까지만 해도 볼 수 없었던 점이다. 이에 관해서는 와타 하루키, 같은 책, 275쪽 참조.

두만강 지역은 백두산 일대와, 마천령산맥과 개마고원을 비롯한 고원 지대가 자리잡고 있어서 자연적 조건은 전형적인 냉대 기후로 매우 불리하지만 거의 무진장으로 펼쳐진 미개척의 원시림, 철광, 석탄같은 풍부한 지하 자원이 있어서 각광 받고 있다. 한 · 중 · 러시아 · 일본 등을 잇는 지리적 이점을 가지고 있다. 때문에 1차 산업을 비롯해서 교통, 관광, 산업에 이르는 무한한 개발 잠재력을 가진 지역으로 급부상하고 있다. 이 지역의 풍부한 자원은 실제로 두만강 프로젝트로 가시화되었다. 그러나 이 개발 계획은 남북한과 중국과 러시아, 일본과 미국에 걸쳐 있는 국제 관계의 이해 관계가 뒤얽혀 진행이 크게 더딘 상태이다.

3. 두만강의 문학지리학적 형상

우리 문학에서 '두만강' 이 문제적인 지리 공간으로 처음 등장한 것은 조선조 초기이다. 그 첫 번째 사례로는 개국을 칭송한《용비어천가》를 꼽을 수 있다. 그 이유는 이씨 일가가 왕가(王家)로 신성화되는 과정에서 태조 이성계의 생장지(生長地)가 바로 영흥 · 함흥 · 경흥 등지였기 때문이다.

두만강 일대는 한랭한 기후와 토양의 척박함에도 불구하고, 울창한 삼림 때문에 산나물이 풍부하고 해산물이 넉넉해서 대륙과 활발한 교역이 이루어진 지역이다. 하지만, 중앙에서는 변방에 속한 까닭에 유배지나 외진 지역으로만 인식되어 왔다. '산수갑산(山水甲山) 간다' 는 말이 '먼 곳으로 쫓겨 가서 산다,' '유배간다' 는 뜻으로 통용될 만큼, 이 지역은 한반도에서 아득한 변방의 대명사격으로 여겨졌던 것이다. 그러나 고대로부터 두만강 지역은 북방의 문화를 수용하는 창구로서 첫 번째의 기착지였다.

산이 많고 기후가 척박하고 경작지가 좁았던 탓에 농요(農謠)보다는 생존의 가파른 현실을 반영한 민요가 많이 생겨났다. 〈노령노래〉는 두만강 지역이 노령(연해주)과 인접해 있기 때문에 생겨난 민요이다. 이 노래는, 떠날 때는 곧 돌아오리라고 굳게 약속했으나 떠난 지 3년만에 러시아 여자를 첩으로 얻었다는 소문을 접한 아내의 탄식이 주조를 이룬다. "술 취한 강산에/ 호걸이 춤추고/ 돈 없는 천지에/ 영웅도 우노라/ 에—얼싸 좋다/ 얼널널거리고 상사듸야(후렴)/ 살살 바람에 달빛은 밝아도/ 그리는 마음은 어제가 오늘이라(후렴)" 에서 보듯이, 〈애원성〉은 말 그대로 지나던 나그네가 깊은 산속에서 나무하는 사람은 보이지 않고 소리만 들으면서 애절한 심정을 읊게 만드는 대표적인 두만강 지역의 민요인데, 모두 42편이 전해지고 있다. 또한 "신고산 우루루루/ 함흥차 가는 소리/ 구고산 큰애기들/ 반보찜을 싼다/ 어랑어랑 어허야/ 어러엄마 띄여라/ 연사연이로구나(후렴)" 하며 부르는 〈신고산타령〉은 개화 바람을 타고 세상이 빠르게 변하면서, 산골 처녀들도 자동차, 기차를 타고 정인과 함께 먼 곳으로 도피하려는 열망을 담아낸 신판 민요이다.

근대 이후의 문학 텍스트에서 두만강은 이주와 저항을 감행하는 통로이자 민족 공동체의 알레고리를 만들어내는 처소로 자리매김된다. 강 건너편 중국 땅으로는 예로부터 소금의 밀수교역이 공공연히 이루어지고 여진족 마을이 자리잡은 풍경을 서사시로 포착한 김동환의 시적 성과(《국경의 밤》, 1925)가 있고, 함경선을 따라 올라가며 '북관 기행시편'을 쓴 김기림의 경우가 있으나, 두만강을 두고 식민지적 현실이 지닌 민족의 슬픈 내막을 서정적으로 담아낸 사례로는 1930년대 후반 이용악의 시편이 단연 빼어나다고 할 것이다.

이용악(1914~1971)의 시에는 전통 교역이 식민지 근대의 도래와 함께 잦아들고 간난과 절망으로 점철된 하층민들이 간도와 연해주로 이주하는 모습(〈낡은 집〉), 이역에서 병고를 얻어 죽음으로 평온을 찾는 아버지의 임종 장면(〈풀버렛 소리 가득차 있었다〉)이 출몰한다. 이런 면모에서 보듯이, 그의 시에는 두만강을 중심으로 펼쳐지는 암울한 유민사의 체취가 짙게 배어 있다. 용악의 시에서 두만강은, 민족의 간고한 이주사와 궁핍상을 말없이 바라보는 인격적 자연(〈천치의 강〉)으로 이미지화되고 있다.

풀폭을 수목(樹木)을 땅을
바윗덩이를 물으녹이는 열기가 쏘다져도
오족 네만 냉정한 듯 차게 흘으는
강(江)아
천치(天痴)의 강아……너를 건너
키 넘는 풀속을 들쥐처럼 기여
다른 국경을 넘고저 숨어 다니는 무리
맥풀린 백성의 사투리의 향려(鄕閭)를 아는가
더욱 돌아오는 실망을 묘표(墓標)를 걸머진듯한 이 실망을 아느냐
강안(江岸)에 무수한 해골이 딩굴러도
해마다 계절마다 더해도
오족 너의 꿈만 아름다운 듯 고집하는
강아
천치(天痴)의 강아

이용악, 〈天痴의 江아〉

이 시에는 서정주의 절창 가운데 하나인 〈풀리는 한강 가에서〉가 보여준 계절의 무심한 변화에 반문하는 어법과 내적으로 연결되어 있다. '천치'로 표상된 두만강의 인격성은 들쥐 같은 월경자 무리들의 낮은 사

투리나 강안을 뒹구는 해골도 아랑곳 않고 계절에 취해서 유장하게 흘러가는, 꿈처럼 무심한 아름다움으로 나타난다. 이 무심함이야말로 고난서린 현실의 절망을 포착한 절묘한 서정의 한 면모로써, 비참한 현실과는 동격에 놓을 수 없는 두만강의 절경에 대한 투정섞인 영탄과 어울려 표현의 묘를 더하는 보기 드문 시적 성취라고 할 만하다.

대륙으로 향하는 관문으로서 두만강을, 항일 독립 투쟁의 소문들을 접하면서 그 웅혼한 민족의 기상과 결합시켜 영화로 담아낸 것이 나운규(羅雲奎, 1902~1937) 감독의 〈아리랑〉(1926)이라면, 간도에서 겪은 빈궁의 체험을 근대 소설사에 등재한 것은 최서해(崔曙海, 1901~1932)였다. 그는 〈고국〉, 〈향수〉(《혈흔》, 1925) 등에서 3 · 1 운동 직후를 시대적 배경으로 삼아 회령과 서간도 등지에서 독립 운동으로 피폐해진 인물들의 슬픈 행로를 그려낸 바 있다. 〈탈출기〉, 〈홍염〉, 〈박돌의 죽엄〉, 〈기아와 살육〉 등을 통해서, 최서해는 식민제국의 피식민으로서 한족과 만주인들의 배척과, 일본 제국의 억압 사이에서 생존에 급급했던 간고한 삶을 소설로 담아낸다. 그의 자전적인 빈궁 소설류는 '신경향파' 라는 현실성 짙은 문학의 좌표 하나를 마련했다는 문학사적 평가를 받는다. 그러나 그의 소설사적 성과는 두만강변을 중심으로 벌어진 식민지적 현실의 진면목과 그 안에 담긴 고통의 내막을 저항의 의미로 바꾸어놓은 것이라고 보는 편이 온당하다. 그의 소설은 1920~30년대에 자행되었던 일제의 수탈과 그로 인한 식민지 조선인들의 궁핍상에만 매몰되지 않고 저항의 의미를 포착하는 방향으로 점차 확대되어가는 징후를 내장하고 있기 때문이다.

1920~30년대 소설에서 두만강의 이미지는 궁핍과 이주, 탈출과 귀향을 도모하는 관문으로 나타난다. 이효석(1907~1942)의 〈노령근해〉(1930)처럼 일제의 감시를 피해 국제여객선에 숨어들어 블라디보스톡을 거쳐

러시아로 탈출하는 항일 운동가의 면모를 그려내거나, 한설야(1900~1962)의 〈합숙소의 밤〉, 〈인조폭포〉, 〈과도기〉에서처럼 간도로 이주했다가 그곳에 뿌리내리지 못한 채 두만강을 다시 건너 귀향한 다음 식민지의 가난한 노동자로 살아갈 수밖에 없는 현실을 그리는 경우도 있다. 이것은 두만강 너머의 땅이나 고향땅이나 간에 일제의 폭압적인 지배와 열악한 삶의 조건은 크게 다를 바 없다는 인식과 암울한 현실을 반영한 것이다.

해방 이후 전재민들의 귀국행렬을 다룬 작품들 중에는 두만강을 건너 귀국길에 오른 화가를 서술자로 등장시킨 허준의 〈잔등〉이 있지만, 해방 이후 전개된 분단의 현실은 두만강을 남북한 문학에서 서로 다르게 형상화하는 지경에 이른다. 그러나 근대 식민지의 고난스러웠던 기억을 민족사의 전통에서 재현하는 방식은 남북이 문학이 크게 다르지 않다. 이주의 통로, 저항의 관문이라는 두만강의 이미지는 이용악의 〈너 천치의 강아〉에서 보는 것처럼 남부여대하여 고향을 등지는 민족사적 슬픔이라는 범주에서 크게 벗어나지 않는 것이다.

북한의 문학에서 두만강 이미지는 이기영의 《두만강》, 한설야의 《설봉산》에 이르는 사례에서 보듯이, 일제 식민지하에서 수난당한 민중들이 동북 만주 지역을 개간하며 항일 투쟁의 거점을 마련하고 민족의 해방 투쟁에 매진하는 면모를 담아낸다. 이때에도 두만강은 '고향'과 '조국'으로 통하는 관문으로 반복되어 나타난다. 북한의 항일 혁명 3부작으로 일컬어지는 《꽃파는 처녀》, 《한 자위단원의 운명》, 《피바다》는 두만강 건너편 삼가자에 있었다는

이기영

김일성의 항일 빨치산 밀영에서 처음 상연된 것으로 알려져 있다. 이들 작품은 영화화되었다가 다시 소설화되면서 항일 혁명의 국가 신화로 자리잡는다. 북한의 문학 텍스트에서 두만강은 간고한 식민지의 억압과 맞서 싸우는 해방과 항일 혁명의 역사적 이미지로 정착되는 것이다.

남한의 소설 텍스트에서 '두만강'은 구한말로부터 근대사에 이르는 기간 동안 간도 이민사 속에 항일과 친일로 이어지는 민족사의 영광과 상처난 기억과 만나는 통로이다. 두만강의 이러한 이미지로는 삼대에 걸친 간도 이민사와 독립 운동사의 궤적을 다룬 안수길의 《북간도》(1957~1967)가 대표적인 사례이다. 이후 박경리의 《토지》, 홍성원의 《먼동》, 김원일의 《늘푸른 소나무》, 조정래의 《아리랑》 등과 같은 장편 대하소설에서도 두만강은 고향을 등지는 관문이자 민족의 독립을 위한 저항의 통로로 묘사되어왔다. 이문열의 〈아우와의 만남〉은 섣부른 통일의 감상을 배격하며 연변에서 남북 이복형제의 상봉하는 소재를 다룬 작품이다. 최근 식민지의 기억을 현재의 관점에서 어떻게 바라보고 접근해야 할 것인가에 대한 문제가 대두하면서, 홍성원의 《그러나》(1995)는 두만강을 중국 연변 지역에서 북한 사회의 경제적 어려움과 마주하며 통일을 소망하는 미해결의 역사적 심상 지리로 바꾸어놓고 있다.

4. 눈물 젖은 강에서 꿈꾸는 강으로

최근 북한 탈북자의 행렬이 끊이지 않자 중국은 군대를 동원하여 두만강 일대의 국경 경비를 강화하고 감시카메라까지 설치했다고 전한다. 낮게 흐르는 강을 사이에 두고 갈 수 없는 고향땅을 바라보는 실향민의 마음처럼, 우리는 강 건너편 북녘땅을 암흑의 땅, 얼어붙은 땅으로 그려낼지 모른다. 중국에 사는 조선족 동포들에게 강 건너편 북한 땅은 둘

두만강에 설치된 감시카메라

로 나누어진 조국의 현실, 경제난으로 어려워진 상황을 안타깝게 지켜볼 뿐 달리 방도가 없는 닫힌 고향이다.

그러나 두만강을 바라보며, 식민지의 기억을 떠올리는 형식이나 구조는 중국의 조선족 동포들의 시선을 포함해서 남북한의 문학 텍스트에서는 거의 동질적이다. 남북한의 정서가 제휴하여 역사의 상처를 봉합하기 위해서는 식민지의 기억을 공유하는 지점에서부터 감정의 연계를 도모해야 한다. 이치가 그러하다면, 두만강에 담긴 심상지리는 서로 다른 기반을 가진 남북한의 정서적 통합을 이룩하는 가장 적절한 사례의 하나가 될 수 있다는 생각도 무리는 아니다. 두만강을 둘러싸고 남북한이 공유하고 있는 식민지의 기억은 합의 가능한 토대임에 분명하다. 정서적 봉합이 이루어지고 치유의 과정이 전개되는 그때가 되면, 두만강은 민족의 애환을 간직한 눈물 젖은 강에서 소망과 풍요로 꿈꾸는 강이 될 것이다.

역사의 어두운 밤, 강을 가로질러 지나가는 기차 안에서 쓰여진 〈두만강 너 우리의 강아〉에서, 이용악은 '두만강'을 두고 "죄인처럼" 수그리고 "코끼리처럼 말이 없는" 모습이라고 표현했지만, 거기에서 그는 역사의 쉬지 않는 전진을 간파했다. 그는 두만강을 '조금도 자랑하지 않고 얼어붙은 가슴을 깨치며 쉬지 않는 깨어 있는 흐름으로 바다에 이를 것'이라고 하면서 다음과 같이 읊조리며 우리의 가슴을 지핀다.

잠들지 말라 우리의 강아

오늘밤도

너의 가슴을 밟는 듯 슬픔이 목마르고

얼음길은 거칠다 길은 멀다

길이 마음의 눈을 덮어 줄

검은 날개는 없느냐

두만강 너 우리의 강아.

흐르는 국경, 사선의 강

압록강

이철호

1. 죽음을 부르는 강

《대전회통(大典會通)》에 따르면, 압록강의 물빛이 마치 오리머리 빛과 같아서 압록강이라는 이름이 생겨났다고 한다. 압록강은 길이가 803킬로미터이고, 유역 면적이 6만 3160㎢(그 중 한국에 속하는 면적은 3만 1226㎢)이다. 둥베이(東北) 지방, 즉 만주(滿洲)와 국경을 이루는 국제 하천으로 한국에서는 가장 긴 강이다.

압록강은 고대 고구려 문명의 발원지였다. 역사가들의 고증을 참조하면, 압록강 중류 일대는 사람이 살기에 좋은 기후 환경이고, 압록강 및 그 지류 연안에는 충적 대지가 곳곳에 형성되어 있어 신석기 시대 이래로 농경 문화, 청동기 문화가 활발했던 지역이다. 기원전 3세기 후반쯤에는 철기 문화가 보급되어 주변 지역과 구별되는 문화적 전통을 형성할 수 있었다고 한다. 그러다 기원전 2세기경 위만조선이나 한군현 등 중국의 직접적인 지배가 시작되자, 이에 맞서 저항한 세력들의 결집지도 바로 이곳 압록강 중상류 지역이었다. 이후 압록강은 중국과 한반도 사이의 경계를 가늠하는 핵심적인 기준이 되어 왔다. 현재에도 한중간 국경 분쟁은 여전한 이상, 어떻게 압록강을 자국의 역사 안으로 끌어들일 수 있을 것인가는 한국과 중국 역사가들의 공통 과제가 될 수밖에 없다.

하지만 명말 청초에만 해도 압록강과 두만강을 경계로 하는 국경이 잠정적으로 형성되어 있었다. 그럼에도 조선인이 채삼(採蔘)과 수렵을 목적으로 후금 경내로 들어가는 일이 잦았고, 반대로 중국 쪽 상인들의 불법적인 월경도 끊이질 않았다. 조선시대에만 해도 압록강변 월경 문제는 후금(청)과 조선 사이의 중요한 교섭 대상이 되곤 했다. 그러자 1927년(인조 5)에는 '각수봉강(各守封疆)' 이라는 상호 불가침 맹약을 체결하기에 이른다. 즉, 압록강을 경계선으로 하여 어느 쪽 백성도 그 선을 함부로 넘지 못할 것을 합의했다. 그러나 이 후에도 채삼과 수렵을 위해 목숨을 걸고 압록강을 넘는 사건은 빈번하게 일어났다. 궁핍한 생활 때문에 농사일을 버리고 대신 채삼을 생업으로 삼거나, 이를 통해 일확천금을 꿈꾸는 일들이 적지 않았던 듯하다. 북경에 있는 중국민간문예출판사에서 간행한《압록강의 전설(鴨綠江的傳說)》에는 압록강을 소재로 한 이야기가 여러 편 실려 있는데, 그 중에는 채삼을 둘러싸고 벌어진 비극을 다룬 전설담도 있다.

한 젊은 부부가 있었는데, 어느 해 3개월간 큰 비가 내려 이 마을사람들 모두 다 굶어죽을 지경에 이르렀다. 이주를 결심한 남편은 아내를 설득하게 되고, 그들은 며칠을 걸식한 끝에 장백산 아래 압록강가로 옮겨갈 수 있었다. 두 내외는 황무지를 개간하여 얼마간 여유롭게 지냈다. 그러나 다시 또 생활이 어려워지자 남편은 다른 사람들처럼 산에 들어가 인삼을 캐어 곤궁을 면하고자 했다. 그러다 백발의 노인을 우연히 만나, 그의 가르침대로 자그마한 산삼을 하나 얻어 마을로 내려올 수 있었다. 그런데 이 산삼은 진귀한 미삼(米蔘)으로, 그것을 넣어둔 궤짝 안에는 매일 엄청난 양의 쌀이 생겨났다. 이들 부부의 얘기를 이웃에 사는 사람이 듣게 되었다. 사악한 사내는 남편에게 남해의 인삼점에 가서 큰 돈을 받고 미삼을 팔 것을 제안한다. 결국 남편은 사내의 꾐목을 타고 남해를 향해 떠나게 되었다. 그러나 불행히도 도중에 사내에게 미삼을 빼앗기게 되었을 뿐만 아니라, 압록강 급류에 휘말려 죽고 말았다. 그 동안 식음을 전폐하고 하염없이 남편만을 기다리던 아내는 3년을 꼬박 채운 뒤에 강속에 빠져 자살해 버린다. 죽은 후 그녀는 높이가 20미터나 되는 돌기둥으로 변했다. 그 모습이 마치 한 젊은 색시가 목을 길게 내밀며 강물을 순시하는 듯해 사람들은 이를 망부석이라 불렀다고 한다.

이 전설은 국가의 통제에도 아랑곳하지 않고 왜 그토록 많은 민간인들이 압록강을 넘나들어야 했는지 일러준다. 피폐할 대로 피폐해진 삶을 견디다 못해 죽음을 무릅쓰고 강을 건너는 사람들과 그들을 이용해 탐욕을 채우려는 사람들 사이의 갈등과 대립은 압록강에서 시작되어 그곳에서 비극적 종말로 귀결되었다.

물의 원형적 상징은 강물을 삶과 죽음, 생명과 공허가 더불어 교차하는 양가적인 공간으로 인식하게 한다. 고국산천을 떠나는 이들에게 눈앞에 펼쳐진 어두운 강물은 언제 엄습할지 모를 죽음에의 공포를 불러일으켰을 것이고, 황막한 이주 생활을 청산하고 마침내 귀향하는 이들에게는 삶의 은총을 선사해 주는 질펀한 젖줄이었을 것이다. 그러나 압록강에 관한 문학적 표현들은 대개 죽음의 이미지에서 좀처럼 벗어나질 못한다. 병자호란 직후, 볼모로 끌려가는 효종을 수행한 홍서봉(洪瑞鳳)이나 장현(張炫)은 압록강에 서서 "압록강 나리 물이 푸른 빛이 전혀 없네," "봄풀이 푸르고 푸르거든 즉시 돌아 오소서"라고 애달프게 노래하기도 했다. 그들은 임을 떠나보내는 심정을 강물에 빗대어 곡진하게 풀어 놓고 있다. 그런데 이들 시에서, 강물이 상실했거나 회복해야 할 '푸른 빛깔' 이란 봄의 생명력이기에, 그 빛을 잃은 압록강은 다만 죽음의 빛깔만을 드리우고 있다. 떠날 수 있으나 돌아오지는 못하는 강.

지금도 압록강 맞은편 중국땅 창바이(長白)에는 적잖은 조선인들이 살아가고 있다. 창바이는 조선인 자치현의 중심도시로, 한민족의 언어와 풍습이 거의 고스란히 지켜져 내려오는 곳이다. 그런 창바이에서는 압록강 너머로 북한땅 혜산(惠山)이 한눈에 내려다 보인다. 고향땅을 지척에 두고도 가지 못했던 이들에게 압록강이란 어떤 의미였을까. 강은 그 자체로 하나의 국경선이고, 사선(死線)이었을 것이다. 강을 넘어 새로운 세상을 꿈꾸는 자에게 그 강은 적막한 죽음을 되돌려준다. 압록강은 죽음의 강이다.

2. 강을 건넌다는 것, 그 황홀한 비극

압록강에 관한 문학적 헌사는 이미륵의 미문(美文)들에서 가장 뛰어난 성취를 얻고 있다. '한국에서의 소년 시절' 이라는 부제가 붙은《압록강은 흐른다》는 저자 자신의 자전적 이야기로, 소년 시절부터 독일 도착까지의 경험을 담백한 간결체로 옮겨 놓았다. 그 중 한 편에서 저자는 국경을 넘기 위해 도강(渡江)하는 장면을 생생히 묘사해내고 있다.

> 우리들은 깜짝 놀랐다. 여기 강물은 하구에 가까워서 강처럼 보이지는 않았고 마치 바다처럼 멀고도 넓었다. (……) 한 어부가 우리들을 한 사람씩 일엽편주에 태우고 넓은 강을 건너기 시작했다. 지극히 조용하고 소리없이 넓은 강 위를 노를 저으며 갔으므로 마치 영원에의 항해같이 신비스럽게 느껴졌다.
>
> 강 한복판에 들어섰을 때, 우리들은 멀리서 몇 방의 총성을 들었다. 나

와 함께 탄 어부는 웃으면서 잠자코 있으라고 손짓했다. 나중에야 그는 그것이 철교에서 내리쏘는 경고의 총성일 것이라고 속삭였다. 빛나는 수면 위에서는 결코 우리를 발견할 수가 없었으리라.

소년은 어부의 권유를 따라 '달빛 밝을 때' 를 틈타서 압록강을 건넜다. 성인이 된 이미륵은 지난날의 이 섬뜩한 체험을, 그러나 매우 미려한 필체로 복원해내고 있다. 거기에는 칠흙 같은 어둠 대신에 '환한 달빛' 이 무대장치처럼 드리워져 있고, 생사를 건 삶의 도약은 어부의 짧고 경쾌한 '휘파람' 이라는 효과음과 더불어 개시된다. 그리하여 그것은 단지 하나의 강물을 건너는 일이 아니라, 어느 순간 '영원에의 항해' 처럼 신비로움에 사로잡히게 하는 강렬한 영적(靈的) 체험으로 화한다.

다분히 로맨틱한 정조 속에서 읽혀질 법한 이미륵의 압록강 도강 장면에서 삶의 신천지는 압록강 저편에 있지 않다. 오히려 두고 온 이곳, 고향에 있다. 그런 이유로, 이미륵은 무사히 도강에 성공한 직후, 고향을 바라보며 다음과 같은 상념에 젖는다. "오랜 옛날부터 우리 고국을 무한한 만주 벌판과 분리시키고 있는 국경의 강은 막을 길 없이 흐르고 흘렀다. 이편은 모든 것이 크고 음침하고 진지하였으나, 저편은 모든 것이 잘고 쾌활하였다. (……) 나는 한 번 더 저 남쪽에서 들려오는 황홀한 음악을 듣는 것처럼 착각에 빠졌다." 이미륵이 본 고국의 하늘은 '청명하게' 빛나고 있었고, 산과 초가집과 굴뚝은 '쾌활하게' 들떠 있었다. 이러한 낭만적 회고는 압록강에 대한 문학적 표현 중 미적으로 가장 풍부한 감성을 드러내고 있는 선례가 될 만하다.

그러나 그와 동시에 이미륵의 압록강 묘사는 가장 이채로운 사례가 된다. 동시대 작가들은 압록강을 둘러싼 이주 체험을 그렇게 낭만적으로 묘사하고 있지만은 않다. 오히려 일제 식민시기 압록강에 대한 지배척인 표상은 조선인의 곤핍하고 음울한 형상을 더 강렬하게 부조해내는 데 기여한다.

월북 작가인 김만선은 그의 단편 〈압록강〉에서, 해방 직후 고국으로 되돌아오는 이주민들의 신난한 여정을 기록하고 있다. 주인공 가족이 쉽사리 귀향을 결심하지 못했던 것은 귀로 도중에 만날지도 모를 '불한당' 들에 대한 공포 때문이었다. 그러나 더 큰 두려움은 혹독한 추위를 도무지 감내할 수 없는 생활 형편에 있었다. 결국 그들 가족은 남들처럼 피난민 열차에 몸을 싣고 압록강을 건너 고향으로 돌아가는 여정을 시작하게 된다. 그런데 "한 칸의 정원 팔십 명인 찻간"에 자그만치 "백오십 명씩" 타야 하는 열악한 사정은 열차가 고국에 닿기까지의 그 긴 시간을 말 못할 고통과 공포로 채워 넣는다. 주인공의 우려대로, 어린아이 둘이 역병에 걸려 죽고, 그 뒤에는 아이들의 어머니가 달리는 기차에서 강으로 떨어져 자살하는 사건이 벌어진다.

그런 참혹한 상황 속에서 주인공은 "저 강만 건너면—신의주의 땅을 밟기만 하면 모든 걱정 시름이 단숨에 날아갈 성싶"다고 말한다. 압록강은 이쪽과 저쪽, 조선과 만주의 경계일 뿐만 아니라, 생과 사의 한 고비를 표상한다. 그렇다고는 해도 압록강이라는 문학적 표상은 결국 생명보다는 죽음을 손들어 준다. '죽음의 강' 으로서의 압록강 이미지는 작품들 사이사이를 끊임없이 흘러, 하나의 원환(圓環)을 이루고 있는 것과 같다. 예컨대, 이 소설에서 죽은 여자를 두고 사람들이 하는 말, "압록강 추렁추렁하는 깊숙한 물 속에나 빠질 게지……"라는 동정어린 말은 조금이라도 더 고향 가까이에 자신의 몸을 두고 싶어 하는 그들 공통의 간절한 마음을 드러내는 것이면서, 여전히 압록강을 죽음의 강으로 남게 만든다. 그래서 고은과 같은 민족의 시심(詩心)은 압록강을 가리켜 이렇게 노래한다.

압록강의 길고 긴 물 기슭은

항상 고단한 삶이 있고

억울한 죽음들이 있다

그런 강의 서사시가 되고 싶었다

나뿐 아니라

이미 나보다 먼저

압록강은 흐른다 아아 하고 누가 노래하였다

그의 머리말을 뒤이어 내가

압록강 같은 서사시를 쓰고 싶었다

3. 삐딱한 자들의 도강, 사선(斜線)의 강

전설이나 조선 시가에 종종 등장하는 압록강의 주된 정조는 철저하게 비탄과 체념에 잠겨 있다. 재회나 재생에의 희망은 극도로 위축되어 있다고 해도 무방하다. 지난 세기 일제의 침탈을 당하면서 압록강이 불러일으키는 죽음의 이미지는 더욱 강화되었다. 강제 이주, 징병, 징용 등 여러 계기로 고향을 등지고 만주로 향한 사람들 대다수가 끝내 돌아오지 못했다. 또는 죽음에 가까운 '훼손,' 즉 신체의 일부가 절단되거나 심하게 상한 상태로 되돌아 와야 했다. 압록강을 건넌다는 일은 조각조각 파탄 난 삶을 짊어지고 떠나는 여정이기에 생명보다는 적막한 공허를, 삶의 기대보다는 죽음의 공포가 우세한 경험일 수밖에 다른 도리가 없는 것이다.

이에 비한다면 조선후기 실학자들의 압록강은 전혀 다른 모습으로 그려진다. 그들에게 식민시기 민중들과 같은 삶의 질곡이야 따로 없었겠지만, 당대 조선의 정신적 지평 속에서 진보적 지식인들이 감내해야 하는 고통과 지적 굶주림도 결코 만만찮은 것이었다. 사회 관습과 제도가 외부로부터의 어떤 자극에도 민활히 반응하지 못한 채 기존의 상태를 되풀이할 뿐이라면, 그 안에서 통용되는 고루한 가치와 의미에만 집착해 다른 선택 가능성을 철저히 배제하는 사회라면, 당대를 살아가는 지식인들의 삶이란 지적인 아사(餓死) 상태와 다를 바 없는 것이다. 청의 문물이 간헐적으로 유통되던 시절에 홍대용이나 박지원과 같은 당대 지성은 그래서 먼 이국땅을 향해 남다른 연정을 품었는지도 모른다.

《을병연행록》과 《열하일기》를 보면, 중국 대륙을 향한 그들의 첫 여정은 바로 압록강으로부터 시작된다. 두 여행기에는 여행자가 압록강을 굽어보면서 앞으로 시작될 대장정의 서막을 감격스럽게 맞이하는 장면이 등장한다. 연암은 무려 44년 동안 기다려온 만큼 이 연행(燕行)에 잔뜩 흥분해 있는 상태이다. 자신의 말을 가리켜 "자주 빛깔에 흰 정수리, 날씬한 다리에 높은 발굽, 뾰족한 머리에 짧은 허리, 두 귀는 쫑긋 솟아서 참으로 만리라도 달릴 성싶다"라고 말할 때, 기실 만리를 단숨에 달릴 듯 열정에 휩싸여 있는 것은 연암 자신이 아니었던가. 시종을 앞뒤로 거느리고 가슴에 '한 자루 붓'을 품은 채 대륙을 응시하는 연암의 모습은, 압록강을 소재로 한 여타의 문학 작품에서 좀체로 찾기 힘든 발군의 형상이다. 한 연구자의 흥미로운 지적처럼, 연암은 영낙 없는 돈키호테의 모습 그대로이다. 역사의 전환을 예감하고 합리적 세계 인식을 위해서 당대의 구태(舊態)와 기꺼이 싸움을 벌이는, 순수한 영웅 정신의 표상이라고 격찬하기도 한다.

연암이 자신의 모습을 희극적으로 드러냈다면, 홍대용은 진지하게 하나의 의식(儀式)을 치르듯 압록강을 대면한다. "압록강이 이 앞에 이르러 세 가지로 나뉘었는데, 이는 삼강(三江)이라 이르는 곳이다. 이때 삼강이 다 얼어붙어 그 위에 눈이 쌓였고, 말을 타고 지나니 강인 줄을 깨닫지 못하였다. 삼강을 지나는데 좁은 길이 겨우 수레를 통할만하고, 좌우의 갈대 숲이 길을 끼고 우거져 행색이 극히 수절(秀絶)하였다. 하물며 깊은 겨울의 석양이 산에 내리는 때를 당하여 친정(親庭)을 떠나 고국을 버리고 만리 연사(燕使)로 향하는 마음이 어찌 궂지 않을 것인가마는, 수십 년 평생의 원(願)이 하루아침의 꿈같이 이루어져 한낱 서생(書生)으로 융복(戎服)을 입고 말을 달려 이 땅에 이르렀으니, 상쾌한 의사와 강개(慷慨)한 기운으로 말 위에서 팔을 뽐냄을 깨닫지 못하였다."

여기에 인용된 구절구절에는, 조선에서의 적막한 삶을 한순간 강바람에 날려버릴 듯한 벅찬 감흥이 드러나 있다. 고국을 떠나는 마음이 어찌 궂지 않겠느냐고 말하고 있기는 하지만, 당장 느끼는 감격은 '상쾌한 의사와 강개한 기운' 을 말 위에서 뽐내는, 그 팔뚝의 강한 생명력에 이미 각인되어 있다 해도 무방하다. 이러한 활력은 얼어붙은 압록강의 형상에 견주어 볼 때, 선명한 대비를 이룬다. 그가 고국을 등지고 국경선을 넘은 때는 '깊은 겨울의 석양이 산에 내리는' 한겨울이다. 모든 삼라만상이 폐색되고 경직되는 계절에 제 홀로 얼어붙은 강 위를 성큼성큼 걸어 지나가는 사람의 모습을 상상해보라.

홍대용은 10년 평생의 꿈인 북경 연행이 드디어 이루어져 실제로 압록강을 마주 대하고 있는 기쁨을 한 편의 시로 읊기도 했다. "비수를 옆에 끼고 역수(易水)를 못 건넌들 / 금등이 앞에 서니 이것이 무슨 일인가? / 간밤에 꿈을 꾸니 요동 들판을 날아 건너 / 산해관 잠긴 문을 한 손으로 밀치도다." 도강(渡江)의 순간은, 등불 아래에서 글읽기에 급급하던 일개 서생이 그 생활을 떨치고 일어선 순간이며, 동시에 '상쾌한' 기운에 휩싸여 산해관 잠긴 문마저 '한 손으로 밀쳐 열 듯한' 활력을 체감하고 있는 진풍경의 순간이다. 경쾌한 행장으로 압록강 너머의 중국 대륙을 향한 첫걸음을 내딛는다는 점에서, 압록강 앞에 서 있는 모습은 홍

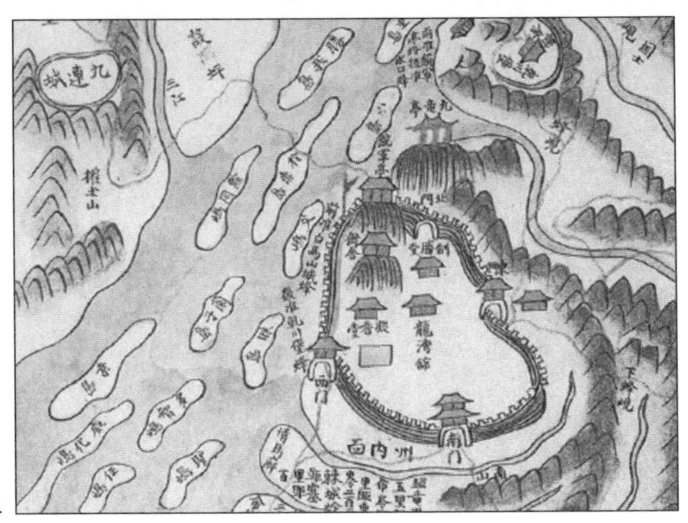

압록상 고지도

대용이나 박지원이나 근본적으로 다르지 않다.

압록강에 들러붙은 죽음의 이미지는 자취를 감추어 버린 셈이다. 대신에 이들은 압록강을 생의 활력이 왕성한 장소로 뒤바꾸어 놓고 있다. 어떤 면에서 연행록의 이러한 압록강 이미지는 지식인들의 자기 만족에 불과한지도 모른다. 그들은 한결같이 압록강 너머의 진풍경을 바라보지 압록강이 체현하고 있는, 압록강을 중심으로 엄연히 벌어지는 다반사의 비극을 애써 외면하고 있는 것은 아닌가, 되물어 볼 수도 있을 것이다. 실제 범속한 일상사에서 궁핍한 백성, 서민, 인민들은 목숨을 담보로 월강을 시도했고 그 와중에 덧없이 수장(水葬) 당해야 했다. 그런 의미에서라면 그들은 압록강을 바라보고 있으나, 동시에 바라보고 있지 않는 것과도 같다.

그러나 이들이 당대 민중의 삶으로부터 무심히 떨어져 있는 것은 아니다. 연암이 《열하일기》 곳곳에서 면밀한 서술을 통해 보여주듯, 그의 내면은 일반 민중의 투박한 구어(口語)에 밀착되어 있지 않은가. 그의 문학적 저력은 기존의 관습, 어법, 제도적 상징을 과감히 떨쳐 버리는 데에서 비롯한다. 그것은 여기 압록강에서도 예외일 수는 없다. 연암은 〈도

강록〉에서 그 유명한 칠정론을 전개하고 있다. "사람이 다만 칠정(七情) 중에서 슬플 때에만 우는 줄로 알고, 칠정 모두가 울 수 있음을 모르는 모양이오. 기쁨이 사무치면 울게 되고, 노여움이 사무치면 울게 되고, 즐거움이 사무치면 울게 되고, 사랑이 사무치면 울게 되고, 욕심이 사무치면 울게 되는 것이다. 불평과 억울함을 풀어버림에는 소리보다 더 빠름이 없고, 울음이란 천지간에 있어서 우레와도 같은 것이다. 지정(至情)이 우러나오는 곳에는, 이것이 저절로 이치에 맞을진대 울음과 웃음이 무엇이 다르리요."

우는 일과 웃는 일이 근본적으로 다르지 않다는 것. 울음으로 강이 되고, 울부짖음으로 바다와 만나게 되는 곳에서 연암은 웃음이 울음과 다를 바 없다고 말하고 있다. 알다시피, 앞서 인용한 대목은 복잡미묘한 인간 감정을 자유로이 놓아두질 못하고 어떻게든 한 방향으로 통제하려는 유교사회의 폐습을 향해 연암이 통쾌한 일침을 가하는 장면이다. 그런데 이 깨우침은 압록강, 그것에 대해서도 유용한 데가 있다. 연암의 어법을 빌려 말하면, 압록강을 둘러싼 문학적 표상들이 한결같이 드러내고 있는 이별, 체념, 비극, 훼손, 죽음의 이미지들은 칠정에 관한 일반의 잘못된 인식과 크게 다르지 않은 것이다. 압록강에 대한 우리의 고정된 시각, 즉 '반듯한' 문학적 상상력을 '삐딱하게' 변경하지 않고서 그것을 온전히 이해하는 일이란 아마도 불가능한 것은 아닐까.

4. 압록강 위 난장(亂場)을 꿈꾸며

얼마 전 인디밴드인 크라잉넛(Crying Nut)이 독립 운동가를 록 버전으로 불러 화제가 된 적이 있다. 이들은 서울과 중국에서 동시에 개최된 '대한민국 임시 정부 수립 기념식' 에서 독립군의 노래를 새롭게 편곡

해 열창했다. 그 중 〈압록강 행진곡〉은 "우리는 한국독립군 조국을 찾는 용사로다 / 나가! 나가! 압록강 건너 백두산 넘어가자" 로 시작되는 노래로, 하루속히 압록강을 건너 조국으로 개선하겠다는 독립군의 염원이 담겨 있다. 〈압록강 행진곡〉은 당시 만주를 전전하며 무장 투쟁을 전개했던 조선 젊은이들의 애창가 중 하나였던 것이다. 하지만 이 노랫말처럼 그들은 개선가를 부르며 조국으로 돌아오지는 못했다. 더러는 만주 벌판에서 이름 없이 스러져 갔고, 또 더러는 낯선 중국 땅에서 그대로 정착할 수밖에 없었다.

압록강에 얽힌 이 비극적인 독립군가를 반 세기가 지나 젊은 세대의 록 밴드가 다시 부르는 진풍경. 경쾌한 리듬과 비트 속에서 노래되는 〈압록강 행진곡〉을 어떻게 받아들여야 할 것인가. '압록강' 을 다시 새롭게 쓰기 위해서는 무엇보다 그것을 둘러싼 해묵은 관념, 편협한 이념, 엄숙주의의 의장(儀裝)을 가볍게 날려버려야 하지 않을까. 록으로 새롭게 불려지는 〈압록강 행진곡〉은 한국 근현대사를 향한 엄숙한 조의(弔意)를 그만 접고, 압록강 위에서 벌어질 신명나는 난장을 일찌감치 예고하고 있는지도 모를 일이다.

원류에 대한 노스탤지어

낙동강

박애경

봄마다 봄마다

불어내리는 낙동강 물

구포(龜浦)벌에 이르러

넘쳐넘쳐 흐르네 -

흐르네 - 에 - 헤 - 야

철렁철렁 넘친 물

들로 벌로 퍼지면

만 목숨 만만 목숨의

젖이 된다네 -

젖이 된다네 - 에 - 헤 - 야

이 벌이 열리고

이 강물이 흐를 제

그 시절부터

이 젖 먹고 자라왔네

자라왔네 - 에 - 헤 - 야

천년을 산, 만년을 산

낙동강! 낙동강!

하늘가에 간들

꿈에나 잊을소냐 -

잊을소냐 - 아 - 하 - 야

1920년대 프로문학의 대표 작가인 포석(抱石) 조명희(趙明熙, 1894~1942)의 단편소설 〈낙동강〉(1927년 작)은 애조 띤 〈뱃노래〉의 가락과 함께 시작한다. 가난한 어부의 아들로 태어나 혁명 운동에 투신하는 박성운의 파란만장한 삶과 항전 의지를 담은 이 작품의 서두에 낙동강변의 구슬픈 민요가락이 등장하는 것은 참으로 시사적이다. 낙동강은 그 자체로 식민지 시대의 암울함, 대물린 가난, 피폐한 농촌의 현실을 안고 흐르는 시대의 기록인 동시에 민초들의 삶의 터전이자 생명줄이다. 작가는 태고부터 쌓인 모든 사연을 싸안고 흐르는 낙동강의 깊은 침묵에서 유린당한 국토, 그럼에도 불구하고 거역할 수 없는 살가운 애정을 보여주고 있다. 젖이 되는 강, 차마 잊을 수 없는 귀의처로서의 낙동강은 뿌리 뽑힌 듯 배회하는 민초들의 노스탤지어, 원천에 대한 진한 노스탤지어를 보여준다.

낙동강이 원천 혹은 원류의 알레고리로 쓰일 수 있었던 이유는 그 역사성에서 찾아볼 수 있다. 낙동강은 구석기 시대에서부터 삼한으로 이어지는 태고의 기억을 지니고 있고, 가야와 신라라는 왕조를 거치면서 천년의 역사와 문화를 같이 했고, 양란의 기억을 간직하고 있다. 그리고 동족상잔을 가장 치열하게 치루었던 그야말로 현대사의 비극을 증명하는 현장이기도 하다.

방대한 규모만큼이나 풍부한 역사성을 지니고 있는 낙동강은 문학 작품의 배경 혹은 소재가 되면서 지속적인 영감의 원천이 되었다. 낙동강을 소재로 한 문학 작품 혹은 낙동강과 낙동강 유역을 배경으로 한 많은 문학 작품은 낙동강의 존재감을 새삼스레 느끼게 한다. 낙동강의 충만함과 장대함은 그것이 품고 있는 생명력은 그 심연을 응시할 때 비로소 선명한 모습을 드러낼 것이다.

1. 낙동강의 지정학적 위치와 역사와 문화

영남지역을 동서로 가르며 흐르는 낙동강은 본류 길이만 525.14km가 되는 남한 최장의 강이며 우리나라 전체로 보아도 압록강 다음으로 길다. 강 유역 면적은 23,859km로 남한 전체 면적의 23.4%, 영남 지역 면적의 약 3/4에 해당되는 방대한 규모이다.

낙동강 천삼백 리는 함백산에서 발원하여 남으로 흐르며 안동의 반변천(半邊川), 미천(眉川), 예천의 내성천(乃城川), 상주의 영강(穎江), 위천(渭川), 김천 · 선산의 감천(甘川), 대구 금호강(金湖江), 고령의 회천(會川), 거창 · 합천의 황강(黃江), 진주의 남강(南江), 밀양의 밀양강(密陽江), 양산의 양산천(梁山川) 등 지류와 합류하여, 부산 앞바다로 흘러간다. 낙동강이 포괄하는 지역은 강원도 태백시에서부터 대구 · 경북을 거쳐 부산 · 경남에 이르고, 강줄기는 동쪽 지역의 척추라 할 수 있는 태백산맥을 따라 뻗어 내리고 있다.

조선조 문헌인 《동국여지승람》에는 낙동강을 일명 낙수(洛水)로 표기하였는데, 낙동이라는 이름은 가락(駕洛)의 동쪽에서 유래했다고 한다. 이 책에 의하면 문경의 용연(龍淵)과 군위의 병천(竝川) 여러 물이 주의 동북쪽에 이르러, 용궁 하풍진(河豊津)에 합하여 남으로 흘러 낙동강이 되어, 선산부(善山府) 경계로 들어간다고 하였다. 여기로부터 바다에 들어가기까지 비록 땅에 따라 이름은 다르나, 총칭 낙동강이라 하고 또 가야진(伽倻津)이라 일컫는다고 기록하고 있다. 《택리지》에는 낙동강이라 표기하였는데, 두 문헌 공히 낙동이라는 이름은 가락(駕洛)의 동쪽에서 유래했다고 설명하고 있다.

낙동강 유역에는 역사가 시작되는 순간부터 사람들이 생활했던 것으로 보인다. 이는 경상북도 칠곡군 석적면 중동 일대가 대표적인 구석기 유적지로 꼽힌다는 것만으로도 확인해 볼 수 있다. 그렇지만 낙동강의 본격적인 선사시대 문화는 신석기 시대로 잡는 것이 일반적이다. 낙동강 유역은 압록강, 두만강, 대동강, 한강, 서남 도서 지방과 더불어 빗살무늬 토기가 발견되는 대표적인 신석기 문화권 중 하나이다. 또한 철기 시대가 도래하기 시작하면서 낙동강 유역은 대동강 유역과 더불어 철기문화를 꽃피운 대표적인 지역으로 꼽히게 되었다. 낙동강 유역의 철기문화는 삼한 중 진한과 변한을 중심으로 발달하였다. 철기의 도입이 본격화하면서 3세기 중엽 무렵에는 낙동강의 동 · 서에 자리잡은 진한과 변한에는 무려 24개의 나라가 있었다는 기록이 《삼국지》 〈위지동이전〉조에 보인다. 지금의 대구와 영천은 낙동강 유역 중 대표적인 철기문화의 중심지로 자리잡게 된다.

낙동강 유역은 비옥한 평야와 바다를 끼고 있었기 때문에, 벼농사와 해상교통에 유리한 지정학적 조건을 갖추고 있었다. 따라서 농경문화에 기반한 풍부한 문화유산을 지니게 된다.

신라와 가야문화를 시조로 하는 낙동강 유역의 문화는 남방 불교문화를 꽃피웠고, 고려와 조선조를 거치며 서원(書院)으로 대표되는 유교문화의 본산으로 문화적 명맥을 유지하여 왔다. 경상북도 영주시 순흥면에 있는 소수서원과 안동의 도산서원이 대표적이다.

낙동강 유역의 민속 문화로는 현재 경북 지역에 경산시 · 군의 〈자인팔광대 놀이〉 등 32개가 전하고, 강원도에 〈태백산천제〉, 대구시의 〈고산농악〉 등 5개의 놀이와 굿이, 부산시의 〈연산재〉 등 5개의 놀이와 제례가, 경남에는 〈오광대놀이〉, 〈진주검무〉 등 26개의 놀이가 전하고 있다.

낙동강 유역인 경상도와 강원도 일부 지역은 민요권으로 볼 때 메나리토리 혹은 메나리목에 해당된다. '미, 솔, 라, 도, 레 5음계, 16자의 두악구로 된 유절형식의 노래로 구슬픈 느낌을 준다.

낙동강의 이름이 붙여진 낙동나루터, 낙동진(洛東津)
낙동강은 1930년대까지도 수심이 깊어 하운(河運)에 많이 쓰였다고 한다. 출처_http://www.sangsan.com/loyang.htm

2. 낙동강 유역의 문학 개관

낙동강 유역의 문학은 지역의 풍부한 역사와 문화를 드러내기도 하고, 때로는 낙동강 자체가 민초들의 삶의 알레고리로 등장하기도 한다. 김해평야에 위치한 가락국 김수로왕의 탄생 순간을 기록한 〈구지가(龜旨歌)〉는 그 중 가장 앞머리에 놓일 것이다. 이는 낙동강 유역이 가야와 신라 문화의 발상지라는 사실을 새삼스럽게 알려주고 있다. 고려시대의 문인 이규보(李奎報, 1168~1241)는 낙동강을 노래한 한시를 남겼고, 조선 시대의 사림인 농암(聾巖) 이현보(李賢輔, 1467~1555)는 만년에 고향인 영천에 귀향하여, 〈어부사〉를 지었다. 벼슬살이, 세상살이에 대한 회의와 불신을 담고 있는 농암의 어부가는 고려시대로부터 전래되던 〈어부사〉 10장을 5장으로 다듬은 것이다. 또한 낙동강 유역에는 남편의 학대와 가족의 개가 종용을 견디다 못해 낙동강에 몸을 던져 스스로 목숨을 끊은 〈산유화가〉의 서글픈 사연이 전하기도 한다.

〈구지가〉에서 시작된 낙동강 문학에는 때로는 선비들의 은일한 삶의 향기를 때로는 서민들의 삶과 애환, 파란만장한 근·현대사의 궤적을 담아내며 이어져 왔다. 근대 이후 낙동강 유역의 문학은 그대로 우리 근대사의 축소판이라 할 정도로 파란 많은 역사와 그 속에 결코 함몰되지 않고 살아가는 민중들의 삶의 모습이 나타나 있다.

1) 낙동강에서 향랑의 〈산유화〉와 만나다

강원과 영남 지역의 민요는 메나리토리 혹은 메나리목이라고 한다. 메나리조의 기원에 대해서는 전래 민요에서 유래했다는 설과 오래 동안 전승되어온 〈산유화가〉에서 유래되었다는 설이 공존하고 있다. 여기에서 드러나듯 〈산유화가〉가 낙동강 유역의 대표적인 노래라고 할 수 있다.

낙동강 유역에 면면히 흐르는 구슬픈 노랫가락의 원류를 찾아가다 보면 향랑이라는 평민 여성의 삶과 만나게 된다. 선산 출신의 평민 여성 향랑은 낙동강에 몸을 던져 20살의 짧은 생을 스스로 마감하고 만다. 이 이야기의 주인공이라 할 수 있는 향랑은 선산부(善山府) 상형곡(上荊谷)에 사는 양인 박자갑(朴自甲)의 딸로 집안은 넉넉지 못했지만 품행이 방정하고 정숙했던 것으로 알려져 있다. 그러나 계모는 향랑을 박대하였다. 향랑의 나이 17세 때 같은 마을 임순천(林順天)의 아들 칠봉(七奉)의 아내가 되었는데, 성질이 포악한 남편은 향랑을 박대하고, 가혹히 대하던 끝에 그를 내치고 만다. 남편에게 구박과 학대를 당한 끝에 쫓겨난 향랑은 친정으로 돌아왔다. 그러나 계모는 친정으로 돌아온 그를 여전히 박대하고 삼촌 집으로 보내버렸다. 삼촌이 향랑을 개가시키려 하자 삼촌 집을 나와 다시 시집으로 갔다. 시집에 가 시아버지에게 자신을 받아줄 것을 사정하였으나 시아버지가 거절하자, 낙동강에 스스로 몸을 던져 자살하였다. 숙종 28년인 1702년 9월 6일, 향랑의 나이 20살 때의 일이다. 낙동강에 몸을 던지기 전에 향랑은 한 소녀에게 자신의 삶의 내력을 이야기하고, 〈산유화가〉를 남겼다. 소녀의 말을 들은 친정아버지가 시체를 찾아 나섰으나, 부친에게 누가 될까봐 시체마저도 종적이 없다가, 찾는 일을 그만두고 돌아가니 그때서야 시체가 물위에 떠올랐다 한다. 향랑의 불행한 삶과 죽음은 최초의 목격자에 의해 점차 세상에 알려지게 되었다.

향랑 이야기는 《향랑전(일명 일선의 열도 (一善義烈圖)》·《동국문헌비고》·《동환록(東渙錄)》·《한산세고(韓山世稿)》·《의열녀전(義烈女傳)》(일명 《삼한습유(三韓拾遺)》) 등 여러 문헌에 널리 수록되어 있다. 여기에서 향랑의 사연이 이미 당대에 지역 내에서 공감을 얻었고, 짧은 시간 안에 전국적으로 그 사연이 확산되었다는 사실을 확인할 수 있다. 그 사이 향랑은 선산부의 평범한 여성에서 전국적인 열녀의 표상으로 바뀌며 문학적 입전의 대상이 되었다.

향랑의 사연은 먼저 그가 살던 지역인 선산에서 주목하기 시작한 지방문학이었다. 당시 선산부사였던 조구상(趙龜祥)이 지은《향랑전》은 향랑의 사연을 최초로 기록화한 사례로 들 수 있다.《향랑전》은 약정(約正)의 보고서와 소녀의 목격담과 증언, 기록자 자신의 논평을 더하는 방식으로 구성되어 있다. 이 사건은《선산읍지》에도 기록이 되어 지역 내의 관심이 상당했던 것을 알 수 있다. 향랑의 이야기는 조구상(趙龜祥) 외에도 이광정(李光庭), 이안중(李安中), 이옥(李玉)이 쓴 전기를 통해 꾸준히 알려지게 되었다. 이 밖에 엄경수(嚴慶遂)의 〈부재일기(孚齋日記)〉, 이희령(李希齡)의〈약파만록(藥坡漫錄)〉, 이노원(李魯元)의 〈백월당소고(柏月堂小稿)〉등의 문집에 향랑 관련 기록이 전한다.

여기에서 그치지 않고, 향랑의 삶과 〈산유화가〉는 시인들에게도 지속적으로 영감을 주었다. 신유한(申維翰)의 〈산유화곡(山有花曲)〉, 이학규(李學逵)의 〈산유화가(山有花歌)〉, 이광정의 〈향랑요(香娘謠)〉, 최성대의 〈산유화여가(山有花女歌)〉, 이덕무(李德懋)의 〈향랑시(香娘詩)〉가 향랑의 삶과 죽음, 그가 남긴 〈산유화가〉에서 착상한 대표적인 시작이라 할 수 있다.

향랑 전기는 각편에 따라 약간의 변이양상을 보이나 대체적으로 계모학대 모티프, 남편학대 모티프, 그리고 숙부의 핍박 모티프와 주인공의 투신 모티프로 구성되어 있다. 이본(異本)에 따라 첫번째 계모학대 모티프는 없는 것도 있으며, 숙부의 핍박 모티프도 숙부가 이모 혹은 외삼촌으로 대치되기도 한다. 또한 투신한 자리를 역사적 배경과 지리적 배경을 들어 구체화한 것이 있는가 하면 단순히 강이라고만 표현한 것도 있다. 이본에 따라 약간의 출입은 있으나 대체로 이야기의 형태가 안정적으로 고정된 것은 향랑의 이야기가 기본적으로 사실에 기반한 생애담이라는 데에서 찾을 수 있다. 그러나 향랑의 삶과 죽음을 바라보는 방식이나 형상화 방식은 작가와 글의 형태에 따라 다르게 나타난다.

한 여성의 삶에 대해 이렇듯 많은 문인들이 관심을 표명한 것은 매우 드문 경우라 할 수 있다. 더구나 이것이 짧은 시간 내에 이루어졌다는 점도 이례적이다. 향랑의 이야기가 작가의 이목을 집중하기까지는 1세기도 걸리지 않았다. 살아서는 한번도 주목받지 못했을 뿐 아니라 철저히 불행했던 한 여성의 삶에 왜 많은 문인들은 관심을 표했을까?

향랑을 입전의 대상으로 삼은 작가들은 한결같이 그를 열녀의 표상으로 그리고 있다. 이는 향랑의 사건을 최초로 기록화한 조구상의 《향랑전》에서부터 어느 정도 예견된 것이라 할 수 있다. 향랑의 생애를 140행의 장편시로 그려낸 이광정은 양반 여성도 성취하기 어려운 절개를 일개 평민여성이 보여준 것을 높이 평가하고 있다. 그는 향랑의 행적을 말년에 금오산에 은거했던 야은(冶隱) 길재(吉再)의 절개에 빗대어 서술하고 있다.

> 당시의 야은선생 절개 지키어
> 만고의 맑은 풍화 이 땅에 끼치셨네
> 향랑은 미천하나 의리 알아서
> 이곳 택해 죽었으니 기이하구나

향랑의 죽음이 야은선생의 의로운 죽음과 중첩되면서 금오산과 낙동강은 절의의 고장으로, 향랑은 사서에 오르는 인물로 숭앙의 대상이 된다. 평민여성의 수절에 대한 18세기 문인의 관심은 연암(燕巖) 박지원(朴趾源)의 《열녀함양박씨전》과 평민열녀를 내세운 《열녀전》의 존재를 통해서도 확인해볼 수 있다. 향랑 전기의 이면에는 평민열녀가 증가하면서 이들이 입전의 대상이 되었던 18세기 사회상을 더듬어 볼 수 있다. 조선의 국시(國是)였던 유교 윤리는 후기로 가면서 민풍화하여, 사족들 뿐 아니라 평민들의 삶에까지 깊숙이 침투하였다. 그 결과 굳이 수절의 의무를 질 필요가 없었을 뿐 아니라 생계를 위해 오히려 개가가 권장되기도 했던 평민여성들도 열녀의 대열에 가담하였다. 이는 조선 시대 열녀와 효자를 가려 포상했던 내역을 보면 분명히 알 수 있다. 15~17세기 열녀의 신분 비율을 보면 점차 양인의 비중이 증가하는 것을 확인할 수 있다. 15세기에는 사족 67%, 향리층 13% 평민 이하 19%의 분포를 보이나 17세기에는 사족 43%, 향리층 5% 평민 이하 52%의 분포를 보인다. 이러한 추세는 18세기 이후에도 지속되었다. 향랑의 이야기가 평민열녀가 증가하고, 《열녀전》이 집중적으로 간행되었던 18세기에 널리 확산되었다는 것은 단순히 보아 넘길 대목이 아니라 할 수 있다.

향랑의 자취가 공감을 불러일으킬 수 있었던 또 다른 이유로 문인들이 그의 삶과 죽음에서 절대비극의 페이토스를 느꼈다는 점을 들 수 있다. 이는 여성정감을 탁월하게 그려내었던 최성대의 시에서 명료하게 나타난다. 최성대는 행복했던 유년기와 출가 이후의 불행했던 삶을 대비하면서, 친정과 시가 양쪽으로부터 모두 버림 받은 한 여성의 비극을 탁월하게 그려내고 있다. 그의 죽음을 순결한 영혼의 아름다운 최후로 심미화한 최성대의 〈산유화여가〉는 주변부 삶의 진실성을 꾸준히 포착해 왔던 그의 시세계와 닿아있다.

그러나 문인들이 향랑의 최후를 미화하는 사이 그를 죽음으로 내몰았던 비극의 실체는 오히려 모호해진 감이 있다. 향랑 죽음의 진실은 그가 남긴 〈산유화가〉를 통해 짐작할 수 있다.

하늘은 너무나 높고 땅은 너무나 넓구나

하늘과 땅 사이 아무리 크다 해도

이 한 몸 의탁할 곳 어디에도

차라리 강물에 몸을 던져

물고기 뱃속에 장사지내리

·

'이 한몸 의탁할 곳 어디에도' 라는 깊은 탄식에서, 우리는 '사는 것이 죽기보다 더 어려웠던' 한 여성의 깊은 좌절을 엿볼 수 있다. 특히 "하늘은 너무나 높고 땅은 너무나 넓구나" 하는 천지의 공간에 비겨, "이 한 몸 의탁할 곳 어디에도 없구나"하는 공간적 표현은 그의 절망을 극대화하고 있다. 향랑은 남편의 학대, 원치 않는 개가를 종용하는 친족, 친정과 시가 양쪽으로부터의 외면이라는 삼중의 고통을 짊어지고 있었다. 출가한 딸이 친정으로 되돌아온다는 것은 결혼생활의 실패뿐 아니라 부양할 식구의 증가를 의미하는 것이기에 결코 환영받을 수 없었다. 시댁과 친정의 보호를 받으며 수절할 수 있었던 사족여성과 달리 평민여성에게 수절과 개가는 윤리적 실천 이전에 '입 하나를 더는 것' 즉 생존과 직결된 문제였다. 그리고 결혼생활도, 수절도 자신의 뜻으로 이룰 수 없다는 것을 안 순간, 향랑은 낙동강에 몸을 던졌다. 그러나 그의 삶을 기록한 문인들은 개가를 거부한 그녀의 결단에만 주목하여 그를 열녀로 칭송하고, 그의 비극을 미화하였던 것이다.

향랑의 불행한 생애는 자신의 의지와 스스로의 존엄성을 죽음으로 보일 수밖에 없었던 한 개인, 그리고 죽어서야 비로소 주인공이 될 수 있었던 한 여성의 소외와 좌절을 보여주고 있다. 향랑의 환생과 첫사랑 효렴과의 결연을 신라시대를 배경으로 하여 환상적으로 그린 김소행(金紹行)의 소설《삼한습유》는 지상에서 철저히 외면당한 채 쓸쓸히 죽어갔던 향랑을 위한 진혼굿이라 할 수 있다.

2) 그래도 낙동강은 흐른다

싸르륵 싸르륵

마른 갈밭을 헤치는 회오리바람을 지나

모랫바람이 불꽃처럼 확확 타오르는 강변을 지나

대한(大寒)날

얼어붙은 낙동강을

홀로 건너가시던 할머니

호호 언 손 불어주시던

사천년의

그 면연(綿延)한 사랑……

이달희 〈낙동강. 4〉 중에서

낙동강은 우리 근대사에서 가장 치열했던 순간을 담아낸 역사적 공간이기도 하다. 시인 김용호는 1938년작인 일제의 핍박을 피해 유랑의 길을 떠났던 민족의 애환을 노래했고, 1950년대 중반에는 청마 유치환 시인이 낙동강을 '겨레의 영원한 젖줄' 이라 기렸다. 낙동강은 때로는 그 안에 우리의 근대사의 흔적을, 때로는 우리 삶의 희로애락을 아로새기며 면면히 흘러왔던 것이다.

조명희(趙明熙)의 〈낙동강〉과 김정한(金廷漢)의 〈모래톱 이야기〉는 낙동강 유역 민중의 삶과 애환을 그린 대표적 작품으로 꼽을 수 있다. 조명희의 〈낙동강〉은 일제 시대를, 김정한의 〈모래톱 이야기〉은 일제시대와 해방정국을 그리고 있다.

1927년 《조선지광》에 발표된 조명희의 〈낙동강〉은 조선 프로렐타리아예술가동맹(이하, 카프)의 내부논쟁으로까지 비화시킨 문제작이다. 그 이유는 민족운동, 계급운동에 헌신해 가는 박성운의 비극적 개인사와 1920년대 사회주의 대두 과정을 직조하여 사회주의 리얼리즘의 전형을 창조했기 때문이다. 이 소설은 낙동강 유역의 애조 띤 민요를 도입부에 삽입하여 개인적인 삶이 곧 민족적이며 계급적인 삶이라는 것 그리고 일상이 곧 역사라는 것을 효과적으로 제시하였다. 아울러 낙동강의 규모와 충만함이 개인, 민족, 계급을 아우르는 구심점이라는 것을 자연스럽게 보여주고 있다.

> "내가 해외에 다섯해 동안 떠돌아다니는 동안에도 강이라는 것이 생각날 때마다 락동강을 잊어 본 적은 없었다. (…중략…) 락동강이 생각날 때마다, 내가 락동강의 어부의 손자요, 농민의 아들임을 잊어본 적도 없었다."

작가 조명희의 고백에서 드러나듯, 낙동강은 그에게 원류의식을 일깨워주는 귀의처인 동시에 민족적 · 계급적 각성의 장(場)이었던 것이다.

김정한의 〈모래톱 이야기〉는 1966년 《문학》6호에 게재되었다. 낙동강의 모래가 퇴적되어 이루어진 조마이섬을 배경으로 하여, 일제시대를 지나 해방정국으로까지 이어지는 수탈의 역사를 생생한 필치로 그려내었다. 일제 말 스스로 붓을 꺾었던 작가가 20여 년 간의 침묵 끝에 발표한 이 작품은 1936년 발표했던 〈사하촌〉에서 보여주었던 문제의식의 연장선상에 있다고 할 수 있다. 이 작품은 '건우'라는 학생의 가정방문을 계기로 알게 된 조마이섬의 사연을 본격적으로 담고 있다. 섬사람들이 대대로 지켜온 땅을 식민지시대에는 일본인에게, 광복 후에는 힘 있는 국회의원에게 이어 또다시 돈 많은 유력자에게 그 땅이 넘어가 버림으로써 조상 대대로 가꾸어 온 섬의 땅을 빼앗긴 섬사람들의 사연은 수탈의 역사의 축소판이라 할 수 있다.

" 이 꼴이 되고 보니 선조 때부터 둑을 만들고 댐을 맨들고 물과 싸워가며 살아온 우리는 대관절 우찌 되능기요?"

농민의 절규는 땅에 대한 원초적 애정과 함께 그들의 삶을 억압하는 부조리에 대한 깊은 탄식을 보여준다. 이 작품은 홍수를 계기로 섬사람들이 땅을 지키기 위한 투쟁에 나서는 모습을 보여주고 있다. 이 작품은 전작인 〈사하촌〉과 마찬가지로 땅을 지키는 농민들의 수난과 항쟁의 역사, 이에 대한 깊은 신뢰와 낙관적 전망을 보여주고 있다. 그의 작품에 나타나는 낙동강 하구라는 공간의 구체성과 지역 공동체 정신 그리고 작품 전면에 스민 탁월한 문제의식으로 인해 김정한은 아직까지 '낙동강의 파수꾼' 으로 불리고 있다.

3. 나오는 말

낙동강은 그 규모와 깊이에 걸맞게 풍부한 역사성을 지니고 있다. 그리고 낙동강의 역사는 다양한 문화와 문학으로 개화하였다. 그 안에는 무엇보다도 동 시대를 살았던 사람들의 삶 그리고 그들의 애환이 담겨 있다. 개개의 삶이 모여 민족사로 합류하는 도도한 흐름을 보여주는 낙동강 유역의 문학은 개인의 삶이 곧 시대를 증명하는 기록이며 그자체로 역사를 만든다는 엄연한 사실을 보여주고 있다. 그리하여 낙동강은 실질적인 삶의 토대로, 혈연과 그의 확장인 민족의 알레고리로 다양한 얼굴을 드러낼 수 있었다.

은자의 순례지

소양강, 청평사

이승수

1. 문학으로 완성되는 공간

문화적 의미에서 공간은 사람이 깃들어 살며 숨쉬기 시작하고 문학으로써 완성된다. "산의 가치는 높은 데 있지 아니하니 신선이 살면 이름이 높고, 물의 의미는 깊은 데 있지 않으니 용(龍)이 있으면 영험하다(山不在高, 有仙則名, 水不在深, 有龍則靈)"는 말처럼(유우석, 〈누실명(陋室銘)〉), 공간을 살아있게 하는 것은 문학이다. 절구 한 수가 붙여지고 이야기의 주인공들이 있음으로써, 그 공간은 4차원이 된다. 그럴 때 부유하는 구름도 흐르는 물도 정신적으로 감화되어 예사롭지 않은 신운을 띄는 것이다. 이를 깊이 아는 사람은 여주 신륵사를 가지 않고 나옹화상과 목은 이색을 만나러 가며, 통영을 찾지 않고 유치환을 찾아 가며, 그냥 철원을 가는 것이 아니라 이태준을 느끼러 간다. 그러나 이는 누구나 그럴 수 있는 것이 아니라 문학을 깊이 아는 자라야만 가능할 것이다.

2. 사라진 소양강 노래와 공주탑의 슬픈 표정

청평사에 가기 위해서는 먼저 소양댐에 올라야 한다(최근 양구 쪽으로 돌아 산을 넘어오는 길이 새로 생겼다). 이 물의 이름은 예전에도 소양강이었다. 청평사 가는 길 강가에 있던 소양정은, 여기서 바라보는 풍광이 아름다워 수많은 시인묵객들이 머물며 시심에 젖었던 곳이다. 강을 중심으로 사람이 모여 살고 사람의 삶은 강물처럼 흘러가니, 강은 수많은 사연을 간직하지 않은 곳이 없다. 국민 애창곡 1위인 〈소양강 처녀〉의 배경이 바로 이곳이다. 소양강의 옛 모습은 찾아볼 길 없고 한국 최대의 수력발전량을 자랑하는 댐에 의해 소양호가 있을 뿐이니, 여기서 예전 서울을 오가던 나룻배와 황혼녘 그리움을 일으키는 갈대숲을 볼 수 없음을 안타까워함은 쓸모없는 감상인가? 편리함을 위해 사라진 아름답고 정겨운 작은 풍경들을 못내 지울 수가 없다. 아마 밤이 깊으면 밤새 피를 토하며 울어대는 두견새(소쩍새) 소리를 들으며 하염없는 그리움에

부용봉 위에서 내려다 본 소양호 전경

빠질 수는 있으리라.

선착장에서 배를 내리면 우선 1킬로미터 가량 나무 그늘 없는 길을 걸어야 하는데, 휴일 사람들이 열 지어 이 길을 걷는 광경을 위에서 보면 마치 고난의 성지 순례 행렬 같다. 이 길이 끝나면 다시 1킬로미터 정도를 올라야 청평사가 나온다. 시내 곁 오솔길을 절반 이상 오르면 아담하고 조촐한 구성폭포가 있다. 이 시내를 옛날에는 서천(西川)이라 했다. 폭포의 이름은 조선 시대에 구송(九松)이라 하였는데, 언제부터 구성으로 바뀌었는지 알 수 없다. 폭포에서 눈과 귀에 쌓인 먼지를 씻어내고 바로 들러볼 곳은 3층탑이다. 안내 표시가 없어 지나치기 쉽다. 폭포를 지나면 바로 오른쪽으로 시내 건너 오솔길이 나있는데, 이 길을 따라 20여 발짝 쯤 가면 3층탑 하나가 약간 슬픔을 머금은 채 탈속한 자태로 서 있다. 이 탑을 일명 공주탑이라 하는데, 여기에는 사랑에 얽힌 인간 세상의 사연이 깃들어있다.

옛날 중국에 아름다운 공주가 있었는데, 대궐을 짓던 목수가 그녀의 모습에 반해 사랑에 빠졌다. 하지만 현실의 높은 장벽에 가로막혀 그 사랑은 병이 되었고 끝내 목수는 죽고 말았다. 목수는 죽어서 상사뱀(상사병에 걸려 죽은 사람이 그 사랑을 품고 환생한 뱀)이 되어 공주의 몸을 칭칭 감아버렸다. 아무리 해도 뱀을 떨쳐낼 수가 없자 공주는 이곳저곳을 방랑하다가 이곳 청평사에까지 오게 되었다. 폭포에 이르자 뱀이 떨어져 나갔는데, 어떤 이는 공주가 가사 공양을 하여 세 바늘을 꿰매자 하늘에서 번개가 쳐 뱀이 죽었다고 하며, 어떤 이는 떨어진 뱀이 다시 공주를 찾아 절로 올라가는데, 회전문(廻轉門)을 지키는 신장(神將)들이 가로막자 몸을 돌려[회전] 내려가다가 벼락을 맞아 죽었다고 한다. 이 소식을 들은 중국의 궁궐에서 금을 보내주어 공주는 절을 중창하고 공들여 이 탑을 쌓았다.[153]

153 상사뱀 설화에 대해서는 김용덕, 〈淸平寺緣起說話考〉, 《한양어문연구》 6집, 한양어문학회, 1988 참조.

탑의 표정이 슬픔을 감추고 있는 이유가 여기에 있다. 아름다운 것은 언제나 위험하다. 사랑이 위험한 이유이다. 신라시대 선덕여왕을 사랑했던 지귀(志鬼)는 신분의 한계를 넘지 못하고 가슴에서 불이 일어나 죽었고, 황진이를 사랑했던 이웃집 총각도 가슴을 끓이다가 죽고 말았다. 선덕여왕은 지귀를 화마를 막는 수호신으로 삼아 영혼을 달랬고, 황진이는 총각의 상여에 자신의 저고리를 덮어주어 이승에서 못 다한 사랑에 대한 집착을 풀어주었다. 사랑은 얼마나 많은 사람들을 고통스럽게 했던가? 환희와 고통은 사랑이 낳은 쌍생아인 셈이다. 상사뱀 설화는 우리나라 곳곳에 전해져 내려오는데, 아름답지만 슬프기만 한 숱한 사랑의 사연을 반영한다.

탑을 쌓는 마음을 아는가? 탑의 한 층 한 층에는 간절한 소망이 담겨있고, 소망이 이루어지기를 바라는 정성이 배어 있다. 어느 탑인들 그렇지 않으랴! 불국사 석가탑에 대해서는 현진건의 〈무영탑〉에서 아름답게 묘사하였다. 감은사지의 쌍탑과 지금은 사라진 황룡사 9층탑에는 외적을 물리치고 백성들을 편안하게 하려는 기도가 담겨져 있었다. 운주사의 천불천탑 역시 삶의 안녕을 기원하는 민중들의 염원이 만들어낸 것이다. 하루 종일 있어야 이 탑을 찾아주는 사람은 거의 없다. 인간사의 무상한 인연에 초연한 채 고개 들어 먼 세계를 묵상하고 있는 탑의 침묵. 천언만어의 사연을 함축한 침묵, 충만함을 감춘 공허를 바람이 둘러 가고, 그 위로 구름이 머물다 갈 뿐이다. 그들도 역시 말이 없다. 이 탑을 두고 춘천의 한 시인은 이렇게 노래했다.

울음 소린 듯

웃음 소린 듯

탑 앞에 머물다 가는 바람

저승에나 피었을

공주의

고운 혼이 담긴 석탑에

구름 한 점 감기었다 풀어진다 …

이무상, 〈공주탑〉

공주는 끔찍한 업장을 풀어준 부처의 공덕을 찬미하고, 현세의 미모와 고귀함에 교만했음을 속죄하고, 자기 때문에 두 번 죽을 수밖에 없었던 상사뱀이 길고도 먼 윤회의 길에서 빠져나오기를 기워했을 것이다. 탑은 자기 앞에 선 사람에게 말을 잊게 하고 맑은 허무감에 젖어들게 한다. 속인들은 탑의 양식을 따지기에 앞서, 그 앞에서 잠시나마 마음에 가득한 탐욕을 비우고 억겁의 윤회에서 벗어나 볼 일이다.

3. 은자의 표상 이자현

공주탑에 얽힌 이야기가 기층 민간에서 유전되면서 청평사의 분위기를 영험하게 했다면, 이자현(李資賢, 1061~1125)은 산 전체를 고고한 은자의 난향으로 가득 채웠던 인물이다. 그는 은자(隱者)였다. 우리 국토에는 은일을 상징하는 몇 공간이 있으니, 최치원이 "속세의 시비 소리가 귀에 들릴까 저어하여, 짐짓 흐르는 물로 산을 감싸 둘렀네(常恐是非聲到耳, 故敎流水盡籠山)"라고 독서당에 써 붙였던 가야산 홍류동이 첫 번째요, 이자현이 송도에서 임진강을 건너며 다시는 건너 돌아가지 않으리라 다짐하고 숨어살며 《능엄경》을 강하던 춘천 청평산이 두 번째이다. 혼란이 극에 달했던 여말에는 사대부들 사이에 은일의 풍토가 조성되어 수많은 선비들이 은(隱) 자나 촌(村) 자 호를 다투어 사용하였다. 그중에서도 태조의 부름을 마다한 채 고적한 생활을 지켰던 운곡 원천석의 치악산(원주)을 꼽아야 할 것이다. 매월당 김시습은 전국을 유력했지만, 설악산은 그의 매서운 부정과 독립의 정신이 깃든 은자의 성소라 할 것이다. 이후 산림이 정계를 장악하고 처사의 생활양식이 일반화되었는데, 지리산은 남명(南溟) 조식(曹植)을 속리산은 대곡(大谷) 성운(成運)을 상징하는 공간이라 할 것이다. 그 나머지는 일일이 헤아리지 못하겠다.

장락공 이자현의 부도(청평사 입구)

은거지란 어디를 말하는가? 공간의 차이로서 말하기도 하고 정치세력의 유무로서 일컫기도 하며, 혹은 유심과 무심의 차이를 들어 말하기도 한다. 쉽게 말하면 은거지란 은자가 사는 곳이다. 그럼 은자는 누구인가? 밖으로는 벼슬길에 나아갔다가 물러난 사람, 부귀와 영화를 누렸고 또 앞으로도 그럴 만한 조건이 갖추어졌는데도 물러난 사람, 능력과 조건이 갖추어졌는데도 굳이 나아가지 않은 사람을 말한다. 하지만 그러한 외적인 조건만으로 은자를 논할 수는 없으니, 중간 매개 없이 세계와 홀로 맞서기를 시도한다는 내적 조건이 갖추어져야 은자라 이름 할 수 있다. 《역(易)》에서는 이를 "홀로 서도 두려워하지 않고, 세상을 피했어도 근심이 없다(獨立不懼, 遁世無悶)"는 말로 표현했다.

은자는 숨을 만한 이유가 있어 숨는다. 그들은 너무 순결하여 일점 먼지를 견디지 못하고, 너무 양심적이어서 생각과 행동의 괴리를 참지 못한다. 은자가 많은 세상은 난세이지만 맑은 세상이고, 은자가 없는 시대는 치세라 해도 흐린 시대이다. 은자는 시대의 거울이다. 은자를 보면 시대의 치란을 알 수 있다. 그런데도 사람들은 은자만 보지 은자가 비추는 시대를 보지 않는다. 그러니 은자의 고독도 번민도 다 알지 못할 뿐더러, 그 시대도 알지 못한다. 우리에겐 아직 은자열전이 없다. 은자의 사회사도 문화사도 없다.

이자현은 당시 최대의 문벌인 인주 이씨 가문에 속했는데, 고모 셋이 모두 문종의 비가 되었을 정도로 위세가 대단했다.[154] 어려서부터 은거에 관심이 많았던 그는 29세 되던 1089년부터 1125년까지 37년간을 청평산 청평사에 거주했다. 처음에 임진강을 건너면서 다시는 되건너지 않으리라 다짐했다. 송도를 떠나던 해에 아내가 죽었는데, 생리사별에서 벗어나지 못하는 인간 세상의 사연에 허무감 또한 불교에 귀의하는데 중요한 원인으로 작용했다고 볼 수 있다. 29세라면 석가가 출가하여 설산에서 고행했던 나이라 흥미롭다. 청평산에 이른 그는 꿈 속에서 두 차례나 문수보살을 만나고 기존의 보현원(普賢院)을 문수원(文殊院)이라 개칭하였으며, 이곳을 신선이 사는 마을이라는 뜻으로 선동(仙洞)이라 하였다. 바위 동굴에 암자를 꾸며 식암(息菴)이라 이름하고 자신의 호로도 사용하였다. 두 차례나 왕의 부름을 받았고 또 현실의 유혹이 끊이지 않았으니, 마음 깊은 곳에서 잠자지 못하고 꿈틀대는 욕망을 스스로 저어하였음이라.[155]

그는 또 이 일대에 거대한 정원을 조성하였는데, 한국정원문화연구회의 발굴 보고서에 따르면 돌을 쌓아 만든 것으로는 세계 정원 문화사상 최고(最古)의 것이라고 한다.[156] 산사 입구에 있는 이자현의 부도 맞은 편 약간 위로 영지

154 이자현의 행적에 대해서는 김부철의 〈清平山文殊院記〉, (《동문선》), 혜소의 〈제청평산거사진락공지문〉, 《고려사》 권 95의 〈이자연전 부이자현〉, 《파한집》의 〈진락공이자현조〉, 《선문보장록 하》 등 참조.

155 이자현의 삶과 사상에 대해서는 최병헌, 〈고려 중기 이자현의 禪과 居士佛教의 성격〉, 《김철준박사회갑기념논총》(1983), 조용헌, 〈이자현의 능엄선 연구〉, 《종교연구》 12집 (한국종교학회, 1988), 이종은 외, 〈고려 중기 도교사상의 종합적 연구〉, 《도교사상의 한국적 전개, 1989) 등을 참조.

156 민경현, 〈전통조경양식의 탐구 5 - 고려 文殊院庭園〉, 《조경》 4호 (1983) 참조.

(影池)가 있다. 절 뒤의 부용봉 또는 견성암(見性菴, 지금은 사라지고 없음)의 그림자가 거꾸로 비추인다고 해서 붙인 이름이다. 산은 연못을 품었고, 연못은 다시 산을 안았다. 그 앞에 서면 산과 연못에 안기는 동시에 이들을 다 가슴에 담을 수 있다. 영지 주변에는 고로쇠나무 · 황매화나무 등이 느긋하게 서 있는데, 고려말의 고승 나옹이 심은 것이라고 전해진다. 영지를 뒤로하고 절을 지나쳐 서천을 따라 얼마간 오르면 계곡 옆 가파르게 솟은 곳에 '청평선동(淸平仙洞),' '청평식암(淸平息菴)' 이 새겨져 있는 바위를 만나게 되니, 바로 이자현이 수행하던 곳이다. 은거는 누구보다도 자신과의 약속을 지키고 자신과 정면으로 맞대면하는 삶이다. 은자의 서늘한 기운이 감도는 이곳에 오면 내가 얼마나 세상과 타협하고 있는가, 얼마나 나 자신을 회피하고 있는가를 돌아볼 일이다.

4. 순례자들

이자현 이후 청평산은 은자들의 순례지였다. 청평산을 찾은 사람들은 먼저 이자현을 떠올렸고, 세월이 지나면서는 김시습과 이황을 생각하는 사람들도 많았다. 왜 그런가? 거기에 그들의 자취가 남아 있기 때문이다.

> 춘주의 청평산은 소봉래라고 하는 관동의 명산이다. 그러나 산수가 빼어나다는 이유만으로 온 나라 안에 명성을 드러낼 수 있겠는가? 예로부터 잘 알려진 인물들이 머물러 살았으니 고려조에는 이자현이 있고 이조에는 김열경(시습) 같은 이가 있었다. 이자현과 김시습의 사적은 전기에서 살펴볼 수 있다. 그들의 고결한 기풍과 뛰어난 시문은 오늘날 들어도 마음을 불러일으키기에 넉넉하니, 이는 진실로 다른 산에서는 드문

일이다. 근래에도 퇴도 이선생과 백사 이상국이 있어 혹은 관복 차림에 부절을 지니고서 축융(祝融)의 시(주희가 친구 張栻과 함께 축융봉에 올랐다가 지은 〈醉下祝融峯〉을 가리킴), 혹은 참소를 입고 서울을 떠나면서 서호(西湖)의 유람을 다하기도 하였다. 두 분께서 산이 아니라 사람을 찾았던 것임을 상상할 수 있다.[157]

아아, 나의 삶이란 모름지기 이 산처럼 치솟고 물의 흐름처럼 무궁해야 하는데, 이렇게 짧은 인생으로 무궁한 사이에서 잠시 노니니, 하루살이가 무궁한 하늘을 잠시 스쳐 지나는 것과 무엇이 다르겠는가? 나보다 앞서 노닌 사람이 몇이고 나보다 뒤에 노니는 사람이 또한 다시 몇일 것인가. 장차 아득한 시간 속에 모두 종적 없이 사라질 것을 생각하니 진실로 슬프다. 또 내가 늦게 태어나 진락공(眞樂公, 이자현) · 나옹화상의 부류와 함께 용담의 물에 갓끈을 씻고 부용봉에서 옷의 먼지를 털고 선동과 구송대 사이에서 서로 끌어주며 노닐지 못하고, 홀로 큰 뜻을 품은 채 남은 자취를 어루만지고 품은 뜻을 일으키며 높은 언덕에 올라 머리나 긁적이는 것을 마음 아프게 생각한다.[158]

한국 문학사상 최고의 방랑객이었던 김시습은 전국에 발길이 닿지 않은 곳이 없지만, 청평산에도 오래 머물렀다. 그가 청평산에 머물렀던 흔적은 20대 중반 얼마간에 걸친 감회를 기록한 〈유관동록〉 외에도 문집 곳곳에서 수십 편이 산견된다. 그는 청평산을 잠시 지나간 것이 아니라, 아예 세향원(細香院)이란 작은 암자를 짓고 오랫동안 머물렀다. 어느 때는 소양강의 물결을 하염없이 바라보면서, "내 재주는 세상과 맞지 않으니, 소금수레 끌고 태항산을 오를 밖에. 큰 박은 세상에 쓰이질 못하니, 무하유지

157 朴長遠(1612~1671): 본관은 고령, 자는 仲久, 호는 久堂. 1658년에 강원도 관찰사를 지냈다. 1649년부터 1652년까지 춘천부사로 재직하는 동안 두 차례에 걸쳐 청평사를 유람하고 기록을 남겼다. 이 글은 《구당집》에 실려있는 〈유청평산기(遊淸平山記)〉의 일부이다.

158 徐宗華(1700~1748): 본관은 달성, 자는 士鎭一 호는 藥軒으로 文永의 아들. 관직으론 현달하지 못함. 평생 학문에만 전념하다. 이 글은 《약헌유고》에 실린 〈청평산기(淸平山記)〉의 끝부분이다.
위 두 글은 《春川地理誌》에 전재되었는데, 근래에 춘천시에서 번역하여 간행하였다.

향에나 심어야 하리라(我才與世不相當, 苦逼鹽車登太行. 大瓠濩落不可用, 政好樹之無何鄉)"라고 하여 불의의 시대와 화합하지 못하는 비감한 심정을 토해내기도 하였다.[159] 식암(息庵)에 올라가서는 " … 시시비비를 따져 무엇 하리오, 자잘한 이익이나 셈하는 자 그 누구냐. 식암 선동 소나무 창 아래서, 황정경 두 권을 정독하리라(是是非非將底用, 營營碌碌竟何顏. 不如仙洞松窓下, 兩卷黃庭仔細看)" 고 하여 울적한 마음을 달래기도 하였다.

159 《매월당집》 권13, 〈昭陽引〉.

이황은 42세이던 1542년 청평산을 지나다가 한 수의 시를 짓고 여기에 긴 서문을 달았다. 그는 이 글에서 조선의 사관들이 이자현을 형편없이 혹평하는 것을 개탄하며, 그의 행적을 적극적으로 옹호하여 높이 평가했다. 이황 자신 처사의 삶을 지향했고, 고향에 독서와 교육에 전념할 만큼의 충분한 전장을 가지고 있었기 때문이었다고 보기도 한다. 그러나 그래서 뿐만은 아니었다. 당시 유가를 대표했던 이황이 '벽이단(闢異端)' 의 이념을 양보하면서도 이자현을 칭송한 데에는, 학문과 사상의 길이 달랐어도 부귀공명을 마다하고 평생을 은거했던 이자현의 은자 정신을 높이 샀기 때문이다. 이황은 은자로서 이자현을 주목했고, 학문의 갈래나 사상의 계보와는 상관없이 자신의 뜻을 거기에 투사했다. 또 나름대로 동방에 독자적인 은자 열전이 필요하다는 생각을 내비추었다. 사람이라면 누구라도 완벽할 수 있겠는가? 은자에게는 늘 위명(爲名) · 은심(隱心)의 혐의가 따라다닌다. 그러나 사람은 자기의 마음으로 사물을 보는 것이니, 스스로 은자의 정신과 자세를 지니지 않았다면 남들의 은일 또한 있는 그대로 곱게 보아내지 못하는 것이다. 아래 두 구절에 이황의 마음과 사람들에 대한 당부가 잘 나타난다.

동방 은자들 그 누가 글로 지어 전하려나　　東韓隱逸誰修傳

작은 티 꼬집어서 흰 구슬 버리지 마시라　　莫指微疵屛白珩[160]

160 《퇴계집》 권1, 〈過清平山有感〉.

1613년 광해군은 영창대군을 강화도에 위리안치하고 그의 생모인 인목대비를 폐위하려 하였다. 이때 뜻있는 조신들은 이를 반대하고 일어났는데, 이에 격노한 광해군은 폐모에 반대한 신료들은 각처에 유배 보냈다. 백사 이항복은 일흔 노구에 북청으로 유배 길을 떠났고, 49세였던 상촌(象村) 신흠(申欽)은 춘천으로 유배되었다. 신흠은 춘천에서 〈구정록(求正錄)〉을 비롯한 많은 저술을 남겼는데, 하루는 청평사를 찾아 유배객의 울적한 심정을 풀었다. 유배객의 시름을 달래줄 수 있었던 것은 이자현과 김시습이 남긴 서릿발 같은 은일의 정신이었다.

이자현 숨었던 곳 높은 풍류 어려 있고　　李資玄窟風流遠
김열경의 글에는 은자 자취 전해오네　　金悅卿書逸躅傳
그 뒤로 두 사람을 이은 이 없다 마오　　莫道後來無繼者
나도 거기 참여하여 3이 되어보리　　何妨共我作三賢[161]

161 《상촌집》 권20, 〈記謫居自嘲〉.

1635년 봄 청음(淸陰) 김상헌(金尙憲)은 청평산 일대를 유람하고 일기와 시를 〈청평록(淸平錄)〉에 남겼다. 이때 김상헌의 나이 66세였다. 그는 평생 관직에 있었고 병자호란 당시에는 척화를 주장하여 세 차례나 심양에 끌려갔다 온 정객이지만, 중년 이후 석실(石室, 경기도 남양주시)에 작은 집을 준비하여 수시로 머물면서 은거를 꿈꾸었던 인물이다. 그는 선동(仙洞)에 있는 식암(息菴)에 이르러 솟아나는 감회를 이렇게 기록했다.

서천(西川) 가를 오른쪽으로 6, 7리를 돌아서 선동(仙洞)에 들어가니 험준하고 조용하여 작은 암자가 있고, 암자 뒤의 바위벽에는 '청평식암(淸

平息庵)' 이라는 큰 글자 넷이 새겨져 있으니 진락공의 필적이라고들 한다. 옛 기록에 의하면 식암은 고니 알같이 생겼는데 다만 두 무릎을 놓을 만한 반석을 얻어 말없이 그 가운데 앉아 몇 개월 동안 나오지 않은 곳이 여기라고 한다. 지금의 작은 암자는 바로 뒷사람이 세운 바이다. 암자 뒤에는 또 나한전(羅漢殿)이 있고 나한전 앞에는 비스듬히 물이 흐른다. 석대 아래 두 곳에 돌을 다듬은 것은 진락공의 세숫대야이다. 대의 북쪽 바위 사이에는 옛 그릇을 넣어 두었는데 일찍이 우탑(雨塌)이 열어 보인 것으로 진락공(眞樂公)께서 뼈를 묻은 곳이라고 전해진다.

이어지는 시에서는 "창끝 벼랑에 새겨져 남은 옛 자취, 아직까지 이끼에 덮이지 않았구나(鑱崖刻石留古跡, 至今未遣莓苔蝕)"라고 하였는데, '청평식암(淸平息庵)' 네 글자는 사라지지 않는 옛 사람들의 정신처럼 아직도 선명하게 남아있다. 이 글자가 새겨진 바위 옆에는 '적멸보궁' 이란 암자가 있다. 근처에 있는 석가의 진신사리탑을 모시기 위해 지은 것이라 하는데, 가는 곳마다 진신사리탑은 왜 그렇게 많은 것인지?

은일이 관념화되어 은자도 없고 은자 아닌 자도 없어지는 무렵인 17세기 후반 은자의 새로운 전범을 보인 삼연(三淵) 김창흡(金昌翕, 1653-1722)은 평생 네 차례나 청평사를 찾았다. 그는 많은 세월을 벽계(양평군과 가평군의 접경 지역)와 설악산(백담사 뒤 영시암)에서 보냈는데, 그의 백부가 화천군 사창리 곡운계곡에 오랫동안 은거한 관계로 젊어서부터 춘천 지역 출입이 잦았다. 그는 평생 참다운 은사로 매월당 김시습을, 참다운 학자로 퇴계 이황을 존숭하였다. 1707년 55세의 나이로 세 제자와 함께 청평사를 찾은 삼연은 이자현과 이황의 정신 세계에 흠뻑 젖었다. 외로운 사람만이 외로운 사람을 알아보고, 병자만이 병자의 마음을 헤아릴 수 있듯이, 자신이 은자라야 은자의 정신에 취할 수 있다.

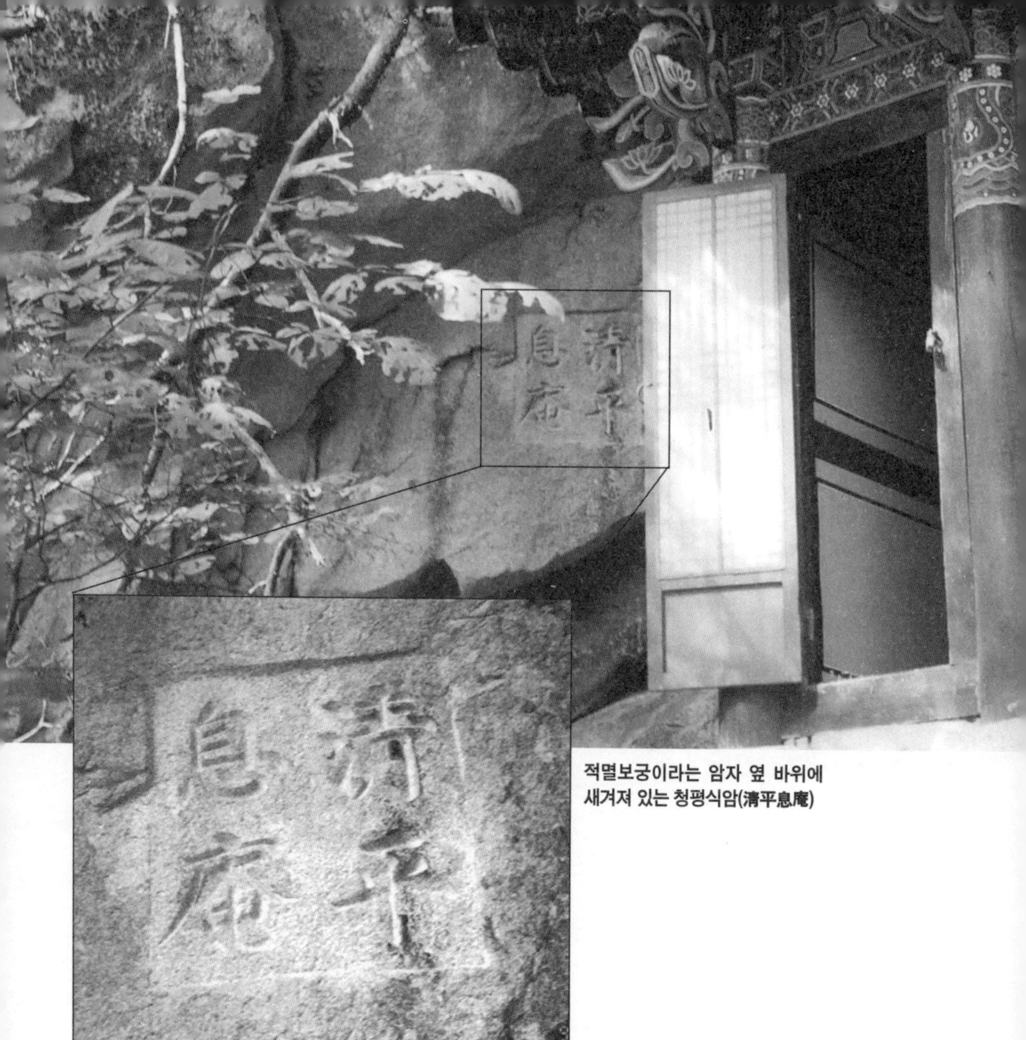

적멸보궁이라는 암자 옆 바위에 새겨져 있는 청평식암(淸平息庵)

이날 밤을 서천에서 머문 삼연은 그윽한 달밤 눈 감고 앉아서 500년 전 이자현의 운치를 재음미하였다.

달 지는 새벽 숲에 빗줄기 분분한데	月闌高林落雨紛
서대에서 흥얼대며 그대를 그리노라	西臺吟望隱思君
솔바람 옛 운치는 선동에 남았으니	松風古韻留仙洞
당시에도 속세 소리 안 들으려 했었지	鐘鼓當時不願聞[162]

162 《삼연집》 권8, 〈西川暝坐〉.

어디 이들 뿐이겠는가? 뒤에 다산 정약용에 이르기까지 한국의 지식인들은, 특히 은자의 삶을 추구했던 지식인들은 성지를 순례하듯 청평산을 들렀다. 이들은 바위에 새겨진 글자에서 다시는 임진강을 되 건너지 않겠다는 이자현의 굳은 의지를 읽었고, 부유하는 흰 구름에서는 김시습의 저항과 자유의 정신을 보았으며, 솔바람 소리에서는 "은자의 삶을 뉘라서 헤아릴 수 있을 것인가?" 하는 퇴계의 목소리를 들었다. 청평산에서 소양강 물줄기를 굽어보고 계곡물 소리를 듣고 오는 것은 하사(下士)라도 가능할 것이다. 이들에게 산을 보았는가 하고 물으면 보았다고 대답할 것이고, 물소리를 들었는가 하고 물으면 들었다고 대답할 것이다. 그러나 거기서 이자현의 자취와 매월당의 행적과 퇴계의 정신을 보았느냐고 물어보면 이들은 한결같이 뒷머리를 긁적이며 좌우를 돌아볼 것이다. 누가 그것을 아는가? 문학을 깊이 아는 자라야 가능할 것이다. 누가 그 분위기를 천고 전의 인물과 공감할 것인가? 은자의 정신이 있는 자라야 가능할 것이다. 오늘날 문학을 알며 은자라고 할 수 있는 선비는 과연 누구인가?

청평사 올라가는 길 옆의 구성폭포

5. 오봉에 올라서서 소양호를 굽어보면

청평사 뒤에 병풍처럼 펼쳐져 서 있는 산이 오봉산이다. 예전엔 경운산(慶雲山) 또는 청평산이라 했다. 다섯 봉우리 중에서 절 바로 뒤에 있는 것이 부용봉(芙蓉峯)이다. 크게 높진 않지만 단단하고 다부진 근육형의 바위산으로 수락산을 연상시킨다. 수락산도 김시습이 은거했던 곳이니 두 산의 모습이나 분위기가 닮은 것은 우연이 아니다. 인걸은 지령이라 했던가? 그러고 보면 사람과 지형은 서로 닮는다. 빼어난 산의 정기가 인걸을 낳고, 지사는 험벽한 산을 찾아 들며, 고사(高士)가 살았던 곳에는 두고두고 그 여풍이 남아 있게 된다. 그러니 어찌 서로 닮지 않겠는가? 김시습이 아래처럼 말한 것에도 다 이유가 있었던 셈이다.

> 산에 오르면 그 높음을 배우리라 생각하고, 물가에 임하면 그 맑음을 배우리라 생각하고, 바위에 앉으면 그 단단함을 배우리라 생각하고, 소나무를 보면 그 곧음을 배우리라 생각하며, 달을 보면 그 밝음을 배우리라 생각한다(登山則思學其高, 臨水則思學其淸, 坐石則思學其堅, 看松則思學其貞, 對月則思學其明).[163]

163 《매월당문집》 권16, 〈雜著, 無思第一〉.

공자탑의 사연도 음미하고, 옛 은자들이 끼친 바람도 만끽하고, 오봉산의 그 단단하고 높은 모습도 충분히 감상하고도 여력이 있으면 산 위로 올라볼 일이다. 거대한 공룡 등을 밟고 서면, 그야말로 '천 길 산위에서 옷깃을 떨치고, 만 리 긴 강물에 발을 씻는다(振衣千仞岡, 濯足萬里流)' 는 호걸의 기상이 가슴에 가득해진다. 저 멀리 북쪽의 만 겹 산 주름 사이에서 한줄기 강물이 흘러내려온다. 강물이 발원하는 곳은 인제군 서화면 무산(巫山)인데, 휴전선 북쪽에 있다. 물은 흘러 흘러 양평 양수리에서 남한강과 합류하여 서울을 지나 서해로 흘러나간다. 저 물은 사람들의 단절을 아랑곳하지 않는다. 문득 강물은 긴 역사가 되고, 난 의연하게 바위와 하나가 된다.

채웠으면 비워야 하고, 세웠으면 무너뜨려야 하며, 얻었으면 스스로 버려야 한다. 순례가 끝났으면 계곡의 물과 함께 경쾌하게 내려오면 된다. 아래에서는 막국수와 막걸리가 기다리고 있다. 그걸 외면하고 쫓기듯이 배 위에 올라 호수를 건너 일상으로 돌아가면 지금까지의 순례가 모두 수포로 돌아간다. 아무리 급해도 막걸리 사발 앞에 놓고 가슴 속에 소양강을 흘러내리며 영원에 젖어야 한다. 그건 청평산 여행의 불문율이다.

제주도의 지리와 문학
한라산

오홍석

1. 한라산은 제주도의 상징

제주도의 한가운데에 한라산이 솟아 있다. 1950미터의 높이라 하더라도, 개국 신화와 연계된 백두산에 비하면, 높은 편이 못된다. 북쪽이 높고 남쪽이 낮은 지형 배치와 관련된다. 국토 분단은 역사적 비극으로 평가되지만, 한라산을 남한 최고봉의 위치로 올려놓는 계기가 되었다. 최근 길거리에 나붙는 '북으로 백두, 남으로 한라' 라는 슬로건도 국토 분단을 전제한 것이다. 예전의 선비들은 이를 갈파했음인지, 한라산을 '은하수의 높이' 에 비유했다. 그래서 운한나인(雲漢拏引)으로 표현했고, 이런 의미가 압축되어 '한라산의 땅이름' 은 등장했다. 은하수를 끌어 당길 만큼, 높은 위치임을 알리고 있다.

이와 같이 한라산은 웅장한 산세를 드러냄에도 불구하고, 눈에 비쳐진 실상은 그렇지 않다. "푸르고 푸른 한 점처럼, 넓은 물결 아득한 사이에 있다" 고 권근(權近)이 시에서 읊었기 때문이다.[164] '푸르고 푸른 한 점' 이란 표현에는 거리가 아득한 것에

164 《신증동국여지승람》V권, 민족문화추진회, 1971, 98쪽.

그치지 않고, 솟아오른 육지의 모양새까지 담아내고 있다. 뿐만 아니라 '넓은 물결 사이'란 표현은 제주도가 바다 위에 솟아오른 '외로운 섬'임을 알리고 있다. 그렇다 하더라도 망망대해에서 솟아오른 육지는 '항해상의 지표'가 되었기에, 항해 시대를 통하여 제주도가 쿠엘파트(Quelpart)로 불러졌다. 따라서 '코리아라는 국명' 다음으로, 서구 사회에 알려진 지명이 되었다.[165]

제주도를 기준으로 삼을 때, 서구인의 항해 선단은 남쪽에서 올라왔다. 이와 같은 추세를 따라, 한국의 최남단이면서 높이 솟은 한라산이 '미지(未知)의 세계'를 항해하는 선박들에게, 항로를 알리는 표시판이 되었다. 제주도의 남서 해안에서 하멜이 이끄는 선박이 난파(1653)되고, 이후 이곳을 항해한 벨케르가 한라산을 오크랜드(Auckland)로 표기한 것이 증거로 남는다. 전자는 난파 지점에서 인접한 가파도와 '발음상의 착오'에서 비롯된 것이고, 이와 같은 내력에 따라 오늘의 산방산 밑에는 '하멜표류기념비'가 세워져 있다.

165 오홍석, 〈전근대의 우리국토에 대한 서구인의 지리적 인식〉, 《지리-환경교육》5-1, 1998, 92쪽.

봉우리가 없는 한라산 원경

후자는 선장의 출신지인 영국과 닮은 산세, 무성한 삼림(thick forest)에 연유한다. 따라서 차귀도-비양도에 이르는 북서 해안을 '에덴 동산으로 표현' 하고, 제주도 전체를 이탈리아의 시칠리아섬에 비유하여, 서구 사회에 알린 것도 이때부터이다.[166] 목포-제주를 연결하는 오늘의 해상 루트에서 바라보면, 진도(珍島)를 벗어나면서 120킬로미터 전방에 한라산의 모습이 드러난다. 앞서의 시 구절처럼 '푸르고 푸른 한 점의 형태' 로, 바다에 솟아올라 항해 지표가 되는 점에서 마찬가지이지만, 남한 최고봉의 웅장한 자태로 믿기에 힘든 구석이 있다.

166 H. B. Hulbert, The Lands of Quelpart, American Geographical Society, Bulletin Vol. 37, 1905, p. 23.

뾰쪽한 산세에 익숙해온 눈들은, 완만한 한라산이 결코 높게 보이지 않는데, 이는 착시(錯視) 현상을 일으켰기 때문이다. 제주도의 모양새는 동서방향으로 길쭉한 타원형이다. 이런 점을 고려할 때, 한라산의 높이 또한 이등변삼각형의 경우처럼, 동서의 장축(長軸)을 따라 안배될 것은 당연하다. 저변이 짧은 직삼각형과 대조적으로, 실제 고도가 낮게 보이는 착시 현상이 드러난다. 따라서 같은 높이라도 남북의 좁은 공간은 경사가 급해지고, 동서의 긴 공간에서 완만하여 대조를 이룬다. 한라산 사면이 방향에 따라 달라지고 있음을 암시하는 것이다.

한라산의 높이는 해안에서 시작하여, 끊임없이 고도를 높이는 관계로, 완만한 산세를 유지하는 성향을 드러낸다. 이것은 등고자비(登高自卑)로 표현하듯, 정점을 향해서 끝없이 올라가는 인생행로에서, 단계와 순서가 있음을 알리는 '암시의 현장' 이 되기도 한다. 한라산의 산세에 대하여, 《동국여지승람》이 두무악(頭無岳)으로 표현한 것도, 이런 맥락에서이다[167] (《동국여지승람》 98쪽). 이른바 '머리가 없는 오름' 의 형상을 담아낸 데 따른 것이다. 꼭대기에 예리한 봉우리를 드러내는 것이 '일반적 산세' 라면,

167 이 글에서 《동국여지승람》을 인용할 때는 본문에 책명과 쪽만 표기한다.

한라산의 경우 그렇지 않는 '민둥산의 뉘앙스' 를 풍기고 있다.

이러한 환경에서 예리한 봉우리는 '선망의 대상' 으로 떠오를 것이 당연하다. 종상(鐘狀)을 이루는 산방산에 관심이 집중된 것도, 이와 같은 이유에서이다. 동람에 쓰기를 "산방산은 한라산의 한 봉우리가 쓰러져 이곳에 서 있는 것"(《동국여지승람》129쪽)이라고 했지만, 실제 상황이 아닌 '상상의 세계' 를 묘사한 것에 불과하다. 여기에다 동굴 속에 자리한 암자가 신비를 더했기에, 예전부터 제주 10경의 하나로 각광을 받게 되었다. 김자상(金自詳)이 쓴 기문에 "굴 속의 암자는 돌기와가 저절로 덮어져 비가 새지 않고, 돌 자리가 저절로 깔리어 들불로 태우지 못하며, 돌 벽이 저절로 서 있어 바람에 흔들리지 않고, 돌우물이 저절로 솟아나 요수(遼水)를 더럽히지 못한다"(《동국여지승람》 129쪽)고 했다.

동굴이 세찬 바람을 막아주고, 비가 새지 않는 암자로 기능했음을 의미한다. 그렇다하더라도 암자가 들어선 동굴은 한낱 해식동(海蝕洞)에 불과하며, 해수면의 높이를 따라 분포하기 마련이다. 오늘의 상황처럼, 동굴이 산중턱에 높게 자리한 것도 융기에 의한 것이며, 해수면이 상대적으로 하강했음을 의미한다. 따라서 잠겼던 지층이 해수면 위로 올라와 '상당한 고도' 에 해식애(海蝕崖)가 형성되었음으로, 이 자체가 신비한 요소를 갖춘 셈이다. 서귀포의 앞 바다에도 해식애는 발달되고 있다. 물결은 수직상태의 해식애를 향해서 밀려드는 까닭에, 항시 '물에 젖는 서귀포' 의 이미지를 떠올리게 했다.

이것이 '서귀포 칠 십리' 로 표현되는 대중가요를 낳은 무대이다. 끊임없는 파도가 수많은 해식동을 만들어 내었지만, 산방산과 다른 점은 해수면을 따라 낮은 고도에 자리한 사실이다. 그래서 해안절벽에 조성된 무수한 동굴은 태평양 전쟁을 기해서, 전략적 이용을 획책하기도 했다. 대안(對岸)에 위치한 범섬에도 해식동은 발달했기에, 해식동이 집중된

'전형의 장소' 가 되었다. 간과해서 안 될 점은 해식동을 '호랑이의 음부' 에 비유하고, 호구(虎口)로 표현한 사실이다. 이와 같은 '호구가 확연한 곳' 이라는 의미로서 '범섬의 이름' 을 탄생케 했고, 호도(虎島)의 한자가 등장하기도 했다.

《조선의 풍수》에 쓰기를 "호구는 음기가 넘치는 여자의 심벌임으로, 남정네가 이 방향으로 집을 짓고 살 경우, 요사(夭死)하게 됨으로 과부가 많은 곳이 된다"[167] 고 했다. 풍수지리설에 입각하여, 형국을 설명한 것이지만, 남성의 희생이 많은 측면에서 부정적이다. 반면에 여성의 장수와 함께, 전설 속의 〈설문대 할망〉처럼, 거한 여자를 등장시킨 배경이 되었다. 한편 예리한 봉우리는 완만한 산지에 익숙한 사람들에게 동경심을 키웠다. 뿐만 아니라, 염원을 담으면서 '자연의존의 사상' 을 배양했다.

168 조선총독부, 《조선의 풍수》, 1931, 760쪽.

삶의 터전에는 지역을 상징하는 주산이 있기 마련이고, 그것이 내포하는 기상(氣像)을 닮아, 인재 배출에도 영향을 미친다고 믿어왔다. 숲섬에는 예리하게 솟아오른 바위가 있는데, 이것이 문필봉(文筆峰)이며 문사배출을 알리는 증표라고 했다.[169] 그렇다 하더라도, 암벽 높이에 따라 걸출한 인재 또한 비례함으로, 작은 봉우리로서 전국에 명성을 알리는 인물을 기대하기에는 미흡함이 따른다.

169 조선총독부, 앞의 책, 761쪽.

2. 화산 활동과 고유한 지형 경관

한라산은 백두산과 함께, 한국에서 흔치 않은 화산이다. 신생대 제3기부터 화산 활동을 전개했고, 조면암-안산암-현무암을 차례로 분출했다.[170] 분출 거점이 화구호에 있음을 감안할 때, 꼭대기에 자리한 백록담(白鹿潭)이 중심적 장소가 된다. 이와 같은

170 강석오, 《한국지리》, 새글사, 1971, 257쪽

실제 상황은 동국여지승람에 적힌 글귀로서 이해할 수 있다. "산꼭대기에 큰 못이 있는데, 사람이 떠들면 구름과 안개가 일어나고, 지척을 분간할 수 없게 만든다. 오월에도 눈이 있고, 털옷을 입어야만 견딜 수 있다"고 적혀 있다(《동국여지승람》 98쪽). 산꼭대기에 흔한 봉우리와 달리, 큰 못이 조성된 자체만으로도 신비한 경치가 되고 있다.

여기에다 '사람이 떠들 경우, 지척을 분간하기 어려운 구름과 안개가 일어나는 기상변화' 가 있음으로, 접근하기 어려운 신성한 곳이며, 자연영역으로 여길 것은 당연하다. 봉우리를 대신하여 '물이 고인 화구호' 이고, 평지와 다른 기상 변화와 관련된 것뿐이다. 그러나 과학 지식이 없었던 사람들에게, 이와 같은 자연은 경외심(敬畏心)과 함께 '흰 사슴을 거느린 신선' 의 삶터로 격상되었다. 더욱이 초여름에도 '녹지 않은 하얀 눈' 은 따스한 평지에서 바라볼 경우, 신비한 현상이거니와 색상에서 닮은 '흰 사슴' 을 떠올리게 했다. 이것이 아름다운 경치로 지목을 받는 '백록담의 흰 눈' 이다.

예전부터 제주도에는 '열 개의 아름다운 경치' 가 있었는데, 그 중의 하나가 '녹담만설(鹿潭晩雪)로 표현' 되는 '백록담의 눈' 이다. 기후의 수직변화에 따른 잔설에 불과하나, 과학적 이해가 모자랐던 시대일수록, 신비로운 현상으로 여길 것은 당연하다. 더욱이 난대기후가 탁월한 제주도의 상황에서, 산꼭대기에 국한하여 초여름에 이르도록, 흰눈이 남아 있는 자체가 시각을 자극하는 '신비한 볼거리' 이다. 그러기에 오월의 잔설은 '녹색초원의 하얀 반점' 으로 비쳐졌고, 안식(眼識)작용에 의해서 모든 사람의 공감을 얻으면서, 오늘에 이르도록 이름난 경관이 되었다.

'혜일(慧日)의 시구' 는 보다 구체적으로, 백록담에 고인 물을 찬양하는 글귀가 되었다. "한라산의 높기가 몇 길이던가. 정상에는 신비한 못이 있고, 나누어진 물이 북으로 흘러나와 조공천이 되었으며, 달린 폭포

서귀포해안의 절벽과 해식동

가 물방울을 뿜어내어 둥근 구슬을 달아낸다. 놀란 여울이 수많은 돌에 부딪혀 격동하다가, 간혹 항아리와 동이같이 파이기도 했다"(《동국여지승람》 112쪽). 북쪽으로 흐르는 하천이 백록담에서 발원하고, 유로를 따라 물방울을 뿜어내는 폭포와 함께, 항아리를 닮은 포트 홀(pothole)이 조성되었음을 의미한다.

간과해서 안 될 점은 하천의 발원지를 백록담과 연계하고, 물방울을 진주에 비유함으로써, 허구에 찬 상상의 세계를 드러낸 사실이다. 화산암은 분출 시기가 빠를수록 점성(粘性)이 강하고, 늦을수록 점성이 약하다. 마지막에 분출한 것이 현무암이고, 섬의 90%에 해당하는 넓은 지역을 덮고 있다. 그런 까닭에 제주도를 전형적 현무암 지대로 표현하거니와, 한라산 정상에서 해안에 이르는 구간에, 2~3도의 완만한 경사를 유지하는 곳이라 했다. 이를 반영하듯, 《동문감(東文鑑)》에는 '땅은 돌이 많고 건조하여 본래 논은 없으며, 오직 보리·콩·조가 생산된다' 고 했다.(《동국여지승람》 97쪽) 생산 기반이 빈약한 생활 환경을 엿보이는 대목이다.

현무암은 검은 빛을 띄는 데다, 투수성이 강함으로 원초적 상태에서 자갈밭과 함께, 밭농사 지역이 될 것은 당연하다. 수리(水利)를 전제하는 것이 논밭이고, 논농사가 주축을 이루었던 전근대의 경제 체제에서, 밭농사를 주로 하는 제주도가 곤궁을 면치 못하는 지역이 되었다. 지역 특색은 토지 이용과 농업에 그치지 않고, 경지의 소유 경계를 위해서 돌담을 쌓는 데로 연계되었다. 돌-바람-여자가 많은 삼다(三多)의 환경을 드러내는 대목이다. 여기에다 잦은 사회적 혼란이 돌담을 등장시킨 배경이 되었다.

"예전부터 밭에는 경계가 없었는데, 강하고 사나운 집에서 날마다 차츰차츰 먹어 들어감으로, 백성들이 괴롭게 여겼다. 김구(金坵)가 판관이 되었을 때, 돌을 모아 담을 쌓고 경계를 만들게 함으로써, 편하게 되었다"(《동국여지승람》97쪽)는 기록이 있다. 이것을 취석축장(聚石築墻)으로 표현하지만, 주변에 돌이 풍족한 환경에서만 가능하다. 소재가 되었던 돌은 현무암이므로, 서귀포 일대처럼 암석이 다른 곳은 상황이 다르다. 점성이 강한 조면암-안산암 지역은 해안 절벽(sea cliff)으로 드러났기 때문이다. 여기에다 평상시에 흐르는 물줄기가 어우러져 폭포를 형성했음으로, 천지-정방-천제 등 수많은 것이 이곳에 집중되었다.

제주도에서 흔하지 않은 논밭이 등장한 것도, 이와 같은 맥락이며 '대답(大畓)으로 표현' 되는 논밭의 등장이 이를 뒷받침하고 있다. 화산 활동은 지질시대에 그치지 않고, 역사 시대에도 진행되었는데, 다음과 같은 기록에서 입증되고 있다. "고려 목종 5년 6월에 산이 바다 가운데서 솟아 나왔는데, 네 구멍이 뚫리어 붉은 물이 솟아나고, 닷새만에 그치면서 모두 엉키어 와석(瓦石)이 되었다. 10년에는 서산이 바다가운데서 솟아 나왔다. 전공지를 보내어 살피도록 했는데, 산이 처음 나올 때에 구름과 안개가 자욱하고, 지동(地動)이 우레 소리 같아 무릇 일주야를 계속했다" 라는 청취 결과를 기록했다.

이들 화산 활동이 일어난 곳이 어디인가에 대해서, 후자의 경우처럼 '대정의 서산' 으로 밝혔음으로, 오늘날 안덕면 관내의 군산인 것이 확실하다. 전자의 경우 구체적 지명이 밝혀지지 않았지만, 오늘날 한림읍 건너에 위치한 비양도(飛揚島)로 추정하고 있다. 오름으로 드러난 화산의 모습이며, 생생한 화구호와 함께 원형이 담긴 분출물에서, 가까운 시기에 분출된 화산 지역임을 알 수 있다. 지명 또한 '수면 위로 날아오른 섬' 이란 의미를 담은 데 있는 만큼, 이곳의 자연 경관은 항해 시대에 서구인에게 신선한 모습으로 비쳐졌다. 다만 전접부(前接部)가 생략된 불완전한 상태로 '양도(Yangdo)의 이름' 을 붙였을 뿐이다.

3. 변방의 성격과 엇갈린 희비

정이오(鄭以吾)가 쓴 글에서 '탐라를 본토에서 바라볼 경우, 큰 바다 아득하고 먼 가운데 따로 한 구역이 되어, 부속국가와 같다' 고 했다(《동국여지승람》 97쪽). 그 만큼 한민족의 중심적 무대에서, 변방의 성격을 안은 채 별개의 국가로 출발했다. 탐라국을 주도한 것은 '고량부(高梁夫)의 세 성씨' 이지만, 신라와의 접촉을 시작으로 바다 건너의 한반도와 교류하게 되었다. 이후 한반도의 영향을 받는 부속 도서로 전락했지만, 교류거점이 탐진(耽津)임을 고려할 때, 이 이름 또한 '탐라로 건너가는 나루' 에서 유래한 것이 확실하다.[171] 이를 증명하듯 오늘의 강진 주변에 '화석화된 이름' 으로 탐진강이 남아 있다.

171 이병도, 《한국고대사회와 그 문화》, 서문사, 1973. 293쪽.

이후 해남의 이진(梨津)으로 연락거점이 옮겨간 사실이 판명되고 있다.[172] 해로와 육로를 막론하고, 교통 노선에는 시발점과 종착점(origin and destination)이 있기 마련인데, 한반도를 중심에 둘 때 전자에 해당하는 것이 이진이고, 후자에 해당하는 조천(朝天)이다. 바다로 둘러싸인 제주도의 환경에서, 여객과 화물 운송은 해상 루트를 통해서만 가능하고, 루트의 거점으로 조천이 떠오른 것이다.[173] 당시의 교통 장비는 선박이지만, 바람을 이용하는 범선(帆船)에 불과했음으로, 풍속(風速)이 관건으로 떠오를 것은 당연하다.

"바람이 느리면 4~5시간, 빠른 경우 3~4시간이 소요된다"[174]고 했다. 그러나 시-종점간에 지향점이 다른 관계로, 바람이 분다하더라도 풍향을 고려할 수밖에 없다. 한 예로서 제주로 들어갈 때 "동풍을 만나면 기쁘고, 북풍을 만나면 더 기쁘며, 남풍을 만나면 파도가 세어 출범을 기피한다"[175]고 했다. 한반도를 향한 출범(出帆)의

172 오도숙, 《상경해정기》.

173 이형상, 《탐라순역도》 번역본, 한국정신문화연구원, 1971, 61쪽.

174 김정호, 《대동지지》 영인본, 한양대국학연구원, 1976, 546쪽.

175 김정호 위의 책, p. 553.

해로거점인 조천포구와 연북정

경우, 앞서의 것과 반대일 것이 확실하다. 이와 같은 항해의 어려움과 함께, 한반도에서 떨어진 격리현상은 집권자로 하여금 '유배의 섬'으로 활용하도록 했다.

당시 법률에서 유배는 정치적으로 중죄를 범한 자에게 적용되었지만, 사형까지는 과하고 먼 곳으로 보냄으로써, 종신에 걸쳐 귀환하지 못하게 하는 형벌이었다. 그래서 외로운 섬에 묶게 하는 '절도안치(絶島安置)의 방법'이 동원되고, 멀고 접근이 어려운 제주도가 안성맞춤의 장소로 떠올랐다. 김정희는 근대 사회에서 이곳으로 유배된 대표적 인물이고, 현지에 당도하여 지역에 동화하며 지식과 교양을 고양함으로써, 제주도 나름의 향당(鄕堂) 문화권을 주도했다.[176] 조선조의 선비는 '수기치인(修己治人)으로 표현' 하듯, 인격과 학문적 소양을 닦은 다음, 남을 다스리는 절차를 밟은 점에서 오늘과 다르다.

176 양진건, 〈추사 김정희의 제주유배와 교학사상〉, 《제주도연구》, 제9집, 1992, 189쪽.

이것은 사대부가 학문적 소양으로 나라를 다스렸음을 의미하는 까닭에, 학자가 곧 정치인이고 정치인이 바로 학자인 것이다. 그들이 유배되거나 정계를 은퇴할 경우, 학자적 측면이 부각될 것은 당연하다. 정치투쟁의 결과로서 유배될 경우, 학자에 편중된 생활로 이어지기 마련이다. 김정희도 유배지인 제주도에서, 교화 활동을 통해 많은 지적유산을 남겼다. 역사적 인물로 인정할 정도의 석학(碩學)과 두뇌가 중앙에 몰려든 상황에서, 벽지인 제주도에서 접촉할 수 없는 인재들을, 유배의 현지에서 만난 아이러니를 낳았다. 이와 같은 전후 사정은 다음과 같은 글에서 잘 나타나고 있다.

> 귀양살이하는 집에 머무니, 멀고 가까운 데로부터 배우러오는 사람들이, 책을 짊어지고 장날처럼 몰려들었다. 겨우 몇 달 동안에 인문이 크게

개발되고, 문채(文彩)에서 서울 풍이 드러나게 되었다. 곧 탐라의 거친 풍속을 깨우친 것은 나로부터 시작된 것이다.[177]

177 〈완당김공소전〉. 《완당선생전집》권1.

이것은 평소에 대하지 못했던 인재로부터, 학문을 연마하기 위한 좋은 기회로 삼아, 사람들이 모여든 인산인해(人山人海)의 풍경을 묘사한 것이다. 따라서 교화의 결과는 인문대개(人文大開)로 표현하듯, 크게 열리고 깨우침으로 이어졌음을 의미한다. 또한 추사체(秋史體)를 완성한 장본인이기에, 서법계승 또한 유배지인 대정을 중심으로 확산되었다.

다른 한편으로 변방의 성격은 주민 생활을 위협하는 불안 요인이 되었다. 고려조에 김통정이 삼별초를 이끌고 제주도에 웅거한 것이나, 몽고의 침입과 병행된 목장 조성은 대표적 사례이다. 이런 점에서 4·3 사건으로 알려진 현대사의 비극도 같은 맥락이다. 특히, '삼별초의 난' 을 진압할 때에 몽고가 관여하고, 그 대가로서 몽고는 탐라국을 복원하는 한편, 고려로부터 분리하여 직할지로 지배했다.[178]이것이 제주도로 하여금 몽고풍을 수용하게 한 계기였다. 연례적으로 들판에 불을 놓는 풍습과 함께, 한라산 중턱에 목장을 조성하고, 방목하는 '제주의 준마(駿馬)' 가 이름을 알린 것도 이때부터이다.

178 남도영, 《제주도목장사》, 한국마사회, 2003, 161쪽.

이흥문(李興文)은 시에서 '만 필의 준마는 한가하게 들에 놓였고, 귤과 유자는 교묘하게 가을을 단장한다' (《동국여지승람》119쪽).라고 읊었다. 사육하는 말의 규모와 함께, 방목의 사육 방법을 알리며, 귤 재배의 역사가 오래임을 입증하는 글귀이다. 교통과 군사상의 목적으로 말수요가 많았던 조선시대에는 '감목관(監牧官)의 벼슬' 을 두면서까지 말을 사육하는데 국가가 관여했다. 그 결과 목장은 열 개로 늘었고, 이곳에서 사육되는 말은 1만 2000여 마리가 되었으며, 목축업에 종사하는 목자(牧子)도 1386명에 달했다.[179] 오늘날 한라산 중턱에 광활한 풀

179 남도영, 위의 책, 254쪽.

밭과 돌담이 등장하는 것은, 과거의 흔적을 묵시적으로 알리는 흔적이다.

4. 문학의 현대적 묘사와 영화 촬영

신비한 자연은 눈을 자극하는 '시각적인 볼거리(visual sight)' 를 제공한다. 그런 까닭에 인간 측면에서, 직접과 간접의 방법으로 다가가려는 시도를 하게 된다. 전자에 해당하는 것이 관광이라면, 후자에 해당하는 것이 영상과 소설이다. 제주도의 관광 대상은 아름답고 신비한 자연에 편중되고 있다. 이와 같은 사실은 '관광객의 방문지 조사' 에서 입증되는데, 서귀포의 천지연폭포가 단연 '으뜸의 자리' 에 있다.[180] 절벽에서 떨어지는 폭포가 완만한 한국의 노년기 지형에서, 신비한 자연으로 다가오기 때문이다. 여기에다 한국에서 가장 일찍 피는 벚꽃, 천연기념물로 지정된 무태장어마저, 자연의 신비를 더하는 보완적 요소가 되었다.

180 오전준, 〈탈분화의 공간적 반영-제주 관광을 사례로〉, 《대한지리학회지》39-3, 2004, 391~408쪽.

최근에 방영된 TV 드라마 〈봄날〉(SBS)도, 역사 시대에 분출한 비양도를 주된 촬영소로 삼은 것이다. '버지니아(virginia)의 용어' 가 적용될 만큼, 화산 지형의 원형을 유지하는 처녀지이며, 하얀 패각(貝殼)의 모래와 더불어 갈대가 무성한 해안 풍경이, 시청자의 눈길을 끌기에 충분하기 때문이다. 거기에다 세상을 등지고, 보건소를 통해서 봉사 활동에 전념하는 퇴역 의사의 모습은, 세속을 초월한 천사의 모습으로 다가오고 있다. 히포크라테스의 거룩한 정신과 함께, 이색적 자연은 먼지에 찌든 시청자들에게, 청량한 메시지를 동반한 동경심을 불러왔다.

드라마 〈올인〉(SBS)의 촬영 배경이 되었던 성산포도, 화산 지형의 공통점을 갖는다. 다만 '성산(城山)의 이름에서 뉘앙스를 풍기듯 '성처럼 솟아오른 절벽' 이 탁월한 형태에서 다르다. 동국여지승람에 쓰기를

"큰 바다 가운데로 들어간 것이 5리 즘 되는데, 형세가 개미허리와도 같으며 석벽이 깎은 듯 병풍같이 둘러 있다. 꼭대기는 평평하고 넓어서 200여 보나 되는데, 잡초와 숲을 이루어 성안에 사는 것 같다"(《동국여지승람》 124쪽)라고 했다. 바다에서 직접 솟아오른 화산이며, 입이 큰 대구(大口)처럼 땅의 대부분은 화구로 되고 있다. 이것은 폭열구(爆裂口)로 표현하듯, 지형 전체가 수직으로 솟아오른 화구임을 입증하고 있다.

개미 허리와 같은 형국은 제주 본토와 연결된 '모래밭의 고리'를 의미한다. 화구가 본래 제주 본토로부터 분리된 것을, 넥타이처럼 엮어맨 데서 육계도(tied-island)가 된 것이다. 그러므로 제주도에 흔한 암석해안과 달리, 이질적 사질 해안의 진풍경과 함께, 바다에서 솟아오른 병풍과 같은 벼랑이, 장엄하고 신비한 풍경으로 다가오고 있다. 여기에다, 바다에서 떠오르는 해맞이의 일출봉 기능까지 갖추는 한편, 배의 진로를 안내하는 등대까지 놓여 있다. 이것이 카지노에 종사하며, 스트레스에 시달리는 젊은이들에게, 휴식처로서 안성맞춤의 장소가 되었다.

영화 〈이재수의 난〉의 촬영 장소도 제주도에서 찾을 수 있다. 이 난은 제주도에 실재했던 역사적 사건이다. 홍순옥은 '속청음사'를 주된 자료로 활용하여, 이에 관해서 다음과 같이 언급했다. "영남의 활빈당과 호남의 교란(敎亂)으로, 서울에서 관군이 내려올 수 없는 상황을 갈파하고, 주민들이 우상화하는 신목(神木)과 사당을 파괴한 교인들이 작태가, 직접 원인이 되어 민란을 일으켰다. 당시 서진(西陳) 대장이었던 이재수는 21세의 젊은 나이였고, 온갖 치장으로 고향인 대정으로 금의환향하는 모습에서, 영화의 한 장면을 보는 것 같았다."[181]

181 홍순옥, 〈천주교 제주선교중의 신구갈등〉, 《제주도연구》제3집, 355쪽.

장면 자체가 환상적임을 알리고 있다. 이러한 장면에 감동했음인지, 세월이 지난 오늘날에 이르러, 한라산 동쪽사면의 구좌읍 내륙을 주무대로 삼아 영화는 촬영되었다. 이곳에는 관광지로 유명한 '산군부리'를 포함하여, 수많은 화산이 집결된 분석구(噴石丘)의 표본 지역이다. 360여 개에 달하는 기생화산의 면모를 드러내는 '오름의 현장'이기도 하지만, 현무암보다 나중에 분출한 화산재의 전형을 이루는 장소이기도 하다. 또한 내륙도가 큰 곳으로, 관군(官軍)의 반격이 용이하지 않을 뿐 아니라, 방어거점을 구축하기에 알맞아, 군사적 측면에서 요새로 적합한 곳이기도 하다

문학 작품에도 제주도의 환경과 도민의 삶은 묘사되고 있다. 이를 묘사한 작가는 제주와 관련이 없는 부류와, 관련이 있는 부류로 크게 나눌 수 있다. 전자의 경우 황순원의 〈비바리〉와 함께, 오영수의 〈실거리꽃〉을 들 수 있다.[182] 이들은 제주도 여행을 계기로, 체험과 청취의 결과를 통해서 작품을 썼으므로, 피상적이면서도 객관성을 유지하지 못한 것으로 본다. 이에 반하여 후자의 경우 주관과 감정에 치우쳐, 객관성을 흔들 수 있는 소지가 있지만, 수많은 작가를 배출한 제주도를 무대로 심화된 소재활용에 의미를 두고 있다.

182 김영화, 〈문학 속에 비친 제주인의 삶과 환경〉, 《제주도연구》제9집, 3쪽.

작품을 시대적 상황과 연계할 경우, 조선 시대를 배경으로 오성찬의 《돌하르방》과, 현기영의 《소드방 놀이》가 있다. 전자의 경우 조선 시대로 소급하여, 제주도민의 삶과 환경을 묘사했는데, 기근-질병-왜구와 관련된 것을 주된 내용으로 삼고 있다. 후자의 경우 기근에 초점을 맞추고, 그 참상을 적나라하게 묘사했지만, 지나치게 추상인 것이 흠이다.[183] 어느 것이나 근대화가 되지 않았던 암울한 시대에, 변방의 애환을 겪으며 웰빙(well-being)을 염원하는 차원에서 다룬 것이다.

183 김영화, 위의 논문, 4~5쪽.

식민 시대의 작품으로 현기영의 《바람 타는 섬》과 김학수의 〈흙의 슬픔〉을 예로 들 수 있다. 전자는 실재했던 구좌면 일대의 투쟁을 형상화한 것으로, 제주 해녀의 작업 광경과 함께, 그들의 애환과 삶을 묘사한 내

용이다. 아직도 제주도에는 해녀가 존재할 만큼, 고유한 지역 성격을 발휘하는 요소로, 문학적 소재에 알맞다. 후자는 1920년대에 일본으로 건너가, 대판 등지의 공사판에서 막노동하는, 제주 출신 이민 1세대의 애환을 그려낸 작품이다. 오늘날 오사카를 중심으로, 재일 교포의 기반을 확립했던 제주 출신이 고생했던 이야기로, 이제 전설처럼 들리고 있을 뿐이다.

광복 이후에는 현기영의 〈순이 삼촌〉과 현길언의 〈먼 훗날〉 등이 있다.[184] 모두가 4 · 3 사건을 계기로 좌우익의 분열된 극한 상황이 적나라하게 드러난 작품이다. 이와 같이 4 · 3 사건은 제주도 지역 사회의 붕괴와 함께, 외지인에 의한 탄압 시대를 열었고, 한민족의 갈등으로 이어지게 한 분기점이 되었다. 전자는 좌파(左派) 모험주의자들과 군경 사이에서 희생당한 평범한 제주도민의 삶을 소재로 삼고, 좌우 갈등 속의 수난사를 문학작품으로 형상화한 것이다. 후자는 교수가 주인공임으로, 정신적 갈등과 압박은 지식층에도, 예외가 없었음을 알리고 있다. 즉, 일본으로 여행하는 주인공이, 타국에서 4 · 3 사건 당시 좌익 활동을 하다가, 일본으로 탈출한 가까운 친척을 만났지만, 건네주는 용돈과 제수 비용까지 거절하는 장면을 그렸다. 이것은 사상으로 무장된 인간 불신 풍조에 의해서, 가까운 친척마저 외면하는 당시 사회상을 묘사한 것이다.

184 김영화 앞의 논문, 8~12쪽.

주된 줄거리는 위기 상황을 모면하기 위해, 일본으로 피신한 내용을 다룬 것임으로, 제주도민이 주변에서 쉽게 들어온 이야기와 다를 것이 없다. 그렇지만 허구(虛構)이면서도, 사실에 가까운 내용이다. 이와 같은 소설은 최문희의 장편《율리시스의 초상》에서도 드러나고 있다. 제목에서 암시하듯, 아일랜드가 독립 운동을 전개할 당시, 주역으로 활동한 청년들의 의식과도 유사한 내용이다. 다만 이 소설은 장르가 제주도에 한정되지 않고, 작가의 생활 무대인 서울로 양분함으로써, 제주도에 주로 한정된 앞서의 소설 무대와 다르다. 따라서 항해의 성공을 통한 가족간의 화합이란 측면에서, 조천-이진(梨津)에 이르는 어려운 '테우의 항로'를 택했기에, 루트-풍향-풍속 등을 고려한 종합적 판단을 전제하고 있다.[185]

이와 같은 전제는 지리학도가 소설을 작성하는데, 유리한 위치에 있음을 알리고 있다. 최문희는 대학에서 지리학을 전공했으며, 지리학자가 연구한 '범선 항해 시대의 제경(濟京) 해로'에 관한 논문을 인용했다.[186] 사실 작가에 의해서 창출되는 감정 세계는 비현실적이어서, 과학자의 관심을 끌지 못한다. 그렇다 하더라도, 문학은 지리학자의 연구 자료를 원천으로 삼으며, 그들만의 세계를 경험하는 방법과 시각을 제공하는 까닭에, 지리학과 문학의 관계를 별개로 보지 않은 이유가 되고 있다.[187]

185 최문희, 《율리시스의 초상》, 세계사, 1995, 1-381쪽.

186 오홍석, 〈범선항해 시대의 제주-서울 해로와 주변취락〉, 《사학논총》, 태학사, 1984, 327~342쪽.

187 이은숙, 〈문학지리학서설: 지리학과 문학의 만남〉, 《문화역사지리》 제4호, 1992, 147쪽.

8부
한국인의 심상공간

광한전 백옥루의 하늘 궁전
허난설헌의 천당

김명희

1. 들어가며

천당은 천국(天國)의 개념으로, 사람들이 생전에 지은 선한 행위로 말미암아 죽어 이른다는 상상의 공간을 가리키는 말이다. 이것은 고대 유태교에서 발달한 개념으로, 사람들이 악업으로 말미암아 죽어 떨어진다고 생각하는 지옥(地獄)의 반대 개념이라는 점에서 불교의 극락(極樂)에 비길 수 있는 종교적 심상 공간이다. 도교적 의미의 천상계(天上界)나 신선계(神仙界)를 함께 말할 수 있을 것이며, 한국 사람의 종교적, 문학적 관념으로는 선계나 극락을 말하는 경우가 많고, 특히 유 · 불 · 선 문화와 관련이 많은 한문학에서는 바로 옥황상제(玉皇上帝)가 산다는 천상계를 이름하여 그 세계를 지상에 구현하는 개념인 것이다. 한국의 대표적 고전 소설로《춘향전》의 공간적 배경인 남원의 한 복판에 있는 광한루(廣漢樓)는 이런 천상계의 현실적 상징이다. 광한루 앞의 호수는 은하를 상징하도록 하고 하늘의 세계를 연상시키는 오작교를 놓아 옥황이 사는 달나라를 지상에 구현한 것이다.

이런 면에서 우리나라의 대표적인 여류 시인으로 허난설헌(許蘭雪軒, 1563~1589)은 시인 중에서 유난히 하늘 궁전인 선궁과 관련된 시를 많이 읊었고, 그 내용 중에 수많은 신선들을 등장시킨 해박한 지식이 가히 선인(仙人)의 경지에 도달했다고 할 만하다.[188] 그녀는 인간 세계에서의 담을 넘어 이상향의 선계인 천당으로 향하기를 염원하면서 살았다. 〈유선사〉에는 현실에서 바라는 난설헌의 꿈과 환상이 고스란히 스며 있다. 즉, 난설헌의 일상 생활에서의 내면적인 갈등이 창조적인 시인의 초능력에 힘입어 비록 '꿈'이라는 환상 속에서나마 해소하고자 펼쳐 보이고 있는 것이다. 난설헌 자신의 영혼에 잠재해 있는 꿈 또는 환상의 세계를 천당이라는 이데아에 설정해 유선 문학을 표출한 것이다.

188 김명희, 〈허난설헌의 〈유선사〉 연구〉, 《韓國文學硏究》, 동국대학교 한국문학연구소 1982 제5집, 199쪽.

난설헌은 등선하여 선계에서 살 집을 진작부터 지었다. 난설헌이 7세 때 지었다는 백옥루의 대들보를 올리며 지은 상량문이 바로 그 집이다. 광한전은 백옥경에 있다는 옥황상제의 궁전이다. 달 속에 있다는 상상 속의 궁전이기도 한 것이다. 자신의 영생을 위한 상량이었다. 곧 개인의 비극이 꿈을 그리게 했고 사회의 굴레가 이상향인 천당을 찾게 만들었다. 이러한 이상향의 궁전에 대해 김동욱은 지식층 여성이 겪는 '자아 분열'이라고 했지만, 오히려 정신의학에서는 학식을 갖춘 사람에게는 자아 분열이란 없다고 한다.[189] 난설헌은 여성 특유의 모성애인 희생을 감내하는 미덕으로 이승에서의 생활은 체념하였고, 그 체념은 일상을 넘어선 하늘에 공간을 설정하고 종교적인 수련에 들어간다. 하늘 궁전은 구름수레, 신선의 나발, 푸른 이무기들의 묘방 등으로 이루어진 궁전이니, 이것은 결코 "하늘의 지음이지, 사람의 일이 아니니다"라고 했다. 난설헌의 하늘 궁전의 모습을 중심으로 한국문학에 나타난 천계의 심상공간을 살펴보기로 한다.[190]

189 로즈메리 잭슨, 《환상성-전복의 문학》, 서강여성문학연구회 옮김, 문학동네, 2001.

190 김명희, 《허난설헌의 문학》, 집문당, 1987, 113쪽.

2. 허난설헌의 하늘 궁전

허난설헌의 선계(仙界)는 신령하고 신비스러우며 해방된 우주 공간이다. 제도의 사슬을 벗고 인습의 굴레를 벗어 던지고자 하는 그녀의 강렬한 욕구는 환상적인 구슬 기와와 푸른 조개로 지은 휘황한 궁전으로 묘사된다.

> 서술하건대 보배로운 일산이 공중에 매달려 있으니 구름수레는 색상의 경계를 벗어났고 은빛 누각이 해에 비치니 노을 기둥이 티끌세상이라는 단지 속을 벗어났다. 한 신선의 나발이 기틀을 움직여서 구슬 기와의 궁전을 환상적으로 지었고 푸른 조개가 입김으로 불어서 구슬 나무 궁전을 이루었다. ……
> 청성장인(青城丈人)의 옥 휘장 만드는 기술을 다하고, 벽해왕자(碧海王子)의 금 궤짝의 묘방을 다 베풀었으니 이는 하늘의 지은 것이지 사람의 힘이 아니다.
>
> 〈백옥루의 대들보를 올리며〉

난설헌의 신선 세계는 신비와 동경, 환상적인 공간이다. 이는 무한한 잠재 의식이 전제된 것이라고 할 수 있다. 하늘 궁전은 옥과 금으로 만든 초인적인 사람들 청성장인, 벽해왕자가 만들어낸 공간이다.

> 주인의 이름은 신선의 적(籍)에 올랐고, 벼슬은 신선의 반열에 실려 있어서 태청궁에서 용을 타고 아침에 봉래산을 출발해 저물녘에 방장산에서 자며 학을 타고 삼신산을 향할 적에 왼편에는 신선 부구(浮丘)를 당기고, 오른편에는 신선 홍애(洪崖)를 거느렸다. 천년 동안 현포에서 머

물러 산 것이 한 번 꿈에 인간의 티끌 세상에 내려와《황정경(黃庭經)》을 잘못 읽어 무앙궁으로 귀양을 내려오고 적승 노파가 인연을 맺어 주어 다함이 있는 집으로 들어온 것을 후회했다.

난설헌은 신선 고장인 태청궁을 비롯해 봉래산 · 방장산을 자유자재로 노닐 수 있는 선녀였다. 그뿐 아니라, 이곳에 살 주인으로 이미 신선의 적에 올랐고 벼슬도 얻었음을 알 수 있다. 신선 부구(浮丘)와 신선 홍애(洪崖)를 거느리고 다니는 난설헌은 전설의 땅이며 신선들의 땅인 현포(玄圃)[189]에서 살았다고 주장한다. 그녀는 원래 선녀였다가 도교 경전인《황정경》을 잘못 읽어 한나라 궁전인 무앙궁으로 귀양을 온다. 특히, 혼인의 인연을 맺어주는 적승 노파가 이어준 김성립과의 결혼을 후회하고 있다. 단지 궁전은 계수나무 궁전에서 신령스런 놀이를 계속하여 밤이 지나가지 않도록 월궁(月宮)이 관장한다. 화려하고 향기 가득한 궁전에서 잔치를 베푸니 일백의 신령들이 초대된다. 난설헌은 노파가 맺어준 지금 이곳 김성립의 가문에서 또는 조선이라는 공간 안에 감금되어 살아가는 것을 후회하고 있다.[192]

191 현포는 중국 곤륜산(崑崙山) 꼭대기에 있어 선인이 산다는 전설상의 가상 공간이다.

단지 가운데 신령스러운 약은 겨우 현사에서 지시를 하였고, 발아래의 달은 갑자기 계수나무 집으로 몸을 감추었다. 웃으면서 붉은 티끌과 밝은 해를 벗어나 거듭 자미궁에 있는 붉은 노을을 헤치니 난새와 봉황이 피리를 부는 신령스런 놀이를 기쁨으로 예전의 모임을 계속하고, 비단장막과 은병풍에서 혼자 자는 과부는 오늘밤이 지나감을 후회했다. 어찌 일궁의 은혜로운 임금의 명령이 월궁에 아뢰는 상소를 관장하게 할 수 있으랴.

192 김석하, 〈허초희의 유선사 연구〉,《한문학연구》, 정음사, 295쪽; 김명희, 〈허난설헌 문학의 환상시학〉,《강남대학교 논문집》, 제36집, 2000, 8쪽.

그 궁전에는 신령스러운 약인 단사(丹砂)도 있고 신령스러운 놀이를 하는 난새와 봉황이 풍악을 울리는 곳이다. 이때 독수공방의 과부는 여전히 외로움을 호소하고 임금은 일궁과 월궁을 관장한다.

> 벼슬 맡은 무리들이 아주 깨끗하고 팔방의 노을을 관장하는 관사를 밝을 만하고, 지위와 명망이 높고 높으니, 그 이름은 오운의 전각을 압도하고 무서운 한기가 옥도끼에서 나니, 계수나무 밑에 있는 오질(吳質)[193]은 잠을 이룰 수 없었다. 음악은 〈예상우의곡(霓裳羽衣曲)〉을 연주하며 난간 가의 소아가 춤을 올리는데, 영롱한 패물은 신선의 비단을 옷자락에서 울리고, 반짝거리는 별관은 별 같은 구슬로 머리꾸미개를 꾸민 것이다.

193 한나라 서하(西河) 사람이며 달 아래에서 나무를 베는 사람 이름인 오강(吳剛). 신선을 배우다가 죄를 범해 달에 귀양가서 계수나무를 찍는 벌을 받았다. 김명희, 《허부인 난설헌 시 새로 읽기》, 이회출판사, 2002, 304쪽.

여기서는 벼슬 맡은 관리들의 역할을 노래하고 있다. 벼슬아치들은 팔방의 노을을 관장하고 있다. 오질이라는 목수는 잠을 이룰 수 없는데, 노래 곡조인 〈예상우의곡〉이 잠을 설치게 하는 요인이라는 것이다.

이어서, 여러 신선이 와서 모인다는 것을 생각하니 오히려 상계 누각의 거처가 옹색하고, 푸른 난새가 옥황상제 비의 수레를 이끌고 있으니 깃으로 만든 일산이 앞에 가고 백호가 아침 조회를 하는 사신을 태운 금수레를 이끌고 뒤를 따른다.

난새와 백호의 청색과 백색의 신선한 대비, 한껏 장식한 금수레의 화려한 모습들이 작품에 생생하게 묘사되어 되살아난다. 조회에 참석하기 전 신선들의 준비 과정이 나타난다.

옥황상제

> 유안(劉安)이 경전을 옮겨 전하니 두 용이 책상 위에서 태어나고, 희만(姬滿)이 해를 쫓으니 팔방의 바람이 뭇 산에 머물렀다. 밤에 상원을 맞아들이니 푸른 머리는 세 개의 뿔처럼 딴 상투가 산발하고, 낮에 옥황상제의 따님을 만나니 황금 북으로 아홉 무늬의 비단을 짜고 있고, 요지의 뭇 신선들은 남쪽 봉우리에 모이고, 백옥경의 여러 임금은 북두칠성에서 모였다.

신선 유안이 하늘나라에서 경전을 옮기고 있다. 희만 신선이 해를 쫓아 시원하게 하고 밤에는 옥황의 딸이 비단을 짜고 모든 신선들은 남쪽 봉우리에 모여 대화를 나누고 임금들은 북두칠성에 모여 토론을 한다는 실제와 환상의 사이에서 꾸며진 상상의 공간이다.

> 당종은 공원의 지팡이를 밟아 우의를 삼장에서 얻었고, 수제는 화선과 대국하여 이 세상을 한 판으로 내기했다. 붉은 누각을 높이 구축함이 있

지 않았던들 어찌 편하게 붉은 깃대를 가지고 와 조회에 참례할 수 있었겠는가. 이에 십주에 통문을 보내고 구해에 격문을 급히 보내어 장인의 별을 집 밑에 가두니, 목성이 재목을 가려 쓰고, 철산을 난간 사이에 눌러 놓으니 황금의 정기가 빛을 내고, 땅의 신령이 끌을 휘두르니 교묘한 꾀를 노반과 수에게 청하고 큰 대장간의 철공이 용광로에 녹여서 기이한 지혜를 저울에서 운용하게 하다.

집을 짓는 묘사다. 장인들을 불러 모아 가두고 목수들이 목재를 가려 쓰고 황금 난간 대장간의 철공의 솜씨가 지혜로운 집짓는 장인들의 솜씨다.

푸르고 붉은 꼬리를 드리우니 쌍무지개가 은하수를 마시고, 붉은 무지개가 머리를 드니 여섯 마리의 자라가 봉래의 섬을 머리에 이었다. 구슬의 추녀가 햇빛에 빛나니 붉은 누각이 노을 속에 우뚝하고, 비단에 유성으로 점철하니 푸른 회랑을 구름 밖에 세운 듯하다.

그 궁전의 모습이 화려하고 환상적이다. 푸른 색, 붉은 색, 쌍무지개 빛 등이 둘러 쳐진 곳인 이곳은 마치 구름 밖에 회랑을 세운 듯 환상적 공간이다. 그리고 자라가 봉래섬을 이고 있는 모양새다.

물고기 옥기와는 비늘처럼 이었고, 구슬 계단은 기러기처럼 줄을 지었다. 미련이 깃대를 받드니 월절이 자욱한 안개 속에 내리고, 부백이 깃대를 세우니 난초의 장막을 삼진에 펼치었다. 황금의 끈으로 비단문의 수술을 매듭지었고, 구슬 그물로 독수리를 아로새긴 난간의 아름다운 누각을 보호하였다.

옥기와에 대한 설명이다. 옥기와는 물고기 비늘 같고 구슬 계단은 기러기 같은 모습이라는 실제의 모습으로 그려내고 있다. 이러한 난간이 누각을 보호하고 있는 것이다.

> 신선이 기둥에 있다 보니 시운이 오색 봉황의 향기로운 누대에서 풍기고, 옥녀가 창문에 다다르니 물이 쌍 난새의 거울 갑에 넘친다. 비취로 만든 발과, 운모 병풍과, 푸른 옥 책상에는 서기로운 노을이 엉겨 있고, 연꽃 모양의 휘장과, 공작의 부채와 백은의 평상에는 대낮에도 상서로운 무지개로 자욱하다. 이에 봉황 같은 자태로 잔치를 베풀고, 제비가 하례하는 정성으로 일백의 신령을 초대하고, 널리 많은 성인을 맞이하였다.

하늘 공간이 다 지어진 것이다. 이제 잔치만 남았다. 백옥루 기둥에 신선 그림이 있고 봉황의 서기가 무대에 퍼져 있고 선녀 옥녀의 거울에 비친 난새, 비취 발, 구름 병풍, 옥 책상에 서기로운 노을 연꽃 모양의 휘장, 공작 부채, 은빛 평상 등 누각 안의 실제 가구들의 형체를 상서롭게 그려내고 있다. 선계의 잔치 분위기를 알 수 있게 해 준다. 속세에서의 잔치처럼 산만한 모습은 아님을 나타내준다.

> 서왕모(西王母)를 북해에서 맞아들이니 얼룩진 기린이 꽃을 밟고, 노자(老子)를 함곡관에서 영접하니 푸른 소가 풀밭에 누워 있었다. 구슬 수레에 비단 무늬의 장막을 펼치고, 보배로운 처마에는 노을빛의 휘장이 나지막이 쳐 있었다. 꿀을 바치는 왕벌은 옥을 달이는 집에 어지럽게 날고, 파일을 머금은 안채는 구슬 같은 음식을 올리는 부엌을 드나든다.

제일 먼저 들어오신 분이 서왕모다. 서왕모는 여신선 중에서 우두

머리요 옥황의 부인이며 동왕의 부인으로 알려진 전설 속의 여신선이다. 그 다음이 노자다. 난설헌이 유선의 세계에 빠지게 된 경위도 노자의《도덕경》이라는 경전을 읽은 후가 아닌가 한다. 서왕모와 노자를 나란히 한 연유가 선계의 조종(祖宗)이기 때문이다.

> 쌍성의 나전 피리와 안향의 은쟁은 균천의 우아한 곡조에 맞추고, 와환의 청아한 노래와 비경의 공교로운 춤은 공중의 신령스러운 소리에 섞이었다. 용두의 주전자로 봉황의 골수로 빚은 술을 따르고, 학배를 단신하는 기린의 육포 안주를 바치고, 구슬 돗자리와 옥 방석은 아홉 가지의 등불에 흔들리고, 푸른 연밥과 하얀 복숭아 소반에 여덟 바다의 그림자가 담겼다. 홀로 한스러운 것은 좋은 현판에 걸 편액이 없는 것이라.

난설헌에게 현실은 인내와 순종만을 강요하는 정숙(貞淑)의 세계였다. 그러나 난설헌이 창출해 낸 선계는 음악소리로 가득한 세계이다. 피리 소리, 은쟁 소리 등은 현실의 정적을 깨는 즐거움이 가득한 열락의 세계로 완성된다. 또 봉황 · 기린 등 상서로운 짐승, 소리는 공감각적인 이미지를 나타내주어 아름다고 신비한 환상의 세계를 나타내주고 있다. 뿐만 아니라 쌍성 · 안향 · 아환 · 비경 등의 신선들의 역할이 드러난다.

> 그리하여, 위의 신선들의 탄식을 일으키게 하였다. 〈청평조〉를 지어 올린 이백(李白)은 취해서 고래 등에 탄 지 오래고, 백옥루에서 아름다운 문장을 짓던 이하(李賀)는 이무기가 많은 것을 비웃었다. 새로운 대궐에 명을 새김은 산현경의 문장 솜씨이고, 상계에서 구슬에 아로새김은 채진인이 고요해진 때문이다. 스스로 부끄러운 삼생의 진케에 태어남이, 잘못되어 구황의 벽섬에 오른 것이다. 강랑이 재주가 다했으니 꿈에 오

색찬란한 꽃이 시들었고, 양객이 시를 재촉하니 바리때는 삼성의 메아리가 울렸다. 천천히 붉은 붓대를 걷어잡고 웃으며 붉은 종이를 펼치니 황하수가 내달리고 샘물이 용솟음치듯 하니 왕안석의 이불을 덮을 필요가 없다. 문구는 화려하고 문장은 굳세니 마땅히 이백의 얼굴에 부끄러워 할 필요가 없다.

신선들의 노래를 바치게 하니 〈청평조〉를 지어 올린 이백과, 백옥루에서 시를 짓던 이하, 새로운 대궐에 명(銘)을 새긴 산현경(山玄卿), 상계에 구슬을 아로새긴 채진인 등이 스스로 삼생(三生)의 진세에 태어남을 부끄러워하고, 잘못돼서 구황(九皇)의 서슬이 푸른 소환장에 올랐다. 강랑(江郎)의 재주가 다해서 꽃이 시들었고, 양객이 시를 재촉하니 왕안석의 이불을 덮을 필요가 없다. 모두들 구절이 아름답고 글월이 억세니 마땅히 이백에게 부끄럽지 않다. 이하 · 산현경 · 채진인 · 강랑 · 왕안석의 문장가들이 각자의 독창적인 문장 솜씨를 뽐내며 등장하는 궁전이다. 이런 신령스런 말을 육위의 자료로 삼는다. 동에는 붉은 노을, 남에는 푸른 적삼, 서에는 오색 난새, 북에는 북극성이 들러져 있다. 상에는 신선의 꿈이, 하에는 원앙 기와에 내려앉는 서리다. 이런 상량문의 매김 소리는 거의가 같은 유형인데, '아랑위' 의 조흥의 제창은 민요 〈아리랑〉의 근원이라고 한다.[194]

194 김명희, 앞의 책, 115쪽.

당장 비단 주머니에 담을 신령스러운 말을 지어 올리고, 남기어서 천궁의 훌륭한 볼거리로 쌍 대들보에 걸어두고 육의의 자료로 삼는다.

이영차, 들보를 동쪽으로!

새벽에 봉황을 타고 요궁에 들어가 날이 밝자 해가 부상 밑에서 솟아오르고, 일만 가닥의 실오리가 되는 붉은 노을이 바다를 쏘아 발갛다.

이영차, 들보를 남쪽으로!

옥룡이 아무 일없이 구슬못에서 물을 마시고, 은 평상에서 잠을 깨고 나니 꽃그늘이 점심인데, 웃으며 요희를 불러 푸른 적삼을 벗게 하네.

이영차, 대들보를 서쪽으로!

푸른 꽃이 떨어지고 오색 난새가 울고 있다. 봄 장막에 옥자를 벌여서 서왕모(西王母)를 맞이하니, 학을 모는 수레가 돌아가기를 재촉하는데 태양이 이미 나직해졌네.

이영차, 들보를 북에다!

넓은 바다가 아득하여 북극성 끝까지 침범하다. 붕새의 깃이 하늘을 치니 바람이 높이 불어 하늘에는 구름이 드리우고 비의 기운이 어둑하네.

동서남북으로 들보를 올리며 노래한다. 동에는 붉은 노을 남쪽은 푸른 적삼, 서쪽은 나직한 태양, 북쪽은 비구름이 자욱해 어둡다.

이영차, 들보를 위로!

새벽빛이 희미하여 구름 비단 장막을 밝히고, 신선의 꿈이 백옥 평상에 돌아오니, 누워서 북두칠성의 자리가 도는 메아리를 듣네.

이영차, 들보를 아래로!

팔방에 구름이 시커머니 어두운 밤임을 알겠다. 시녀들이 수정궁이 춥다고 아뢰는데, 새벽 서리가 이미 원앙 기와에 맺혀 있다네.

들보를 들어 위, 아래로 올리며 노래하는데 위로는 북두칠성의 메아리를 듣고 아래로는 새벽 서리의 원앙기와를 볼 수 있었다.

엎드려 바라건대, 이 대들보를 올린 뒤에 계수나무 꽃은 시들지 말고,

요초는 항상 봄처럼 무성하기를 해가 떠져 빛을 잃어도 난새를 어거하여 더욱 즐거움을 누리고, 육지와 바다가 빛을 잃어도 회오리바람의 수레를 타고 오히려 길이 살며, 은창이 노을에 눌린 만큼 자욱하며, 아래로 구만 리의 세계에 의지하여 굽어보게 하시며, 구슬 문이 바다에 다다르면 웃으며 삼천 년 동안 맑아지고 얕아지고 하는 뽕나무밭을 바라보게 하시며, 손으로 삼소의 해와 별을 돌리고, 몸은 구천의 바람과 이슬 속에 노닐게 하소서.

난설헌은 하늘 궁전에 자신만의 집을 짓는 행사에 상량문을 지어 올리며 엎드려 빈다. 엎드려 비는 내용은 영원성에 대한 희구이다. 꽃, 풀과 나무도 시들지 말고 난새를 언제든지 타고 노닐며 수레를 타고 이리저리 다니며 구만리 아래의 지상 세계를 내려다보며 살게 해달라는 기원이다. 삼천년 동안 존재한다는 바다 옆 뽕나무 밭을 바라보며 해와 별 바람 이슬 속에서 영원히 노닐게 해달라는 바람이고 보면 결국, 난설헌의 소원은 영원성에 대한 희구다. 그녀는 항상 봄 같은 정기를 지니고 항상 즐겁게 살아갈 수 있는 존재이기를 바랬다. 초시간의 개념인 삼천년을 살 수 있는 구천의 이슬이 되어 노닐기를 꿈꾸었다. 완전한 자유의 몸을 구가할 수 있는 곳은 선궁(仙宮)이며, 선궁은 하늘나라에만 존재하였고 그곳은 천당이었다.

4. 나오며

난설헌은 세속적인 부귀영화를 누리고자 하늘 나라 선계를 택한 것이 아니다. 그것은 자신의 무의식 세계에 창조적인 기능을 더해 꿈과 환상을 매체로 승화시킨 자화상의 한 맥락이다. 깨어있는 의식의 반작용인 무의식의 세계를 설정하여 절대적인 자유, 망아(忘我)의 체험을 하는 신령스런 영험자였다. 시의 이미지화는 심리작용에 속하는데 생생한 이데아의 결합이라 할 수 있다. 그녀는 이 세상의 적선(謫仙)이며 언젠가는 돌아갈 것을 예언했는데 그 영감으로 연결된 시가 〈백옥루광한전상량문〉이다. 결국 그녀가 선계를 지향하고자 했던 것은 현실에 대한 보상 과정이라고 본다. 난설헌은 신선 세계에 대한 꿈과 환상, 그리고 상상력을 마음껏 발휘할 수 있는 공간으로 활용하였다. 난설헌의 공간 세계는 자신을 극복하고 넘어서고자 하는 실현의 방법이자 전진이었다. 이러한 자기만의 세계인 공간 확보를 위해 자신의 삶을 형태를 재구성한 공간 설정은 욕망을 충족시키지 못했다. 그녀의 조선이라는 이데올로기적 공간에서의 현실적 위치는 더 비참하여 당당한 여성으로, 어머니로, 아내로, 며느리로서의 존재 가치를 잃어버렸다. 그녀의 인생에서 현실에서의 좌절과 실패는 광한전 백옥루에 상량문을 올리는 글로 대신하였다. 그녀는 27세에 요절하여 영원한 삶으로의 하늘 나라 천당으로 향한다. 조선 시대에 천당은 옥황님이 거하시는 공간이었다. 따라서, 난설헌은 서왕모가 계신 곳, 노자가 기다리는 곳, 이백과 뭇 시인들이 다투어 문장을 짓는 곳에서 옥황상제의 딸이 되어 하늘 궁전인 광한전에서 영원히 이슬이 되어 노닐게 된 것이다.

목련이 들려준 지옥

김승호

1. 들어가는 말

사람들이 생전에 지은 악한 행위로 말미암아 죽어 이르는 곳을 흔히 지옥으로 지목한다. 범어로 naraka를 번역하여 나락으로 음역하기도 하는 이 말은 땅 밑에 있는 감옥으로 통한다. 구체적으로 염주부(閻洲府)의 지하 500 유순(由旬)이며 설위산 바깥 변두리에 위치하며 무척 어둡다. 지옥은 염라대왕이 다스리며 그 휘하에는 136가지의 지옥이 있다고 한다. 불교세계에서 그려놓은 지옥의 대략이지만 천당, 혹은 극락과 대비되는 형극의 공간으로서 지옥은 시대와 신분을 초월하여 모든 사람에게 공포와 저주의 공간으로 자리 잡아 왔음은 틀림이 없다. 지옥이란 용어대신 전래담에서는 '명부(冥府)' 나 '저승' 이라는 말이 오히려 더 흔하게 사용되는데, 경우에 따라 지옥을 가리키는 일이 적지 않다. 즉, '저승'은 '이승' 과 짝이 되면서 사자가 죽어 돌아가는 공간으로 이해되고 있으며 '명부' 는 염라대왕이 지배하는 단죄의 공간으로 풀이하는 것이 일반적이므로 생전에 악행을 저지른 자가 단죄받는 끔찍한 공간으로 관념된 지옥과 경계를 분명하게 짓기가 쉽지 않다. 하지만 지옥은 어의적으로 '저승' 이나 '명부' 보다 훨씬 강하고 징벌의 정도가 아주 심하여 금세 공포감을 불러일으키는 세계로 뇌리에 각인되어 있다고 할 수 있다.

전승담 속에서의 지옥은 천편일률적인 배경에다 상투적으로 묘사되는 인물이 등장하는 공간으로 그려지는 것을 본다. 지옥을 배경으로 삼는 이야기가 유달리 풍성한 구비전승으로 보면, 원래 전승담이란 치밀하고 구체적으로 배경을 형상화하는 일이 드문 만큼 지옥의 현장을 구체적으로 보여주는 이야기는 상대적으로 적을 수밖에 없다. 그 점에서 지옥의 구체적 형상을 돌아보는데 있어 쉽게 택할 수 있는 것이 경전의 이야기를 바탕으로 그린 탱화(幢畵)가 아닌가 한다. 불투명하게 간직하고 있던 지옥의 형상은 탱화를 보면서 우리는 아주 구체적인 공간으로 지옥을 심상에 투영할 수 있게 되는 것이다. 탱화 속의 지옥도는 불교 경전에서 말하는 지옥의 대응적 묘사에 해당될 터인데, 생동감 넘치는 그림은 불교 소설, 설화 등에 창작적 동기를 부여해주는데 일조하였음은 물론 내적으로는 서사인물과 공간에 있어 구체성과 극적 요소를 제공하는 데도 크게 기여했을 것이다. 그것은 불교 서사가 어떤 것보다 대중적 흥미와 교훈을 담지하게 한 결과로 나타났다. 지옥을 배경으로 한 수많은 이야기가 전승되고 창작되어온 터이지만 내가 보기에 《목련전(目連傳)》만큼 지옥의 전모를 구체적으로 펼쳐 보여 주는 경우도 달리 없다. 따라서 이 글에서는 먼저 지옥이 과연 어떤 세계인지 《목련전》을 통해 그 현장을 일별해보고 지옥의 불교적 인식에 바탕한 지옥의 의미 및 유자 혹은 민중들이 관념한 지옥을 대비적으로 살펴보는 데까지 관심을 두고자 한다. 전통적으로 우리의 의식 안에 투영된 지옥도를 낱낱이 섭렵해본다는 것은 결코 쉽지 않은 일이다. 때문에 변죽만 울리는 논의로 끝날 공산이 적지 않겠으나 짧은 글이나마 불교적 심상과 민중적 심상으로 나누어 지옥의 풍경과 그 이면의 의미와 기능을 간파해보는 것으로 주어진 몫을 대신하려고 한다.

2. 살풍경한 현장, 목련이 증언한 지옥

일상에서 우리는 지옥을 잊고 살기 쉽다. 지옥행은 그저 남의 일일 뿐 자신에게는 먼 나라의 일로 치부해버리고 생각 없이 허둥대며 혹은 사소한 잘못을 용인하며 사는 게 우리의 삶이다. 하지만 살아 생전 지옥이 처참한 곳인지를 전해 듣거나 지옥도라도 접한다면 이생에서 과연 어떻게 살아야 할지 새삼 돌아보지 않을 수 없게 된다. 지옥도는 그런 발상에서 설정된 이계의 생생한 회화적 대응이라고 여겨도 좋을 것이다. 그렇다면 지옥의 그 살벌한 현장은 어떻게 그려 왔던가. 수많은 증언과 서사물들이 지옥도를 나름대로 형상화하고 있음에도 여기서는 목련의 지옥 순례담에 편승하여 지옥의 풍경을 조망해 보자.

《목련전》에서는 아주 복잡한 지옥도를 그려 보이고 있다. 일단 지옥문에 들어선 자는 수많은 숱하게 분화된 하위지옥 가운데서 죄질에 따라 갈라 들어가는 곳이 나누어지고 있음을 보게 되는데 한결같이 죄를 저질러 끌려온 곳이라 해도 중죄에서 경죄에 이르기까지 범법의 종류가 다양한 만큼이나 죄인들에게 배치되는 형벌의 공간으로서 지옥의 하위공간도 다양한 층위로 나누어 구조화되어 있는 것이다. 이승에서 악한 일을 상투적으로 저질러 지옥에 끌려간 어머니를 애타게 찾아 나섰음에도 목련이 어머니가 갇힌 곳을 전혀 알아낼 수 없었던 것도 지옥의 내부구조가 상상 이상으로 복잡했기 때문에 벌어진 일이다.

목련의 어머니 청제 부인(靑提夫人)이 이승에서 씻을 수 없는 갖가지 업을 짓고 지옥에 들어간 이후 그 아들 나복(羅卜)은 출가하여 스님이 된 뒤 목련이라는 이름을 얻게 되는데 스스로의 신통력으로 어머니가 지옥에 떨어진 것을 뒤늦게 알게 된다. 그때부터 더할 나위 없는 효자인 목련이 일심으로 어머니 찾기에 나섰으나 심모(尋母) 작업은 수월한 일이 아니었다. 무엇보다 지옥 내에도 여러 복잡한 하위 공간이 존재하는 탓이었는데, 시간이 아무리 오래 걸리더라도 스스로 지옥 하나하나를 수소문하며 어머니의 소재를 직접 확인하는 일에 나서게 된다. 목련에게는 더할 나위 없는 고행의 과정이지만 그가 지옥을 순례한 끝내 청제 부인은 천상으로 구제되기에 이를 뿐더러 우리는 비밀에 가려진 지옥의 형상을 구체적으로 엿볼 수 있는 기회를 갖게 된 것이다.

지옥 세계에 들어가 목련이 첫 번째 목도한 지옥은 좌대(剉碓) 지옥이다. 남염부주의 중생들이 방아 속에서 몸뚱이가 천 토막으로 끊기고 피와 가죽이 어지러이 흐트러져 하루에도 만 번씩이나 죽었다가 깨어나는 곳이었다. 두 번째 지옥은 검수(劍樹) 지옥인데 그곳은 중생들이 검수에 붙어있고 손으로 칼나무를 휘어잡으니 몸의 뼈마디가 모두 베어지고 발로 칼산을 밟을 때마다 사지가 모두 부서져 내렸다. 왜 그런 괴로움을 받는 것일까? 옥수(獄守)는 목련에게 그들이 인과를 믿지 않아 짐승을 꼬챙이에 꿰어가지고 구워서 남녀가 둘러앉아 머리를 모으고 함께 먹으면서 맛있다고 소리치다가 그 같은 형벌을 받게 되었다고 일러주었다. 세 번째 다다른 지옥은 석합옥(石熆獄)이었다. 여기서는 두 덩어리 맷돌이 모든 죄인들을 갈아서 피와 살덩이가 흐트러지는 것이 보였는데, 그러한 형벌을 받는 원인은 살아생전 개미와 벌레를 많이 죽였기 때문이다. 그 다음 목련은 한 떼의 아귀를 보게 된다. 그들의 머리는 태산처럼 크고 배는 수미산과 같은데 목구멍은 바늘 구멍과 같이 좁았다. 그들은 걸을 때마다 수많은 수레가 부서지는 것처럼 시끄럽기 이를 데 없었다. 그 같은 고통은 세상에 살고 있을 때 죽은 사람을 위하여 재 올리는 것을 극력 반대하고 삼보를 공경하지 않아 받게 된 것이었다. 여러 해 동안 장물 냄새는커녕 음식 맛도 보지 못해 그 몰골이 흉측하기 이를 데 없었다. 하지만 아귀에 떨어진 것도 다행이라면 다행인지 모른다. 만일 그들이 살생을 저질렀다면 지옥에 떨어지는 악행은 피할 수 없었음이 분명하기 때문이다. 회하(灰河) 지옥의 풍경은 결코 앞의 지옥보다 덜하다고 말할 수 없었다. 모든 남섬부주 사람들의 몸이 활활 타고 있는 채로 잿물의 물결 속에 둥둥 밀려다니고 있었다. 그곳을 탈출하기 위해 잠시 열린 동쪽 문으로 달아나면 곧 문이 닫히고 서쪽 문이 열렸다 싶어 그 쪽 문으로 달려가면 곧 그 문도 닫혀버렸다. 남쪽 문이나 북쪽 문도 마찬가지로서 갇힌 사람들은 한시도 겨를이 없이 이리저리 치닫기만 했다. 옥수의 말에 따르면 그곳 사람들은 전생에 달걀을 삶아먹었기 때문이었다. 진탕(鎭湯) 지옥은 남섬부주의 중생들을 펄펄 끓고 있는 가마솥 물속에 넣어 삶고 있는 곳이었다. 역시 옥수를 통해 그 형벌의 원인을 알 수 있었는데, 그들은 한결같이 삼보(三寶)를 믿지 않았을 뿐더러 큰 부잣집에 태어나 짐승들을 많이 먹은 탓에 이제 제자들의 수중에 떨어져 그 고통을 받고 있다는 것이었다. 목련이 그 다음 도달한 곳은 화분(火盆) 지옥이었다. 그곳은 남섬부주의 중생들이 머리에 불동이를 이고 있었으며 온몸이 불길에 휩싸여 있었는데, 전생에 짐승들의 골수를 많이 먹은 죄 때문에 그 같은 고통에 시달리고 있었다.

이쯤에서 목련은 더 이상 지옥섭렵을 견뎌내지 못하고 통탄스럽게 울부짖을 수밖에 없었다. 어머니를 찾지 못해 토해내는 한탄과 통곡소리에 옥중 팔만 사천의 우두(牛頭) 옥졸들이 놀라며 목련에게 왜 지옥을 구석구석 누비고 있는지 까닭을 묻기에 이른다. 적의감을 지니고 있던 옥졸들도 사정을 알게 되자 명부를 조사한 뒤 청제부인이 필시 아비(阿鼻) 지옥에 있을 것이라고 귀띔해주기에 이른다. 아비지옥은 어느 지옥보다 훨씬 무시무시한 곳으로 소문난 곳이었다. 그 지옥의 담 높이는 만 길이나 되었으며 그 벽은 만 겹으로 이루어졌다. 거기다 철망을 엮어서 그 위를 덮었고 그 위에 다시 네 마리의 큰 구리개가 입에서 연신 불길을 토해내고 있었으며 하늘로 화염이 무럭무럭 피어올랐다. 그 쪽을 향해 목련은 어머니를 애타게 불렀지만 아무 반응이 없었다. 법력이 부족한 목련으로서는 부득불 부처님의 도움을 청할 수밖에 없는 지경에 빠진다. 부처님은 목련의 지성에 감동하여 열두 고리가 달린 석장과 가사, 발우를 빌려주면서 목련이 옥문을 열 수 있게 도와주었다. 아비지옥의 출입 광경은 다른 지옥과 크게 다르지 않았다. 옥졸들은 목련의 신상을 확인한 후 청제 부인과의 면회를 청하여 허락을 얻게 되는 바, 무엇보다 목련이 부처님의 제자라는 사실을 확인시켜줌으로써 가능한 일이었다. 목련이 본 어머니의 형상은 상상을 뛰어넘었다. 옥수가 쇠창을 가지고 죄인을 찔러 일으켜 못을 박아 땅에 떨어뜨리니 온 몸의 털구멍에서 혈이 낭자했다. 옥주가 쇠알을 씌우고 칼로 몸을 에워싸서 내보낸 청제부인이 얼마나 흉측했던지 처음에는 목련도 그 어머니를 알아볼 수가 없었다. 목련을 만난 자리에서 청제 부인은 지옥에서의 형벌로 배가 고프면 철환을 먹고 목이 마르면 동즙(銅汁)을 마시며 지낸다고 실토했다. 이를 목격한 목련은 어머니를 탈출시킬 능력이 없음을 한탄하다가 하늘의 부처님을 찾아 상의하게 된다. 여기서 목련은 부처의 적극적인 도움을 얻어 곧바로 지옥이 화락하기 이를 데 없는 천공세계로 바뀌는 이적을 목격한다. 부처님의 법력은 각각의 지옥을 순식간에 깨뜨려버릴 정도의 위력을 지녔던 것이다. 부처가 지옥을 타파하여 지옥의 모든 죄인들이 일시에 천상에 태어나는 장엄상 앞에서 그 누구도 부처님의 위신을 불신하지 않을 수 없었다. 하지만 청제 부인은 전생의 죄가 너무 깊어 업장이 채 소멸되지 않은 탓에 소흑암(小黑闇) 지옥에 들어가는 것으로 만족해야 했다. 그럼에도 어머니를 구하려는 목련의 뜻은 거기서 멈추지 않는다. 다시 말해 모든 보살을 청해 대승경전(大乘經典)을 외워 아귀 속에 태어날 수 있게 하면 그 후에는 다시 아귀에서의 탈출 방도를 부처님에게 묻는다. 아귀의 세상에서 빠져나오는 것은 모든 보살을 청해다가 49등에 불을 붙이고 산목숨들을 놓아주고 신번(信旛)을 만들어 놓을 때만 가능한 일이었다. 목련은 이를 그대로 실천한 결과 청제 부인이 아귀의 몸을 벗는데 사람들의 눈에 비친 그녀의 모습은 인간이 아닌 왕사성(王舍城)의 개일 뿐이었다. 어미가 지옥보다 훨씬 행복하다고 말을 하지만 여전히 측은한 마음을 지니고 있던 목련은 또한 부처님에게 개의 몸에서 벗어날 길이 없는지 내쳐 묻는다. 이때 부처님이 가르쳐준 방법은 7월 보름날 우란분재(盂蘭盆齋)를 베풀라는 것이었다. 목련이 그대로 따랐음은 물론이다. 이로써 개의 몸에서 벗어난 청제부인은 목련이 시킨 대로 부처님 앞에 나아가 500계(戒)를 받기에 이른다. 목련과 그 어미의 효성과 지성은 마침내 천모를 감동시키니 하늘에서는 청제 부인을 영접해다가 도리천궁(忉利天宮)에 태어나게 해준다.

3. 불교적 지옥 인식

앞서 비교적 장황하다 싶게 내용을 소개한 것은 한 인간의 윤회상과 아울러 불교적 지옥도를 잠깐이나마 살펴보는데 그 뜻을 두었던 때문이다. 불교에서의 지옥은 민중들 간에 전파된 지옥 이야기에서 보다 한층 구체적으로 묘사되고 있다는 특징이 있다. 이것은 염라대왕과 사자의 대면을 상투적으로 보여 주는 일반 설화와는 사뭇 다른 면모이다. 불교에서 상정하는 지옥은 악업을 지은 이라면 죽어 반드시 도달하는 공간으로 규정된다. 그 중에서 살생으로 말미암아 지옥에 붙잡혀 오는 사람들이 태반을 이루고 있다. 아울러 스님들에게 행패를 부리고 부처를 비방하는 행위 등은 사후 지옥으로 갈 수밖에 없는 업으로 기록된다. 요약컨대 반불적 행위는 지옥에 전락할 수밖에 없는 가장 두드러진 악업으로 지목하고 있다고 할 수 있다. 그리하여 정말 사소하게 보이는 일, 가령 달걀을 삶아 먹는다든가 시주는커녕 스님들의 훼방을 놓는다든가 하는 것조차도 여지없이 지옥에 이르는 커다란 빌미로 작용하는 것은 물론이다. 그렇다고 해서 인간이 한 때의 잘못으로 윤회를 거듭하면서 악형을 겪는 것으로 받아들여서는 곤란하며 개유불성(皆有佛性)이라는 말이 함의하듯 불성을 회복하면 그 악형으로부터 벗어날 수 있다. 즉, 진실어린 참회 혹은 선업을 닦음으로써 불교에서는 죄인이라 하더라도 얼마든지 새로운 인간으로 재생, 환생할 수 있다는 점을 강조하기도 한다.

세상에서 상상하기 어려울 만큼 다양하게 하늘을 구획하고 있는 지옥이지만 그것은 죄질에 따라 그렇게 된 것을 알 수 있겠는데, 사소한 죄업이라도 애초부터 온전히 거세해야 한다는 가르침이 이야기의 이면에 강하게 깔려 있다. 그러나 지옥이 징벌의 장소만은 아닌, 재생과 환생의 출발처로 삼고 있다는 점도 유의해야 한다. 이 같은 생각은 목련이 지옥에 들어가 견문한 현장을 인내심을 가지고 따라간 끝에 마침내 그가 청제 부인을 천궁에 환생시키는 대목까지 살펴보면 자연스럽게 이해된다. 그리하여 더할 수 없이 많은 악행 -물론 그것은 불교적 시각으로 판단한 악행- 을 지은 그의 모친 청제 부인이 도달한 곳이 아비지옥임을 확인하기에 이르며 그 때문에 목련은 더할 수 없는 절망감에 휩싸였던 것이다. 하지만 불교 서사에서 상투적으로 투입되는 지옥은 단지 험악한 지옥도의 제시 목적이 있었다기 보다 그곳으로 전락한 사람들의 입장에 서서 어떻게 하면 그곳으로부터 탈출할 수 있을지를 문제 삼으며 아직 세상에 머물고 있는 이들에게는 어떻게 사는 것이 지옥을 피할 수 있는 길

인지를 보여 주는 데 초점이 맞추어진다. 목련은 사실 절대 지옥에 갈 리가 없는 사람인데 결과적으로 지옥의 전체 사항을 온전히 목격한 유일한 증언자이다. 악업이 너무 두터워 도대체 스스로의 힘으로 지옥문을 나설 수 없는 사람들이 있다할지라도 제 삼자의 간절한 염원과 공적에 따라서는 나락에 빠진 인간조차도 결국은 헤어날 수 있다는 것을 증거해 주는 역을 맡은 이가 목련이다. 청제 부인이 아비지옥으로부터 도리천궁에 환생하는 과정은 결코 단순하지 않다. 하늘이 내린 효자인 목련조차도 부처님의 적극적인 도움이 없었다면 상상할 수 없는 일이었다. 어쨌든 당사자가 아닌 제 삼자의 희생과 발원은 아무리 극악한 지옥에 빠진 죄인일지라도 구원의 길이 있다는 것을 아비지옥에서 축생도로, 축생도에서 도리천궁에 오르는 점진적 과정을 거쳐 극락에 편입되는 청제부인의 자취를 통해 구체화시킨다.

이로 보면 지옥은 끝없는 형벌만이 기다리는 닫힌 공간으로 관념된 것은 착오였음이 드러난다. 설사 지옥에 갇혔더라도 과거의 인연과 관계망에 의해 탈출할 여지가 생기는 것이다. 아무리 구체적으로 형상화된 지옥이라 하더라도 불교 이야기에서의 지옥은 형벌이나 징치의 공간으로만 머물지 않으며 오히려 재생, 부활의 전제적 공간으로 여겨질 수도 있음이 《목련전》에 잘 드러나거니와 여기서 불교적 지옥관의 특징이 드러난다.

4. 유자, 민중들의 지옥관

지옥은 왜 존재하는가? 서사 문학에서는 갈등을 불러일으키기 위한 공간이라 말할 수 있을 것이며 종교적으로는 선과 악을 재단, 분별시키기 위해 설정한 공간으로 이해가 가능하다. 불교적인 지옥상을 살피면

지옥도 출처_빛깔있는 책들 《지옥도》, 대원사, 1992

서 그 공간적 기능을 잠시 헤아려 보았으나 지옥이 워낙 다양하게 관념된, 형상화된 공간인 만큼 사상 종교의 입장을 무시하고 단순하게 하나로 지옥의 기능적 의미를 재단하는 것은 무리한 것으로 비쳐진다.

지옥의 탄생과 관련지어 말할 수 있는 것은 생을 마감하더라도 인간의 온전한 사멸을 부정하는 입장에서부터 출발한 것이라고 보더라도 큰 무리는 없다. 하기야 지옥으로 관념된 공간일지라도 바로 세상에서 그리 먼 곳이 아니며 우리의 전통적 심상으로 보건대, 바로 땅 밑 혹은 이곳에서 얼마 떨어지지 않은 저곳으로서의 '저승' 이라 말과 지옥은 큰 거리감이 느껴지지 않는다. 하지만 저승이나 지옥은 여전히 두려운 곳으로 남는다. 저승이 설사 천당과 극락을 그대로 감싸고 있는 뜻으로 풀이한다 해도 그곳에 대한 저항감은 줄어들 줄 모른다. '개똥밭에 굴러도 이승이 낫다' 는 말은 이승에 대한 집착과 저승에 대한 공포감을 동시에 보여

준다. 지옥이라면 말할 것도 없다. 동서고금을 막론하고 사람들은 결코 도달하고 싶지 않은 공간으로서 지옥을 지목하면서도 서사적 호기심과 함께 교훈적 배경으로서 지옥을 끌어들이는데 망설임이 없었다.

전래담에서는 죽더라도 지옥에 다시 태어난다는 것에는 한결같이 꺼리는 사람들이 등장한다. 그러나 지옥은 생전 몹쓸 짓을 한 사람이라면 그 누구라도 불려가야만 하는 공간으로 결코 피할 수 없는 곳, 일종의 통과제의처가 된다. 사자는 저승에서 온 염라대왕의 시종 저승사자에게 불려 끌려가는 일종의 통과 의례를 거쳐야만 하는 것이다. 이 점에서 일단 죽음은 완전한 종말이 아니라는 점이 지옥의 탄생과 긴밀히 연결된다. 저승은 이승과 달리 어둡고 칙칙하며 염왕의 권위에 눌려 숨조차 제대로 쉴 수 없는 폐쇄된 공간의 이미지를 지니며 구체적으로는 땅 밑에 위치한 감옥 정도로 뇌리에 자리 잡고 있다. 경우에 따라 《목련전》에서와 같이 지옥 내 세계가 다양하고 구체적으로 형상화되기도 하지만 우리가 관념해온 죽음의 구체적 형상은 사자, 저승사자, 염라대왕 등 한정된 인물의 범위를 넘어서지 못하며 형벌과 치죄의 현장도 매우 불투명하게 처리되어 지옥이 실감있게 부조할 수 없었던 것이 사실이다.

유자 혹은 민중 사이에 지옥에 대한 심상적 거리는 별 차이가 없는 것으로 보이는데 지옥에 대한 구체적 형상을 결하고 있어 불교적 지옥도보다 한결 추상적이고 관념적인 처리에 해당된다. 그렇다고 해서 지옥이 갖는 기능이 전혀 없다고도 할 수 없다. 《천예록(天倪錄)》의 〈보살불방관유옥(菩薩佛放觀幽獄)〉을 예로 해서 보기로 하자. 평양사람 홍내범(洪乃範)은 팔십 넘어서까지 살았으나 젊은 시절에 괴질에 걸려 죽었다가 살아난 자로, 저승 이야기를 사람들에게 퍼뜨렸다. 그가 저승의 한 곳에 이르니 우두수면(牛頭獸面)의 관리, 나찰이 삼엄하게 도열한 가운데 흑의인(黑衣人)이 천당과 지옥을 믿지 않았다며 그를 책망했다. 이때 금빛 얼굴의 보살이 금주(金州)의 홍모(洪某)로 알고 잘못 잡아왔음을 사과하며 나이 여든 세 살로 동지 벼슬에 이르러 죽을 것이라고 귀띔해주었다. 지옥문을 나서는 길에 그는 천당마저 구경하고 소생한다. 그 후 사람들은 홍내범을 통해 사후 세계가 있다는 것을 알게 되었는데, 무엇보다 듣는 이들의 호기심을 자극한 것은 지옥 세계도 매우 다양하다는 것이었다. 홍내범이 증언한 지옥은 세 가지로 불목(不睦) 지옥은 천륜을 저버린 사람들이 모여 있는 곳이었고, 조언(造言) 지옥은 말로써 남을 해친 사람들이 모여 있었으며, 기세(欺世) 지옥은 청렴을 가장하고 백성들의 고혈(膏血)을 짜낸 사람들이 끌려와 있었다. 그리고 회진당(會眞堂)이라는 곳에 이르렀는데, 바로 누구나 가길 원하는 천당이었다. 이 이야기를 따라가다 보면 문신의 벼슬을 역임한 홍내범이 생전 악업 때문에 지옥에서 그 죄과를 심판받으나 죄질에 따라 각각 이르는 지옥도 달라지고 있다는 것을 구체적으로 증언해주고 있어 이채롭다. 이야기 끝에는 평결이 붙어 있는데, 이를 보더라도 민중들이 생각한 지옥보다는 매우 구체적으로 그 세계를 보여 주고 있는 셈이다. 하지만 유자들은 생전의 업에 따라 윤회화복이 결정된다는 보는 지옥왕래담을 허탄한 것이라고 비판하고 나섰다. 홍내범의 이야기는 이야기의 끝에 내범의 지옥체험이 얼마나 허황된 것인지를 변증하는 말을 집어넣고는 있다 해도 지옥의 하위 공간을 다양하게 예시하고 있어 주목된다. 이런 경우로 본다면 유자나 당대 민중들의 지옥상도 불가의 그것과 크게 다르지 않다고 하겠다. 아울러 유불간 지옥으로의 축출이 생전 도덕성 문제와 무관하지 않다는 점에서 지옥관 역시 크게 동떨어진 것으로 파악하기는 어려울 듯하다. 살생금지를 비롯한 불교적 계율을 준수하지 않을 경우 명부의 혹독한 형벌을 피할 수 없다는 것이 불교에서 내세우는 지옥행이다. 이것이 유자들에 오면 불교적 계율대신 유교적 이념에 반하는 행위로 죄의 구체적 항목이 바뀌게 되는 것이다.

유교적 도덕률에서 보면 불효는 그 어떤 것보다 비판의 대상이 되며 그에 대한 징치로서 요절이나 비명횡사를 불러오게 되면 사후에도 그에 대한 심판은 남게 된다. 《기문총화(記聞叢話)》의 〈권판서적(權判書鏑)〉에는 권필(權韠)의 후손 권적이 죽었다 살아난 이야기를 전한다. 그가 명부에 불려간 것은 전적으로 명부의 실수였음이 드러난다. 수원(水原)의 권모(權某)라는 자를 불러와야 하는데, 엉뚱하게도 권적을 끌어왔던 것이다. 애초 권모가 명부록(冥府錄)에 오른 까닭은 그가 둘도 없는 불효자라는 점 때문이었으므로 명부에서도 세상사의 도덕률에 입각하여 죽음을 결재하고 있었음이 밝혀진다. 명부가 생전의 죄를 단죄하는 곳으로 상념된 것은 유불 간 차이가 없다. 불교는 부처님의 가르침에 반하는 경우 내세는 현생보다 고통의 공간으로 변할 수 있다고 보고 지옥의 생생한 현장을 제시해보이며 유자 혹은 민중들 간의 이야기에서는 유교적 이데올로기를 준수하지 않는 자는 또한 지옥행에서 벗어날 수 없음을 보여 주고 있는 것이다. 이렇다면 지옥의 공간적 기능은 사상, 종교적 편차를 넘어 차이점보다는 그 유사성이 보다 큰 편이라고 말하는 것이 합당할 것이다.

지옥의 정황을 전하는 사람들은 죽었다가 소생했다는 공통점을 지니고 있다. 《기문총화》에 실린 김세억(金世億)의 지옥 증언도 그런 예에 속한다. 김인후와 같은 동네에 살았던 김세억은 죽은 후 명부에서 문초를 받는데, 김인후(金麟厚)가 그를 알아보고 아직 죽을 때가 안 되었다며 세상으로 되돌려 보낸다. 현생에서 과거에 염왕과 인연이 있어 소생이라는 시혜를 누린 경우이다. 또 다른 경우 명부의 잘못으로 엉뚱한 사람이 죽음에 이르는 경우도 적지 않은데, 이런 경우 명부에서는 그 실수를 인정하고 사자를 즉시 소생케 한다. 생사를 재단하는 명부에서 어이없는 실책이 벌어질 수 있다는 점에서 우리는 지옥 혹은 명부란 한없이 먼 이계가 아닌 또 다른 인간 세상으로 느껴질 정도이며 공포만이 존재하는 곳이 아니라 얼마든지 희화적 풍경도 마주칠 수 있는 친연적 공간으로 이해하게도 된다.

불교 세계에 나타나는 지옥은 생의 순환에 따라 악행을 저지른 사람이 필연적으로 이르는 영역으로 나타났음은 앞에서 본 터이다. 업장의 소멸에 의하면 그곳에서 빠져나와 다른 세계에서 또 다른 몸으로 태어날 수 있는 가능성이 있으나 실수로 끌려온다든지 단순한 전생의 인연을 만나 소생할 수 있었다는 등의 사례담은 오히려 찾아보기 힘들다. 지옥행은 불연적(佛緣的)으로 그럴 수밖에 없는 근거를 갖추고 있으며 어떤 식으로든 악업(惡業)을 소멸시키는 단계를 거쳐야 지옥 탈출이 가능해진다는 점을 예외없이 보여준다. 하지만 김치(金緻)나 김인후가 죽어 염라대왕이 되었다는 야담 속 명부 체험담은 이생에서 지은 죄와 상관없이 얼떨결에 명부에 오게 된 사정이 구체적으로 적시되고 있음에도 내세에 지옥에 떨어진다는 것이 어떤 의미를 함축하고 있는지에 대해서는 그 설명이 부족하다. 이점은 유교 사상에 침윤된 사대부들에게 있어 그 공간적 의미가 심각성을 결여한 채 호사적 영역으로만 주입되었던 것은 아닌가 하는 의문을 낳기도 한다. 생을 재단하는 염라대왕이 이승의 인사(人士) 가운데서 골라 앉힌다든가하는 증언, 곧 생전에 염왕과 인연이 있었던 김세억이나 김치의 이웃에 살던 사람이 과거의 인연으로 말미암아 명부에서 빠져나와 재생할 수 있었다는 것은 그 같은 사례의 한 전형이다.

5. 맺음말

지옥의 심상적 풍경은 신분 · 종교 · 사상에 따라 사람마다 크게 다르지 않으며 그 공간적 기능 역시 대동소이한 것으로 나타났다. 결코 헤어날 수 없는 형벌의 공간으로서 이승과 아득하게 떨어진 곳으로 관념된 것으로 믿어왔으나 서사물들은 오히려 지옥탈출 쪽으로 서사 진행의 축을 잡고 있는 경우가 더 흔한 것처럼 보였다. 적지 않은 사람들이 지옥에 끌려갔으나 염부의 실수 혹은 염왕과의 인연 따위로 서둘러 세상 밖으로 풀려나기도 했으며 지옥 중에 가장 극악한 공간이라는 아비지옥에 떨어진 경우라도 마침내 도리천으로 환생하는 것으로 처리함으로써 우리가 흔히 안고 있는 닫힌 공간으로서의 지옥적 이미지가 서사물에서 허물어지고 있었던 것이다.

지옥 체험은 천재일우로 죽었다 살아난 자의 입을 통해 상상으로만 그치는 것이 아닌 실재하는 공간으로 인식되면서, 산자에게 주는 경외감과 공포를 통하여 재생, 환생의 가능성을 예비해두고 있는 공간으로도 형상화되었다. 그러나 살아 죄지은 자가 도달하는 그 공간 역시 또 하나의 인간세상을 그대로 투영하고 있으며 현실 세계의 관념과 꿈이 지배하는 공간이었다. 지옥은 세상밖에 위치하지만 여전히 산자들의 상상과 상념으로 만들어 낸 사자의 집결지, 그 이상의 의미를 간직한다. 우리는 지옥이 각 시대의 이데올로기, 종교, 사상 등에 따라 다양한 형상을 드러내고 있으나 세간적 삶을 제어하고 미래의 삶을 보다 안락하게 영위하고픈 인간의 염원이 역설적으로 투영된 공간이라는 사실을 인정하지 않을 수 없다.

한국인의 심상 공간으로서의
용궁

손병국

Ⅰ.머리말

용궁은 용왕, 용신이 사는 곳이다. 범어로 'naga' 라고 하는 용왕은 천지를 창조했다고 전하는 천왕팔부(天王八部)의 하나[195]로서 반신반사(半神半蛇)의 모습을 띠고 있는 것으로 그려지고 있다. 바다 세계를 지배하며, 때로는 지상의 인간을 용궁으로 초대하거나 데려가기도 하고 현세의 불법이 유행하지 않게 되었을 때 용궁에서 경전을 수호한다고 믿어져 왔다.

195 천(天), 용(龍), 야차(夜叉), 건달파(乾闥婆), 아수라(阿修羅), 가루라(迦樓羅), 긴나라(緊那羅), 마후나가(摩睺羅迦)를 말함.

용궁은 바다 깊은 곳에 있는데 용왕의 신묘한 능력으로 만들어졌고 매우 화려하고 온갖 보물이 있는 별세계로 인식되어 왔다. 구체적으로 그 넓이가 팔만유순(八萬由旬)이나 되며 칠보로 장식되어 있고 담은 일곱 겹으로 둘러져 있다. 난간은 주옥을 그물 모양으로 연철(連綴)한 장식물로 되어 있고 그 위는 장엄하게 꾸며져 있으며 숲에는 많은 새들이 노래를 부르고 용왕의 거실도 아주 호화스럽게 치장되어 있다고 하였다.[196]

불교에서 그려 놓은 용궁의 모습

196 《경율이상(經律異相)》 권40, 〈축생부(畜生部)〉.

이지만 용왕에 대한 존숭을 엿볼 수 있다. 우리 민족에게 있어 용궁에 대한 개념은 중국으로부터 건너온 것으로 보인다. 중국은 일찍부터 용에 관한 관념을 가지고 있었으며 용을 거북, 봉황, 기린과 함께 사령신앙(四靈信仰)의 하나로 여겨 왔다

우리나라에는 원래부터 용이 있었던 것은 아니고 한사군 때 중국으로부터 전해진 것으로 추정된다.

용은 중국뿐만 아니라 우리나라에 전해진 이후 여러 가지 성격을 갖게 되었다. 군주인 경우에는 용의 호신(護身)을 받아야만 천하를 다스릴 수 있는 능력을 펼 수 있으며, 용은 물을 얻음으로써 비로소 무궁무진한 조화의 능력을 갖게 되지만 만일 물을 얻지 못하면 어떠한 조화의 능력을 발휘할 수 없다는 생각을 가져왔다. 이러한 생각은 결국 용이 못이나 강, 바다와 같은 물속에 살면서 비나 바람을 일으키거나 몰고 다니면서 마음대로 비를 오게 하거나 멈추게 할 수 있는 조화의 능력을 지니고 , 물을 지배하는 수신으로 신앙되면서 수많은 용신신앙을 낳는 결과를 가져왔다. 신라 · 고려 때 행해진 사해제(四海祭), 사독제(四瀆祭)나 조선조에 들어와 각처에서 각종의 용신제(龍神祭) 등은 이러한 인식아래에서 용을 대상으로 행해지던 거국적인 의식으로서, 그것은 생명의 원천이면서 농경의 절대적 요건인 물을 풍족하게 하기 위한 것이었다. 그러한 이러한 의식의 잔형은 아직도 일부 지역에서 전승되고 있는 용왕굿 · 용신제 등에서 찾아볼 수 있다.

용은 농경민들뿐만 아니라 어민들에게도 어로신앙(漁撈神仰)의 중요한 대상으로 숭배되어 왔는데, 그것은 용이 바다 밑의 용궁에 살면서 바다를 지배하는 용왕으로 인식되었기 때문이다. 용왕의 음우(陰祐)로써 안전한 항해와 조업, 풍어의 목적을 달성하고자 하는 것이 용왕제 · 풍어제이며 용신 신앙에서는 용을 용왕, 용왕할머니, 용신할머니, 용궁마나

님 등으로도 부른다.

용은 인간이 상상해낸 가상적 동물이기에 용왕이 사는 용궁 역시 실재로 존재하지 않는 이상국일 뿐이다. 그러면서도 용궁은 마치 실재하는 공간으로 여겨진다. 그것은 그러한 공간 의식이 나타난 중국으로부터 우리나라로 전해져 설화와 소설, 민간신앙의 차원에서 수용되고 변모되는 과정을 통하여 부단히 재생산되는 심상 공간(心象空間)으로 실재하는 어떤 공간에 못지 않은 중요한 의미를 가지며 오늘날에 이르기까지 우리의 공동재산으로 굳건히 자리 잡고 있다는 것을 의미한다.

한 지역의 지리를 형성한 인간집단이 지각했던 환경의 심상지도를 그려낸다는 것은 민족의 문화와 역사를 이해하는 중요한 방법이다. 비록 상상적인 공간이지만 용궁은 한국인의 심상에 자리하고 있는 공간으로서 이에 대한 무의식과 동경을 살피는 것은 우리 국토에서 살아 온 사람들에 대한 성찰로 나아가는 길이다.

2. 용, 용왕, 용녀, 용궁

용은 어디까지나 인간이 상상해낸 동물이다. 그래서 각 민족 사이에는 그들의 시대와 사회적 환경에 따라 그들 나름대로의 용의 모습을 그려왔고, 그 용이 발휘하는 조화의 능력을 믿어왔다. 민족에 따라 또는 시대에 따라 그 모습이나 기능이 조금씩 달리 파악되어 오고 그 조각이나 묘사 역시 차이를 보이는 것은 바로 그러한 연유에서다.

중국에서는 일찍부터 용에 대한 관념을 가지고 있었다. 그러다 보니 용에 대한 기록도 용에 관한 인식을 가졌던 다른 나라보다 풍성하다. 이른 시기의 문헌을 들여다보면 용의 대한 생각이 지금과는 사뭇 달랐던 것을 알 수 있다. 중국 문헌 가운데 가장 이른 시기의 용의 모습을 보여

주는 것은《주역(周易)》이다. 여기에는 황제(黃帝)가 황하로부터 나온 용으로부터 팔괘(八卦)를 받았다는 적고 있으며 용을 인간의 덕성을 갖춘 변화무쌍한 동물로 그리고 있다.《사기(史記)》에서는 용을 타는 동물로 보고 있기도 하며,《좌전(左傳)》에서는 용을 직접 길러 고기를 먹었다고 적고 있다.

각 동물이 가지는 최고의 무기를 갖춘 것으로 상상된 용은 그 조화의 능력이 무궁무진한 것으로 믿어져 왔다. 특히, 물과 관계를 지닌 수신으로 신앙되면서 용은 물에서 낳으며, 오색(五色)을 마음대로 바꾸고 자유자재로 모습을 변화시키는 조화능력을 가지고 있는 변화무일(變化無日)하고 상하무시(上下無時)한 신[197]이라고 믿어져 왔다. 그리고 용의 모습은 인충(鱗蟲) 중에 우두머리로서 그 모양은 다른 짐승들과 아홉 가지 비슷한 모습을 하고 있다고 하였다.[198] 이밖에도《장자》,《초사》,《한비자》,《회남자》,《산해경》 등의 문헌에도 용에 관한 기록들이 전한다.

이렇게 옛 중국인들이 가졌던 용에 대한 관념은 위로는 변화무쌍하며 인간의 덕성을 갖추고 있고 아래로는 일반 동물과 같이 여겼다. 그러나 우리의 심상에 자리 잡고 있는 바와 같은 지혜와 정감을 가지지는 않은 체 단지 거북, 봉황, 기린과 함께 사령 신앙의 하나로만 여겨져 왔다. 중국에서의 이러한 용에 대한 개념은 불교가 전래되면서 새로운 인도 용의 관념이 혼입됨으로써 변화된 모습을 보인다.

인도에서는 원래부터 독사의 위험이 많아 그 원주민들은 일찍부터 사신숭배(蛇神崇拜) 신앙을 가지고 있었다. 그렇기 때문에 용왕은 코브라 중 가장 큰 킹코브라의 형상에서 생겨난 것이라고도 믿어져 왔다. 그후 인도를 정복한 아리안 민족이 그러한 신앙을 이어받고 오랫동안 불교와의 대립 투쟁을 거치면서 용은 불교의 호교자(護敎子)로 자리하게 되었다.

197 《관자(管子)》,《수지편(水地篇)》.
198 《광아廣雅》,《익조(翼條)》.

용은 천궁(天宮)을 수호하는 용, 비를 부르는 용, 지룡(地龍), 회전륜왕(回轉輪王), 대복팔장(大福八藏)을 륜(輪)하는 용으로 분류되며, 불교에서의 용은 선악 양면의 관계로 나타난다. 선룡은 난타(難陀), 사가라(娑伽羅), 화수길(和修吉) 등 불법을 옹호하는 선신으로 존경받는 여덟 용왕으로서 적시에 비를 오게 하여 오곡풍작을 가져온다. 특히 사가하용왕은 바다의 용왕으로 수중에 살면서 구름을 부르고 비를 오게 한다고 믿었기 때문에 기우의 본존(本尊)으로 신앙되어 왔으며 큰 바다에 살면서 때로는 뇌우전광(雲雨電光) 등의 사상(事象)을 나타내는 것으로 되어 있다.

불교의 전래와 함께 불경 속에 부처가 용왕의 청에 의해 용궁으로 나아가 설법을 행했다는 이야기가 자주 등장함으로써 용궁에 대한 개념이 자연스럽게 형성되었던 것으로 보인다. 부처가 용궁으로 들어가 칠보도(七寶刀)를 받은 체도인연(剃刀因緣)에 관한 이야기[199]나, 해룡왕이 석존(釋尊)이 《법화경(法華經)》을 설하던 영취산(靈鷲山)으로 나아가 그 설법을 듣고 신심이 환희하여 부처님을 대해룡궁으로 공양을 청하자 부처님이 비구와 보살을 데리고 용궁으로 나아가 설법을 행하였다는 이야기[200]가 전해지고 인도의 대승불교를 크게 드날린 용수(龍樹, Nagarjuna)가 용궁에 들어가 《화엄경》을 가져왔다는 이야기 역시 유사시 바다 속 용궁에서 불경을 보호하는 불교의 수호신으로서의 용왕의 모습을 떠올리게 한다.

199 도의율사(道宜律師), 《감응기(感應記)》.
200 《해룡왕경(海龍王經)》, 〈청불품(請佛品)〉.

이렇게 용은 부처의 생전과 생후에 아주 중요한 존재였다. 이렇게 천축(天竺)의 용이 불전을 따라 중국으로 들어온 이후 중국인들은 종래 그들이 일찍부터 가지고 있었던 용에 대한 관념에다 용이 부처의 제자로 호법신의 역할을 하며 감로수를 내려 오곡을 성취시킨다는 생각을 더하게 되고, 용의 생활과 위력 영이(靈異)가 인간과 특별히 다르지 않고 오히려 인간을 넘어섬으로써 용에 대한 인식이 널리 퍼졌다. 이것이 바로 중국인들의 생활 속에 용이 자리 잡은 이유이다. 동해로 끝없이 펼쳐져 있는 바다를 보고 그들의 상상력을 동원함으로써 바다의 용궁이 있고 해룡왕이 바다를 지배하고, 모든 바다의 생물들이 이른바 백관(百官)이나 백성들일 것이라고 가상을 하면서 그들의 이상향을 바다에 건설하였다.

불교에서의 묘사하고 있는 용궁은 우리들 심상에 자리 잡고 있는 전형적인 용궁의 모습이다. 그 중에서 불교경전과 불교 설화가 잘 어울려 용궁의 모습을 자세하게 묘사하고 있는 것이 바로 《기세경(起世經)》 제5권 〈제룡금시조품(諸龍金翅鳥品)〉이다.

> 큰 바다 밑에는 사가라 용왕의 궁전이 있는데 넓이가 팔만유순이며 일곱겹의 담장과 일곱 겹의 난간과 계단으로 되어 있다. 주위의 둘레는 장엄하게 이루어져 있으며 일곱 겹의 보석으로 만든 방울이 사이에 꾸며져 있고 구슬로 된 그물이 다시 일곱 겹으로 되어 있어 많은 비단으로 나무를 두르고 무성히 덮어 가린 채 그 주위를 둘러싸고 있어 그 기묘한 것이 가히 볼만하다. 수많은 보물들이 꾸며져 있는 것을 헤아려 보면 이른바 금 · 은 · 유리 · 파리 · 적진주 · 차거 · 마뇌 등 일곱 개의 보물로 이루어져 있다. 그곳 사방에는 각각 여러 문이 있는데 그 여러 문에는 여러 문설주와 망루가 있어 보고 대할 수 있다. 그리고 여러 정원과 동산, 샘과 못이 있는데 땅과 못 가운데에는 각각 여러 가지 화장(華章)이 행오(行伍)가 상당하였다. 또한 여러 가지 나무가 있는데 종종(種種)마다 화려한 잎과 여러 가지 과일이 달려있었으며 여러 가지 향기가 나고 여러 새들이 각각 노래하고 있었다.

용왕이 사는 곳이라 그 규모에 있어 장엄함을 느끼게 할 정도로 클 뿐만 아니라 담장과 계단 등은 일곱 개의 보물로 이루어져 있는 것으로 그리고 있다. 그러나 여러 개의 정원과 동산에 화초가 피어있고 새들이 노래하고 있다는 묘사에서 인간 세계와 동떨어진 별세계라는 느낌을 주지 않는다. 이렇게 용궁이 용왕이 사는 곳이지만 인간 세계와는 완전히 다른 별세계가 아니라는 설정은 용왕이 여러 겁을 지나면서 사람이 되고 부처의 대호법이 되고 불제자가 됨으로써 용의 세계가 더욱 확대되고 인간세계와 가까워진 것을 반영한 것이라고 할 수 있다. 이 점은 당(唐)의 전기(傳奇)를 위시한 여러 소설 작품에서 끊임없이 다시 쓰이고 변모되면서 인성과 영물로 융합되는 더욱 강화된 모습으로 나타난다.

당 정원(貞元), 원화(元和) 년간에 이조위(李朝威)가 쓴 《유의전(柳毅傳)》이 바로 그러한 예에 해당한다. 이 작품은 인간과 용녀의 혼례라는 이물교혼(異物交婚)이라는 소재를 다룬 작품 중에서 명편으로 알려져 왔으며 원(元) 대 상중현(尙仲賢)이 쓴 극본 〈장생자해(張生煮海)〉나 명대 황설중(黃設仲)이 쓴 《용소기(龍簫記)》등은 바로 이 작품의 영향을 받아 나온 작품들이다. 《유의전》의 내용은 구낭자(九娘子)가 조나용자(朝那龍子)와의 핍혼(逼婚)을 거절하면서 일어난 큰 전쟁을 다루고 있으며, 용녀와 인간의 혼인이 등장한다. 여기서 묘사된 용궁의 모습은 유의를 용궁으로 데려가는 부분에서 나타나는데, 문호는 천만이나 되었고 기이하고 화려하며 진기한 나무가 없는 것이 없는 곳으로 그리고 있다. 그가 머무른 영허전이라는 곳은 인간세계의 진기한 보물을 볼 수 있었고 기둥은 백벽, 섬돌은 청옥, 평상은 산호, 주렴은 수정으로 되어 있었으며 비취색의 차양은 유리를 새겨 놓고 채색을 한 용마루는 호박으로 꾸며져 있다고 묘사하고 있는데 불경에서 묘사한 것과 크게 다르지 않다.

불서 중에는 용궁에 진기한 보물이 많다고 항상 언급하고 있는데, 그것은 세상의 보물이 바다 가운데 있다고 믿어져 왔기 때문이다. 《경률이론經律異論》제3 〈인해팔덕경引海八德經〉에는 부처가 사문들에게 바다에는 팔덕(八德)이 있다고 말하면서 "바다에는 여러 보물이 있는데, 구하여 얻지 못하는 것이 없다"고 하고 있다. 이러한 보물들은 모두 용왕의 소유라고 할 수 있으며 그렇기 때문에 용왕을 소재로 쓰여 진 소설에서는 반드시 용궁의 보물에 대해 언급하고 있는 것이다. 《유의전》에서 동정군이 응벽궁(凝碧宮)에서 잔치를 베풀 때 벽옥으로 된 상자에서 수서(水犀)를 내어 놓는 것이나, 전당군이 홍백반(紅白盤)을 유의에게 주고 보주가 자주 등장하는 것이 바로 그것이다.

단성식(段成式, ?~863)이 당나라를 중심으로 이사(異事) · 일사(逸事) · 언어 · 풍속 등을 기술한 일종의 설화문학서인 《유양잡조(酉陽雜俎)》에는 용에 대한 기록들이 편폭을 달리하면서 기록되어 있는데 그중에서 눈길을 끄는 것이 장수국(長鬚國) 이야기이다. 《태평광기(太平廣記)》 권 469 수족(水族) 6에도 실려 있는 이 이야기는 신라 사신을 따라간 사람에 관한 이야기라는 점에서 흥미를 끌며 《태평광기언해(太平廣記諺解)》권2에는 《당수국전》이라는 제목으로 실려 있다. 내용은 당 나라 때의 한 선비가 신라사신을 따라 배를 탔다가 장수국에 이르러 벼슬을 받고 부마가 되어 용궁에 다녀온 이야기이다. 용궁에 대한 묘사도 물가에 모래는 모두 칠보였고 사람이 의관이 너르고 거동이 기이하였다고 하고서 용궁에 들어갔을 때 궁궐이 장려하고 위의가 거룩하고 진주와 수정으로 집을 꾸몄는데 빛이 밝아 눈을 뜨지 못하였다고 하고 있다. 이전에 보였던 용궁을 제재로 삼은 이야기와는 달리 용궁에 관한 묘사가 간략하고 단지 용궁에 다녀온 이야기가 주류를 이루고 있다. 용왕의 모습도 불경에서 보이는 부처의 대호법이나 수제자로서의 성격은 퇴색하고 인간의 감정과 인간의 예속을 함께 갖춘 귀족의 모습으로 그려지고 있으며 용궁의 세계 역시 별세계가 아닌 마치 인간들이 사는 곳으로 묘사됨으로써 더 가깝게 다가갈 수 있는 친근감 있는 심상공간으로 묘사되고 있는 것을 볼 수 있다.

용궁에 대한 묘사는 후대에 올수록 간략해지고 점차 시를 통해 묘사되고 불경에서 보이는 본래의 장엄한 용궁의 모습이 점차 퇴색해 간다.《전등신화》 권4에 실려 있는 〈수궁경회록〉과 〈용당영회록〉이 바로 그것인데 두 작품 다 제목에서 용궁에 관한 기록임을 암시해준다. 그러나 〈수궁경회록〉이 주인공 여선문이 용왕의 초대를 받아 용궁으로 가 새로 지은 영덕전의 상량문을 짓는 이야기인데 반해 〈용당영회록〉은 용궁으로 초대된 자술이 그곳에 초대된 범성대 · 육구몽 · 장한 · 오자서 등과 서로 시를 짓고 노는 이야기를 적고 있다. 작품의 첫머리에는 주인공이 용궁으로 들어가는 이야기가 실려 있는데, 〈수궁경회록〉에서는 여선문이 배를 타고 들어가지만 〈용당경회록〉에서는 물고기의 머리에 귀신의 몸을 한 용왕의 사자와 함께 잠시 눈을 감자 바로 용궁으로 들어가는 것으로 되어 있다. 용궁에 대한 묘사는 그들이 지은 글을 통해 자세하게 묘사되고 있다.

> 굽어 생각컨대 천지간에는 바다가 가장 크고, 인물 중에는 신이 가장 신령하다 하도다. 이미 향화(香火)에 귀의하였으니, 어찌 묘당(廟堂)을 장려(壯麗)케 함이 옳지 않으리요. 이제 보전 용골을 걸어 들보를 삼으니 신령한 빛이 햇빛에 더하고, 어류의 비늘로 기와를 덮으니, 상서로운 기운이 하늘을 가리었도다. 진주와 벽옥으로 만든 창문이 즐비하고, 청작과 황룡의 큰 배에 가깝구나. 푸른 빛 꽃 무늬가 아로 새겨진 창을 열면 바다가 문 앞이고, 휘황한 채색문을 여니 구름 그늘이 추녀 끝에 드리웠도다.

용궁에서 새로 지은 궁전인 영덕전의 모습을 그린 것이기에 불경에서 묘사한 용궁 전체의 모습과는 약간의 차이를 보이지만 〈용당경회록〉에서는 용궁 묘사를 보면 용왕의 삶의 공간으로서의 화려한 용궁의 모습이 아닌 인간들의 현실의 삶과 많이 닿아있는 친연적이고 개방적인 공간으로 변모하고 있을 볼 수 있다.

> 넓은 못 깊은 속에
>
> 용신이 계셨으니
>
> 진주조개 궁궐이
>
> 세상 것과 다름 없네
>
> 황금으로 지붕 울리고
>
> 백옥 깎아 기둥 삼았네
>
> 대모껍데기로 벽을 쌓고
>
> 산호로 난간 둘러
>
> 서운이 감돌아
>
> 하늘땅에 가득하다.

용궁 전체를 묘사하고 있지만 이전의 용궁 묘사에서 보이는 보물 대신 진주조개로 궁궐을 지은 것이 이 세상 것과 다름없다는 말에서 용궁이 상상의 세계가 아닌 인간 세상의 왕이 사는 어느 대궐을 연상케 한다.

상징적인 심상 공간으로서의 용궁은 당대 이후로 보물로 호화롭게 꾸며진 세계가 아닌 인간들이 사용하는 목재로서 집을 지는 것으로 그려짐으로써 완전히 인간 세계의 집과 다름없이 쉽게 접근할 수 있는 개방적인 심상 공간으로 자리잡는다.

청대 위예개(魏裔介)가 쓴 《용궁취목기(龍宮取木記)》가 바로 그것인데, 여기에서는 인간 세계에서 용궁을 짓는 모습을 그리고 있다.

용이 비록 바다로 집을 삼지만 거처하는 집은 인간계에 있는 나무로 만든다. 매양 여름 소만 후 장마 비가 계속되는데, 그때가 바로 공인을 모아서 재목을 준비하는 때이다. 천진 고북구(古北口)는 북해 가인데 영평(永平), 준화(遵化) 등 여러 변구(邊口)와 접경하고 있으며 복판에 난하(灤河)가 있다. 원(元) 나라 사람들이 양곡을 운반해서 상도(上都) 응창(應昌)으로 통하던 곳인데 이곳을 용궁으로 목재를 운반하는 통거(通渠)라 한다. 3년마다 한 차례 씩 구외(口外)에서 벌목하는데, 벌목하는 자는 수족(水族)사람으로서 모양이 늙은 노인 같고 베옷에 털모자 차림이었다. 깊숙한 골짜기 안에 나무 찍는 소리가 끊임없다가, 갑자기 우레가 까르릉 거리고 번개가 치면서 비바람에 깜깜해지고 골짜기에 물이 넘친다. 그러면 나무가 모두 우뚝 일어나서 바로 관문 앞으로 다가온다. 관문을 지키는 자는 그것이 떠가는 것인 줄 익히 알아 관문을 열어서 물로 들어가도록 놓아준다. 나무는 이에 줄을 지어서 가며 난하를 지나 동남으로 가서 바다에 이르는데, 하나도 넘어져서 뜨는 것이 없다. 난하가에 사는 사람은 모두 귀로 듣고 눈으로 본다. 또 남의 누각을 옮겨간 것도 있다. 밤중에 바라보면 등불이 반짝반짝하다가 새벽에 꺼진다. 바닷가에는 땔감이 모자라는데 3년마다 한 차례씩 용궁이 불타서, 진방(震方)에서 태풍이 슬슬 일어날 때 바닷가에서 보면 서까래, 기둥 따위가 모두 반쯤 붉거나 검게 탄 채 바다 언덕을 감싸듯 모여든다. 언덕에 있던 사람들이 주워 다가 밥 짓는 땔감으로 두어 달 동안은 쓴다. 용화(龍火)에 절로 탄 것이라 한다. 위씨는 순박하고 조심하며 학문한 사람이니 그의 기록한 바가 거짓말을 아닐 것이다. 《오잡조(五雜俎)》를 상고하니 이렇게 되어 있다. 북방 새문(塞門) 밖 인적이 닿지 않는 곳에 문득 수천 명이 나무를 찍고 나무를 끌어내는 소리가 들린다. 날이 밝은 다음 멀리 내다보면 산에 나무가 싹 없어지는데, 바다 용왕이 궁(宮)을 짓는다고 이른다.[201]

201 위예개, 《용궁취목기》.

온갖 보물로 지어진 용궁의 모습이 아니라 인간계에 있는 나무로 집을 짓는 다는 점에서 그 모습이 현실 세계와 닮아 있다. 그리고 용궁을 지을 재목을 구하기 위해 벌목하는 자는 수족(水族) 사람으로서 모양이 늙은 노인 같고 베옷에 털모자 차림이었다는 설정은 신비감을 준다. 그러면서도 난하가 사람들이 귀로 듣고 보고 모두 바닷가에 땔감이 모자라기에 3년 마다 한 차례씩 용궁이 불타서 서까래, 기둥 따위가 모두 반쯤 붉거나 검게 탄 채 바다 언덕을 감싸듯 모여들며 언덕에 있던 사람들이 주워 다가 밥 짓는 땔감으로 두어 달 동안은 쓴다는 설정은 세상과 동떨어진 곳이 아닌 인간의 접근이 가능한 공간의 개방성을 상징하고 있다.

위에서 살핀 바와 같이 중국 문헌에 보이는 용궁은 해저 밑에 있으면서 세상에서 상상하기 어려울 만큼 화려하게 꾸며져 있는 공간이지만 인간세계와 완전히 동떨어진 별세계가 아니며, 인간들이 언제든지 내왕할 수 있는 개방적이고 친연적인 공간이며 현세의 부귀와 영화를 연결시켜 주는 심상공간으로서의 특징을 지니고 있음을 살필 수 있었다.

3. 한국인의 심상에 투영된 용궁의 모습

상상적 공간으로서의 수중 세계의 왕궁이며 용신, 용왕이 사는 곳으로서의 용궁의 이미지는 한 사군 이후 용의 관념과 함께 중국으로부터 전해지면서 우리에게 신앙의 대상이 되었다.

예나 지금이나 사람은 물을 외면하고서는 잠시도 살아갈 수 없다. 특히, 농경민족에게서 물은 생명과도 같은 것이다. 그래서 일찍이 못이나 강, 바다와 같은 물 속에 살며 비나 바람을 일으키거나 몰고 다니며 물을 지배하는 것으로 믿어져온 용은 물에 관한 모든 일을 주관하는 수신으로서, 용신각 속의 용신으로서, 기우제의 우신으로서, 지붕 위의 방화신(防火神)으로서 용의 존재는 폭넓은 것이었으며 일찍부터 신앙의 대상으로 자리 잡았다.

신라, 고려 사해제(四海祭)·사독제(四瀆祭)나, 조선조에 들어와 각처에서 행해진 각종의 용신제(龍神祭) 등이 모두 용을 대상으로 한 거국적인 의식으로서, 단지 생명의 원천이면서 농경의 절대적 요건인 물을 풍족하게 얻기 위한 것이었다. 그러한 의식의 잔형은 아직도 일부지역에서 전승되고 있는 용왕굿·용신제를 통해서 확인된다.

가뭄이 계속되면 동서남북 중앙의 다섯 용왕인 오해신(五海神)에게 비를 내려주기를 빌었다.[202] 이러한 의식은 조선조에 들어와 서도 그대로 행해졌는데 동교(東郊)에서 토룡제(土龍祭)를 거행하고[203] 오방토룡제(五方土龍祭)로써 기우십이제차(祈雨十二祭次)의 마지막 의식을 끝맺기도 하였다.[204]

202 《고려사》, 세가 십, 숙종 13년 4월조, 己亥 祈雨于五海神.

203 《조선왕조실록》, 태종 4년 6월조, 祭土龍于東郊禱雨,

204 이긍익, 《연려실기술》별집, 祀典.

용은 농경민들뿐만 아니라 어민들에게도 어로신앙(漁撈神仰)의 중요한 대상으로서 숭배되어 왔다. 그것은 용이 바로 해저 깊은 곳, 용궁에 살면서 바다를 지배하는 용왕으로 전승되어 왔기 때문이다. 용왕의 음우(陰祐)로써 안전한 항해와 조업, 그리고 풍어의 목적을 달성하고자 하는 것이 용왕제·풍어제이다. 용왕제는 주로 어촌의 부녀자들이 사 해용왕에게 가족의 안전과 풍어를 비는 의식이며, 의식이 끝난 뒤에는 제물을 바다에 던지며 용왕으로 하여금 기꺼이 그 제물을 받아주기를 마음속으로 비는 의식을 행하는데, 이것이 바로 회식이다.

민간 신앙인 용신 신앙은 왕까지 깊이 참여한 '민중'의 신앙으로서 불교와 습합되고 다듬어지면서 《용왕경(龍王經)》을 탄생시켰을 뿐만 아니라 불화공들에 의해 격조 높은 단청화나 탱화 양식의 용 그림이 크게 발전되기도 하였다. 용궁에 있는 용왕의 모습을 그린 용신탱화(龍神幀畵)가 바로 그것인데, 이 그림은 용이 인격과 신격을 갖추고 있는 백발의 노인상으로 나타나는데, 용의 수염을 닮아 있으며 때로는 용궁 부인으로 여신상을 취하는 경우도 있었다. 이러한 용신탱화는 무속 신앙이나 사찰뿐만 아니라, 도관(道觀)에서도 모셔진 것을 볼 수 있는데, 이러한 모습들은 그만큼 때 용신 신앙이 우리 생활에 깊고 폭넓게 전해진 것을 증명해준다.

이렇게 용신 신앙이 오랫동안의 세월을 거치면서 우리생활에 깊숙이 자리하면서 용왕이 사는 곳으로 믿어져온 용궁 역시 자연히 신앙의 대상으로 자리 잡을 수 있었던 것이다.

한국인의 심상 공간으로서의 용궁의 이미지는 신라 시대 부터 여러 문헌 속에 나타나기 시작한다. 그 가운데 《삼국유사》에 보이는 '수로부인(水路夫人)이야기' 를 비롯하여 《삼국사기》의 〈김유신조〉와 여러 전승담이 주목되며, 산문의 경우 이규보의 〈용왕에게 비는 제사 축문〉과 허균의 한시 〈용연(龍淵)〉은 용왕을 제재로 한 시들이다. 그밖에 조선 초기 김시습의 《금오신화》를 위시한 여러 고전 소설에 들어 있는 용궁 설화는 용궁의 한국적 수용을 보여 준다.

〈헌화가(獻花歌)〉의 배경설화로 자리하고 있는 '수로부인 이야기' 의 내용은 성덕왕 때 강릉태수로 부임하는 순정공의 부인 수로부인이 임해정(臨海亭)이라는 곳에서 점심을 먹다가 갑자기 나타난 해룡에게 납치되었다가 돌아온 이야기이다. 그리고 그녀에게 해중(海中)에서 겪은 일에 대해 물었을 때 그녀는 "일곱 가지 보물로 장식한 궁전에 음식은 달고 이 맛있고 향기로우며 인간 세상의 음식은 아닙니다" 라고 대답하였는데, 부인의 옷에서는 이상한 향기가 풍겼고 세간에서는 맡아보지 못한 것이었다고 적고 있다.

용궁이 칠보로 장식되어 있다는 공간 설정은 불경에서 묘사한 용궁의 모습이며 용궁에서 먹은 음식과 옷에서 나는 향기에 대해 말하고 있는 것에서 용궁이 인간 세계와는 다른 별세계임을 암시해준다.

용궁의 한국적 변모를 보여 주는 또 다른 예가 바로 《고려사》에 기재된 '작제건 설화(作帝建說話)' 이다. 서해용왕을 괴롭히는 늙은 여우를 쏘아 죽임으로써 그 은혜에 대한 보답으로 용녀와 같이 살게 되었다는 전반부의 이야기는 그 구성에 있어 거타지 설화와 비슷하다. 그러나 후반부에서 용녀가 침실 밖에 한 우물을 파고 이 우물을 통하여 서해 용궁을 내왕 하고 작제건이 용녀의 부탁을 저버린 체 용녀가 황룡으로 변하여 우물로 들어가는 모습을 보게 되고 이를 안 용녀는 용이 되어 우물로 들어간 뒤 다시 돌아오지 않았다고 하는 것이 다르다.

용왕이 등장하고 자신을 구해준 남자 주인공에게 딸인 용녀를 아내로 맞이하게 한다는 용녀취처(龍女娶妻)의 화소는 당의 전기 《유의전》에서 등장한다. 용녀가 인간과 결혼하게 되는 것은 대체적으로 가족을 구해준 것에 대한 대가로 주는 보은적인 성격이 강하다. 이러한 보은 설화적 성격을 갖춘 구비 설화 중에서 용궁 설화의 대표적 유형으로는 '방리득보(放鯉得寶)' 를 들 수 있다. 이는 어부나 행인이 용자나 용녀의 변신인 잉어 · 자라 · 개 등을 구출, 양육하여 주고 용궁에 초대를 받아 신기한 보물을 얻어 가지고 돌아온다는 이야기이다. 강원도 춘천에 있는 '퇴계동과 공지천의 유래담' 이 바로 그러한 예에 속하는데 퇴계 이황(李滉)이 강아지로 변한 용자를 3년간 양육한 보답으로 용궁에 초대되어 공지라는 물고기를 얻어 가지고 나와 평생 동안 물고기 반찬을 먹었으며 공지를 민물에 넣어 번식하게 한 냇물이 공지천이라는 것이다.

해인사 창건과 관련된 사찰연기설화의 성격을 지닌 '해인 설화(海印說話)' 도 해인사 창건의 유래담이면서 용궁 설화의 성격을 가진다. 어떤 사람이 용왕의 아들인 자라를 사서 다시 물에 놓아 주었는데, 그 대가로 그는 용궁에 초대되어 해인(海印)이라는 보물을 얻어 가지고 나왔는데, 이 해인은 모든 소망을 들어주는 여의주보(如意呪寶)였다는 것이다. 그런데 어느 날 중 하나가 찾아와 해인을 빌려주면 절을 짓겠다고 하여 잠깐 빌려주었더니 그 중은 해인을 이용하여 해인사(海印寺)를 짓고 절 속에다 해인을 감추어 두었다. 그런데 그 뒤 정만용이라는 관리가 해인사를 중수한다는 핑계를 대고 해인을 찾아내어 이를 가지고 종적을 감추었다는 것이 설화의 내용이다. 이 설화는 용궁의 보물로 해인이 등장한다는 특징이 있으나 보물을 얻게 되는 과정은 다른 용궁 설화와 다름이 없다.

이처럼 용궁 설화는 보은 설화의 성격을 가지고 용궁이라는 별세계를 인간계와 접맥시켜 귀중한 주보를 얻게 된다는 내용으로 구성되어 있는 것을 알 수 있다. 이 설화는 오랜 기간 동안 널리 전승되어 오면서 함부로 살생을 하면 안되고 자비를 베풀면 반드시 그 보답을 받는다는 생각을 갖게 하였다. 이러한 성격을 지닌 용궁 설화는 옛 사람들이 자신이나 나아가 겨레의 운명을 좌우하는 신령으로 여겼던 사상이 깃들게 되고, 외래적인 신비스러운 존재로서의 용이 인간적인 것으로도 그려지게 되었다는 바탕 위에서 이해될 수 있다.

《금오신화》, 《최고운전》, 《구운몽》, 《토끼전》, 《심청전》 등에도 용궁이 등장한다. 《금오신화》 속에 소개된 〈용궁부연록〉은 시문에 능한 한생이 용왕이 보낸 사자를 따라 개성 천마산 밑의 용추(龍湫)인 박연(朴淵)으로 가서 상량문을 짓고 돌아온 이야기이다. 여기서의 용궁은 넓은 세계가 바둑판처럼 수십 리나 펼쳐져 있다는 설정이나 아름다운 꽃과 나무가 심어져 있는 누각 전체가 파려와 구슬, 옥으로 장식되어 있다는 별세계의 공간으로 그려지고 있는 것은 우리가 상상하고 있는 용궁의 모습과 별반 다름이 없다. 그러나 용궁이 해저가 아닌 천마산 용추에 있는 공간으로 바뀌면서 새로운 공간으로서의 용궁의 모습을 보여 주고 있다. 《경률이상》〈축생부〉에서 사가라 용왕이 거처하는 용궁을 수미산(須彌山)북쪽 아래 큰 바다 밑으로 설정한 것[205]을 연상케 한다. 그러면서 용궁은 별천지이면서 현세의 부귀와 영화를 내세까지 연결할 수 있는 이상 세계로 묘사되고 있다

205 《경율이상》 권40, 축생부 하, 〈루탄화엄경〈樓炭華嚴經〉〉.

〈용궁부연록〉에서 보이는 이러한 용궁의 모습은 다른 고전 소설 작품에도 그대로 나타난다. 《토끼전》에서 "오색 구름 깊은 곳에 주궁패궐 높은 집이 반공에 솟았는데, 백옥으로 층계하고 호박으로 주초하며 산호기둥 대모난간 황금으로 기와하고 유리창과 수정렴에 야광주 등롱이며 칠보로 방방이 깔았으니 광채 날빛을 가리고 서기 공중에 서렸는지라"라고 하고 있는 것이 바로 그것이다. 기본적인 용궁에 대한 표현은 유사함을 알 수 있다. 그러나 여기서도 용궁은 별천지이면서 토끼와 같은 동물들이 왕래할 수 있는 현세의 연장 공간으로 설정되어 있는데 이것은 용궁이란 바다 밑의 공간이 이상 세계의 이미지를 벗고 좀 더 현실적이고 구체적인 이미지로 발전하고 있다는 것을 의미하다. 이러한 모습은 《최고운전》이나 《이윤구전》과 같은 작품이 비록 용왕의 초대와 보호를 받는 이야기이지만 용궁의 세계는 자세하게 묘사되지 않는 것에서도 확인된다.

《구운몽》은 바로 《유의전》에서 다루고 있는 용녀와의 혼사를 다루고 있다는 점에서 또 다른 변이 형태를 보여준다. 양소유가 동정용왕의 딸 백릉파를 아내로 맞이하는 장면이 바로 그것인데 여기서 그녀는 "우리 용의 무리는 수족의 조종(祖宗)으로서, 사람 모습으로 변화하는 것이 큰 영광이라" 하면서 남해용왕 아들과의 일을 이야기한다. 그리고 남해용왕을 무찌르고 백릉파를 아내로 맞이하는 장면에서, "옛날에는 수부에 이 곡조가 없었는데, 과인의 맏딸이 경하왕(涇河王)의 세자비가 되매,

유생(柳毅)의 전하는 글로 말미암아 그 목양(牧羊)의 곤함을 만날 줄 알았다" 고 하고서 영주(瀛州)의 선관이 되어간 유의의 이야기를 하는 데서 확인된다.

이상향으로서의 용궁의 이미지는 《심청전》에서와 같이 인간의 사후에 가는 곳이거나 사령이 환생하는 곳으로 그려지기도 했다. 향두가와 성조가에서 "저승황천이 어디라고 한 번 가면 못오시나, 등장가세 등장가세 저승 용왕님 전 등장가세"[206]라고 노래하고 있으며 다지기 노래에서도 "말뚝은 용왕국 가는구나" 라고 땅속 깊이 들어박히는 말뚝을 용왕국 간다고 노래하고 있다. 이 밖에도 각 지방의 노동요에서 불려 지는 노래 중에는 용궁과 관련된 노래들이 산견되는 것으로 보아 용궁은 서민들의 생활 속에 뿌리를 내리고 있음을 알 수 있다. 그리고 한시와 시조, 가사 등에서도 용궁의 이미지는 거듭 나타나면서 지식인들의 이상향에 대한 동경과 결합되었다.

206 김성배, 《향두가, 성조가》, 정음사, 1975, 90쪽.

4. 맺음말

상상적 공간으로서의 수중세계의 왕궁이며 용신, 용왕이 사는 곳으로서의 용궁의 이미지는 한국과 중국 양국에서 시대와 공간을 달리하면서 부단히 되풀이되고 변형되면서 속세인의 심상 공간으로 자리하고 있음을 알 수 있었다. 그러면서 용궁은 나라와 시대, 표현 주체에 따라 다소 다른 모습으로 재생산되며 다양한 변모를 보여 준다. 중국의 경우 불교의 전래와 함께 그들이 이전부터 가지고 있었던 용의 관념이 외래적인 요소와 결합하면서 변모되는 모습을 보이고 여기에서 불교를 수호하는 용왕이 사는 용궁의 개념이 생겨난 것으로 보인다. 그리고 후대에 오면서 도교 사상과 습합되면서 용궁에서 경전을 수호한다고 믿어져 온 용왕의 모습은 퇴색하고 용궁이 인간들이 자연스럽게 갈 수 있는 친연적 공간으로 자리 잡아 가고 있는 것을 볼 수 있었다.

우리의 경우 중국으로부터 용의 개념이 들어오면서 용궁의 이미지과 자연스럽게 형성된 것으로 보인다. 그리고 설화와 소설, 민간신앙의 차원에서 수용되고 변모되는 과정을 통하여 부단히 재생되는 심상공간으로 실재하는 어떤 공간에 못지않은 중요한 의미를 갖게 되었으며 오히려 중국보다 용궁의 존재가 더욱 강화된 모습으로 나타나면서 신앙의 대상으로 자리 잡고 있음을 알 수 있다. 용연 · 용추 · 용소 · 용정 등 용궁의 이미지나 이름을 가진 지리공간이 적지 않는 것이라든지 신라 시대 이후로 이어진 사해, 사독제나 각종의 용신제, 토룡제 등이 바로 그것이며, 이러한 용신신앙은 임금까지 참여한 민중들의 신앙으로 불교와 습합되어 다듬어졌다.

설화에서 수용된 용궁 설화는 '용녀취처' 나 '방리득보' 의 유형이 대표적인 유형으로 이는 보은적인 성격이 강하다. 고전 소설《용궁부연록》,《최치원전》,《토끼전》등에 보이는 용궁은 인간 세계에서와 같이 쉽게 갈 수 있는 친연적 공간으로 설정되어 있으며,《심청전》에서는 인간의 사후 사령이 재생하는 심상 공간으로 자리 잡고 있다.《구운몽》에서는 주인공 양소유가 백릉파를 만나는 장소로 용궁이 등장하고, 당 전기《유의전》에서와 같이 남해 용왕과의 전쟁을 통해 용왕을 굴복시키고 그녀를 아내로 맞이하는 용녀취처 이야기가 개입됨으로써 이야기의 편폭을 넓히고 있으며, 심상 공간으로서의 용궁이 인간 세계와 별반 다름없는 개방적 세계라는 것을 확인시켜 준다. 이렇게 우리의 용궁의 모습은 신분, 종교, 사상에 따라 달리 나타나지만 오랫동안 전승되어 오면서 우리 민족의 이계관과 삶의 지향을 대변하여 왔다고 할 수 있다.

생명의 심상공간

무릉도원

김효민

인간은 본능적으로 끊임없이 더 나은 삶을 추구하기 마련이다. 그러나 현실은 언제나 그러한 바램을 충족해줄 만큼 넉넉지 못하며, 따라서 현실을 살아가는 인간의 삶이란 늘 무언가 결핍되어 있기 마련이다. 현실의 결핍, 또는 결핍감은 불만과 갈등을 낳게 마련이고, 그에 따라 인간은 자연 이러한 불만과 갈등, 그 근원적인 결핍으로부터 자유로운 이상적인 삶을 동경하게 된다. 또 조화롭고 충족된 이상적 삶은 현실의 삶이 힘겨운 것일수록 더욱 강렬한 갈망의 대상이 된다. 바로 이러한 동경과 갈망에서 생겨난 유토피아[理想鄕] 의식은 동서고금을 막론하고 다양한 형태로 존재해 왔는데, 주지하다시피 무릉도원은 동양적 유토피아를 대표하는 전범으로 손꼽힌다.

'유토피아' 가 원래 '좋은 곳' 과 '이 세상에 없는 곳' 이라는 두 가지 말의 합성어로서, '이 세상에는 없는 좋은 곳' 을 의미하듯, 무릉도원 역시 실제로는 존재하지 않는 이상향일 뿐이다. 그러나 무릉도원은 그 의식이 탄생한 중국뿐 아니라 한국과 일본 등에도 전파되어 동아시아적 차원에서 수용되고 변모되면서 부단히 재생산되는 심상 공간(心象空間)

으로, 실재하는 어떤 공간에 못지 않은 중요한 의미를 갖는다.

1. 〈도화원기(桃花源記)〉와 무릉도원

심상 공간으로서의 무릉도원은 중국 동진(東晉) 시기의 대시인 도연명(陶淵明, 365~427)의 〈도화원기〉에서 비롯된다. 〈도화원기〉는 원래 도연명이 자신의 시 〈도화원시(桃花源詩)〉의 서문으로 쓴 글이었으나, 후대에는 오히려 그 서문이 더 널리 알려지게 되었다. 오랜 세월을 거치면서 수없이 인구에 회자되어 온 무릉도원의 원래 모습은 다음과 같은 이야기를 통해 형상화되었다.

> 진(晉)나라 때 무릉(武陵)의 한 어부가 냇물을 따라가다 길을 잃고 갑자기 도화 숲을 만나 이상히 여기고 숲 끝까지 가 보았다. 숲이 다하자 산이 하나 나왔고, 거기에 작은 입구가 있어 비좁은 통로를 통해 들어가 보니 환하게 탁 트였다. 널따란 토지에 집들이 정연하고 기름진 밭과 아름다운 못이 있었고, 뽕나무와 대나무 등속이 자라고 있었다. 밭길들이 서로 교차되어 뻗어 있고, 닭 우는 소리와 개 짖는 소리가 들려왔다. 농사일을 하며 사는 사람들의 입성은 바깥세상과 같았고, 노인이나 아이들이나 다들 행복한 모습이었다. 그들은 어부를 보자 놀라 어디서 왔냐고 묻고는 집으로 데려가 음식을 대접하였다. 그들은 진(秦)나라 때 난리를 피해 이곳에 와서 다시는 나가지 않아 마침내 외부와 격절되었다고 했다. 그들은 한(漢)나라가 있었던 것도, 위(魏)나라와 진(晉)나라도 모르고 있었다. 어부가 자기가 들은 일들을 모두 말해 주니 그들은 다 감탄하고 놀랐다. 며칠을 머물다 떠날 때 그곳 사람들은 바깥세상 사람들에게 얘기하지 말라고 하였다. 그곳을 나오면서 곳곳에 표시를 해 놓

았다. 나중에 다시 찾아가 보려 했으나 결국 길을 찾지 못했다. 남양의 선비 유자기(劉子驥)가 그 말을 듣고 가보려 했으나 이루지 못하고 곧 병으로 죽었다. 그 후로는 그곳에 가는 길을 묻는 사람이 없었다.

무릉도원은 외부 세계와는 격절된 공간으로 전란도 착취도 갈등도 없는, 더없이 평온하고 풍족하고 행복한 세계로 그려지고 있다. 이것은 전쟁과 압박, 중세(重稅)와 간섭, 빈부격차 등을 반대하며 노자(老子)가 제시했던 소국과민(小國寡民), 즉 작은 나라 적은 백성의 이상과 맞닿아 있다. 노자가 기울어 가는 동주(東周) 사회의 부정적인 현실을 비판하며 소극적이나마 개혁의 의지를 이상 사회의 추구로 드러냈듯이, 도연명 역시 진송(晉宋) 교체기의 혼탁한 정치현실에 환멸을 느끼고 속세와는 단절된 소규모 촌락 공동체의 이상적 삶을 문학적으로 형상화함으로써 자신의 사회의식을 간접적으로 담아내었던 것이다.

무릉도원의 사람들이 진대(秦代)의 난리를 피해 들어와 바깥 세상의 정치에 대해 전혀 알지 못한 채 살아간다는 이야기 설정은 도연명의 이상향이 기본적으로 어떤 현실적 불만에 바탕을 두고 있는지를 잘 보여준다. 이 점은 〈도화원시〉가 "진시황이 하늘의 기강을 어지럽혀 현자가 그 세상을 피해갔다"는 말로 시작되는 점을 통해서도 다시 한번 확인된다. 진대의 상황을 빌어 도연명 자신이 살았던 당대의 어두운 정치 현실에 대한 염오를 기탁하면서 도가적인 무위의 다스림을 지향했던 것이다.

부정적인 현실에 대한 이상적 대안으로서의 무릉도원의 삶은 〈도화원시〉에서 좀더 구체적인 모습으로 그려지고 있다.

……서로 타이르며 농경에 힘 다하고
해 빠지면 쉬는 곳에 따라들 간다.

……가을 곡식 익어도 왕에 바치는 세금이 없다.

……제물을 차리는 것 아직도 옛 법대로이고

입은 옷은 새로운 것이 없다.

어린 것들은 마음대로 다니며 노래부르고

반백 된 늙은이들은 기뻐하며 놀러 찾아다닌다.

풀이 자라나면 계절 온화함 알고

나무가 마르면 바람 세차짐 안다.

책력의 기록이 없기는 하지마는

네 계절은 돌아 절로 한 해 이루어진다.

기꺼웁게도 가시지 않는 즐거움 있으니

애써 가며 무엇에 지혜를 쓰랴.

기이한 발자취 오백년 동안이나 숨어 있다가

하루아침에 신령한 세상이 밖으로 열리었다.

순후하고 각박함 근원 달리하는 거라

곧이어 또 다시 깊이 가리워져 버렸다……207

207 차주환, 《韓譯陶淵明全集》, 서울대학교출판부, 2002, 178~180쪽.

공동의 농업 생산을 바탕으로 자급자족하며, 계급간의 모순이나 위정자의 착취로부터의 시달림 없이 자연의 순리에 따르며 더없이 즐겁게 살아가는 낙원적인 삶 그 자체이다. 물질적 삶은 풍족하지만 인심이 소박하여 속세의 삶처럼 끝없이 아등바등 욕망을 추구하는 모습도 보이지 않는다. 이 같은 삶의 공간으로서의 무릉도원은 이상사회이기는 하지만 신선의 세계처럼 초현실적인 모습을 하고 있기보다는 경험적인 현실의 삶과 많이 닮은 모습을 보여 주고 있다. 말하자면 현실의 삶 속에서 부정적인 면과 그 근원이 되는 바를 제거한 모습인 것이다. 그런데 바로 이 대목이 현실 세계와 근본적으로 차이를 이루는 지점이며, 따라서 현실

세계와 소통을 스스로 차단할 수밖에 없다는 설정인 것이다.

무릉도원은 어부의 눈을 통해 잠시 그 자태를 드러내고 그 모습도 현실세계의 그것과 다소 닮아있기는 하지만, 세상 밖의 외딴 곳에 위치하여 시공간적으로 폐쇄된 채 결국 속세인의 재접근은 거부함으로써 그 이상향으로서 신비감을 조성하고 있다. 어부에게 예외적으로 접근을 허용했을 때조차 가는 길의 범상치 않은 풍광과 수월치 않은 진입로라는 상징적인 장치를 통해, 그곳이 세상과 동떨어진 별천지로서 이상 공간이라는 점을 보여주고 있음은 물론이다. 〈도화원기〉에서 작은 입구를 지나 별천지에 이른다는 공간 설정(이야기 틀이기도 한)은 기본적으로 그 공간에 대한 극히 제한적인 허용 또는 공간의 폐쇄성을 상징하는 것이라고 할 수 있다.

그런데 여기서 흥미로운 것은 이 같은 공간 설정을 지닌 또 다른 이야기가 도연명과 동시대인 진대(晉代)의 지괴소설집(志怪小說集)《수신후기(搜神後記)》[208]에서만 4개나 확인된다는 점이다. 또 이들이 모두 도연명이 살았던 곳과 크게 멀지 않은 지역이자 동굴이 많은 호남성(湖南省) 형산(衡山)을 중심으로 채집된 민간 설화라는 점인데, 이로써 볼 때 무릉도원의 공간 설정은 이러한 지역 설화의 영향 가운데서 이루어진 것이었음을 알 수 있다.[209]

208 도연명이 쓴 것으로 전해지고 있으나 그 진위에 대해서는 논란이 있다. 참고로 《수신후기》에는 〈도화원기〉가 약간의 수정이 가해진 형태로 시 없이 실려 있다.

209 서은예,《桃花源記研究》, 고려대학교 석사 학위 논문, 1979, 26~29쪽.

한편 무릉도원에 묘사된 이상적 삶은 은사(隱士)의 풍모를 지녔던 도연명의 자연과 전원에 대한 특별한 사랑과 깊은 관련이 있다. 세속적인 삶의 혼탁함에 염증을 느끼고 어떤 구속도 받기 싫어했던 도연명에게 자연은 늘 피난처 같은 존재였고, 41세 때는 결국 벼슬길을 완전히 버리고 전원으로 돌아가 만년을 자연과 더불어 지내며 전원과 자연을 그린 많은 시문을 남긴 그였다. 〈도화원기〉 또한 만년의 전원 생활 가운데 지은 작품으로, 그의 전원관 또는 자연관이 그 안에 짙게 배어 있다. 앞서도 언급했듯이, 도원의 모습은 천상의 선계(仙界)와 같은 환상적인 것이기보다는, 오히려 현실 세계의 외딴 농촌과 같은 평화롭고 목가적인 모습을 띠고 있고, 거기서 살아가는 사람들 또한 난을 피해와 순박함을 간직한 채 살아가는 지극히 평범해 보이는 존재들로 그려지고 있다. 이는 그의 문학을 특징짓는 '전원' 을 노래한 다른 작품에서 보이는 전원관 또는 자연관과 일맥상통한다.

어려서부터 세속에 맞추는 운치가 없고
천성이 본래 산언덕 좋아한다.
잘못하여 티끌 그물 속에 얽혀들어서
어느새 삼십 년이 지나가 버렸구나.
나그네 새는 옛 수풀 그리워하고
못 물고기는 본래 살던 물 생각한다.
남쪽 들 가 황무지 개간하며
못생긴 대로 살려고 전원으로 돌아왔다.
네모난 택지 십여 이랑에
초가집 팔구 칸.
느릅나무와 버드나무는 뒤뜰 그늘지우고
복숭아나무와 오얏나무는 대청 앞에 늘어서 있다.
가물가물한 먼 마을
부드러운 촌락의 연기.
개는 깊숙한 골목 안에서 짖고
닭은 뽕나무 꼭대기에서 운다.
뜰에는 허접쓰레기 없고

빈 방에는 남아도는 한가로움이 있다.

오랫동안 장 속에 갇혀 있다가

다시 자연으로 돌아왔다.[210]

210 차주환, 앞의 책, 41~42쪽.

도연명의 대표적인 전원시이자 〈도화원기〉에 앞서 지어진 〈귀전원거(歸園田居)〉 첫 수에 드러나는 전원의 단면은 자연과 어우러져 평화롭게 살아가는 농촌의 삶, 곧 도원의 삶을 떠올리게 한다. 또 이같은 전원의 삶은 혼탁한 현실과 온갖 세속적 굴레로부터 정신적 초탈을 이루려는 작자의 원망을 담고 있다는 점에서도 이상향으로서 도원과 상통한다. 결국 도연명의 '전원'과 무릉도원은 본질적으로 자기 구제의 방식으로서 생태학적 자연관을 지향하고 있다는 점에서 동일선상에 있는 것이다. 다만 무릉도원은 도연명이 스스로 실천한 전원의 삶을 일종의 소박한 사회적 이상으로 재조(再造)하면서, 전원의 삶 속에서도 완전히 떨쳐버릴 수 없었던 티끌 세상의 그늘마저 걷어낸 상상의 낙원이란 점에서 다를 뿐이다.

2. 〈도화원기〉 그 후 -- 중국 문학 속의 무릉도원

상징적인 심상 공간으로서 무릉도원은 도연명 이후 다양한 장르로 끊임없이 다시 쓰여지고 변모되면서 동아시아적 이상향의 형상적 원형을 이루게 된다. 중국의 경우, 도연명이 살았던 6조(六朝) 시대부터 이미 〈도화원기〉를 모방해 씌어진 작품들이 등장하기 시작한다. 《태평환우기(太平寰宇記)》 118권 《낭주(朗州)》 〈무릉현(武陵縣)〉에 실려 있는 남조(南朝) 시기 황민(黃閔)의 〈무릉기(武陵記)〉와 유송(劉宋) 진보광(陳葆光)의 《삼동군선록(三洞群仙錄)》 5권에 실려 있는 〈도원기(桃源記)〉(양대(梁代) 임안빈(任安貧) 작으로 추정)는 그 전형적인 예이다. 〈무릉기〉

는 무릉계(武陵溪)의 만인(蠻人)이 사슴을 잡으려 쫓다가 한 작은 굴 속으로 들어가 보니 확 트인 별천지가 있었는데, 이에 나무에 표시를 해 두었지만 그 후 다시 찾고자 해도 어디인지 알 수가 없었다는 짧은 이야기이다. 어부가 만인으로, 도화와 물길이 사슴으로 바뀌어 있지만, 기본적으로 도화원기의 이야기틀을 그대로 유지하고 있음을 볼 수 있다. 〈도원기〉는 〈도화원기〉에 비해 편폭은 짧지만 내용은 거의 흡사하며, 다만 어부가 황도진(黃道眞)이라는 실명으로 등장하고 있는 점이 특징적이다.

이어 당대(唐代) 이후로도 관련된 작품과 기록들이 부단히 출현하여 무릉도원의 변주를 이루게 된다. 그 가운데, 시로서는 당대 왕유 (王維)의 〈도원행(桃源行)〉과 한유(韓愈)의 〈도원도(桃源圖)〉, 송대(宋代) 왕안석(王安石)의 〈도원도(桃源圖)〉 등이 대표작으로 꼽힌다. 왕유는 〈도원행〉에서 무릉도원의 아름다운 낙원 풍경에 초점을 두고 그리면서 고요하고 평화로운 전원 생활의 이상을 드러냈다. 특징적인 것이라면 무릉도원을 선경(仙境)으로, 그곳에 사는 사람들을 신선으로 그리면서 그 공간을 더욱 미화하고 신비화하고 있다는 점이다. 이점은 유우석(劉禹錫)의 시 〈도원도〉에서도 공통적으로 드러나는데, 이러한 경향은 당대의 낭만적 시대풍조를 반영하는 것이라고 하겠다. 한유는 〈도원도〉에서 무릉도원에 대해 황당하다고 하며 이에 대한 강한 동경을 드러내지는 않지만, 그러면서도 역시 선경으로서 도원의 신비감을 그려내고 있다는 점에서는 〈도화원기〉와 근본적으로 다르지 않다. 이처럼 무릉도원이 신선 사상과 결부되면서 많은 문학 작품에서 선경의 대명사처럼 쓰이게 되었다.[211]

그러나 꼭 그런 것만은 아니었다. 왕안석의 〈도화도〉에서는 도원의 선경으로서의 신비감은 탈각되고 오히려 실재하는 공간처럼 그려지는데, 이는 당대와는 달리 합리적인 사고가 지배적이었던 송대의 시대적 분위기를 대변해 준다. 왕안석은 도원의 이야기를

211 車柱環, 앞의 책, 415쪽 참조.

빌어 폭정을 피해 도원에 들어와 별천지를 이루고 사는 점을 부각시키면서 끝없이 되풀이되는 폭정으로 인한 어지러운 세상을 개탄하는 역사 의식을 드러내고 있다. 이는 무릉도원이 내포하고 있는 현실 비판적 요소를 좀더 두드러지게 한 예에 속한다고 할 수 있다. 소식(蘇軾)의 경우 왕안석과 같은 비판 정신을 담아내고 있지는 않지만, 〈화도화원시(和桃花源詩)〉와 그 서문을 통해 무릉도원의 실존설을 주장하면서 세속적인 마음을 버리고 정신적으로 초탈하면 도원이 멀지 않음을 말한 바 있는데, 역시 송대인의 사고를 보여 주는 또 하나의 예라고 할 수 있다.

한편 송대의 경우, 북송(北宋) 초기의 걸출한 문인이자 개혁적인 인물이었던 왕우칭(王禹偁)의 〈녹해인서(錄海人書)〉(《소축집(小畜集)》 권40) 중에 묘사된 이상국은 비록 바다 한가운데 있는 섬으로 설정되고 있기는 하지만, 그 이야기 설정이 〈도화원기〉의 그것과 유사하여 무릉도원의 한 변모로 보기에 무리가 없다. 이야기는 진대(秦代) 말기, 해도(海島)의 한 이인(夷人)이 바다에 배를 띄웠다가 파도에 밀려 떠내려가 한 섬에 이르게 되었는데, 그 섬에는 진시황이 신선을 찾기 위해 보낸 동남동녀(童男童女)들이 진 나라의 폭정에 불만을 품고 이곳에 정착해 아무런 착취와 억압, 갈등 없이 자급자족하며 평화롭고 유유자적하게 살고 있었다는 내용으로 이루어져 있다. 이야기의 말미에서 해인국(海人國)의 주민들은 천자에게 자신들의 주장을 전해달라며 천하의 부세를 가볍게 하고 군대를 쉬게 하며 노역을 없애면 만민이 자신들처럼 즐겁게 살 수 있다고 말한다. 여기서 개혁을 통해 인간 세상에서 낙원을 이룰 수 있다고 함으로써 심상 공간으로서의 무릉도원의 외연을 크게 확장함과 더불어 그 비판적 성격을 크게 증폭시키고 있다. 이는 수차례 좌천을 당하면서도 비판 정신과 개혁 의지를 잃지 않았던 왕우칭의 사회 개혁에 대한 바램을 담아낸 것으로, 〈도화원기〉의 소극적 낙원관을 넘어서고 있다고 하겠다.

그밖에 송원(宋元) 시대 이후로는 소설이나 희곡으로 개편된 작품들이 적지 않다. 소설로는 남송(南宋) 강여지(康與之)의 《작몽록(昨夢錄)》 중의 '서경은향(西京隱鄕)' 고사를 대표적인 예로 들 수 있다. 이 이야기는 양씨(楊氏) 3형제가 한 노인의 인도로 산 속의 굴로 들어가자 사람들이 큰 취락을 이루고 자급자족을 통해 평등하고 화목하게 살고 있었으며, 양씨 형제는 속세로 돌아왔다가 결국 이 마을로 들어가 살게 되었다는 내용으로 이루어져 있다. 여기에는 성명을 가진 인물들이 등장하고 서경은향의 낙원적 삶의 모습도 〈도화원기〉에 비해 훨씬 구체적으로 묘사되고 있다. 흥미로운 것은, 이 이상향은 그들 사회의 평화를 깨지 않을 사람이라면 얼마든지 외부 사람을 받아들일 수 있으며, 외부 세계와 서신도 주고받을 수 있는 것으로 설정되고 있다는 점이다. 이는 무릉도원의 단절된 세계를 제한적으로나마 세상과 소통하는 열린 공간으로 변모시키고 있다는 점에서 특징적이다. 강여지는 금(金)의 침략으로 도탄에 빠진 송의 참담한 현실 속에서 일종의 정신적인 도피처로서 이 같은 유토피아를 꿈꾸었던 것이다.

다른 소설 작품으로 송원 화본(話本) 〈도화원기〉가 있었으나 전해지지 않고, 희곡 가운데 잡극(雜劇)으로는 명대(明代) 허조(許潮)의 〈무릉춘(武陵春)〉, 청대(淸代) 우동(尤侗)의 〈도화원〉, 석온옥(石韞玉)의 〈도원어부(桃源漁父)〉와 이숭서(李崇恕)의 〈도화원기〉 등이, 전기(傳奇)로는 청대 양은수(楊恩壽)의 《도화원》 등이 있다. 이들은 대부분 〈도화원기〉의 이야기를 바탕으로 하면서 무릉도원을 신선의 세계로 묘사한다든지 도연명을 주인공 또는 작중 인물로 등장시키는 등 허구적 성분을 많이 가미하여 만들어진 작품들이다. 우동의 〈도화원〉에서는 심지어 도연명이 신선이 되는 것으로 그리기도 했다. 무릉도원과 관련된 이런 소설과 희곡들은 양은수의 《도화원》처럼 도원을 천상의 선경이 아닌 인간의 낙토로 그린 예외적인 경우도 있기는 하지만, 대체로 그 장르적 특징과 더불어 소재의 특성으로 인해 쉽게 신선 사상과 결합되어 이야기를 신비화하는 경향을 보인다.

3. 한국 문학 속의 무릉도원

이상향으로서 무릉도원의 이미지는 고려 시대에 한국에 전해져 고려시대 중기부터 문학 작품 등에 나타나기 시작한다. 그 가운데 가장 두드러지는 것으로는 이인로(李仁老)의 《파한집(破閑集)》에 보이는 청학동(青鶴洞) 전설을 비롯한 각종 전승을 꼽을 수 있다. 시 영역에 있어서는 고려 말 진화(陳澕)의 〈도화가(桃花歌)〉를 비롯해서 이후 도원의 이미지를 차용한 많은 시들이 출현한 바 있다. 그밖에 조선 초 안견(安堅)의 〈몽유도원도(夢遊桃源圖)〉 또한 무릉도원의 한국적 수용을 보여 주는 좋은 예이다.

《파한집》 속의 청학동 설화는 무신 집권 시기의 어지러운 세상을 살았던 이인로의 이상향의 동경을 담고 있다. 티끌 세상을 떠나기로 작정하고 지리산에 있다는 이상향 청학동을 찾아 나섰으나 결국 찾지 못하고 안타까운 마음을 바윗돌에 시로 남기고 돌아왔다는 이야기이다. 여기서 묘사되고 있는 청학동의 모습은 무릉도원의 그것과 매우 흡사하다.

> 지리산은 두류산(頭留山)이라고도 한다……옛날 노인들이 서로 전해 내려오는 이야기에, "그 사이에 청학동이 있는데, 길이 아주 좁아 사람이 겨우 지나갈 만하다. 기어서 수십 리쯤 가야 비로소 아주 넓은 곳에 다다른다. 주위가 다 양전옥토로서 씨 뿌리고 나무 심기에 알맞으며, 그

안에 오직 푸른 학이 서식하고 있어 청학동이라 부른다"고 하였다.

대개 옛날에 은둔 생활을 하던 분들이 살던 곳으로, 허물어진 담과 무너진 구덩이가 아직도 가시덤불 속 빈터에 남아 있다. 전에 나와 당형(堂兄) 최상국(崔相國)이 세상과 인연을 끊고 은둔의 길에 나설 뜻이 있어…[212]

212 이인로, 《파한집》, 이상보 옮김, 대양서적, 1972, 92쪽.

좁은 입구를 지나 활짝 트인 별천지로서의 낙토에 이른다는 공간 설정이나 피세 공간으로서의 성격은 무릉도원을 충분히 연상케 한다. 다만 사람들이 아닌 청학만이 살고 있다는 점이나, 지리산이라고 하는 한국의 실재 공간이 설정되고 있다는 점이 다르다.

어제 서루(書樓)에서 우연히 《오류선생집(五柳先生集)》을 읽다가 〈도원기(桃源記)〉가 있어 반복하여 보았다. 대개 진 나라 사람이 난리를 싫어해서 처자를 이끌고 깊은 골짜기 험한 절벽이 있는 곳을 찾아 산이 둘러 있고 물이 겹겹이 흘러 나무꾼도 올 수 없는 곳에 와서 살았다. 진나라 태원 연간에 와서야 어부가 요행으로 한 번 갔으나 바로 길을 잃고 다시는 찾지 못했다는 것이다.

후세에 이것을 그림으로 그리고 노래와 시로 전하여 도원으로써 선계라고 하고 장생불사하는 신선이 모여 사는 곳이라고 하였으나, 아마도 그 기록을 잘못 읽었기 때문일 것이니 사실은 저 청학동과 다름이 없을 것이다. 어떻게 유자기와 같은 고상한 선비를 만나서 나도 그곳을 한 번 찾아가 볼 것인가.[213]

213 이인로, 앞의 책, 92쪽 참조.

이인로의 언급대로라면 청학동 전설은 이전부터 전승되어온 한국 고유의 이상향 설화라고 할 수 있는데, 인용문에서 보는 바와 같이 청학동을 작자 스스로가 무릉도원과 결부시키고 있다는 점에서 그것이 무릉도원의 변모일 가능성도 배제할 수는 없다. 이렇게 청학동이 무릉도원과 동질의 심상 공간인 것만큼은 분명하다. 주목할 점은 이인로가 이상향을 추구하면서, 무릉도원을 선계로서가 아니라 도원이란 공간의 본래적 의미, 곧 작고 평화로운 피세의 낙원으로서의 청학동과 등치시키고 있다는 점이다. 도연명이 혼탁한 현실의 대안적 공간으로 무릉도원을 꿈꾸었듯이, 이인로 또한 같은 이유로 청학동을 동경했던 사실이 이해되는 대목이다. 또 무릉도원이 속세인의 재접근을 거부하고 영원한 이상향으로 남았듯이, 청학동 또한 끝내 도달할 수 없는 세상 밖의 낙원으로 그려지고 있음을 볼 수 있다.

그런데 이인로는 결국 청학동을 찾지 못하고 돌아왔다고 하면서도, 낙원을 찾아 지리산을 헤매던 길은 "가는 곳마다 선경이 아닌 곳이 없었다"고 말하고 있다. 이인로가 선경에 비유했던 것은 신선들이 사는 초현실적인 공간이 아니었다. 높은 봉우리들이 솟아 있고 골짜기마다 맑은 물이 흐르며, 대울타리를 두른 초가들이 복숭아꽃 살구꽃 사이로 은은하게 비치는 별천지와도 같은 아름다운 풍광이었다. 이인로는 잠시나마 자연과 어우러져 살아가는 별천지와도 같은 공간을 통해 탈속의 황홀감을 체험했던 것이다. 이것은 자연으로 돌아가는 삶만이 욕망과 갈등으로 얼룩진 진세의 혼탁함으로부터 스스로를 구제하는 유일한 방식임을 드러낸 것으로 해석할 수 있다. 이런 점에서 청학동 전설은 한국 문학에서 이상향으로서 심상공간의 외연을 크게 확장하고 있는 것이며, 이 지점에서 청학동은 생태학적 자연관을 지향하는 한국인의 심상 공간임을 확인시켜 준다.

무릉도원의 한국적 변모를 보여 주는 또 하나의 좋은 예로서 경상도에서 구비전승되는 상주(尙州) 오복동(五福洞) 전설을 들 수 있다.

옛날 어떤 사람이 산에서 나무를 하다가 사슴 한 마리를 좇아 산중으로 산중으로 깊이 들어갔다. 조금 들어간 곳에서 그는 안전에 사람이 사는 일촌락(一村落)을 발견하였다. 그 촌민의 말에 의하면 그들은 옛날 난을 피하여 산중으로 들어가 그 촌락을 건설하였으며 그들은 다시 세상과 교통할 생각도 하지 않고 자자손손 그곳에서 행복스럽게 생활을 계속한다고 하였다. 이 세상 사람이 혹 오복동을 찾아가려고 하더라도 결코 발견할 수 없다고 한다.[214]

214 손진태, 《韓國民族說話의 研究》, (왜관 김역석 씨 담), 1923, 채록, 55쪽.

난을 피해 들어와 세상과 단절된 채 자신들만의 작은 이상 사회를 이루고 살아간다는 설정이나 속세인의 재접근을 허용하지 않는 별천지 공간으로 그려지고 있는 점은 무릉도원과 동일하다. 그러나 어부가 나무꾼으로, 물길과 복숭아꽃이 사슴으로, 또 좁은 굴을 지나 펼쳐지는 트인 공간이 깊은 산 속의 공간으로 바뀌면서, 새로운 모습의 무릉도원형 이상향을 이루고 있다. 한편 여기서 사슴을 쫓다 별천지에 이르게 된다는 설정은 앞서 소개한 중국의 〈도원기〉를 연상케 한다.

한국 설화에 보이는 이 같은 무릉도원형 이상향은 이밖에도 이화동(梨花洞)·산도원(山桃源)·태평동(太平洞) 등 다양한 지명의 형태로 나타나고, 또는 《청구야담(青邱野談)》에 보이는 권진사(權進士)의 도원 탐방 설화 또한 무릉도원의 한국적 변모의 하나이면서, '도원' 이라는 공간명을 쓰고 있다는 점이 특징적이다. 이 도원 탐방 설화는 권진사가 한 첨지의 인도로 심산 속에 있는 피세의 공간인 도원을 방문하여 달포를 지내고 돌아오지만, 그 뒤로 다시는 그곳에 들어가지 못하였다는 내용으로 되어 있다. 기본적인 이야기 구도는 또한 〈도화원기〉와 유사하지만, 디테일에 있어서는 많은 변모를 보이고 있을 뿐 아니라 도원의 모습도 〈도화원기〉에 비해 훨씬 자세하게 묘사되고 있다. 흥미로운 것은 도원의 주민이 소금을 사기 위해 소를 타고 이웃 장을 드나든다고 하는 점으로, 이는 설화 속의 도원이 별천지이면서도 현세의 연장선상의 공간으로 설정되고 있음을 의미한다. 세상과의 연결은 비록 도원 주민들의 필요에 의해서만 극히 제한적으로 이루어지는 것이지만, 이러한 설정으로 도원이란 이상향이 〈도화원기〉의 시적 이미지를 벗고 좀더 현실적이고 구체적인 이미지로 발전하고 있다. 이러한 점들은 위에서 언급한 중국의 '서경은향'과 유사한 측면들을 보이고 있어 자못 흥미롭다. 다만 문인에 의해 만들어진 '서경은향' 고사와는 달리 도원 탐방 설화는 이상사회의 실현을 바라는 민중들의 간절한 희구가 이 같은 형태로 설화 속에 반영되어 전승되고 있다는 점에서 차이를 보인다. 덧붙여 말하자면 도원 탐방 설화는 《동야휘집(東野彙輯)》에서는 강진사(姜進士)의 도원 탐방이라는 또 다른 변이 형태로 나타난다.

무릉도원의 이미지는 운문 장르에서도 한시 · 시조 · 가사 등을 통해 거듭 발현되면서 대체로 지식인들의 은둔 심리나 이상향에 대한 동경과 결합되었다.[215] 그런데 도원 이미지를 노래한 운문 가운데 시기적으로 가장 이르면서도 대표적인 작품으로 꼽히는 고려시대 진화의 〈도원가〉는 이상향에 대한 동경심을 보여 주면서도 매우 현실 비판적인 사상적 면모를 보여 주고 있어 특징적이다.

215 金錫夏, 《한국 문학의 낙원사상 연구》, 일신사, 1973, 117~119쪽 참조.

……그대 보지 못했나, 저 강남 마을을.
대나무로 문 만들고 꽃 심어 울 삼으니,
맑은 물결 넘실넘실 찬 달은 두둥실
푸른 나무 고요한데 새들만 우짖는다.
안타깝다, 백성들 먹고살 일 나날이 힘든데도,

교을 아전 쌀 내놓으라 대문을 두드리네.

바깥일로 찾아와서 괴롭힘만 없다면은

산 마을 곳곳마다 모두 도원일 텐데……[216]

216 이정민, 《초월의 상상》, 휴머니스트, 2002, 98~99쪽.

시인은 시 전반부에서 무릉도원을 신선이 사는 곳이라 하며 그 이상적인 모습을 노래하다가, 후반부에 이르러 문득 강남의 한 산간 마을로 시선을 돌린다. 마을의 모습이 무릉도원의 그것과 비슷하게 그려지는가 싶더니, 시인은 곧 가렴주구를 일삼는 관리들에게 시달리는 백성들의 고통스런 삶을 폭로한다. 그리고 그 같은 현실만 없다면 속세의 산간 마을도 모두가 낙원일 수 있다는 매우 비판적이면서도 현실적인 낙원관을 피력한다. 부정적인 현실에 대한 불만은 무릉도원이 본래부터 내포하고 있는 함의이지만, 진화의 시에서 그것은 훨씬 증폭된 형태로 나타나고 있다. 중요한 것은, 이러한 방식을 통해 세상과 단절되어 결코 도달할 수 없다는 무릉도원의 소극적인 낙원관을 좀더 적극적인 낙원관으로 전환하여 도원의 외연을 크게 확장하고 있다는 점이다. 이점은 왕우칭이 그렸던 해인국의 사회개혁적인 면모를 떠올리게 한다. 또 현실의 모순을 끊임없이 재생산하는 욕망과 갈등의 고리를 끊고 자연과 더불어 그 질서에 따라 평화롭게 살수만 있다면 그곳이 바로 도원이라고 본다는 점에서는 앞서 본 이인로가 어렴풋이 내비쳤던 관념과도 닮아 있다.

한편 회화의 방식으로 재현된 안견(安堅)의 〈몽유도원도(夢遊桃源圖)〉는 몽환적 변모라는 특징을 보여주는 무릉도원의 한국적 전개의 또 다른 전형이다. 세종대왕의 삼남인 안평대군(安平大君)이 꿈에서 보았다는 무릉도원을 형상화 한 이 그림은 왼편의 현실 세계와 오른편의 도원의 세계가 대조를 이루고, 아지랑이에 싸인 도원의 그윽하고 평화로운 모습과 그곳을 둘러싼 험준하면서도 기괴한 산세가 또 하나의 강렬한 대비를 이루면서 선적(仙的)인 신비감을 드러낸다. 안평대군은 이 그림에 쓴 발문을 통해서, 자신이 꿈속에서 한 선인의 안내를 받아 말을 타고 도원에 들어가 이향(異鄕)의 신비한 분위기에 취해 마음껏 구경하다가 문득 꿈을 깨었다고 자술하고 있다. 무릉도원이란 심상공간이 꿈의 서사와 더불어 시각화되고 있는 것이다. 또 〈몽유도원도〉는 이 그림에 대한 추체험을 그린 신숙주(申叔舟) · 최항(崔恒) · 서거정(徐居正) 등 당대의 대표적인 문인들의 시문과 함께 〈몽유도원도시권(夢遊桃源圖詩卷)〉으로 만들어져 이상향을 도원으로 형상화한 시서화(詩序畵)의 일체를 이루고 있다.[217] 다만 안평대군과 그를 따르는 선비들이 지향했던 도원은 피세의 공간을 동경하는 소극적인 차원의 도원이 아니라, 오히려 그들이 구축해 나가고자 하는 태평성대로서 조선 왕조에 대한 기대와 표출이었을 가능성이 크다는 점에서 다른 예들과 자못 큰 차이를 보인다.[218]

217 소재영, 〈한국 문학에 나타난 이상향〉, 《조선조 문학의 탐구》, 아세아문화사, 1997, 87~92쪽 참조.
218 이종은 외, 〈한국 문학에 나타난 유토피아 의식 연구〉, 《한국학논집》 제28집, 1996, 47~48쪽 참조.

4. 무릉도원, 영원한 이상의 심상 공간

이상의 거친 정리를 통해서 지금으로부터 천 수백여 년 전 도연명의 〈도화원기〉를 모태로 하는 심상 공간으로서의 무릉도원이 한중 양국에서 시대와 공간을 달리하면서도 부단히 되풀이되고 변형되면서 속세인의 꿈의 이상향으로 거듭 그려져 내려오고 있음을 볼 수 있었다. 무릉도원은 나라와 시대, 표현 주체에 따라 다소 다른 모습으로 재생산되며 변모의 다양한 스펙트럼을 보여 주고 있지만, 암담한 현실을 벗어나 더 나은 삶의 영위를 꿈꾼다는 점에서는 기본적으로 모두 같은 맥락에 있다. 이런 점에서 무릉도원은 동양인의 이상향에 대한 원망을 매개하는 하나의 상징 기호로 기능해온 셈이다.

몽유도원도 출처_임두빈, 《한 권으로 보는 한국미술사 101장면》, 가림기획, 1998

그런데 도원에 대한 심상지리는 자연 도원이 실존하는 공간에 대한 기대와 함께, 실제로 그 공간을 찾고자 하는 원망을 낳기 마련이었다. 그것은 〈도화원기〉에서 이미 그 원형을 보여주고 있으며, 송대를 거치면서 다양한 실존설이 등장하여 도원의 실체, 또는 도원의 모델 공간에 대한 많은 주장을 낳아 현대에 이르렀다. 현재 중국에는 무릉도원임을 주장하는 지리공간, 또는 그 이미지를 추구하는 관광지가 도처에 존재하고 있다. 이러한 현상은 오랜 기간 이어져온 도원 실존설의 세속적인 변형인 셈이다. 그 가운데 가장 대표적인 곳은 호남성 무릉산(武陵山) 북쪽의 도원현(桃源縣) 도원산(桃源山)에 자리한 이른바 '도화원'이다. 물론 이곳이 〈도화원기〉의 모델이었는지는 고증할 길이 없다. 다만 이곳은 〈도화원기〉 중의 무릉이라는 지명과 일치하고 물산이 풍부하고 수려한 자연 풍광을 지니고 있다. 또 전란이 거의 없이 태평을 구가해온 곳으로, 풍토와 인정, 산천 경색이 도화원기의 내용과 매우 유사하여 도원이라고 한다는 것이다. 근래에 대규모로 개발되기 시작한 이곳은 현재 호남성 중점 문물 보호 단위이자 국가 특급 풍경 명승구로 지정되어 수많은 관광객들이 찾고 있다. 그밖에도 강서성(江西省) 여산(廬山)의 도화원경구(桃花源景區), 운남성(雲南省) 옥룡현(玉龍縣)의 도화촌(桃花村)과 세외도원(世外桃源)이라 불리는 문산(文山) 광남현(廣南縣)의 패미촌(壩美村), 중경시(重慶市) 유양현(酉陽縣)의 도화원, 산동성(山東省) 내무시(萊蕪市) 방간촌(房干村)의 도화원, 북경시(北京市) 밀운현(密雲縣)의 도화선곡(桃源仙谷), 역시 도화원으로 불리는 안휘성(安徽省) 이현(黟縣)의 서체촌(西遞村) 등 헤아릴 수 없이 많다.

중국보다는 덜하지만 도원의 이미지나 이름을 가진 지리 공간은 한국에도 적잖게 존재한다. 앞에서 살핀 지리산 청학동을 비롯하여 '도화동' '도원동' '청학동'이나 '무릉계곡' 등이 적잖게 남아 있다. 심지어는 상호(商號) 등 세속적인 이름으로 지어지고 상업논리와 결합하여 관광객들로 들끓는 구경거리로 전락하기도 한다.

현실 속에서 무릉도원을 찾고 만들고자 하는 이상향 지향이야말로 인간으로서 당연한 심리이나, 무릉도원은 세상 그 어디에도 없는 '이상향'의 심상 공간이다. 도화원이 거부하는 바로 그 세속적 욕망으로 도화원을 찾으려 한다면 도화원으로부터 오히려 그만큼 멀어질 뿐이다. 오늘날 우리가 여전히 도화원을 이야기하는 것은 바로 그것이 부정하고 지향했던 그 의미들을 곱씹기 위해서가 아닌가. 소비와 욕망을 무한히 자극하는 자본의 논리, 혼탁한 정치, 끊이지 않는 다양한 세속적 갈등과 심각한 환경파괴…… 이러한 현실이 되풀이되는 한 무릉도원은 정신적 피난처로서 여전히 유효한 생명의 심상 공간으로서 우리 마음 속에 남을 것이다.

경계공간과 이상적 심상공간
무덤과 지하세계

유정일

1. 서사문학의 공간

서사 문학은 작자가 일정한 문학적 시간과 공간 속에서 등장 인물들을 통해 일련의 허구적 사건들을 형상화함으로써 작자의 세계관과 정신 세계를 구현하는 장르이다. 실존하는 인간이 공간과 시간 속에서 그 의미를 부여받을 수 있듯이, 서사 문학의 등장 인물들 또한 서사적 공간과 시간 속에서만 비로소 존재할 수 있다. 그러므로 이야기 자체나 이야기를 이끌고 가는 인물에 대한 이해는 기본적으로 서사적 공간과 시간에 대한 이해를 바탕으로 삼지 않을 수 없다. 특히, 공간론의 경우는 작품을 낳은 당시 사람들의 세계관이 직접적으로 투사되어 있어 그들의 정신 세계를 살피는 데 중요한 연구 대상이 되어 왔다.

이런 서사 문학에서의 공간론을 크게 두 가지 형태로 나누어 살필 수 있다. 하나는 작품의 단순한 배경으로서의 공간이고, 다른 하나는 인물이 직접 행동하고 사건이 벌어지는 곳으로서의 공간이다. 전자를 인물이나 사건 등에 초점을 두고 이야기가 구성되어 공간적 의미에 온전히 집중하지 않으므로 이야기 전체에서 볼 때 등장 인물이 '지나치는 공간'이라고 한다면, 후자는 등장 인물이 그 공간에 있으면서 관찰하고 행동하는 '머무는 공간'이라고 할 수 있다. 인물이 머물면서 활동하는 공간은 언어적이며 기호학적인 심상적 상징성을 넘어 서사적 의미를 강조한다는 점에서 보다 더 주목되는 공간이다. 그러므로 서사 문학 속에서 의미 있게 제시되는 공간은 대부분 '머무는 공간'이다. 서사 문학에서 다루어지는 이런 공간은 작자의 경험 세계를 토대로 선험적이며 허구적인 세계까지 형상화될 수 있는 것이므로 현실적 공간에서 생겨나는 삶의 문제와 이상적인 심상 공간에서 자유롭게 구현되는 자유의지를 굴절된 형태로 반영하는 자리가 된다.

서사 문학에서 공간이란 의미 자체가 공간을 장악하고 인식하는 인물이 필수적으로 요구되는 것이기 때문에 서사 문학에 구현된 공간적 층위는 서사 세계에 드러난 인물의 층위가 된다고 할 수 있다. 신화적 형태의 지괴 서사로부터 소설에 이르기까지 서사 공간에 존재하는 인물의 유형적 층위는 크게 세 가지로 묶을 수 있다. 그것은 바로 신과 인간, 그리고 중간자적 존재로서 반신반인(半神半人) 내지는 귀신 같은 존재가 된다. 이런 사정은 정약용의 《중용강의》와 이규보의 〈동명왕편〉병서에 보인다. 정약용은 제사로 받드는 귀신의 종류에 대해 말하면서 제사를 지내야 할 대상은 셋이지만 실제로는 천신과 인귀 둘뿐이라 했다. 즉, 인간 이외의 존재를 두 가지 부류로 나누고 있다는 얘기가 된다. 이규보는 초월적 존재자를 '신(神)'과 '귀(鬼)'로 나누고 있으며, 신의 영역은 '성스러움[聖]'이고 귀의 영역은 '터무니없는 환술(幻)'이라고 했다. 귀의 세계와 신의 세계를 '환(幻)'과 '성(聖)'이라는 대립적 개념으로 이해하고 있는 것이다. 여기서 귀는 귀신의 의미로, 신은 천신의 의미로 이해할 수 있다. 이들은 모두 불가언적인 것이긴 하지만, 특히 신에 대한 이야기는 그 전승자의 태도에서도 진실되며 신성하다고 인식되어 신화적 성격을 내포하고 종교적인 영역으로까지 확대되기도 한다. 반면 귀신에 대한 이야기는 불가언적인 것이기는 하지만 종교적 이야기로 인식되지 않는 것이 일반적이다. 그야말로 경이롭고 신비한 이야기로 인식되며 귀신은 이승에서 풀지 못한 한을 간직한 비극적인 전설적 인물로 묘사되곤 한다.

이렇게 볼 때, 현실적으로든 또는 관념적으로든 존재할 수 있는 이야기 안에서의 인물은 사실상 귀신과 천신, 그리고 인간뿐인 셈이다. 따라서 존재할 수 있는 공간도 신이 존재하는 공간, 귀신이 존재하는 공간, 인간이 존재하는 공간으로 나누어 볼 수 있다. 이 글에서 다루고자 하는 무덤과 지하 세계라는 공간은 귀신이 존재하는 공간과 신이 존재하는 인간의 심상적 공간이다.

2. 경계 공간과 재생 공간으로서의 '무덤'

사랑과 죽음은 서사 문학의 오랜 주제가 아닐 수 없다. 특히, 이승과 저승을 갈라놓는 죽음은 문학적 주제를 넘어서 철학의 해묵은 숙제가 되어 왔다. 인간 문화에 있어서 무덤은 죽음으로 인해 생긴 공간인 동시에 살아 있는 자들이 죽은 자를 위해 만든 공간이다. 그러므로 무덤에는 살아 있는 자들이 선험적으로 느끼고 있는 죽음이라는 관념적 세계가 죽은 자와 함께 존재한다. 민간에서는 일반적으로 무덤이 사령(死靈)의 거소(居所)라는 믿음으로 인해 그곳이 저승의 현현(顯現)이라는 관념을 갖고 있었다. 무덤은 바로 저승의 상징이면서 동시에 살아 있는 자들의 공간에 존재하는 현실적 공간이 되는 것이다.

앞서 살핀 바와 같이, 서사 문학에 존재하는 공간적 층위는 크게 세 가지로 범주화할 수 있다. 이 중에서 무덤은 바로 죽은 자들의 공간으로 귀신이 출몰하는 공간이 된다. 무덤은 살아 있는 자들이 죽은 자를 위해 만든 공간이기 때문에 일단 만들어진 무덤은 죽은 자의 공간이 된다. 서사 문학에서 무덤이 단순히 배경으로만 제시되는 작품은 적잖이 있지만, 등장 인물이 무덤에서 무덤의 주인인 귀신과 대화하고 시를 주고받으면서 그 공간을 '머무는 공간' 으로 서사화하는 작품은 주로 전기 소설에서나 찾아볼 수 있다. 《수이전》일문 가운데 한 작품인 〈최치원〉과 《금오신화》에 있는 〈만복사저포기〉 그리고 《기재기이》에 실려 있는 〈하생기우전〉 등이 그것이다. 여기서는 이들 작품에 드러난 '무덤' 의 공간적 의미에 대해 살피기로 한다.

《수이전》일문 가운데 무덤을 배경으로 기이한 체험을 하는 전기적 주인공과 귀신의 만남을 제재로 삼고 있는 작품으로는 《태평통재》에 실려 전하는 〈최치원〉이 있다. 이 작품은 최치원이 율수현 남쪽에 있는 초현관에 놀러 갔을 때 그 앞에 있는 쌍녀분이란 무덤에서 겪었던 전기적 경험을 내용으로 삼고 있다. 최치원이 무덤 앞에 있는 석문(石門)에 무덤의 주인을 보고 싶다는 내용의 시를 적어 놓으니 밤이 되어 아름다운 여인이 홍대(紅袋)를 쥐고 나타난다. 그녀는 자신이 모시고 있는 무덤의 주인인 두 낭자와 최치원의 애틋한 만남을 갖게 해주는 시녀로 등장한다. 붉은 치마를 입은 두 낭자와 최치원과의 대화는 주로 시로 화답하는 형식을 취한다. 최치원을 남다른 수재로 인정하는 두 낭자는 눈물을 흘리면서 마음에 없는 혼인으로 인하여 요절하게 된 경위를 말한다. 최치원은 두 낭자에게 권유하여 함께 연분을 맺은 후, 아쉬운 이별을 하게 된다. 두 낭자는 최치원에게 황폐한 무덤을 닦고 쓸어 달라는 부탁을 한다. 이후 고국에 돌아온 최치원은 유유사적하며 살다가 은거한 후 세상을 마쳤다는 내용이다.

이 작품을 통해서 알 수 있는 바와 같이, 무덤은 죽은 자의 공간이지만 이승에서 풀지 못한 한이 맺힌 경우에는 사자가 다시 귀신이 되어 나타나는 공간이다. 이때 전기적 경험을 하는 주인공은 이승에 살아 있는 사람이지만 무덤의 주인인 사자는 귀신의 형태로 드러난다. 작품 내에서는 죽은 자와 살아 있는 자가 함께 하는 공간이며 동시에 만남이 시작되는 공간으로 무덤이 존재하는 것이다. 전기적 주인공은 이런 전기적 경험을 놀라움으로 받아들이기는 하지만 전혀 불가해한 것으로 인식하지는 않는다. 왜냐하면, 작품 내에서 전기적 주인공은 놀람과 동시에 무덤이라는 공간을 살아 있는 자인 자신과 죽은 자인 귀신이 공존하는 공간으로 인식하게 되기 때문이다. 이처럼 전기 소설에서 무덤은 귀신과 인간이 만나는 '경계 공간(境界空間)'으로 형상화된다.

《금오신화》 가운데 한 작품인 〈만복사저포기〉에는 양생이라는 노총각이 전기적 인물로 등장하여 부처님과 저포놀이를 해서 이긴 대가로 아름다운 여인과 연분을 맺는다. 여인 또한 배필을 만나지 못한 것을 한스럽게 생각하고 있던 인물이다. 두 사람은 행낭에 있는 작은 방에서 연분을 맺은 후에 여인의 안내로 개령동에 있는 여인의 거처(가매장한 무덤)에 가서 사흘을 머물게 된다. 이별에 앞서 이웃에 산다는 다른 여인들과 시문을 주고받기도 한다. 여인은 신물로 은주발을 양생에게 건네주면서 대상(大祥)에 재를 올리려고 오는 자신의 부모를 만나도록 권유한다. 여인의 부모를 만나 그 간의 이야기를 전하고 양생은 여인의 부모로부터 왜적의 침입 때 여인이 해를 당해 죽었으며 제대로 장례를 지내지 못하고 개령동에 임시로 만들어 준 무덤이 있다는 말을 듣는다. 이들은 여인의 무덤으로 함께 가서 귀신인 여인으로부터 연분을 만나지 못한 한(풍정)이 맺혀 있었으며 양생으로 인하여 연분의 한을 풀게 되었다는 말을 전해 듣는다. 여인의 부모는 은주발과 전답 그리고 노비 등을 양생의 몫으로 준다. 다음 날 양생은 여인의 무덤으로 찾아가서 장례를 치르며 제문을 지어 조상하고 전답 등 물려받은 재물을 처분해 사흘 저녁을 계속해서 재를 올린다. 여인은 양생이 재를 올려 준 덕에 다른 나라에서 남자로 다시 태어났다고 공중에서 외치며 선업을 닦아 윤회의 굴레에서 벗어나도록 권유한다. 양생은 결혼을 하지 않고 약초를 캐며 살았으며 그 끝은 아무도 알지 못한다고 전한다.

앞서 살핀 〈최치원〉과 비교해 볼 때, 〈만복사저포기〉에서는 한층 더 무덤의 공간적 의미가 강조된 것을 알 수 있다. 이야기의 분위기 설정이나 전개에 있어 무덤의 공간적 역할이 확대된 것이다. 전기적 경험의 공간 자체가 무덤 안으로 설정되었기 때문이다. 그 공간은 일상적인 인간에게는 머무는 것 자체가 허락되지 않은 금기의 공간이지만 무덤의 주인인 귀신에게 선택된 전기적 주인공에게는 허락된다. 이와 같은 서사적 규약으로 인해 전기적 주인공인 양생은 귀녀의 안내로 무덤이라는 괴이하고 환상적인 공간으로 인도되고 경이적인 애정 성취를 경험하게 된다. 양생은 그곳에 있는 그릇과 가구들이 잔꾸밈이 없어 인간의 일상에서 볼 수 없는 것임을 인식하지만 그런 사실에 개의치 않고 인간 세상과 다름없이 즐겁게 지낸다. 〈만복사저포기〉에서 무덤은 완전한 귀신의 공간으로 묘사되고 있는 것이다. 무덤은 산 자와 죽은 자가 공존하는 경계 공간이면서 애정 성취를 하는 욕망 해소의 공간으로 형상화된 것이다. 연분을 맺지 못해 한을 품고 있었던 귀녀에게 양생과의 전기적인 만남은 이승에 더 이상 머물 필요가 없는 해원의 요인이 된 셈이다. 이와 같이, 전기적 주인공은 그 원귀의 욕망을 풀어주고 달래주는 역할을 한다는 점에서 굿판의 무당과 흡사하다고 하겠다.

〈만복사저포기〉에 드러난 무덤의 공간적 의미 가운데 한 가지 더 주목해야 할 것은 귀녀가 불교적 관념 세계인 중유(中有) 공간에 놓여 있었다는 점이다. 소설의 마지막 부분을 통해서 양생이 올린 재로 인해 여

귀는 다시 남자로 태어났다는 것을 알 수 있다. 여인은 양생에게 정업을 닦아 윤회에서 벗어나라고 한다. 남자로 다시 태어났다는 점으로 미루어 생각할 때, 여인은 아직도 윤회하고 있다는 사실을 알 수 있다. 불교에서 윤회의 세계에 생존하는 것을 '유(有)' 라고 하여 때로는 윤회를 '유' 라고 할 때도 적잖다. 이 유의 상태에서 벗어난 것을 해탈이라고 한다. 이 유는 수미산설과 결부해서 공간적인 세계로 묘사되기도 한다. 결국 윤회한다는 말은 '생유(生有)→본유(本有)→사유(死有)→중유(中有)' 의 연속적 경험 과정을 의미하는 것이다. 특히, 건달바라고도 하며 구유(求有)나 의성(意成)이라고도 하는 '중유' 는 사유의 뒤에 있고 생유의 앞에 있어 중간유로서 자체(自體)가 일어나는 것이다. 중유를 건달바라 하는 것은 중유에서의 존재는 냄새를 먹고 살기 때문에 붙여진 것으로 이는 욕계의 중유에만 속한 특성이다. 보통 귀신이 먹지 않는 것으로 인식되는 이유는 불교적 관념에서 나온 것으로 귀신이란 존재는 바로 중유에 있는 존재로 생각되기 때문인 것이다. 〈만복사저포기〉에 등장하는 여귀도 윤회에 놓여 있는 귀신으로서 그의 무덤은 중유라는 불교의 관념적 공간이 구상화된 것이라고 할 수 있다. 또한, 불교의 5지연기설(苦←生←有←取←愛)의 인과적 사유 방법으로 보면 〈만복사저포기〉의 양생이 약초를 캐며 지내다가 급기야 부지소종(不知所終)했다는 말은 해탈을 위해 세속적인 탐욕(愛)에 집착(取)하는 것에서 벗어나 해탈의 경지에 이르렀다는 서사적 결과를 암시하고 있는 것이다.

〈하생기우전〉의 하생도 〈만복사저포기〉의 양생처럼 여귀와 무덤에서 결연하는 전기적 주인공이다. 대부분의 전기소설이 '회재불우지사(懷才不遇之士)' 의 비극적 이야기로 귀결되는 데 반해, 〈하생기우전〉은 현세적 욕망의 달성과 재생 결연의 소설적 성취를 보여 준 작품이란 점에서 〈만복사저포기〉와 일정한 거리가 있다. 〈하생기우전〉은 하생이란 회재불우지사가 출세와 결연을 복사의 예언대로 성취하는 내용을 소설적으로 형상화한 작품이다.

〈하생기우전〉에서 드러난 무덤의 공간적 의미 또한 삶과 죽음 그리고 산 자와 죽은 자의 경계적 공간으로 드러난다. 처음에 하생은 최치원이나 양생처럼 아름다운 여성에 대한 그리움 때문에 골몰하는 인물로 등장하지 않는다. 출세에 대한 욕망이 좌절된 것에 대해서 갈등한다는 점에서 이전의 작품들과 구별된다. 이 출세 장애는 결국 복사의 점괘에 의해서 해결되는데, 바로 그 해결 과정이 여인과 결연하는 계기로 작용한다. 여인은 죽은 지 사흘밖에 안 된 귀신으로 중유의 세계에 있는 존재이다. 여인은 그녀의 아버지가 옥사를 심리하면서 죄 없는 사람들을 구원한 덕에 힘입어 옥황상제의 명으로 다시 세상에서 여생을 보낼 수 있게 된 것이다. 하지만 여인에게는 무덤 속에 있는 자신을 다시 세상 밖으로 끌어내주고 이런 사실들을 주위에 알려 줄 사람이 필요했다. 하생에게 바로 그 원조자 역할을 맡아 달라는 것이 여인의 간청이었다. 앞서 살핀 〈최치원〉이나 〈만복사저포기〉와 〈하생기우전〉의 전기적 주인공은 여귀의 한을 풀어 주는 역할을 담당한다는 점에서 일치한다. 그러나 이 작품의 특징은 귀신이 다시 소생해서 전기적 주인공과 세속적인 사랑과 부귀를 누리다가 여생을 마친다는 점에 있다.

무덤의 공간적 의미도 죽은 자가 다시 소생하는 공간으로 그려진다는 데 있다. 삶과 죽음의 경계 공간 속에서 죽은 자가 다시 살아나는 이야기는 《수이전》 일문 가운데 하나인 〈수삽석남〉에서 이미 드러난 내용이다. 단지 〈수삽석남〉에서는 최항이라는 남귀가 소생한 이야기를 다루었을 뿐, 무덤이라는 전기적 공간이 제시되지는 않는다. 이 작품은 최항이 죽은 지 8일이 되어 장사를 지내기 직전에 그의 첩에 의해서 관에 있는 최항이 소생해 있다는 사실이 드러나게 되는 서사 구조로 되어 있다.

〈하생기우전〉과 비교해 남성과 여성이, 전기적 인물과 귀신이 뒤바뀐 꼴로 제시되어 있지만 귀신이 소생해서 전기적 주인공과 함께 해로한다는 내용에서 상호 연관성이 짐작되는 작품이다. 〈하생기우전〉에서 전기적 공간으로 사용된 무덤은 경계 공간이면서 죽은 자가 다시 소생하는 재생의 공간적 의미가 있다는 점을 알 수 있다.

3. 이상적 공간으로서의 '지하 세계'

옛날 사람들은 우주가 천상, 지상, 지하 세 영역으로 이루어져 있으며 그 중심축은 연결되어 있어 서로 넘나들 수 있다고 생각했다. 엘리아데가 '우주의 축' 이라고 부르는 이 중심축은 일종의 통로로써의 역할을 한다고 믿었던 것이다. '중심' 혹은 '통로' 의 상징 세계는 거룩한 공간, 즉 성스러움이 현현한 곳이라는 장소의 개념이 되었던 것이다. 이 '중심' 사상은 일종의 초인간적인 존재에 의한 신성한 공간 체험에서 유래한다.

한국 서사 문학 작품 속에 드러난 지하 공간의 원형적 의미는 초인간적인 존재가 거주하고 있는 신성한 공간으로 형상화된다. 피상적으로 보면 지하 세계는 죽음의 세계이며 부정적인 공간으로 생각될 수 있지만, 서사 문학, 특히 전기 소설에 드러난 실상은 이상적 공간으로 그려져 있다. 이상적 공간으로서의 지하 세계를 암시해 주는 설화 작품으로는 《삼국유사》권4에 있는 〈사복불언(蛇福不言)〉을 손쉽게 꼽을 수 있다.

〈사복불언〉은 남자와 관계하지 않고 과부의 몸에서 태어난 사복이란 인물에 관한 이야기이다. 사복이란 인물은 열두 살이 되어도 말을 못하고 일어서지도 못해 사동(蛇童)이라고 불렀다. 그의 어머니가 죽으니 원효가 그를 보고 예를 갖춰 맞이하였다. 사복은 원효를 보고 답배도 않고 말하기를 "그대와 내가 옛날에 경(經)을 실었던 암소가 지금 죽었으니 함께 장사지내는 것이 어떻겠소?" 라고 했다. 원효가 승낙하고 계(戒)하기를 "죽고 나는 것이 괴롭다" 고 했다. 두 사람이 시신을 메고 활리산 근처로 가서 띠풀을 뽑고 나니 그곳이 연화장 세계였다. 그러자 사복은 시체를 업고 그 속으로 들어갔다는 내용이다.

이 이야기에서 보면, 전생에 사복의 어머니는 암소였으며 사복은 원효와 함께 경을 나르던 인물이었음을 알 수 있다. 그런데 윤회를 통해서 사복과 원효는 인간으로, 암소는 사복의 어머니로 거듭 태어난 것이다. 사복이 죽은 어미를 업고 들어간 곳은 윤회의 고통에서 벗어난 공간으로 비로자나불의 정토인 연화장 세계였다. 불교에서 사바 세계는 고뇌가 많아 예토(穢土)라고 하지만 시방 세계의 정토는 고뇌가 없는 극락 세계를 의미한다. 〈사복불언〉에서 드러난 '띠풀(茅莖) 아래의 세계' 는 윤회가 없는 불교적 이상 세계인 것이다.

사복 이야기가 불교 설화의 세계에 드러난 지하 공간의 의미를 보여 주고 있음에 반해, 전기 소설인 〈최생우진기〉는 도교적 세계와 관련된 지하 세계의 공간적 의미를 소설적으로 형상화하고 있다. 〈최생우진기〉는 최생이라는 인물이 선경을 구경하려고 용추동이라는 곳에 갔다가 벼랑 끝 골짜기로 떨어져 용궁을 체험하는 내용이다. 이 작품에서 최생은 이상세계를 기꺼이 찾아 나서는 적극적이고 탐험가적인 성격의 소유자로 그려진다. 최생은 호기심 많은 전기적 주인공으로 등장한다는 측면에서 비현실적 세계에 대해 두려워하는 다른 전기소설의 주인공과 구별된다. 최생이 벼랑 끝 골짜기 너머로 떨어져 이르게 된 곳은 낙엽이 쌓여 막힌 동굴이었다. 동굴 속을 한참 걸어 들어가니 만화문에 이르게 되었다. 이곳은 용왕이 다스리는 공간으로 수부(水府)에 해당하는 초월적 공간이었다. 다시 말해 이 작품에서 수부는 절벽 아래 동굴을 지나서 이르는 지하의 공간으로 설정되어 있는 것이다. 최생은 이 공간의 주인인 용왕이 베푸는 잔치에 동선(洞仙)·산선(山仙)·도선(島仙) 등과 함께 참석하게 된다. 용궁은 인간 세계와 전혀 다른 초월적 공간으로 인간의 시간 개념을 초월한 도선적 세계로 묘사된다. 알약 하나 먹으면 10년을 더 살 수 있는 그런 공간이었던 것이다. 용궁의 세계에 계속 남고 싶어 했던 최생은 용왕의 권유로 마지못해 인간 세계로 다시 돌아온 후, 약초를 캐며 살다가 죽었다.

이 작품에서 볼 수 있는 바와 같이, 동굴은 지하 세계 내지 초월적 공간과 연결되기 일쑤다. 왜냐하면 그것은 인간 세계에 존재하는 공간이면서 컴컴한 그 안의 세계는 신비롭고 이상한 그 무엇인가를 상상하게 하는 미지의 공간이기 때문이다. 서사 문학에서 동굴의 공간적 의미는 상상의 공간으로 가는 관문으로서 현실과 초월 세계를 연결해 주는 공간적 고리의 역할을 하는 셈이다. 동굴에 대한 이러한 인식은 약간의 층위를 달리한 채, 〈지하대적퇴치설화〉와 〈제주모흥혈〉 전설 등과 같은 구비설화의 세계에서도 확인되며 〈금방울전〉과 〈최치원전〉 등과 같은 고전소설 작품 속에서도 형상화되어 있다.

〈최생우진기〉에 드러난 동굴 속 지하 세계는 용왕이 주재하는 도교적 이상 세계로 초인간적 공간이라고 할 수 있다. 이 공간에 존재하는 인물들은, 만화문을 지키는 문지기의 경우를 보면, 그 생김새가 이무기 머리에 움푹 들어간 눈을 가졌으며 등짝은 자라와 같고 몸은 상어와 같은 그런 상상 속의 인물로 묘사되었고, 용왕의 경우는 능허관(凌虛冠)에 통천대(通天帶)를 띠고 운기(雲氣)로 수를 놓은 청색포(青色袍)를 입고 있으며 용의 수염에 우뚝 솟은 코를 지닌 신이한 모습으로 형상화되었다.

도교적 이상 공간으로 설정되어 있는 〈최생우진기〉의 전기적 공간은 용궁의 조종전이다. 조종전은 황금 기둥과 푸른 벽옥으로 된 주춧돌로 이루어진 허구적 건물로 백옥으로 만든 의자와 진주로 만든 주렴이 있는 곳이라고 했다. 조종전 동쪽 별각인 청령각의 경우도 아홉 가지 유리로 되어 있다고 했다. 이상 세계에 대한 이런 구체적인 묘사는 소설의 전기적 성격을 드러내는 데 한몫을 한다는 점에서 서사적 의미를 지닌다. 또한 어떤 이야기의 공간도 결국은 경험 공간의 자장 안에 포섭되고 문학적으로 형상화되고 있다는 사실을 알게 해 준다.

〈최생우진기〉의 공간은 그 공간의 주재자인 용왕에 의해 시간까지 지배되는 초월적 공간으로 드러난다. 주인공이 전기적 경험을 하고 인간 세계에 다시 돌아와 보니 벌써 몇 달이 지난 것으로 묘사되기 때문이다. 전기적 경험의 세계와 인간 세계 사이의 차이는 공간적 이질성과 아울러 시간적 이질성에서도 드러난다는 인식이 작품 속에 반영된 것이다. 이것은 초월적 세계의 신성성이 소설의 시공간적 이질성으로 작품 안에 형상화되고 있는 것으로서 이런 의식은 시간과 공간을 초월해 존재하고자 하는 인간 욕망이 이야기로 드러난 것이기도 하다. 인간에게 숙명적으로 주어진 시공간적 제약은 인간으로 하여금 또 다른 이상적 공간을 만들어 내는 서사적 원동력이 되는 셈이다.

요컨대 서사 문학에 형상화된 지하 세계는 일반적으로 생각하는 죽음의 세계나 명부의 세계가 아니라 인간의 본원적 욕망이 구현된 이상적 세계로 드러난다. 특히, 〈최생우진기〉에 드러난 이상적 세계는 도교적 이상 세계로 현세적 삶의 욕망이 충족된 만족의 공간이며 용왕과 같은 초월자가 주재하는 초월적 공간이라고 할 수 있다. 인간의 삶과 욕망을 다룬 서사 문학에서의 이상적 공간도 결국은 인간의 경험과 인식적 범위에서 묘사되고 있음을 볼 수 있다. 서사 문학에서 이상 세계는 인간의 욕망과 결핍된 무엇들이 충족된 공간을 의미하는 것이다.

4. 마무리

전기 소설에서 무덤이란 공간은 기본적으로 귀신이 주재하는 공간이며 전기적 주인공이 귀신을 만나는 공간이고 삶의 속성과 죽음의 속성을 함께 지니고 있는 경계 공간적 의미를 지닌다. 또한 무덤이란 공간은 귀신의 욕망을 풀어주는 전기적 주인공이 전기적 경험을 하는 공간이 된다. 전기적 주인공이 전기적 경험을 하는 과정에서 한을 간직하고 있는 귀신에게 조력자의 역할을 담당해 귀신을 재생시키기도 한다. 그러므로 무덤은 재생의 공간으로 드러나기도 한다.

무덤이라는 공간에서 귀신이 등장하는 이야기가 존재하는 것은 기본적으로 윤회 사상을 바탕으로 한 '중유' 라는 관념적 공간과 관련된다. 귀신이 머무는 공간에서 주로 인간 세계와 다른 후각적 이미지가 강조되는 것도 바로 중유의 공간적 속성에서 비롯된 것이다. 무덤은 전기적 주인공과 죽은 자인 귀신이 만나는 공간으로 삶과 죽음의 경계 공간이며 재생하거나 영원한 죽음의 세계로 넘어가는 중유적 개념의 공간이 된다. 하지만 이 공간은 욕망이 존재하는 공간이며 이승에서 풀지 못한 '한(恨)' 내지 '애(愛)' 가 깃든 공간이다. 한이 맺혀 있고 애착을 간직한 귀신은 영면하지 못한 채, 전기적 주인공과 만남을 기도한다. 그러므로 전기 소설에서 귀신은 중유의 윤회에 있는 존재로서 모두 원귀로 등장한다.

전기 소설에 드러난 지하 세계는 일반적으로 생각하는 죽음의 세계나 명부의 세계가 아니라 인간의 본원적 욕망이 구현된 이상적 세계로 형상화된다. 〈최생우진기〉의 경우에 비춰볼 때, 그 이상적 세계는 도교적 이상 세계로 현세적 삶의 욕망이 충족된 만족의 공간이며 초월적 공간이라는 점이 확인된다. 한국 서사 문학에서 지하세계는 미지의 공간 가운데 하나이며 그 공간적 성격은 긍정적으로 인식되었다.

일반적으로 무덤과 지하 세계는 땅 아래에 존재하는 공간이라는 점에서 얼핏 보기에 같은 층위로 생각될 수 있다. 그러나 전기 소설에서 드러난 공간으로서의 무덤은 불교적 세계와 관련된 공간이고, 지하세계는 도교적 세계와 관련된 공간이란 점에서 서로 이질적이다. 그리고 무덤은 귀신이 주재하는 공간으로 비현실적 공간인 반면, 지하 세계는 신과 같은 초월자가 주재하는 초월적 공간이라는 점에서 또한 다르다. 무덤은 그 자체가 외부와 차단되어 고립성이 강조되는 곳으로서 한을 품은 귀신이 출몰하는 공간으로 인식되었던 반면에, 지하 세계는 상상력과 개방성이 강조된 긍정적 공간이고 인간의 꿈과 원망을 허구적으로 형상화하기에 적합한 공간으로 인식되었던 것이다.

한국의 유토피아

노자키 미츠히코

1. 처음에

유토피아(Utopia)란 그리스어로 ou(not) 와 topos(place)의 합성어로, 즉 '그 어디에도 없는 곳(nowhere)' 에서 비롯되었다고 한다. 《장자(莊子)》〈소요유편(逍遙遊篇)〉에서는 신선이 사는 무위(無爲)의 이상향을 '무하유지향(無何有之鄕)' 이라고 하였다. '유토피아' 와 '무하유지향' 의 의미는 비슷하다. 이것은 동양과 서양을 초월하여 유토피아라는 것이 유사한 성격을 지니고 있다는 것을 보여 주는 바이다.

본래 나에게 주어진 주제는 명당(明堂)이었다. 명당이란 풍수에서 말하는 이상적인 터를 가리키는 것인데, 인간의 욕망에는 공통점이 많기 때문에 이상적인 터 또한 저절로 유형화되는 경향이 있는 것도 당연한 일이다. 그러나 어떤 곳을 두고 이상적인 터라고 하는지는 시대에 따라 다를 것이며 그것에는 풍수 이외의 종교 사상과 사회 정세 등이 영향을 미친다. 따라서 이런 것이야말로 한국적인 특성을 찾아볼 수가 있으리라고 생각된다.

그래서 이 글에서는 보다 복합적인 시점에서 논의할 수 있도록 한국에 있어서의 유토피아 사상에 대해 논해 보고자 한다. 시대적으로는 조선 왕조를 중심으로, 사상 · 종교적으로는 도교 · 불교 · 유교 등을 배경으로 삼신산재동해설(三神山在海東說) · 청학동전설(青鶴洞傳說) · 십승지전승(十勝地傳承) · 《정감록(鄭監錄)》 등이 골격을 이루게 된다.

2. 삼신산재동해설

봉래(蓬萊) · 방장(方丈) · 영주(瀛州)라 하면 고래부터 중국 도교에서 말하는 삼신산이라는 것은 말할 나위도 없다. 진시황제가 방사인 서복(徐福)이나 한종(韓終 또는 衆)에게 불사의 약을 구하러 보냈다는 이야기도 널리 알려져 있다. 그런데 조선에서는 삼신산 가운데 봉래를 금강산, 방장을 지리산, 영주를 한라산이라고 말하며, 이것을 '삼신산재동해설' 이라고 부른다. 이능화(李能和)는 《조선도교사》에서 이 '삼신산재동해설' 에 대해서 다음과 같은 문헌 자료에 의거하여 이것을 소개하고 있다[219]

> 유 · 불 · 도의 삼교는 물론이오 천문 · 지리 · 음악 · 의술 · 외국어에 이르기까지 '모두 배우지 않고도 터득했다' 라는 만능 천재 북창 정염(鄭磏) 이 아버지인 순붕(順朋)을 따라서 중국에 갔을 때의 일이다. 어떤 도사가 '동국(조선)에도 도류(도교도)가 있는가' 라고 하며 비아냥거리자 북창은 '동국에는 삼신산이 있다. (도사들의) 백일승천(白日昇天) 따위는 별 대수로운 일도 아니다' 라고 대답하여 상대방을 놀라게 했다고 한다[220]

이능화의 《조선도교사》에서는 중국 도사와 북창의 대화 장면이

219 이능화, 《조선도교사》제4장 〈삼신산재동해설〉(《조선도교사》는 동국대학교에서 1959년 영인하였고, 한글 번역본은 이종은이 역주하여 출판되었다. (보성문화사.1977)

220 출전은 허목 〈북창선생행적〉(《해동이적보》상 《한국문헌설화》권6 동국대학 한국문학연구소 1981년). 북창의 이 일화는 홍만종의 《해동이적》(《홍만종전집》, 태학사, 1982)에 의해서 널리 알려져 있다.

"공(북창)이 바로 대답하여 말하기를" 이라고 되어 있으나 원자료인 〈북창선생행적〉에서는 "선생(북창) 속여서 말하기를" 이라고 나와 있다. 즉, 여기에서 북창은 동국(조선)에 삼신산이 있다는 것도 도사들이 백일승천한다는 것도 확신과 근거를 가지고 대답한 것이 아니라 단지 중국 도사 앞에서 '국위발양(國威發揚)' 을 위한 속임수였을 뿐이다. 이능화가 어떤 텍스트에 의거해서 《조선도교사》를 썼는지 모르겠으나 만일 이 부분의 변경이 이능화의 '해석' 에 의해서 이루어진 것이라면 그의 자료 인용에는 약간 문제가 있다고 말하지 않을 수 없다. 이 점은 종래의 한국도교 연구에서 간과되어온 점이기에 특히 주의를 환기하고자 한다.

그럼 다음으로 넘어가 보자. 이능화는 막연히 삼신산이 조선에 있다고 했을 뿐 구체적인 산 이름은 들지 않았다. 지명이 등장하는 것은 다음에서 살펴 볼 《동국여지승람》에서이다.

> 지리산은 부(府)의 동 육십리에 있으며….. 또 다르게 부르기를 방장(方丈). 두시(杜詩)의 '방장은 삼한의 밖' 이란 주(註) 및 《통감집람(通鑑輯覽)》에도 나오는 '방장은 대방군(帶方郡)의 남쪽에 있다' 란 말은 이를 일컫는 것이다.[221]

221 《동국여지승람》권39 〈南原都護府〉〈山川〉.

위의 인용문은 지리산을 방장이라고 보는 문헌상의 첫 기록이다. 지리산은 원래 '지리산(地理山)' 이라고 표기되었다.(《삼국사기》권10, 《삼국유사》권2) 고대에 있어서 지리(地理)란 풍수(風水)를 뜻하는 말이었으며 도선이 썼다고 하는 《옥룡기(玉龍記)》에 "우리나라는 백두산에서 시작하여 지리산에서 끝난다" (《고려사》 권39)에서 알 수 있듯이 지리산은 조선의 풍수상 극히 중요한 지점이다. 또 지리산은 후술하는 청학동 전승으로도 잘 알려져 있으므로 이 두 가지 이미지가 삼신산과 겹쳐

지리산 출처_빛깔있는 책들 《지리산》, 대원사, 2003

진 것이라고 생각된다.

나머지 금강산과 한라산에 대해서는 삼신산과 연관지어 언급한 기술 대목은 찾아볼 수 없다. 그 대신에 《동국여지승람》에 제주도의 영주산을 '해상삼선산(海上三仙山)의 하나' 라고 한 것이 눈길을 끈다.[222] 《동국여지승람》이 편찬된 해가 1481년 (증보판은 1530년)이므로 이 시기에는 아직 삼신산에 대한 비정(比定)이 확정되어 있지 않았었다는 것을 짐작할 수 있다.

222 《동국여지승람》권38 〈정의현(旌義縣)〉 〈산천〉.

설자(說者)가 생각건대, 삼신산은 모두 우리나라에 있다. 방장은 지리산, 영주는 한라산, 봉래는 금강산이다….

이것은 차천로(車天輅)의 《오산설림(五山說林)》에서 말하는 삼신산재동해설이다.[220] 여기에서는 삼신산에 해당하는 곳이 명확하게 정해져 있는 것을 알 수가 있다. 영주가 한라산으로 된 것은 같은 제주도의 영주산에서 이동한 것이다. 나머지 봉래는 영봉(靈峰)으로 이름 높은 금강산으로 정착된 것이라 사료된다.

220 차천로,《오산설림》《대동야승》 5권.

그런데 차천로는 "듣자하니 일본국의 부사산(富士山)은 높이가 사백리, 겨울에도 여름에도 눈이 쌓여 있다 한다. 어쩌면 그곳이 영주일지도 모른다"라고 하여 일본의 부사산을 영주라고 생각하였으며, 영주를 한라산으로 본 것에 대해 회의적인 입장을 취하였다. 북송의 구양수(歐陽脩)가 《일본도가(日本刀歌)》를 저술한 이래 서복 등 중국 도사들이 간 곳은 일본이었으므로 삼신산재일본설이 퍼져 있었다. 조선에서도 정몽주(鄭夢周)를 포함해서 일본 사신의 경험이 있는 사대부들 중 많은 사람들이 이것에 대해 말한 바 있어[223] 차천로도 그것은 답습한 것이리라.

거의 동시기에의 이수광(李睟光)도 《지봉유설》에서 삼신산재동해설에 대해 언급하고 지리산을 방장 이하의 삼산비정을 소개하고 있다.

223 정몽주 〈奉使時作〉,《海行摠載》, 제1 민족문화추진회, 1985.

> 내가 생각건대 삼신산설은 서복에서부터 비롯되었다. 그 서복은 일본에 가서 죽은 후 신이 되었으니 삼산은 당연히 동해의 동쪽에 있어야 맞는 것이다…[224]

224 이수광,《芝峰類說》, 〈地理部〉.

삼신산은 조선의 동쪽인 일본에 있어야 한다고 한 것도 이와 같은 인식에서 나왔을 것이다. 즉, 이 시기의 조선에는 아직 삼신산재동해설이 정착되어 있지 않았으며 삼신산재일본설과 혼재해 있었다는 것을 알 수 있다.[225] 이것은 허균(許筠)의 〈성소부부고(惺所覆瓿稿)〉에서도 단적으로 나타나 있다.

225 참고로 말해두자면 이능화는 《조선도교사》에서 차천로이나 이수광의 저술한 것을 삼신산재해동설의 근거로 들고 있으나 그들이 둘 다 이것에 대해 회의적인 태도를 취하고 있었다는 것에 대해서는 밝히지 않고 있어 자료 인용의 공정성에 의문이 남는다.

> 남원은 옛날의 대방국(帶方國),
>
> 옛말의 방장은 삼한이다… 방장은 이미 대방에 있으니 영주 · 봉래는
>
> 금강 · 묘향 외에는 없다… 방장은 즉 지리산이다.[226]

허균은 방장을 지리산, 봉래를 묘향산, 영주를 금강산이라고 하였다. 방장을 지리산으로 본 것은 그렇다 치더라도 나머지 두 군데 산은 이제까지 보아 온 것들과 전혀 다른 곳이다. 이것이 허균의 독창적인 생각인지 아니면 이 외에도 이와 같은 해석이 있었는지에 대해서는 불분명하나 어쨌든 이 당시의 조선에서는 삼신산의 비정에 대해 다양한 설들이 존재하고 있었던 것만큼은 확실하다. 허균의 〈성소부부고〉는 이능화의 《조선도교사》에도 인용되어 있지 않은 것이며 저자에 의해 보충된 것임을 여기에 부기해 둔다.

226 〈사계정사기(沙溪精舍記)〉《성소부부고》권7 (《허균전서》 아세아문화사 1980).

이러한 문헌 자료들이 말해 주듯이 17세기 전반까지는 삼신산의 비정은 유동적인 상황이었으나 차츰 일정하게 짝지어져 정리되어 갔다. 이중환(李重煥)의 《택리지》의 다음과 같은 기술이 그것을 말해 주고 있다.

> 금강을 봉래라 하고 지리를 방장이라 하며 한라를 영주라 한다. 이른바 삼신산이로다[227]

이후 조선에서는 삼신산에 관한 비정에 대해 이론을 찾아볼 수 없게 되었으며 봉래 · 방상 · 영주를 금강산 · 지리산 · 한라산이라고 하는 해석이 정착되어 이능화의 《조선도교사》에까지 이어진 것이라고 생각된다. 이상 삼신산재동해설에 대해

227 〈복거총론(卜居總論)〉, 《택리지》, 조선광문회, 1912.

살펴보았다. 애초에 중국 도교에서 말하는 삼신산(말할 나위도 없이 그것은 꾸며진 것이다.)을 조선에 실재하는 산악에 비정하려는 행위에 어떤 뜻이 담겨져 있는 것일까? 이것에 대해 다음과 같이 생각한다.

삼신산이 조선에 존재한다는 것은 중국 도교에서 말하는 신선불사지국(神仙不死之國)이 즉 조선이라는 것을 의미한다. 다시 말해서 고대 도교의 사상적 지주라고 할 수 있는 신선 사상의 근원은 조선이다. 즉, 도교는 중국이 아니고 조선발상(朝鮮發祥)이란 말이 된다. 말할 나위도 없지만 이것은 극히 민족주의적인 색이 짙은 것이며 '해동선파'의 주장과도 통하는 바가 있다. 해동선파란 조선의 수련적 도교의 계보를 가리키는 것으로 이규경(李圭景)이 〈도교선서도경변증설(道敎仙書道經辨證說)〉에서 소개한 《해동전도록(海東傳道錄)》이 저명하나[228] 홍만종(洪萬宗)의 《해동이적》에서는 단군을 비롯한 조선의 이인들을 선인으로 보고 있어 해동선파의 전개 상황을 알아보는 의미에서 주목된다.[229] 자세한 것에 대해서는 할애하겠으나 정렴이나 허균 등 해동선파와 관련된 인물들이 삼신산재해동설에 등장하는 것은 당연하다고 할 수 있다.

228 《五州衍文長箋散稿》권39 (明文堂, 1982). 《海東傳道錄》은 서울대 규장각에 사본이 있다.
229 《해동이적》 앞의 책.

그러나 삼신산재해동설은 조선 전체를 신선들이 사는 좋은 곳이라 하여 어디까지나 '대외(對外)'적으로 선전했을 뿐 사람이 실제로 살 수 있는 터로서의 구체상을 갖추고 있지는 않았다. 개개의 인간이 자신들의 이상적인 주거 공간을 투영하기 위해서는 좀더 가까이에 있는 유토피아 공간이 필요할 것이다. 그것이 다음에 논할 청학동(靑鶴洞)이다.

3. 청학동과 우복동 전설

지리산은 두류산이라고도 한다… 옛날 노인들이 서로 전해 내려오는 이야기에 그 사이에 청학동이 있는데 길이 아주 좁아 사람이 겨우 지나갈 만하다. 기어서 수십리 쯤 가야 비로소 아주 넓은 곳이 다다른다. 주위가 다 양전옥토(良田沃土)로서 씨를 뿌리고 나무를 심기에 알맞으며 그 안에 오직 푸른 학(青鶴)이 서식하고 있어 청학동이라고 부른다…230

이것은 이인로(李仁老)가 《파한집(破閑集)》에 기록한 청학동 전설의 한 대목이다. 청학동 전설을 들은 이인로는 스스로 지리산 산중에 들어가 화엄사와 화개현 등을 돌아 다녔으나 청학동을 찾지 못 했다고 한다. 이에 대해 손진태는 《한국민족설화연구》에서 이인로가 청학동을 탐사한 후에 도연명의 〈도원기〉를 읽었다고 한 점을 근거로 당시의 고려에는 아직 중국의 도원 전설이 전해지지 않았기 때문에 청학동 전설은 조선의 독창적인 것일 것이라 하였다. 그러나 도연명의 작품들이 일찍부터 알려져 있는 이상 〈도원기〉만이 늦게 전해졌다고는 보기 어려우며 이것은 이인로가 청학동의 실체를 강조하기 위해서 조작한 픽션이라고 보아야 하지 않을까 싶다. 당시는 몽고의 침공(1231)이 본격화된 상황이 아니었기 때문에 민중들 사이에 '안식의 땅' 을 찾는 기운이 높아져 있었다고는 볼 수 없다. 한편, 최충헌(崔忠獻)이 이의민(李義旼)을 암살하고 정권을 장악하는 등(1196) 무인 통치가 심해지던 세상을 생각하면 이인로와 같은 문인들이 '도원' 에 대해 동경심이 강해졌다고 봐도 이상하지 않다. 이상으로 청학동 전설은 민중적인 기반을 지닌 것이 아니라 고려의 지식인들 사이에서 선전되었던 것이라고 해야 할 것이다.

230 이인로, 《파한집》상 (아세아문화사 1972.).

오늘날 한국에는 경상남도 하동군에 청학동이란 마을이 있다. 그러나 이것은 단군계 신흥 종교의 하나인 경정유도(更定儒道)의 신자들이 모여 사는 집단 주거이지 본래의 청학동과는 아무런 관계도 없다. 예전에는 지리산 산중에는 이 같은 집단들이 많이 존재했었으나 1973년에 시행된 독가촌 정비 사업(獨家村整備事業)에 의해서 그 모습을 감췄다고 한다.

조선 왕조 시대에도 청학동과 유사한 전승이 있었다. 그것이 우복동(牛福洞)이다.[231] 이것은 보은군 속리산 산중에 있었던 곳이 잘 알려져 있는데 사람 발이 닿지 않는 별천지로서 당나라 두광정(杜光庭)의 '동천복지(洞天福地)' 와도 상통하는 바가 있다. 앞서도 말한 이규경은 〈우복동변증설〉에서 직접 이 전승을 듣고, 그것을 그린 〈우복동도〉 란 것을 실현했다고 기록하고 있다.[232] 이것은 아주 섬세하게 기술되어 있으며 그 안에는 이여송(李如松)의 이름도 보이므로 실록(實錄)이라고 봐도 거의 틀림없을 것 같다.

주지하는 바와 같이 이여송이란 임진왜란 때 명군을 이끌고 왜군 퇴치의 공을 쌓은 중국의 장군이다. 원군의 대장이고 더욱이 조선 민족의 후예이면서도 거만한 행동으로 조선측을 괴롭혔다는 이야기는 유성룡(柳成龍, 1542~1607)의 《징비록(懲毖錄)》이나 《선조실록》등의 역사 자료 외에도 《임진록(壬辰錄)》과 같은 군담 소설에도 쓰여 있으므로 조야의 인사들도 잘 알고 있었을 것이다. 왜란을 피해서 산 중에 안주의 땅을 찾는다는 이야기는 후기 야담류에도 많이 찾아 볼 수 있으므로,[233] 이러한 경위에서 우복동 전승은 임진왜란과 같은 국난을 계기로 사대부뿐만이 아니라 민중들 사이에도 널리 유포된 것이라고 생각된다.

우복동과 같이 민중 차원의 기반을 지니게 되었을 때 유토피아에 대한 희구는 큰 파도가 되어 순식간에 높아진

231 우복동(牛福洞)은 오복동(五福洞)이라고도 불리우는데 손진태가 말하는 것처럼 오복 즉 많은 복이 있다는 좋은 뜻에서 사용한 것 이상으로 '우(牛)' 와 '오(五)' 의 음이 근접성에서 일어난 착오일 것이다. 또한 풍수의 형국이라는 '우와형(牛臥形)' 으로부터의 연상도 영향을 미친 것 같다(손진태, 《한국민족설화연구》《손진태선생전집》 2 태학사, 1981.).

232 〈牛腹洞辦證說〉,《五州衍文長箋散稿》권49, 〈牛腹洞眞假辦證說〉 (同前, 권37), 〈世傳牛腹洞圖記辦證說〉(同前 권33).

233 예를 들어, 〈피화난현부이식(避禍亂賢婦異識)〉이라든가 〈안빈궁십년독역(安貧窮十年讀易)〉 등이 그것이다. 《청구야담》(아세아문화사, 1985)에 수록되어 있다.

다. 다음에 논할 십승지 전승이 그것을 잘 말해 주고 있다.

4. 십승지 전승

십승지란 전란이나 천재지변이 이어지는 세상을 벗어나 평화롭게 살 수 있는 열 군데의 피란 · 보신의 땅을 말하는 것이며 임진왜란 이후에 유포되었다. 그 구체적인 장소에 대해서는 제설이 있으나 가장 많이 알려져 있는 것은 다음의 남사고(南師古)가 남겼다고 하는 〈남사고산수십승지길지南師古山水十勝地吉地〉일 것이다.[234]

> 1. 풍기(豊基) 금계촌(金鷄村) 2. 안동(安東) 내성(奈城) 3. 보은(報恩) 속리산(俗離山) 증정(蒸頂0 4. 운봉(雲峰) 두류산(頭流山) 동점(銅店村) 5. 예천(醴泉) 금당동(金堂洞) 6. 공주(公州) 유구천(維鳩川)과 마곡촌(痲谷川) 사이 7. 영월(寧越) 정동상류(正東上流) 8. 무주(茂朱) 무풍북(茂豊北)의 덕유산(德裕山) 9. 부안(扶安) 호암변산(壺岩邊山) 10. 성주(星州) 가야산(伽耶山) 무수동(萬壽洞)

한눈에 알 수 있듯이 조선반도 남부의 내륙부에 분포되어 있으므로 〈남조선론〉이라고 불리는데, 그것은 북방은 대륙의 이민족의 침공이, 남쪽 연안부에는 왜구에 의한 피해가 매우 컸기 때문이다. 혼란스러운 세상에서 피난한다는 것은 우복동과 다를 바 없으나 여기에서는 경상도나 충청도 · 전라도 등 여러 곳에 확산되어 있다는 점이 특징적이다. 그것은 전국적으로 확대된 전화의 결과 보나 낳은 사람들이 보다 많은 보신의 터를 필요로 했기 때문이다. 십승지의 '십' 도 단순히 열 군데의 땅을 가리키는 것이 아니라 다수란 뜻으로 쓰인 것 같다. 그래야만 전란으

234 《정감록집성》과 《청구야담》에도 〈남사고동국선십승(南師古仙十勝)〉이란 제목으로 같은 것이 수록되어 있다.

로 고생하는 사람들의 구제원망(救濟願望)에 응할 수 있기 때문이다.

십승지 전승은 근현대에까지 이어져 사회 불안에 선동된 민중들이 상상 속의 '약속의 땅' 인 십승지를 찾아서 이주했다. 예를 들어, 풍기의 김계촌은 한국 전쟁 당시 북한이나 한국 내에서 피난 온 사람들이 이식 산업을 일으킨 '십승지촌' 으로 알려져 있다[235]

청학동이나 우복동은 거기에 이르는 것 자체가 목적이었다. 왜냐면 양자 모두 이미 의식주가 필요한 만큼 충분한 조건에 맞는 이상향이었으므로 그 공간에 발을 들여 놓기만 하면 목적이 달성되기 때문이었다. 이에 대해 십승지의 경우는 비옥한 토지와 넉넉한 인심 등 도원향(桃園鄕)이 갖추어야 할 여건들이 결여되어 있으며 단지 막연히 그 장소만 알려 줄 뿐이다. 즉, 십승지는 눈 앞의 위난에서 몸을 지킬 수 있는 보신의 땅이기는 하지만 처음부터 풍요로운 생활이 보장된 유토피아는 아닌 것이다. 그곳이 유토피아가 될 지 못 될 지는 이주(移住) 후의 생활에 달린 것이었다. 이식 산업에 의해 이루어진 십승지촌은 뜻밖에도 그 본질을 잘 나타내 주고 있다고 할 수 있다. 다시 말하면 십승지는 완성태를 목표로 미래를 향해서 열린 시간 내포적인 존재인 것이다. 이와 같은 미래 지향을 보다 명확하게 보여 주는 것이 《정감록》일 것이다.

235 물론 여기에는 다음에 말하는 정감록과도 관련이 있다. 오세창, 〈풍기읍의 정감록 형성과 이식산업에 관한 연구〉, 《지리학과 지리교육》제9집, 1979.

5. 《정감록》

《정감록》이란 언젠가 이씨 왕조가 멸망할 때, 정씨 성인 진인(眞人)이 나타나 계룡산 산록에 아주 행복한 왕국을 만든다는 것을 기록한 예언서이다. 인조조경부터 유포된 것이라고 하는데, 근대에 이르기까지는 금서로 취급되었었기 때문에 정본은 없으며 〈삼한산림비기(三韓山林

秘記)〉, 〈화악노정기(華岳路程記)〉, 〈구궁변수법(九宮變數法)〉, 〈동국력대본궁음양결(東國歷代本宮陰陽訣)〉, 〈도선비결(道詵秘訣)〉, 〈오룡자기(玉龍子記)〉, 〈무학비결(無學秘訣)〉, 〈남사고비결(南師古秘訣)〉, 〈토정가장비결(土亭家臧秘訣〉, 〈경주이선생가장비결(慶州李先生家臧秘訣)〉, 〈삼도봉시(三道峰詩)〉등 많은 사본들이 유포되어 있다.[236]

비기나 비결과 같은 서명에서도 추측할 수 있듯이 내용은 애매하고 이해하기 어려운 점이 적지 않으나 중심이 되는 것은 첫째 삼절운수설(三絶運數說, 이씨 왕조가 내우외환으로 세 번 단절될 운명이라는 것), 둘째 계룡산천도설(鷄龍山遷都說), 셋째 정씨진인출현설(鄭姓眞人出現說)이라고 한다. 첫 번째의 삼절운수설은 왕조의 교대를 예언하는 것이며 풍수 사상에서 말하는 지기쇠왕설(地氣衰旺說, 지기에도 수명이 있으므로 그것에 따라서 왕조의 운명도 좌우된다고 하는 것)이나 도참설(道讖說, 일종의 정치적 예언)과 깊은 관련이 있다. 두 번째의 계룡산은 조선 왕조 초기에 개성에서 천도할 때 한 때 신수도의 유력한 후보였던 것은 이미 잘 알려져 있다. 세 번째의 정성진인 출현에 대해서는 왜 정씨인가에 대해서는 확실치 않으나 아마 정이란 성 그 자체에는 별 의미가 없으며 단지 이씨로부터의 왕조 교대를 강조하는 것에 불과하다고 본다. 진인에 대해서는 약간 주의를 요한다. 진인이라는 말은 유가의 경전에서는 쓰이지 않는 것이며《열자》나《장자》와 같은 도교 경전에 빈출하는 말이기 때문이다.

236 《정감록집성(鄭鑑錄集成)》.

또 진인은 불교에서도 〈진인시아라한야(眞人是阿羅漢也)〉(《일체경음의一切經音義》권8)라고 하듯이 진리를 깨달은 가람이라는 뜻으로도 사용된다. 어찌되었든 비유가적이므로 불교, 특히 미륵 신앙과의 관련이 주목된다. 미륵보살은 〈미륵선화미시랑진자사(彌勒仙花未尸郎眞慈師)〉 설화(《삼국유사》 권3)에서 볼 수 있듯이 조선에도 고래로부터 신앙의 대상이었다. 석가 입멸 후 56억 7000만 년 후에 이 세상에 나타나(이것을 미륵하생이라고 한다) 중생들을 구제한다는 미륵 신앙은 메시아 신앙으로 변용되기도 쉽기 때문에 이런 점을 이용하여 권세를 휘두르는 자도 나타났다. 후고구려의 궁예가 바로 그런 사람이다. 금관을 쓰고 승의를 입은 궁예는 미륵불을 자칭하고 20권 정도나 되는 경문을 써서 강설까지 하며 민중들의 마음을 현혹시켰다고 한다.[237]

시대가 흘러 조선 왕조가 되어서도 같은 사례들을 볼 수 가 있다. 1688년(숙종 14) 의 일이다. 승려인 여환(呂還)이 미륵 신앙을 퍼뜨리면서, 미륵이 다스리는 세상이 온다고 민중들을 속여 신자들에게 무장까지 시켰다가 반역죄로 처형되었다. 오늘날에도 한국 전도의 산과 들에 무수히 있는 미륵 석불이 말해 주듯이 미륵 신앙은 민중들 속에 깊이 침투되어 있으며 그렇기 때문에 정진인이 언젠가 이 세상에 나타나서 새로운 세상을 열어간다는 《정감록》이 민중들을 움직일 수 있었을 것이다.

237 《삼국사기》 열전 제10.

미륵이든지 정진인이든지 새로이 나타난 구세주와 함께 신세계가 시작된다고 하는 것을 후천개벽 사상이라고 부르는데 여기서 중요한 것은 장소가 아니라 시간일 것이다. 세계는 소여된 조건이 아니라 역동적인 창조 행위에 의해 형성되어 가는 과정에서 비로소 출현하기 때문이다. 청학동이나 우복동 등의 도원 타입의 유토피아 사상이 정적(靜的)인데 반해 《정감록》의 세계가 극히 동적(動的)인 것도 이상향인 세계는 미래로 향한 시간 속에 존재하기 때문이라고 할 수 있다. 후천개벽 사상을 이어 받은 동학 운동이 그처럼 과격한 활동을 할 수 있었던 것도 그런 까닭에서이다.

6.《택리지》

《택리지》란 청화산인 이중환이 이상향을 찾기 위해 쓴 지리서이다.[238] 이중환은 젊었을 적에 묘지 선정을 위해 각지의 산을 돌아다녔는데, 그때 풍수사인 목호룡(睦虎龍)과 친분이 있었던 것이 죄가 되어 후반생은 어쩔 수 없이 방랑 생활을 했다고 한다.[239]《택리지》는 이와 같은 이중환 자신의 견문이 잘 씌어져 있어 당연히 여기저기에 풍수적인 기술이 넘쳐나 있는데 '동천' 이라든가 '복지' 라는 도교 용어도 빈출하고 있는 것도 눈길을 끈다. 이런 점이 이색적인 지리서라고 불리는 이유일 것이다.

238 정본(定本)은 없으며《팔역지(八域志)》,《산수록(山水錄)》,《총화록(總貨錄)》등 다른 이름을 가진 사본이 유포되어 있다. 활자화되어 가장 널리 보급되어 있는 것이 조선광문회본《택리지》이다.

239 이중환의 생애에 대해서는 小石晶子,〈이중환과《택리지》〉,《조선학보》제115집 참조.

그러나 ① 지리, ② 생리(토지의 경제성), ③ 인심, ④ 산수를 판단 기준으로 하고 있는 것에서 알 수 있듯이 (〈복거총론(卜居總論)〉), 그의 시선은 어디까지나 사대부라는 틀에서 벗어나지 못했다. 북쪽도 살 수 없다. 이러다보면 이 세상에 살 수 있는 땅이 없다. 땅이 없다면 동서남북도 없다. 동서남북이 없다면, 세계는 하나의 혼륜(混淪)한 태극도(太極圖)이다. 그렇다면 즉 사대부도 없고 농부도 장인도 장사꾼도 없고 또 살 수 있는데도 없다. 이것을 '비지지지(非地之地)' 라고 한다. 이《택리지》말미의 한 구절을 보아도 이것은 명확하다. 어쩌면 이렇게 '비지지지' 란 허무한 느낌이 드는 말일까. '무하유지향(無何有之鄕)' 과는 비슷한 것 같아도 전혀 다른 것이라는 것은 말할 나위도 없다. 거기에서는 정계에서 쫓겨나 기나긴 방랑 생활을 보내야만 했던 이중환의 비통한 외침 소리를 들을 수 있을 것이다. 어쩌면 조선팔도 어느 곳에도 자신이 몸을 둘 장소가 없다는 것을 이중환 자신은 처음부터 알고 있었던 것이 아닐까. 완성된 '이상지지' 따위는 이 세상 그 어디에도 없다는 것은 이중환 정도의 지식인들에게는 자명한 이치였음에 틀림없다.

그렇기 때문에, 필요한 것은 조금이라도 개선이 되도록 사회에 영향을 주는 것, 그런 것이야말로 사대부들의 할 일이었으나 그는 그런 길을 완전히 차단당해 버렸기 때문에 손을 쓸 수가 없었던 것이다. 만일 폐색 상황(閉塞狀況)에 놓여 있는 현실을 초월하여 이상 사회에 다가고자 한다면 허균이나 박지원 등이 《홍길동전》, 〈허생전〉에서 썼듯이 바다 저 멀리 섬에라도 가서 새로운 세계를 이룩할 수밖에 없었을 텐데 이것이야말로 꿈같은 이야기에 불과하다는 것은 말할 나위도 없을 것이다.

7. 마지막에

이상에서 논해 온 삼신산 · 청학동 · 우복동 · 십승지 · 《정감록》 · 《택리지》 등, 한국의 유토피아 사상을 시간과 장소와의 관련에서 정리해 보면 아래의 그림과 같이 될 것이다. 삼신산 · 청학동 · 우복동은 완성된 이상향이며 그 장소만이 중시되었을 뿐 시간적인 요소는 찾아보기 힘들다. 반대로 미륵 신앙은 장소와는 관계없이 단지 미륵의 출현 시기 만이 문제가 된다. 십승지나 정감록은 장소뿐만이 아니고 이상 사회가 출현하기까지는 시간적인 경과도 필요하기 때문에 양쪽에 걸치게 배치하였다. 《정감록》은 풍수 · 미륵신앙과도 관련이 있기 때문에 시간이나 장소를 포함하여 모두 네 개의 요소를 지니고 있다. 이것을 보면 그 복합적인 성격을 알 수 있을 것이다.

《택리지》는 이중환의 사대부적인 사고가 그 기본이기는 하지만 풍수나 도교적인 요소도 내포하고 있기 때문에 두 군데로 분리하였다. 아마 이것은 이중환의 심상 풍경의 반영이기도 할 것이다. 《홍길동전》이나 〈허생전〉은 무인도라는 장소 설정도 그렇지만 이상 사회를 건설하기 위해서는 시간도 필요하다고 생각했다. 너무 도식화해 버린 경향이 있기는 하지만 이처럼 제요소를 분해해 봄으로써 한국의 유토피아 사상의 특질이 보다 명료하게 되어질 것을 기대해 본다.

마지막으로 이 글의 원래 주제였던 명당에 대해서 약간 언급하겠다. 풍수에서 말하는 명당은 무엇보다도 장소적요소를 중시하는데, 발복(發福)하기 위해서는 시간이 필요하기 때문에 복합적인 성질을 지니고 있다. 그러나 그 발복은 대지에 흐르는 지기의 힘에 의한 것, 즉 어디까지나 타력본원적이고 수동적이다. 자손들의 도덕윤리가 강조되기는 하지만 《정감록》에서와 같은 당사자의 적극적인 노력이나 관여하고는 비교할 수 없을 만큼 약하다. 오늘날의 한국 사회에 있어서도 풍수에 대한 오랜 비판이 계속되고 있으나 그러는 이유 중의 하나는 사회에의 능동적인 관여없이 개인의 행복만을 추구하려고 하는 이기적인 자세가 건전한 사회 발전을 저해하는 것이라고 보이기 때문일 것이다.

한국 사회를 뒤흔든 수도 이전 문제에 풍수가 논의되어질 정도로[240] 오늘날에도 명당에의 관심은 높으나 명당의 발복만으로 모든 문제를 해결할 수 없다는 것은 누가 봐도 명확하다. 피란 · 보신이라는 옛날 사람들이 꿈에 그리던 안주의 땅을, 비록 그것이 불완전하다고 해도, 이 세상에 실현시키기 위해서는 사람들의 영지와 끝임 없는 노력의 축적만이 필요불가결한 것이라는 점을 우리는 과거의 역사에서 배워 왔기 때문이다. 행정 기능의 이전이든 앞으로 다가올 남북 통일 국가이던 다가 올 미래(그것이 '약속의 땅' 일지 아닐지는 몰라도)를 향해서 한국 사회는 이제까지보다 더 역동적인 전개를 보여줄 것이다. 한국의 유토피아 사상은 그 미래 지향적 사상 속에 지금도 숨쉬고 있는 듯 하다.

240 최창근,《風水로 본 "청화대9 의 비극"과 천도불가론》《黃海文化》 2004년 가을호

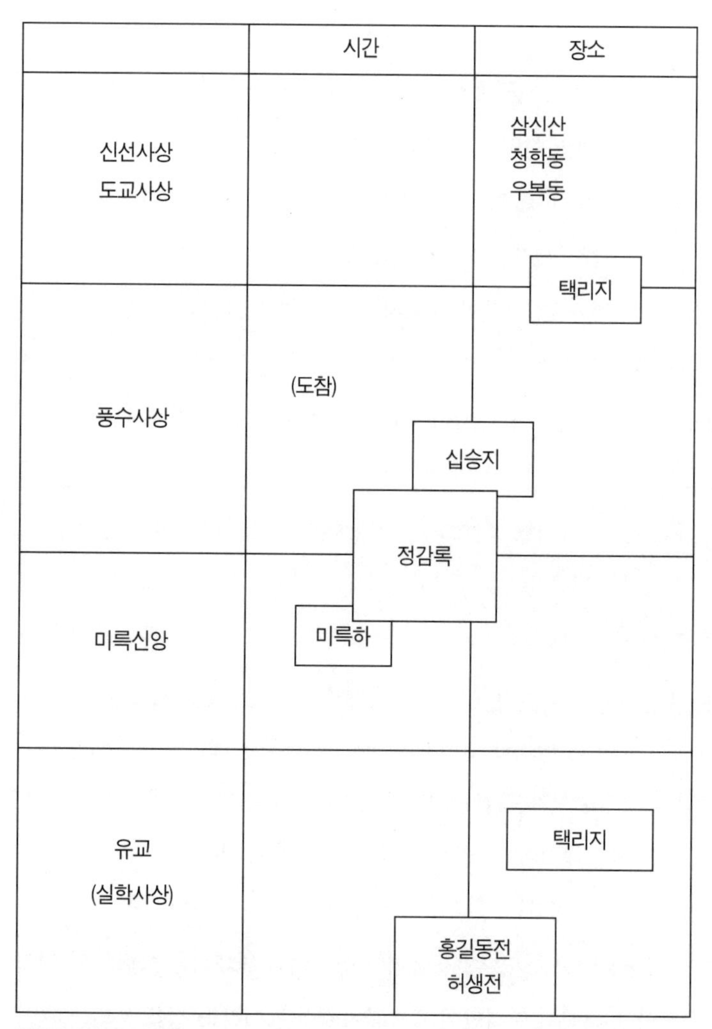
시간
장소
신선사상
도교사상
삼신산
청학동
우복동
택리지
풍수사상
(도참)
십승지
정감록
미륵신앙
미륵하
유교
(실학사상)
택리지
홍길동전
허생전

한국의 유토피아 상관도

한민족의 마음의 고개

아리랑 고개

김태준

1. '아리랑 고개' - 한민족의 심상 공간

'아리랑 고개'는 본디 지리 공간이 아니다. 한민족을 대표하는 민요 〈아리랑〉속에 등장하는 심상 공간(心象空間)으로, 한민족의 '마음의 고개'이다. 그러나 민족의 민요로 〈아리랑〉에는 반드시 '아리랑 고개'가 등장하기 마련이고, 아마도 이 민요에서 유래된 것에 틀림없는 '아리랑 고개'가 실제 지리 공간으로 여러 지방에 존재하기도 한다. 이런 점에서 '아리랑 고개'는 반드시 '심상 공간'이라고만 할 수 없는 실재의 지리 공간이며, 그것은 각 지방의 이러저러한 전승을 가진 민족적 역사지리 공간이기도 하다. 게다가 아리랑이 그 분포 지역에 따라 강원도 일원에 널리 분포되어 있는 〈정선 아리랑〉, 호남 지역의 〈진도 아리랑〉과 경상남도 일원의 〈밀양 아리랑〉이 3대 아리랑으로 자생한 민요라고 상정할 때, 그 지역적 지리적 중요성은 배가 된다. 이런 점에서는 민속적, 지역적 지리 공간이 한민족의 역사적 심상 공간으로 발전해 갔다고 볼 수 있다.

그러나 〈아리랑〉이 한민족의 대표적 민요로 널리 일반화되기에 이른 계기는 아마도 〈경기 아리랑〉 혹은 〈서울 아리랑〉으로 불리는 신민요 아리랑에서 촉발된 것으로 보인다.241 이것은 '정선,' '진도.' '밀양' 등 3대 아리랑에 원류를 두면서, 나운규(羅雲奎)의 영화 〈아리랑〉(1926)과 박승희(朴勝喜)의 연극 〈아리랑 고개〉(1929) 등 일제 시대의 민족적 시련의 예술 활동 속에서 크게 촉발되었다고 할만하다.242

241 김열규, 《아리랑, 역사여 겨레여 소리여》, 조선일보사, 1987.

242 영화 〈아리랑〉을 제작한 나운규는 고향 회령(會寧)에서 남쪽 노동자들에게서 처음으로 〈아리랑〉 노래를 듣고, 서울에 와서 찾은 아리랑으로는 강원도 아리랑뿐이었다고 증언한 바 있다. (나운규, 〈아리랑 등 자작 전부를 말함〉, 《삼천리》1937년 1월호, 통권 81호)

아리랑 아리랑 아라리요
아리랑 고개로 넘어간다.
나를 버리고 가시는 님은
십리도 못가서 발병난다.

〈경기 아리랑〉

여기서 '아리랑 고개'는 '아리랑'이란 주제어와 짝을 이루는 〈아리랑〉 노래의 빠질 수 없는 열쇠 말이며, 민요의 고향으로 한민족의 심상 공간으로 크게 자리 잡았음을 알 수 있다. 이 영화와 연극의 감동으로 민요 〈아리랑〉은 국민의 가요, 민족의 노래가 되었고, 영화 〈아리랑〉이나 연극 〈아리랑 고개〉의 배경 공간으로 미아리 고개는 서울의 아리랑 고개이며 아리랑 고개의 대명사로 지리 공간으로 자리했다.243

그러면서 한편으로 민요 〈아리랑〉의 각 편에서는 아리랑 고개의 성격이나 개념을 스스로 규정해 주고 있어서 더욱 흥미를 끈다. 여기 몇 개의 보기를 들어본다.

243 나운규 원작, 감독, 주연의 영화 〈아리랑〉의 충격은 상상을 뛰어넘는 것이었다. 〈아리랑〉이 장기 상영으로 2년에 접어들어도 관객이 줄지 않았고, 이어 〈아리랑 후편〉과 제3편이 나오고, 〈아리랑 이후〉라는 작품으로 이어지면서 개봉관 단성사는 영화 개봉관으로 자리를 굳혔고, 단성사는 '아리랑 극장'으로 이름을 날렸다. 1937년 8월 14일 나운규의 장례식에서는 〈아리랑〉이 장송곡으로 불리웠다. (윤봉춘, 〈아리랑〉을 만들 때, 《조선영화》, 1호, 1936, 11월호; 김종욱, 영화 〈아리랑〉, 이것이 원본이다)

(1) 아리랑 고개는 웬 고갠가
넘어갈 적 넘어올 적 눈물이 난다.

(2) 아리랑 고개는 얼마나 먼지
한번 간 님은 왜 못 오느냐.

(3) 아리랑 아리랑 아라리요
아리랑 고개로 넘어간다
아리랑 고개는 웬 고갠가
구름도 바람도 쉬어가네.

(4) 아리랑 고개는 열 두 고갠데
나 넘어갈 고개는 한 고개로다.

서울의 아리랑 고개인 미아리고개

(1)번 노래는 지금 그 명맥이 겨우 남아 전하는 〈해주 아리랑〉의 일절인데, 여기서는 아리랑 고개가 넘어 가고 넘어 오는 때마다 "눈물이 나는" 고개, 슬픈 고개라고 규정하고 있다. 아리랑 고개는 "넘어 가고 넘어 오는 고개"이며, 그 "넘어갈 적 넘어올 적마다 눈물이 나는" 고개라고 하면서도, 이 고개가 "웬 고개"이기에 넘어가고 올 때마다 눈물이 나는가를 자문하는데 묘미가 있다. (2)번 또한 사라져 가는 아리랑 가운데 하나인 〈영천 아리랑〉의 일절로, 아리랑 고개가 "먼 고개"임을 암시하고, 그것이 얼마나 먼 고개이기에 한번 간 님은 왜 못 오는가라고 묻는 방식을 취하고 있다. 이 또한 슬픈 고개, 눈물이 나는 고개라는 이미지를 담고 있다. (3)번 노래는 북한에서 여성 독창곡으로 불리우는 아리랑으로,[244] 여기서는

244 김연갑, 〈아리랑 고개는〉,《팔도 아리랑 기행 1》, 1994, 집문당, 284쪽.

아리랑 고개가 "구름도 바람도 쉬어 넘는 고개"라고 개념 규정하고 있다. "구름도 쉬어 넘는 고개, 바람도 쉬어 넘는 고개"라면 우리 시조 문학에서 자주 등장하는 사랑과 이별의 상징어투로, 그 고개 너머에 임이 계시다면 쉬지 않고 넘으리라는 그런 애증의 고개의 이미지를 가졌다. 그리고 (4)번 노래는 아리랑 고개가 한 고개만이 아니고 많은 고개라는 뜻을 열두 고개로 상징화하고 있다. 항일 혁명 투사 김산(金山)이 부른 〈아리랑〉 가운데도 "열두 고개(구비)"란 구절이 보이므로, 이것은 꽤 일반화된 개념임을 알 수 있다.

> 아리랑 아리랑 아라리요/ 아리랑 고개를 넘어간다.
>
> 아리랑 고개는 열두 구비/ 마지막 고개를 넘어간다.

이 글은 이런 예비적 고찰을 바탕으로, 지리 공간으로서 '아리랑 고개'와 관련하여 한민족의 심상 지리를 살펴보고자 한다.

2. 아리랑 고개

민요 〈아리랑〉은 '아리랑'이라는 슬프고 낭만적이면서도 신비적인 열쇠 말과 함께, '아리랑 고개'라는 마음의 고개가 그 중심을 이룬다. 그런데 민요 〈아리랑〉의 수많은 각 편들은 스스로 아리랑 고개의 슬픈 이미지와 함께, 이 슬픔에 결코 좌절하지 않는 극복의 의지를 드러내 주고 있다. 가령 "아리랑 고개는 열두 고갠데/ 나 넘어갈 고개는 한 고개로다"라는 구절을 보면, 아리랑 고개가 '열두 고개'라든가, 내가 넘을 고개가 '한 고개'라는 표현은 아리랑 고개에 수많은 고개가 있을 수 있다는 상징성을 나타낸다. 또 "나 넘어갈 고개"를 말하는 대목에서는 이 고개가 내가 넘지 않으면 안 되는 필연의 고개임을 암시하고 있다.

이런 아리랑 고개에 대한 민족적 심상 개념은 일제 식민지 시대의 암울한 민족사적 질곡 속에서 불굴의 혁명 투사로 이름을 남긴 김산의 '아리랑론' 에서 가장 방불한 문제 제기를 발견할 수 있다.

> 조선에는 민요가 하나 있다. ......조선은 이미 열두 고개 이상의 아리랑 고개를 고통스럽게 넘어왔다. .... 내 짧은 인생살이 가운데서 나는 조선이 아리랑 고개를 몇 개나 올라가는 것을 보았는데, 그때마다 꼭대기에 기다리고 있는 것은 오로지 죽음뿐이었다. ...... 그러나 죽음은 패배하지 않는다. 수많은 죽음 가운데서 승리가 태어날 수 있다.[245]

245 김산 · 님 웨일즈, 조우화 옮김 《아리랑》제1장 "회상", 동녘. 1993

여기서 김산은 "열 두 고개 이상의 아리랑 고개"라는 말을 쓰고 있고, 혹은 '열 둘' 이라는 수의 상징성을 말하기도 했다. 아리랑 고개가 열두 고개라는 것은 상징적인 표현임에 틀림없다. 김산은《아리랑》에서 이 '12' 이라는 수자가 "불운(不運)을 가리키는 만국 공통의 숫자인 것 같다" 고 말하고 있으나, 그것 또한 김산의 처지에서 내린 비극적 상상의 결과일 것이다.[246] 특히 그는 이 대목에서 당시의 조선의 처참한 운명을 가리켜, "지금 우리는 '마지막 아리랑 고개를 넘어가가고 있다" 고 말하고 있고, 이 '마지막 아리랑 고개' 라는 말을 설명하기 위해서 김산은 스스로의 '아리랑 고개론' 을 펼쳐 보여 주고 있어 참고가 된다.

246 김산은 이 대목에서 자신이 일찍이 단테의《신곡》을 읽었을 때, "열 두 천국과 열두 지옥" 이라는 같은 숫자를 사용하면서, "이곳에 들어가는 자는 모든 희망을 버려라" 는 말에 놀랐다고 말했다. 그러나 이것은 김산이 기억의 오해에서 오는 표현일 것이다.

> 서울 근처에 아리랑 고개라는 고개가 있다. 이 고개 꼭대기에는 커다란 소나무가 한 그루 우뚝 솟아 있었다. 그런데 조선 왕조의 압정 하에서

이 소나무는 수백 년 동안이나 사형대로 사용되었다. 수만 명의 죄수가 이 노송의 옹이진 가지에 목이 매어 죽었다. 그리고 시체는 옆에 있는 벼랑으로 던져졌다. 그 중에는 산적도 있었고, 일반 죄수도 있었다. 정부를 비판한 학자도 있었다. 이조 왕족의 적들도 있었고, 정치적 반역자도 있었다. 하지만 대다수는 압제에 대항해 봉기한 빈농이거나 학정과 부정에 대항해 싸운 젊은 반역자들이었다. 이런 젊은이 중의 한 명이 옥중에서 노래를 한 곡조 만들어서는 무거운 발걸음을 끌고 천천히 아리랑 고개를 올라가면서 이 노래를 불렀다.[247]

247 김산 · 님 웨일즈, 《아리랑》제1장 "회상." 이런 한국 사람의 운명의 상징으로서 '아리랑 고개'는 이밖에도 전국 여러 곳에 있다. 충북 영동군 영동읍 부용리에도 아리랑 고개가 있다.

이렇게 길게 이어지는 김산의 아리랑론은 이 노래가 민중들에게 알려지자 그 뒤로는 사형선고를 받은 사람이면 누구나 이 노래를 부르면서 자신의 즐거움과 슬픔에 이별을 고하게 되었다는 것이며, 이 노래가 조선의 모든 감옥에 메아리쳤으며, 이윽고

현재 미아리 고개에 복원된 나운규의 집

죽기 전에 이 노래를 부를 수 있는 최후의 권리는 누구도 감히 부정할 수 없게 되었다는 것이다. 김산은 이렇게 말하면서, 아리랑 고개는 넘고 또 뛰어넘더라도 결국 죽음만이 남게 될 뿐이라는 의미를 내포하고 있으며, 한일 합방 뒤에 이 노래는 "압록강을 건너" 유랑하는 민족의 운명을 나타낸다고 했다. 그럼에도 불구하고 그는 "머지않아 우리는 돌아가게 될 것"이라고 하여, 아리랑고개를 민족의 운명의 고개, 운명 극복의 상징으로 심상하고 있다. 이것은 아마도 나운규의 영화 〈아리랑〉(1926)이나 박승희의 연극 〈아리랑 고개〉(1929)와 관련이 있을 것이며, 이 점은 뒤에서 다시 논의하기로 한다.

그런데 여기서 나오는 아리랑 고개의 원류는 아무래도 그 노래 언어의 원류와 마찬가지로 〈정선 아라리〉에서 찾을 수 있다고 보인다. 강원도 정선 지방의 민요로 '아라리'라고 불리는 〈정선 아리랑〉은 정선 지방에서 발생한 노래일 것이지만, 태백산맥의 동쪽 전역과 남 · 북 한강 유역에 넓게 퍼져 있는 노래이다. 세 개의 대표적 아리랑 가운데서도 그 분포 지역이 가장 넓고, 전하는 노래 말은 700~800여 수나 된다고 하며 관련 설화도 고려시대까지 올라간다고 한다.[248] 〈정선 아라리〉는 세 가지가 있는데, 가장 길게 늘어지게 부르는 '긴 아라리'와 이보다 경쾌하게 부르는 '자진 아라리' 그리고 앞부분을 긴 사설로 엮어 나가다가 나중에 늘어지게 부르는 '엮음 아라리'가 그것이다. 그러나 물론 어떤 아라리에서도 후렴에서는 '아리랑 고개'가 나오기 마련이고, 그것은 "아리랑 고개로 나를 넘겨 주소"라는 청유 형태로 되어 있다. 게다가 노랫말 가운데 정선 지방의 지명이 자주 나와서 지역 정서가 흠뻑 배어나는 특색이 있다. 여기서 흥미로운 것은 "아리랑 고개로 넘어 간다"는 능동형의 일반적 노랫말과 달리, 이 〈정선 아라리〉가 특히 "나를 넘겨주소"라는 청유(請誘)의 수동형 어미로 된 가사를 가지고 있다

248 강등학, 《정선 아라리의 연구》, 집문당, 1988.

는 점이다.[249] 이것은 사설의 내용이 슬프고 가락도 애절한 노래의 성격과 관련이 없지 않을 것이다.

249 진용선, 〈아리랑 고개〉, 《중국 조선족의 아리랑》, 수문출판사,

'고개'란 산이나 언덕 따위처럼 넘어 다니게 된 비탈진 곳을 가리키는 말이다. 넘어 다니게 된 비탈진 곳은 산 고개도 있고, 언덕 고개도 있다. 그러나 언덕이라면 땅이 조금 높게 비탈진 곳이고, 산이라면 크게 비탈진 곳을 뜻한다. 고개는 이 중간에 있으면서 넘어야 할 비탈이 만만치 않은 공간을 뜻한다. 그러나 또한 '산 고개'가 있고, '고갯길'이나 '고갯마루'나 '고개 턱'과 같은 말들이 모두 산이나 언덕처럼 넘어야 하는 비탈진 곳을 가리킨다는 점에서 고개는 '넘어야 하는 힘든 길'의 뜻을 가진다.

우리나라는 참으로 산이 많은 나라이다. 이 산을 넘어 길을 가자면 자연히 고갯길을 넘어야 하고, 고갯마루에 서면 오르는 고생으로 턱에 차는 한숨을 몰아쉬며, 잠시 고개 아래로 새로운 지역을 바랄 수 있다. 그러니까 고개는 산의 줄기와 관련이 있고, 산이 치닫다가 잠시 쉬며 생긴 곳이 고개이다. 그래서 고개는 구역의 한 경계를 이룬다. 큰 산 줄기를 따르자면, 백두대간(白頭大幹)을 중심축으로 하여 영동(嶺東)이니 영서(嶺西) 등이 모두 대관령(大關嶺) 고개를 기준으로 동쪽과 서쪽으로 나뉘고, 영남(嶺南)은 문경 새재(聞慶鳥嶺)의 남쪽이라는 뜻으로 큰 고개들을 기준으로 한 지역 개념이다. 특히, 백두대간은 충북(忠北)과 영남을 갈라놓고 있기 때문에, 영남지방은 어디서나 반드시 충주(忠州)를 거쳐야 서울로 올라올 수 있었다. 이중환(李重煥)이 《택리지(擇里志)》에서 말한 바대로, "경상도에서는 충주에 모여 뱃길이나 육로로 한양(漢陽)에 이르기 때문에, 유사시에는 반드시 전쟁터가 될 것이다"고 기록했을 정도이다.[250]

이 고개들이 모두 아리랑 고개는 아니지만, 이 고개들에 아리랑 타령이 남아 있는 보기는 없지 않다. 가령 이름난 경상도의 큰 고개로 문경새

250 옛날 조선 시대는 경상도에서 한양으로 올라오기 위해서는 백두대간의 죽령(竹嶺, 영주-단양), 하늘재(계립령, 문경-중원), 새재(鳥嶺,문산-괴산), 추풍령(秋風嶺, 김천~영동) 고개를 넘어 모두 충주로 모였다.

재에는 일찍이 〈아리랑 타령〉이 전해진다. 1914년 이상준(李尙俊)이 펴낸《조선속곡집(朝鮮俗曲集)》(상)에 실린 〈아리랑 타령〉은 "문경새재 박달나무……"로 시작하여, 일찍부터 이 고개와 아리랑을 관련시키고 있다. 그리고 (2)번 노래에서는 문경새재가 아리랑 고개로 상징되고 있다.

(1) 문경새재 박달나무
홍두깨 방망이로 다 나간다.
아리랑 아리랑 아라리요
아리랑 띄어라 노다가게. [251]

251 김연갑,《팔도 아리랑 기행》1, 집문당, 1994. 253~255쪽.

(2) 만경창파에 떠가는 배야
거기 좀 닻 주어라 말 물어보자
아리랑 아리랑 아라리요
아리랑 고개로 넘어간다
문경새재는 어드멘고
구부야 구부야 삼백리게. [252]

252 김연갑〈경상도 아리랑〉유의책, 64쪽

다음으로 강원도의 대관령은 그 고개만으로 99고개라고 하고, 그 고개가 험하여 대관령 고개에는 국사서낭(國師城隍)이 지금껏 남아있고, 이 대관령 고개를 두고 〈대관령 아라리〉가 전하기도 한다.

대관령 한 마루같이 두텁던 정분
풀잎에 이슬같이 뚝뚝 떨어졌네
아리랑 아리랑 아라리오 아라리고개로 넘어가네[253]

253 장정룡,《대관령문화사》, 동해안발전연구회, 1996, 40쪽.

3. 아리랑 고개의 유래와 관련하여

그런데 이 아리랑의 노래들이 하나같이 "아리랑 고개를 넘어간다"고 하고 혹은 "넘겨 달라"고 하는 〈아리랑 고개〉의 유래는 어떤 것인가? 그것은 일찍부터 〈정선 아라리〉의 기원 설화들과 관련하여 말해왔다. 고려 말의 이른바 두문동(杜門洞) 72명의 고려 유신이 조선 창업에 반대하여 송도(松都) 두문동에 숨은 가운데, 전오륜을 비롯한 7명이 정선 남면 서운산 거칠현동(南面瑞雲山居七賢洞)으로 은거지를 옮기고 외롭고 고달프게 살아가는 심정을 한시로 노래했다. 뒤에 세상 사람들이 이것을 풀이하여 부른 것이 〈정선 아라리〉의 기원이 되었다는 것이다.[254] 멸망한 고려 왕조에 대한 충절의 외로움과 함께, 가족과 고향을 그리는 심정과, 산나물로 연명하는 괴로움이 한탄과 절규로 이어진 정서를 "나를 넘겨주소"라는 애원 속에 담았다고 이해할 수 있다.

254 강등학,《정선 아라리의 연구》, 집문당, 1988.

강원도 금강산 일만 이천봉 팔만 구암자에
석달 열흘 아들 생겨 달라고 백일 불공 말고
타관 객리 나선 사람 부디 괄세를 말아라
아리랑 아리랑 아라리가 났소
아리랑 고개고개 넘어 넘어 간다.

정선읍내 물레방아는 사구 삼십육 서른여섯 개인데
사시장철 쉬지 않고 물을 안고 뱅글뱅글 도는데
우리 남군 어데로 가고 날 안고 돌 줄 몰라
아리랑 아리랑 아라리가 났소
아리랑 고개고개 나를 넘겨주소.

미아리고개에는 나운규를 기리는 거리가 조성되어 있다.

혹은 흔한 남녀의 애정과 관련한 설화로 전하기도 한다. 정선 아라리의 고향으로 알려진 아우라지 나루를 사이에 두고 마주 보고 있는 여랑리와 유천리의 처녀 총각이 서로 사랑하는 사이였다. 여랑리 처녀는 날마다 싸릿골 동백을 따러 간다는 핑계로 유천리로 건너가서는 총각과 정을 통해 왔다. 그런데 여름 장마로 홍수가 져서 강을 건널 수 없게 되자, 처녀는 이를 원망하여 이 노래를 부르게 되었다고 한다. 이런 애정과 관련된 사연이 과연 아리랑 노래 속에는 참으로 많이 녹아 있어서, "나를 버리고 가시는 님은 / 십리도 못 가서 발병이 난다"는 노래 말은 물론, "인제 가면은 언제 오나요 / 오마는 날이나 일러주오." 등의 직접적 사랑의 표현이 이 아리랑의 전형구의 하나가 되어 있다.

〈아리랑〉이 이렇게 민족의 노래로 되었지만, 아리랑의 역사와 아리랑 고개의 유래를 말하자면 주장들이 무성하고 뚜렷한 정설이 없다. 그러기에 민요고, 정설이 없어야 그야말로 민요라고 할 수 있다. 그런 가운데 조국이 일제에 식민지로 전락하는 역사의 소용돌이 속에서 만주와 동아시아 천지를 떠돌며 항일 운동에 평생을 바친 김산(金山/張志樂, 1905~1938)의 전기 《아리랑》은 이 한국 제1의 민요의 역사와 성격에 대하여 흥미로운 견해를 전해주고 있어 주목된다. 항일 혁명 투사였던 김산이 스스로 구술하고 미국 종군 여기자였던 님 웨일즈(Nym Wales/Helen Foster Snow)가 영어로 기록한 김산의 이 전기는 서장(序章)과 25장으로 구성되어 있다. 이 책은 김산의 자술 전기 성격의 책으로 그 제목이 《아리랑Song of Arirang》일 뿐 아니라, 그 제1장이면서 주인공의 생애의 개략적 경력을 말하는 "회상"의 거의 머리 대목에서, 민요 〈아리랑〉은 조선 민족의 운명의 상징으로 중심화제로 오르고 있다. "우리는 지금 '마지막 아리랑 고개를 넘어' 가고 있다"는 감상적인 말로 스스로의 경력과 민족의 운명을 요약하면서, 이 화제는 일장의 〈아리랑론〉으로 발전하고 있다.

> "조선에는 민요가 하나 있다. 그것은 고통받는 민중들의 뜨거운 가슴에서 우러나온 아름다운 옛 노래이다. 심금을 울려주는 아름다운 선율에는 슬픔을 담고 있듯이 이것도 슬픈 노래이다. 조선이 그렇게 오랫동안 비극적이었듯이 이 노래도 비극적이다. 아름답고 비극적이기 때문에 이 노래는 300년 동안이나 모든 조선 사람들에게 애창되어 왔다."

이렇게 시작되는 김산의 〈아리랑론〉은 이 노래가 모든 조선 사람들에게 애창되어 심금을 울리는 조선의 민요이며, 300년의 역사를 이어온 슬프고 아름다운 노래라고 전제하고 있다. 조선 사람이 유랑하는 만주 벌판에서 중국 사람도 아닌 서양 기자를 상대로 자기의 전기적 생애를 이야기하면서, 김산은 스스로의 생애와 조국을 이 한편의 민요로 상징시키고 있다.

민족 예술로서 민요에 대하여 설명하고자 할 때, 우선 이 민요가 가진 역사와 아리랑 고개의 성격을 논의하는 것은 당연한 방식일 것이다.

그는 아마도 여기에 덧붙여서 〈아리랑〉의 첫째 마디쯤 눈물을 섞어 불러 보였을 것이고, 긴 이야기의 시작과 함께 자연스럽게 튀어나온 이 감상적 민요 한 가락에서 서양인 청자(聽者)는 아마도 비상한 감명을 받았을 것임에 틀림없다. 전기로 씌어진 이 책의 제목이 《아리랑의 노래》로 붙여진 것은 물론, 책의 제일 첫 쪽에 이 노래 가사를 적어놓고 있다는 점에서도 그런 흔적은 뚜렷하다.

아리랑 아리랑 아라리요/ 아리랑 고개를 넘어간다.
아리랑 고개는 열두 구비/ 마지막 고개를 넘어간다.

청천 하늘에 별도 많고/ 우리네 가슴엔 수심도 많다.
아리랑 아리랑 아라리요/ 아리랑 고개를 넘어간다.

아리랑 고개는 탄식의 고개/ 한번 가면 다시는 못 오는 고개
아리랑 아리랑 아라리요/ 아리랑 고개를 넘어간다.

이천만 동포야 어데 있느냐/ 삼천리 강산만 살아 있네.
아리랑 아리랑 아라리요/ 아리랑 고개를 넘어간다.
지금은 압록강 건너는 유랑객이요/ 삼천리 강산도 잃었구나
아리랑 아리랑 아라리요/ 아리랑 고개를 넘어간다.[255]

255 김산 · 님 웨일즈 지음, 《아리랑》, 조우화 옮김, 동녘, 1993, 개정 2판.

여기서 김산이 말하고 있는 〈아리랑〉 300년의 역사나 아리랑 12고개 설에 대하여는 해명할 대목들이 적지 않다. 그러나 항일 혁명가로서 김산의 이 〈아리랑론〉과 아리랑 고개의 이야기는 항일 독립 운동기의 〈아리랑〉의 성격과 아리랑 고개의 유래를 증언하는 귀중한 자료임에 틀

림없다. 여기서 아리랑 고개는 민족 수난을 상징하는 비극의 고개로 설정되고, 이것은 민족의 불굴의 상징 공간으로 설정되어 있다.

4. 아리랑 문학과 아리랑 고개

〈아리랑〉은 한민족의 정서를 대표하는 민요로서는 물론, 영화와 관현악곡 등 수많은 장르의 예술로 재창작되었다. 1926년 나운규가 제작한 영화 〈아리랑〉은 그중 대표적 종합예술로 그 평가가 높고, 사회적 영향이 컸다. 1920년대 전반기 식민지 아래 조선 농촌의 현실을 시대적 배경으로 하면서, 농민들의 피눈물 나는 생활 처지와 비극적 운명과 반항의식을 그린 작품이다. 작품의 내용은 소작인의 미친 아들인 최영진이 누이동생 영희를 둘러싸고 윤현구와 결투하는 마름 오기호를 낫으로 찔러 죽이고, 경찰에 잡혀가는 것으로 되어 대단원을 이루고 있다.

성북동 아리랑고개에 자리한 아리랑 시네센터

영화는 "개와 고양이"라는 자막 아래, 어느 농촌에서 만나기만 하면 싸우는 최영진과 오기호의 등장으로 시작되는데, 사립 전문학교를 중도에 퇴학한 영진은 고향으로 돌아와 정신이상으로 고통을 당하는 인물이다. 마침 영진의 친구인 윤현구가 이 마을로 찾아오면서 사건은 급진전되는데, 사립학교 교사인 박선생은 청년 회원들을 데리고 아리랑 고개를 넘어 현구를 맞이한다. 한편 오기호는 영진의 여동생 영희의 미모에 반하여 야욕을 품어왔던 중에, 영진의 아버지 최노인이 진 빚을 미끼로 영희를 내놓도록 협박하고 있었다. 그러나 뜻을 이루지 못한 오기호는 여름철 마을 잔치가 벌어지는 틈을 타서 홀로 집에 머물고 있는 영희를 겁탈하려 한다. 때마침 현구가 나타나 오기호와 결투를 벌이고, 이때 나타난 영진은 밑에 깔린 현구를 구하기 위해서 낫을 들고 달려들어 오기호를 죽인다. 여기서 큰 충격을 받은 영진은 제 정신으로 돌아오지만 달려온 경찰에게 붙잡혀 결박되고, 영진은 마을 사람들의 눈물어린 전송을 받으며 아리랑 고개를 넘어간다. 그리고 여기서 마지막으로 불리는 〈아리랑〉 노래가 이 영화의 절정을 이룬다.

영화는 이런 내용을 "광인 최영진," "내 마음 어디 두고," "그리운 사람끼리," "풍년놀이," "에삘로그" 등으로 나누어 진행된다. 작품은 미친 청년 최영진의 고뇌의 삶을 통해서 식민지 상황에서 허덕이는 농촌의 실정을 사실적으로 그려주고, 특히 〈아리랑 고개〉로 넘어가는 주인공의 시련을 잘 그려 민족 정서에 이어주고 있다. 그리고 이 영화에서 〈아리랑〉은 주제곡으로 세 번 불린 것으로 보고되어 있으며, 그것은 첫 번째로 영진이가 미쳐서 혼자 흥얼거리는 장면과 두 번째는 마을 잔치에서 농악놀이 가운데서 불리며, 마지막으로 연진이 경찰에 끌려 마을을 떠나는 마지막 장면에서이다.[256] 그리고 이 영화의 대성공과 함께 〈경기 민요 아리랑〉이란 것이 크게 보급되

256 김연갑, 〈영화 아리랑에 관한 이야기 셋〉, 앞의 책, 325쪽 참조..

었음은 물론, 이를 통해서 아리랑 고개의 민족적 심상지리가 크게 자리 잡은 것을 확인할 수 있다.

박승희가 쓴 희곡으로 《아리랑고개》는 1929년 11월 조선극장에서 토월회 재기 작품으로 상연한 이래, 작가 스스로 이끌던 토월회 태양극장의 중요한 연제(演題)의 하나가 된 작품이다. 지금 그 작품이 전하지 않고 있으나, 제목이 상징해 주듯이 식민지 수탈에 따른 조선 농촌의 붕괴와 이탈의 문제를 비극적으로 다룬 작품이다. 작품의 줄거리는 대개 다음과 같다.

한 마을에 살며 서로 사랑하는 사이였던 길룡(吉龍)과 봉희(鳳姬)는 빨리 결혼하고 싶어했지만, 길룡이 집의 사정으로 이룰 수가 없었다. 길룡이네는 일본인 돈놀이꾼에게 집과 재산을 다 빼앗기고 결국 고향을 등지고 북간도로 유랑의 길을 떠나게 되었다. 길룡의 아버지는 마을 사람들에게 조상의 산소의 풀이나 뜯어 달라고 부탁하며 통곡하고, 길룡과 봉희는 애끓는 이별을 설워하며 흐느낀다. 이 정경을 바라보는 마을 사람들은 저절로 터져 나오는 〈아리랑〉 곡으로 이별의 노래를 불러 주었고, 이 작품을 연출한 박진(朴珍)의 증언에 따르면, "명색이 연출자라는 나로부터 작가, 기타 무대에 있는 모든 사람이 다 울어버렸다. 그러자 관중석에서는 왕벌 떼 소리가 났다"고 했다.[257] 이렇게 이 《아리랑고개》는 민족 수난의 내용과 그 공감으로 대단한 호소력을 가진 작품이었음을 알 수 있고, 〈아리랑〉 노래가 이 수난을 극복하는 민족적 동질성을 지탱하는 상징 소리였음을 알게 한다.

257 박진, 〈歲歲年年〉, 京和出版社, 1966; 박승희, 〈土月會 이야기〉, 《사상계》 121~124호, 1963.

이런 아리랑의 정서, 힘, 아리랑의 정신이 가장 잘 드러난 문학 작품이 님 웨일즈를 통하여 우리에게 읽혀온 김산의 전기 《아리랑》이며, 김산이 넘은 아리랑 고개이다. 그리고 아리랑은 민요로서는 물론, 조정래(趙廷來)의 대하 소설 《아리랑》과 연변 가무단의 《가극 아리랑》과 남북한 양측과 한민족 문화를 공유하는 중국과 재일 동포 사회 등 해외의 여러 지역에서 수많은 작품으로 재생산되었고 또 되어갈 것이다. 그리고 이런 아리랑 문화의 전승과 향유를 통해서 민족 정서를 공유 발전시키고, 민족 역사의 아리랑 고개들을 넘어가고 넘겨줄 것이다.

5. 아리랑 고개의 심상지리

〈아리랑〉은 한국(조선) 사람이 가장 좋아하는 노래, 한국(조선)을 대표하는 민족 민요라는 것은 세계가 인정하는 일이다. 그런데 최근 AP 통신은 한민족의 이 〈아리랑〉이 '세계에서 가장 아름다운 노래' 1등으로 뽑혔다고 보도한 바 있다. 영국, 미국, 프랑스, 독일, 이탈리아 작곡가들로 이루어진 세계 아름다운 곡 뽑기 대회에서 지지율 82%라는 절대적 지지를 받고 〈아리랑〉이 1등에 뽑혔다는 소식이다. 이 소식통은 선정 과정에 한국민족은 한 사람도 없었으며, 심사위원들 스스로도 놀라는 눈치였다고 전했다.

"〈아리랑〉은 한국이라는 나라를 나에게 깨우쳤다"/ "듣는 도중에 몇 번이나 흥이 났다"/ 말로 표현할 수 없이 감동적이다"

이들 모두가 처음 듣는 곡이었으며, 한국의 이름난 바이올린 연주자 유진박이 아리랑을 전자 바이올린으로 연주했다고 한다.

한민족의 남북 양측은 1989년 3월 9일 판문점에서 열린 제1차 남북 체육회담에서 단일팀 구성과 함께 민요 〈아리랑〉을 단가로 결정한 이래, 지난 2004년의 아테네 올림픽대회에서는 4년 전의 시드니 올림픽에 이어 두 번째로 남북한이 한반도기와 함께 아리랑 곡조에 맞추어 공동입장을 했다. 〈아리랑〉은 이렇게 남과 북을 하나로 이어주는 민족의 노래이면서, 세계에 흩어진 한민족을 감동시키는 민족의 〈애국가〉가 되었다. 내가 좋아하는 소리꾼 장사익은 그의 대표곡의 하나인 아리랑을 부를 때는 꼭 〈애국가〉를 부른다고 한다.

아리랑은 슬프고도 기쁜 노래이다. 만주벌을 말달리며 적에게 쫓기며 부르던 독립군 김산의 〈아리랑〉은 그 스스로 증언하듯이 과연 슬픈 노래이다. 그러나 이 노래는 생각하면 기쁜 노래이다. 김산의 말대로 12개 아리랑 고개 가운데 조선 민족은 이제 마지막 아리랑 고개를 넘어간다고 했다. 벌써 20여 년 전에 일본의 민속학회의 회장을 맡고 있었던 노교수와 함께 남한 각지를 여행한 일이 있었다. 지금도 뚜렷하여 잊혀지지 않는 것은 이 이국의 민속학자가가 전국을 돌며 한국의 노인네들을 찾아 묻는 질문이 "〈아리랑〉은 슬픈 노래인가? 기쁜 노래인가?" 하는 꼭 한 가지 질문이었다. 나도 놀란 것은 거의 모두가 이구동성으로 "아리랑은 기쁜 노래라고 대답한 일이다. 이런 체험 뒤로 나에게 〈아리랑〉은 슬픈 노래며 동시에 기쁜 노래가 되었다. 그렇다. 슬프고도 기쁜 노래라는 점에 〈아리랑〉의 신비성, 영원성, 초역사성이 있다고 할 만하다. 민족의 역사와 함께 슬퍼하고, 함께 기뻐해 온 노래 〈아리랑〉은 민족이 위기에 처한 시대에 민족적 독자성에 이바지하는 정신적 버팀목이었으며, 혹은 그보다 좀 작은 지역 공동체의 결속에도 상당한 이바지를 하였다. 한 마디로 이 노래는 집단과 민족의 휘장(徽章)이며, 흙의 민속성에서 사회와 역사의 민속성을 향하여 아리랑은 자신을 확대할 것이다.[258]

258 김열규, 앞의 책.

아리랑 고개는 이별과 한(恨)의 고개이며, 남녀의 사랑과 민족의 역사를 상징하는 고개이며, 이런 민족의 휘장을 간직한 민족의 심상 공간이다.

역사에서 '길'이란 무엇인가
옛 길을 따라

김종혁

1. 길의 역사성

몇 해 전 재한 일본인 지리학자 도도로키 히로시(轟博志) 박사가 조선 시대의 주요 간선 도로였던 영남로(嶺南路)와 삼남로(三南路) 전 구간을 걸어서 답사하고, 그 이야기를 책으로 펴냈다.[259] 이를 두고 주변 사람들은 "일본인이 왜 그 먼 거리를 걸었지?" 또는 "걷느라 고생이 심했겠군" 정도의 반응을 보였던 것 같다. 그러나 이 책은 조선 시대의 길이 오늘날에도 존재하며, 그 구체적인 경로를 현재 시점으로 확인시킨 점에서 높이 평가된다.

259 도도로키 히로시, 《영남대로 답사기》, 한울, 2000; 《삼남대로 답사기》, 성지문화사, 2002. 삼남로는 서울에서 충청 · 전라도를 지나 제주까지 이어지는 길로 제주로 또는 호남로로 불리기도 한다. 옛길 답사기 형태의 책은 이보다 앞서 김정호가 《걸어서 한양 가던 옛길》(향지사, 1999)을 펴낸 적이 있다. 김정호는 답사를 남쪽에서 시작하여 북쪽으로 올라오는 일정으로 계획했기 때문에 제목이 한양 가던 옛길이 되었다.

요즘에는 도시와 농촌을 가리지 않고 도로건설이 워낙 왕성해서 무심결에 '길이란 본디 인위적으로 그리고 계획적으로 만드는 것'이라고 생각하는 사람들이 많은 것 같다. 그러나 전례가 없는 전적으로 새로운 길을 건설한 것은 근대적 토목 기술과 장비를 갖추게 된 이후 일이다.

우리나라에서 그 시점은 20세기에 들어 시작된다. 돌다리(石橋) 하나 놓는 데도 토목 기술의 측면이나 재정 사정, 부역 동원 등의 문제를 부담스러웠던 전근대에 오늘날 국도 같은 전국 단위의 장거리 노선을 기획하고 건설한다는 것은 거의 불가능한 일이었다.

일제가 식민지 경영을 위해 추진한 이른바 "신작로(新作路)"도 거시적으로 보면 "새 길"을 건설한 것이 아니라 대대로 존재해오던 길을 곧게 펴고 넓히고 평평하게 닦은 정도에 불과하다.[260] 말 그대로 새로 만든 신작로의 본격적인 등장은 20세기가 시작되고 나서도 한참 지난 후, 아마 철교 · 터널 · 고속도로 · 고가도로 등의 건설과 더불어 시작될 것이다. 전통적으로 "길을 건설한다"기 보다 "길을 연다"거나 "길을 다스린다"고 표현한 것은 특별한 사정에 의해 일시 닫힌 길을[閉道], 잡풀이나 그 밖의 장애물을 걷어내고 다시 이용한다거나 기존의 길을 정비한다는 정도의 의미로 해석된다. 원래 길이 있었던 것이다.

260 이때 부설된 철도노선도 기존의 길을 그대로 이용하는 사례가 있으므로 아직 충분히 검토되지 않았지만 모든 구간이 새로 건설된 것이 아닌 것만큼은 확실하다(김종혁, 〈경상남도의 교통〉, 《경상남도의 향토문화》 상, 정신문화연구원, 1990, 190쪽 참조).

길이란 자연적이든 인위적이든 필요에 의해 형성되기 때문에 그 기능이 소멸하거나 대체할 수 있는 새로운 길이 출현하지 않는 한 좀처럼 사라지지 않는다. 이 상황은 지금도 다르지 않아서 우리가 현재 이용하는 길은 대부분 그 형태가 조금 바뀌었을 뿐, 아주 오랜 기간을 두고 명맥을 이어오던 것들이다. 이 점에서 길의 역사성이 존립한다. 이처럼 길은 유구한 시간성을 담지하는, 박물관 안에 박제되어있지 않은, 여전히 그 기능을 발휘하면서 살아움직이는 역사적 유물이며 동시에 사료이다.

길의 역사성 안에는 길의 근대성이 포함된다. 주지하듯 최근 한국 인문학계에서는 근대화 또는 근대성에 대한 관심이 높다. 이에 대한 다방면의 주제가 다각적인 시각에서 논의되고 있다. 그러나 교통사의 측면에서는 선행 연구들이 거시적 차원보다 주로 개별적 관심사에 치중했기 때문에 뚜렷한 논점이 형성되지 않은 듯하다.

애초 이 글은 '길의 근대'에 대한 관심에서 준비한 것이다. 역사지리적 관점에서 길에 대해 논의할 수 있는 대상으로는 그 유래와 발달, 분포(입지)와 형태, 기능과 이용 행태 등의 하위 주제를 상정할 수 있다. 이 가운데 길의 근대적 변화에는 상업 유통로 기능의 확대와 깊이 관여된다. 상업로 기능의 확대는 곧 사회 구조 및 경제 구조의 변화를 암시하며, 이에 더 즉자적으로 반응하는 부문은 길의 분포나 형태보다 길의 이용 행태가 된다.

교통로를 이해하고자 할 때는 길의 분포와 형태를 먼저 살피는 것이 기본이겠지만, 그것은 물리적인 부분이기 때문에 기능의 측면보다 그 변화 양상이나 속도가 더디게 나타난다. 즉, 길의 분포와 형태는 역사적 관성이 크기 때문에 개항기 때보다 오히려 조선 후기의 상황을 더 중시할 필요가 있다. 이에 여기서는 길의 근대적 변화에 대한 논의를 개시하고 촉발하는 의미에서 먼저 길의 유래와 발달, 조선 후기 및 개항기 때 길의 기능과 이용 행태를 일반론적 입장과 문제제기의 수준에서 고찰하고자 한다. 그리고 조선 후기의 도로 사정에 대한 구체적인 내용은 다음 기회에 따로 구성하도록 하겠다.

2. 길의 유래와 발달

국어 사전에서 '길'이란 "사람 · 우마 · 수레 등이 한 곳에서 다른 곳으로 오갈 수 있도록 일정한 폭을 유지하며 땅 위에 길게 늘어져 있는 선"이라는 뜻으로 적혀있다. 그러나 길의 종류에는 땅길 외에도 물길이 있으며, 추상적이고 철학적인 차원에서 "발전 또는 활동의 방향, 방법이나 수단, 사람으로서 의당 행하거나 지켜야할 도리" 등과 같은 의미도 있다. 도가나 유가에서 길[道]은 핵심 개념이기도 하다.

중국에는 길을 의미하는 글자가 많은데, 주례(周禮)에 따르면 우마가 다닐 수 있는 오솔길을 경(經), 큰 수레가 통하는 소로를 진(畛), 승거(乘車)가 갈 수 있을 길을 도(途), 승거 2대가 나란히 지날 수 있는 길을 도(道), 3대가 갈 수 있는 넓은 길을 로(路)로 구별하여 사용했다. 물길에 해당하는 하천도 하폭이 넓은 것에서부터 차례로 하 · 강 · 천 · 수로 구분했고, 각각에 대한 용례도 도하(渡河) · 진강(津江) · 제천(濟川) · 섭수(涉水)하는 식으로 달랐다. 원래 도로의 뜻에는 육로뿐 아니라 수로도 포함되지만, 이 글에서는 육로만을 지칭하여 사용한다.

처음에 길은 어떻게 생겨났을까. 이 문제에 대해서는 그동안 여러 학설이 제기되었는데, 그 중 가장 널리 인정받는 것은 '동물 이동설' 이다. 예컨대 아프리카 어느 지역의 원숭이들은 물을 마시기 위해 서식지

수로변 나루와 주막

에서 일정거리 떨어진 샘까지 정기적으로 이동해야 했는데, 이 과정이 장기간 반복되면서 그들이 다닌 루트(route)가 길(road)이 되는 식이다. 그 루트 중 몇 군데는 주변 원주민에게 원숭이 사냥의 주요 길목이 된지 오래이다. 야생동물 이동에서 유래한 길의 대표적 사례는 북아메리카 대륙에서 더욱 잘 나타난다. 이곳 중앙대평원에 서식하는 들소(bisons)들은 계절적으로 큰 무리를 지어 이동하고, 들소를 사냥하여 식량과 가죽을 얻어 생활했던 인디안 부족들(Plains Indians) 역시 들소떼와 함께 계절적 이동을 하며 살았다. 이 길은 대체로 하천 · 호수 · 샘 등 물이 있는 곳으로 연결되었기 때문에 18, 19세기 서부 개척민들의 이동로로 쓰였고, 이후에는 동부와 서부지역을 잇는 급행 우편로(Pony Express)와 동서 횡단 철도(Union Pacific Railways)로 발전했으며, 동서 횡단 고속도로의 모체가 되었다.[261]

261 최영준, 《길과 문명》, 시안사, 2002, 13쪽.

비슷한 예는 우리에게서도 발견된다. 경북 문경에 잔도(棧道)로 유명한 관갑천(串岬遷)은 "고려 태조가 남하하여 이곳에 이르렀을 때 길이 없었는데, 토끼가 벼랑을 따라 달아나면서 길을 열어주어 갈 수가 있었으므로 토천(兎遷)"[262]이라 불리기도 한다는 기록이다. 인간 출현 이전에 길이 있었다면 이제 길은 역사적 유물이 아니라 지질 시대의 유물인 셈이다.

262 《동국여지승람》, 〈문경현〉 산천조(高麗太祖南征至此不得路 有兎因緣崖而走 遂開路以行因稱兎遷).

그러나 시간이 지날수록 길의 형성에 미치는 인간의 영향력은 점차 강해졌다. 도로 건설에는 대단위 노동력이 투여된다는 측면에서 계급 분화가 확연해지고 강력한 지배자가 통치하는 고대 국가의 출현은 도로 발달사에서 하나의 전환점이 된다. 로마제국은 일종의 통치 기구 또는 통치 수단으로서 행정 통신로와 조세 수송로를 정비했고, 수레와 전차의 하중을 지탱하여 사용의 편의와 속도를 높이기 위해 주요 도로 위에 박석(薄石)을 깔아 포장했다.

유럽의 길은 중세 때 상대적으로 퇴보했다가 근대 국가가 출현하면서 다시 발전했다. 나폴레옹의 비엔나 전투, 프랑스 혁명군이 불렀던 라 마르세예즈, 레지스탕스의 형상이 두 기둥에 새겨진 개선문과 이를 중심으로 샹젤리제 거리를[263] 포함한 방사상의 12갈래 대로는 프랑스제국의 통치 · 승리 · 왕권을 여지없이 보여 준다. 지배의 역사와 궤를 같이하여 발달해온 근대의 길은 자본주의 시장 경제 체제가 도래하고, 이에 따라 점차 상품 유통의 필요성이 커지면서 본격적으로 계획, 설계, 건설, 운영되기 시작했던 것이다.

263 1664년 콜베르의 명령으로 정비되기 시작했으며, 샹젤리제라는 이름은 1709년에 붙었다. 차도(8차선)와 인도를 포함하여 너비가 70미터에 이른다.

3. 조선후기 길의 기능

근대화 과정을 거치면서 길의 기능이 다양해지는 것은 자명한 사실이다. 정치, 행정, 군사, 외교적 기능이 강조된 전근대의 도로에는 경제구조의 변화, 교통로의 정비, 새로운 교통 수단의 등장 등으로 경제적 기능이 강화되었다. 그러나 여기서 이에 대해 세세히 논의하는 것은 쉽지 않다. 따라서 여기서는 길의 기능을 다섯 가지로 유형화하고, 주로 전근대 상황에서 관련되는 주제만을 간략히 기술하고자 한다.

첫째, 정치 행정로의 기능을 꼽을 수 있다. 그 중에서도 왕명과 행정문서를 전달하는 문서수발로가 기본일 것이며, 이밖에 왕의 능행로, 지방관의 이취임로, 암행어사의 암행로, 유배로, 조운로 등이 이에 해당한다. 각각은 이동에 따른 예식과 절차가 있음에도 아직 상세히 드러나 있지 않은 것 같다.

둘째, 군사 외교로의 기능을 수행하는데 기본적으로는 역로가 이를 담당했다. 파발로 · 봉수로 · 사신로 · 조공로 · 외적 침입로 등이 이에 해당한다. 연행사, 통신사, 신사유람단, 왜란이나 호란 당시 적군의 이동 경로 등은 각각의 역사적 사실과 맥락을 구성하는 데 한 부분을 차지할 것이다.

셋째, 물자 유통로로서 내륙수로 · 해로 · 육로 · 장길 · 소몰이길 · 보부상길 · 지름길 · 떡점거리 · 주막거리 등이 이와 관련된 주제어가 된다. 단순히 물자 유통로의 분포나 복원 문제뿐 아니라 전근대 상황에서 비용 거리와 시간 거리를 산출하거나 이동 거리별 · 운송 상품별 · 교통 수단별로 수 · 육로간의 비교 우위를 구체화하는 일은 한국 경제사를 이해하는 데 매우 중요한 과제가 될 것이다.

넷째, 주로 양반층에 해당하겠지만 산수유람로, 과거 응시를 위한 과행로, 결혼으로 성사되는 통혼로, 건강 회복을 위한 요양로나 온천로 등 사적(私的) 이동로라는 측면도 있다. 이에 대한 기록은 대체로 문집 속에 기행문이나 일기 형식으로 남아있다. 이들은 전근대의 교통 행태를 파악하는 데 기초 자료가 되며, 이를 통해 생활사의 한 측면을 살펴볼 수 있다.

다섯째, 문화 전파로서 기능을 들 수 있다. 쇄신이나 문화 속성 확산로, 외래 문화 유입 경로와 전파로 등이 이에 해당한다. 문화란 인간의 정치, 경제, 사회적 행위의 결과라 할 수 있으므로, 이 주제는 아마 길의 기능에 대한 복합적, 총체적 표현이 될 것이다. 문화사적 관점에서 도로망을 파악하는 것은 한국의 문화 지역 형성과 문화권 구분을 위해 반드시 선결되어야 할 과제이다. 특히, 전근대의 문화전파는 대체로 사람들의 이주나 접촉으로 이루어지기 때문에 문화 전파로는 인구와 경지의 분포, 산줄기 및 물줄기로 대표되는 지세 등의 요소와 더불어 고찰해야 한다.

4. 조선 후기 길의 이용 행태

여행자 계층

조선 후기 상업 발달과 더불어 도로 이용자와 이용자 계층이 증대했다지만, 전체 인구의 9할이 여전히 농업에 종사하고 있었고,[264] 정기적인 휴일(일요일) 개념도 없었기 때문에 도로를 이용하여 여행하는 사람은 많지 않았다. 관리일지라도 여행을 수반하는 업무는 한정되어있었으며, 일반 평민(농민)들이 동구 밖을 나가는 경우는 '장을 보러가는' 것이 대부분이었다. 그리피스는 이러한 사정을 다음과 같이 기술하고 있다.

264 이헌창, 《민적통계표의 해설과 이용방법》, 고려대 민족문화연구소, 1997, 74, 196쪽. 1909년에 실시하고 1910년에 편찬된 〈민적통계표〉에 따르면 당시 전체 인구 1290만 명 중 호주의 농업종사자 비율은 86.3%, 상업은 6.3%이고, 관공리 · 양반 · 유생을 모두 합쳐 3.3%이다.

> 그들은(농부) 집은 떠나 멀리 여행하지 않는다. 비록 대로상에는 길가는 사람들이 많이 있지만, 선비나 장사꾼이나 짐꾼들 이외에 농부들이 보이지 않는다. 시골사람들이 대도시를 방문하는 경우는 거의 없으며, 시골 부근의 도시에 사는 사람들이라도 서울 구경을 거의 하지 못했다.…… 조선 사람들의 최대의 즐거움은 장을 보러 가는 일이다. 왜냐하면 일반적으로 말해서 조선에는 상점이 거의 없고, 매 5일 또는 6일 만에 장이 열리고, 그곳에서 자기가 만든 물건을 바꾸고 자기의 의견을 교환하기 때문이다.[265]

265 W. E., Griffis, Corea, The Hermit Nation, 1882(신복룡 옮김, 《은자의 나라 - 한국》, 평민사, 1985, 552~553쪽)

이와 달리 일부 양반층은 관광이나 요양을 목적으로 여행을 다녔다. 이들의 기행문이 개인 문집에 비교적 많이 남아있지만, 대부분 여행 도중에 풍치를 감상하면서 지은 시나 신변잡기로 구성되어있다.[266]

266 《月谷集》(규5854) 권9, 〈淸峽日記〉. 月谷 吳瑗(1700~1740)은 1722년 3월 15일부터 4월 3일까지 서울에서 청풍 사는 외숙을 만나기 위해 18일간 920리를 여행하면서 총 66수의 시를 지었는데, 가장 많이 작시한 날은 3월 23일로 14수이다. 이날 경로는 배를 타고 단양의 도담봉 · 은주암 등을, 다시 내려와 기마와 도보로 사인암 · 중선암 · 상선암 등을 구경했다.

팔당협곡부의 길

이들은 평지에서는 (조랑)말을 탔고, 승마가 어려운 고갯길이나 산길에서는 가마를 탔으며, 둘 다 불가능한 험한 길에서는 도보로 이동했다. 이처럼 험로를 만나면 타던 말을 근처 지인에게 맡겨두고, 험로를 지나 다시 승마가 가능한 지역에서 다른 말을 제공받거나 돈을 주고 임대했다. 말을 타더라도 항상 종자(從者)인 마부를 따르게 했기 때문에 이동 속도는 도보와 같았다.

숙박 행태

조선 전기 양반들은 비록 관리가 아니더라도 관아의 객사를 이용하는 경우가 많았다. 1552년 7~8월에 선산에서 출발해 지금의 울진군 온정면의 온천을 찾아 여행했던 박운(朴雲, 1493~1562)[267]이

267 자(字)는 택지(澤之), 호는 용암(龍巖)이다. 밀양인으로 선산부 해평에 살았다. 효성독행(孝誠篤行)에 뛰어났으며 성리학에 힘써 일찍이 송당(松堂) 박영(朴英)에서 종사했다. 출사에 뜻을 두지 않은 그는 부친의 권유로 1519년(중종 14) 진사에 합격했을 뿐 평생을 독학(篤學)으로 보냈다. 만년에는 퇴계와 질의문답했고 기타 회재(晦齋), 진집당(眞集堂), 야계(倻溪) 등과 교우했다[규장각한국본도서해제, 집부2, 《용암선생문집》 권2(규4733) 해제].

남긴 〈관동행록〉을 보면, 관아의 별관 · 루 등 객사를 이용할 뿐 민간 숙박소는 물론 다른 형태의 숙박소를 이용한 사례가 없다.

조선 후기에 들면 원 · 주점 등 (반)민간 운영의 숙박소가 확대되지만, 관리들이 이를 이용하는 경우는 매우 드물었다. 조덕린(趙德鱗, 1658~1737)은 1708년 4월 관동막좌(關東幕佐)로 강원지역을 둘러본 후 〈관동록〉을 저술했는데 총 15일 중 관아(울진 2, 삼척 3, 강릉 2, 횡성 2)에서 9일, 역관(우계역 1, 방림역 1)에서 2일, 절(월정사)에서 2일을 묵었다. 나머지 이틀은 명확하지 않은데, 일정을 유추하면 평해관아일 가능성이 높다. 〈관동록〉 속편격인 〈관동속록〉(1708. 9~10) 기록에도 총 33일 중 숙박지는 관아 21일, 역관 5일, 절 6일, 김화 허사준의 집 1일로 주점 등의 민간 숙박지를 이용하는 경우는 단 하루도 없었다.[268]

한편 1727년 28세에 개인 자격으로 금강산을 유람하고 그 기록을 〈유풍악일기(遊楓嶽日記)〉로 남긴 오원(吳瑗, 1700~1740)은[269] 18박 19일 중 지역 내 지인 집에서 5일, 절에서 5일, 점(場街撥店, 生昌店, 灰峴店, 西才日店)에서 4일, 파발막에서 1일, 화천촌(和川村)에서 1일, 계곡변 요사채에서 1일을 묵었다. 이 중 민간 숙박소를 이용한 경우는 화천촌과 요사체를 포함하여 최대 7일이고, 생창점(김화)은 생창역, 장거발점 및 파발막(이상 포천)은 발참과 관련한 관사일 가능성이 있으므로 이를 빼면 순수한 민간 숙박소를 이용한 날이 4일이거나 2일이었다. 더 많은 사례를 검토해야겠지만, 시기가 지날수록 미약하나마 양반들도 민간숙소를 이용하고 있음을 알 수 있다.

평민들은 기록을 거의 남기지 않으므로 여행행태를 알기 어렵다.

268 《옥천선생문집(玉川先生文集)》 권7(규5613))

269 월곡(月谷) 오원은 현종의 딸 명안 공주의 아들로 정통 노론 가문에서 태어났다. 1723년 사마시(司馬試)를 거쳐 1728년 정시(庭試) 문과에 장원, 1739년 부제학을 거쳐 승지 · 공조참판에 이르렀다. 그의 문집 《월곡집(月谷集)》은 18~19세기의 간본으로 권9에 기5편, 권10에 기7편 등 총 기12편이 있다. 특히, 권9 〈청협일기(淸峽日記)〉는 24세이던 1723년 한강수로과 육로를 병행해 청품에 있는 외숙을 찾아가는 여행기로, 미약하지만 당시 한강수로의 운행 상황을 살필 수 있는 흔치 않은 자료이다.

다만 19세기 말 20세기 초 외국인들의 여행기에서 그 단편을 찾을 수 있다. 비숍은 1894년 5~6월에 북한강 유역을 육로로 여행하면서 한국의 여관에 대한 인상을 다음과 같이 기술하고 있다. 당시 여관의 생생한 모습이 기록되어있으므로 좀 길게 인용해보겠다.

오후 일찍 '사방고리' 270라는 작은 마을에 도착하자마자 마부는 성큼 마을 안으로 들어섰고 나는 거기서 처음으로 한국의 여관이라는 곳을 경험하게 되었다. 금강산에서의 몇 주일과 이어지는 여행들을 겪고 나서야 나는 그 끔직한 여관이 한국에서는 그런대로 괜찮은 평균 수준의 여관이며 사람들이 이 형편없는 환경에서도 푸짐한 식사와 단잠을 즐긴다는 것을 알게 되었다.

270 현 화천군 상서면 산양리의 '사방거리' 이다.

한국에는 관청에서 운영하는 공식적인 여관과 비공식적인 여관이 있다. 비공식적인 여관은 사람뿐 아니라 짐승에게도 먹을 것을 제공하려는 뜰이라는 공간만 없다면 길가에 있는 흔한 오두막과 다를 것이 없다. 읍이나 큰 마을에 있는 공식적인 여관도 허물어질 것 같은 현관을 들어서면 곳곳에 물 웅덩이와 퇴비더미로 가득찬 불결한 안뜰을 가지고 있다는 점에서 다를 것이 없다. 무섭게 생긴 검은 돼지와 서로 으르렁거리는 두 마리의 묶여 있는 누런 개가 우리에게 어슬렁거리고 있고 닭들, 아이들, 조랑말들, 마부들, 식객들, 나그네의 짐들 등으로 여관은 아수라장을 이루고 있다. (……)

군데군데 찢어지고 더러운 종이가 발라져 있는 낮은 장지문은 흙바닥에 돗자리가 깔린 방의 출입구였다. 열린 방문 안을 들여다보니 각재(角材)를 13~15센티미터 정도로 자른 나무베개 대여섯 개가 여기저기 아무렇게나 흩어져 있었다. 농기구와 모자들이 낮고 무거운 대들보에 걸려있었다. 관리들과 양반들은 가까운 지방 행정관의 접대를 받고 농부들은 세상 돌아가는 이야기를 들을 수 있는 어떤 길손도 환영하기 때문에 이런 방에는 주로 마부들, 하인들, 그 밖의 하층민들이 빽빽히 들어찬다. 그래서 나는 허세에 가깝게 마련이지만 '깨끗한 방'이 있다고 하면 들고, 없다면 주모가 자는 뒷채의 여인들 숙소에 방을 얻는다. 방은 보통 가로 2.5미터, 세로 1.8미터 가량 되는 조그마한 것이다. 그곳은 열기와 벌레들, 빨래할 더러운 옷가지들과 '메주'라고 하는 간장을 만들기 위해 발효시키는 콩, 그리고 다른 저장물들로 가득 차 있어 누워 잘 수 있는 최소한의 공간만을 남겨두고 있다. 밤이면 뜰에 밝혀진 너덜너덜한 등롱과 방의 등잔불이 손으로 더듬거리며 활동할 수 있을 정도의 조명을 제공한다.

조랑말의 말린 똥까지 때는 여관의 방은 언제나 과도하게 따뜻하다. 섭씨 33도 정도가 평균온도이며, 자주 35.5도로 올라간다. 나는 어느 끔직한 밤을 방문 앞에 앉은 채로 새운 적이 있는데 그때 방안의 온도는 섭씨 39도였다. 지친 몸을 거의 지지다시피 덥혀주는 이 정도의 온도를 한국의 길손들은 아주 좋아한다. (……)

한국 여관의 숙박 요금은 터무니없이 싸다. 등잔과 따뜻한 구들이 제공되는 방에는 요금이 없다. 그러나 나의 경우 여관에서 파는 상품을 아무것도 사지 않았기 때문에 하룻밤에 1냥씩 숙박 요금을 치렀고 낮 동안 방에 들어 휴식할 수 있는 요금도 같은 값으로 치렀는데, 이 낮의 휴식은 매우 한적하고 만족스러운 것이었다. 나그네들은 하루를 묵으며 세끼의 식사를 제공받고 사소한 팁까지 포함하여 2~3냥의 요금을 지불한다. 북부 지방의 여관은 밥 대신 기장을 제공한다.[271]

271 I. B., Bishop, Korea and her neighbours, St. James Gazette, 1898(이인화 옮김, 《한국과 그 이웃 나라들》, 살림, 1994, 149~152쪽).

비숍도 지적하듯이 19세기 말까지도 관리와 양반들이 여행 도중 주점을 이용하는 경우는 흔치 않았다. 당시 양반 계층의 여행 행태를 알려주는 글을 하나 더 보자.

> 시골에 있는 큰 저택들은 항시 손님을 환대했으며, 양반 계층의 여행자들은 그 저택에서 묵었다. 그 밖의 따로 마련된 두 채의 건물에 들었다. 한 채에는 평민 계급의 여행자들이 묵으면서 식사 대접을 받았다. 그리고 또 한 채에는 가난하고 불쌍한 이들이 있었는데, 이들은 식사 대접을 받을 뿐 아니라 먼 길을 떠나는 데 필요한 음식과 짚신, 그리고 다음 숙박지까지 가는데 소요되는 약간의 노자 등도 제공받았다.
>
> 절에서는 항시 누구나 무료로 재워주고 먹여주었으며 손님이 머물고 싶을 때까지 머물 수 있었지만, 여유가 있는 사람들은 이에 대한 사례로 얼마간의 시주를 하고 가는 것이 관례였다.
>
> 주막집은 별로 묵을 만한 곳이 못되었다. 그곳은 거지, 문둥이, 마부 등이 묵어가는 곳이었다. 따뜻한 온돌방 하나에 많은 사람들이 뒤엉킨 채 잠을 잤고, ……272

272 W. F., Sands, Undiplomatic Memoreies(The Far East 1896~1904), John Hamilton(김훈 옮김, 《朝鮮의 마지막 날》, 미완사, 1986, 262쪽).

이 글에서도 역시 양반들은 숙박소로 지역 내 양반 가문의 저택을 이용하고, 평민들은 주로 주막을 이용하고 있다. 조선 후기의 여행기에서 알 수 있듯이 지방 유력가 또는 주막 외에 사찰도 여행객들의 주요 숙박 시설로 이용되었고, 이러한 관행은 조선 말까지 유지되었다.

1일 이동 거리와 이동 속도

전근대 시기 일반적인 교통 수단은 조랑말이나 가마를 제외하면 거의 도보였을 정도로 단순했다. 말을 타고 갈 때도 마부를 수행했으므로 이동속도는 도보와 같았다. 기상 조건 · 도로 상태 · 고개 · 하천 도하 등이 이동거리와 이동속도에 영향을 미치는 주요 요소였다. 이 가운데 기상 조건이 가장 직접적이었다. 조선 시대 여행기 40여 편을 분석해본 결과, 여행은 모두 3~10월중에 이루어졌으며 그 중 기상이 온화한 3월과 9월이 가장 많았다. 겨울에는 기온 · 강설 · 일조 시간 · 여행 준비물 등 모든 면에서 조건이 열악했기 때문에 특별한 사유가 없는 한 여행을 떠나지 않았다. 기상 조건의 측면에서만 보면 여행을 지체시키는 가장 큰 요인은 비(雨)였다.

하루 동안의 여행은 거의 대부분 일출을 전후한 시각에 출발하여 일몰과 함께 끝났다. "해가 저문 뒤에 여행하는 것은 한국의 습관에 위배되" 었고,[273] "호랑이와 귀신에 대한 공포 때문에 사람들은 밤에는 거의 여행하지 않" 았으며 "밤의 외출은 길가에 있는 더러운 개울창에 빠질 염려도 없지 않지만, 그보다 기아에 못 이겨 특히 겨울철에 마을의 중심지까지 들어오는 범 또는 호랑이까지도 만나는 위험이 있" 었기[274] 때문에 일몰 전에 여행을 마친 데는 조명 문제뿐 아니라 호랑이에 대한 두려움도 꽤 작용한 듯하다.

273 이인화 옮김, 앞의 책, 152~154쪽.

274 Chaill-Long Bay, La Core ou Tchen-La terre du calme matinal-, Paris, 1894(유원동 옮김, 《맑은 아침의 땅 朝鮮》, 숙명여자대학교 출판부, 1982, 25쪽).

일출에서 일몰까지 이동거리는 100리를 넘기 어려웠다. 오원은 〈청협일기〉에서 하루 이동 거리를 기록하고 있는데, 총 18일간의 여행 중 가장 멀리 이동한 거리는 120리였다. 이외 하루 이동거리는 30리에서 100리에 이르기까지 다양했고, 여행 도중 유람 · 음주 · 방문 등이 없이 오로지 이동만 할 경우 70~80리가 보통이었다. 이러한 사정은 새로운 교통 수단이 출현하지 않았던 19세기 말에도 큰 변화가 없었는데, 샌즈와 그리피스의 기록에서 그 사정을 구체적으로 찾을 수 있다.

하루 여정은 백리가 보통이었다. 십리는 노인네나 어린이의 걸음으로 한 시간 가량 걸리는 거리였으며, 대충 3마일[275] 가량 되었다. 조랑말도 이보다는 빠르지 않았는데, 그것은 조랑말을 타지 않으며 통상 마부가 곁에서 걸으며 끌고 가기 때문인데 사람들은 다리가 아플 때만 높은 안장 위에 걸터앉아 갔다.[276]

275 비숍도 말을 타든 도보이든 한 시간에 4.8킬로미터 이상은 갈 수 없다고 했다(이인화 옮김, 앞의 책, 154쪽).

276 김훈 옮김, 앞의 책, 262쪽.

한국에서는 말먹이를 주는 일에 합해서 6시간 정도의 시간을 할애하지 않으면 안 되었다. 이것이 여행에 익숙치 못한 여행자에게는 허비하는 시간이 돼버린다. 사료를 주는 시간까지 포함하여 우리들 일행은 하루에 17~18시간의 도정(道程)을 강행군하였다. 그런데 그렇게 강행군했음에도 우리들은 하루에 최대 110리 밖에는 전진하지 못했다.[277]

277 신복룡 옮김, 앞의 책, 162쪽.

한편 5일장을 순회했던 행상들은 짐을 지고 이동하기 때문에 이동속도가 느릴 것 같지만 오히려 그 반대였던 것으로 생각된다. 양반들 유람길의 짐이 오히려 행상보다 더 많았고, 또한 행상들로서는 이동이 거의 매일 이루어지는 일상이었기 때문에 이동능력이 누구보다 뛰어났다. 이들의 이동거리와 속도를 제한하는 것은 짐이라기보다 출발시각이었다. 계절에 관계없이 대체로 일몰과 함께 장이 파하였기 때문에 이들은 저녁 무렵에서 일출 전후 새벽 시간 사이를 이동 시간으로 선택했다. 조선 후기 장간 거리는 평균 18킬로미터였으므로[278] 이들이 이동하는 데 소요되는 시간은 약 4시간가량 걸렸다.

278 李憲昶,《韓國經濟通史》, 법문사, 1999, 113쪽, 표 3-1. 이헌창의 계산에 따르면《동국문헌비고》단계의 장시권의 반경은 경기 6.7킬로미터, 충청 6.4킬로미터, 강원 12.4킬로미터, 전국 평균 9.0킬로미터이다.

5. 근대적 변화의 시작

지난 한 세기 100년을 '○○혁명의 세기'로 정리하기도 한다. 개항과 더불어 본격화된 서양 문물의 이입은 여전히 전근대적 의식에서 벗어나지 못한 대부분의 사람(民)들에게 가히 혁명적이었을 것이다. 혁명적인 일들이 한둘이 아니겠으나, 나는 무엇보다 한국의 20세기를 '교통 혁명의 세기'로 부르고 싶다. 20세기 한국의 교통 발달은 도보 단계에서 철도, 자동차, 항공 교통의 시대까지 빠르게 진행되었고, 집 현관까지 자동차가 진입할 수 있을 정도로 전국의 도로망이 포장되는 To The Door 시대에까지 이르렀다. 교통 혁명은 단기간 내에 단계적 획기를 이루며 세기 내내 진행되었다는 점에서, 또한 지역 구조와 사회 구조, 생활 구조에 미치는 영향력이 다른 부문에 비해 월등히 크고 직접적이라는 점에서 충분히 혁명적이다. 교통 혁명이란 전근대적 교통로, 교통 수단, 교통 현상, 교통 인식 그리고 여기서 초래되는 일상 생활 등의 '근대적 변화'를 의미한다.

길의 근대적 변화는 길이 지니는 본원적 기능의 변화를 요구했던 조선후기 상업 발달에서 그 단초를 찾을 수 있다. 그 요지는 주로 행정·군사·외교·조운 등의 부문에서 '일방적 전달'에 집중되던 전근대 도로의 기능이, 18세기 상품 유통이 전국적으로 확산되면서 원자재와 상품과 여객의 수송 등과 같은 경제 부문에서 '쌍방적 흐름'으로 변화된 것이다. 이 흐름의 개념이야말로 길이 지니는 근대성의 요체로 파악되는데, 이 안에는 인간과 물자의 흐름뿐 아니라 문화와 정보 및 의식이 포함되며 그 현상은 지역간 소통으로 나타난다. 우선 조선 후기 경제적 흐름의 변화 양상을 여암(旅菴) 신경준(申景濬)은 《도로고(道路考)》(1770)에서 다음과 같이 읽어낸다.[279]

279 《도로고》는 모두 4권으로 구성되어 있는데, 능원묘어로(陵園墓御路), 육대로(六大路), 압록·두만강연로(鴨綠·豆滿江沿路), 역로(驛路), 파발로(擺撥路), 봉로(烽路) 등의 육로뿐 아니라 팔도연해로(八道沿海路)와 일본·중국간 해로까지 자세히 다루고 있다. 이 책은 육로와 해로 외에 〈아국조석일월내진퇴지시(我國潮汐一月內進退之時)〉, 〈풍우총론(風雨總論)〉, 〈강해기풍지풍방(江海起風止風方)〉, 〈해중취청수방(海中取淸水方)〉 등 항해에 필요한 지식 및 기술 관련 내용도 기술하여 당시 항해술의 수준도 알려준다.

길이란 주인이 없고 오로지 그 위에 있는 사람이 주인이다. 그러므로 옛 성왕이 경계를 정함에 밭을 나누어주고 길을 다스리는 것을 일시에 행하여 농부로 하여금 원할 때 밭에서 일하게 하고 나그네로 하여금 원할 때 길에 나가게 하였으니, 이 두 가지를 인정(仁政)의 대체로 여긴 것은 참으로 당연하다. 하물며 세대가 내려와 공사(公私)의 일이 매우 번다해서 길 위에 있는 사람이 많음에서랴.[280]

시장이란 무릇 사람들이 모이 내왕하는 곳이니 장사꾼과 행려자가 마땅히 알아야 할 바이다. 까닭에 끝에 붙여 적어놓는다.[281]

280 신경준, 《道路考》, 序(路者無主而惟在上之人主之 故古聖王之定經界也 授田治道共行於一時 而使農夫願耕於野 行旅願出於道 ?列以爲仁政之大者良有以也 況世降而公私事爲甚繁 人之在於路上者多乎).

281 신경준, 《도로고》, 권4, 개시조(市場衆人之聚會來往者 而商賈行旅之所宜知故?附于末). 여암은 《도로고》 말미에 유일하게 장시조를 부기하였는데, 그 도입문에 이와 같은 문구를 적어 놓았다.

"공사의 일이 번다해져 길 위에 있는 사람이 많다"는 말은 당대에 이르러 도로 이용자가 양반이나 관리 같은 일부 계층에서 평민층까지 확대되었음을 의미한다. 특히, 인구의 9할 이상을 차지했던 농민들에게 사적인 일의 대종은 정기적으로 "장을 보러 가는 것"이었을 것이므로 상고(商賈)뿐 아니라 일반 행려자도 시장 정보를 마땅히 알아야 한다고 언급하고 있다. 조선 후기 도로 이용자 수의 증가와 이용계층의 다양화, 상인층 활약의 확대, 도로와 장시의 연계성 강화 등은 18세기 후반 유통 경제의 발전을 반영하며 도로 기능의 근대적 변화 양상의 싹을 보여준다.

교통 혁명의 서막은 역시 철도의 등장으로 시작된다. 한국의 철도는 세계 최초의 철도(Stockton~Darlington)보다 74년 늦었으나, 1899년 최초 개통된 제물포-노량진간 경인철도는 한국 교통사의 획기를 이루기에 충분했다. 이는 단순히 새로운 교통로와 교통 수단의 도입에 머물지 않는다. 철로와 기차를 처음 본 이들은 길 위에 가지런히 놓인 궤도가 한치 오차 없이 세상 끝까지 이어져있을 것으로 생각하였고, 운행중에 내는 엄청난 굉음과 이전에 경험하지 못한 거대한 철덩어리의 속도감은 사람들의 인식에 충격을 주기에 충분했다. 그러나 이러한 외형적 충격보다 더 큰 것은 사정이야 여의치 않았겠지만 아무튼 3등칸일지라도 요금만 지불하면 갓 쓰고 도포 입은 양반들과 차별받지 않고 '탈것' 을 탈 수 있다는 신세계의 서막을 예고한 것이었다.

철도가 지나고 철도역이 들어선 지역을 중심으로 국토의 공간 구조는 재조직되기 시작했고, 증기 기관차에서 시작된 속도의 근대성은 일제 시기 신작로의 건설과 해방 후 자동차의 증대를 통해 현대화되어갔다. 1990년대에 본격적으로 진입한 마이 카 시대에 도로 교통 조건은 거주지, 사업체, 학교, 쇼핑 센터 등의 입지를 결정하는 데 가장 중요한 요소로 부각되면서 일상 생활을 규정하는 강도가 점차 증대되고 있다. 이러한 일상의 변화는 절대 공간 속의 실재적 · 물리적 거리보다 시간 거리나 비용 거리 또는 인식 거리 등과 같은 상대 공간 개념을 중시하면서 포스트모던적 양상을 전개하고 있다.[282]

282 이 글은 '역사에서 길이란 무엇인가'(역사비평, 2004)를 전재한 것이다.

어머니와 유년의 심상지리

고향

강찬모

1. 고향의 심상지리

'고향'의 시인 정지용은 고향을 가리켜 "그 곳이 차마 꿈엔들 잊힐 리야"라고 거듭해 노래했다. 꿈에서조차 잊을 수 없는 그리움으로 고향을 그렸다. 어느 나라 어느 민족에겐들 크게 다를까마는, 한국 사람에게 있어서 고향은 다정하고 그립고 안타까운 낱말이다. 그래서 꿈엔들 잊을 수 없는 땅, 꿈엔들 잊힐 리가 없는 낱말이 바로 한국 사람의 고향의 심상이다. 그것은 고향을 떠나 있는 사람에게 자족의 개념으로 그리운 이름이며, 어버이가 계시기에 다정한 고장이며, 타향에서 금시라도 달려갈 수 없기에 안타까운 땅이다. 내가 낳은 땅이며, 유년의식이 어우러진 농촌지향의 하향적·회귀적 개념으로 자리잡고 있다. 이러한 원인은 정착의 삶을 바탕으로 한 농경생활과 밀접한 관련이 있을 것이지만, 농경생활은 유목민의 떠돌이 생활에 비해서 땅의 환경에 쉽게 길들여지는 친숙성을 갖게 한다. 이 친숙성이 내재화되어 고향은 특별한 그리움의 대상이 된다. 고유 명절인 설과 추석의 이른바 '민족의 대이동'이란 귀향의 행렬은 이 친숙한 땅, 곧 자기의 근원으로 돌아가고자 하는 수구초심(首丘初心)의 가장 민족적인 발현이라 할 만하다.

고향은 사람이 "나서 자란 곳"을 말한다. 그러나 고향의 이런 사전적 정의는 고향의 겉껍데기에 지나지 않는다. 흘러간 옛 노래에 "타향도 정이 들면 고향"이란 말이 있고 혹은 '제2의 고향'이라는 말이 있듯이, 고향은 지리개념인 동시에 심상개념이라 할 수 있다. 그러기에 문학 작품 속에서 시인묵객들이 노래하며 그렸던 고향의 근원에 어머니가 있고, 유년시절이 있다. 그러기에 고향을 노래한 많은 시에서는 향수(鄉愁)를 말하고, 실향(失鄕)을 안타까워하며, 귀향(歸鄕)을 꿈꾼다. 그러나 개인적인 고향심상만이 아니고, 우리 민족에게는 내우외환(內憂外患)으로 실향민이 적지 않았고, 일제강점의 역사와 함께 고향을 빼앗기고 외국으로 만주 벌판과 시베리아와 세계각지로 유랑한 타향살이 타국살이가 더욱 한국인의 고향에 대한 특별한 심상지리의 역사를 만들었다. 이런 난리가 아니더라도 현대는 도시화와 함께 고향상실의 시대를 연출하고, 모든 현대인은 실로 고향상실의 시대를 산다고 할만하다.

자족의 공간개념으로 고향심상은 어머니와 유년시대로 예술 세계에서 일종의 광원(光源)으로 기능한다. 어머니는 나를 낳은 생명의 고향이며 마음의 고향 정서이다. 고향은 어머니 생각과 함께 간절하고, 몸이 아파도 슬프거나 기쁘거나 먼저 생각나는 것이 어머니, 아버지이다. 고향은 나를 낳은 공간이며 나를 길러준 지리 공간이다. 고향의 지리공간은 고향집과 고향마을과 고향산천으로서 지리공간이다. 기억으로 고향의 지리 공간은 자주 유년시절과 중첩된다. 다시 돌아갈 수 없는 시간의 공간이면서 아련하게 저 멀리 있는 지리공간이다. 유년의 공간은 무력하고 왜소한 한 개체가 이질적이고 거대한 세계와 만나게 되면서 받는 일종의 사회적 원상(原傷)이 각인된 공간이다[283]. 따

283 김경수, 〈객주, 갈대 그리고 서간도의 바람〉, 《작가세계 -김주영편》 1991년 겨울호 20쪽.

라서 고향에서 유년 시절의 체험은 세계의 체험으로 특별하게 확대된다. 또한 유년시절의 기억이야말로 가장 개별적인 체험이면서 동시에 가장 보편적일 수 있는 모든 이야기의 원천이다. 우리 문학 작품 속에서 고향과 유년 시절은 문학의 주요한 모티프로 작가들의 상상의 근원이다. 작품의 성격은 두 가지 유형으로 첫째 동화적이며 목가적인 공간을 주로 한 작품과, 둘째 유년 시절에 체험했던 시대의 현실을 그린 작품으로 나눌 수가 있다. 두 유형 모두 공통적인 정서는 다시는 돌아갈 수 없는 그 시절에 대한 애틋한 '향수'를 담고 있다는 것이다.

2. 고향의 원형으로서 유년의 기억

첫 번째 유형의 대표적인 작품으로 이미륵(1899~1950)의 《압록강은 흐른다》를 들 수가 있다. 지은이는 황해도 해주 출생으로, 3.1운동에 일제의 탄압을 피해 압록강을 건너고, 상하이를 거쳐 독일에 정착하기까지의 과정을 아름다운 서정적 문체로 그려주고 있다. 마크 트웨인의 《톰 소여의 모험》이나 《허클베리핀》처럼 어린 시절의 천진난만한 꿈과 모험만이 중심 내용이 아니라, 한 인간의 자전적 성장과정과 체험과 특히 조국의 아름다운 풍경들을 한 폭의 수채화처럼 고스란히 그려 주고 있다. 특히 주인공의 유년시절은 사촌 형인 '수암'과의 추억이 아름답게 그려져 있다. 잠자리를 잡아 꼬리를 입으로 물게 하는 장면과 독약을 먹어 죽을 뻔했던 이야기는 유년 시절에 한 번쯤은 경험하게 되는 보편적 이야기이기도 하다. 고추잠자리를 잡아서 꼬리 부분을 잘라 내고 풀 줄기를 끼워서 날려보내면 '고추잠자리가 시집을 가는 것'이라고 좋아했던 어린 시절이 생각난다. 또 왜 그렇게 약을 좋아했던지, 어른들이 먹는 약이 무슨 과자라도 되는 것처럼 침을 삼키며 턱을 고이고 간절한 마음으로 바라보던 때가 있었다.

그러나 이러한 유년 시절이 진정으로 아름다운 것으로 남아있는 것은, 그 속에 수암과의 이별과 아버지의 죽음이 내밀한 아픔으로 자리하고 있기 때문이다. 자족적인 공간에서 경험하는 세계에 대한 최초의 균열을 통하여 새로운 세상에 눈을 뜨는 고향상실의 체험이 그려졌다. 이 소설에서 '압록강'은 다시는 돌아 올 수 없는 유년시절에 대한 단절과 향수를 의미하는 상징적 지리공간이라 할 수 있다.

두 번째로 한국 문학에 등장하는 고향과 유년의 모습은, 전원적이며 목가적인 공간이 아니라 국권상실과 근대화 과정에서 급속하게 붕괴되어 가는 공동체의 훼손과 깊은 관계가 있다. 일제는 합병 직후 토지조사 및 측량사업을 실시하여 농민들의 땅을 국유화시켜 전 인구의 8할이 넘는 농민들의 삶의 터전을 빼앗았다. 이들에게 고향은 더 이상 자족적인 공간이 아니었다. 따라서 이들은 고향을 등지고 새로운 삶의 터전을 찾아 부평초 같은 유랑의 길을 떠나게 된다. 이러한 우리의 일제 강점기의 고향의 의미는 해방 이 후에도 자족적인 공간을 회복하지 못하고 개발 시대의 미명 하에 자행된 현대사로 이어지게 된다. 어쩌면 고향은 실재하지 않은 이상향으로서 마음 속에 '이데아'인지도 모른다. 그렇기 때문에 고향이란 공간은 실재하는 지리적 공간의 차원을 넘어 심상 지리공간으로 의미 확장이 가능한 것이다. 특히 고향과 유년시절은 원근적(遠近的)인 위치와 각도로써 그 의미가 심화된다. 닫힌 세계로서 고향은, 고향이라는 특별한 정서적 감흥을 느끼지 못한다. 고향을 떠나 고향을 바라봄으로써 비로소 '지향성'을 획득하며 특별한 심상적 정서를 느낄 수 있다. 지리적 공간의 질서를 벗어나 외부 세계에서 대상을 바라보면, 그 곳에 이르고자하는 절실한 지향성이 생기게 되는 것이다. 고향과 지리적 거리가 멀면 멀수록 고향의 지향성도 커진다. 이미륵의 소설《압록강은 흐른다》와 다음에 얘기할 백석의 〈가즈랑집〉, 윤동주의 〈별헤는 밤〉등의 시들이 모두 지리적으로 고향과 먼 거리에서 향수(鄉愁)의 시들로, 심상지리의 특징이 잘 형상화된 작품들이다.

백석과 윤동주의 시는 자족적 공간으로서 아름다운 고향의 심상이지만, 고향을 떠나 '원근법' 으로 과거 회귀적인 어조를 바탕으로 하고 있다. 곧 아래 두 편의 시는 시간이 지나 밖에서 바라 본 고향의 심상으로써 화자가 처한 현실적 상황을 역설적으로 반증한다. 과거 지향적일수록 화자의 현실은 고되고 힘든 것이다. 융의 분석 심리학에 나오는 원형[284] 중에서 아니마(anima)[285]이론을 떠올릴 수도 있다. 특히 두 시인은 외부 지향의 대륙적 성향의 시를 쓰지 않는다. 그리고 고향성에 바탕을 둔 회고적인 시를 많이 쓴 것은 가부장적인 사회에서 현실의 고달픔을 내면화해야 한다는 사회 . 윤리적의 억압을 내밀한 세계에서 해소해 보려는 정신분석학적인 면도 있다.

284 집단 무의식의 내용물들을 원형(archetype)이라고 한다. 원형이라는 용어는 다른 동류(同類)의 것들이 만들어지게 되는 근본 모델을 의미한다. (캘빈 S. 홀 . 김형섭 옮김, 《융 심리학 입문》, 문예출판사, 2004, 65쪽.)

285 아니마의 원형은 남성 정신의 여성적 측면이다. 앞의 책, 73쪽. 아니마는 남성 속에 존재하는 여성성이다. 반대로 여성 속에 존재하는 남성성으로 아니무스(animus)가 있다.

나는 돌나물김치에 백설기를먹으며/넷말의구신집에있는듯이/가즈랑집할머니/내가날 때 죽은누이도날때/무명필에 이름을써서 백지달어서 구신간시렁의 당즈깨에넣어 대감님께/수영을들였다는 가즈랑집할머니/언제나병을앓을때면/신장님달련이라고하는 가즈랑지할머니/구신의딸이라생각하면 슳버졌//토끼도살이올은다는때 아르대즘퍼리에서 제비꼬리 마타리 쇠조지 가지취/고비 고사리 두릅순 회순 산나물을하는 가즈랑집할머니를 딸으며/나는벌서 달디단물구지우림 둥굴네우림을 생각하고/아직멀은 도토리묵 도토리범벅까지도 그리워한다.

백석의 초기 시는 고향의 자족적인 공간을 그리고 있는 것이 특징이다. 위의 시는 고향의 정서가 짙게 드러나 있는 백석 시의 대표적인 작품으로, 특히 그 정서가 어린시절 주로 먹었던 음식 이름과 함께 드러나고 있다. 이 작품에서 나오는 음식물을 살펴보면, 돌나물김치, 백설기, 제비꼬리, 마타리, 쇠조지, 가지취, 고비, 고사리, 두릅순, 회순, 산나물, 물구지우림, 둥굴네우림, 도토리묵, 도토리범벅 등 15가지가 넘는다. 그야말로 음식물의 집합이다. 이렇게 나열된 음식들은 거의가 떡과 김치, 나물종류로 평범한 사람들이 흔하게 먹는 소박한 음식들이다. 또한 어린 시절에 대한 시인의 기억 속에서 그리움으로 존재하는 '가즈랑집 할머니[286]'가 만든 토속적인 음식들이다. 따라서 이 작품의 음식물은 유년의 추억이 서려 있는 매개물로써 과거와 현재를 연결해 주는 구실을 하고 있는 토속적이며 정겨운 대상이라고 할 수 있다. 이 작품 밖에도 백석은 〈고야(古夜)〉, 〈여우난골족〉, 〈외가집〉등의 많은 시가 아직은 훼손되지 않은 고향의 자족적인 풍경을 그리고 있는 데서 특징적이다. 그러나 백석이 그린 고향은 현실의 고향이 아니다. 백석은 타율적인 근대화에 의해 이미 고향의 정겨웠던 공동체가 훼손된 현실에서 과거의 고향을 회고하고 있는 것이다. 후기 작품으로 올수록 고향을 등지고 표랑하는 유이민들을 직접적으로 형상화함으로써 자족적 공간이기를 그리워하는 소극성에서 벗어나 훼손된 고향의 모습을 적극적으로 그리고 있다.[287]

286 '가즈랑집'은 가즈랑 이라 불리는 고개에 있는 집으로, 이 시에서 가즈랑집 할머니라 지칭된 무녀가 사는 곳이다. 화자는 이 집에 가서 가즈랑집 할머니, 곧 무녀와 놀던 기억을 진술하고 있다. 허금영, 〈백석 시의 전통 지향성 연구〉, 강원대학교 대학원 석사학위 논문, 1998, 32쪽.

287 〈여승〉, 〈팔원〉등 후기 작품들이 공동체의 붕괴로 인한 고향의 훼손을 이야기 하고 있다.

별하나에 추억과/별하나에 사랑과/별하나에 쓸쓸함과/별하나에 동경과

/별하나에 시와/별하나에 어머니, 어머니,//

어머님, 나는 별하나에 아름다운 말 한마디씩 불러봅니다./소학교때 책

상을 같이 했던 아이들의 이름과,/패, 경, 옥 이런 이국 소녀들의 이름과, 벌써/ 애기 어머니 된 계집애들의 이름과, 가난한 이웃/사람들의 이름과, 비둘기, 강아지, 토끼, 노새,/노루, 프랑시스 잠, 라이너 마리아 릴케, 이런/이국시인들의 이름을 불러봅니다.//이네들은 너무나 멀이 있읍니다./별이 아슬히 멀듯이,//어머님,/그리고 당신은 멀리 북간도에 계십니다

윤동주의 시 〈별헤는 밤〉은 한 인간의 내면에 담고 있는 고향의 보편적 원형이 어떤지를 가장 잘 보여주고 있는 시중에 하나이다. 자신의 내면을 살찌게 했던 온갖 정신의 자양분들이 시새워 어울려 기억의 저편에서 지금 현재화되고 있다. 〈별헤는 밤〉은 윤동주가 이역만리 연희전문에 유학하고 있을 당시 쓰여진 시이다. 그러나 아름답고 청신(淸新)한 이 시가 마냥 낭만적인 아름다움으로만 다가올 수 없는 것은, "겨울이 지나고 봄이 오면 내 이름자 묻힌 언덕 위에도 자랑처럼 풀이 무성할(게외다.)" 시대의 비극성을 암시하는 때문이다.

여기서 백석과 윤동주의 고향(정주 . 북간도)은 실재의 지리적 고향이면서 동시에, 돌아가야 할 필연성의 회귀적 심상공간이다. 비단 시인뿐만 아니라 모든 이들에게 고향은 지향성으로 다가온다. 고향이란 지리적 공간을 떠나지 않고, 평생을 묻혀 사는 사람에게 고향은 자기와 다를 것이 없는 '동일성' 그 자체일 것이다. 고향과 자신을 구분하거나 애태워 찾을 대상이 아니기 때문이다. 이것이 가장 자연스러운 내재화된 고향이다. 그러나 사람은 때가 되면 떠난다. 떠남의 이유가 자의든 타이든 떠나려는 자는 연어의 회귀처럼 돌아 올 것을 전제로 떠나지만, 그 과정에서 겪는 세상의 세파는 험난하다. 불교의 도(道)를 찾아가는 과정을 그린 '심우도(尋牛圖)[288]

288 심우도(尋牛圖)는 십우도(十牛圖)라고도 한다. 송나라의 곽암이 깨달음에 이르는 과정을 10장의 그림으로 그렸다.

의 여정과 같다고 할 수 있다. 애초에 인간은 잃은 것이 없기 때문에 찾을 이유가 없는데 떠난다. 우리 문학 작품 속에서 나타나는 고향은 자족적인 심상공간으로 형상화된다.

그러나 이러한 자족적 공간의 고향은 이향(離鄕)의 과정에서 겪게 되는 아픔을 간직하고 있다. 시에서 이용악과 오장환이나, 소설에서 이청준과 김주영을 비롯한 많은 작가들이 고향의 아픔을 형상화하고 있다. 이용악의 〈낡은 집〉, 〈풀벌레 소리 가득차 있었다〉와 오장환의 〈성씨보〉, 〈한 술의 밥을 위하여〉등은 일제 강점기에 훼손된 고향 상실에 대하여 형상화하고 있다. 더 이상 고향은 과거의 자족적인 공간이 아니다. 또 근대 소설에서 이기영의 《고향》은 고향을 자족적 공간으로 형상화하지 않고 땅을 사이에 두고 지주와 소작인의 갈등이 증폭되면서 그에 대항하는 지식인 청년 희준의 이야기를 그리고 있다. 땅이 모태적 공간을 벗어나 소유의 개념으로 전락함으로써 고향이 자본의 대결장으로 변모해 간다는 사실주의적인 내용을 담고 있다. 이후 현대 소설에서는 이문구의 《우리동네 사람들》, 《관촌수필》등이 고향의 현실을 사실주의로 그려 시대상과 현실을 가감 없이 반영하고 있다.

이청준과 김주영이 보여준 고향의 심상은 앞의 시인들이 보여 준 외세 개입과 정치적 현실에서 파생된 고향 상실과는 다른 면모를 보여준다. 개인의 '가족사' 를 중심으로 고향 땅은 불화와 갈등의 공간으로 나타난다. 그 중심에 '어머니' 가 있다. 희생과 무지로 점철된 애증의 대상으로 고향의 심상이다. 두 작가의 정신의 이면에는 고향과 어머니에 대한 거리를 어떻게 설정하느냐가 문제이다. 사람은 누구나 자기 자신이고 싶어 하면서 동시에 자기 자신이 아니기를 꿈꾼다. 과연 어느 쪽이 더 강하게 자아형성의 축이 되는지, 그걸 정확히 아는 사람은 없다. 그러면서도 우리는 어렴풋하게 자아 속에 들어 있는 버리고 싶은 자기가 있음을 느낀다. 그런 증상은 대체로 자기와 가장 가까운 혈족과 그들이 거느린 환경거부하기부터 시작된다. 자기기피증, 그 증상의 가장 큰 몫은 자기와 가장 닮은 부모로부터 싹터 있다.[289] 이청준과 김주영의 고향과 유년시절은 어머니와의 '거리 정하기' 로 시작된다. 이러한 증상이 중년을 넘긴 나이에도 계속되다가 드디어 화해하고 용서하는 것으로 끝을 맺는다. 어쩌면 동일성으로 존재하는 고향에서 갈등과 화해는 애초부터 존재하지 않는 것인지도 모르겠다.

289 정현기, 〈자아 붙들기와 자아 떠나기의 세월〉, 《작가세계.-김주영편》 1991년 겨울호, 43-44쪽.

3. 고향의 여러 풍경

고향은 문학에서는 물론 어머니와 유년시절의 기억만이 아니고, 현실의 모든 사람들에게서 고향상실의 여러 풍경으로 자리하는 심상공간이다. 중문학자 진형준 교수가 시도한 바 〈동아시아적 시각으로 본 세 편의 고향〉론은 흥미로운 또 하나의 고향론으로 주목할 만하다. 그는 1920-30년대의 동아시아 세 나라의 문학이 러시아문학의 강력한 영향 속에 있었다는 전제에서, 현진건(玄鎭健, 1900~1943)과 루쉰(魯迅,1881~1936)과 러시아의 작가 치리코프(Evgenii Nikolaevich Chirikov, 1864~1932)의 소설 〈고향〉을 비교한바 있다. 〈고향〉이 포함된 《치리코프선집》이 일본에서 번역출판된 것은 1920년이고, 〈고향〉을 비롯한 치리코프의 일역본의 두 작품을 번역하여 《현대소설역총》(1921)에 실은 노신은 같은 해에 스스로도 〈고향〉이란 소설을 발표했다. 한편 현진건은 치리코프의 같은 작품을 노신보다 한 달 뒤에 번역하여 《개벽》25호에 발표하고, 스스로의 미발표작 〈고향〉을 1926년에 출판한 창작집 《조선의 얼굴》에 실었다.[290]

290 전형준, 앞은 글, 90쪽.

그런데 치리코프의 〈고향〉은 작가의 자전적 색채가 짙은 1인칭 소설로, 20년 전에 떠난 불가강변의 고향 마을 부두로 다가가는 배 위에 있고, 잃어버린 청춘에 대한 애상을 그리고 있다. 고향의 추억은 유년과 결부되지 않고 청년과 결부되어 있으며, 고향의 자연은 풍경이 온전할수록 고향상실의 주제는 뚜렷해진다. 한편 루쉰의 〈고향〉은 치리코프의 〈고향〉의 패러디라고 할 수 있지만, 그러나 루쉰은 20년만에 다시 찾는 배 위에서 본 고향은 풍경까지도 변해 있다. 그리고 이 지리적인 고향의 변화로 말미암아 오히려 형이상학적 심리적 고향이 뚜렷해졌다는 것이다.[291] 그런데 현진건의 경우 〈고향〉은 100여 호나 되던 고향 그 자체가 아주 없어져 버렸으며, 주인공 그의 집은 그 땅이 모두 동척(東拓)의 소유가 된 뒤에 가족이 고향을 떠나 서간도로 이주하고 다시 규슈 탄광으로 오사카 철공장으로 혼자 떠돈다는 고향상실을 그리고 있다. 이런 점에서 한국 근현대 소설에서 고향상실의 주제는 바로 땅의 상실과 동의어로 한국 근현대사의 중요한 한 단면이며, 현대 문학지리의 중요한 주제가 된다.

292 전형준의 글 참조.

한국 근현대 문학에서 고향과 고향땅은 더 이상 자족적인 공간으로 남아있지 않다. 그러나 급격한 산업화로 인해 황폐해져 가는 고향을 객관화하여 그림으로써 고향과 고향땅으로부터 멀리 이탈 되어 있는 '나' 의 근원에 대하여 성찰의 기회를 마련한다. 고향은 시간이 멈춘 곳, 몸과 마음은 성장했으면서 어른이 되고 싶지 않은 마음이 새록새록 자라는 곳이며, 애증으로 점철된 지독한 짝사랑의 대상이기도다. "모든 파편은 원형을 꿈꾼다"는 어느 시인의 말이 있다. 근대성이란 미명 아래 세상은 금속성으로 덧칠을 계속하며 해체와 분열을 가속화하고, 우리의 삶도 더불어 이에 편승하고 있다. 문득 문득 그 끝을 모르는 속도감에 질식할 것 같은 상황에서 고향의 심상은 그 회복이 요원한 것처럼 보인다. 그러나 우리가 돌아가고자 하는 동화 같은 유년시기의 꿈은 그 원형을 꿈꾸는 한, 유효할 것이다. 어머니와 고향과 고향 땅, 그리고 유년 시절은 하나이다. 나는 오늘도 그 근원을 알 수 없는 향심(鄕心)의 길 위에서 귀향을 꿈꾼다. 낭만파의 시인 노발리스의 시구처럼 "우리는 어디로 가려는 것일까? 항상 고향으로 ! "

■ 글쓴이 소개 ■

이은숙 eunsook@smu.ac.kr

상명대학교 사회과학부 지리학전공 교수로, 주요 논문으로 〈한국인의 고향관: 그 지리적 요인과 정서(ethos)의 관계〉, 〈북간도지역에 대한 조선이민의 공간이미지: 이민소설을 중심으로〉 등이 있다. 주요 관심사는 문화지리학이며, 특히 1930년대 간도문학을 중심으로 이민공간에 대한 조선이민의 지각, 이민경관, 장소에 대한 애착의 지리적 함의, 그리고 장소성 등에 관심을 기울여 왔다.

김갑기 kgk011@hanmail.net

동국대학교 국어국문과 교수로 재직 중이며, 저서와 역서로는 《송강 정철의 시문학》, 《한국한시문학사론》. 《역주 신자하시집》전6권(공역) 《역주 삼한시구감》등이 있다. 현재 '동서고전 연시(戀詩)' 와 '사대부의 불교시' 를 연구하고 있다.

서성훈 · 박대성 · 최호승 · 김형준

scock@hanmail.net, cuteminy@hanmail.net, sshout00@hanmail.net, trant@hanmail.net

동국대학교 국어국문학과 4학년에 재학 동기들로, 인간의 끈끈함이 녹아있는, 삶의 지표가 스며들어 있는 문학 공부에 힘쓰고 있다.

이상삼 silhak21@hanmail.net

동국대학교 박사과정을 수료하고 논문을 마무리하는 단계에서 돈황과 천산산맥으로 달포를 여행하고 느낀 바가 많아 귀농, 홍천에 실학산방을 차리고 텃밭을 일구며, 집짓기 두레, 옷짓기 두레를 조직 운영하고 있다.

박상란 baksangran@hanmail.net

동덕여자대학교와 동국대학교에서 강의하고 있으며 논문으로는 〈신라 · 가야 건국신화의 체계화 과정 연구〉, 〈여성화자 구연설화의 특징-자양동 딱따구리 할머니의 구연설화를 중심으로-〉 등이 있다. 불교 설화의 유형, 설화의 화자와 청자, 궁예 전승 등에 관심을 갖고 연구 진행 중이다.

김치홍 ka6808@yahoo.co.kr

명지대학교에서 강의하고 있으며, 논문으로는 〈한국 근대 역사소설의 사적 연구〉, 〈이은성의 역사소설 연구〉, 〈서사건국지 연구〉, 〈김동인의 역사소설 연구〉 〈박태원의 홍길동전 연구〉 등이 있다. 편저로는 《김동인평론전집》이 있다.

김태준 yusantj@hanmail.net

동국대학교 명예교수이며 저서로는 《한국문학의 동아시적 시각》 1 · 2 · 3 , 《여행과 체험의 문학》 1 · 2 · 3, 《홍대용평전》 등의 책이 있고, 지금은 연행노정 답사기와 한국의 여행문학 등 문학지리 관련 저작에 매달리고 있다.

권경록 kkrnews@daum.net

동국대학교 대학원 국어국문학과 박사과정에 있으며, 논문은 〈19세기 학시론에 대하여〉 등이 있다. 현재 조선후기 한강 상류지역 문인들의 교류와 문학 활동을 중심으로 한 문학지리에 관심을 가지고 있다.

황패강 hpg0600@yahoo.co.kr

단국대학교 명예교수이며, 저서로 《신라불교설화연구》, 《한국문학연구입문》(공저), 《향가문학의 이론과 해석》, 《일본신화연구》등이 있다. 〈평양의 문학지리〉를 쓰다보니 문학지리에 관심이 높아져 더 많은 평양 관련 자료를 찾고 독서하고 있다.

홍신선 hsspoet@dug.edu

동국대학교 문예창작과 교수로 있으며, 시집으로는 《홍신선 시선집》과 수필집 〈품안으로 날아드는 새는 잡지 않는다〉(1991), 〈사랑이라는 이름의 느티나무〉(2002)등이 있다.

김상일 lengjo@hanmail.net

동국대학교 국어국문학과 교수이며, 저서와 역서로는 《동악 이안눌시 연구》, 《한국불가한시》등이 있다. 유가와 불가의 교유와 문학에 관심을 갖고 연구하고 있다.

조혜란 hohojo@hanmail.net

이화여자대학교에서 강의하고 있으며, 저서로는 《조선 여성들 : 부자유한 시대에 너무나 비범했던》, 《19세기 서울의 사랑 : 절화기담, 포의교집》(공저)등이 있다. 조선 여성들의 삶과 문화, 고전 여성 문학을 공부하고 있다.

김일환 chukong@hanmail.net

선문대학교에서 강의하고 있다. 논문으로 〈조선후기 역관의 여행과 체험 연구〉가 있으며, 연행노정을 연구한 성과를 모아 《연행노정, 그 고난과 깨달음의 길》을 함께 펴냈다. 연행, 유배를 비롯한 체험 기록 문학에 관심을 갖고 있다.

박성순 jayion@hanmail.net

동국대학교 한국문학연구소 전임연구원으로 있으며, 〈우정의 윤리학과 북학파의 문학사상〉 등의 논문과 《산해관 잠간 문을 한손으로 밀치도다》(홍대용의 북경여행기-을병연행록) 등의 역서가 있다. 실학의 문학과 문화에 대한 연구를 지속적으로 수행 중이며, 춘향전의 문화 등에 관심을 가지고 있다.

최강현 GiLBat@chol.com

홍익대학교 교수로 30년 근속 후 정년퇴임하였으며, 현재 한국기행문학 연구소를 운영하고 있다. 저서로는 《한국기행문학연구》, 《가사문학론》, 《한국 고전수필강독》, 《한국 고전수필 신강》, 《한국 기행가사 연구》 등이 있다. 현재 교산 허균 선생의 《을병조천록》을 국역하고 있다.

유임하 cultura@daum.net

동국대학교에서 강의하고 있으며, 저서로는 《분단현실과 서사적 상상력》, 《기억의 심연》이 있으며 공저로는 《북한의 문학과 문예이론》 등이 있다. 한국문학과 근대 기획, 분단소설, 한국문학과 이데올로기의 상관성, 북한문학 등에 관심을 가지고 연구하고 있다.

이철호 lchulho@hotmail.com

동덕여자대학교와 동국대학교에서 강의하고 있으며, 논문으로 〈이광수와 낭만적 자아〉, 〈동양, 제국, 식민주체의 신생〉 등이 있다. 초기 근대문학의 형성과 기독교 간의 영향관계에 관심을 가지고 논문을 쓰고 있다.

박애경 vivelavie@hanmail.net
연세대학교에서 강의하고 있으며, 저서와 논문으로는 《가요, 어떻게 읽을 것인가》, 〈19세기 도시유흥에 나타난 도시인의 삶과 욕망〉등이 있다. 고전시가에 문화적 영향력에 관심을 갖고 연구하고 있으며, 대중문화, 여성문학 등을 공부하고 있다.

이승수 woohabin@daum.net
한양대학교 한국학연구소 연구교수로 재직 중이며, 《삼연 김창흡 연구》 등의 저역서와 〈죽음의 수사학과 권력〉 등의 논문을 발표했다. 문헌해석학과 인류학적 상상력과 역사지리적 현장성을 아우르는 작업을 꿈꾸고 있다.

오홍섭
한국과학기술정보원 전문연구위원이며, 전 동국대학교 지리교육과 교수였다. 저서로는 《한국의 농어촌과 환경연구》등 다수의 저서와 논문이 있다. 서울 600년사, 한강사 등의 집필위원을 역임하였다. 문화형태의 발생과 전파루트에 관심을 갖고 연구 진행 중이다.

김명희 kmh@kns.kangnam.ac.kr
강남대학교 국문학과 교수로 재직 중이며, 저서로 《허난설헌의 문학》, 《문학과 달과 여인》등이 있으며, 공저로는 《두시연구 논총》, 《속고 시조 작가론》, 《한국의 한문학 작품론》등이 있다.

김승호 seung1279@hanmail.net
동국대학교 국어교육과 교수로 재직 중이며, 저서로는 《한국 승전문학의 연구》, 《한국서사문학사론》이 있다. 불교문학사의 집필을 과제로 연구 진행 중이며, 아울러 사찰연기설화의 문학적 특성을 밝히고자 애쓰는 한편 야담과 나말여초 이래 전기소설의 본질과 후대적 전개양상을 밝혀보는데 관심을 기울이고 있다

손병국 Byungson@daisy.kw.ac.kr
광운대학교 국어국문학과 교수이며, 논문으로 〈한국설화에 미친 중국설화의 영향〉, 〈〈유양잡조〉의 형성과 수용 양상〉등이 있다. 한 · 중 소설 비교 연구에 힘쓰고 있다.

김효민 wesassi@daum.net
우송대학교 중국어학과 전임강사이며, 논문으로는 〈明清小說與科學文化的關係〉가 있고, 역서로는 《중국과거문화사》가 있다. 중국 고전 소설을 연구하고 있다.

유정일 liuzhengri@hanmail.net
청주대학교와 동국대학교에서 강의하고 있다. 논문으로는 〈《수이전》일문 〈최치원〉의 장르적 성격과 소설사적 의미〉, 〈《월인석보》의 문학적 연구〉, 〈《기재기이》의 전기소설적 특성에 관한 연구〉 등이 있다.

노자키 미츠히코 miya@iris.eonet.ne.jp
오사카 시립대학교 대학원 문학연구과 교수이며 저서로는 《코리아의 불가사의한 세계》,《조선 이야기》,《한국의 풍수사들》, 역서로는 《청구야담》등이 있다. 현재 《용재총화》의 세계를 소개하는 책을 집필 중에 있다.

김종혁 kimjh1965@hanmail.net
고려대학교 민족문화연구원 연구교수이며, 논문으로는 〈조선시대 행정구역의 변동과 복원〉, 〈18세기 광주 실학의 지리환경〉 등이 있으며, 한국의 전통문화 또는 한국학 관련 인문학 정보를 GIS를 활용, 데이터베이스로 구축하여 한국의 문화권 형성 메커니즘을 구명하고, 최종적으로는 한국의 문화지역을 구분하는 데에 관심이 있다.

강찬모 kor6667@hanmail.net
청주대학교에서 강의하고 있으며, 논문으로 〈백석시 연구〉가 있다. 동양정신(사상사론)을 바탕으로 한국문학의 방법론을 모색하고자 한다.

■ 찾아보기 ■

ㅊ